BLACK WIND,
WHITE SNOW
THE RISE OF
RUSSIA'S
NEW NATIONALISM

ユーラシアニズム

ロシア新ナショナリズムの台頭

CHARLES CLOVER
チャールズ・クローヴァー

越智道雄 訳
MICHIO OCHI

NHK出版

1.「どこから来たか?」より「どこへ向かうか?」こそ肝要だった。ロマン・ヤーコブソン(左)とニコライ・トルベツコイ。1933年ブルノ[チェコスロヴァキア、モラヴィア地方最大の都市]。

3.「基本的には小説を読むみたいだった。他の大半の歴史書と違って、最後のページまで読めた」。レフ・グミリョフ、1983年。

2.「この世にはない都市を求め、模索と苦闘を続けるロシア」。ピョートル・サヴィツキー。

4.「おまえは私の息子、そして私のおぞましさだ」。ロシアの詩人だったニコライ・グミリョフとアンナ・アフマートワ夫妻と息子レフ。1916年。

5. ドゥーギンをケルアックにたとえた場合のニール・キャサディ［ケルアックの親友の作家。『路上』の登場人物モリアーティのモデルと言われる］に当たる、ガイダル・ジェマーリ。

6. ソ連のウェルギリウス、ユーリー・マムレーエフ。

7.「ファシズムの聖キリルと聖メトディオス」、アレクサンドル・ドゥーギン。

8. アラン・ド・ブノワ、パリの執務室にて。

9.「参謀本部のナイチンゲール」、アレクサンドル・プロハーノフ。1992年。

10. おれはエディ。
エドゥアルド・リモノフ、
1986年。

11.ホワイトハウスの前で演説するボリス・エリツィン、1991年。

12.包囲されたホワイトハウスの内部で。
1993年10月。

13.「極めて過激なムードだったね」。
ドゥーギンにまみえたとき、
ヴァレリー・コローヴィンはそう感じたという。

14.「われわれの眼前で、
虚無の暗黒の只中から
新生ロシアが躍り出てきた」。
パーヴェル・ザリフリン、
2012年。

15.「クレムリンには
知的コンプレックスとは
無縁な人間が必要だった」。
スピンドクター、
グレブ・パヴロフスキー。
2012年。

16.「火葬場作戦」。オスタンキノ正面玄関を破砕するトラック。1993年10月。

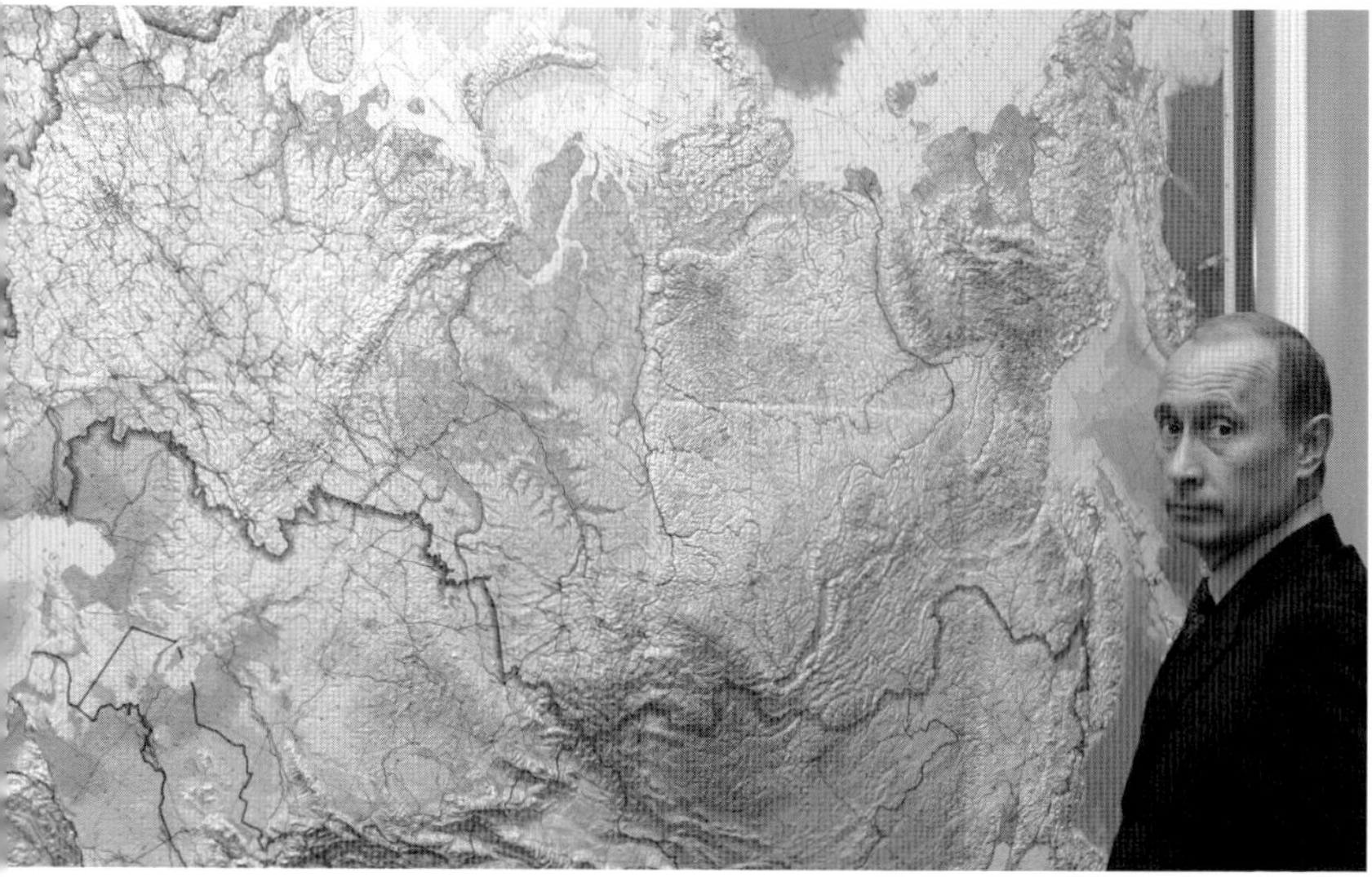

17.「われわれは勝ち続けてきた民族だ!
勝つことは、われわれの遺伝子、われわれの遺伝子コードに入っている」。
ロシアと独立国家共同体(CIS)の地図を前にするウラジーミル・プーチン。2006年。

18.「ああいう噂を信じるか信じないかはご自由に」。
プーチンの聴罪司祭、チホン神父、2014年。

19.「1996年、われわれは共産主義者を
打ち負かしたが、その結果、
政権にいつまでもその地位に
とどまれる手段を与えてしまった」。
マラート・ゲリマン。

20. クレムリンの内政部門トップ、ウラジスラフ・スルコフ。
彼は「イデオロギーの遠心分離機」を作動させ、「イデオロギー的言説を周辺へ吹き飛ばしてしまった」。

21. モスクワのアパート爆破事件、1999年9月。

22.キエフの狙撃虐殺事件のさなか、避難する人々。2014年2月。

23.「礼儀正しい人々」。クリミアを占領した所属の分からないロシア部隊が、シンフェローポリ国際空港を哨戒中。2014年。

24.ドンバスの戦闘の間中、兵士たちがつけていた「ノヴォロシア」の部隊標識。

ユーラシアニズム

ロシア新ナショナリズムの台頭

装幀　岡孝治
Jacket Photo : AP／AFLO

レイチェルとジャイアへ

未知の天体の全歴史の厖大でしかも秩序だった断片が、わたしの手中にあるのだ。その建造物やトランプ、その神話の恐怖や言語のひびき、その皇帝たちや海域、その鉱物や鳥類や魚類、その代数学や火……

——J・L・ボルヘス『伝奇集』(岩波文庫、鼓直訳)より

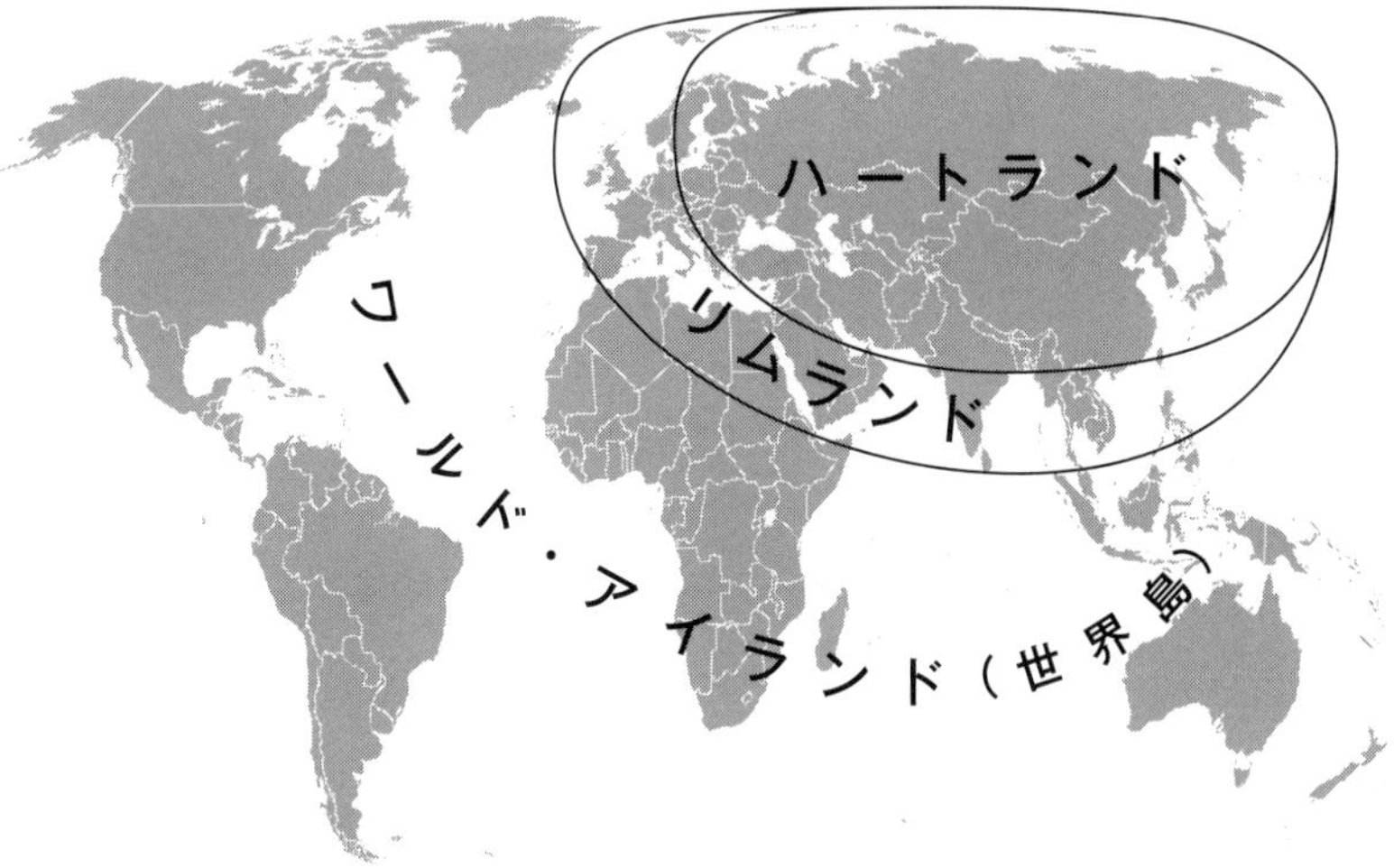

ユーラシアの地図。

サー・ハルフォード・マッキンダーが
論文「歴史に見られる地理学的基軸」の中で最初に概要を描き、
ロシアでアレクサンドル・ドゥーギンが
『地政学の基礎』（1997年）の中で再構築した。

■目次■

第2部 混迷期

第3部 復興期

—本文中の（　）は原注、〔　〕は訳注をあらわす。
＊は左ページの傍注（訳注）を、注番号は巻末の原注を参照のこと。
—本文中の書名は、邦訳がないものは初出に原題とその逐語訳を併記した。

まえがき

本書の発端となったのは、一九九八年に私が『フィナンシャル・タイムズ』紙の新参特約記者としてウクライナに到着して間もないころに、同国政府の要人に行ったインタビューだった。数か月キエフで取材記事を書いた後、同国外務省はやっと私の要請に応えて、同省筆頭副大臣のアントン・ブテイコとの会見を受け入れてくれた。優雅ではあるが厳しいところもあるブテイコは、なかなか改まらない私のミスについて穏やかに修正してくれたり（たとえば、ウクライナの都市リヴィウは、もはやロシア式のリヴォフとは呼ばないとか）、政治の流れについても少々解説をしてくれた。

彼の話したことは、その大半が、ロシアとの「協力」とか「ユーロ＝大西洋構造」との「統合」への希望といったお決まりのテーマに関するものだったが、当時はまだこの矛盾する願望が両立可能と見えていたのである。ところが、われわれの会見の終わり近くで、ブテイコは興味深い、とっておきの話題を持ち出してきた。

会見の数か月前、ロシアで『地政学の基礎』という本が出版されていたが、ブテイコによれば、著者のアレクサンドル・ドゥーギンはロシアの強硬派を後ろ盾にしていて、この新著はロシアの参謀幕僚学校の支援を受けて刊行されたというのである。そこには、ウクライナの解体計画が書かれていた。ブテイコは、これは一読の価値がある、彼のかつてのモスクワの同僚たちの考えに私も関心があるのなら、と言った。

翌日、私はキエフのレーシャ・ウクライーンカ名称公立図書館へ出向いて、問題の本を見つけた（この本は、書店で入手できなかった）。興味をかきたてられたのは、表紙に古代北欧のルーン文字らしきものに加えて、かつてのソ連邦の地図が刷られていたことだった。そして案の定、刊行に際して分析力に富んだ支援をしてくれたことに対して、参謀幕僚学校戦略科長ニコライ・クロコトフ将軍への謝辞が掲げられていた。

この本は右派のナショナリズムを開陳しており、両大戦間のナチスの地政学のようなものから、私がそれまで一度も聞いたことがなかった「ユーラシアニズム（ユーラシア主義）」という政治運動についてまで書かれていた。同書の意図は、ソ連を再び糾合して、世界支配の帝国へと盛り返す点にあるようだった。

この本には、ウクライナ外相の懸念をかきたてずにおかない多くの内容が書かれており、たとえば以下の引用などは、過去数年の間にジョージア［ロシア語でグルジア。本書では便宜的にすべてジョージアで統一する］やウクライナで起きた出来事に照らせば、多少の耳目を引くことだろう。

ロシアの地政学にとっての絶対命題は、ウクライナからアゼルバイジャンに広がる黒海沿岸全域をモスクワが完璧かつ無制限に統治することである（中略）黒海の北岸はユーラシアの排他的領域となり、モスクワの集権的支配下に置かれてしかるべきだ。

私は、次回にモスクワへ派遣されたときに著者アレクサンドル・ドゥーギンと、黄金のドームとノヴォデヴィチ女子修道院向かいの公立図書館内にある彼の事務所で会った。ペレストロイカ時代には反体制派で、薄汚い地下室でコピー機を駆使して反体制の声明書を乱発していたドゥーギンは、その後、仲間の知識人らと打ち込んだ全体主義からの自由を求める運動とはまったくかけ離れた軌跡をたどっていた。

今や彼が信じ込んでいたのは、ロシアの救済は民主主義的リベラリズムの流れを逆流させて、抑圧的な中央集権的統治を復活させ、帝政ロシアの概念をありがたがる愛国者たちの政体の復権——ただし、これは、帝政ロシア風とはいえ民族的かつ宗教的に多様で、しかしながら明らかにロシア的で非西欧的な地政学に則った地域、すなわち「ユーラシア」に結集できる者たちの復権である。

ドゥーギンの人生自体が興味深いもので、それはまず冷戦構造の終焉《しゅうえん》と同時に起きた国民的高揚の中で始まった。そして、一連の権威主義と格闘したあげく、旧式な権威主義がついに倒れると、その瓦礫《がれき》の上に新たな権威主義を打ち立てる任務にいそしむことになった。彼を見ていると、フョードル・ドストエフスキーの『悪霊』に出てくるシガリョフを連想する。彼はこう言うのだ——「無制限の自由から出発して、最後には無際限の専制政治にたどり着いた」。

こう書くと、ドゥーギンはいかにも思想にとりつかれたドストエフスキー的な世捨て人かと思われるだろうが、現実の当人は、ちょっと変わってはいても格好のいい、極めて人好きのする人物で、私が出会った中でも最も興味深い博識なインテリだった。今でも私は疑問を拭いきれない——彼は本気でやっているのか？　しかし、そういう疑問自体がこの人物には当てはまらないことも、私にはわかっている。この相手は本気なのか、それとも自分の役どころを演じているだけなのか？　彼はどちらの役も同じように巧みにこなし、オカルトから数秘術、ファシズム、ポストモダニズム、フランスの文化理論と次々とカードを繰り出してきた。しかし、私の興味を引いたのは参謀幕僚学校への言及だった。彼は単なる陰謀史観論者であるだけでなく、自身も陰謀の一翼を担っているのではないか。それとも、単に自己宣伝に長けただけの人間なのか？　私の疑問に対するドゥーギンの返事は、どちらにも取れるものだった。

「この国の上層部にも同じような見方をしている連中がいるよ」

だが、ドゥーギンと彼の観点を批判する私の記事が一九九九年、まさに「大西洋派」の拠点雑誌である『フォーリン・アフェアーズ』誌に掲載されると、彼は機嫌を損ね、以後、メールのやりとりは途絶えた。

9・11直後、私はロシアを後にして中東と南アジア担当となったが、ドゥーギンと彼のユーラシアニズム運動への関心は失うことなく、ロンドンへ戻ると、彼について知ったことを本に書くことにした。とはいえ、これは一世紀も時代をさかのぼって文献に当たり、同時に今日の著名人たちにもインタビューして回ることが必要だった。

その成果が、みなさんのお手元にある本書である。二〇〇五年に私がこの出来事に関わり、その数年後に執筆を開始して以来、多くの悲劇的な理由――そしてより整合性のある理由――から、本書は多くの変化を経てきた。執筆を開始したころ、ドゥーギンはまだ知名度もない変人にすぎなかった。また、ロシアの帝国主義的な野望という主題も、大半がまだ理論的段階にあった。私が本書で構想したのは、ほとんど知られていなかった思想がしだいにロシアの現実政治に浸透し、この国の歴史で最も気まぐれで残酷な世紀が、共産主義の理論的分身《ドッペルゲンガー》を生み出すに至った経緯を物語ることだった。

書き出して八年後（うちの五年間、私は『フィナンシャル・タイムズ』のモスクワ支局長だった）、本書の完成にこぎ着けたころ、自分が書いていた現象は、パンフレットや怪しいウェブメディアで紹介される程度の些細なものから、権力機構がらみの半ば公的な思想へと豹変し、国営テレビがまくしたて、ウクライナ侵攻に際してウラジーミル・プーチンのクレムリンが振りかざすものとなっていた。そして、ドゥーギンに至っては、『フォーリン・ポリシー』誌において二〇一四年の世界のトップ思想家百名の一人に数え上げられるほどになっていた。[1]

当初、私は硬派のニュースを詰め込んだ本を書く気はなかった。ユーラシア運動の難解な著作をロシアの現実と結びつけようとするワラをもつかむような試みに始まり、やがて私は新たな難題を抱え込んだ——自分がすでにつかんでいた事柄を、ロシアの歴史が突如後戻りを始めた現象とどう結びつければいいのか？　この問題に取り組んだ結果、本書はがらりと違う著作になってしまった。ロシアの百年の歴史を貫く生き方と観念の相互の結びつきを漫然と思いめぐらす内容から一転して、もっとセンセーショナルなものになった。そのため、本書最後の数ページが膨大な長さになり、二週間ごとに書きかえなければならないほどになってしまった。

　さらに困ったことがいくつか出てきた。その一つがキリル文字の英語訳という問題だった。こちらの怠惰も手伝って——とはいえ、事をなるたけ簡潔にと思って——ロシア名の英語表記でおなじみのものはそのままにしておいた。たとえば、「Yakobson（ヤーコブソン）」は「Jacobson」、「Eltsin（エリツィン）」は「Yeltsin」、「Savitskiy（サヴィツキー）」は「Savitsky」というぐあいだ。

　もう一つの問題は、「ナショナリズム」という言葉の使い方で、とくにこれをサブタイトルで使う場合だった。ロシアの著者たちは、「ナショナリスト」のレッテルを貼られることに気楽ではいられない。なにしろ、この国でそう呼ばれるのは、「人種・民族差別主義者《レイシスト》」呼ばわりされたことになるからである。ところが、英語ではこの呼称はもっと広い意味を持ち、適切な言葉だと見なされている。私自身、「ナショナリズム」を、ユーラシアニズムが提示する文明的なアイデンティティを表す広義の範疇で用いている。ナショナリズムと同様、ユーラシアニズムは共通の文化と政治的境界線を表す言葉であり、そして征服と民族統一を正当化するのに使われる場合もあるだろう。

　ユーラシア自体は、多民族的な地域で、中でもタタール人、ロシア人、ヤクート人が中核をなしているが、概念としては本質的にロシア・ナショナリズムの帝国的形態で、そのメンバーはすべて、ウクライナ東部を征服したロシア・ナショナリストの戦争にそれぞれ一枚噛んでいる。彼らをナショナリストと呼ぶのはごまかしではなく、文字通り彼らの正体を具現しているのだ。ところが、のちに彼らが自分たちに敵対する他のナショナリスト集団を「ナショナリズム」と批判するに至って、われわれは混乱させられることになる――これもしかたのない話ではあるのだが。

序章

ロシア連邦議会に対する恒例のウラジーミル・プーチンの演説は、毎年、クレムリン（大統領府）の聖ゲオルギーの間の燦然《さんぜん》たるシャンデリアの下で行われ、生中継でテレビ放映される。六百名を超える高位高官が礼装姿で広間を埋め尽くす。仕立て下ろしのスマートなスーツ姿から、少数民族の被り物、高々と結い上げられた髷《まげ》、シャネルのガウン、僧服姿、ターバン、軍高官の肩章、ありとあらゆる形に編み上げられた髪、呆気にとられるほど高い帽子等々。そういう派手派手しい高位高官たちが座る椅子は、背の固い白く小さなもので、それに座る者たちは三時間以上も、延々たる弁舌につきあわされることは覚悟の上だ。

大統領が演壇に立つと、聴衆からの拍手は熱狂的で、長く続いた。ホールを埋めるロシアの選りすぐりのエリートたちは、誰もが自分たちのキャリア、収入、資産、将来がこの人物一人の手に委ねられていることを知っており、したがって彼の演説こそ、これらの懸念がどういう経過をたどるかを知る手がかりを含んでいたのである。公務員たちはプーチンの一語一語に気を配り、どのプログラムに予算が下りて、どれに下りないかを見きわめようとした。クレムリン政治の専門家たちは、上層部の席次を見きわめようとした。記者たちは、プーチンが何か肝を冷やすようなことを口にするのではと待ちかまえていた（この大統領はよくそうしたことを口にした）。そのいずれかを聞きとると、記者たちは数秒でハッシュタグ付きのツイートを連発しはじめる。というわけで二〇一二年十二月、誰もがプーチン――当時、イスラエル大統領との会見において、それとわかるほど足をひきずっており、健康不安説が噂にのぼっていたのだが――が演説の中でこれをやるのではないかと、見守っていた。

そして実際に彼は肝を冷やすことを言ってのけたのだが、ほぼ誰一人、その最も肝心な点には注意を払わなかった。それは、ロシア語化されたラテン語の言葉で、演説開始約五分後にこう述べられた――「みなさんにはっきりと理解していただきたいのは、きたるべき年は国運を左右しかねないものとなるだろうということです」。これは何か大きな途方もない災厄の到来を暗示するときに、彼がしばしば使ってきた言い方だった。「誰が先陣を切るか、誰が片隅に取り残され、独立を失うかは、国家の経済的潜在力にかかっているのではなく、主として各国民の意思、内なるエネルギー、つまりレフ・グミリョフが言うところのパッシオナールノスチ、すなわち、前進し、変化を受け止める能力にかかっているのです」

プーチンがさりげなく言及したロシアの歴史家レフ・グミリョフ、そしてパッシオナールノスチという耳慣れない言葉は、両者に無縁な者にはほとんど無意味だった。しかしながら、冷戦終結以後、ロシア政治に目覚ましく食い込んできたナショナリズムの保守的理論に通じていた者には、クレムリンが発する常套的なシグナルとして大きな意味を持っていた。アメリカ政治に置きかえれば、これはさしずめ「犬笛」に相当する［犬にしか聞こえない笛のように、特定の人々にしかわからない差別的隠喩を用いた政治手法。犬笛政治］。プーチンは、露骨には言えない事柄を国内のある集団に暗に伝えるために、これを使ったのだ。

パッシオナールノスチという言葉は、翻訳しにくい（英語ではパッショナリティか、それともパッショニズムか）。しかし、この言葉の由来を知っていた少数の者たちは、ただちに気がついた――第三期目の大統領に就任してからすでに七か月、プーチンは自分が権力機構へと持ち込んできた新思想をエリートたちに微妙なシグナルで知らせようとしているのだ、と。数年前までは取るに足りないと見なされていた思想、正気の沙汰ではないとすら思われていた思想が、大統領のその年の最も重要な演説に、突如キーワードとして使われたのだ。しかも、その十五か月後には、これらの思想が具体化された。ロシア軍兵士たちが、クリミア全土の空港、輸送拠点を音もなく占拠し、それがドミノ効果を発揮して、ウクライナ東部での戦闘へとつながったのである。過去二十年、プーチンの愛国主義は、節度を守り、特別な思想は掲げない公共性を守ったたぐいのものだったのに、今や彼は胸を打ち叩いて鼓吹《こすい》するナショナリズムへと急旋回し、自己犠牲と規律、忠誠心と勇猛果敢さという軍事的徳目を強調しはじめたのだ。

パッシオナールノスチ（ラテン語のパッシオに由来）に対するプーチンの定義は、やや毒気を抜いたものだった。この言葉を使いはじめたグミリョフ自身は「前進し、変化をもろに抱きとる」と言っていたが、もっと正確に言えば、「受苦の能力」という意味になる。この言葉は暗に新約聖書とのつながりを示しており［イエスの受難］、シベリアの強制労働収容所で十四年の刑期を勤めていたグミリョフが、その辛苦の最中に思いついたものだった。一九三九年、シベリアの前に送られた白海［ロシア北西部バレンツ海の入江］で運河掘削に駆り立てられ、日々疲労困憊と低体温症で死んでいく同囚を見ながら、グミリョフはパッシオナールノスチの理論を創案した。それは人間の歴史の不合理性を理論化したものだった。個々の人間が大いなる善のために身をなげうてる能力こそが歴史を旋回させるというもので、のちにグミリョフはこれこそが偉大な国民的資質だと定義するに至る。

強制収容所以後の数十年、グミリョフの精神的な構想は深刻なまでに厭世《えんせい》的になったが、その彼の思想こそが、ロシア式ナショナリズムという新思想の芽となったのだ。一九五〇年代後半から没年の一九九二年まで、歴史家としてのグミリョフは、内陸ユーラシアのステップ地帯の諸民族の専門家として知られるようになっていた。グミリョフによれば、それらの諸民族とは、スキタイ、匈奴《きょうど》、フン、テュルク語系諸族、契丹《きったん》、タングート、モンゴルなどで、これら諸族の歴史は啓蒙性や理性の発展とは無縁で、移住・征服・民族殲滅《せんめつ》・滅亡の果てしなき繰り返しだった。数百年おきに、原始的な遊牧民たちがステップの一角から躍り出てきて、繁栄するヨーロッパの諸王国、中東、アジアを劫略《ごうりゃく》したあげく、歴史に登場してきたときの唐突さに劣らぬ早さで消えていった。この種の歴史において勝者は、世界をテクノロジー、資産、理性で導くような社会を持ってはいなかった。そのかわりに彼らが持っていたのは、パッシオナールノスチだったのである。グミリョフの見解と同様のものは、他の時代の似たような現象を表現する場合にも見られ、たとえばマキャヴェリは尚武の精神をヴィルトゥ［現代語では徳目と訳されることが多いが、マキャヴェリでは「自由意思に基づく力量」、ときには「武勇」の意味で使われる］という言葉で表した。他方、中世のアラブ哲学者イブン・ハルドゥーンは遊牧民らの文明諸都市の襲撃と略奪をアサビーヤと呼んでいる。

ステップの諸族に対するグミリョフの強迫観念は、彼の人生、すなわち十四年にわたるシベリアの労働収容所暮らしの間に、広大な凍てついた荒野で間近から目撃した光景こそ、何百年も前から殺戮《さつりく》と破壊を展開してきた野蛮極まる襲撃過程が今日に再現されたものだとの思いから生まれたのかもしれない。収容所仲間があらゆる文明的衣装をはぎとられ、生きのびるには獣と変わらない行動を強いられる姿を見て彼は、人間は自然を馴致《じゅんち》するどころか、自然の下僕にすぎないと思い知らされた。のちに彼が書いたことだが、人間社会を編み上げ、友情と同胞愛を育む人間的美徳は、人間の進歩の証拠ではなく、生物学的な衝動、本能的な欲求であり、これはどの時代の人間にも当てはまる。すなわち、「やつら」と「おれたち」を区別する衝動なのだ。

頑強な反共産主義者だったはずのグミリョフは、にもかかわらず、ソ連の瓦解《がかい》で驚くほど惨めな思いに駆られた。瓦解は、一九九二年に彼が没する半年前に起きた。その後、多くの同囚者たちと同じく、彼もまた奇妙な愛国主義にとりつかれることになる。自分の健康を蝕《むしば》み、人生と友人たちを奪った祖国、それどころかその政権に対してすら、説明しがたい忠誠心を抱くのである。これこそが「ストックホルム症候群」［人質にとられた被害者が加害者と長時間過ごすことで共感や好意を抱くこと］の典型として、やや奇妙な性格の研究を生んだ。すなわち、ロシア帝政の偉大さへの賛辞、ロシア帝国（そして後続のソ連邦）の本質的な性格は、独特な超エートスまたは超文明的なもので、多くの民族が征服された結果としてではなく、皇帝の偉大な帝国の家臣として進んでそれに靡《なび》き伏すことで形成されたというのだ。グミリョフは、ロシアに残るパッシオナールノスチの物理的総量を計測できるとさえ主張し、文明は千二百年の寿命のまだ半ばにあると予言した。

グミリョフは、自身の理論を「ユーラシアニズム」と呼んだが、その典拠となる文献は、彼に先立つ数十年前の一九二〇年代、ヨーロッパに亡命した白系ロシア人たちによって生み出されていた。この言葉はグミリョフによって評判となり、反動的思想の持ち主たちの間で好まれるスローガンとなった。反動的思想の持ち主とは、ソ連に敵対するナショナリストたちや、ソ連守旧派中の硬派と正反対の思想を持つ者たちで、共通の大義のもとにますます結束を深めつつあった。ソ連滅亡の苦痛に直面したグミリョフは、国旗を振りかざす奇妙な愛国者に豹変して、ペレストロイカ時代のメディアとのいくつかの会見では民主主義者をこきおろした。その豹変ぶりには、彼の生涯の友人だったエマ・ゲルシュテインですら、「ゾッとする」と批判した。

一九八〇年代後半のソ連瀕死の時代に、彼ほど高い地位にあり、ソ連によってあれだけ痛めつけられながら、なおかつソ連帝国を賛美する者はいなかった。彼は国と国民が持つ没理性的な絆を長らく研究してきた。労働収容所の元囚人である彼が、その晩年は、死にもの狂いで愛するソ連邦を救おうと躍起になったというその運命は、第一級の皮肉と言えるものだった。

このように怒りの矛先が的から外れるということは、本書で物語ることになるすべての書き手たちの顕著な特徴だ。すなわち、ソ連の国家権力によって甚大な被害に遭いながらも、グミリョフを含めたこれらの書き手たちは、ソ連の後継国家、新たな独裁国家に対して、新たな帝国主義的統治に必要な新たなイデオロギーを打ち立てようと、たゆみない努力を続けたのである。

　二〇一二年、プーチンがパッシオナールノスチに言及したのは、自身の演説や著作物に目新しい語彙《ごい》をちりばめようとしたものだった。二〇一一年、大統領三期目に立候補の宣言を行って以後、プーチンは新たな政策の方向性を提示していた。その方向性は、ロシア正教の価値観とロシア式ナショナリズムに訴える点が明確な特徴で、一転してリベラリズムと西欧的諸価値を否定し、以前のソ連の友邦やソ連構成共和国と再統合計画を策定するものだった。演説やテレビのトークショー、新聞記事などで、プーチンは目新しい言葉を使いはじめた。たとえば、西欧相手には「大西洋」という言葉を使いだしたのである。他方、広義のロシアに対しては「ユーラシア」を使いだした。ロシア人を指す場合、彼は「ロシースキー」という言葉ではなく「ルースキー」という言葉を使いだした。前者は、より公民性が高く、非差別的なロシア国民国家の成員を意味するが、後者は「エスニック・ロシア人」、すなわち特定民族としてのロシア人を意味する。[1]さらには、「国民国家」というかわりに「文明国家」と言いはじめた。前者はリベラルな意味合いを持つが、後者はこれまたロシア国民の歴史的「純粋性」を表現するのに適している。のちには、「国民の裏切り者」とか「第五列」［味方内部で敵のために工作する裏切り者］など、明らかに軍事的・軍国的な言葉を使いはじめた。そして、愛国主義に訴える場合の新語が、「パッシオナールノスチ」となったのである。

　これらの新語の出典は、最近まではあまり目立たなかった急進派ナショナリストたちの文献で、ロシア政治ウォッチャーらの中でもよほど注意深い者の脳裏にしか残っていなかった。その多くはグミリョフ自身の著作か、彼のユーラシアニズム論につながる新旧の人々の著作を典拠としていた。そうした著作は今や、哲学的ドグマの誘惑にもともと敏感だった支配エリート層にますます受け入れられるようになってきた。

ウラジーミル・プーチンと彼の一党による統治は十五年に及ぶが、その間、クレムリンはこの構想へと徐々に焦点を合わせてきた。この構想を公然たるスローガンとして大衆動員をかけるのではなく、まずはエリート層を打ち固めて、この暗黙の真理の背後に糾合するという手を用いたのだ。具合が悪くなれば、あっさり否定してしまえるほど微妙な言い回しで語られる不透明な政策として、演説において大音声で叫ぶのではなく、ささやき声で言う暗号という形を用いるのだ。グミリョフのパッシオナールノスチこそ、本書の中心主題である。グミリョフの生涯を彩るヒロイズム、犠牲、勇気と悲劇は、本書で描出するすべての書き手たちにとってと同様に、特別な宿命を持つナショナリズムを生み出す原動力となった。そして、このナショナリズムは、それを生み出した悲劇的状況を新たに再現するという運命を帯びているかに見えるのだ。

＊＊＊

学問研究としては、グミリョフの著作は学者仲間から「読み手を引きつけてやまない優れたフィクション」と見られているが、それはおおかた「彼の悲劇的な人生ゆえに」そうなのだと考えられた。彼の著作に人気が出てきた背景には、ソ連の末期、すべての権威に挑戦することこそ、学者としての名声獲得につながる確実な道だったことがあった。

本書は、悪しき思想がなぜよき思想、少なくともよりましな思想を打ち負かすかについて掘り下げている。十年前には誰も一顧だにしなかった思想が、なぜ唐突にクレムリンの権力者たちが表明するものに一変したのか？　絶望的なまでに難解な思想、もっともな理由から否定され、それを言いだした者たち自身がデマゴギーだと否定し、権威ある雑誌で「おとぎ話」のレッテルを貼られ、（正当な理由から）非難され、作り話だと証明された思想が、今や世界を変えるかもしれないのだ。本書は、ソ連の収容所群島の囚人が紙袋に書きつけた思想が、ある日、ＮＫＶＤ《エヌ・カー・ヴェー・デー》［内務人民委員部。ＫＧＢの前身］の今日的後継者によって、国民的思想として公言されるようになる経緯を記した事例研究である。

　思想はその良否にかかわらず、政治活動では、なかなか正当に評価されることがない。その点を、ジョン・メイナード・ケインズは一九三六年にこう表現した。「経済学者と政治哲学者の思想は、それらが正しい場合もそうでない場合も、一般にそれらが理解されているよりも力を持っている。実際、世界はそれ以外のものに支配されることはめったにないのだ（中略）血迷った権力者は、風説に敏感で、数年前に二流の学者が走り書きした文言から自分たちの熱狂を絞り出す。私に言わせれば、既得権側の力は、思想がじりじりと蚕食《さんしょく》してくる力に比べて、途方もなく誇張されているのだ」[2]

　このケインズ説が、ロシアほど当てはまる例はない。この国は、過去二百年間、哲学的幻想だらけで、それらに猛烈に揺さぶられ続けてきたのだ。十九世紀のロシアについて、イギリスの哲学者アイゼイア・バーリンはこう書いている。「思想を吸収する能力にかけて驚くほど敏感な社会といえば、真っ先にこの国が念頭に浮かぶはずだ」[3]。ロシアの小説の多くでは、思想は具象物として扱われている。フョードル・ドストエフスキーの『悪霊』では狂おしいスタヴローギンが、「思想に食われている」ように、十九世紀の最も有名なロシア小説の多くでは、哲学への没頭がいかに美徳であるか、あるいはそれがいかに間違った方向へ展開されるかが主題となっているのだ。ドストエフスキーの『罪と罰』自体、まさに思想への傾倒を批判することが主題で、理論がいかにして怪物を生み出すかについての考察である。主人公のラスコーリニコフは、ある理論をみずからに証明するためにだけ老婆を殺す。小説の終わりで予審判事は、彼にこう告げる。「今回は老婆を殺すだけですんだ。きみが別な思想を考え出せば、それより千倍もひどいことをしてのけるかもしれない」。このブラック・ユーモアこそ、二十世紀におけるロシアの運命を悲劇的に予言していたのだ。

思想には血肉があり、病気や寄生虫と同列に扱ってしかるべきで、実際、その伝播力と宿主を侵す点では病気や寄生虫に劣らないとする研究もある。神経生物学者のロジャー・スペリーは、思想には肉体を振りまわす能力があり、「伝染性」と「猖獗力《しょうけつ》」を持っていると主張する。「思想は同じ脳内で相互に作用もし合い、脳内の別の力とも相互に作用し合う。隣り合う別の個体の脳とも、地球規模のコミュニケーションの時代ゆえに外国にある頭脳とも、同様の事態が起きるのだ」(4)

イギリスの革命的な進化生物学者リチャード・ドーキンスは、これと似た「ミーム」論を唱えた。彼によれば、ミームは文化情報の単一単位で、その主たる特徴は他のミームとの相互作用で増殖し、ウイルスのように広がっていくことであり、その過程で自然淘汰のようなものが働くことである。ドーキンスに言わせれば、「あなたが私の脳内に増殖力のあるミームを植えつければ、事実上、あなたは私の頭脳に寄生することになる」(5)。ミーム同士の競合においては、真実や証拠はほとんど根拠にはならず、ドーキンスみずからは科学に対して宗教が頑強に存続している理由を説明するために、このミーム論を思いついた。非常に重要なのは、アメリカの喜劇役者、スティーヴン・コルバートが言うところの「真実らしさ」である。あるいは、「神がおわすことを信じる」とか「テロとの戦争」のような、本来その言葉自体にこめられていた俗受けのする思想（観念）が、さして自覚的な支援や説明も経ずに、ときには意味もわからないままに広がっていく現象なのだ。

こうした説明が当てはまるのが、今日最強のミームの一つであるナショナリズムの隆盛である。十九世紀にヨーロッパの想像力をとらえて以来、ナショナリズムは史上最も破壊的ないくつかの戦争を引き起こし、さらには一発の銃弾も発射されずに終結を迎えた地球規模の対決、すなわち冷戦をも引き起こした。二十世紀で最も敬意を払われたナショナリズム研究者のアーネスト・ゲルナーは、こう言っている。「ナショナリズムが根づいたところではどこでも、それが他の近代的な思想をしのいで優勢になった」[6]。彼の発言が興味深いのは、ナショナリズムそれ自体が主題だということだ。ナショナリズムは、ナショナリスト全員を集めた総体とは別物である。個々のナショナリストは、その思想を宣言し、スローガンや国旗を振り回すが、ナショナリズム自体は彼らから独立した別のもので、それ自体が社会学的に実在し、客観的に存在しているのだ。ナショナリズムが勝利を得るのは、それを振りかざすナショナリストがより優秀だとか強いとか有能だとかいうのではなく、ナショナリズム自体が持って生まれた特徴を保持し、公平な戦いにおいて他のミームを打ち負かしたからなのだ。

国から国へと、ナショナリズムは政治議論のテーマをハイジャックした。それは、政治ウォッチャーたちを仰天させるスピードで進行し、その結果、ナショナリズムこそが政治目的を遂げる唯一の手法として生み出された策略や操作手段だと確信する専門家たちも現れた。実際のナショナリズムの歴史はわずか二百年ほどで、ナショナリストが誇るほど古くからあるわけではない。皮肉なことに、ナショナリズムの成功は、競合する近代哲学より基礎的で本源的、生得的で純粋なものと見なされてきたことにその多くを負っている——実際、それらの哲学の大半よりは、ナショナリズムのほうが先に生まれてはいたのだが。

実のところ、ナショナリズムの創造性、想像力、いや、それが持つ露骨な詐術すら、ナショナリストたちはすべて古くて不変なものに光を当てようとペンに物言わせてきたが、同時に彼らは自分たちの探求につきまとう恣意性と逆説をもほぼ常に意識していた——彼らは、最初からそこにない何物かを発見するか回復させることを図っていたのだ。かといって、ナショナリズムを政治的目的に利用するだけのシニカルな操作だと切って捨てるのは、誤解を招く。民族の形成は、基本的に創造的かつ非利己的な行為なのだが、それが完成された後になってシニカルな搾取者に利用される結果に終わるのだ。概して、民族は指導者や将軍たちではなく、作家や詩人たちが創出したものだった。政治家たちがナショナリズムを利用して王たちを殺し、帝国を引き倒して新たな帝国を再建しはじめるずっと前から、民族は書物や詩の中に存在していた。

本書で詳細に取り上げている「三文文士たち」の中に、本物のシニシズムを見いだすのは難しい。彼らはみなグミリョフのように、自分の作品のために途方もない苦しみをなめるのだ。本書で紹介する書き手たちの個々の経歴は、どのようにして思想が人々にとりついていくかを示している。その逆は起こらない。さらに言えば、ナショナリズムを単なる巧みな操作術にすぎないとする見方にも異議を唱えざるをえない。理由は、もしそうであれば、操作によって巧みに消去してしまうことも容易であるはずだからだ。しかし、そうはならない。民族はできたての段階ではかぼそく、あやふやで、どうにでもなるようにみえるが、驚くほど急速に地歩を固め、もはや消去できかねる確固たる事実となり、説明しがたい永続性を帯びる。言いかえれば、根を下ろした場所でナショナリズムは根づくのである。

今日、政治家たちは危機に際してナショナリズムに訴え、注意を逸らし、力を動員し、権力の強化を図る。多くがその過程で制御力を失い、眠らせておきたかった過激派に力を与えるはめになる。その段階から、ナショナリズムは「尻尾が犬を振り回す」。すなわち、いったんそれが根を下ろすと、政治家たちはナショナリズムのロジックに合わせて行動するしかなくなるのだ。本書では、前世紀にロシアで類似したことがナショナリズムに起きたことを主張することになる――（グミリョフの用語を使えば）「パッシオナーリーたち（パッシオナールノスチを持つ人々）」が開発したナショナリズムは、大半がパッシオナーリーたち自身の努力ゆえに苦しみ、しかしながら、それを封殺しようとしたソ連政府の尽力にもかかわらず、ウイルスのようにソ連全土に猖獗し、それを唱えた者たちが収容所送りや難民などになって辛酸をなめる間にも、彼らの見解は時の政権によって承認されたり、採用されたりしていった。まずはスターリンによって第二次世界大戦で勝利をつかむために、次は正統派の強硬スターリニストへの拮抗勢力としてナショナリストを取り込んだフルシチョフ治下で使われ、一九七〇年代にはスターリニストとナショナリストが合体を遂げたブレジネフ政権で「文化による政治」の道具に使われた。最後に優勢となったのは、ナショナリズムが一九九一年にソ連そのものを解体したときだった。そして一九九三年にはナショナリズムはまたしてもイデオロギー面での対抗勢力であるリベラル・デモクラシーによって、モスクワの街路で繰り広げられたエリツィン対最高会議（国会の呼称）の対決という場面で敗北を喫した。ところが、ナショナリズムは、エリツィン政権に浸透した後、いま一度、敗者の手から勝者の手、すなわちプーチンの手に取り戻されたのだ。そしてジョージア、ウクライナ東部と南部へと押し寄せ、「ユーラシア」としてのロシアに尽くすべく他の征服地へと矛先を向けている。歴史の曲がり角のすべてでナショナリストたちは弾圧され、打ち負かされてきたが、ナショナリズム自体は勝ち誇っているのだ。

この種のナショナリズムが現代社会に広く行き渡っていることは、疑問の余地がない。しかし、これらがどのように現前するか法則があるわけではないし、競合するナショナリズムのうち、どれがどの国に根を広げるのか予測できる法則があるわけではない。今日、世界には独自性を持つ言語は約八千あり、国家は約二百ある。これらに加えて、国家とほぼ同数の民族統一をめざすナショナリスト運動がある。これらは、いまだに国家建設の夢を達成できていないが、明らかなのは、その夢を掲げて運動を創始した民族のうち、それを政治の次元まで高められたのはほんのわずかだということだ。これこそが、ゲルナーが「吠え損ねた」民族（「潜在的ナショナリズム」の担い手）として言及した現象だった。ゲルナーは、なぜ一部の民族が歴史的な偉大さや苦難を担えるものとして選ばれ、一部の民族は選ばれなかったのかを説明しようとした。この問題に関しては、誰一人、一貫した公式を見いだせた者はいない。このことからも、ナショナリズムの発現には、本質的に創造的かつ偶発的な道筋があることがうかがえるのだ。

以上に加えて、まったく逆の問題が出てくる。すなわち、完全に虚構の諸民族が「吠え声をあげた」場合だ。言いかえると、いかなる意味でも民族性を一つにしない複数の民族が、事実上、何一つ共通項を持たず、自分たちの名においていったい何が追求されているのかもわからないうちに、共通の国家の建設を願う思いを共有することを表明する政治運動である。その一つが、本書の主題であるユーラシアニズムだ。これは大胆な試みで、祖先が伝説上のステップ諸民族であること、そして言語学的、文化的、人類学的諸データという膨大な要素をつなぎ合わせて一元的な政治的実体に仕立てあげようというものだ。

本格的な学問研究という点では、ユーラシアニストたちの主張はほとんど信憑《しんぴょう》性に欠け、せいぜい一種の隠喩として理解されてしかるべきだろう。ユーラシアニズムの対比軸として役に立つのが、セルビア人小説家ミロラド・パヴィチの『ハザール事典』だろう。一九八四年に出たこの本は、十世紀に忽《こつ》然《ぜん》と消え去ったハザール人という中央アジアの民族に関する話をフィクションとして描いたものだ。パヴィチはセルビア人ナショナリストで、セルビア人のナショナリズムについて寓話を書いていた。ハザール人はセルビア人の一派で、西欧と東欧を股にかけ、強烈な文化的統合失調症の犠牲者として悪意と誤解の的となって、ヨーロッパの辺境で姿を消した。これと同じく、本書に描かれるユーラシアニストの思想は、現実の民族誌や政治理論としてよりも、失われたロシア、それも一度として実在しなかったロシアを表す符丁《ふちょう》として理解されるべきだ。すなわち、民族的悲劇の隠喩として、そしてセルビア人の従兄弟たちにとりついたデーモンと同じ、懊悩《おうのう》と血まみれの報いの先例として受け取られるべきものなのだ。

本書で扱うロシア版ナショナリズムの一つであるユーラシアニズムは、もともとは黙示録的な構想で、当時記録された最も激烈な数年を生き延びたものと見るのが妥当のようだ。ユーラシアニズムは、ヨーロッパにおいて両大戦間に他のイデオロギーも刷新されていった、その文脈で眺めるべきものだ。これらの大半は非常に劣悪なものだった。一九二〇年代と三〇年代ほど、思想が手荒に改変され、未曽有の人命を奪った例は、他の時代にはなかったのである。

＊＊＊

ボリシェヴィキ革命とロシア内戦に続いて、大量に生まれた亡命者のうち、二十数名のロシア人学究、歴史家、言語学者、作曲家、作家たち——僧侶まで一名まじっていた——が、ヨーロッパ各国の首都に集まった。彼らは啓蒙主義の故国として同世代全体で憧れてきたヨーロッパが、塹壕や毒ガス、大規模殺戮で荒廃していく光景を目撃していた。ヨーロッパでは比較的後進国だった自国に入ってきたヨーロッパの進んだ社会理論により、自国内でさらなる殺戮が起こり、史上最大の難民危機が起きた。彼らのお気に入りとなる理論は、文明と進歩の価値そのものを集合的に疑問視する結果、生まれてきたものだった。この亡命者集団は、これらの大殺戮すべての中に希望を見いだし、ボリシェヴィキ革命こそロシア独自のものだと見なしたが、それは逆説もいいところだった。

「ロシアは罪に満ちて神なき状態において、慄然たる恐怖と汚濁の渦中に置かれている。この渦中でこそロシアは、この世にはない都市を獲得すべく、模索と苦闘を続けているのだ」と書いたのは、ユーラシアニズム運動を創設した四名のうちの一人、ピョートル・サヴィツキーだった。この文言は、このグループの設立文書である『東方への脱出』の中に出てくるが(8)、これこそ実は真剣な学術的論考の形をとって表されたトラウマであり、一九二〇年代における徹底的自己省察を象徴していた。彼らの主張によると、母国ロシアは合理主義的西欧の支流ではなく、モンゴルの大軍団《オルド》の子孫であるという。そして、ボリシェヴィキ革命がその遺産としてその蛮行を証明していたかにみえる。彼らは、革命の中に自分たちの未来が約束されていると感じとったが、それはすなわち、西欧への隷属を振り捨て、真正のロシア性、すなわち地上での至福をもたらしてくれる聖書的な出来事、地殻変動と見ていたのである。

ボリシェヴィキ革命と宗教的主題が溶け合うことは、当時の知識人の多くに共通して見られ、彼らの多くが一種の「ストックホルム症候群」にかかっていたと思われる。革命に恐れおののいた犠牲者でありながら、革命の目標と一体化したのである。「十二」は、アレクサンドル・ブロークが一九一八年に書いた、当時としては最も偉大な詩だが、共産主義とキリスト教を最大限に混ぜ合わせようとする衝動が反映されている。この詩では、ペトログラード［現サンクトペテルブルク］で漆黒の夜、白雪の中をパトロールする十二名の赤衛隊員たちが、前方に亡霊のような人影を認める。

猛吹雪舞い積もる只中を、
銃弾飛び交う只中を不死の身で
真珠のごとき雪片の王冠、
霜の花冠をいただいて
部隊の前方をイエス・キリストが歩みたもう。

ユーラシアニストの思想は、本格的な科学的理論ではなく、この詩のように一種のアナロジーであり、赤色ロシアと白色ロシアを和合させようとする美学的な試みだった。彼らは、共産主義をキリスト教の一時的な形態と見なし、それがロシア正教の信仰と合わされれば、吹雪の只中をイエスが赤衛隊を導くように、広大な帝国の統治にも適していると見たのである。

こういう抽象的な頭でっかちのエネルギーゆえに、ユーラシアニストの集団はこの発想自体を、内陸アジア住民たちの集合的無意識から浮上してきた太古の大陸アトランティスの発見だと位置づけた。すなわち、これこそがユニークなユーラシア文明の中核であり、歴史上ではスキタイ人、フン族、テュルク語系の民族、そしてモンゴル族などさまざまな姿をとって登場してきたというのだ。ロシア帝国とその後継者のソ連は、これらの時間を超えた統一の最新の顕現として、ステップ陸地と森林からなる内陸アジアの新たな組織体を形成したのだ。

彼らが創造した理論は、ロシアを生来「思想統治《イデオクラシー》」の大地と見ており、共産党に酷似した党派によって統治される運命にあると見なした――共産主義がそれ自体の重みで崩壊した後でも、そういう運命にあると見ていたのだ。ロシア帝国とソ連の境界は、本来一つになるべき政治単位の自然な区分線だった。この運動の中心的な知識人であるニコライ・トルベツコイは、一九二五年にこう書いている。「その本来の特質から言って、ユーラシアは歴史的には、単一の国家主体をつくるべく運命づけられている」[9]

ユーラシアニズムは、この集団にとって、ほんのサイドワークにすぎなかった。彼らはこのサイドワークに自分らの暗黒面を「注ぎ込み」、みずからの怨嗟《えんさ》の容器とした。したがって、真剣な学問研究というよりも、自己療法という側面が強く、トルベツコイは自身の政治的論考を偽物と見るようになったばかりか、まことに有害なものとみなすことになる。彼は、スターリンの統治こそ、この集団が十年間書き続けてきた政治的マニフェストの典型であるとみなし、こう書いている。「われわれの予言が的中し、悪夢に変貌した」。そして彼は、ついに友人の一人に対して、自身の見解を放棄すると伝えるのだ。

＊＊＊

この章の冒頭で紹介したレフ・グミリョフは、ユーラシアニズムの登場と一体化されて語られることが最も多い。彼はユーラシアニズムの第一波に続く後継者で、その中にインスピレーションを求めた。彼は十四巻から成るロシアとステップ遊牧民の歴史を書いたが、そこではこれら両勢力の相互関係が強調され、ロシアとヨーロッパ文化とのつながりは過小にしか評価されていない。事実、モンゴルは頻繁にロシアの味方として積極的な評価がなされ、他方、ヨーロッパの国々はロシアから何かと奪いとる狡猾で邪悪な勢力として描き出されている。

グミリョフ自身は、自分の歴史観の欠点を仲間に対して率直に認めていた。理由は、その大半を書物も資料もない労働収容所で書いたからというものだった。彼自身、ユーラシアニスト仲間のピョートル・サヴィツキーにこう認めている。「という次第で、私は想像力を膨らませるかロジックを駆使して、自前の結論に行き着くしかなかった」[10]。彼の著作で描かれるステップの遊牧民たちは、本腰を入れた研究の成果というより、歴史上の寓話のように見える。グミリョフの歴史書の初期に出てくる匈奴、フン、テュルク語系諸族、モンゴル族たちは、孤立し、常にだまされる後進社会で、栄光と破滅が繰り返される悲劇的な循環にさらされる歴史を持っていた。この点で彼らは、主としてグミリョフの母国ロシアの隠喩として使われているかにみえる。

二十世紀で最も有名な詩人夫妻であるアンナ・アフマートワとニコライ・グミリョフの息子レフ・グミリョフは、ペレストロイカ時代にソ連きっての有名知識人の一人だった。パッシオナールノスチ理論の創始者として、彼の人生自体が典型的なお手本になっていた。彼の理論は、どんな正統派理論をも猜疑の目で見る国において、すぐさま受け入れられ、彼自身の受難はその理論の真正さを保証していると受けとられた。彼の名声のために、ユーラシアニズムはソ連以後のロシアの主流文化となった。その根底にあった観念は、ロシアは一つの民族というよりは、ロシア帝国とソ連というマントを受け継いだ一つの文明であって、この両者も太古以来、内陸ユーラシアを支配してきた何か神秘的な統一体の一時的形態にすぎないというものだった。一九九一年、ついにソ連国旗がクレムリンの旗竿から下ろされたとき、レフ・グミリョフの理論は国際主義とナショナリズムの統合をめざす一派によって、瓦解以後も国家統治の力を引き出すために担ぎ出された。晩年、レフが偏執狂的に打ち込んだユーラシアニズムは、こうして具体化されたのである。

旧体制に固執する一派は、一九九一年八月のクーデター挫折によって一掃され、共産主義の衣鉢《いはつ》をじかに受け継ごうとする「赤いナショナリズム」はいっさいの機会を奪われた。しかし、それは都市の地下室で発行される、風変わりなパンフレットの中で生きのびた。これを主宰したのがユーラシアニズム第三の人物であるアレクサンドル・ドゥーギンで、もともとはペレストロイカ直前の放縦《ほうじゅう》な時代、モスクワのボヘミアン仲間内で反乱を使嗾《しそう》するパンフレットの書き手であり、ギターをかき鳴らすヒッピー詩人として登場し、一転して、参謀幕僚学校の講師となり、ついにはクレムリンのお先棒担ぎに豹変した――反乱煽動家としての本質は残したままに。ドゥーギンの以前の仲間だったエドゥアルド・リモノフは冗談半分に、彼を「ファシズムの聖キリルと聖メトディオス」［九世紀のギリシャ人宣教師兄弟。東ローマ皇帝の命により、モラヴィアに東方正教を伝えた］と呼んだ。ヨーロッパの極右思想をロシアへ輸入したことを嘲ったのだ。一方、私と面談したクレムリンのスピンドクター［情報操作担当者］、グレブ・パヴロフスキーは、いわゆるシロヴィキ、すなわちプーチンとともに権力をつかんだ治安要員たちに及ぼしたドゥーギンの威力を辛辣な口調でからかった。「彼は、本なんて一度も読んだことがないような者たちに猛烈な影響力を発揮した」

プロパガンダ専門家、ゴーストライター、ジャーナリスト、煽動専門家としてのキャリアにかけては独占的な存在だったドゥーギンは、新たな硬派ナショナリズムのシンボル、理論、パンフレットの生産をほぼ一手に引き受けたが、それもともとはといえば、ペレストロイカ時代のモスクワの薄汚い地下室やカフェで積んでいた正反対の活動でのキャリアがものを言っていた。ドゥーギン自身は、よきにつけ悪しきにつけ、政治の表舞台へ躍り出ることはなかった。最も知られた著作は『地政学の基礎』だが、これはソ連瓦解後のロシアがどん底に沈んでいた一九九七年に書かれた、世界統治の教科書である。世界統治など思いもよらない状態のロシアで、この本は熱狂的に受け入れられた。この本を貫く主題は、冷戦は共産主義対資本主義の激突などではなく、二つの地理的勢力圏間で戦われる永遠の格闘だというものだった。すなわち、世界最大の陸地勢力《ランドパワー》である「ユーラシア」と、その天敵、すなわち最初は大英帝国、次いでアメリカ合衆国に代表される「大西洋」の海洋勢力《シーパワー》との対決だというものだ。冷戦後の時代の根本的で深遠な真実とは、事情に疎い者には見えないのだが、合衆国の最も危険な敵は、イスラム過激派でも中国でもない。いわんや、骨格も定かでない破綻国家でもサイバー攻撃でもない。それは過去、現在、未来を通してユーラシアの心臓部を押さえる難攻不落の大陸勢力の砦、ロシアなのだ。合衆国は、その国民自身がわけもわからぬ状態で、ともかくみずからの敵を討ち滅ぼそうと目下躍起になっている、というのである。

地政学理論には、国内統治術の法則はなく、あるのは古くからある征服衝動だけだ。それ以外のスローガン――「普遍的人権」とか「民主主義」など――はお飾りか宣伝文句にすぎない。現実にあるのは、競争、戦闘、同盟、緩衝国家、防衛線、支配圏、帝国といったものだ。冷戦末期に「歴史の終わり」などという見当違いの観点を押しつけられていたロシアのシロヴィキ――将軍や治安当局の役人たち――という国家の守護役たちにとっては、『地政学の基礎』のメッセージは魅力的なものだったのである。

シロヴィキたちは、世界の基本的な現実は冷戦終結で変わることはなく、国家には依然として軍隊、スパイ、治安要員、戦略的同盟諸国、膨大な国防予算が必要なのだと言ってくれる者を欲していた。マキャヴェリが十六世紀のフィレンツェで、政権の獲得と維持に関する率直なハウツー書を提供したのと同様に、『地政学の基礎』は、世界の金権政治家たち特権層が一般大衆の目からは遠ざけておきたい隠された知恵というオーラを持っていたのである。帝政ロシア時代に書かれた偽書である『シオン長老の議定書』の差別的側面を捨象した著作として、『地政学の基礎』は、プラハの墓地ばかりでなく、ワシントンDCやロンドンなどの「大西洋主義」の回廊にも、地球規模の陰謀を位置づけてみせたのだ［『シオン長老の議定書』では、ユダヤ教の長老たちがプラハの墓地で世界転覆の陰謀を練ったとされる］。

ドゥーギンの個人的な影響力は、ロシアではずいぶんと過小評価されているが、とはいえ、彼に注目すべき理由はじゅうぶんにある。彼のディストピア的構想は、奇妙なほどに主要な出来事を予示していることを説明しよう。

二〇〇九年、ナショナリスト的おふざけとして、ドゥーギンは、解体されたウクライナの地図を描いてみせた。その地図には、「ノヴォロシア」［新ロシア］という運命的な言葉が添えられていた。それは、ロシアの支援を受けた分離主義者たちによる二〇一四年の武装蜂起以後、究極的にはウクライナから分離するはずの東部地域を指していたのだ。ドゥーギンが、帝政ロシア時代の呼称を使ったのはプーチンが同じ呼称を使いだす五年も前だ。あるユーチューブの動画でドゥーギンは、ウクライナ分割の精密な見取り図を掲げ、「今回の選挙（二〇一〇年のウクライナ大統領選挙）が統一国家としてのウクライナの最期になる」[11]と予言していた。ドゥーギンの予言は、ウクライナ紛争開始以来、怖いほど的確だった。彼は、ナショナリストグループの中で最初に、東部ウクライナに対して「ノヴォロシア」という言葉を使った。それは、二〇一四年三月三日のインタビューのときで、ドネツクとルガンスクの占領が始まるずっと前だったし、[12]視聴者が電話で参加する番組でプーチンがこの言葉を使うより一か月半も前だった。ドゥーギンは、ドネツクとルガンスクが独立を宣言すると予言したが、その数週間後、両地区が独立宣言を断行した。また、両地区によって結成されたノヴォロシア連邦の旗のデザイン（赤地に青の聖アンデレ十字［Xの形］）を予言したのは、コンテストでそれが確定される二か月も前だった。さらに、ロシアが大規模な地上軍を投入するとも予言したが、八月後半、それは現実となった。

　私はドゥーギンとは十年来の付き合いだから、彼がプーチンとは直接のコネはないと言い張るのに疑念を差しはさむつもりはない。ただし、プーチンの側近たちは自分の論考の脚注にドゥーギンの名をあげ、彼の発言を引用し、あまつさえ彼の計画に資金を提供しているのだ。ドゥーギンは、国庫を引っかき回す隠れた手の持ち主だったリシュリュー枢機卿［ルイ十三世の宰相として辣腕を振るった］よりも、ウンベルト・エーコの小説に出てくる陰謀史観の持ち主のパンフレット発行者にむしろ似ている。この人物は、自分がでっちあげた登場人物たちがページから現実の世界へと飛び出してくると、世間同様に自分でも仰天するのである。二〇一四年七月にユーチューブにアップされたインタビューで、ドゥーギンはこう説明している。「一見、私がプーチンの顧問で、彼に指令を出し、彼が私の考えに影響されているかに見えるだろうが、それはちがう[13]」。「彼も私も、ロシアの歴史に内在する論理と地政学に従って行動しているだけなんだ」。私との会見で、彼はこう言った。「ということはつまり、プーチンと私、そしてワシントンとベルリンの関係はすべて、歴史の法則、政治の法則、そしてある程度まではエリートの行動法則の作用を受けているということだ」

　ドゥーギンは、十九世紀の偏執狂的なスラヴ主義の保守派の側面と、猛烈な速度で次々と言説を生み出すはしからそれらを脱構築してみせる独りよがりの二十一世紀風ポストモダニストの側面を、両方持ち合わせている。たとえば、神聖なロシアについて演説し、感銘を与えておいて、くつろいだとたんに、そんな自分をジョークで笑い飛ばし、嘲弄してみせるのだ。「ロシアには現実的なものは二つしかない」。かつて私との長いやりとりの後で、彼はこう言った。「石油販売と窃盗だ。それ以外は、すべてお芝居なんだよ」。かつてはドゥーギンの弟子だったが、今ではロシア語版の『ヴォーグ』編集長を務めるアンドレイ・カラゴジンはこう言う。「彼は本気なのか、そうではないのかって？　これはポストモダンという問題すべてについて言える。つまり、そのどちらでもあるということだ」

実際、常にヨーロッパの最新の知的流行（かつてはヘーゲルやマルクス）を受け入れ、吸収してきたロシア人の熱心さを思えば、ロシアのエリートたちが、二十世紀末のヨーロッパから受け入れたあらゆる哲学を否定する新たな哲学に夢中になったのもよくわかる。なにしろロシアの政治自体が超現実的で、国営テレビやドゥーギンのような論説専門の出演者によって別世界が最大音量に増幅され、ありとあらゆる思想が単なる言葉遊び、あるいは偽装された政治の力学に還元されてしまうのだから。政治は、すべてまがいもので、スペクタクルになる。ありとあらゆる「言説」は、あらゆる真理と同等のものとなる。批評の理論であるポストモダニズム、ポスト構造主義など、権力批判の武器として考案された哲学は、クレムリンの恐るべき「政治工学」マシーンによって吸収され、独裁的統治の道具に転用された。クリミア侵攻に際して、アメリカのケリー国務長官は「十九世紀的思考に基づいている」と批判したが、的がずれていた。ウクライナ危機は、ビスマルクやディズレーリといった十九世紀の政治家たちによる地味な政治判断というよりは、ロシアのメディア・バブルから生まれた二十一世紀的まがいものにこそ負うところが大きいのだ。

ドゥーギンは、ロシア政治におけるポストモダン革命のパイオニアの一人で、狡猾かつ皮肉な政治姿勢を早々ととり、今やクレムリンの政治指導者の多くがそれを採用している。「ユーラシア」や「大西洋主義者」といった言葉を使うたびに多くの者がにやりと笑ったり、ウインクするが、それでもそれらの言葉を使うのだ。彼らはウクライナ東部にはロシア兵はいないと主張するが、これを見えすいた宣伝として行うのではなく、ポストモダン的ジェスチャーとして行う。その独善性たるや、「湾岸戦争は起きなかった」とふざけて言ってのけるジャン・ボードリヤール［フランスのポストモダンの思想家、社会学者］なみの自己満足に支えられているのだ。

＊＊＊

今日では、二十世紀と違って、どんな国家でさえ民主主義、人種的寛容性、民族自決、自由貿易、普遍的人権以外のいかなるシステムをも公然と採用することはできない——たとえ、統治者が口先で言っていることを実行していない場合でもだ。おおっぴらに隣国の征服や制圧を口にすれば、もはや公然とは受け入れられない。征服のための戦争は、名目だけでも原理や価値観を掲げて断行しなければならない。だからこそ、各国政府はこれらの身勝手な挙に出るときは、暗号や合言葉めいた「犬笛」を使うのだ。世界中の政権や政党が、口には出せないことを口にする秘密の修辞《レトリック》を進化させてきた。いわく「テロとの戦争」、いわく「中国の夢」などなど。ロシアもその伝では変わるところはなかった。

「ユーラシア」は、精緻なダブル・ミーニングとしては、クレムリンの修辞学の鍵となる。二〇一一年十月四日、四年間首相職を務めあげたプーチンが三期目の大統領選への立候補を宣言して一週間後、『イズヴェスチヤ』紙の購読者たちは、元大統領にして未来の大統領でもある人物が書いた一ページ分の記事を目にすることになる。そこでは、二〇一五年までに旧ソ連を構成していた共和国群を「ユーラシア連合」として取り込む彼のビジョンが開陳されていた。プーチンは、こう主張した。新連合は「以前の連邦と異なり、EUのような交易機関にすぎない」。これには大半の者が疑惑を抱き、とくに合衆国国務長官ヒラリー・クリントンは、モスクワで厳しくクレムリンを非難して「この地域をソヴィエト化する動きです」と怒りを表明した。「再ソヴィエト化とは呼ばずに、関税同盟と自称して、ユーラシア連合とかいう名称にするそうですが、だまされてはいけません。本当の狙いは見え見えだし、われわれとしてはこの動きをスローダウンさせるか、阻止する効果的な方法を考慮中です」(14)。これに対してクレムリンは、クリントンがプーチンの意図を「根本的に誤解している」と反論した。これこそが犬笛政治の常道で、指導者はこれを否定してみせるが、政治に暗い大衆とは違って秘儀を心得た者たちはその意図を察知しているのだ。

さらに犬笛が吹かれた。二〇一二年一月二十三日、『ニェザヴィーシマヤ・ガゼータ（独立新聞）』紙に掲載されたプーチンの論稿において、新たなロシア製の犬笛が披露されたのだ。それは「文明国家」という新語だった。

ロシアの大いなる使命は、文明を統一し、結合することである。このタイプの国家文明に、民族的少数派というものは存在しない。「友か、敵か」という定義は、文化を共有し、価値観を分かち合っているかどうかが分岐点となる。この文明のアイデンティティは、ロシアの文化的優位護持を基礎にしており、その優位を担う者はエスニックなロシア人［民族としてのロシア人。前出の「ルースキー」］に限定されるのではなく、国籍に関わりなく、そのアイデンティティを護持している者すべてに共有されるのだ。

言いかえれば、「文化的に」ロシア人であれば、友だというのである。したがって、そうでない者ははじき出される。プーチンはさらに続けて、「民族国家」という概念はリベラリズムの含意が濃厚で、ロシア人には不向きな用語として公式用語から排除されるべきだと告げた。「私が深く確信していることは、ロシアを単一民族からなる『民族国家』だと主張することは、わが国一千年の歴史に完全に反することだということです」(15)

二〇一三年九月、プーチンは、ジャーナリストやロシア専門家を集めたヴァルダイ会議において、再び「文明国家」という概念を披瀝《ひれき》した。そして、ユーラシア連合としての統合構想についてさらに突っ込んだ発言を行ったのである。「二十一世紀は、激変の世紀であることを約束しています。すなわち、主要大陸における地政学、金融、経済、文化、文明、政治、軍事各分野でのパワーが形成される時代です。ゆえに、わが国の最優先事項は、近隣諸国との緊密な統合なのです」(16)。彼は、かつてはユーラシア連合を厳密に通商および経済的意味合いに限定していたのに、今や「これこそは各民族のアイデンティティ護持、新たな世紀と世界における歴史的ユーラシアの護持であり（中略）ユーラシア統合こそかつてのソヴィエト連邦が、ヨーロッパやアジアの周辺地域ではなく、地球規模での発展における独立した中央となれるチャンスなのです」と述べている。プーチンの言葉からは、「ユーラシア」希求の真の野望を示唆しているようにうかがえる。すなわち、未来は「地政学、金融、経済、文化、文明、政治、軍事各分野のパワー」を擁する主要大陸にこそあるのだという鼻息だ。この新世紀で重きをなすには、大国でなければならないのである。この文脈で肝要なのは、ロシアのエリートたちは、ソ連崩壊後の「民族国家」時代がもたらした深刻な失望の只中にあって、「文明国家」の概念を話題にすべく選ばれたという事実である。それに劣らず肝要なのは、（プーチンのように）彼らがユーラシアニズムを通してその概念を語ることなのだ。

＊＊＊

プーチンの「ユーラシア」渇仰《かつごう》は——公平を期すならば、彼を挫《くじ》こうとする西側の野望も合わさって——ウクライナ戦争を引き起こした。「ユーラシア連合」への計画を邪魔しようと、ＥＵは二〇一三年に旧ソ連諸国を対象とする連合協定［ＥＵが非加盟国との間で、政治、貿易などの面で結びつきを強めるための協定］を提案した。これが自身の計画の足をすくいかねないことを警戒したプーチンは、これらの対象諸国の元首たちに圧力をかけて、ＥＵとの協定断念を要求した（ウクライナの元首だったヤヌコーヴィチ大統領はそれに従った）。ヤヌコーヴィチの重大な決断で、キエフに親ヨーロッパ派の抗議行動が勃発、親ロシア派の政権打倒が叫ばれた。二月末、ウクライナ治安部隊による抗議者らの残忍な殺戮《さつりく》のあげく、ヤヌコーヴィチは逃げ出し、数日間、ウクライナには憲法が機能しない空白期間が続いた。ロシア側はこれを利用し、セヴァストポリの黒海艦隊海軍基地から派遣した自国軍隊によって、ウクライナ側の無抵抗下に道路と輸送拠点を封鎖した。それから数か月後、ウクライナ東部、ロシア語を話す人々の中心地のドネツクとルガンスク地域で、ロシア非正規兵と傭兵が動き始めた。

　この間、ロシアはレッドライン（最終防衛ライン）を引いた。すなわち、元来、ロシアにとって西側圏内に入れることは認められない地域、旧帝政ロシア時代の臣民たちが住んできた地域にレッドラインを引きめぐらし、それ以外の地域はしぶしぶ相手に戻した。このレッドラインの走る地域を眺めてみると興味深い——バルト海諸国は外してあるのだ。しかし、この地域は戦略的には枢要で、ロシア人も多い。だからこそ、第二次世界大戦下、ファシストから「防衛され」て以降の歴史から見れば、ロシアが宣伝機構を挙げて奪取を図ってもおかしくなかった。実際、今回ウクライナで使った宣伝工作技術をバルト三国相手に使うのは容易なはずだった。

　しかし、バルト三国は、二〇〇四年、ＮＡＴＯに加盟を認められていた。一方クレムリンは、二〇〇八年、アブハジアと南オセチア護持では戦火を辞さなかった。両地方は、バルト三国同様、圏外に位置していた。しかし、両地方に主権ありと主張するジョージアが、NATO加盟計画を表明する一方、南オセチアを攻撃したため、ロシアに明確な「戦争事由」を与えた。クレムリンが、まったくロシア領と見なさない地域を「防衛」しようとしながらも、他の地域のロシア人を「守ろう」としない傾向は暗示的だ——帝政ロシア時代に「わが領土」と見られていた地域と、そうではなかった地域とがあるのだ。この分岐線は、戦略的論理と文化的論理両面で、ユーラシアニストの理論と合致しているかにみえる。すなわち、東欧に引かれた分岐線では、ユーラシアニストとクレムリンとがほぼ重なっているのだ。

クレムリンの最近の動向に何らかの方向性があると見る者たちは二派に分かれ、双方ともプーチンが何らかの思想的あるいは戦略的原則に基づいて行動していることを否定する。まず「リアリスト派」陣営は、プーチンはロシアの国益むきだしで行動しており、ウクライナ東部への侵攻は、西欧側の弱腰を見越して打った賢明な差し手だと見なす（あるいは、西欧側が打ってきた挑発に対する切り返しとしては、少なくとも悪い手ではないと見る）。二つ目の陣営は、プーチンはチェスの差し手としては合理的かつ計算に巧みなタイプというより、感情的かつ性急なタイプで、短期の危機管理型であり、ソ連時代へのノスタルジーに訴え、おもに国内の政治目的達成、そして自身の評判の維持、落ちてきた自身の支持率引き上げに躍起だという者たちだ。ようするに、戦略などと呼べるだけの一貫性など何もないというのである。

どちらの見方も、プーチンの狙いを言い当てていないし、クレムリン自体の戦略を評価しそこなっている。リアリストは元来、ロシア側の実際の国益が何かは（その日クレムリンがたまたま何をしようとしていたかは別として）ぼかす傾向がある。そのため、彼らの見解は反証するのも難しい一方で、かといって大して有効でもないのである。こうした見方は、ロシア政治で起きた途方もない激変を説明しそこねてもいる。以前、クレムリンは、経済的な影響を恐れて、いわゆる「近隣諸国」のことは軽く受け流してきた。しかし、突如、ウクライナに足場を得て、国際制裁によってルーブルが下落してもかまわず、完遂も辞さない気がまえになったのだ。

これと正反対の見方では、プーチンは間に合わせの破局処理係で、ワンパターンの帝政ロシアへの郷愁にとりつかれた人物であり、であればこそクリミア征服という明らかに容赦ない荒業をしてのけたとするものだ。クリミア征服は、わずか四十八時間という短時間、つまりウクライナのヤヌコーヴィチ大統領の脱出後に生じた同国の憲法の空白を利用した荒業だった。ヤヌコーヴィチの脱出も背景が不明で、護衛たちが彼を放り出したせいだと言われているだけだ。さらにこの見方では、クレムリンがどの戦闘を引き受け、どの戦闘は拒否するかの選択を厳密に行っている事実を説明できていない。すなわち、ロシアはかつてのソ連領土の一部を平然と手放しているのだから、「ソ連」への郷愁などといったものではない。ロシアは、クリミアや「近隣諸国」に対して打つべき手については相当じっくり思案し、計算もしている。であればこそ、南オセチアとクリミアでは電光石火の迅速な手が打て、有利に事が運べた──生涯に一度あるかないかの絶好の征服の機会がつかめたのである。

ロシアの最近の行動をユーラシアニズムのレンズを通して眺めると、すなわちロシアの文明的アイデンティティ護持の目標を通して眺めると、その多くがぴたりと焦点が合って見えるし、クレムリンがどの戦いを選択し、どれを外したか、さらにはどう戦ったかなどについて納得のいく説明が得られるのである。文明的アイデンティティという概念の総体が、よく言えば偏向したものであり、最悪なら一から十まで創作されたものであることなど、気にすることはない。ユーラシアニズムでいちばん肝心な側面は、その長所ではなく、ロシアのエリートたちの間でそれに関する意見の一致が得られているように見えることなのだ。

＊＊＊

ロシアのクリミア侵攻直後、バラク・オバマ大統領と交わした電話会談で、ドイツ首相アンゲラ・メルケルは、その前に交わした電話会談の相手であるウラジーミル・プーチンは「別世界に住んでいる」と告げた。その翌日、プーチンはロシアのテレビでCIAによる破壊工作を言い立てた。「彼らは、アメリカの水たまりの周りに座り込んで、ウクライナと濡れネズミのようにお遊びをやってのけた」［「水たまり」は大西洋をさす］。彼はさらに続けてヤヌコーヴィチ大統領の政権転覆について辻褄の合わない理論を開陳し、次いでロシア兵がクリミアを占領した事実を否定した。「ロシア兵の軍服など、どこでも買える」。いったい、プーチンの頭の中はどうなっているのかと言いたくなるが、クリミア占領から一周年の二〇一五年三月十六日、彼の頭もどうやら整理がついて、ロシアの軍服と大きな羊毛の目出し帽《バラクラーヴァ》をまとった占領者たちがれっきとしたロシア兵士だったことは承知の上で、彼自身の指令によってクリミア全土で火の手を煽ったことを認めた。

言うまでもなく、いまさらそう打ち明けられてショックを受ける者は皆無だった――軍事的冒険に打って出ながら嘘をついた国家元首はなにも彼だけではない。とはいえ、実情を明かす彼の衝動は興味深いし、こうした先例も極めて珍しい。世論もまた不思議だった――二〇一五年三月十五日から同月二十二日（プーチンの声明が流された期間）、モスクワを本拠とする「世論財団」の調査では、プーチンを以前より信じると答えたロシア人の数は四二％から四四％に増えたのである。[17]

みずから嘘を自慢することがプーチンへの信頼性をなぜ高めたのかは定かではないが、理由は煎じ詰めればロシア政治の超現実的なまでのまがいものぶりに帰すしかない。すなわち、ヘーゲルの言葉を借りれば、今や多くのロシア人はフェルケールテ・ヴェルト、つまり「倒錯した世界」で生きているからだ。ようするにロシアでは、黒は白、天は地なのである。こういう世界においては、ウクライナの戦闘機がドネツク上空でマレーシア航空のMH17を撃墜し、そのときウクライナ東部に配置されたロシア部隊の兵士たちは「休暇中」で、キエフは親NATO軍閥のファシスト［ロシアでは、ファシズムと関係ない勢力でも民族主義的軍事勢力を「ファシスト」と批判することが多い］の手中に置かれていたのである。

　プーチンの状況判断では、嘘をつくほうがロシアの政治階級を分裂させるどころか、逆に結束させるのだ。嘘が大きく明白であればあるほど、彼の臣下たちは忠誠を競ってその嘘を受け入れ、それを信じることによってクレムリン権力の大いなる神聖な神秘性に参画する。

　ハンナ・アーレントは、その比類ない著書、『全体主義の起源』において、独裁制においては嘘、とくに真っ赤な嘘ほど威力を持つことを以下のように説明している。

> いつの日か、この上なく荒唐無稽な発言を民衆に信じ込ませられるようになることだろう。そうなれば、かりに翌日、民衆がその発言の嘘を示す論駁不可能な証拠を見せられても、民衆はシニシズムに逃げ込んでくれるのだ。自分たちを欺いた指導者を見捨てるかわりに、民衆はそんなことは先刻承知で、むしろあの嘘で見事に状況を急旋回させてのけた彼の戦術的賢明さこそ見るべきではないか、などと言いだすのだ。

　こういう環境、すなわち、嘘が嘘であればこそ、その嘘が受け入れられる環境においては、すでに広く信頼を失っていたユーラシアニズムが中枢的なイデオロギー主題となりうること、いわんや政治的エリートの間で広く受け入れられる戦略的原理になりうることは容易に見てとれるはずだ。こうして、指導者と政権への忠誠に加えて、おそらくは誰も真に受けていない思想と一連の文献への忠誠心が生まれてくるのだ。これらの思想を開発した当人すら、これを真に受けてはいない。

名著『信念体系の科学に向かって』の著者で、オックスフォード大学のエドマンド・グリフィスは、この著書に「完全に信じてくれなくてもかまわない信念体系」という章を設けている。そこには、「もう一つの歴史」という主題が描かれていて、アトランティス、UFOをめぐる「仮想真実」、9・11をめぐる陰謀論が取り上げられているが、グリフィスによれば、これらは新たな知識の創出ではなく、既存の同意事項に穴を穿《うが》つのが目的なのだという。彼によれば、

特殊な提案Aは信じられてしかるべきながら、すっかり信じられるわけではない。これの機能は、既存の同意事項をダイナマイトで吹っ飛ばすことなのだ。したがって、新たな同意事項の要石《かなめいし》となって、世間に一枚岩の価値観として重圧を課すことが目的ではないのである。(18)


これと同じく、ユーラシアニズムの成功は、知的な言説という地位を勝ちとることではなく、広く認められた認識論に穴を穿ち、疑念の種子をまくことにこそあるのだ。若干の例外を除き、本書に筆者が引用した著作のうち、学問的な意味で大いに価値があるものはほとんどない。一部はまったくの虚構である。刊行早々、著者自身が自作であることを否定したものもある。そのどれもが、ロシアに根づいた知的文化の語るに落ちた兆候を含んでいて、いずれも狙いはショックを与えることと自己宣伝である。

創成期のユーラシアニズムの原典のいくつかは言語学的構造主義に立脚したもので、これらの背景的理論抜きでは真剣な学問的精査を生きのびることは不可能だった。ロシアにおけるモンゴルの遺産を最初に論じた著作は、原著者のニコライ・トルベツコイが刊行前にみずから否定してしまった。グミリョ

フの著書は人気が高く、大変興味深いが、同僚科学者たちの批判にはとうてい堪えられないしろものだった。ドゥーギンの神秘的な地政学は、知的な旅程としては興味深いとはいえ、何か客観的なリアリティがあるからではなく、その文学的特質ゆえである（言わばジョージ・オーウェルの『一九八四年』のユーラシア版フィクションという趣だ）。

ユーラシアの訴求力は、その正確さとか説得力、厳正さにあるというより（そういうものは何一つありはしない）、それがデーモンを追い払い、魂の傷を癒やし、ロシアの生硬にしてたがの外れた歴史に開いた裂け目に紙を貼るたぐいの機能にある。アーレントは、陰謀論や「総合理論」のほうが経験智より好まれることが多い、なぜならそのほうが雑然たる現実に秩序を与え、予言がしやすくなり、不幸の理由を説明しやすいからだと書いている。

ユーラシアこそ、戦争と圧政に打ちのめされた三世代にとって、彼らの足元をさらって展開した歴史の気まぐれな残忍さや自分たちの苦労にも、何らかの意味があったと思いたい彼らの治療薬なのだ。ユーラシアニズム関連の書き手の第一世代は、彼らの特権を剝奪して亡命者の地位へと追いやったボリシェヴィキ革命が、いかにデウス・エクス・マキーナ［演劇などで困難を強引に解決する役割を果たす人物］であったかを説明しようとしたが、第二世代はスターリニズムが招いた収容所群島的現実への対処に追われ、第三世代はソ連邦の瓦解がいかにシュールレアリスム風であったかの説明や、以後に行われた経済および政治改革が挫折した結果生じた壊滅的な十年間の合理的な説明に追われた。ロシア史上最も劇的だった時代において、これらの書き手たちは、亡命先で、労働収容所で、反体制派の地下室で、新たなユートピア的な思想を夢想し、それらの思想がクレムリンの独裁者新世代の口の端に上りはじめたのである。

本書は郷愁と辛酸の渦中から生み出された、荒唐無稽にして過剰なまでに非現実的な思想の事例研究だ。それは、一九二〇年代のプラハで金に窮した数名の学究のペン先から生み出され、一九五〇年代のシベリア収容所で紙袋に書かれ、一九九〇年代のエリツィン時代の薄汚い地下室に移された思想が、ついには数年後、生半可なままにロシアの新たなナショナリズムと誤解され、国家元首の演説や公式の政策文書に書き込まれるに至る過程である。この物語を通して交差するのが、いずこにも現れるロシアの秘密警察、OGPU《オーゲーペーウー》（合同国家政治保安部）、NKVD、KGB《カーゲーベー》、それらの今日的後継機関である。これらの組織は囮《おとり》捜査官、潜入者、拷問係、殺人者、後にはスポンサー、今日では以上紹介してきた思想家群の著作の読者および顧客として物語にかかわってくる。

ユーラシアニズムが、まさに新たな全体主義思想になろうとしている昨今だが、元来は主として全体主義の犠牲者たちが生みの親で、彼らは自分らがなめさせられた辛酸も無意味ではなかったと思いたかったのである。そんな彼らが生んだ理論は次のような特性を擁していた。すなわち、人間の精神は元来、秩序、法則、一貫性、そして意味を求める。ところが、この欲求が最も鋭くなるのは、現実が最も乱脈を極め、気まぐれで、混沌にして残虐を極めた場合なのだ。この理論にクレムリンが飛びついたのは、クレムリンが最大の危機に直面し、これらの理論を生んだ者たちがなめたのに匹敵する妄想症と喪失による瘡痕《そうこん》を抱え込んだときだったのである。

もっとも、ユーラシアニストたちは学問的には間違っていたとはいえ、究極的には正しかった。彼らはこう予言していたのだ——共産主義は瓦解し、ロシア帝国は民族的ナショナリズムによって寸断される、その危機の頂点でこそユーラシアニズムが威力を発揮する、と。本書の狙いは、プーチンと彼の政権に並行している世界、それがいかにして生まれたか、また生みの親たちは誰なのかを語ることにある。プーチンは「別世界に住んでいる」のかもしれないが、そう遠くはない未来、われわれ全員もまたその世界の住人となるかもしれないのだ。

第1部

黎明期

第1章 ニコライ・トルベツコイ

一九二〇年十一月十四日の朝、クリミア南端のセヴァストポリ港に百隻あまりの船がひしめき、ロシアで最も貴族的な家系に属する若き言語学教授ニコライ・トルベツコイ公が、夫人のヴェーラ・ペトローヴナと二歳の娘エレーナとともに合衆国海軍の艦艇ホイップルのタラップを登っていった。これとともに派遣された艦隊は、何千もの白系ロシア人難民をトルコへ避難させる目的があった。この前の週、ピョートル・ヴランゲリ将軍率いる白軍の南部戦線は瓦解し、赤軍がクリミア南端の白軍の最後の砦に押し寄せつつあった。

トルベツコイと家族は、一九一七年十月〔旧暦。以下、一九一七年以前については同様〕に、北カフカスで休暇中、寝耳に水のボリシェヴィキ革命に不意を突かれ、スーツケース一つで逃亡を余儀なくされていた。所持金もなく、モスクワへも戻るどころでなく、公は家族とともに、三年越しの内戦で戦火に焼けただれたロシア南部をさまよい、飢餓にさらされた農村部やチフスが猖獗する都市部を、あわや赤軍に追いつかれるか否かという紙一重のところで逃げのびてきたのである。彼らはクリミアで難民の群れの一部となっていたが、おそらく名門トルベツコイ家の名声のおかげで、旧連合国側の最後の艦艇に残された三人分の貴重な隙間に押し込まれ、黒海をコンスタンティノープルへと横切った。

セヴァストポリは、凄惨な様相を呈していた。何千もの兵士と難民が黒い外套と毛布に身を包み、黒海の縦断を切望しながら、大半が放置されていたのだ。最後の難民を受け入れてからホイップル号はトルコめざして出航したが、間髪を入れずに赤軍が街の広場へ進入し、退却する白軍めがけて発砲した。トルベツコイ一家にとってはまさに間一髪の脱出で、三年間の辛酸の終わりでもあった。そして、トルベツコイ公にとっては、万事は心底うんざりさせられる出来事だったのである。その一か月後、公が友人のロマン・ヤーコブソン宛に書いた手紙にはこう書かれていた。これは、公が試練に遭遇して以来、初めて出す手紙だった。

　モスクワで非常に刺激に富んだ人生を過ごせた数か月後に、私はまずはキスロヴォーツク、このうえなく辺鄙《へんぴ》な地域を経て、その後ロストフに移動（中略）知的な生活のかけらもなく、何かを論じ合える相手ときたら、まるきりいなかった。(1)

ヤーコブソンとトルベツコイは一九一四年に知り合った。二人とも、モスクワ大学の言語学科の学生だった。一九一七年、二人は別々の道をたどり、革命の間、トルベツコイは南へ逃れたが、ヤーコブソンはモスクワにとどまった。なんと彼はしばらくの間ボリシェヴィキの仲間入りをして、プロパガンダを担当した。それから暖房設備の工場で働き、一九二〇年七月、ソヴィエト外交団の公式通訳としてプラハに赴くと、早々に職を捨てて当地の大学に入り、博士論文を仕上げた。

おたがいを見つけられたのは幸運で、二人とも明日をも知れぬ日々だった。過去の経歴を活かして身を落ち着けられる停泊地を探し求め、ヤーコブソンがプラハで流亡《るぼう》の生活を送る一方、トルベツコイはブルガリアのソフィアで地元の大学に職を見つけた。革命前、二人は「モスクワ言語学サークル」として知られる意気盛んな若い知識人仲間に属していたが、このサークルの活動は今日の文芸批評の先駆けとなった。二人は記号論、言語の歴史、詩作と詩論の違いなどに魅せられて、革命以前のモスクワの街灯に照らされた道を徹夜で歩き回っては議論を重ね、夜が明けてやっと打ち切ることを繰り返していた。

トルベツコイの手紙は、二人が知的な追究をいかに真剣に考えていたかを表している。こうしたわずかな者だけが、ロシアの内戦を生きのびることすら無駄と思えるほどに学究生活に没頭していた。とはいえ、頭脳活動に対するこの執着は、実際には彼らのような上流ロシア人の場合は、数世代にわたってかなり典型的で、哲学や理論は興味深い会話の種というだけではなく、人生と行動の総合プログラムだった。だからこそ、人類に対する理論の最悪の応用であるボリシェヴィキ革命が、別の形でならちょっとした文化的弱点にすぎなかったものを、結果的には悲惨な事態に至らしめたのだ。

この強迫観念が、ヤーコブソンとトルベツコイの間で交わされた書簡からもうかがえる。ざっと三年間を会えずに過ごしてから出されたトルベツコイの便箋五枚の書簡の四分の一は、挨拶と相互の知己の消息や、三年間の恐るべき試練についての相当うんざりした回顧に充てられている。そして残りの四分の三では、問題点が多いとはいえ、鋭利な言語学的理論が開陳されていた。科学的探究心は試練を経ても彼の念頭にとどまり、バクーでチフスにかかり、赤軍の砲撃でロストフを逃げ出さなくてはならなくなっても衰える兆しはなかった。逃亡に際して最もストレスになったのは——と彼は書いている——モスクワ脱出に際して書きかけていた新著のメモを放棄せざるをえなかったことで、題名まで『スラヴ諸言語の先史』と決めてあったが、ついには完成できないかもしれないと悲観していた(事実、ついに日の目を見ることはなかった)。

それでも、とトルベツコイは書いている。「記憶をたどって大半のメモを復元できたので、今も論考にとりかかっている」。そして次の書簡ではさらに多くを語り、こう続ける。「考えてみれば、最も繊細な事柄についてはぜひともきみに相談したいのだ（中略）モスクワ学派［前述のモスクワ言語学サークルとは別］の教義からは政変で決定的に切り離されてしまったのでね。他の教義ともむりやり切り離されてしまった」[2]。彼はヤーコブソンにこう告白していた。『先史』は極めて革命的かつ挑発的で、ひとたび完成しても、モスクワ大学の哲学科の同僚たちはあまり熱心には受け入れてくれないのでは、と心配だ。自分の論点が論争の的になることはわかっている。それは大変なことになるだろう。新著が刊行されれば、きっとこのうえない攻撃にさらされるだろう」

事実、五年前には、トルベツコイのこの懸念に根拠がなかったわけではない。彼は『先史』で、アレクセイ・シャフマトフを集中攻撃していた。この人物はモスクワ大学の哲学と歴史学の重鎮の一人で、いわゆる「モスクワ学派」の筆頭だった（もっとも、彼はサンクトペテルブルク［一九一四〜二四年はペトログラード］で教えていたのだが）。シャフマトフが一九一五年に出した『ロシア語史における最古期概説』[3]は、ロシア語とスラヴ諸言語の発達を古代的ルーツから精密に復元しようとしたもので、三十歳になるやならずの若輩、駆け出し学者のトルベツコイが、この重鎮の方法を問題にしていたのである。

ところが、母国の事情は激変していた。一九二〇年の冬、『スラヴ諸言語の先史』は、哲学科とか何かの別なく、モスクワ市民の念頭から最もかけ離れたテーマだった。赤軍が街路を徘徊し、体制にそむく者は発見次第、即刻射殺という命令を受けていたのである。食料と燃料は乏しく、飢饉《ききん》がロシア全土に影を落としていた。結果的に運命は、モスクワ学派との決闘をと焦るトルベツコイの思惑とはかけ離れた方向に動いていた。ヤーコブソンの次の手紙で、シャフマトフの死亡の知らせが告げられ、トルベツコイが五年前に異端の学説を出版していれば、血祭りに上げようと手ぐすね引いていたはずのモスクワ学派の他の者たちも、多くが死ぬか追放されるかしていたのである。それに加えて、モスクワ大学の哲学科自体、ボリシェヴィキの新政体下で閉鎖の憂き目を見ていた。生きのびた教師たちも、食料調達や当局から睨まれて射殺されないようにという焦眉の急への対処で精一杯だったのである。[4]

ところが、トルベツコイの研究主題に関心を持ってくれそうなモスクワ学派のメンバーの一人が、ありがたいことに他ならぬヤーコブソンだった。トルベツコイが亡くなって何十年もたった後、そのヤーコブソンも生涯の終わりを迎えたが（一九八二年没）、没前に生涯で知り合った天才三名の一人としてトルベツコイの名をあげていた。他の二名は、フランスの偉大な文化人類学者で構造主義の創始者、クロード・レヴィ＝ストロースとロシア詩人ヴェリミール・フレーブニコフで、「銀の時代」（後述）の詩を過激な「ザーウミ」［超意味的言語］でつくり変えた人物だった。しかし、ヤーコブソンによれば、トルベツコイは彼らとは一線を画していたのである。

　私はたちまち彼に感銘を受けた。民俗伝承委員会での集まりで彼の語りだしを聞いたとたん、幻惑された（中略）私は即座に独りごちた――この男こそ天才だ、すべてのものが明らかになった。[5]

二人の絆は固く、知的側面からも切り離せないものだった。彼らの考え方は酷似しており、双方の発見は完璧におたがいを予見しているので、彼らは二人というより一人の学究としてみなしたくなるほどだった。ヤーコブソン自身さえ、それに気づき、一九七二年、フランスのテレビで放送された、二人が交わした膨大な熱を帯びたやりとりについても、どこからがどちらのものか区別がつかないと告げている。「驚嘆すべき合作で、おたがいがおたがいにとって不可欠だった」[6]。トルベツコイも自身の傑作の『音韻論の原理』（一九三九年）でヤーコブソンに献辞を捧げ、共通の友人のピョートル・スフチンスキーにこう書いた。「私はヤーコブソンとは特別に近く、一体化している。学問の世界では、おそらく彼は私にとって最も近しい存在だろう」[7]

ところが、この二人ほど背景が異なる者もいない。一八九〇年生まれのトルベツコイはロシアの最も由緒ある貴族の末裔《まつえい》で、彼より六年後に生まれたヤーコブソンはユダヤ系アメリカ人だった。トルベツコイは、まさにドストエフスキーの小説から生まれてきたような貴族で、率直にして真摯《しんし》、一つのことに没頭しやすい性格である。言語学者のアナトリー・リバーマンが伝記的素描で書いているように、「彼の思慮、自制心、完璧なマナー、これらはとってつけたものではない。むしろ、見えない壁で、防壁か砦の役目を果たしている」(8)。それでいて彼は同時に「情熱的で、いらだちやすく、気鬱《きうつ》やノイローゼに陥りやすく、しばしば不安定で内気だ」。長身で威風堂々としており、常にグレーのダブルのスーツを着用し、手入れの行き届いた山羊ひげをたくわえているのだが、自分が語るよりも相手の声に耳を貸そうとするように、やや前に身をかがめがちだった。

一九一七年以前から、トルベツコイの名は、事実上、ロシア帝国と同義語になっていた。この一族は、十四世紀のリトアニア貴族の末裔で、その祖先がモスクワのある君公の妹と結婚、リトアニアとの国境に近いトルベツクの代々の領主として、その血脈はロシア貴族で最も由緒ある家系のロシア王家のロマノフ一族よりも歴史が古かった。

十九世紀は、スラヴ志向と西欧志向に引き裂かれた時代で、前者はロシアのユニークな運命を追おうとし、西欧化改革に抵抗した。他方、後者はヨーロッパこそお手本で、倣うべきモデルと主張した。いずれの側も知的真摯さこそ基本で、スラヴ派は伝統的なムルモルカとジープン、すなわち貧農の帽子と上着を着用したが、他方、西欧派はヨーロッパ風の服装にこだわった。十九世紀の作家アレクサンドル・ゲルツェンは、回顧録でロシア人の洒落好みを国民病と慨嘆している。「ネフスキー大通りでフロックコートのボタンをきっちり胸元までかけた、区別がつかないほど同じ姿の洒落た一団を見れば、イギリス人なら警官隊と勘違いするだろう」(9)。にわかに登場したインテリゲンツィヤとの喧嘩は荒々しく徹底したもので、ゲルツェンはこう書いている。「喧嘩の後は何週間もおたがいを避けたが、『すべてを包括する精神』の何たるかについて意見が合わないためであり、『絶対的人格と自体存在』についての意見を云々されること自体、個人的な侮辱と受け取られたからだ」

トルベツコイの父親セルゲイと叔父のエヴゲニーはともに哲学者で、当代の最も著名な知識人に数えられていた。エヴゲニーは、有名なロシア正教研究者で、トルベツコイの父親はモスクワ大学学長だった。この二人はともに断固たる君主制支持者で、大貴族《グラン・セニュール》としての評判を得ていたが、改革を支持してもいた。セルゲイは、一九〇五年のロシア第一革命後に、皇帝ニコライ二世に政治改革の必要を訴えて歴史的役割を果たしたが、皇帝がその請願を蹴ったことがついには君主制の運命にとどめを刺したのである。

実父と叔父を偶像視していたトルベツコイにとって、この二人は同世代の心の旅路、すなわち最後はボリシェヴィキ革命を指導する世代の道程を象徴していた。二人は経験論と観念論をともに疑問視して学識の中に信仰の場所を見いだし、正教会を忌避してはまた回帰するという曲折を経ていた。エヴゲニー叔父は回顧録の中で、保守的な正教徒の実母と暮らしながら英仏の実証主義哲学を読んだ後、自分の生い立ちに反逆、次いでドイツ哲学に没頭、これによって実証主義の経験論を捨て去り、ついには以下の譲歩に至ったと書いているのだが、この彷徨にはいかにも同世代の挫折感が反映されていた。「盲目的かつ独善的に信じていたすべての公式が粉砕された（中略）子供っぽい自信は消え去り、まだこれから人生の哲学をつくりあげていかなければならないと思い知らされた」(10)

この精神的な不決断は、優柔不断の表れということではなく、それとは正反対に、この世代がどれほど真理の探究に真剣だったかを表している。現実思考は、それ以上に重要な何かに比べれば重要性では二の次だったのだ。その何かとは、哲学的な教えを日常生活に応用しようとする厳正さだった。十九世紀のロマン主義的な理念は、人がある信念と完全に合致して人生を生きることを求めていた。すなわち、その信念が命じる結論を可能なかぎり突き詰め、実際面がどうであれ、実人生にそれらの観念を適用することが要求されたのである。人生がそれを要求していたのであり、それにそむくことは道義上の怯懦《きょうだ》とされた。この時代のロシア人にとっては、哲学思想は奇抜な概念ではなく、総体的なプログラムだったのだ。トルベツコイの叔父のエヴゲニー・トルベツコイは、世に認められた哲学者として、一九二〇年に刊行した自伝に形而上的なるものへのこだわりをこう記している。「ある瞬間、人は単一の思念、単一の感情にとりつかれ、他の思念や感情に目をふさぎ、この単一の思念に強い気質の力と意志力のエネルギーを吹き込み、かくして必然的に目的を遂げるのだ」[11]

ようするに、ロシアは思想があふれかえる国で、それに完全に夢中になれる特性を持つ点でユニークな国なのだ。ゲルツェンは、この傾向をいかにも彼らしい皮肉で包んでみせる。すなわち、この傾向こそが、ロシアの二十世紀における宿命を悲劇的に予示していたと言うのである。

われわれはすこぶるつきの教条主義者《ドクトリネール》にして理屈屋《レゾニュール》だ。このドイツ的素養がわれわれの国民性なのだが（中略）われわれロシア人の場合、それがまことに仮借なく、狂信的なほどドライときている。まったくわれわれときたら、何かと言えば実に冷淡に頭脳を切り捨ててしまう（中略）何のためらいもなく極限まで突き進み、その極限すら突き抜けてしまう。弁証法には歩調を合わせるくせに、真理とは歩調を合わせないのである。[12]

トルベツコイは一八九〇年四月十六日、こういう知的偏執の世界に生まれてきた。[13] 家族はモスクワのタウンハウス住まいだったが、それはアルバート通り［市内中心部の道路］を入ったスタロコニューシェンヌィ横丁に面していた。週末と夏はモスクワのすぐ郊外ウースコエの別荘で過ごしたが、そこの果樹園と小道は、ボリス・パステルナークが『ドクトル・ジバゴ』の中で懐かしげに活写している。後にノーベル文学賞を受けるこの作家は、トルベツコイと同年の生まれで、大学では親友の一人だった。作家の一九五七年の詩、「菩提樹の並木道」の舞台はウースコエである。

冷え冷えと暗い緑地に建つ館は
想像を絶する美しさ
アーチを描く門構えの向こうは草地と小丘
彼方にはカラス麦畑と林が広がる(14)

トルベツコイの父セルゲイ・ニコラエヴィチが生まれる一年前に農奴制は廃止されていた。ところが、古来の社会制度は地所内での生活を依然として支配しており、トルベツコイの恵まれた子ども時代をも支配していた。「アフトゥィルカの聖母」(15)を祝う七月二十日には、トルベツコイ家の子どもたちは、地元集落の子どもたちを接待して菓子などを配った。エヴゲニー叔父が書いているところによると、これは大昔からトルベツコイの領主が行ってきた慣習だった。

父親と叔父が繰り広げる華麗な学術的威信と雰囲気のもとにトルベツコイは成長し、二人が日々、同時代の知的流行を探究していくさまをまねて育った。トルベツコイの父親は一九〇四年から翌年に没するまで、モスクワ大学の学長を務めていた。パステルナークは、自伝の数節をこの父子の描写に捧げている。

トルベツコイ家のおとなたち、すなわちトルベツコイの父親と叔父は教授で、父親は学長であり著名な哲学者、叔父は法学専門家だった。二人とも太っていて二頭の象さながら、衣服にはウエストのくびれがなく寸胴《ずんどう》で、演壇に立つと、耳が聞こえないロバに呼びかけるような声音と貴族風の不明瞭な発音で、みごとな講義を行った。(16)

セルゲイ・トルベツコイは、皇帝ニコライ二世の統治は基礎が揺らいでいると見てとっていた。とはいえ、自分の社会的地位からも、家族が現今の政治の潮流に巻き込まれるのは避けられないと悟っていた。一九〇四年十二月十日の夜、トルベツコイの叔母のオリガ・ニコラエヴナ・トルベツカヤは、日記にこう書き記している。「これまでのどかに平和に流れてきた社会や家族の関係に、少しずつ別の政争のこだまが混じりはじめた（中略）子どもですら口論を始め、ときには喧嘩になる――専制政治をめぐって」(17)

それから一か月もたたない一九〇五年一月九日、皇帝の軍隊がサンクトペテルブルクで平和裡に行われた抗議デモを粉砕し、無防備なデモ隊を少なくとも二百名殺害して、一九〇五年革命の荒々しい暴力的騒動が始まった。これにはロシアの上流階級はショックを受けて反発した。当時、トルベツコイの父親は政治に対して超然たる姿勢をとろうとしたが、大学の学長としての立場上そうもいかず、最終的には健康を決定的に悪化させ、早死にへとつながったのである。亡くなる年、父親は皇帝に謁見を賜ったが、それは地方自治機関ゼムストヴォの代表の一人としてニコライ二世に帝位護持、少なくともロシア救済策としての改革の実施を進言するためだった。

彼は挫折した。この進言の唯一の成果といえば、一族に対するウラジーミル・レーニンの不動の憎しみを買ったことだけだったのである。その年に亡くなったセルゲイ・ニコラエヴィチを指してレーニンは、「皇帝のブルジョワおべっか使い」と揶揄《やゆ》した。このことは一九一七年時点では致命的で、トルベツコイはモスクワに戻るか逃亡するかという、きわどい選択を迫られる結果になった。

銀の時代

一九〇五年から一七年の十月革命までの時期は、本来なら政治と芸術の沸きたつ時代となるはずだった。帝政の命脈が尽きていることは明白で、トルベツコイの世代こそ、その最期に立ち会うこともまた明らかだった。これこそがロシアの「銀の時代」で、ロシアの美術、文学と詩の例外的な繁栄期であり、他方、十九世紀の西欧の科学と哲学に対する反動の時期でもあった。

この時期に影響を及ぼしたものの一つがトルベツコイの〝ウラジーミルおじさん〟、すなわちウラジーミル・ソロヴィヨフの著作だった。彼は、一九〇〇年にウースコエにある一族の別荘で、トルベツコイの父に看取られて亡くなっていた。トルベツコイとは血縁ではなかったが、神秘的で敬虔な宗教哲学者だったソロヴィヨフの哲学は、十九世紀の親スラヴの理想主義の伝統と基本原理の延長上にあるものだった。ドストエフスキーの友人で、『カラマーゾフの兄弟』では聡明でナイーブなインテリのアリョーシャ・カラマーゾフのモデルになった。ソロヴィヨフの神秘主義は、十九世紀末のロシアの哲学的伝統を代表していた。

同時に、この時代はロシア哲学の過激主義の時代でもあった。ソロヴィヨフのような知識人は、理性がオカルト、秘儀性、神秘主義と交わる境界領域にとりつかれていた。ソロヴィヨフの友人で禁欲的な図書館員だったニコライ・フョードロフは、人類は持てる力のすべてをあげて死を克服し、祖先の復活を図れと説き、地質学者のウラジーミル・ヴェルナツキーは人間の知性の統一領域としての「人智圏《ノースフィア》」

という概念を構想した。パーヴェル・フロレンスキーは、数学と精神性を統一してあらゆる二律背反や見かけの矛盾を神秘的に解決しようと試みた。一方、ソロヴィヨフは、カトリックと正教を統一した普遍的教会の設立を求めた。

こうした流れは象徴主義《シンボリズム》の芸術運動を生むが、これはシンボルには不滅の原初的資質があるとする考えで、芸術家たちは原始的な主題や精神的な動機の探究に向かった。ロシアでは、この国有数の詩人であるアレクサンドル・ブローク（ソロヴィヨフの甥）が黙示録という概念に夢中になり、その詩は宗教、異教徒の偶像、東方の文化といったものに満ちていた。一九〇四年に出た彼の『まじないと呪文の詩』は、トルベツコイと仲間たちを魅了した。一方、ソロヴィヨフは、『汎モンゴリズム』という詩を書いたが、これはアジアの蛮族に捧げたもので、彼の作品では最も知られたものの一つである。

汎モンゴリズム！　なんと恐ろしい名ではないか
だが、私の耳には心地よく響く
あたかも大いなる神の運命がこもった
兆しが満ちているかのように

アジアを主題としたものは、ロシア芸術では珍しくはない。この主題は十九世紀のロシア文学ではカフカス山脈の蛮族という形で現れ、カフカスに舞台をとる小説や詩が数多くあった。ところが、銀の時代に現れはじめたこの主題は、少々違っていた。この地域を単なるエキゾティシズムの仕掛けに使うのではなく、東方を自分たちの母国《ホームランド》として扱いはじめたのだ。ピョートル大帝の時代から彼の改革以降、ロシアのインテリたちは、母国をヨーロッパと同一化させ、ヨーロッパに批判的なスラヴびいきですら、ヨーロッパへの親近感を隠さなかった。それまでのロシア世代にとっての「東方」とは、ロシア人が自分たちを「西方」と位置づけるために援用してきた場所だったのである。

十九世紀のロシアの知識人でロシアとアジアを同一化させた者は一人としていなかった。(18) 文学や詩では、西欧的理性が常に東方的神秘主義と対置されてきた——西欧の女性は東方の奴隷娘に、西欧的慈愛は東方的野蛮さに。ロシア文学におけるオリエンタリズムの伝統は、事実上、同時期の西欧でも見られたものと大同小異で、十九世紀のロシアもそれを借用していたのだ。ロシアの「東方」は、アレクサンドル・プーシキンの『カフカスの虜』、ミハイル・レールモントフの『現代の英雄』、レフ・トルストイの『ハジ・ムラート』において定義されている。東方は、奴隷やスルタンの衣装、野蛮性や血の怨念といった形で表されていた。一方、ロシア側の主役は典型的な生粋のヨーロッパ人として登場し、西欧を代表した。(19) ところが今や、芸術家たちはロシアの「西欧性」自体を疑問視しはじめている。「サンクトペテルブルク、やがてこの都市は沈む」——ピョートル大帝がロシアの「西欧への窓」として建設したこの都市について、象徴派の作家アンドレイ・ベールイはそう書いた。彼の最も知られた小説、『ペテルブルグ』においては、モンゴル騎兵がただ一騎、この都市を駆け抜け、大混乱を引き起こす。ある者に言わせると、ロシアが二十年にわたって東方に魅せられてきたこと自体が差し迫った破局の前兆で、文明化された西欧の流儀を拒否し、来るべきボリシェヴィキ革命と内戦の惨事の予兆だということになる。また別の者に言わせれば、「東方」こそ、西欧の学術的合理主義の過重な影響への拮抗勢力、救済であるということになる。

トルベツコイの場合、ソロヴィヨフとの近親関係から見ても、こうした芸術・哲学上の論議に影響を受けざるをえなかった。上流階級として学校よりも家庭教師に学んでいたにもかかわらず、トルベツコイは、主流的な時代思潮《エール・ド・タン》から完全に超然としているわけにはいかなかった。この思潮の中で民俗伝承の研究へと進み、わずか十五歳で最初の民俗伝承研究に関する学術論文を公表した（「異教徒の慣習の存続としてのフィンランド歌謡『クルト・ネイト』」）。すぐ書かれた次の論文は、北西シベリアの異教徒の女神「ゾロタヤ・バーバ」崇拝についてだった。ほぼ同時期の一九〇四年、彼はモスクワ民族学会の集まりに出はじめた。これは、当時ロンドンにあった王立地理学会と似たようなものだった。貴族、冒険家、学者たちのエリートクラブで、当代の最新の発見の数々について考察し、ポーランドから満州にかけて広がるロシア帝国に住んでいる膨大な数の民族をどう分類し、体系化するかを論じ合う場所だった。(20) トルベツコイ家の名声ゆえに、多くの門戸が開かれた。十四歳になったとき、彼は民族学会の会長フセヴォロド・ミーレルに会うことを決心した。たちまち少年は学会で発表を許され、ついにはミーレル会長みずから少年をカフカスにある彼の夏期別荘に二夏にわたって招き、地元の民族誌を研究させた。一九〇八年、トルベツコイはモスクワ大学に入学して、歴史学専攻を言明した。ところが、急速に歴史学に幻滅して、第三学期に言語学へ専攻を変えた。後年の彼の説明では、

人文系では、科学的手法を備えていたのは言語学だけだった（中略）人間についての科学が（民族誌も宗教史も文化史も）錬金術的レベルから抜け出すことができるのは、言語学の手本に従った場合だけだった。(21)

一九一二年、トルベツコイはヴェーラ・ペトローヴナ・ヴァジレフスカヤと結婚し、次の年、比較言語学・サンスクリット学科の教授候補に推薦された。推薦者は学科長のヴィクトル・ポルジェジンスキーで、彼によれば「彼（トルベツコイ）の顕著な才能、主題文献を広く読み込んでいること、そして最後に希有な勤勉性は、彼のさまざまな言語学研究に横溢《おういつ》しております」。推薦者は、彼が「物故した学長の

子息」であることに言及してしかるべきと判断していた。

ロマン・ヤーコブソン

トルベツコイは学問の追究にかけてのひたむきさで知られていたが、ヤーコブソンは正反対だった。思いついた企画、概念、参考文献を漁り、友人はおろか付き合う女性まで次々と替え、その間に法則があるわけでもなく、ほぼすべてが行きあたりばったりだった。小柄で眼鏡をかけ興奮しやすい性格で、天地逆転の無秩序状態にあれば元気が出てくるという性分だったが、トルベツコイはそんなのはまっぴらごめんという性格だった。

ヤーコブソンは一八九六年にユダヤ系アメリカ人商人の家に生まれたが、家族はルビヤンスキー通り三番地というモスクワの中心部に住んでいた。トロリーバスの幹線から少し離れた、ロシア保険協会の角を回ったところである（協会の建物は、一九一八年、恐るべきソ連秘密警察［当時はチェカ］本部「ルビヤンカ」に改装された）。革命前、トルベツコイより六歳年下だったヤーコブソンは、モスクワの前衛芸術活動の創始メンバーだった。創造性がもてはやされた時代で、象徴主義者、アクメイスト［二十世紀はじめ象徴主義を忌避し、新古典主義に走ったロシア詩人たち］、スプレマチスト［マレーヴィチをはじめとする幾何学模様での造形が特徴的な芸術家たち］、未来派などが脚光を求めてひしめき合い、おたがいを見かけ倒しだと否定し合って、ついには街頭での殴り合いにまでエスカレートしていた。それぞれが未来の改造を求めて、より大胆な企画を案出したが、それでいながら文化遺産には敬意を表し、原始的な要素の再発見をめざし、それ以上に当時喧伝されていた偉大な理論と調和する芸術を演じようとしていた。ヤーコブソンは、知的自負心にかけては、友人トルベツコイに負けない感覚を持った仲間たちに囲まれていた。

さらには、ヤーコブソンは、自身が抱懐する諸原則にみずからの人生を合致させたいという、ときとして沸き起こる極端な熱狂にも免疫性がなかった。たとえば、フォルマリズム詩論に打ち込むあまり、一人称では、書くことはもちろん話すことさえ避けた。やむをえない場合以外、彼は筆名の「同志アリャグロフ」を使った。性格面でのいささか強迫観念めいたこの傾向については、彼の弟子たちはもとより、彼の伝記作者らも言及していて、さらには彼の二人目の妻、クリスティーナ・ポモルスカもこの性癖には当惑させられて、こう言っていた。「彼との会話でとてもはっきりしていた特徴は、一人称単数形を使わなかったことです（中略）じかに声をかけられたときでさえも」[22]。この癖のおかげで、彼の書いた回想録は大変ややこしいものになった。その一つで、彼はアリャグロフという詩人の書簡を広範にわたって引用しているのだが、彼自身がアリャグロフだとは一度として言っていないのだ[23]。あるいは、一九六二年、若いころの自分と初期の言語学への関心については、こう書いている。「書き込みのないカレンダーには、ことわざが熱心に書き込まれた（中略）六歳の少年は、言語と詩の中間に位置するものとしてこれらに夢中になり、これが言語と言語学の分水嶺に踏みとどまらせる契機となった」[24]

「言語と詩の中間に位置する」ものに魅せられた六歳の少年よりも興味深いのは、これらの文章から、これが彼の理論の基本的な応用であることが浮かび上がることだ。彼の理論とは、何よりもまず、文学や詩における、個人としての原作者の役割を疑問視し、それをあいまいにしようとすることに的を絞っていた。であればこそ、彼は可能なかぎり、自分を（「六歳の少年」のように）三人称で表現するか、受動形で表現したのである（「ことわざが熱心に書き込まれた」）。ヤーコブソンの伝記作者の一人、リチャード・ブラッドフォードによれば、約五千ページの散文で叙情的な一人称を意図的にまったく使わない例があった。「この癖は単なる奇矯さだけで片づけられるべきではない。むしろ、詩的機能はわれわれの言語的ありように常に圧力を行使する、という彼の信念を無言のうちに証明するものとして受け止められるべきなのだ」[25]。真正のロシア知識人らしく、ヤーコブソンは、その観念的信条を実生活で体現してみせたというのである。もし文章作法があるとすれば、それはすべての文章に体現されるべきなのだ。彼の教えを受けたオムリー・ローネンに言わせれば、「散文は散文でなければならない」[26]。そしてヤーコブソンは、一人称単数形を詩的手段と見なした。彼はその使用を避けたばかりか、原稿においても詩的文飾を避けた——もっとも、書簡や回顧録では一人称単数形を使うことをみずからに許す場合もあったのだが。

一方、彼の詩においては、一人称単数形のような詩的手段は、ほとんど強迫観念的な重要性を持つようになった。そして、アリャグロフ（Alyagrov）の筆名で、一九一四年からモスクワを去る一九二〇年まで詩を書いていたが、この筆名はロシア語の一人称単数（ya《ヤー》）との語呂遊びでもあった。実際、アリャグロフの綴りの中で「ya」の部分は、明白な関連性を示すため意図的に太字体に印刷された。ヤーコブソンは、自分はまず真っ先に詩人だと考えていた。もっとも、詩人としてはとくに目立つ存在ではなかったし、そのことは彼自身、認めていた。とはいえ、詩論ではずば抜けていて、他の詩人の作品の分析でも抜群、他の芸術家のプロモーターとしても異彩を放っていた。革命直前のモスクワの移動祝祭日的雰囲気の渦中にあって、彼はカウンターカルチャー的、ボヘミアン的、前衛的なもののすべてに関心を抱いていた。

いつの日か学界に革命を引き起こすはずだったヤーコブソンの言語哲学は、彼が詩評を熟考している中で生まれたものだった。彼の信念では、詩的言語の原則はもっと全般的に適用されてしかるべきで、要するに言語は、「ある意味ですでに存在していて、後は名前を与えられればいいような観念に表現を与えるだけの道具」ではないというものだった。三十年後に彼が言いだしたのは、「言語は意味を表す要素と同時に、何一つ意味を表さない要素からも成り立っている」ということだった[27]。

言語が表す「客体」への猜疑は、世界の見方に起きていた新たな大きな変化だった。物理学実験、芸術的インスピレーション、哲学的内省、その他のおびただしい知的考察がないまぜになって、あるいは個々に合わさってモダニズムとして知られるものが生まれてきた。ニュートンの物理学が相対論に道をゆずり、実証主義が現象学に城門を明け渡し、芸術では十九世紀の写実主義が未来派、キュビズム、スプレマチズムに王座を明け渡していた。ヤーコブソンとトルベツコイの言語学も、この流れに超然としているわけにはいかなかった。ヤーコブソンが五十年後この時代について書いているように、「科学も芸術も、客体そのものの研究よりも、客体同士の関係を重視するものに一変したのだ」[28]。二人は、当時ジュネーヴ大学で教えていたフェルディナン・ド・ソシュールの影響を深く受けていた。ソシュールは、没後刊行された『一般言語学講義』（一九一六年）に「言語には違いがあるだけだ」と、同じ趣旨のことを書いていた。

　トルベツコイは、言語学研究においては音韻論という新分野に焦点をあてていた。これは、日常言語の音声相互の関係と、その関係がどのように意味の違いをもたらすかに焦点をあてた研究で、言語表現の意識下の基礎にあるパターンと相称性を追究するものだった。音素［ある言語体系の中で、語の意味的差異をもたらす音声の基本単位］は物理的な音ではなく、そもそも客体ですらなく、ほぼすべての語形に表れる関係性、相違点だった。たとえば、ロシアのノヴォチェルカスク市（黒海近く）とプスコフ市（北にバルト海）の間に引かれた線は、北東部での「g」音が南西部の「h」音に変わる分岐線である。だから北東部での「gara」の音は、南西部では「hara」となる[29]。これらは、同じ音ではないが、音素では同じなのだ。したがって、言葉の発音は違っても、意味は同じなのである。

　実際、理論的抽象のいくつかのレベルでは、まるで違う音が同じ音素に属する。おかげで、それらの跡付け作業は極めて厄介、かつ理論的となるのだが、トルベツコイにとっては非常に心躍る展望を開いてくれたのである。自分が発見しつつあるパターンや繰り返し発見されるルールこそ、言語学の革命が偶然のものではなく、より大がかりな激変過程の小さな一部でなければならないことの証拠だと信じたのだ。彼が間もなく世を去るシャフマトフと繰り広げる覚悟でいた決闘は、この延長線上のものだった。トルベツコイの洞察力は、次の概念へと彼を導いていた――言語には普遍的な法則があり、あらゆる場合、いかなる言語にもその法則が適用され、そのことは二十世紀の言語学を革命的なものにするだろう。

トルベツコイとヤーコブソンは、自尊心と権威に満ちあふれていたロシア人世代の一員で、ロシアの「銀の時代」の息子や娘だった。「銀の時代」こそ、アレクサンドル・ブロークやアンナ・アフマートワのような詩人、イーゴリ・ストラヴィンスキー、セルゲイ・プロコフィエフのような作曲家、カジミール・マレーヴィチのような画家を生み出した、芸術と知性が湧きあがった十年間であり、自分たちの優越性を確信していた傲慢な世代だった。ロシア人の多くの先行世代と同じく、母国を近代へと引っ張り出そうと躍起になったが、歴史と伝統にうちひしがれる母国を目にすることになった。「銀の時代」の世代は、旧世代を完全に軽蔑し、新たなロシア科学と学問を創出しようと切望した。歴史上の恐るべき事件が起きていなければ、この世代は間違いなくその野望を遂げていたことだろう。その事件こそ、ボリシェヴィキ革命だったのである。

第2章

第二の道

一九一四年、皇帝ニコライ二世が第一次世界大戦への参戦を宣言したとき、ロシア民衆は群れをなして喝采を送った。ところが、数年も経たないうちに、この楽天的な民衆の高揚感は消滅した。ドイツ軍相手の死傷者はすさまじい数に上り、戦時の物資欠乏がこたえてきたのだ。戦前のロシアは、改革的な君主制の下で繁栄の頂点を迎え、この国ならではの初期的な近代化へとわずかに第一歩を踏み出したばかりだった。しかし、戦争がその進歩を跡形もなく拭い去った。やがて、人々はパンを求め、さらには徴兵制の廃止、ついには皇帝の退位、君主制の終焉を求める群衆となった。

とはいえ、誰もがヨーロッパでの大事件に気をとられていたわけではない――それが間もなく彼らの人生を永遠に一変させてしまうのだが。トルベツコイの自伝的メモを見れば、この時期の大半を占めていた彼のしつこい気がかりが何だったかがうかがえる――それは自身の教授資格だった。教授職を得るべく受けた資格試験の構成を、詳細にわたって多くのページで説明している（「これらの質問の一つに答えるのに、説得力のある説明を付して三十分かけて論じなければならなかった。教授会のメンバーたちは各自が同じ主題について、まだ訊かれていない質問をする権利があった」[1]）。この後、「北カフカスの火を奪う伝説」に自分の論考が貢献したうれしい話へと逸れていき、一九一三年のライプチヒへの研究旅行に簡略に触れているが、ヨーロッパの出来事への言及は簡潔で、「世界大戦の勃発後まもなく」としか書いていない。そして再び、資格試験に合格する努力に戻るのである。古代シベリアの摩擦音とフィンランドの民話という自身の主題に夢中で、トルベツコイはヨーロッパで繰り広げられている大殺戮と自国で起きている動乱には、あまり悩んではいないらしかった。

彼の自伝は、一九一七年半ばで途絶えている。一九一七年二月［ロシア暦＝旧暦で。新暦では三月］のロマノフ君主制の終焉にも言及していないのだ。この間、皇帝ニコライ二世が退位し、臨時政府ができるが短命に終わる［ケレンスキー政権。一九一七年二月の革命で成立するが、同年十月の革命で打倒］。自伝に最後に記されているのは、スラヴ語の先史を書く計画に彼が集中していたことで、これは驚くに当たるまい。「ここで私が証明しようと計画したのは、原初のスラヴ語から個々のスラヴ諸言語が発達してきた過程の例証で（中略）それは改良を施された復元法によって（後略）」

一九一七年夏、モスクワを発って北カフカスのキスロヴォーツクの温泉に赴いたトルベツコイには、二度とモスクワに帰れまいという予感はまるでなかった。十月、ボリシェヴィキはペトログラード［サンクトペテルブルクが一九一四年に改称］の冬宮《とうきゅう》を占拠し、新政権の発足宣言を断行するが、これにはトルベツコイは明らかに虚を突かれた。しかし、一族が全員共産主義者たちの潜在的標的になることは明らかだったので、モスクワへは二度と帰れまいと悟った。

以後の三年間、トルベツコイは妻と娘とともに、戦火に荒れ果てたロシア南部をさまよい、ジョージアのトビリシ、次いでバクーからロストフ、クリミア、そして黒海を渡ってコンスタンティノープルへ逃れた（第1章参照）。やっと、若き貴族の縁故のおかげでブルガリアの首都ソフィアでスラヴ言語学を教える職につけた。

一方、ヤーコブソンはモスクワにとどまり、短期間、ボリシェヴィキの仲間に加わってプロパガンダ部門で働いた。彼が属した組織は、厚顔にも「教育人民委員部」と名乗っていた。さらに彼は、アリャグロフの偽名で、「芸術宣伝の課題」と題する講義まで行った。革命以後のモスクワの生活は苦しく、食料難で、犯罪が頻発し、ただでさえ不安定なボリシェヴィキ政権はユーラシア全域にわたって内戦を展開し、政体にそぐわない見解に対してはますます不寛容になっていった。一九二〇年七月、プラハに逃れてきたヤーコブソンは、早々に友人の一人にこう書いている（非常事態だったため一人称単数形を使った）。「まったく、われわれの一人ひとりが、この二年間、一人で十人分を生きてきた（中略）私などはこの数年間、反革命派、学者（それほど悪くはなかった）、芸術部門責任者の学のある秘書、脱走者、賭博師、余人をもって代えがたい暖房器具屋、文筆家、ユーモア作家、記者、外交官というありさまだった。本当だよ。まるで冒険小説そのもので、われわれの誰もがこんなぐあいだった」[2]

徐々にボリシェヴィキが体制を固めてくると、公式のマルクシズムの正統派を疑問視する者たちとの間で衝突が始まった。芸術は自立していて、社会とは一線を画すると主張するフォルマリスト［二十世紀初頭に高揚した前衛芸術運動の中心となったフォルマリズムの担い手］は、芸術は歴史と社会的力の表現で、政治的思考に従属すべきだというマルクシズムの正統派と思想闘争を始めた。文学に社会的文脈をというマルクシズムの論旨は、弁証法的唯物論の哲学の根本をはねつける姿勢へとフォルマリストをエスカレートさせていった。これは、前衛芸術派《アヴァンギャルド》の視点からは当然の帰結だった。革命直後の多元論的な雰囲気の中で、ボリシェヴィキが味方を必要としていた時期、知識人たちを取り込もうとしてフォルマリズムは大目に見られていた。しかし、時の経過とともに、公式の国家イデオロギーと競り合うものは、ますます断固たる抵抗に遭うようになっていった。

一九二〇年春、ヤーコブソンがふいにモスクワを離れなければならないと感じた背景は不明だが、潮目の変化が関係していたのかもしれない――フォルマリストの立場が徐々に侵食されてきていたのだ。

彼はまず、ソヴィエト政府が海外へ派遣する外交官たちの通訳という仕事についた。二十四歳のヤーコブソンは、外交官の訓練など皆無だったうえに、共産主義者ですらなかった。おまけに、彼のチェコ語の知識たるや、モスクワ大学でスラヴ諸語の比較文法のクラスを一学期受けただけだった。しかし、通訳の仕事をめぐっての競争はあまり厳しくもないと募集係から告げられていた。なにしろ彼によれば、「外交代表団が国境へたどり着いたとたん、白軍に粉砕されてしまうと怯えている」(3)というありさまだったのだ。

ヤーコブソンが、こういう不測の事態を恐れていたか、モスクワに居残ればそれ以上に危険な何かが起こると恐れていたかは別として、いずれにせよ、彼は新たな人生を開始した。

亡命生活

当時、ロシアから脱出した逃亡者は二百万人もおり、その時点での難民の規模としては世界史上最多で、行く先はヨーロッパ、トルコ、ペルシャ、果ては中国まで含まれる。彼らの大半が圧倒的に貴族か知識人、いずれも学問と教養を備えたコスモポリタンで、特権的人生に慣れていた。しかし、第一次世界大戦後のヨーロッパでは、そういう地位を奪われ、市民権の取得すらままならなかった。彼らは国家を失い、困窮し、絶望していた。もともと貴族だった者たちがパリでは給仕、上海の街路では物乞いをしていた。絹のイブニングガウンを着慣れ、舞踏会になじんでいた淑女たちが、今やメイドや娼婦に落ちぶれていた。

彼らは追憶にすがりつき、現状に深く傷つき、唐突に消えてしまった革命前のつてに、ワラにもすがる思いで頼ろうとした。パリやベルリンでは毎週乏しい資金をかき集めて、小説や詩の朗読会、ロシア演劇、バレエ公演会を開いた。かつては無制限にあった特権を享受していた貴族や富豪たちが、屈辱的な貧困の中でかろうじて生きのびていた。ウラジーミル・ナボコフに言わせれば、「難民たちは外国の都市でろくに勝手もわからず、死んだ文明を模倣するだけだ。死んだ文明とはサンクトペテルブルクやモスクワの思い出、遠く離れ、ほとんど伝説と化したもので、つまりはシュメール文明の蜃気楼《しんきろう》にも等しかったのだ」というありさまだった。(4)

亡命ロシア人たちにとっては、ボリシェヴィキ革命は巨大かつ宇宙的な事故で、ナボコフに言わせれば「あの陳腐なデウス・エクス・マキーナ」というわけで、まもなく正されると思い込んでいた。ロシア内戦の一九一七年から二〇年にかけて、ヨーロッパに亡命していた君主制勢力が発行していた宣伝新聞では、赤軍はもはや絶望的などという楽観的な記事だらけだった。赤軍が勝って、ついにはソ連邦が形成され［一九二二年］、それらの記事が嘘八百と判明した後も、亡命ロシア人たちの間では、新政権はもっても数年との思い込みが残っていた。母国では飢餓と不作と報道されると、それらを熱心に読みふけり、亡命もあと数か月、せいぜい一年と言いふらし、亡命先での家具の購入さえ見合わせる始末だった。亡命先の言語を習得しようとする者はほとんどおらず、渡米制限は南米も北米もいずれにせよなきに等しかったのに、ふしぎなことにほとんどそこへは移住しなかった。膨大な亡命者たちは、ロシアと国境を接するか、そこに近い国々に滞在するほうを選んだのである。

多くの亡命者たちの話題で目立ったのは、すぐにも帰国できると固く信じ込んでいたことだった。たとえば、チェコ政府はプラハにロシア法科大学を設立しようとしたが、その狙いは共産主義ロシアの崩壊後、役人や法律家としてのキャリアに備えようと亡命者たちが入学してくると見込んでのことだった。五百名が受講したものの、一九二七年には閉校されてしまった。

亡命者たちにとっては、母国との接触はほとんど「神聖な」と言えるほどの経験だった。トルベツコイの場合、モスクワからの手紙は「月から届いたようなもの」で、彼がソフィアにいることを探し当てた友人のフョードル・ペトロフスキーからの手紙への返事にそう書いている。ペトロフスキーはモスクワに残ったトルベツコイの級友で、ラテン語専攻だった。トルベツコイは、ソフィアとモスクワ間で現実の郵便物のやりとりができること自体に驚嘆していた。「きみとは道が真っ二つに分かれてしまったのに、結局われわれに必要なことは、封筒に切手を貼ることとだけだ」(5)

トルベツコイのソフィアでの暮らしは「とても華やかなどと言えたものではない」と、その返信に書いている。ブルガリアの首都とはいえ、「ウィーンとトゥーラ（ロシアの地方都市）が競り合って、結果的に後者が勝ったようなものだ。知的、芸術的、精神的な活動は、基本的にここには存在しない。ここは、トゥーラとはかなり違う。だけど、ここの人々はいい連中だよ」(6)。

新たな住処に対するトルベツコイの侮蔑は、ヨーロッパに散った亡命者たちが持つ典型的な特徴だった。この侮蔑に対抗できたのは唯一、母国を遠くから思う息苦しいほどの愛着だけで、母国は記憶の中だけで生きており、共産主義者たちが政権を掌握している以上、そこへの帰国はまず不可能だった。その慙愧《ざんき》の念を、トルベツコイはペトロフスキーにこう伝えている。

異国人の間で暮らしているわれわれにとって母国からの便りがもたらす幸福感は、きみには想像できないだろう。おしなべて言えることだが、亡命仲間たちは大なり小なり落ち着いて誰もが幸福らしい。ただし、われわれの誰もがロシアや愛する身内から切り離されていなくて、重い石のような懸念や彼らの運命に対する恐ろしい心配さえなければの話なのだが。(7)

亡命者のはき違えた楽天性がむき出しになっていたのは、彼らの政治活動においてだった。亡命先のあらゆるところで、迫りくるボリシェヴィキの瓦解時点での帰国に備える準備がなされ、君主制派、社会主義者、ファシスト、リベラルなどの政党が結成され、党員を募り、雑誌や新聞を発行、ついには議会まで開催して、亡命政府の結成へとエスカレートした。そして基金を集め、共産主義以後のロシア統治の王冠を獲得しようとひしめきあった。これらの中でもおもな君主制政党は二つあって、一九二二年に結成された政党では、それをつくったキリル大公みずから「全ロシア人の皇帝」を自称し、それに競り合った大公のいとこのニコライ・ニコラエヴィチ大公がもう一つの政党を結成した。君主制を志向しないさまざまな政党も活動しはじめた。中でも立憲民主党（略称カデット）は、すでに帝政ロシアにおいて結成されていたリベラルな政党だった。さらに、穏健派社会主義者たちによる社会革命党（略称エスエル）があった。この両党は、一九一七年、帝政にとどめを刺した後、臨時政府を立ち上げていたが、同年十月、ボリシェヴィキのクーデターによって倒された。両党は、二十世紀にふさわしい、ロシアにとっては唯一の帝政に代わる政治の担い手だと主張していたのである。

トルベツコイは、ロシアの主導的一族の後裔として、また実父がモスクワ大学の学長を務めていた背景から言っても、さらには彼自身が若いにもかかわらず、たぐいまれな知識人と認められていた以上、ロシアの将来という問題から超然としていることはできなかった。亡命先からヤーコブソンに最初の書簡を送って以来、トルベツコイは亡命者仲間から志を同じくする知識人を集めて、最初の政治的刊行物を公表していた。以後の十年に、彼は言語学での学究活動と政治オルグの二股をかけた生活を送ることになる。

政治活動自体は、一部は友人との関係で形づくられたが、トルベツコイの政治的見解は、その多くが彼とヤーコブソンが先駆的に開発してきた学説の応用だった。実際、この二人が言語学を革命化するうえで用いた概念の多くが、トルベツコイの政治的文章においてまずは応用された。彼以前のロシア知識人同様、彼もまた結論をとことん突き詰め、言語学的意味論を世界史や壮大な政治的原理へと転用していた。彼の政治的記述や学識において繰り返される主題は、文化というものの優位性だった。彼は文化を見るのに、自身の言語学的研究をレンズに用いた。こうした文化は、十九世紀風のはかなく、ごてごてしたものではなく、本質的で、生きて躍動する現実的なものとしてとらえ直された。第一次世界大戦前までの学界の文化観は、種々さまざまな多くの階梯《かいてい》からなっており、ある文化は優れ、別の文化は劣るというものだったが、トルベツコイの文化観は、どれもがほぼ対等で、第一の目標は相互の意思疎通であるとしていた。

トルベツコイの観点から見た文化は、歴史と対極をなすものだった。十九世紀は、地質学から音楽、言語まで、あらゆるものの起源を突き詰める世紀だった。ところが、トルベツコイとヤーコブソンは、文化は内在する論理に従う文化変数に従って変化するのであって、戦争や移住その他の外在的因果関係に振り回されて偶発的に変化するものではないと信じていた。ようするに、起源はそれほど重要ではなく、重要なのは文化に変化を引き起こすルール、相称性、システムをこそ発見することだった。トルベツコイは文化において、西欧のリベラルな資本主義とソ連の共産主義という対立し合うイデオロギー――これら二つの思想は、意識・無意識にかかわらず、総体的な歴史というドグマを前提としていた――に対する第三の道を探り当てようとしたのである。

第3章 西欧化からの脱却

一九二〇年に、ヤーコブソンがソフィアでトルベツコイを見つけ出したとき、トルベツコイは『スラヴ諸言語の先史』という主題、さらには物故していた師シャフマトフへの反撃にかなりの熱意を示していたが、この執着の一部には革命以前の人生への郷愁も多少はあったのではと思われる。

さらに一九二〇年代初頭、トルベツコイがさまざまな友人相手に出した書簡を熟読してみると、『先史』への執着が頻繁に中心主題となっており、ほとんど強迫観念と言ってもいいくらいなのだ。一九二二年の書簡ではペトロフスキーにこう書いている。「この論考を完成できるかどうかはわからないが、かりに完成できるとして、この論考はモスクワで言わば『グローセス・スカンダール』［大いなるスキャンダル］を引き起こしかねない」。この表現はドイツ人が大げさに強調したいときの決まり文句である。そしてペトロフスキー宛の第二信では、「私はいまだに『スラヴ諸言語の先史』を書いているが、これが出版されると、モスクワでは大変なスキャンダルになるだろう！」と書いている。

トルベツコイがヤーコブソンに出した以後の書簡では、音声、母音、三角形その他で表示された音声の図解などが、一見漫然とちりばめられていた。彼は自分でもこれと突き止めかねる何かに向かって執拗な探究を重ねていたが、ヤーコブソンの助けが得られれば突き止められるかもしれなかった。

明らかにこの主題はトルベツコイの念頭に重くのしかかっていた。まず著作の刊行に突き進む彼の衝動には、確固たる実際的な理由があった。すなわち、ヨーロッパの主要大学にポストを得るためには著作の刊行が前提だったのだ。革命以前のロシアでなら家族のコネによって教職にありつけたかもしれなかったが、今や亡命者としてヨーロッパをさまよう身であってみれば、そうは問屋が卸さなかったのである(「私の活字となった学術的業績の貧弱さから言って、地方大学、それも教授職ではなく非常勤講師職くらいしかない」[1])。

ところが、次の書簡では、少なくともヤーコブソンが一度は回してくれた刊行の機会をはねつけているのである。理由は、原稿完成までにもっと時間が必要だというものだった。彼は、どうしてそんなに急ぐのかと訊いている。以後、トルベツコイのこの著作に対する執着は、それを手放すことへの逡巡と背中合わせになっているという印象が現れてくる。一九二五年のヤーコブソン宛書簡で、彼は再び『スラヴ諸言語の先史』を話題にしている。『『先史』のことがまたもや気になっている。刊行を遅らせれば遅らせるほどいいという気がしている。こういう主題はじっくり熟させることが肝要だ』。次いで一九二六年、「実際のところ、いつ『先史』にとりかかったものか、見当がつかない。時機を失したのではないだろうか(後略)」と書くに至るのである。

最終的には、トルベツコイはこの傑作を完成することができなかった。一九三八年に原稿はウィーンのアパートで発見されたが、ドイツのオーストリア侵攻の後、ゲシュタポが居宅を捜索して、原稿を没収したのである。トルベツコイの友人たちは、この原稿没収こそ彼の心臓発作、ひいては八か月後の死亡の原因となったと信じている。しかし、ゲシュタポが介入しようとしまいと、はたしてトルベツコイに主著ともなるべきこの原稿を完成させる意志があったのだろうか? 執筆開始から十八年、彼は構想された主題の各部分を学術的論考として、また没後に刊行された主要著作『音韻論の原理』の中で小出しに公表してきただけだったのだ。

彼のこの主題への執着と最終的完成の挫折をいずれも説明できそうな背景が、私に思い浮かんだ――この主題への彼の愛着は郷愁に根ざしているのではないのか。若き日のモスクワ、かき消えてしまったこの記憶への郷愁だったのではないのか？　ソフィアでのトルベツコイは、他の大半の亡命者よりも身すぎ世すぎはましなほうだったとはいえ、わずかな収入で家族を養うのは容易ではなかった。ブルガリアの「プリヴァトドツェント」というのは無給の教師で、学生らの寄付に頼る身だった。一九二三年、オーストリアに移ってウィーン大学で専任の教職についた後も、抑うつ症と病身に苦しみ、慢性的な貧困に悩まされた。たとえば、ヤーコブソン宛の書簡では、旅費がないのでプラハで開催される学会に行けない、と述べている。

革命前、無限の自尊心を抱いた大貴族の彼を知る者の目に映るトルベツコイ像と、亡命以後に知り合った人々の目に映るそれとは、まるで別人だった。ヨーロッパでのトルベツコイは、抑うつ症や自己不信に襲われ、ときには友人や家族から離れて、自分の学問理論に慰めを見いだしていた。「異国の地でトルベツコイは、ずっと異邦人のままでした」と、研究仲間のデンマーク人、ルイス・イェルムスレウは一九三九年の弔辞で述べている。トルベツコイは、「生来、すべての人々に親しみ、謙虚で気取りのない人物でしたが、不幸な状況を克服することはついになかったのです」[2]。

トルベツコイにとっては、『先史』を完成してしまえば、それは過去を手放すことを意味したのではないか。すなわち、モスクワ大学、民族誌学会でタキシード姿で行った議論、シャフマトフとのオイディプス的な競合関係、ウクライナのアフトゥィルカにある家族の別荘で過ごした記憶を手放すことを意味したのではないか。多くのロシア人亡命者が同じ思いを体験していた。『スラヴ諸言語の先史』こそ、彼を永遠に失われた夢の暮らしにつないでくれる最後の糸だった。とはいえ、これこそが、ヤーコブソンをも巻き込んだ学術的障害物競走における最初のハードルで、この障害物競走は、二人を結びつけた運命の十二月から一九三八年のトルベツコイの死まで続いたのである。

ヤーコブソン自身、トルベツコイが諸言語の中に発見しつつあったパターン群に執着する様子に、ますます興奮をつのらせていた。彼もまた教授職を求めており、おそらくは友人の庇護と彼の一族とのコネクションを当てにしていたのである。この究極の動機は、彼がトルベツコイと交わした短い、おもねるような書簡の意図を物語ってはくれる。ところが、ヨーロッパの学界では、トルベツコイがあてにするべきつてを持っていないことが明らかになってきた。しかしながら、ヤーコブソンは、友人が自分のために職の世話までは焼いてくれる気がないことが判明した後でも、手のひらを返して別人にへつらうことはなかった。『先史』への思い入れがどのようなものであれ、ヤーコブソンもそれにとりつかれており、その主題を掘り下げようとするトルベツコイの情熱を本気で分かち合っているようだった。

言語変化の内因

戦前に二人が論じ合っていた言語学は、音声、単語、構造が意味を生み出すという魅力的な問題を提供していた。ところが、二人が発見した秩序立った意味論的な対立群は、ある時代の静的かつ透明で不変の世界を彼らに明示していた。彼らは、トルベツコイがスラヴ諸言語先史の研究で発見しつつあり、シャフマトフから権威のマントをはぎとることになった、言語につきまとう一つの属性、すなわち「変化」を説明できなかった。

歴史に照らしても、言語の変化の急速さは驚くべきものがあった。数百年を経ずして、一つの言語が二つの、相互にまったく通じない言語に分裂する。十年間は韻を踏んで聞こえる詩であったものが、数十年後には耳ざわりで調性を失った雑音に聞こえだす。ラテン語の俗語が、フランス語、イタリア語、スペイン語に変わったのは、たかだか四百年、五百年の間の出来事だった。これらの変化は、シャフマトフを頂点とする、先行世代の言語学者たちによって無尽蔵なまでに目録化されはしたが、言語変化の理由については一度として真剣な考察がなされたことはなかった。明確な理由が立たないままに、言語は民族移動や何らかの要素の分離、他言語との接触といった歴史的外因によって変化すると、一般には考えられていたのだ。

ヤーコブソンとトルベツコイは、言語の変化が何よりも歴史的要因によって引き起こされるということの見方に挑戦した。その理由は、歴史は外的事件が無差別に起きた結果だというものだった。二人は、大半の言語の進化は外因的な干渉の直接的な結果ではなく、内因的な要因で起きると信じていたのだ。これを証明するには、言語変化の規則性についての若干の証拠や、あらゆる場合の言語変化に適用される法則性を提示すれば足りる。

のちにヤーコブソンは、自分とトルベツコイが始めた言語学上の革命は熱力学の理論がヒントになったと、同僚らに好んで語るようになった。一八九〇年代、ルートヴィッヒ・ボルツマンが発見した物理学の平衡という新たな概念は、「系」に関する堅固な理論を生んだ。例えば、温度の違う気体の入った二つの箱をパイプでつなぎ、この全体を断熱状態に置くと、この全体は外界との間で物質の出入りもエネルギーの出入りもない「孤立系」を形成する。このとき、十分な時間が経つと、両方の箱の高温の気体と低温の気体に含まれる分子の間で（微視的レベルで）連鎖的に熱がやりとりされ、巨視的には両方の箱のどこも温度が一定で変化のない静止状態（平衡状態）に達する。ヤーコブソンは、ボルツマンの系の平衡という概念を「因果律としてよりも、新たな科学と芸術、機能、目的の始まり」[3]として捉えた。

換言すれば、言語はボルツマンの例でいえば、気体に相当する。新たな要素、たとえば新しい単語や、あるいは古い単語に付与された新たな発音などが導入されると、言語体系は平衡を乱された系として機能し、新たな平衡状態を求める。ところが、言語体系に含まれる単語の相互の関連性から、系が新たな、または変化した要素に適応するには、生じた変化を埋め合わせるために、他の多くの要素がともに変化を強いられる。言語もまた、他の系同様、「平衡」を求める。トルベツコイとヤーコブソンの研究は、言語体系のどこかを変えれば連鎖的相互作用が起きることを示した（これは以後の言語学者らの研究でも判明している）。二人の研究は、単語全体よりも意味の差異を生み出す音、つまり「音素」に限定されており、どのような言語体系に属しているかに関わりなく、音素間のいくつかの関係を明らかにできた。

トルベツコイの音韻論は、ある種の音韻論的特徴は他のすべての音韻論的特徴と全体的に結びついていること、あるいは他の特徴がなければ、残された一つの特徴も失われることを示した。実際面では、この相関性は非常に抽象的で、非学術的な言葉で表現することはほぼ不可能だ。たとえば、すべての言語体系において母音の長さは、意味を表すうえでは有意差をもたらさない——母音の強勢が固定する場合（この場合、母音の長さが意味を持つ）を除いては。

とはいえ、これらの変化の直観的でない性質は、いっそう興味をかきたてる。そして、それらの説明には、以下のような概念を引き合いに出すしかない。すなわち、われわれの脳の無意識な言語に関わるシステムはわれわれの想定以上に複雑かつ精妙なものなのだ。事実、のちに証明されたところによると、音声変化は常にいくつかが集合して起きる。つまり言語の変化は個々に起こるのではなく、最初の変化が起きると、それを補塡するようにさらなる変化の連鎖反応が起こるのだ。(4)

たとえば、一三五〇年から一七〇〇年の間に、中世英語の事実上すべての母音に変化が起こり、次々と二重母音になっていった。これは近代言語学に記録された最大の「連鎖変化」として知られるようになるのだが、いくつかの音声が階段状に音声階梯を移動したのである。これに類する連鎖変化が、十五世紀と十六世紀のドイツで起きた。最も有名なのは、閉鎖子音が摩擦音になった例で、すなわち「b」

が「f」に、「d」が「th」か「ts」に、「g」が「h」に変わったのだ。[5] 音声変化に見られる定期性は、言語が時間を経て発展し、変化するうえでたどるべき道筋があらかじめ用意されていることを示している。このことが、言語学的構造主義という概念に、ほとんど形而上学的、目的論的意味合いを付与しているのだ。[6]

「言語の歴史の多くの要素は偶発的に見える」と、トルベツコイはヤーコブソンに言っている。しかし、言語の歴史を見れば、この説明で納得する権利はないのだ。言語の歴史の概略は、ちょっと注意し論理的に考えてみただけでも決して偶発的なものではないことがわかる。したがって、どんな些細なことでも、偶発的に起こるのではない。必ずや、そこには意味が見いだされる。言語の進化の合理的な特徴は、言語がシステム（系）であるという事実から生まれる。[7]

すでに見たように、トルベツコイは、この理論を故シャフマトフ教授に対する奇妙に執拗な反措定として生み出した。教授は、一九一五年に「原スラヴ語」を再構築しようとする歴史的な論文を書いたが、これはロシア語、ベラルーシ語［ベラルーシは、ロシア語でベロルシア。本書では便宜的にすべてベラルーシで統一する］、ウクライナ語という、最初は方言で、のちの中世には独自の言語へと発達するに至った諸言語の前に存在した祖形を扱っていた。

トルベツコイによれば、シャフマトフは、「自分の論考の影響からついに抜け出せなかった。おそらくそれとは気づかないうちに、彼は言語の発達を家系図のようなものと見なしていたのではないか」。トルベツコイは、彼自身の進んだ音素研究を駆使してウクライナ語、ベラルーシ語、ロシア語が十三世紀に生まれた経緯を詳細に復元していた。それによれば、一一六〇年以降、今日、ウクライナとなっている南部地域でいくつかの母音が変化し、その変化が徐々に北部へ伝播していった。この音声変化を記録したトルベツコイの残存原稿によれば、変化が一二八二年に北部へ届くまでには、すでに他の発音変化が南部で起きていた（それは、音節を形成する母音の前に来る軟子音が硬子音化する形で起きた）。そして、この変化のために、古ロシア語が使われていた地域全体にある種の音声変化（たとえば、ウクライナ語における「e」が「o」へと変化）が起きた。トルベツコイは、これこそがウクライナ方言の分離の始まりだったことを示している。(8)

トルベツコイの説によれば、ウクライナとベラルーシの方言は、言語に内在する理由から生まれたのであって、移住、戦争、政治などの外因によるものではなかった。彼の観点では、言語が繰り返し証明しているのは、言語が歴史とはまったく切り離された次元で、それ自体に内在する「システムの」論理で変化し、波及し、拡大しては滅びていくのであって、外界の物理的騒音によって変えられるようなものではないということだった。

トルベツコイとヤーコブソンは、いつも自分たちが言語に見いだしていたシステムの法則は、人間の文化の多くの局面にも適用されると考えていた。音素システムに見いだされる同じ原理が、コミュニケーションや芸術、たとえばダンス、音楽、民話、文学、詩、神話など膨大なシステムにも当てはまることに気づいたのだ。トルベツコイはヤーコブソンにこう書いている。「さまざまな文化的様相の進化には、明らかに並行性が存在する。だから、並行性に関する法則も存在するのだ。たとえば、ロシア詩の進化総体には（中略）内的な論理と意味がある。この進化のどんな一瞬も、非文学的な事実からは生まれえない」

とことん突き詰めれば（そして、ロシア知識人は理論をとことん突き詰める傾向があった）、トルベツコイの発見は一つの逆説に行き着く――普遍的な言語学の法則が存在する以上、人間の文化自体、普遍的なものなのかどうかを問うだけの十分な根拠となる。

そこで、音韻論が新たな学問的領域への鍵となる。トルベツコイは、文化が、自然と同じく、それ自体の構成原理を持っていると信じていた。それは隠された無意識的なＤＮＡであり、遺伝子レベルの深層にあるこのＤＮＡの変異が異なる種を創出して、自然界に増殖させてきた。自律的な単位で構成される規格化された幾何学のように、個々の文化や言語学的グループは、それらの内的機能において異質な要素とあっさりとは同化しないのだ。生まれてきたものは、それぞれに自前の自律的な発達過程を辿って、内的に組織されたシステムの中でしか拡大も存続もしない。文化は個々の人間精神の産物でもなく、偶然の、外的要因の産物でもない。それは内在的な法則と構造を持ったシステムで、決定的にわれわれの文化的、芸術的、言語学的アイデンティティを条件づけている。意識下でうごめく、このルールに縛られたシステムは、個々の人間精神ばかりではなく、共同体や民族の集合的かつ同時進行の活動という内的作用をも規定しているのだ。

「ユーラシア革命」

トルベツコイとヤーコブソンの学術的研究は、最終的にはヤーコブソンが「ユーラシア言語同盟」と命名したものへと結晶していった。つまり、内陸ユーラシアは一つの巨大な盆地をなしていて、相互に関連し合う言語体系が並行してこの盆地を流れ、時を経るにつれてますます深い構造的特徴を分かち合うという概念だ。トルベツコイは、さらに一歩推し進めて、「ユーラシア文化集合体」という概念を出したが、これはこの境界が言語群ばかりではなく、文化総体に適用されるとするものだった。これらの境界内では民族や文明は、他の人類と共通の普遍的本性の根源を共有するというより、独自の全体性の中に密閉されて存在しているのだ。

民族や文明が個々の有機体として存在するという観念は、第一次世界大戦の後でとくに広がってきた。前の十年に起きた恐るべき出来事のために、ヨーロッパ文明からは光明が失われ、この文明がもはや普遍的で上昇志向を持つものを代表しているとは思えなくなってきていた。大戦の大殺戮のために、その文明が保持していた道義的権威、すなわち啓蒙時代以降、ヨーロッパが擁護してきた個人の権利、自由、民主主義、人間の完璧さといったものの価値が、大いに疑問視された。オスヴァルト・シュペングラーのような両大戦間の思想家たちは、非西欧文明も基本的には同様な（不十分な場合もあるとしても）道義的、認識論的システムを持っていると主張し、啓蒙主義の権威と特異性を根本から疑問視したのである。

戦火による破壊、ボリシェヴィキ革命による終末的大変動、戦後に起きた古今未曽有の人口移動、何世紀も統治してきた三つの大帝国の瓦解［ロシア以外にオーストリア＝ハンガリー帝国、オスマン帝国］——これらが引き起こした激変が連鎖反応を起こして、人心の最も深みに根を下ろしていた真理を突然疑問視しはじめる風潮を生んだ。トルベツコイが学問研究のかたわら政治的宣伝活動に手を染めたのは、まさにこうした状況においてだった。しかもこの政治的宣伝活動は、一見無関係な形で、彼とヤーコブソンの学問研究と連携していた。トルベツコイは、その政治宣伝文において、自身の専門領域を拡大して政治活動の隠喩に使いたい誘惑に逆らえなかった。すなわち、言語はその自動調節機能の源である「システム」を擁するという持論を文化総体に押し広げ、文化こそ意識下の、自律的に密閉された世界を代表していると主張したのだ。

トルベツコイは、自分より著名な両大戦間の著述家数名とともに、そもそも、人類は「進歩する」とする啓蒙主義時代の思想的教義を疑問視し、「進歩」などということ自体があり得るのかと問うた。世界でも最も発達した国々が、あのように野蛮な戦争を引き起こし、あれだけの短期間にあれだけ膨大な人命を根絶させた以上、どうしてそれらの諸国はみずからを「進歩」の外套に包み、その美徳を他の文明諸国に教え広めることができるというのか？

こうして啓蒙思想が説いてきた普遍的な価値観へのコンセンサスが弱まってくると、代わって原初的なナショナリズムが台頭してきた。人間の理性という至上の価値に取って代わって、ナショナリズムは最も原初的な人間本能としてみずからを売り出してきたのである。啓蒙時代以降に起きた大変動のためにとっくに停泊場所を失っていたアイデンティティを求めて、時間の流れをさかのぼる衝動が動いたのだ。ヨーロッパ全土の政党組織はすぐに、ナショナリズムこそが、大戦その他で深刻に疎外され道義を破壊されていた国民たちを動員できる、単純な常套手段であることを理解した。

このナショナリズムの勃興を助けたのは、大戦後に起きた三つの帝国の崩壊だった。一九一九年のヴェルサイユ講和会議以後に生まれ出た新国家群のルーマニア、チェコスロヴァキア、ハンガリーなどの国々は、十八世紀や十九世紀の民族国家とは似ても似つかなかった。これらの新興民族国家は、民族が優先して、国家は二の次だったのである。国民の権利は新国家の国名に使われている民族名の持ち主だけに保障され、少数民族は保護を協約に求めるだけで、その協約で十全な権利を獲得するのは多数派に同化を遂げてから、ということになっていた。(9)最初のうち、諸権利は国家よりも個々の民族に平等にあるとされていたが、まもなくヒトラーが「権利とはドイツ民族に認められる」と言明して、ドイツのユダヤ人たちは彼らの民族性を剝奪され、国家も諸権利もない集団とされてしまった。(10)

注目すべきは、この新たな外国人嫌悪と恫喝の苦汁を最初に飲まされたのがヨーロッパ在住の難民たち、とくにロシアからの亡命者たちだったことである。戦後の新たな政治的風潮において、国家を持たないことは、ヨーロッパでは最も無力な存在とされてしまうことを意味した。駆け込める在外公館もなければ後ろ盾も権利もない。寄留先の国は、ますます増えてくる根なし草的集団を、警察力をふるって取り締まった。亡命者たちは、いつ国外退去を言い渡されるかと戦々恐々の毎日だった。彼らを受け入れてくれる国など他にどこにもないことだけが、国外退去を食い止めていた。政治的権利が市民権と国籍と抱き合わせになっていたからこそ、亡命ロシア人は来るべき全体主義政体の最初の犠牲者になったのだ——そういう政体が出現する以前からさえも。

こうした状況の只中で、トルベツコイは最初の政治パンフレットを公表した。『ヨーロッパと人類』と題されたそれでは、普遍主義や進歩というヨーロッパがかねがね主張してきた概念が完膚なきまでに攻撃されていた。この主張の結果、トルベツコイは一年後に三名の協力者とともにユーラシアニスト運動の発足へと向かうことになる。トルベツコイにとっては、ボリシェヴィキ革命とロシア帝国の急速な瓦解はピョートル大帝による欧化政策がこの国を弱体化させた結果であり、したがってヨーロッパ(すなわち、「ローマ＝ゲルマン文明」)は、彼らが勝手に自称してきた威信に値しない。その政治パンフレットにはこう書いてあった。

第一次世界大戦と、とくに以後に続いた「平和」は(いまだにカギカッコでくくらなければならないのだが)、「文明化された人類」へのわれわれの信仰を揺るがし、多くの人々を刮目《かつもく》させた。かつては「ロシア文化」と呼んでいたものが突如眼前で瓦解する光景を目撃して、多くの者が、この瓦解があまりに早急で容易になされたことにショックを受け、なぜこんな事態になったのか理由を考え込みはじめた。

トルベツコイのヨーロッパでの苦い思いは、国を持たない亡命者という特殊事情との関連で理解しなければならない。とはいえ、彼は同時にロシアの著述家たちにおなじみの心情を批判的に分析してもいた。彼らは、嬉々としてヨーロッパ言語を話し、ヨーロッパの酒を飲み、ヨーロッパでの休暇を楽しみ、そのくせ自国がヨーロッパの模倣に明け暮れる隷属性には際限もなく非を鳴らし、その桎梏《しっこく》からの脱却を言い立ててやまなかった。ロシア人著述家でトルベツコイが最も影響を受けたのはニコライ・ダニレフスキーで、一八六九年に刊行された『ロシアとヨーロッパ』は、明らかにトルベツコイの著作や思想に刺激を与えていた。

公然たるロシア帝国主義者だったダニレフスキーは無名の水産業者で、政治パンフレットの書き手としても目立たない人物だった。しかし、彼が最も知られていたのはヨーロッパ文化の威信に対する悪意に満ちた攻撃で、パリやロンドンの文化サロンで最新の知的流行の再現に汲々とする自国知識人たちの卑屈さを揶揄《やゆ》する彼のペン先は冷笑的で、彼らが政治的自己主張をためらうのは、西欧の政策に真っ向から激しく逆らうのは道徳的とは言えず、非人道的だとする西欧側の術策に完全にはめられているからだと言い立てた――こうして、文明は人間の歴史の頂点だとするヨーロッパ側の主張を、暗黙のうちにロシア知識人たちが受け入れてしまっているというのである。

トルベツコイのために公平を期して書いておくが、『ヨーロッパと人類』はダニレフスキーの構想の受け売りではない。だが、この若き大貴族《プリンス》は、一度としてダニレフスキーの引用はおろか彼の名さえあげていないが、この汎スラヴ主義者の影響をかなり受けたことは明らかで、用語まで似ている。トルベツコイが「ローマ＝ゲルマン文明」と書いたところを、ダニレフスキーは「ゲルマン＝ローマ文明」と書いていた。

ダニレフスキー同様トルベツコイもまた、外国の思想や文化規範のほうがロシアのものより優秀だとする自国インテリたちの思い込みを非難し続ける。「ローマ＝ゲルマン文明は常に無邪気なまでに自信満々で、人類は自分たちだけだと思い込み、みずからを『人類』と、さらには自分たちの文化を『普遍的な人間文化』、自己中心思想を『コスモポリタニズム』と呼ぶ始末だ」。こういう西欧の進歩の階梯は幻影にすぎず、実際にいかなる外国文化も都合よく同化はされないのだ、とトルベツコイは主張する。「完璧な欧化をめざす努力は、すべての非ローマ＝ゲルマン民族にとって惨めで悲劇的な未来を約束する」『ヨーロッパと人類』は、その明晰かつ該博な文章構成の面では注目に値する。当時、ありとあらゆる主要な亡命者集団がこねくりまわしていた政治的宣伝文とは、一線を画しているのだ。トルベツコイによって再現されたダニレフスキーの観点は、ヨーロッパ文化の威信が生きていたジョン・スチュアート・ミルやツルゲーネフの時代だったら、その刻印を残せなかったろう。しかし、一九二〇年までに悩み多いロシア亡命者たちは、西欧は衰微してきていると主張する、当時ますます隆盛してきた観点を好んで支持するようになっていた。このパンフレットは、当時はまだロシア人の間で大評判だったトルベツコイの筆になるということでも注目された。特に売れ行きがよかったわけではないが、いくつかの著名な雑誌で論評が出た。評者の一人がピョートル・サヴィツキーという人物で、たまたまトルベツコイと同時期にソフィアに到着していた。サヴィツキーは、部数の多い『ルースカヤ・ムィスリ（ロシア思想）』というリベラルな雑誌に書評を書いていた。『ヨーロッパと人類』への書評でサヴィツキーはトルベツコイの思想から推定したものに「ヨーロッパ中心主義というエゴイズムからロシア＝ユーラシアを文化的に解放すべきだ」とする自身の見解をつけ加えた。

トルベツコイと同じく、サヴィツキーも貴族だったが、名門の度合いはトルベツコイより低かった。一族の領地サフシチノは、ウクライナのチェルニゴフにあったが、当時のウクライナはロシア帝国の領土だった。一族は砂糖工場も所有していた。父親は地元のゼムストヴォの議長だったが、この組織は十九世紀の政治改革の実験的試みとして設立された一種の地方議会だった。トルベツコイ家は皇帝の宮廷貴族政治にあずかるトップ五家の一つという高い位にあったが、サヴィツキー家は単なる地主階級だった。

一八九五年生まれのサヴィツキーは、幼いころから地理と土壌の研究に関心を抱いていた。サンクトペテルブルク工芸大学に通い、そこで著名な教授で政界でも名が通っていたピョートル・ストルーヴェの影響を受け、やがてこの教授に可愛がられるようになった。ボリシェヴィキ勢力が政権を掌握すると、もともと政治にも関与していた教授は、当時クリミアを押さえていたピョートル・ヴランゲリ将軍麾下《きか》の白軍にサヴィツキーとともに身を投じた。教授は短い間、将軍の外交担当官となり、サヴィツキーはその補佐として働くが、やがて白軍が自分たちの暫定政権の崩壊を宣言すると、二人はソフィアへ逃れた。

ストルーヴェ教授は旧体制、サヴィツキーは新興の前衛勢力を代表していたが、後者の勢力はロシアは過去を振り返るのでなく、未来をめざせという主張を掲げていた。ボリシェヴィキ革命は事実であり、それが起きなかったかのように過去を復古するのはばかげているというのである。サヴィツキーは、明らかにボリシェヴィキの実績をある程度は称賛していた——共産主義は別として、迅速に政権を糾合して、彼に言わせれば「ロシアを外国勢力の干渉から守った」ことは評価していたのである。そしてこの思いを一九二一年末に恩師に書き送った。これが両者決裂の最初で、以後、サヴィツキーはトルベツコイと組んで、ユーラシアニズムに邁進することになる。

サヴィツキーの恩師への書簡は、若い亡命新世代の新鮮な考え方の表明だった。まず最初にサヴィツキーは、ボリシェヴィキ革命はロシアの歴史の転回点と位置づけていた。この事実は受け入れ、そこから教訓を学ばなければならない。「ボリシェヴィズムの経済政策の変更こそ、ロシア再生の条件です。が、ボリシェヴィズムの政治形態の護持こそ、この国の国力の根底条件です」。しかし、ストルーヴェは、ボリシェヴィズムは非合法であり、歴史の偶発事として非難の対象にしかならないと主張し[11]、弟子をボリシェヴィキではないかと疑った。その結果、師弟関係は無残に決裂したが、同時期にサヴィツキーはトルベツコイに出会っており、自分の意見を受け入れてくれる、小さくはあるが、増大しつつある集団を見いだせたのである。

一九二〇年に『ヨーロッパと人類』の論評記事が出てまもなく、トルベツコイは評者と会ったが、その際に同席したピョートル・スフチンスキーは音楽学者で砂糖業者の世継ぎ、しかもストラヴィンスキーとプロコフィエフの友人で、トルベツコイにとって最も肝要だったのは、印刷所のオーナーだったことである。『ヨーロッパと人類』を印刷したのがこの印刷所だった。さらにそこで紹介されたのはロシア正教僧侶のグリゴリー・フロロフスキーで、これら三名とトルベツコイは『東方への脱出』と題する、驚くべきエッセイ集を新たに刊行することになる。半ば学術的、半ば黙示録的なこの本は、ユーラシアニスト運動の創成記録となり、ブロークの詩やベールィの散文と相似た宗教的イメージや終末思想的意味合いをまとっていた。同書をよく表している箇所でスフチンスキーはこう書いている。「今は恐ろしい時代だ、黙示録的幻影でしか描きえない時代、神の啓示が実現される時代、恐ろしくも祝福に満ちた時代なのだ(12)」

ボリシェヴィキらを政権へと押し上げたのと同じ、明らかにロシア的な本能、すなわち信じがたい破壊と創造の能力が解き放たれた以上、これを取り鎮める方法はない。問題は、この恐るべきエネルギーに積極的な方向性を付与することだ。「罪と神なき現実に放置されたロシア、醜悪な汚泥に沈むロシアとはいえ、いまだこの世に現れていない都市を求めて悪戦苦闘するロシア」と、サヴィツキーは書いている。内戦は古いロシアを浄化し、文化的嗜眠《しみん》を追放し、ロシアの活力を表へ引き出し、「われわれ」が何者であるかという疑問に回答を与えた。執筆者たちが共同で書いたとされる序文にはこうある。「ロシア人、そして『ロシア的世界』に属する者たちは、ヨーロッパ人でもアジア人でもない。われわれを取り巻く文化と生活の生来の要素と溶け合えば、われわれはみずからをユーラシアンと宣言することを恥じる気はない」

過度に知的な環境から生まれ出てきたものは、ボリシェヴィキ革命に対するまったく思いもよらない独特の姿勢だった。他の主な亡命者党派は、革命への総体的拒否を宣言し、あるものは政治的時計を巻き戻そうとしてきた。中には、ニコライ二世が帝位につく前の一八六一年［ロシア近代化の画期とも言える農奴解放の年］以前にまで巻き戻し、ある集団はニコライ退位の一九一七年二月、あるグループはロシアがリベラルな臨時政府（ケレンスキー内閣）に統治されていた——統治というにはおこがましい極端に無残な政権だったが——一九一七年二月から十月の間にまで時計を巻き戻すことを願っていた。革命に対して中立的な姿勢をとっていたユーラシアニストの観点は、この革命自体、西欧に対する「ユーラシア革命」が中途半端な形で頓挫してしまったと見ていたのである。革命の蛮行と流血はまさに聖書に描かれた凄惨さだったが、ユーラシアニストたちは一九一七年革命の終末思想的側面を、二世紀にわたるロシア知識人の西欧化の破局が頂点に達し、同時にその無罪放免が行われたものと見ていたのだ。

『東方への脱出』は、理性と神話、鉄の意志と感傷がないまぜになった疑似宗教的作品で、あの十年間に書かれた他の全体主義的論考を連想させるところがあった。暴力、流血、動乱の正確な目的は明確にされず、何やらあいまいな神学的意味合いが付されていた。戦争、革命、独裁は、目的のための手段ではなく、新たな存在状態に至るまでの過渡期として扱われていた——つまりは「終末」の後に神の統治が地上で行われるという体裁になっていたのだ。

「東方」への視点は、独創性があった。トルベツコイと亡命者仲間たちが思い描いていた東方とは、ロシアの「銀の時代」の芸術観に最も明確に表明されていたものであり、これに加えてブロークたち象徴主義者の感化があった。ブロークは、一九一八年にこう書いている。「スキタイ人たちは、ヨーロッパ対ロシアの荒々しい闘争を予言していた。そこでは、ロシアは内陸アジアの遊牧民の子孫とされていた」

おまえたちは無数だ。おれたちは群れ、群れ、群れ。
おれたちを打ちのめすなら、やってみろ！
そうだ、おれたちはスキタイだ！　おれたちはアジア人だ――
つり上がった目は貪欲さに満ちている！(13)

ロシアの歴史文献では、十三世紀のモンゴルの侵攻は、古きロシアをヨーロッパとビザンツ文化という、自身それらの一部を構成していた二つの文化圏から切り離した歴史の悲劇と見なされてきた。ところが、ユーラシアニストたちは、それを贖罪《しょくざい》的な出来事として祝福する。すなわち、「タタールは」ロシアを「浄化し、聖化した」というのだ。モンゴルの遺産とロシア正教の双方をロシア文明のユニークな本質として祝福することに矛盾はないという。ボリシェヴィズムは、モンゴルの「黄金のオルド(金帳汗国《キプチャク・ハン》)」同様、ロシアにとっての西欧化の未来を閉ざし、異質な文明圏を確立する追放行為だったのである。

ユーラシアニストがモンゴル中心史観に傾く傾向は、大半が本格的な民族誌的理論とは無縁で、ロシアの西欧的遺産を拒否し、地生えの原始的要素にすがろうとするシンボリックな域を出ていない。ステップ文化をロシアの歴史と本気で融和させようというより、むしろ彼らのユートピア思想の美学的な要因にすぎないのだ。ユーラシアニストの第一世代で、モンゴルの遺産をユーラシアニズムとよりおだやかに連結させ、それに学問的正統性を付与した歴史家はゲオルギー・ヴェルナツキーくらいで、のちに彼はアメリカへ渡り、イェール大学で教鞭をとっている。

トルベツコイは『東方への脱出』に「チンギス・ハンの遺産」という空想的なエッセイを寄せて、ロシアの歴史がイデオロギー的、権威主義的な統治を求める傾向はモンゴルに起因するとしている。もっとも、この作品は冗談半分に受けとられた――書いた本人からしてそうだった。一九二五年、書き上げかけている作品についてスフチンスキーに書いた手紙では、トルベツコイは「偏った」内容だと告げている。「本稿を公衆の目から隠しておくべきか否かは、大きな問題だ（中略）恐れるのは、これが真剣な歴史家たちから狙い撃ちにされるだろうということだ」[14]。結局、これはペンネームで掲載された。トルベツコイは、スフチンスキーにこう説明している。「いまだにこの作品には自分の名を付したくない。これは明らかに煽動的で、科学的観点からは素人っぽい作品だ」[15]

第4章 「トレスト」の罠

一九二二年、トルベツコイに幸運が微笑みかけた。ウィーン大学のスラヴ語学科が教職を回してくれたのだ。この経緯には偶発的なところがあった。もともと大学側はもっと年季の入ったミュンヘンの教授に声をかけていたのだが、相手が拒否したので、トルベツコイに話が回ってきたのである。彼としては、ヨーロッパの知性の首都の一つ、ウィーンで暮らせるのは明らかにうれしい話だったが、いちばんうれしかったのはスラヴ言語学の教師職への任命で、のちに一九三三年、ヤーコブソンにこう書き送っている。「亡命暮らしで得た教訓は、トゥーラへ旅するときは、サモワール持参ということだ」。彼は「エスキモーに氷持参」との成句をもじってほくそ笑んだ。(1)

この教訓は、彼によれば、以下のようになる。

移民は、パリではファッショナブルなブティックかナイトクラブを開くのがお似合いだ。ミュンヘンではビアホールだね。この伝でいくと、ロシア人のスラヴ語専門家なら、スラヴ語圏の国々にしがみついていることだ。他の国々では自分の専門領域でのやりくりがむずかしい——私以外は。私こそ、そのルールを証明する例外的存在だ。私がスラヴ語研究者だから職にありつけたんじゃない。私が貴族だったからだ。それもウィーンであればこそだった。なにせウィーンはすでに貴族には目を輝かせる都会なんだからね！

ウィーンで職を得た結果、トルベツコイは政治活動、言語学研究双方で信じがたいほど生産的な時期を始動させた。一九二二年九月のヤーコブソン宛書簡では、もりもりと書こうという「意欲」が湧いてきて、「ものに憑《つ》かれたようにバタバタしている。新しい思いつきがどっと湧いてきて窒息しそうなくらいだ。メモをとるのさえ間に合わない」と書いている。彼がヤーコブソンに真っ先に伝えたのは、長らく執筆を宣言してきた『スラヴ諸言語の先史』の詳細な概略（他に何を書けばいいというのか？）で、これ自体初めて書いたものだった。(2)

一九二五年、ヤーコブソン、サヴィツキー、トルベツコイは、他のチェコ人とロシア人の仲間数名に手を貸して、「プラハ言語学サークル」を結成した。このグループは、ユーラシアニストたちが関心を抱いてきた多くの理論的な問題を追究し、それによっていっそう輝かしい理論的光沢を手に入れることを目的としていた。(3) 彼らはプラハで定期的に集まったが、場所はサヴィツキー宅かUプリンスという下町のカフェだった。ビールとソーセージを肴《さかな》に、言語学に革命を引き起こせる新たな理論の輪郭を詰めていったのである。(4)

トルベツコイ、ヤーコブソン、サヴィツキーらの論考は、ひとまとめにすると、以下のようになっていた。すなわち、文化と文明には生得の境界線が存在し、それらの境界線はそれぞれ独自の文化的幾何学となる意識下の構造の領域を画している。それらの境界線はまた、言語の音声、音階、民族衣装、芸術、建築さえ含めた意識下のさまざまな関係の基層全体によって特徴づけられる。(5) これらの文化的特徴はある特定の地域で自然発生的に起こり、共通文化の地理的フロンティアで終わる。これらの境界線は、大規模な文化的差異の境界を示し、あたかも分水嶺のように作用し、それに区切られた領域の内部では、文化と言語が相互に合流する。

ユーラシアニストたちによれば、そのような境界線は、ロシアの都市ムルマンスク［ロシア北西部の不凍港］からベラルーシ西端の都市ブレスト、さらに西進してルーマニアの町ガラツィに至り、さまざまな興味深い基準に沿ってヨーロッパを分断しているというのである。この境界線の片方が正教、片方がカトリックである。片方では、多くのロシア歌謡は五音音階で作曲されていて、ロシア語圏に住むフィンランド人とテュルク語系の民族間でも同様である。ところがこれは、境界線の外ではめったに見られない。この境界線は、いささか神秘的な言語構造の面でも見られる。境界線のユーラシア側では、子音の音韻的相関が見られるのに対して、(7) 反対側ではそれが見られない。(8) トルベツコイに言わせれば、これこそがユーラシア文化集合体の境界線ということになるのである。

サヴィツキー説はこうだ。内陸アジア、すなわち内陸ユーラシアは、かつてはロシア帝国、今ではソ連邦の領土だが、中国西部からカルパチア山脈に至る、ほぼ平坦な地域で、その地形から一つの「地域」を形成する単一の総合的な地理的単位と見なされてきた。肥沃な細長い平地が東から西へ広がるのだが、これを六つの大河が南北に縦断している。サヴィツキーの論旨だと、ロシアはそれ自体が外敵の侵攻を防げる恐るべき防壁によって囲まれ、分離された「大陸」なのだが、内政的には諸民族が交じり合いつつも独立を保てるのに適した形で運営されてきた。(9)

文化をシステムと見るトルベツコイの見解は、ロシア帝国のすべての民族は自分たちの特異な文化のおかげで単一の政治単位をそれぞれが代表できているとするもので、それらはいくつかの論考で述べられている。一九二一年の論考では、次のように語っている。

全般的に言って、（ロシアの）文化はそれ独自の圏域を形成し、ロシア人以外にウゴル＝フィンランド人［ウゴル語もフィンランド語もウラル語族の下位区分。ウゴル諸語にはハンガリー語などが含まれる］とヴォルガ盆地のテュルク語系の人々を含んでいる。この文化は、東進および南東へ拡大する過程で、ほとんど視認できない形でステップのテュルク語＝モンゴル系文化と融合した。そしてこのステップの文化は、アジア文化とつながっていた[10]。

十九世紀の言語学は、言語の進化を共通の言語的祖形からの派生の過程と見ていた。たとえば、フランス語とイタリア語は、共通の源流ラテン語から派生、インド＝ヨーロッパ系諸言語はサンスクリット語から派生というぐあいである。だが、この説だと、たとえばバルカン諸語は源流が違うのに、どうして時を経るにつれて相互に類似点が出てきたかの説明がつかない。

トルベツコイとヤーコブソンは、音韻的研究を利用して獲得された言語的特性は偶然ではなく、みずからを秩序づける原理の内的機能の表れだと主張した。この主張だと、バルカンと内陸ユーラシアのような「合流地域」があるということになる。すなわち、起源の違う言語が時を経て類似してくるという、不可思議かつ目的論的な意味合いが存在するというのだ。一九二九年にヤーコブソンはこう書いている。「『どこへ？』のほうが『どこから？』よりも肝要になってきた[11]」。他方、トルベツコイはこう書いている。「ある時期に起きた音素システムの変化は、それ自体のゴールへ向かおうとする傾向によって方向づけられる（後略）[12]」

二人にとって、変化活動は偶発的なものではなかった。それは、変わろうとする人間の意志を超えた意味と理由を持っていた。トルベツコイの確信では、言語の進化は、歴史の中ではなく、時間の中で起きたのである。歴史は気まぐれで偶発的な領域だが、時間は時計仕掛けの必然性を持っていた。つまり、ユーラシア語群が時間を経るうちに合流したという意識下の構造的特徴は、形而上的意味合いを持っていた。「ユーラシア文化集合体」には実に二百の言語と民族が含まれていた。内訳は、東方スラヴ人、フィン人、テュルク人、モンゴル人。周辺部ではカフカス人、古アジア人たちが、共通の起源は持たなくとも、代わって文化借用と言語借用とで集合体に属していた。特別な目的論的意味合いを持ち、起源が共通であるよりも、発達過程で共通傾向を持つほうが重要だとする点が、彼らの特徴だった。

彼らにとっては無意識が優先事項だったのは、それが強制、政治、偶然、歴史などがなくとも論理的な幾何学的構造を形づくっているからである。たとえば、一国の言語は行政命令とか植民地権力によって広められるかもしれないが、言語の音声トーンの構造は、何らかの意識下の共感によってしか合流が起こらないからである。彼らにとっては、文化的近接性の指標としては、同一語源の言葉よりも音声変化のような、微細で原子的な段階での合流のほうが重要だった。例えば、トルベツコイは、ロシア語、フィン語、テュルク語間のトーンの類似性のほうが、チェコ語、ポーランド語、ロシア語の同一語源――例えばルィーバが共通して魚を表し、ルカーが手を表す（ポーランド語ではレンカ）――よりも、内的な文化面での共感の表れとして重要だと確信していた。

言いかえれば、言語の意識下の基質こそ、物事の自然の秩序、文化の自然な境界線を明示し、その境界線こそ、彼らが証明しようとしていた文化の内的論理を最もよく例示しているのである。「言語連合」は理論的には、時系列的なアイデンティティ原理よりも空間的な原理によって証明されてきた。空間的な原理による証明は共通の地理的条件を基礎とし、時系列的原理による証明は共通の歴史的起源に基づく。これら文化的合流地域に居住する住民らは、トルベツコイによれば、「音声の類似した特徴」から認識されてしかるべきで、要するに個人のさまざまな属性が環境と合流して自然な総体を生み出し、その総体が仲間の全体的な個性の中に表現されるとしたのだ。ロシアと東スラヴは、西方のカトリックおよびプロテスタントとは区別されるが、トルベツコイによれば、「ウラル・アルタイ語族的要素」、すなわち「タタールの軛《くびき》の言語的化石」によって区別されるのである。

ユーラシアニストたちは、自然な言語的境界線、すなわち等語線は、一種の意識下の主権を表すと、本気で考えていた。そういう境界線の外に置かれた文化システムなど、必要ではなかったのである。たとえばポーランドは、ユーラシア文化集合体の自然な一部と見ることはできず、だからこそポーランドをロシア帝国の一部に取り込もうとする試みは何度重ねられても挫折する運命にあったと、トルベツコイは言う。彼は、これを人間文明の分水嶺を無視した災厄として何度も言及した。

ユーラシアニストの理論構成では、以下の見解には距離が置かれていた。すなわち、ロシアを「スラヴ」国家と見る見解で、かつて十九世紀に一群の書き手が盛んにこれを使い、「親スラヴ主義者」、「汎スラヴ主義者」と呼ばれ、前述のダニレフスキーはその代表だった。発達段階に共通する傾向が見られたゆえに、「ユーラシア」は、西スラヴや「ローマ＝ゲルマン」とは相互に文化的境界線で厳密に分断された独自な地域であることが、決定的かつ科学的に証明されていた。「スラヴ圏」は起源と家系図にとりつかれていた十九世紀ならではの時代遅れの概念だった。ユーラシアニストの主張を徹底的に調べた言語学者パトリック・セリオットによれば、「限界と境界の問題は、こうしてただちに肝心な問題として提示された。ユーラシアニズムは何にもまして辺境の線引きを変える試み、すなわち擬制と指弾された概念総体（すなわちスラヴ）を解体し、より実在的と見なされる他の概念（すなわちユーラシア）に変更したほうが有利だとする試みだったのだ」[13]。ところが、いざ西欧像を描くとなると、トルベツコイは二重基準《ダブル・スタンダード》を使っていた。ユーラシア文化の極めて微妙な同質性や差異を苦労して探り出しながら、彼は「ローマ＝ゲルマン」文明を、そうした差異を含まない全体性と見なし、こちらについてはほとんど正当化できる証拠を示していないのである。

これらの自然な文化境界線という概念は、ユーラシアに共通する政治的アイデンティティがあるとする主張を強化し、以下の基本的な原則を実行に移した。すなわち、ロシア帝国に降りかかったすべての地政学的不幸の原因は、自然のシステム内での境界を認識できなかったことにある、というものである。ユーラシアニストらが挙げた資料は、彼らが以下のことを確信していたことを物語る。すなわち、ボリシェヴィキ革命は挫折の運命にあったが、ソ連邦に姿を変えてもロシア帝国の領土はすべて保全されるということだ。しかしながら、ソ連邦とそれに取って代わろうとするユーラシアニズム運動の最初の衝突において、勝者はすぐに登場した。

二極化するユーラシアニズム

一九二五年二月を皮切りに、脈絡を欠いた奇妙な言葉が、トルベツコイが他のユーラシアニストたちと交わした書簡に現れ始めた。それは、「石油」「アルゼンチン」「機械工」「音楽家」といったものだった。同年七月にスフチンスキー宛に出した書簡で、トルベツコイは「私は怒っている」と書いた。「そのわけは、例のパンフレットが製造業者たちに送られたからだ。そういうことのないよう、送り先はアルゼンチンだけと念を押していたにもかかわらずだ(14)」

このグループは暗号を使い始めていた。「製造業者」はヨーロッパのロシア人亡命者たち、アルゼンチンはロシアを、それぞれ指していた。「石油」はユーラシアニズム、トルベツコイの名はその後「ヨーヘルソン」で表された。以前のような政治とは無縁な学者のグループではいられなくなったため、こうした形が安全と考えられ、暗号を使って秘密の組織活動の世界へと足を踏み入れたのだった。象牙の塔の住人たちも真剣な政治運動を作動させるには、彼ら自身が政治に関わらざるをえなかった。こうして、自己宣言から始まったユーラシアニストたちのミッションも、亡命者の企みという、鏡の中の世界のような迷宮へと入り込み、あらゆる局面でさまざまな西欧側の秘密諜報機関、そしてソ連側の相似物（OGPUかチェカ［最初のソヴィエト政治警察で、のちにGPU（ゲーペーウー）、OGPU、NKVD、MVD（エムヴェーデー）、KGBへと引き継がれる］）に監視される事態となったのである。これらの隠然たる諜報活動は、二十世紀で最も慄然たる物語のいくつかを提供した。誰かが自分はこれこれと名乗った者で実際にあったためしなどなきに等しく、誰もがさまざまな諜報機関に情報を売って暮らし、スパイ自身ですら複数の組織の手下として働くような世界だった。首尾よくやってのけるコツは、裏切りと二重スパイ行為で常に相手を一歩出し抜く足の速さだけだった。そしてこれが、ユーラシアニズム運動の解体につながったのである。

　こういう状況になったのは、『東方への脱出』が刊行されてまもない一九二二年のころで、そのときトルベツコイに一群の元白軍将校が接近してきて、この運動に加わりたいと切り出した。同年、別に何人かの新顔が加わったが、その大半が『脱出』の論旨に興味を抱くか、執筆者たちの評判に引かれた学者たちだった。

　フロロフスキー神父はまもなくこのグループを抜けたが、一九二二年以降、趣旨に賛同するロシア知識人数名が参加し、この中には東洋好きで元ペルシャ領事のヴァシーリー・ニキーチン、歴史家のレフ・カルサーヴィン、オデッサ出身の中世史家ピョートル・ビツィリ、前内務相の息子ドミトリー・スヴャトポルク＝ミルスキー伯爵たちがいた。この伯爵は、のちにスラヴ・東欧研究ロンドン校で教鞭をとった。さらには、歴史家ゲオルギー・ヴェルナツキーもいたが、彼の父親ウラジーミル・ヴェルナツキーは、帝政ロシアでは最も卓越した自然科学者の一人だった。ゲオルギーは、のちにイェール大学で歴史を教えることになる。

　これらの新参学者たちとは対照的に、旧軍人は当然、知識人ではなかったが、トルベツコイは、彼らは以下の点で役に立つと見ていた。すなわち、早晩手をつけないではすまなくなる政治面の活動を担当できる中核の要員を募集する上で役に立つという観点である。具体的には、反ボリシェヴィキの地下組織とつながり、白軍将校が牛耳っている亡命組織と連携できる要員だ。これらの元軍人たちは、ヨーロッパにおける両大戦間の政治運動で、いわば原料となる者たちで、いずれも若く、根なし草で、所属先を求めていた。

そういう元軍人の一人が、ピョートル・アラーポフだった。彼はヴランゲリ将軍の親戚で、ストルーヴェの下で当時のサヴィツキーが仕えた相手だった。二十代半ばだったアラーポフはロシア将校のお手本のような人物で、マナーがよく、一目置かれる姿形、サヴィツキーによれば、四か国語を流暢にこなし、威風あたりを払う貫禄があった。[15] 理論面では学者たちに太刀打ちできなかったが、世故に長けた点では学者たちの上をいっていた。この両集団は、おたがい相手にしかないものが必要であることを認識していた。アラーポフにとっては、まさにこの点こそが自分の才能を生かせる道だった。学者たちの側は、自分たちの仕事は理論で、それを実行できる者が不可欠という認識に到達していたのである。トルベツコイは、スフチンスキーにこう言っている。「彼らの目標は自立ではなく、むしろわれわれの権威にすがろうとしている。われわれとしては渡りに船で、これを受けない手はない（中略）あらゆる点から見て、彼らはわれわれを権威と見なしており、真剣に模範的なユーラシア人となって、われわれの仕事を手伝おうとしているのだ」[16]

アラーポフは、ユーラシアニズム運動の主要メンバー、とくにスフチンスキーとサヴィツキーと頻繁に連絡を取り合っていた。ところが、彼らの中へ入り込んでくる前の経歴や何をしていたかについては、ほとんど明かしていなかった。わずかな手がかりは、アラーポフがサヴィツキー宛の手紙の片隅に記した彼の暗い経歴で、内戦時点においてヴランゲリ将軍のもとで大量処刑を執行し、このために精神に異常をきたしたということだった。サヴィツキーによれば、アラーポフは女性に手が早く、それも何か暗

くひねくれた衝動に憑かれて相手から金を搾りとるために、彼女たちを利用したという。(17)

アラーポフの持って生まれたカリスマ性とずば抜けたネットワークづくりの才能は、すぐに成果をもたらした。イギリスへの旅では、ウラジーミル・ゴリツィン公と夫人エカテリーナの住まいに宿泊した（そこには、公の母親も住んでいた）。アラーポフは富裕なイギリス人実業家ヘンリー・ノーマン・スポールディングに紹介され、相手にユーラシアニズムを吹き込んで、首尾よく関心を持たせることに成功した。最終的にスポールディングは、一万ポンドを運動に寄付してくれたのだ。

一九二三年、アラーポフは別口の話を持ってきたが、これが非常に期待をかきたてる謎めいたものだった。その話をアラーポフにつないだのは元同僚将校で親友のユーリー・アルタモーノフであり、ワルシャワのイギリス大使館で通訳を務めていた。アルタモーノフは、アラーポフにアレクサンドル・ランゴヴォイを紹介した。このランゴヴォイがアラーポフに語ったところでは、自分はソ連では「トレスト」として知られている正体の定かでない地下運動のメンバーで、それはボリシェヴィキ政権打倒に挺身しているということだった。アラーポフはランゴヴォイをユーラシアニスト仲間に引き合わせ、仲間はこの話を頭から信用した。「ランゴヴォイはトレストの活動に挺身していたが、われわれの運動にも入れ込み、（ユーラシアニストの）創成メンバーたちにも心から敬意を示し、私の信ずるところでは、こちらの権威が、トレストが彼に及ぼしている影響力に取って代われるだろう」と、トルベツコイはスフチンスキー宛の一連の書簡で書いている（これらの書簡は、近年、歴史家のセルゲイ・グレボフが発掘した）。(18)「目下の任務は、トレストをユーラシアニストの組織につくりかえ、われわれの目的を実践できるようにすることだ」と、トルベツコイは一九二四年、サヴィツキー宛に書いている。(19)「要するにトレストは、構造は優れていても精神がこもっていない。われわれのグループへ取り込めれば、この構造は武器に一変する（中略）この状況を利用しない手はない」

しかし、ランゴヴォイに関しては、トルベツコイの最大の誤算だった。著名な医師の息子だったランゴヴォイはチェカの一員で、若いころから筋金入りの共産主義者でもあり、内戦でもボリシェヴィキ側で戦い、その奮戦ぶりで赤旗勲章を得ていたのだ。内戦終結以後も共産主義への忠誠は変わらず、OGPU［一九二三年からこの組織になった］の一員となった。OGPUは、外国語に習熟し、亡命者サークルへ容易に潜入できる知識人を募っていた。簡単に相手を信じてしまう学者たちを丸め込むのは赤子の手をひねるようなもので、ランゴヴォイはユーラシアニズムの信奉者となったふりをして、トレストとの協力という餌を投げ与えたのである。

史上名高いトレストは現実にはランゴヴォイが告げた組織とは正反対で、ボリシェヴィキの策略そのものであり、亡命者集団を引き出してとどめを刺すのが任務だった。揺籃期のボリシェヴィキ政権が、ロシア人亡命者の組織と共闘する西欧側の諜報機関にいつ転覆されるかもしれないと思い込んでしかけたチェカの囮《おとり》作戦で、ソ連体制を突き崩す反ソ運動を偽装した罠だった。

トレストは、もとは帝政側の地下組織「中央ロシア君主主義機関」だった。トップのアレクサンドル・ヤクシェフは帝政時代の内務省の水運局長だったが、一九二一年に逮捕された。ところが、チェカは、彼を処刑するかわりに自分たちに迎え入れ、彼の地下組織を丸ごと亡命者側組織に偽装させた。ヤクシェフはヨーロッパ中を旅して君主主義者たちと会見し、支持者に取り込んで回った。そして彼は、トレストこそボリシェヴィキ政権のお膝元で反共主義の陰謀を企てる地下組織だと言いふらしたのである。ヤクシェフの旧知の一人がクテーポフ将軍に紹介されたが、この将軍は白軍の一人で、ソヴィエト内にあってテロ組織を編成しつつあった。彼が例のカリスマに満ちた近衛将校アラーポフの同僚だったのだ。そこで最終的にアラーポフが、トレストがユーラシアニストに潜入するためのパイプ役となったのである。

トレストのような作戦では亡命者集団に、ボリシェヴィキに激しく敵対するのではなく、集団の中でじっくり力を蓄える作戦を取るよう説得していた。実際には、トレスト側の目的はボリシェヴィキ政権が内部固めをするための時間稼ぎで、亡命者集団は持久戦戦術に乗ることで相手に貢献していたことになる。

他方、トレストは亡命者集団に、ソヴィエト内部で政権転覆に挺身する活動家ネットワークへの接近手段を提供した（亡命者側はそれを真に受けていた）。これらの「活動家」は、本物の情報を集め、「エージェント」を募集し、ソヴィエト内部での使い走りと、亡命者の軽はずみな信じやすさを助長することなら何でもしてのけた。たとえば、一九二五年、ソ連へ旅行中のランゴヴォイにアラーポフから至急便が届き、それにはデミドフ＝オルシニというスパイが逮捕されたと大あわてで報告してあった。ランゴヴォイはOGPUに通告して、デミドフ＝オルシニは釈放された（彼はヴランゲリ将軍のスパイで、ユーラシアニストとは無関係だったらしい）。この措置によってトレストの信用度が高まり、亡命者集団との関係が深まったようだ。[20] しだいに亡命者側は、トレストが実体を持つ組織だと信用するようになり、トレストの活動家たちを仲間に加えはじめた――彼らも、初歩のスパイ活動についてはまったくの素人というわけではなかったのだが。やがて、亡命者たちにとって不思議なことにソ連に送り込んだ工作員たち（本物である）が逮捕されはじめた。さらに亡命者側の、ヨーロッパ内の幹部たちが誘拐され、組織も敵側の潜入にさらされた。

トレストにとって計り知れない助けになったのは、亡命者側に浸透していた楽観主義で、彼らはボリシェヴィキ政権の瓦解はついそこまで迫り、その結果次第で自分たちの帰国も叶うと信じ続けていた。トレストの登場自体、長らく予言されていたことがついに実現したと錯覚していたのだ。こういう初期の運動の歴史に詳しいセルゲイ・グレボフによれば、まず何よりも、（トレストの）登場という事実自体が、ユーラシアニストたちが組み立ててきた考え方と合致していた。彼らの革命理論では、少数のエリートがロシア内部で必然的に展開していって、内側から権力を掌握する。彼らの主たる任務はその権力をユーラシアニズム側へ手渡すことだった。(21)

ユーラシアニストたちは膨大な数のパンフレットを発行し、ボリシェヴィキの滅亡は焦眉の問題で、ユーラシアニズムが共産主義に取って代わると予言していた。彼らの論法は終末思想の予言と神秘的な謎だらけだったが、その中に、彼らが予言していたことの出現とまさに相似するものがあった――ボリシェヴィキ内部での政権打倒の陰謀である。今こそ、その陰謀を担う者たちが、ユーラシアニストとの連携を求めている――これは何とも虫のいい考え方で、実際ありえない話だった。しかし、母国帰還を切望する亡命者たちの切羽つまった希望は常識を踏みしだき、最終的に彼らの運動自体の墓穴を掘ることとなった。

今日わかっているのは、アラーポフはおそらくOGPUの一員ではなく、軽はずみで、諜報活動に習熟していないお人好しだったことだ。一九三〇年、ソ連へ帰国したとき、彼はOGPUに逮捕されて、一九三四年に刑期十年を言い渡され、一九三八年反革命活動で銃殺された（トレストに関わったOGPU幹部の大半が、一九三七年と三八年に処刑されている）。アラーポフ尋問調書の梗概が、歴史家クセーニヤ・エルミーシナによってリトアニア特別文書館で発見されたが、その中でランゴヴォイによって欺かれたと説明している。「ランゴヴォイがわれわれユーラシアニストの立場を理解していなかったのは、私には明らかだ。その理由は、むろん、私には不明だが、後にそれが明らかになるのは、トレストが実はOGPUだと判明したときだ」。ランゴヴォイの助けを得て、アラーポフは一九二四年から一九二六年にソ連へ旅している。

　ユーラシアニストの指導部は、ランゴヴォイの信用性が確かなものかどうか知りたかった。しかし、アラーポフが辛抱強く彼を推したので、一九二五年一月、ランゴヴォイはベルリンに呼ばれ、あるアパートで開かれたユーラシアニストらの会合でスピーチをした。「嘘八百を並べ立てた」と、後にランゴヴォイは回想した。「最低の嘘が明白な真実として通用した。『ユーラシアはスラヴ文化、ヨーロッパ文化、モンゴル文化を総合したものだ。その基礎は君主制だ』というぐあいだった（中略）ユーラシアニストらがおたがいの間で論じ合っていたのは、結局のところ、資本主義が計画経済より優れているかどうかということだった」[22]。結局、ランゴヴォイの忍耐と努力が大いに報われ、今度はその年の終わりに、プラハでの会合に招かれた。彼はポーランド経由で国境をすり抜け、プラハで再びスピーチをさせられたが、その会合の最後でユーラシアニストたちはトレスト全体を自分たちの世界観に転向させる試みに満場一致で賛成した。ランゴヴォイは、「ユーラシアニズム機関」の七人委員会の一員に任命され、ソ連における「ユーラシアニスト党（ＥＡＰ）」のトップに据えられた。その結果、本部とメンバーとのやりとりは、すべて彼の手を経ることになった。「万事が首尾よく運べば、われわれは大きな成果を得るだろう。アルゼンチン（ソ連）における独立の石油（ユーラシアニズム）機関の形成は、極めて好意的で心の底からの感銘を生むのだ」と、トルベツコイは述べた。

　アラーポフがお人好しにもトレストを持ち上げたことが大きくものを言って、ユーラシアニスト運動は大混乱に陥ったが、それをしてのけたのは大半がＯＧＰＵだった。ユーラシアニズムは極めて広範に浸透していたので、トレスト唯一の生き残りであるボリス・グジは二〇〇四年のインタビューで、この思想運動を指して「トレストがつくり出した虚構の左派的思想傾向」と説明した[23]。これは彼の言うとおりかもしれない。ユーラシアニスト組織への浸透度は極めて高く、一九二五年当時、誰がこの組織の指揮をとっているのか、すなわち、もともとの幹部たちなのかOGPUなのか区別がつかなくなっていたのだ。OGPUの防諜部門のナンバー2だったウラジーミル・ストゥィルネは、上司にはこう報告していた――ユーラシアニスト運動への浸透が極めて上首尾に運んだ結果、「わが方の諜報員はこの運動の最高機関に引き合わされ、他方、この運動の参加者たちはこちらが求めたことは、ほぼ何でも果たす用意ができていた」[24]。

誰もがトレストを信用していたわけではなかった。興味深い一例は、レフ・カルサーヴィンの尋問記録からうかがえる。この哲学者はユーラシアニスト組織の一員で、一九四〇年、ヴィリニュス［リトアニアの首都］へ移り、一九四九年、NKVDに逮捕された。彼の証言はソ連瓦解後に明るみに出て、一九九二年に公表された。逮捕した相手に対してカルサーヴィンはユーラシアニスト組織の内部の活動を伝えたが、とくにランゴヴォイがOGPUの諜報員ではないかとの組織内での疑惑に言及していた。「私にわかっていたかぎりでは、ソ連領内にいるシンパたちとの紐帯はランゴヴォイによって維持されていたが、それほど重要なものではなく、ソ連領内の諸機関が操作していたにすぎなかった」[25]。カルサーヴィンはランゴヴォイがOGPUの将校だと信じていたが、スフチンスキーも彼に同意したと言い足した。しかしながら、カルサーヴィンによれば、ランゴヴォイはユーラシアニストの目標に共感しており、ソ連内のユーラシアニストたちと連絡をとろうとする彼らの目標に自分が利用されることを拒否してはいなかったというのである。

トレストは、ユーラシアニストの信用を得る努力においてはますます大胆になり、その線に沿って敵対する者たちを欺く点でも放胆さを発揮するようになっていった。一九二七年二月、サヴィツキーがモスクワでのユーラシアニストの秘密会議に出席を希望したとき、ランゴヴォイはポーランドの国境を越えていく手はずを整えてやった。この会議には、ヤクシェフも出席することになる。サヴィツキーは、「戦士哲学者」を名乗り、ヴィテプスクという町出身の「ニコライ・ペトロフ」という偽の身分証明書を使ってソ連に入った。のちにスフチンスキーに出した手紙（「霜焼けになった手でこれを書いている」）では、ソ連での監視網を逃れる大胆な行動に出て、真冬の外気の中を騎馬で一〇〇ヴェルスタ［ロシアの距離単位で、一ヴェルスタ約一〇六七メートル］旅した。彼は会議の模様を詳細には書いておらず、スフチンスキーには次回の会議の席で口頭で伝えると断っている。一九二七年二月二七日の手紙ではこう書いている。「以下、簡略に――探していた石油（ユーラシアニズム）を発見した。われわれ全員を養えるほど役に立つことを願う（中略）比較的少ないが（およそ二百）、道義的には健全な石油だ」[26]

　ＯＧＰＵは、この会議への妨害はすべてとりやめ、何百人もの諜報員を展開したが、その中には地下組織「ユーラシアニスト党」の結成に同意したあのヤクシェフも入っていた。会議の終了後、本物の正教会の礼拝まで行われ、そこでサヴィツキーは本物のモスクワの府主教から聖餐にあずかったが、この府主教はどう見てもこの会議のために動員されていた。サヴィツキーがモスクワで出会った「ユーラシアニスト」たちは、全員がこの運動の基本的な教義に通じていた。そして、この手の込んだショーは、何よりもサヴィツキーに（そして帰国後に彼が熱をこめて一部始終を報告したユーラシアニスト幹部たちにも）トレストは本物だと信じ込ませ、ユーラシアニスト運動はソ連内で同調者を増やしつつあると思い込ませようと仕掛けられたものだったのである。

　だが、サヴィツキーの勝ち誇った高揚感は長続きしなかった。彼が帰国して数週間とたたない一九二七年四月、ＯＧＰＵの中核的な諜報員のエドゥアルド・ウッペリン（暗号名「オッペルプト」）がフィンランドへ逃亡してフィンランド秘密警察に投降、ラトヴィアの首都リガの新聞『セヴォードニャ』にトレスト組織の暴露記事を公表したのだ。一方、帰国後、サヴィツキーは、トレストは詳細に仕組まれた詐欺ではないかと疑念を抱いていた幹部たちに、トレストがいかに本物であるかを懸命に強調した。

暴露記事以後もサヴィッツキーは、自分がモスクワで会った者たちは本物のユーラシアニストで、自分がヤクシェフを窮地に陥れてしまったのではないかと心配していた。(27) のちにスターリンによる粛清が吹き荒れた一九三〇年代にヤクシェフが収監されたとき、サヴィッツキーは彼の命を危険にさらしたのは他ならぬ自分自身だと、個人的に責任を感じたのである。一九六七年、『消えたさざ波』という本がソ連で刊行されたが、これはヤクシェフの関係書類に基づいて書かれたもので、初めてトレストの全貌を明らかにしていた。本の狙いは、アルトゥーゾフやランゴヴォイのような闇に葬られたOGPU将校たちの復権だった。サヴィッツキーの息子たちは、父親にこの本の内容を知らせるべきか否かをめぐってもめていたが、結局、彼らは父親には知らせず、サヴィッツキーは真相を知らないまま一年後に没したのである。

　こうした欺瞞は、抵抗しがたい人間的弱点に起因する——人は自分が信じたいことを信じる傾向があるということだ。これは「確証バイアス」という、悪名高い認知面での障害である。どれほど反証が出てきても、従来の見方を強化する方向へと自分の心を操作してしまうのだ。この障害ゆえにこそ、トレストは事業を続けられたのである。この人間的障害は極めて強力に作用して、陰謀が暴露された後でも、それを受け入れることを断固拒否する者が多かった。アラーポフは、トレストを持ち上げ続け、ユーラシアニスト幹部たちに手紙を書いて、「オッペルプト」［ウッペリン］はOGPUの囮諜報員で、こういう手合いに侵入されていないトレストの「健全な」部分との協力を再開すべきだと主張した。たとえば彼は、ランゴヴォイはOGPUの諜報員だが、本心ではユーラシアニズムのシンパだと信じ続けたのである。一九三〇年、ソ連に帰ったアラーポフは、二度と姿を現さなかった。(28)

　トレストは、諜報の歴史では大変な成功を収めた作戦だったが、その実態は今日でもほとんど知られていない。実際、「オッペルプト」が暴露していなければ、世間に知られることはまずなかったろう。アルトゥーゾフは、彼の伝記作者によれば、トレスト解体の失態で懲戒処分を受けた（もっとも、のちに処刑されたが）。しかし、トレストの仮面が剝がれるころまでには、ソ連はもはやユーラシアニストの組織に侵入する必要がなくなっていた。パリのスフチンスキー率いる数名のユーラシアニストたちが、ますますソ連への共感を強めていったからである。のちに彼の友人となるヴァジム・コゾヴォイによれば、「ユーラシアニズムはスフチンスキーを食ってはいなかった」（これはドストエフスキーの『悪霊』の主人公スタヴローギンが何かの思想に「食われている」という描写のもじりだった）。スフチンスキーはまた、亡命生活にがまんがならないほど倦んでいたとも、コゾヴォイは言っている。しかし、スフチンスキーは、スターリンに魅入られてもいた。スターリンの論文では、彼が権力を掌握してくるにつれて「一国社会主義」を口にしはじめ、ロシア・ナショナリズムを唱導する狙いをあらわにしていたからである。スフチンスキーは、この動きこそ来るべき共産主義忌避への第一歩であり、それにかわるユーラシアニズム理念の受容と信じ込んだ。コゾヴォイによれば、スフチンスキーがしきりにソ連へ帰りたがるので、何度も思いとどまらせなければならなかった。(29)

スフチンスキーはユーラシアニズムの左派の先導役、サヴィツキーは右派の先導役で、すでに一九二五年に両者は衝突を始めていた。後者は共産主義と無神論に激しく異を唱え、ソ連への不信感を隠さなかった。一時的にスターリンを受け入れてユーラシアニズムの正統的理念を犠牲にすることに反対したのである。他方、トルベツコイは、かつてはグループで最も情熱を燃やし、精力的に動いていたにもかかわらず、徐々に身を引いて自信喪失していき、もっぱら学問研究に打ち込んだ――その方面での成果が出はじめていたのである。

三者の分裂は、ソ連のイデオロギーに起きた地殻変動的な激変の最中に進行した。スターリンが共産党書記長としての権力を打ち固めていくにつれて、彼の幕僚たちは、マルクシズムの神殿は民衆を鼓吹し動員する道具としては、いかに訴求力が弱いかということを理解しはじめた。ソ連の表立った英雄のうち、数名は外国人（マルクス、エンゲルス、ジャン＝ポール・マラー〔フランス革命の左派、モンターニュ派の指導者〕）か、なじみが薄い（ミハイル・フルンゼ、グリゴリー・コトフスキー〔ともに内戦期の軍事的英雄〕）、あるいは外国人でなじみも薄い者たち（ローザ・ルクセンブルク、カール・リープクネヒト）だった[30]。

国民的英雄抜きで、さらには国民同士で大いなる戦闘を戦い、共通の歴史を分かち合うことなしに、ソヴィエトの指導者は社会勢力と経済発展の段階について国民を教導してきた。こういう組み合わせで、目覚ましいプロパガンダをつくりあげようとした初期の試みは、成果の点ではお笑いぐさだった。効果のあるプロパガンダの必要性に気づいた共産党首脳部は、大衆を動員しようと、ひそかに正統派共産主義に代わる思想的代替物を模索しはじめた。ソヴィエトの民族政策も、たとえどれほど眉唾ものであろうと民族自決を掲げていたので、民族集団《エスニック・グループ》は自身の自治を認められ、それぞれが議会と政府を持っていた。民族言語も民族的慣習も、共産党統治という人工的な構造物の中にとどまるかぎり、すべてが祝福された。

スターリンは徐々にロシア民族の過去のシンボルや人物たちを復活させ、これらを大衆文化の現代的手法、とくに映画と組み合わせはじめた。スターリンによる「ナショナル・ボリシェヴィズム」は、俄然、ユーラシアニズムの政治綱領と酷似してきだしたのだ。そもそもスターリンがユーラシアニズムの文献に影響を受けたかどうかには証拠がない。とはいえ、亡命知識人たちの間にこうした傾向が、彼らがまさに予言したとおりの現象として現れてきたこと自体、ソ連と亡命者集団がいわば同じ井戸の水を飲み始めたことを示していないだろうか。

スターリンの右旋回は、一転してスフチンスキーとその他数名のユーラシアニスト左派の主張に益することになった。すなわち、後者はますます、ユーラシアニズムがソ連を守りつつ発展させる代替物となりうるのかと疑念を抱き、ソ連への接近を望む声をますます強めていたのである。彼らにしてみれば、スターリンがもたらした変化こそ、彼らの基本原則の証左、西側に対するユーラシア革命の現実性の証左であった。アラーポフ、スフチンスキーはこうまで書いている。「このままおとなしくスターリンに、われわれに好ましい行動を大いにさせておくのが得策ではないか」[31]

この時期、ユーラシアニズム左派が交わした書簡には、スターリンの改革への賛辞であふれている。そして、スターリンによる「ナショナル・ボリシェヴィズム」の階梯が上がっていくごとに、ソ連政体を簒奪すべしというユーラシアニスト党の決意は弱まっていった。一九二七年、スフチンスキーは、狙いは不明ながら、フランスでソ連の代表と会談までしている。同年、スフチンスキーは、当時イタリアに住んでいた作家マクシム・ゴーリキーと会談し、ソ連の大義のためにひと働きしたいと持ちかけた。ゴーリキーは、スターリンの私的な友人だった。この作家に対して、スフチンスキーは、ユーラシアニストはソ連のイデロギーの四分の三を支持していると告げている。ゴーリキーはその趣旨に賛同の旨をスターリンに書き送ったが、相手は関心を示さなかった。

サヴィツキー率いる右派は、パリにおける左派の勝手な動きにますます苛立ちを強めた（もっとも、左派とソ連政府との接触の深さの度合いを右派がどれだけ知っていたかは定かではない）。そして両派は、パリの左派がますます正統派のマルクシズム的観点を標榜するに及んで、マルクシズムの経済学から美学に至るまですべての点において深刻な亀裂が走りはじめた。一九二七年と二八年の一時期、両派は発行物を使ってたがいを中傷した。

ユーラシアニズムの二極化とともにトルベツコイは運動自体に関心を失っていき、たがいに諍《いさか》い合う学者たち、元将校たち、さらには隠れＯＧＰＵ諜報員たちへの彼の影響力は低下していった。彼が予言していたソ連の瓦解は、差し迫った様相とはほど遠かった。彼自身、それが分かってきたのである。「われわれは、現在にではなく、はるかな未来に生きている」。一九二七年までにはトルベツコイがすでに運動に挫折感を抱いていたことは、スフチンスキーへの書簡からうかがえる。「世間がわれわれには体系がない、たがいに異質で関連のない観念が機械的に混じり合っているだけで、その中から人々が気に入ったものを拾い上げるだけだ、と非難するのは当たっている」(32)

この時点でのトルベツコイは、意気阻喪し、消耗していた。一九二八年三月、スフチンスキーにこう書いている。

私の場合、ユーラシアニズムは自分の能力を実現するうえで邪魔になっている。ユーラシアニストとしての義務が私の意識への重荷になっていることがきみにわかれば、それがどれほど私の学究面での仕事の邪魔になっているかをきみにわかってもらえれば（中略）ユーラシアニズムは私の十字架で、これに打ち込んでも何の代償も得られない。どうかわかってほしい——魂の奥底で私はこれを憎み、憎まずにはいられないことを。ユーラシアニズムは私を破壊し、私がなるべき、またなれたはずの存在にならせてくれなかった。これを打ち捨て、手放せれば、そして完璧に忘却できれば、これに勝る喜びはない（後略）(33)。

同年十月、トルベツコイは、スフチンスキーへの手紙で、はじめてユーラシアニズム運動の「分裂」の見込みに言及した。すなわち、パリの左派にはソ連との接触を図るに任せ、プラハの右派には正統派のユーラシアニズムを継続させる提言である。両派の紛争に火を注いだのは、左派が自派の新聞『エヴラジヤ（ユーラシア）』の発行を推進し、それが明らかに親ソ的傾向を帯びていたことである。同紙の第八号で、トルベツコイは書簡を公表し、最終的に絶縁を宣言した。

それこそが、この運動の終焉だった。一九二九年一月、サヴィツキーはスフチンスキーと彼の味方レフ・カルサーヴィンと会見し、同紙の編集方針には「賛同できず、道義的原則にもとる」と告げた。カルサーヴィンとスフチンスキーは、これを個人的な侮辱と受け止めた。『エヴラジヤ』はまもなく廃刊となり、両派の決裂は決定的となった。サヴィツキーは、一九三〇年代初頭、断続的にプラハを基盤とするユーラシアニズム運動を再活性化しようとがんばったが、ほとんど効果はなかった。

運動の終焉

一九二八年春、スフチンスキー宛に「ユーラシアニズムが私を破産させた」とする書簡を出した後、意気消沈したトルベツコイは言語学と音韻論へ、またヤーコブソンと「プラハ言語学サークル」との学術的共同作業に戻ろうとした。分断され、敗北を喫したユーラシアニストたちは、それぞれの道を歩むことになったのである。

一九二九年、トルベツコイとヤーコブソンは一連の論文を発表して称賛を博し、ヤーコブソンは自分たちの理論に対して「言語学的構造主義」という呼称を思いついた。故シャフマトフへのトルベツコイの攻撃は、ついに公表はされなかったが、彼とヤーコブソンを駆り立て、二十世紀最大の言語学的発見のいくつかを生み出させた。二人の論考はまた、歴史対「構造」という二十世紀の大きな学問的衝突の先駆ともなった。こちらの方は二十世紀後半最大の学問的流行となり、ヨーロッパの大学で開花し、故クロード・レヴィ＝ストロースによって人口に膾炙《かいしゃ》するテーマとなった(34)。構造主義は、歴史から文化人類学、精神分析に至るすべてを、意識下の構造が持つ普遍的かつ超時間的な法則の次元から解明することとなった。もとはと言えば、それは言語学で最初に明らかにされたものだった。

トルベツコイとヤーコブソンが音韻論でやろうとしたこと――言語の音声的印象同士の関係を支配す

る法則を論理的に導き出すやり方——を、レヴィ＝ストロースと彼以外の学者たちは神話、民話、文学、結婚の慣習、心理学などでも行おうとした。別の場合ならデータの寄せ集めでしかないものの中から、システムの基礎を記述する法則が導き出されてくるのだ。レヴィ＝ストロースによれば、トルベツコイの音素論は、この貴族が亡くなっておよそ二十年後に、記念碑的な突破口を提供した。「初めて社会科学は、必然的な諸関係を公式化できた」。そしてヤーコブソンの洞察力が「社会科学に対してなし遂げた改革の役割は、たとえば、核物理学が物理科学に対して果たした役割に匹敵する」[35]のである。

だが、構造主義がもたらしたこの高揚は、構造主義は（いくつかの）現象には有効でも、文学、心理学、伝承といった進化していく広範な領域では効果が薄れるとわかった結果、衰えていった。トルベツコイの音韻論の専門家、アナトリー・リバーマンに言わせると、「要素が多様化すればするほど、構造主義は働きにくくなる」のである。とはいえ、ロシアの「銀の時代」特有の、人間性の普遍的パターンを求める夢想的熱情は、トルベツコイとヤーコブソンによって言語学へと導かれ、いまだにこの分野での命脈を保っている。そして（ほとんど）それに劣らず夢想的な他の研究、たとえばノーム・チョムスキーの生成文法、心理学の認知革命などの先駆けとなった。トルベツコイの諸発見はその多くが忘れられたが、言語の諸要素から必然的な諸関係を論理的に導いていくという基本的な研究は、依然として言語学者たちの関心をかきたてている。

だが、トルベツコイは、これらの発見による気分高揚のおかげをもってしても、ユーラシアニスト運動の瓦解に続いて彼を襲った深刻なうつ状態からは抜け出せなかった（この運動に関わった多くの者たちにとって、それは政治組織であるよりも、ある種の自己救済運動だった）。この運動の終焉とボリシェヴィキ支配の強化は、トルベツコイの永久追放をも確実なものにしたのである。

スターリンのロシアをつぶさに調べたトルベツコイは、ナショナル・ボリシェヴィズムこそ、自分たちの論考で探し求めてきた民族的総合であることを恐怖とともに悟った。

われわれは診断医としては優れていたし、予言の数々も悪くはなかった。ところが、イデオローグとしてはまことにお粗末で、予言では的に命中させたのに、それが悪夢へと一変した。われわれは新たにユーラシア文化が登場すると予言した。その文化がいざ現れると、完全な悪夢で、われわれは慄然たる思いで後ずさる。(36)

トルベツコイの人生と学究的努力は、悲劇的な終わりを告げることになる。運動と絶縁して以後、めったにユーラシアニズムについて書くことはなかった。一九三八年三月のオーストリア併合以降、彼はナチスの標的にされた。ナチスはあらゆるロシア人亡命者を疑い深い目で見たが、とくに政治面で何かの主義主張への共感を表明した者を標的にした。同年五月、ゲシュタポが彼のアパートを捜索して、ヤーコブソンと交わした書簡や、愛する『スラヴ諸言語の先史』の原稿すべてを押収した。当然、この貴族には耐えがたい措置で、その八か月後、彼は心臓発作でこの世を去る。友人たちは、これが原因だと信じていた。

それでもヤーコブソンは、なんとかトルベツコイの問題の草稿を救出できた。何といっても彼の最大の遺産なのだ。ヤーコブソンはナチスを逃れて最初はスカンジナヴィアへ、次いでアメリカへと逃れたが、その前にプラハでトルベツコイとの書簡を隠しておいた。のちにこれらの書簡を回収して、一九七六年に刊行したのである。ヤーコブソン自身は一九八二年まで生きたが、暮らしの糧はハーバードとＭＩＴでの教職で得た。そして、同時代では最も卓越した言語学者となった。しかし、トルベツコイとの友情は、終生彼につきまとった。死ぬ直前、彼は親友の死についてこう思い出を語っている。

長期にわたったわれわれの共同研究は、ついに終わった。以後、私はひとりで研究を続け、新たな発見や仮説の証明をひとりでやらなければならなかった。また、「プラハ言語学サークル」との心躍る共同作業もまもなく終わるということもわかってきた。やがて、サークル自体の活動も終わった。私にとって、一つの国から別の国へと逃れる、故国のない放浪生活が始まったのだ。(37)

一九三〇年代後半までには、ユーラシアニズムの旗を最後まで掲げ続けたのはサヴィツキー一人になっていた。スフチンスキーら左派との分裂以後、残ったメンバーは徐々に去っていった。若干名、とくにスフチンスキーの左派の数名はソ連へ帰国したが、全員が（ほぼ例外なく）悲劇的な運命をたどった。トルベツコイは、サヴィツキーが立ち上げたユーラシアニストの雑誌に時折、原稿を載せていたが、運動との絶縁以降は以前の情熱が戻らず、かつては大事だった同志の大半との交流も減っていった。プラハを基盤とする右派のメンバーは、一九三〇年代後半にはほとんど去るか関心を失っていた。サヴィツキーは、ソ連についての記事を、この派の『スラヴィッシェ・ルントシャウ（スラヴ展望）』に、またパリを基盤とした左派の雑誌『ル・モンド・スラヴ（スラヴ世界）』にまで書いていた。また、「プラハ言語学サークル」には参加するのもやめていた。ヤーコブソンとトルベツコイは、一九三〇年代半ばにはそれぞれの研究に的を絞り、サークルとは関わりを持たなくなっていた。ヤーコブソンは依然としてプラハにいて、サヴィツキーとは頻繁に会っていたが、トルベツコイはプラハ行きがますます減ってきた。一九三〇年代後半にトルベツコイが没し、ナチスのチェコスロヴァキア侵攻前にヤーコブソンがプラハを後にすると、サヴィツキーは旧知の仲間を失った。この時期の彼は、とくに執筆活動が減った。

第二次世界大戦は、亡命者グループを真っ二つに引き裂いた。ボリシェヴィキをやみくもに唾棄《だき》する一派はナチス侵攻の本質に目をつむり（彼らはナチスに対して中立か、中には支持する者さえいた）、一方、母国に忠実な一派は、スターリン体制には異論があっても、「聖なるロシア」の防衛に結集して、ソ連政府には当面妥協することにした。サヴィツキーは断固として、後者の立場で、ナチス支援の亡命者政治グループとはますます疎遠になっていった。

一九三九年にナチスがプラハを占領すると、サヴィツキーは居残ったものの、反ナチ政治活動ゆえにプラハ・ドイツ大学でのロシア語とウクライナ語教師の職を追われた。一九四四年、「ロシア・ギムナジウム」の教育学部長として雇われたが、年長の学生たちをドイツ軍のロシア人部隊に編入する動員命令を拒否して免職された。

二度の免職という非常事態にも、彼の家族はほとんど実害を受けなかった。子どもたちは徴兵年齢には幼すぎたし、彼自身は歳をとりすぎていたからである。チェコスロヴァキアでは、大戦で激しい戦闘を強いられることは比較的まれで、ナチスによる占領のときも、ソ連占領下に入るときも、ほとんど銃火を交えることはなくてすんだ。ソ連部隊がチェコにやってきたのは一九四四年で、一九四五年五月九日、サヴィツキーはソ連の「解放軍」の歓迎に際して家族ともども出迎え、最初の部隊の行進を目撃した。ところが、彼の母国《ロージナ》に対して抱く誇りは、その後厳しい試練にさらされることになった。赤軍とともに、ソ連の防諜組織であるスメルシュ（スメルチ・シュピオーナム、「スパイに死を」の短縮形）もプラハへすばやく入り込み、白軍支持者や帝政派を逮捕しはじめたのである。この結果、逮捕者は二百十五名となり、その中にサヴィツキーも入っていた。[38]

ソ連の「特務要員」との最初の接触はソ連部隊のプラハ進駐から数日後の五月半ば、制服姿の若い将校が玄関に現れて、サヴィツキーに会いたいと告げた。一家の家の前には、サブマシンガンを抱えた兵士が一人待機し、もう一人がサヴィツキーの二人の息子を軍用車に乗せて現場から遠ざけた。将校は長時間話し合った後、「きみのような愛国的なロシア人が国外にいてくれてうれしいよ」と言い残して引きあげた。この将校の言葉は、サヴィツキーの息子イワンが聞いたものである。数日後、別な兵士たちがやってきて、サヴィツキーを尋問のためプラハのどこかへ連れ去った。しかし、一週間後、サヴィツキーは意気揚々と帰宅した。調査の結果、何も不都合な点はないと判明したという書類を手渡されたのである。ところが、一週間後に別な兵士たちが現れ、初めて彼らの中に私服がいた。彼らの様子はものものしく見えた、とイワンは語っている。もう取り調べは終わったとサヴィツキーが抗議したが、兵士たちは取り調べにつじつまの合わない点が出てきたと告げた。家族にも深刻な事態が起きたらしいと察しがつき、今回の兵士たちは先の二つの集団と違うことがわかりはじめた。先の二つはおそらく、プラハ在住のロシア人亡命者全員を訪ね、簡単な調査ですませたものらしかった。今回の兵士たちは、上層部の緊急命令でサヴィツキー逮捕に押しかけてきたのだ。サヴィツキーの妻ヴェーラは事態の悪化を察知し、夫に冬着の用意を申し出た——まだ五月も半ばだったのだが。ところが、サヴィツキーは依然自信満々で妻にこう答えた。「心配いらない。もちろん冬着はいらないよ。ここでおしゃべりするだけですむさ」(39)。そのおしゃべりは、実に十年も続くことになった。

裏切り

サヴィツキーはモスクワへ連行され、一時はルビヤンカに収容された。ここはNKVD/KGBの威圧的な本部兼刑務所だった。そこで彼は、ユーラシアニズム運動にロシア諜報機関がいかに徹底的に浸透していたかを思い知らされることになる。尋問中に彼が突きつけられた証拠は、明らかにユーラシアニズム運動内部の人間が漏らしたもので、その正体も、彼自身が信用していた人物だった。「証拠書類にその人物の署名はなくとも、筆跡でわかった」とイワンは語っている。サヴィツキー自身は見せられた書類の筆跡の主を漏らしはしなかったが、情報提供者の一人はアラーポフだった可能性が極めて高かった。

ルビヤンカに数か月入れられた後、サヴィツキーは中央ロシアのモルドヴィアの労働収容所へ送られた。彼の試練については詳細が不明で、彼自身、釈放以後も語ろうとしなかった。しかし、尋問中に拷問を受けたことはほぼ明らかで、身に覚えのない罪科を押しつけられ、暖房のない家畜輸送貨車に押し込められて収容所へ送られ、以後十年、伐採労働につかされた。奇妙なことに、サヴィツキーは、母国に対してほとんど悪意などないように見えた。口では言えないほど望郷の念に駆られ、たとえ収容所に入れられてもロシアに戻りたがっていたのである。

ああ、私の帰国は何とおぞましかったことか
故郷の町々は廃墟と化し
入獄したばかりのころのモスクワは
あらゆる試みと言葉のむなしさを感じさせた

私は生まれた国に横たわった
夏の夜、大地の息吹を吸い込み
そして月と、月下の世界の豊かさが
輝きとともに原野にみなぎる
そして私は気づくのだ

このうるわしい息づく大地の秘めたる力を
新たな努力と詩心の中に
この体は流れる川のごとくよみがえる(40)

しばらくの間プラハにいたサヴィツキーの家族は、彼の妹から世情の変化について知らせてもらえた。また、妹はモスクワに住んでいて、かなり頻繁に収容所を訪問できた。ところが、一九四八年以後はこうした訪問ができなくなった。彼女はモスクワの科学アカデミーに勤めていたが、その年以降、アカデミー勤務者は全員が外国や外国人との接触を禁じられ、彼女は兄との面会も禁止されたのである。

一九四八年から五五年にかけて、サヴィツキーの妻子は、夫や父親の生死すら分からないままに放置されていたが、やっと一九五五年六月にチェルナサヴィン将軍という人物がプラハに住むサヴィツキーの妻子を訪れ、震える手でサヴィツキーの手紙を取り出した。サヴィツキーは一九五五年までに政治犯監獄から釈放されていた。一九五三年のスターリン没後、後継者のニキータ・フルシチョフが改革を開始、一九五五年までに政治犯の大半を釈放していたのである。サヴィツキーはプラハへ戻される前に、ポチマの休養所で待機中だった。手紙の日付は一九五五年の復活祭前夜となっていた。

キリストがよみがえられたよ、いとしいヴェーラ、ニカ、ワーニャ〔イワン〕。来るべき盛大なお祝いでおまえたちを祝福し、私の近況を伝え、そしておまえたちの近況を聞かせてもらうために、この手紙を書いている。

手紙によれば、彼の釈放日は四月七日だった。以後に届いた手紙では、一九五三年に手術をしてから手先の仕事ができなくなり、収容所の図書館で司書の仕事をやらされていた。そして、これこそ前述の「ストックホルム症候群」の典型なのだが、チェコスロヴァキア国籍をソ連国籍に切り替えることも考えていると書かれていた。やっと一九五六年一月になってプラハに戻り、妻と二人の息子に会えたが、息子たちは二十歳を過ぎていた。サヴィツキーはきれいにひげを剃ってはいたが、衰えて猫背気味になっていた。彼は、『ソヴィエト・チェコスロヴァキア』という雑誌で翻訳者として働きはじめた。

両大戦間の時代に、知的活力で光輝を放っていたプラハは、今や共産党支配下の都市で、公然と知的応酬を交わし合う雰囲気をかもしだせるチャンスなどまるでなかった。サヴィツキーがかつて大いに交歓を楽しんだ学究たちは、今や大半が没したか、国外へ逃れていた。唯一文化的光輝を放ったのは、一九五六年にヤーコブソンが出席した言語学の会議のときだった。そのヤーコブソンはハーバードで教えており、「有標性」「ある言語体系の中に差異を持ち込む特徴（標識または徴標という）を持つこと」と「言語の普遍的特性」の理論で名をなしていたが、アメリカ本国では極めて危うい状況に置かれていた。共産主義者として「非米活動委員会（ＨＵＡＣ）」の調査にさらされていたのである。ＨＵＡＣは、ジョセフ・マッカーシーがつくった魔女狩り委員会だった。サヴィツキーを訪ねたヤーコブソンが真っ先に行ったことは、電話に枕をかぶせることだった。

うんざりする日々と絶望からサヴィツキーを救ってくれたのは、マトヴェイ・グコフスキーという学者からの手紙で、サヴィツキーはこの人物とモルドヴィアで出会っていた。グコフスキーは、サヴィツキーをある人物に紹介したいと手紙に書いていた。その人物はグコフスキーの同囚としてともに生きのびたのだが、手紙によればステップ地帯の人々にずっと関心を抱き続け、サヴィツキーとユーラシアニズム的観点を共有しているという。姓を聞けば、すぐわかるほどの有名人で、この相手とならサヴィツキーが生涯をかけて培ってきた学識を交換し合い、おたがいに被ってきた悲劇まで話し合えるというのだ。この人物こそ、レフ・グミリョフという名の歴史家だった。

第2部

混迷期

第5章　レフ・グミリョフ

二十世紀の最も偉大な詩の一つにおける主題であることは、名誉と重荷の両方を担うことになる。その主題が自分の差し迫った死なら、特に重荷となるだろう。

それは一九三七年、スターリンの恐怖政治が頂点に達していた時期だった。レフ・グミリョフはレニングラード［かつてのサンクトペテルブルク、一九一四年ペトログラード、一九二四年からこの地名］の学寮の部屋で逮捕され、北極圏の労働収容所へ送られた。十七か月の間、彼の母親で今では世に知られたロシアの女性詩人アンナ・アフマートワは行列に並んで待ち続け、警察関係者たちに無数の手紙を書いて息子の運命を教えてくれるよう嘆願した。その苦闘は、彼女の最も有名な詩「鎮魂歌」において不滅の命を与えられた。

「鎮魂歌」は、レニングラードの警察前の凍てつく道路に並び、足が凍りつかないように貧農がはくフェルトのブーツをはいて行列をなしていたすべての母親たちのために書かれていた。これらの母親は、ある日職場から帰ってこなかった愛する身内、あるいは真夜中ＮＫＶＤのトラックに十把一からげに押し込まれ、二度と戻ってこなかった身内に小包を届けてもらったり、その消息を得たりするために行列に並んだ。この詩は、哀歌、悲歌、証言といったものから、ついには最も有名な詩編へと上りつめていった——おそらく二十世紀に書かれたロシアの詩では最も知られた数行と言えよう。

十七か月の間、私は叫び声を上げ続け、
おまえが帰ってくるよう呼び続けた。
私は絞首刑執行吏の足元に身を投げ出した、
おまえは私の息子、そして私のおぞましさだ。
何もかもが混乱し、収まることがない。
私には分からない
今は誰がけだもので誰が人間なのか、
そして後どれくらいたてば処刑が始まるのやら。
今あるのは埃まみれの花ばかり、
そして香炉の金属音、そしてどこかから
どこへともなく通じている小道だけだ。
そして私の目を覗き込む、
恐ろしくも差し迫った死、
それこそが恐るべき運命なのだ。(1)

自己を滅する集団主義や公共精神、がっしりした胸の英雄たちを称賛するソヴィエト的イデオロギーの全盛期に、アフマートワの詩は、そこに歌われた私的な個人の愛や絶望、心優しい思慕の念のために、体制破壊的なものと見られた。これこそ彼女の逆説だった——自身の私生活に容赦ない公共性を付与してみせたのである。そのことが彼女の息子のグミリョフには悩みの種だった。書かれているのは彼の死だが、詩は本質的には彼女について書かれたものだ、とよく言っていた。アフマートワの人生の悲劇は公的な資産であり、グミリョフは母親が自分の息子を含めた自分の周りの人々の責め苦を、何にもまして彼女自身がなめた責め苦として扱ったのだと感じていた。

　アフマートワは、二十世紀のロシアでは最も影響力のあった知識人の一人で、スターリン時代の苦しい時期を通して国民の良心であり続けた。そして、グミリョフは、自分の母親をロシアの国全体と共有せざるをえなかった。アフマートワは、彼の私的な誇りの無限の源泉であると同時に、苦悩の源泉でもあった。自身の二度にわたる各七年の労働収容所での刑期を口にするとき、彼はよくこう言った。「最初の七年は親父のため、次の刑期はおふくろのためだった」。最初の刑期は、彼が殉教者の息子だったためである。彼の父親のニコライ・グミリョフは、一九二一年、ボリシェヴィキに銃殺された。二度目の刑期は、彼の実母がおとなしくしているようにと、いわば人質にとられたのだ——彼はそう確信していた。「彼女じゃなくて普通の女性の息子で、他の諸条件が同じだったら、ぼくは人気教授になっていたよ」と、グミリョフは一九五五年、労働収容所から友人のエマ・ゲルシュテイン宛に書いている。

　とはいえ、母親と息子は、おたがいにとって背負いかねる重荷だった。アフマートワは、その重荷が限界を超えればグミリョフに跳ね返ると承知しており、それが自分の芸術的自由に対する手枷《てかせ》足枷であることを承知していた。息子に対する途方もない負い目を自覚し、それが自分の詩才に対する軛であると見なさざるをえなかった。だからこそ、何十年も、その天賦の才を封印してきたのだ——わが子のために。母子が宿命をともにしているというこの意識は、「鎮魂歌」の一節に最も端的に表されている。訳せば、「おまえは私の息子、そして私のおぞましさだ《トゥイ・スィーン・イ・ウージャス・モーイ》」となる。

　アフマートワに対するグミリョフの愛慕は、ほとんど神経症に近かった。彼女が彼を無視すると、癇《かん》癪《しゃく》の発作を起こした（すでに四十代半ばだったが）。時には母親への非難と愚痴を手紙で訴えた（「ママはぼくに手紙をくれない。どうやらぼくは、またもや心理学的ゲームの被害に遭っています」）。実父の死後、母親の再婚相手や愛人に対して激しい嫉妬を向けた。初めて会ったとき、グミリョフの第一印象を、ゲルシュテインはこう言っている。「女の子たちには目もくれず、ひたすら母親を敬愛していた」(2)。深い意味はないかもしれないが、グミリョフは、一九六七年、母親が亡くなった年に生涯ただ一度の結婚をした。

アフマートワとニコライの息子に生まれて、グミリョフは自分は特別だという意識とともに成人したが、同時にこの両親の期待に応えなければという切迫感をも抱いていた。子供時代から、グミリョフはロシア現代詩の有名人にとり巻かれていた――ボリス・パステルナーク、オーシプ・マンデリシュターム、マリーナ・ツヴェターエワ等々。いずれも両親の親友だった。しかし、アフマートワは息子が詩人になることには消極的で、端的に彼には詩才がないと断定していた。基本的にはその通りだったのだが、息子のほうは落ち込んでそれを否定した。

グミリョフの実父のニコライは、ロシアの「銀の時代」の最も傑出した一人だった。その途方もないカリスマ性のため、ニコライはグミリョフがわずか九歳のとき、ボリシェヴィキによって銃殺刑に処された。幼くして父親を失った息子にありがちなように、グミリョフは一度として英雄崇拝から脱皮できる機会はなかった――一九一八年に離婚したとき、ニコライは基本的に息子を見捨てていたにもかかわらず。

アフマートワもまた、グミリョフの心に存在感というより不在感を残した。彼の子供時代の大半、彼女は虚脱状態で子育ての体力や気力に欠けており、ほとんど義母まかせだった。アフマートワのグミリョフへの態度も問題で、彼女の最後の五年間、母と息子はろくに口もきかなかった。一つには、十四年間の労働収容所での暮らしでグミリョフの性格が激変していたこと、また一つには、（後年いくつかのインタビューで口にしたのだが）母親が詩人としての公のイメージを大事にするあまり、母子の感情を抑えたことに起因したらしい。

　アフマートワは、自分に閉じこもりがちの極めて内向的な人間だった。彼女の伝記作者のアマンダ・ヘイトは、この詩人は「他人と一緒に暮らすのに必要な素朴な愛情を示すことができなかった」と書いている。(3) 彼女の詩にもそれは窺える。詩の主題は、圧倒的にただ一つ、すなわち自分自身だった。詠まれるのは自分の情緒、自分の感情、自分のほしいもの、自分の欲求ばかりなのだ。友人だった詩人のコルネイ・チュコフスキーは、彼女の詩を指してこう言っている。「私は愛してるのに愛されない。私は愛されるけど、愛さない――これこそが彼女の中心的特質だ」

　報われないことに対する、また適応障害に対する強迫観念は、グミリョフの父親との挫折した夫婦生活で証明されている。グミリョフの誕生後まもなく、彼の両親の結婚は破綻し始めた。サンクトペテルブルクの前衛的なグループの生き方が、夫婦にこたえ始めたのだ。性的実験が大流行で、夫妻にはこれが悪い結果を生んだ。ニコライは妻に、きみに忠実ではいられないと告げたが、その代わり彼女のほうも好きなように愛人を見つけていいとも言ったのである。その言葉通り、彼はその翌年、別な女性に子供を産ませた。一方、離婚前ですら、アフマートワはグミリョフを同じスレプネヴォの屋敷に住んでいた義母のアンナ・セルゲーエヴァ・グミリョワに預けっ放しでいたのである。(4)

　一九二一年、ボリシェヴィキ政権打倒を企んだとの知人からの告発で、ニコライは逮捕された。これは当時よくある出来事だった。尋問を受けている者が告発内容とは無関係に「共犯者」の名を告げると、その信憑性の有無にかかわらず、自分の罪状が軽くなったのである。ところが、ニコライは折れなかった。何日もの尋問のあげく、友人らが介入して救出する前に死刑判決が下り、八月二十五日に処刑された。グミリョフが父親に最後に会えたのは、その前の五月だった。かなり後に彼はこう回想している。「祖母は泣き続けていた。家の中の雰囲気は荒涼たるもので（中略）祖母と母は父の無実を確信していたので（中略）よけいこの悲嘆に苦渋が増した」

その最後の状況によってニコライは殉死者扱いされ、彼の気ままな性格の多くの欠点も同時代人から忘れ去られた。彼はボリシェヴィキにとりついた亡霊となり、最も優れたロシア詩人たちの新世代は、彼を崇拝しながら成長した。グミリョフ自身も、以後の人生を、この死せる巨人の実行不能な理念に則して生きようとした。たまに思い出す父の記憶は、それが若いころの記憶であるがゆえに、息子の魂の中では巨大なまでに拡大された。歴史家になろうとするグミリョフの決意自体が、最後に会った父親のなにげない言葉から生まれたものだった――「歴史は大事だ」と言って、息子に歴史書をプレゼントしたのである。

父親が処刑された後、九歳のグミリョフは学校で仲間はずれにされた。若手共産主義者の育成という初期ソ連の実験に特有の形態として、この学校は「生徒による自治」を認めていた。父親が裏切り者として処刑されたと聞かされた九歳の同級生たちは、その年、グミリョフに教科書を渡さないことを票決した。この苦痛に加えて、元の夫の処刑で完全に感情が崩壊していた母親は、その年の十二月まで息子に会いに来なかった。ずいぶん前に別れていたとはいえ、ニコライの死はアフマートワを打ち砕いていた。後に彼女が述懐したところでは、彼女の「夫たち」の中で、精神的に最も近かったのは彼だった。ニコライを失って以後の彼女は、伝記作者ヘイトによれば、四十年間「ホームレス状態」で暮らし、その間、彼女は生活面でも夫たちや愛人たちに全面依存し、場合によっては彼らの家族や自分の友人にすら依存した。一九二一年の息子への訪問以後、一九二五年まで訪れることはなく、しかもその再訪は、わずか一日で終わったのである。

二度目の結婚が破綻してからは、複数の男性との恋愛が続いた。いずれの男性も、彼女に暴力をふるうか、彼女を捨てた（その両方の者もいた）。アフマートワにしてみれば、どの男性との縁も自分の波乱に満ちた人生を安定させるためだったが、結局は自分とグミリョフを責め苛む原因にしかならなかった。一九二五年に、美術史家の既婚男性ニコライ・プーニンがアフマートワの愛人になると、彼女は相手のアパートへ入り込んだ。しかも、そこには相手の妻アンナ・アレンスと娘イリーナがまだ住んでいたのである。

このアパートは「フォンタンヌィ・ドーム（噴水の館）」という建物にあったが、フォンタンカ川堤防の上に十八世紀に建てられたサンクトペテルブルク一美しい建物の一つだった。革命前、この名高いバロック建築は、サンクトペテルブルク貴族の名家の一つ、シェレメトフ家の所有物だった。ここは、その薄れゆく栄光ゆえに、革命後もレニングラードの地理的文化的中心であり続けていた。門構えのアーチの上には、シェレメトフ家のモットーが掲げられていた。「*Deus conservat omnia*」すなわち、「神はすべてをお守りになる」。庭はリテイヌィ中央通りに面し、そのわずか五街区向こうにNKVD本部があった。「ボリショイ・ドーム（ビッグ・ハウス）」とあだ名されたこの十二階建てのビルこそ、この母と息子の人生で強烈な役割を果たすことになるのだ。

大半の貴族の館の通例で、このフォンタンヌィ・ドームも共同アパート、またはコムナルカと呼ばれる居住区に分割され、数家族が住んでいた。アフマートワとプーニンの家族は四十四号室の二部屋とキッチンを使っていた。住宅と食料が不足していた時期のソ連ではこれが普通の生活形態で、離婚した夫婦は同じアパートに留まり、それぞれに暮らすことを余儀なくされた。こういう生活形態がアレンスの屈辱だったことは察しがつく。彼女と娘は、プーニンとアフマートワが寝ている隣室を使っていたのだ。そこでアレンスは仕事の時間編成を変えて、夜は家に戻らずにすむようにした。

プーニンはその気になれば極めて優しくなれたが、暴君的性癖もあったので、アフマートワはますます友人と疎遠になった。後に話したところでは、その気になればプーニンと別れてもよかったのだが、心身ともに疲弊のあまり、その気力がなかったのだという。ここにいるかぎり、雨露はしのげるし、女一人よりは安全だった。一九二〇年代と三〇年代のソ連では、生き延びるだけで精一杯で、ありとあらゆる手段を駆使するしかなかったのである。

一九二九年、十七歳になったグミリョフはレニングラードに移り、この都市が生涯、彼の精神的よりどころになる。子供時代を過ごしたベジェツクやスレプネヴォの屋敷からは遠く離れた世界だった。ドストエフスキーとプーシキンが愛したこの都市は、一九二〇年代と三〇年代には依然として、ソ連帝国のコスモポリタン的中心だったが、その後数十年、粛清の舞台であり続けるうちに、コスモポリタン的気風はモスクワに奪われていく。アフマートワと友人のボリス・パステルナーク、オーシプ・マンデリシュタームたちは、この色あせた帝都で、ロシアの「銀の時代」の薄れゆく栄光を担い続ける中心となっていた。

一九二九年にレフ・グミリョフがこういう状況のところへ住み着いたのは、中等教育を終えてレニングラード大学に入りたいためだった。彼もまた、フォンタンヌィ・ドームの住人になったが、プーニンとは最初からそりが合わなかった。プーニンはかつてボリシェヴィキの新聞『イスクーストヴォ・コムーヌィ（コミューンの芸術）』でグミリョフの父親のニコライを非難し、それが処刑の遠因になった可能性があった。グミリョフはまた、母親とプーニンの関係にも腹を立てていた。相手の注目が自分に向けられていないとがまんならないエゴイストのプーニンも、アフマートワの愛情がグミリョフに向けられることに嫉妬した。

機能不全に陥ったこの奇妙なグループは、事態を処理できないまま、同居を続けていた。(6)ソ連ではアパートはいつも不足しており、「未来の世代には、今のわれわれにとって住まいが持つ意味合いを理解できないだろう」と、アフマートワの友人のナジェージダ・マンデリシュタームは回想記で書いている。

住宅をめぐっては無数の犯罪事件が起きたが、住まいは不可欠で、人々は不便を忍んでしがみついていた（中略）おたがい顔を見るのもいやな夫婦、義母と義理の息子、成人した息子や娘、キッチン脇の小部屋にどうにか潜り込んだ元の召使い——誰もが生活空間にしがみついて、金輪際出ていこうとしなかった。(7)

グミリョフは、他の部屋との仕切り近くに置かれた木製タンスの上に鳩の寝床なみの空間を確保したが、小さな窓からわずかな光が差し込むだけで、冬はタイル張りのストーブで暖をとった。アフマートワが息子の家賃を払っていたのに、プーニンは十七歳のグミリョフの食費に文句を言った。アフマートワとの喧嘩で、彼は愚痴った。「何を考えているんだ、アーニャ［アンナ］？　街全体に飯を食わせるわけにはいかないよ！」。グミリョフはグミリョフで、プーニンが娘のイリーナばかりひいきすると不平を言った。

当局からの接触

一方、芸術家たちにとっても事態は悪化してきた。一九二〇年代初頭は芸術家には比較的寛容だったが、後半に入ると、マルクシズム正統派の芸術・文学論と競り合うものには圧力がかかり始めた。アフマートワの友人で子供向けの詩人コルネイ・チュコフスキーは、一九二〇年代初頭にアフマートワと会ったときの記憶を語っている。アフマートワは、ソヴィエツカヤ・リテラトゥーラ社に詩集原稿を売ったとき、版元からこう言い渡されたというのだ。「一つ、神秘主義はだめ。二つ、ペシミズムはだめ。三つ、政治はだめ」。アフマートワはこうジョークを飛ばした。「残るは姦淫だけってわけね」
アフマートワへの圧力も、徐々に強まってきた。一九二五年、どう見てもスターリンに発するものと思われるが、共産党は彼女のこれ以上の著作の刊行を禁止することを秘密裡に決定した。彼女自身、そういう決定に気づいていたかどうかは定かでなく、実施のされ方もまちまちだったが、多くの投稿が拒否されたことには気づかないはずがなかった。やがては年金も打ち切られた。(8)
エマ・ゲルシュテインの記憶では、彼女がグミリョフと会いだすと、「アフマートワの息子」には近づくなと警告を受けた。中でも鮮明に覚えているのは、ある友人のアパートからグミリョフに電話したとき、その友人から後でこう言われたことだった。「あなた、アフマートワの息子に電話していたわね、違う？（中略）彼には近づきなさんな、よからぬ知り合いがいるようだし（中略）正直言って……私のアパートから電話するなんて……気をつけてよ」。次にゲルシュテインがレニングラードを訪ねたときは、ほぼ似たようなことを、宿をとった親戚から言われた。「誰に会いにいくって？　アフマートワ？　彼女の息子からは離れていなさい……」

彼の置かれた立場には驚いた。地上のどこにも、彼が避難できる場所がなかったのだ。「みんなの中でいちばんきれいなのは誰？」と妖精の女王が訊くと、鏡はいつもこう答える。「この国では間違いなくあなたです。でも……」。同じような状況で「この世でいちばん不幸なのは誰？」と訊くと、私も自分にこう答えることになる。「あなたです。でも……」。思い出してもみてほしい、リョーヴァ（グミリョフの呼び名）が生き埋めにされる苦しさを耐え抜いた気高さを。(9)

グミリョフの治安当局からの最初の接触は詩と関係していて、一九三三年に起きた。アラビア語学者ヴァシーリー・エベルマンが自分のアパートで逮捕されたとき、グミリョフはその部屋でペルシャの詩を翻訳していたのだ。[10] アフマートワの記憶では、家にＯＧＰＵから電話がかかってきて、彼女がグミリョフについて訊くと、相手はこう答えた。「息子さんは当局にいる」。それでもこのときは、グミリョフは比較的簡単に釈放された。勾留九日で放免され、手荒い扱いは受けずにすんだ。エベルマンは五年の判決を受け、以後二度と姿を見ることはなかった。

大学で歴史を学びたいというグミリョフの念願は、彼が置かれていた政治的に不安定な立場だけでなく別の理由でも挫折させられた。レニングラード国立大学（ＬＧＵ）では、それまでの歴史カリキュラムが十分に進歩的でないと見なされたため、ボリシェヴィキ革命以後は歴史が教えられていなかったのである。代わって、「世界の穀物価格の歴史」[11] 課程が設置されていた。だが、一九三四年に変化が起きた。（不運な）レニングラード共産党のボスのセルゲイ・キーロフは、学校での歴史教育の「惨状」を口にしていたが、それはマルクシズムの標準的な教義が魅力に乏しく、より本格的な愛国主義で補強されるべきだという認識が党内に広く行き渡っていたからだ。こういう趨勢《すうせい》の変化のおかげで、グミリョフは入学試験を受けて合格した。彼はほとんどいつも金に窮しており、着ているものはつぎはぎだらけ、四六時中、腹をすかしていた。にもかかわらず、挙止鮮やかな颯爽《さっそう》たる若者で、あふれ出るユーモアのセンスがあった。当意即妙にジョークを飛ばし、議論に加わるのを好んだ。ゲルシュテインは相手のこの性癖にやや当惑を覚えていたという。

グミリョフの最も大事な、そして宿命的な友情の一つが、有名な詩人で母親の親友でもあるオーシプ・マンデリシュタームとのものだった。マンデリシュタームは、ロシアの「銀の時代」を代表する詩人であり、苦労人の作家ミハイル・ブルガーコフの有名な小説『巨匠とマルガリータ』の巨匠のモデルにもなっていた。マンデリシュタームと妻のナジェージダはモスクワでボヘミアン暮らしを送り、グミリョフはモスクワへ来るたびに夫妻の家に泊まった。マンデリシュタームにはグミリョフと同様、奇妙にアナーキーな癖があった。ジョークが口先だけではすまないのである。ゲルシュテインによれば、グミリョフが来るたびにマンデリシュタームは「さあ、悪さをしでかそうぜ！」と言った。この詩人の陽気で破天荒な性癖と剃刀なみの鋭利な詩才、これらがあいまって彼の墓穴を掘ることになる。そして、同じくグミリョフの運命をも決することになった。

第6章　ボリショイ・ドーム

一九三四年十二月、レニングラードの共産党幹部官僚セルゲイ・キーロフは、スモーリヌィ研究所の執務室を出た。研究所は広大な敷地を占めていて、グミリョフと母親の住んでいるフォンタンヌィ・ドームから数街区しか離れていなかった。そのキーロフの背後で怪しい人物が拳銃をかまえ、相手の後頭部に撃ち込んだのである。

キーロフの殺害は、人類史上最も苦渋に満ちた大量殺人――「大粛清」と呼ばれることになる一九三〇年代の粛清――の嚆矢《こうし》の一つだった。多くの談話によると（その中にはＮＫＶＤを離脱した上級幹部の談話もあった）、キーロフの排除を望んだのはスターリン自身だったという。キーロフの党内での評判と地位の高さ双方が、独裁者のおめがねにはかなわない段階に達したのだ。ところが、スターリンと彼のＮＫＶＤトップのニコライ・エジョフは、キーロフ殺しを党内の敵を粛清する口実に使った。その結果、ＮＫＶＤは膨大な外国のスパイ網とテロや高官暗殺の陰謀を「摘発」することになった。

弾圧に弾みがついてレニングラードは大粛清の震源地と化し、ソヴィエト政体の敵を容赦なく狩り立てるようにと、スターリンが部下たちを解き放った最初の都市となった。キーロフ暗殺の直後、レニングラード大学でも多くの会合が開かれ、演説者たちは陰謀者らを血祭りにせよとアジり、聴衆たちは拍手喝采して、人民の敵を容赦するなと血も凍るような叫び声を上げた。

以後の十年間に、逮捕収監されたり殺害されたりしたソ連人は、およそ四千万人に達した。「大粛清」は、悪の世紀の中でも最悪のものの一つに数えられるが、アフマートワとグミリョフの母子は、気がつけばその渦中にいた。妄想と復讐心に煽られて狂気は増幅され、一九三〇年代後半までには、各地の秘密警察にノルマを課して、国家の敵と思われる者たちの逮捕と処刑を督励した。自白は拷問で奪い取り、判決は即時執行された。ほとんどのNKVDの地下室には処刑場所が設けられ、分厚い木板が張りめぐらされたが、これは、処刑の銃弾が跳ね返るのを防ぐためだった。この戦慄的な行為を担った者たちは実情を知っていたと思われるが、彼らの多くは後になってこう言いわけした——スターリンの命令で外国の煽動者らを根絶やしにする任務に邁進しているものと思い込んでいた、と。側近たちによれば、スターリン自身が拷問の結果得られた自白を事実と思い込んでいたという。

誰だろうと、忠誠を疑われれば狩り立てられたが、知識人は容疑者リストのトップを占めていた。具合の悪い相手の手に文書が渡ると、それは死刑を意味した。書き物は危険で、詩は紙に書かれるより、暗記された。サンクトペテルブルクの時代からの芸術家や著作家の暮らしは、いやが応でも党の官僚やNKVD捜査員にがっちりと把握され、監視と尋問にさらされた。警察と芸術家は頻繁に顔を合わせ、双方とも名前を知り合う仲になった。

グミリョフの父親の処刑に関わったNKVDの役人ヤーコフ・アグラーノフは、キーロフの殺人事件の捜査を担当していた。[1] 彼はアフマートワにもグミリョフにも一度も会っていなかったが、にもかかわらずアグラーノフは、フォンタンヌィ・ドームにとっては不吉な存在になった。グミリョフ家の家族ファイルに残っている逮捕関係書類の多くには、彼の署名が躍っていた。もう一つ、亡霊のようにつきまとっていたのが、レオニード・ザコフスキーだった。レニングラードNKVDのトップだった彼はロシア化したドイツ人で、本名はヘンリクス・シュトゥビスといった。この人物が任務で見せた信じがたい残忍さと不遜な態度は、お気に入りのジョークによく表れている――「カール・マルクスがこちらの手に落ちれば、やつにビスマルクの諜報員だってことを白状させてみせるよ」。ザコフスキー自身がドイツ諜報員で、トロツキーのシンパであることを自白し、一九三八年に銃殺刑に処されたことで[(2)]、このジョークは二重の皮肉を帯びている。

「大粛清」を通して、ソ連の作家、美術家、音楽家たちは、言わば金魚鉢の中での生活を余儀なくされ、始終NKVDによって違反の兆候はないかと監視された。アフマートワの最初の告発記録の日付は、一九二七年になっている[(3)]。秘密警察が著名な知識人の告発を指示されるにつれて、その数は増えていった。そのため、彼らはドアへのノックにビクビクしながら生きていた。フォンタンヌィ・ドーム四十四号室のドアベルが鳴るたびに、子供は浴槽に上がって小窓越しに階段にいる人物を確かめさせられた。むろん、客が秘密警察かどうかを見届けさせるためで、子供から合図が来るまでおとなたちはホールで怯えていた。

彼らは、友人の多くが実は彼らを密告する諜報員だと考えてはいたものの、誰がそうかはわかっていなかった。グミリョフ関係のファイルには、友人のアルカジー・ボーリンが数多くの告発を行ったことが記録されている。ところが、彼はグミリョフが大学一年生のとき、「きみ、インテリらしいね、そろそろ友だちにならないか」と声をかけてきた人間だった。ボーリンの密告は伝記のソースとしては異例だが、グミリョフの大学時代の姿を描いたものとしても興味深く、正確なものでもあるようだ。ボーリンはNKVDの担当者の要請に応じて、以下のように書いている。

学生仲間のうちでは、彼（グミリョフ）は、地味なワンパターンの「カチカチの釘」みたいで、文学上の好み、おまけに社会的労働に対する消極的姿勢という点では「不適格者」だった。彼の意見では、ロシアの運命は労働者大衆の手によってではなく、選ばれた貴族の党派によって決められるべきで（中略）ソ連邦という話題では、彼はかつてこう言った――ロシアの歴史において、既存の仕組みを改変すべく英雄的な努力がなされる必然性がなかった時代など、一度としてありはしなかった、と。(4)

ボーリンがＮＫＶＤのスパイになった動機は明らかではないが、どうやらスパイとして一定期間勤め上げた後では、彼自身の思惑はどうあれ、その前歴ゆえに陰の主人たちに仕え続けるしかなかったのではないかと思われる。

ボーリンのような身内以外の裏切りよりも厄介だったのが、家族や友人によるもので、半身不随にされかねない尋問側のすさまじい殴打の下では、どんな法外な断罪の書類にでも署名した。家族や友人の場合には、おたがいに連座の危険が加わり、一生障害を負わされるか、場合によっては殺されかねない事態を免れようとして屈することが多かった。そしてすぐに彼らにも、同じ運命が迫ってくるのだ。

一九三四年、マンデリシュタームは、後に「スターリンの風刺詩《エピグラム》」と名づける一編の詩を書いた。あまりに致命的に滑稽で侮辱的な内容だったので、彼はそれを紙に書きつける危険を避けて暗記に留めることにした。妻とゲルシュテインにも記憶させた（妻のナジェージダは回想記にこう記している。「私たちが置かれていたひどい状況のために、秘密結社のメンバーさながらの行動を余儀なくされていた」）。ナジェージダによれば、この詩を最初に聞かされた者の中に、グミリョフがいた。つまり、自作の影響力のほどを確認しようと、マンデリシュタームが最初に選んだ一人だったのである。「結果的に、この詩を最初にＭ（マンデリシュターム）から聞かされた者は全員、悲劇的な結末を迎えることになった」と、ナジェージダの回想記に

は書かれている。(5)

「風刺詩」は、ソ連では誰一人読んだことがないけれども、それゆえにこそ最も有名な作品となった。そして、サンクトペテルブルクの作家仲間の間では伝説化された——何十年もの間、知的な人間の記憶の中だけで生き延び、警察のファイルに綴じこめられるだけで終わった作品として。一つだけ、以下のバージョンが出版物の形で残されている。

> 彼の太い指はなめくじのようにヌラついている。そしてやつの言葉は、雑貨屋の秤なみに絶対的だ。
> ゴキブリを思わせるやつの頬ひげは笑い声を上げ、やつのブーツの先はピカピカだ。
> 猪首の幹部どもに取り囲まれて、やつはこれら半人前の連中の奉仕を弄ぶ。
> 連中はひたすらご機嫌とりだけ、やつだけが連中をこづき回す。
> 命令に次ぐ命令のハンマーで連中を馬蹄なみにひしゃげさせるが、それがうち下ろされるのは、連中の股ぐら、額、眉毛、目と見境なし。
> 処刑はよりすぐりの御馳走、そしてオセチア男は胸を張る［スターリンはジョージア生まれで、父親はオセチア系とされる］(6)。

ゲルシュテインは、ナジェージダがこの詩を暗唱して聞かせた後に、こう言ったと書いている。「リョーヴァ［グミリョフ］には特に黙っていないと」。どうやらナジェージダが心配していたのは、グミリョフにこの風刺詩を聞かせれば彼の挑発的な性格がうずうずしてきて、彼ばかりかマンデリシュターム自身も厄介なことになりかねないということだった。ところが、当のマンデリシュターム自身、自作が自慢で、「所望する者がいれば誰彼なしに」朗誦して聞かせたのである。「詩人は常識の範囲内に自分を留めておけず、この煽動的な作品を『永遠の汚辱』を担わされたアフマートワとまだ一人前ではなかった彼女の息子に聞かせた」(7)。そして、残念なことに、どうやらグミリョフは、この詩を自分の胸の中だけに収めておけなかった。あるとき、彼は学生仲間の一人を夕食に招いた。この相手は「必ずしも内輪の友人ではなかった」。この相手の眼前で問題の詩が朗誦され、「内容に仰天した相手は、即座に『当局』へご注進に及んだ」(8)。ゲルシュテイン自身が勘違いしているのかもしれない——NKVDがこの風刺詩の存在を嗅ぎつけた経緯は、まだ明らかになってはいないのだ。この学生のご注進によるものか、マンデリシュターム自身が朗誦して聞かせた数十名の一人によるものなのかは不明である。ただし、NKVDがこの風刺詩の存在を探知していたことは確かで、後に発見されたNKVDのファイルにマンデリシュターム自筆の風刺詩があった（グミリョフのファイルにも、一九三五年、尋問官の要請に応じてグミリョフ自身が書いたものが残されていた）。

マンデリシュターム自身、尋問中に、NKVD尋問係の脅しによって、風刺詩の中身を自白しなければ、隣の部屋で尋問中のゲルシュテインも含めて、彼からこの詩を聞かされた者は処刑されると言われた。そこでマンデリシュタームはすべてを自白し、問題の詩を聞かせた友人知己の氏名まで吐いてしまった。彼の自白は以下のようになっている。「レフ・グミリョフはこの詩を認めて、『すばらしい』とか、あいまいだが感情のこもった賛辞をくれた。しかし、グミリョフの感想は、彼の母親のそれと一致していた。母子同席の場で、私はこの詩を読み上げた」(9)。「私は夫がいっさいを否定しなかったことに腹が立った。陰謀仲間なら、そうするはずだ」と、ナジェージダは書いている。「その程度の策も弄せないほど、夫は甘かったのだ」(10)

この証言で、グミリョフの運命は暗転した。一九五六年、社会に戻されたとき明らかになったのは、彼に関するファイルの作成が始まったのが一九三四年で、マンデリシュタームが最初の尋問を受けたときだったということだ。[11] マンデリシュタームの名は以後一九五六年まで、事件メモ、尋問調書、上訴棄却などの書類に現れ続ける。

一九三五年十月にゲルシュテインは、モスクワ郊外の丘陵地帯のコローメンスコエをグミリョフと歩きながら交わした会話を、以下のように想起している。

「レニングラードに戻れば逮捕されるだろうね。この夏、ぼくの友人が尋問された。彼女は放免されたけどね。でも、彼女は洗いざらいしゃべっちまった」

「何をしゃべったの？」

「彼女の家の向かいにあったぼくの家で、ちょっと話したことだ」[12]

話の中身は、グミリョフの学友でＮＫＶＤへの情報提供者のボーリンが、一九三五年五月二十五日、プーニンのアパートへ来て交わした会話は、プーニンがスターリンに対するテロ行動を看過したというものだった（その翌日、ボーリンはその告発状をＮＫＶＤ本部に提出し、それはプーニン関連の書類にファイルされたが、それによればボーリンとの会話の中身は以下の趣旨だった）。プーニンは、相手とのやりとりで、銃声を真似する擬音語とともに、『ヨシフ［スターリン］はもうごめんだ！』と言ったらしい。[13] グミリョフがゲルシュテインに言った「彼女」とは、ヴェーラ・アニケーエワという芸術家で、ＮＫＶＤに召喚、尋問されて、プーニンとの間に以上のやりとりがあったことを確認させられた。

ゲルシュテインに予言した通り、同じ月にグミリョフとプーニンは突如逮捕された。グミリョフが問われたのは、反革命関与を問う刑法第五十八条第八項及び第十項違反で、さらにはテロの意図を持ち、反ソ煽動を実行する反ソ集団への所属の罪だった。この告発には、ゲルシュテインによれば、マンデリシュタームの風刺詩が主要な役割を演じていて、マンデリシュタームと同じく、グミリョフもまた詩の中身を手書きで書かされ、彼自身のファイルに綴じ込まれた。もう一つの罪状は、セルゲイ・キーロフの暗殺に対する世間の反応を茶化した詩を書いたというもので、たしかにグミリョフはそれを書いていた。(14)

「われわれはごっそり『ボリショイ・ドーム』に狩り集められたよ」と、グミリョフは回想する。リテイヌィ中央通りにあるＮＫＶＤ本部につけたあだ名でそう呼んだのである。(15) 彼の話では、取り調べは比較的穏やかで、尋問は八日続いたが、過酷な取り調べ手段は使われなかった。「事実、当時は、誰も殴られたり、拷問にかけられたりはなくて、もっぱら尋問だけだった」。プーニンの調書によれば、彼は以下のことを認めさせられた。「私の住まいでは、一度ならずマンデリシュタームの詩が読まれた。例えば、反スターリンの詩作とか(16)」。プーニンは、グミリョフを「反ソ的人物」と名ざしてもいた。

彼はしょっちゅう反ソ発言をやっていた。彼の反革命的発言の全般的な傾向は、ソヴィエト政体の転覆と帝政の復活だった（中略）また、マンデリシュタームの反スターリン詩は、極めて妥当で、現実の真理を反映しているとも言っていた。

グミリョフは、最初はこれらを否定していた。「私の意見はいつも、現状ではソ連政体相手に闘うことは不可能だということだった」。「では、誰を相手にそういう会話を交わしていたのか？」と、尋問官のシュトゥカトゥーロフは聞き返した。「ボーリン、プーニン、それと私の母親とだ」。すると尋問官は、プーニンの供述調書を取り上げて、グミリョフに見せた。グミリョフは尋問の修羅場で敗れたことを悟った。「そうだ。そこに書かれていた会話は事実だった(17)」

この状況は困難なものだったが、やがて恩赦が来る。茫然自失のアフマートワは、スターリンに恩赦を嘆願したし、彼女の友人、ボリス・パステルナークも嘆願書を出した。[18] 驚いたことには、彼らの努力は効果がありそうにみえたのだ。アフマートワの嘆願書は、後に公文書館から発見された。それにはスターリンの直筆のメモが付されていて、「同志ヤゴダ（NKVD長官）。プーニンとグミリョフ双方を釈放し、実施の結果を私に報告されたし。I・スターリン」とあった。

グミリョフの調書にマンデリシュタームの「スターリン風刺詩」を記憶で綴ったものが記載され、恩赦の前に肝心の風刺詩にはスターリンは目を通していたはずだから、にもかかわらず恩赦を出したことは、ゲルシュテインから見れば、独裁者は「聞いたこともないほどの寛容さを発揮した」[19] ことになる。二名は逮捕されて十日後の十一月三日に釈放され、無言で歩いて帰宅した。グミリョフは、プーニンが自分を告発していたのを承知していた。それまではプーニンを許してきたグミリョフは、以後、完全に袂《たもと》を分かつ。彼はフォンタンヌィ・ドームを出て、一群の学生仲間と同居したが、この仲間たちはやがて同房仲間となった。

二度目の逮捕

この恐怖政治のいちばんおぞましい側面は、一般市民たちに及ぼす心理的な影響で、隣人や知己が次々と消息を絶つ現状への説明を求めて人々は必死になっていた。彼らは犠牲者たちを非難することによって辻褄を合わせたが、その犠牲者の中にはアフマートワとグミリョフも入っていた。ゲルシュテインは回想する。

誰もが自分だけが恐怖に駆られていると思い込んでいた。しかし、恐怖に駆られていたのは全員だったのだ。ところが、誰もがやろうとしたことは、逮捕された同志、縁者、知己は、本当は極悪人で、そのことはいつも承知していたと思い込むことだったのである。この防衛的心理は、最新の犠牲者に関する悪意ある噂が先んじて巷に広まっていく現象を雄弁に説明するものだった。[20]

逮捕後に、グミリョフは大学から一年間の停学処分を食らった。それが解けたのは一九三七年で、アフマートワが学長に直訴、懇願した結果だった。

自分がまた逮捕されるのは必至と見たグミリョフは、次に襲う尋問への恐怖、そしていつそれが来るかという懸念に取り憑かれた。それでも、恐怖に押しつぶされまいとしたのは、名誉を守ることが優先したからだった。ゲルシュテインは、ある友人のアートスタジオでベッドに横たわったグミリョフが、天井を見上げて、こうつぶやいていた光景を記憶している。「尋問でどう答えたものかと、しょっちゅう自問しているんだ」[21]。まもなく彼は、その疑問への答えを見いだすことになる。あと少しで学位取得となるはずの一九三八年、癇癪のためにすべてを棒に振ることになったのだ。ロシア文学の講義中に教授が、故ニコライは「アビシニア［エチオピアの旧名］について書いたが、彼はアルジェリアより向こうへ行ったことはなかった」と、自分の父親を侮辱する発言をしたのである。グミリョフはすぐ叫び返した。「彼はアビシニアへ行きました。アルジェリアではありません！」。一九一五年、父親が行った旅のことに言及したのだ。だが、プンピャンスキーというその教授は口答えをした学生の正体を知らず、こう切り返した。「どちらがこの件をよく知ることができる立場にあると思うかね？　きみか？　私か？」。これに対して、グミリョフは、「ぼくですよ、言うまでもなく」と答えた。

受講生の何人かはグミリョフの家族背景を承知していて、大笑いした。屈辱を覚えたプンピャンスキーは、大学当局に苦情を提出した。通常なら、グミリョフは学部長から厳しい叱責を受けるか、小さな違反行為に対する処罰程度ですんだはずだった。しかし、時期はスターリンの恐怖政治のさなかである。ほんの数か月前、レニングラード大学（LGU）の学長が逮捕され、尋問中に射殺されていた。彼の遺体はNKVD本部の四階の窓から放り出された——自殺に見せかけるためである。人々の神経が張りつめていた時期だったので、グミリョフの弁護を買って出てくれる者はいなかった。

数日後の三月十日、彼と他二名のLGU学生、テオドール・シュモフスキーとニコライ・エレホーヴィチが逮捕された。反ソ煽動及び禁止されていた政治党派、「進歩党青年部」のメンバーという名目でだった。[22] グミリョフは、講義中に癇癪を起こしたことが理由だと確信していた。ところが、彼が知らなかったことには（彼のファイルからも明らかなように）、NKVDは、前回彼を逮捕して以後、着々と彼に不利な証拠を集めていたのである。[23] 結局、その収集活動が空振りに終わり、彼を拷問にかけて偽の自白を引き出そうとしたのだ。これこそがソ連の文化というわけで、合法性はゼロなのに、合法に見せかけるために官僚も警察機構も躍起になるのである。

五日後、三人の学生は、別々にNKVDの尋問官から取り調べを受けた。今回は、前回よりはるかにNKVDの腰がすわっていたことは明らかだった。グミリョフが後に書いたところでは、NKVDの上級捜査官はいきなり彼を手荒く殴り、こう怒鳴りつけた。「きさま、親父の肩を持ってやがるんだな、このろくでなしめ！　立て（中略）壁に向かって立つんだ！」。以後の八日間、グミリョフは拷問と殴打にさらされた。尋問官は、彼の首を殴ったが、頭と首の付け根の近くを狙い打ちしていた。「きさま、一生おれのことを忘れられまいな！」。まったくその通りで、この結果、彼は生涯、右半身が痙攣《けいれん》し続けることになった。

尋問と尋問の間はすし詰めの雑居房に戻されたので、おたがいの「尋問官」の態度、罪科などについて情報を交換できた。「ほとんど誰もが進んで情報を交換した。自分が強いられた不当な責め苦のただなかで、心の支えを探し求めていたからだ」。これはグミリョフと一緒に逮捕された学生の一人、テオドール・シュモフスキーの回想である。「尋問官への対応をどうこなせばいいか、おたがい欲得抜きで情報を交換し合った」(24)。シュモフスキー自身も、同房者からこう言われている。

あんたも気の毒だよな、でもそれほどひどかないぜ。この内務人民委員部では、スパイ、裏切り者、破壊要員をせっせとデッチ上げてるんだが、あんたのはその手の罪じゃないものな！　いいか、あんたら「ブルジョワ進歩主義者」は、それだけで連中が頭をなでてくれるわけじゃない。それでもファシストに対するのとは扱いが違うさ！　まあ、くじ運がよかったと思うことだ(25)。

グミリョフが恐れていたように、明らかに拷問は彼らを打ちのめした。シュモフスキーによれば、拷問室から死んだように動かぬ姿で戻されてくる囚人たちを見た後、誰もがこれ以上抵抗するのは極めてむずかしいと考えた。「身におぼえのない罪の重荷を引き受けることは計り知れないほどつらかったが、半身不随にされ、考えたり創作をする機会を奪われることは、もっとつらかった」(26)。三人の学生はそれぞれに、自分らがテロ組織を結成したという「供述書」に署名した。グミリョフは刑期十年の重労働、他の二名は「共犯」として各八年の刑期だった(27)。

自白後、三名はトラックで別のビルに移されたが、それは窓に鉄格子のある煉瓦の建物だった(28)。半裸でひげもそらない何百人もの仲間たちと一緒に、七平方メートルのいくつもの部屋に収容された。時と場合によってこれらの部屋は独房にも使われたものの、そのときは二十名が便器代わりのバケツ一つとともに収監された。「一平方メートルに三名、この寸法を忘れるな。この部屋に、詰め込もうと思えば囚人は無限に詰め込めるんだぞ[29]」

九月の終わりに、三人は再び同房に戻ることができた。彼らはそろって行進させられ、地下の部屋に入らされると、そこは軍事法廷だった。各自が拷問に屈して仲間の名をあげ、その書類に署名していたので、なかなか目を合わせられなかったが、再び一緒になれたことで改めて勇気も湧いてきた。

裁判長のブシュマコフは、軍服姿だった。順次、各囚人に声をかけたが、最初はグミリョフだった。

「罪科を認めよ」

「いいえ」

「どうしてか？　供述書に署名しているではないか」

「署名は尋問官のバフダリンと他一名に強要されたからです。そのもう一名の名は付属書に書かれています。私は強制され、不法な手段で……」

「何を言ってるんだ？　当方は万事法律に則って行っている。罪科を逃れようとすれば、おまえのためにならんぞ。ここにはっきりと書かれている——私、グミリョフはメンバーでした……組織的に実行し……私の目的は……今になって否定しても意味がない。座れ[30]」

判決は下された。

第7章　労働収容所

グミリョフと二名の「共犯者」たちは別の中継刑務所へ回され、囚人たちはそこからソ連中をたらい回しされたあげく、労働収容所へ送り込まれた。おそらく囚人たちの運命はすでに決まっていたからだろう、規則は緩められて、三人は同じ房に入ることを許され、そこには他の学生たちもいた。彼らは、床の上でチェスをしたが、駒はパンでつくった。そうやってニュースが届くのを待ったのである。十一月十七日、弁護士たちの抗議のおかげで一抹の希望が出てきた。軍事法廷が下した判決が撤回され、事件は再調査の対象にされた。シュモフスキーによると、こんな具合だった。

収容されていたうちの二名、リョーヴァと私が、急に大移動の支度をしろと言われた（中略）刑務所内は東洋のバザールなみのざわつき方だった。私は動悸が激しくなった（中略）「たぶん、別の収容所へ移すんだろう」と、リョーヴァは言う。「よく聞いて忘れないことだね（中略）」。われわれは厚板の寝台に寝ていた。まともな暮らしとは縁が切れた。リョーヴァは、彼の父親の詩を小声で暗唱してくれた(1)（後略）。

十二月二日、二人は「ストルイピン車両」（窓に格子が入った囚人護送列車）に詰め込まれ、北へ向かった。最初は、巨大なオネガ湖の北の岬にあるメドヴェジェゴルスクに着いた。そこで白海運河を掘削する強制労働の囚人たちが乗り込んできた。この運河掘削は、スターリン治下で行われた労働囚人を駆使した大規模土木工事の一つで、戦争準備の一環としての壮大なものだった。スターリンは白海とバルト海を運河でつなぎ、ソ連海軍が二つの水域を迅速に移動できれば、遠くスカンジナヴィアを迂回せずにすむと考えた。ところが、膨大な人命を犠牲にして完成したこの大事業も、他の同種の計画と同じく、大変な欠陥があった。運河が浅すぎて、ほとんど使い物にならなかったのである。

この時期にできた人気の高いジョークに、以下のようなものがあった。

白海運河を掘ったのは誰だ？
右岸はジョークのうまいやつらさ。
じゃあ、左岸は？
それを聞くだけの連中さ。

グミリョフは、マンデリシュタームのジョークを聞いたおかげで、運命を封じられたのだった。

シュモフスキーとグミリョフは黒パンを与えられ、魚を燻製《くんせい》にした。これが三日分の食料だった。そして過剰人員を積み込んだ臭いはしけに押し込まれたが、そのありさまをシュモフスキーは、「中世にアフリカから奴隷を運んだ奴隷業者みたいだ」と書いている。[2] ヴォドラ川をさかのぼること三日、甲板へ出るハッチが開かれ、護衛が全員出ろと叫んだ。川幅の広い一角につくられた埠頭に停船し、埠頭の向こうには厚板でできた高い頑丈な塀が見えた。囚人たちは下船して、検問所に並んだ。守衛所から看守があくびをしながら出てきて、グミリョフたちを連れてきた護衛から名簿を受け取ると、門を開いて囚人らを中へ入れた。収容所は「ゾーナ（ゾーン）」と呼ばれていた。「営舎は丸太造りで、大気中の湿気で丸太が濡れていた。こういう設備が、新来の囚人らを迎え入れたのだ」(3)

グミリョフとシュモフスキーは、ソ連のグラーヴノエ・ウプラヴレーニエ・ラゲレーイ、または「矯正労働収容所管理本部」略称グラーグに送り込まれた千五百万名中の二名だった。この試練で百万人以上が死んだ。強制労働部隊は、遠く十七世紀からシベリアやロシア北部で使われたが、ソ連治下では、奴隷労働の管理と組織化はいっそう精緻なものになっていた。二十世紀を通して、白海運河計画に使用された労働収容所はソ連の消しがたい陰惨なイメージとなったが、特に一九七三年、ソルジェニーツィンの『収容所群島』が刊行されて以後、それが決定的になった。

この労働収容所をソルジェニーツィンは「収容所群島」として描いたが、隠された沈黙のうちに、それはソ連の現実の一部となっていた。それが奥地に存在することは誰もが知っていたが、その規模の大きさを知る者はほとんどおらず、大半の者が存在しないようなふりをしていた。まるで労働収容所は現実の中にしつらえられた落とし穴で、そこから落ちれば消えたことにされた。つまり、肉体が消えるだけでなく、世間の記憶からも拭い去られることを意味したのである。スターリンの死後、一九五〇年代半ばまでに収容所は徐々に解体され始めた。それまでの大半の歳月、五十万から百七十万の人々がこうした収容所に閉じ込められ続けたが、世間はそのことをまったく顧みなかった。

さて、到着の翌日、グミリョフとシュモフスキーは川を渡って伐採に動員されたが、それは収容所の倉庫を建てる材料を得るためだった。以後の四か月、彼らはほとんど死にかけるまで働かされる運命にあった。

一九三九年の新年、ぼくはもうだめだという限界に来ていた。宿舎から森へたどり着こうとしても足をひきずることさえおぼつかないありさまだ。凍てついた森で腰まで雪に埋もれての伐採作業、しかも履いている靴は裂けていた。体を温める衣類はなく、精をつけようにも、出されるのは粥《かゆ》とちっぽけなパンだけ、きつい肉体労働には慣れっこの村の屈強な男《ムジーク》でも、これだけの目に遭えば、雪のように溶けて消えてしまったことだろう。

グミリョフはこの現実から逃避するために、さまざまな思いをめぐらせた。この現状で考えることはいくらでもあった。何とも言えないすさまじい現状ではあったのだが。彼の念頭を離れなかった一つが、囚人仲間が生き延びることを強いられたこの新たな凶暴極まる環境に順応していく過程を、素人社会学者の視点から調査することだった。この試練を生き延びた仲間の多くは、収容所暮らしを「残酷」とか「これこそダーウィンのいう自然淘汰だよな」などと口にした。仲間の一人、アレクサンドル・サフチェンコは、収容所へ連行された経緯を「素っ裸にされた」と表現した。

彼に言わせれば、すべての過去が更衣室で裸にひんむかれるように剝ぎ取られてしまった。それまでの社会的地位、経歴、職業が、灼熱のフライパンから沸き立つ水蒸気なみに消えていった。囚人たちの顔からは、人間味がかき消されてしまった。(5)

完全なる自然状態へと突き落とされる、収容所ならではのこの感覚は、元囚人たちが残した回想録にもしばしば描かれていた。「収容所は、われわれの道徳観が試される場だった。そして、われわれの九九%が、その試練に敗れたのだ」と、元囚人ヴァルラム・シャラーモフは、自身の囚人暮らしの体験

談を書いている。(6)

グミリョフは、仲間の収容所体験だけでなく、自身の被害体験についても奇妙なほど熱心に学者として観察した。仲間のことは「ゼク」と呼ばれていたが、これはロシア語で罪科を問われた者、「ザクリュチョーンヌィ」の略語だった。後に書いた一連の雑誌原稿やインタビューなどで、彼は囚人仲間たちが日に日に、ダーウィンが言うところの生存競争での原始的な状態に陥っていくのを観察し、それを奇妙に突き放した視点で描き、語った。グミリョフは、最終的には社会関係における「自然」の役割についての理論で学者としてのキャリアを打ち立てた。すなわち、ただひたすら生き延びるだけの状況に追い詰められると、人間はどういうタイプの関係をつくり上げるのかを研究テーマに選んだのだ。収容所暮らしは彼の研究室になった。やがて彼が徐々に理解するようになったのは、荒々しく凶暴な収容所暮らしの中では、囚人らの暮らしは完全にホッブズ的状況──万人の万人に対する戦争状態──にはならないということだった。不変で自然と見えた社会組織には、ある種の「掟《おきて》」があったのだ。

グミリョフが気づいたのは、ゼクたちは、その社会背景、学歴、文化レベルの区別なく、誰もが二人から四人の小さなグループをつくる傾向があることだった。最大の特徴は、これらの仲間同士で「飯を食う」ことだった。

二人か四人のグループを結びつけていた原則は、「一緒に飯を食う」、つまり食料を分け合うことだった。これは本当の共同体で、おたがいを助け合うのだ。こういう仲間ができるのは、おたがいが内心で共感できる何かを持っていることが決め手になる。(7)

この小グループは、仲間うちでたがいに犠牲になり合い、たがいを守り合う。グミリョフは、この小グループはそれまで信じていたような「社会構造」とは違う、と思った。これは社会ではない――自然界なのだ。

そして彼は、混沌の中から生まれてくるプロセスは普遍的なものであることにも気づいた。例えば、囚人の半分は「犯罪者」だった。つまり、グミリョフその他の政治犯とは別の、普通の犯罪で送り込まれてきた者たちだったのである。しかし、犯罪者集団の間でも、法を遵守する者と無法な者を区別する傾向が見られた。彼らは、仲間を「ウルカ」、すなわち法律や仲間うちの非公式な掟を守る者たちと、それを守らない「ごろつき」に分けたのである。グミリョフは、後に移されたノリリスクにある別の収容所での経験について一九九〇年に書いている。

犯罪者は、収容されている者のほぼ半数だったが、ごろつきは稀だった。私が知り合った相手は殺人犯だったが、こう言っていた。「ごろつきはおれたち全員の敵だ。あんたら修行僧（政治犯の呼称）やおれたちウルカ（犯罪が職業の者たち）、両方にとっての敵だ。ごろつきは殺さないと――やつらは盗人や強盗みたいに、いいことのためじゃなく、悪のための悪をしでかすからな。」(8)

混沌の只中から社会秩序が形成されてくる場面を目撃して、グミリョフは深い感銘を受け、それが後に彼を有名にする歴史理論の核心の一つとなった。収容所暮らしで彼は、人間は自然を支配できず、それに従うしかないことを思い知らされた。さらにはわれわれが知っている社会、友情その他の人間的美徳とされているものは、人間の進歩を示すものではなく、いかなる場合にも「おれたち」と「やつら」、「友」と「敵」を区別する自然な生物学的衝動、本能的な衝動の表現に他ならないということも思い知らされた。

永久凍土地帯での伐採を続ける中で、疲労困憊《こんぱい》と体温低下で死んでいく同房仲間を見ているうちに、彼は徐々に歴史の非合理性に魅せられるようになっていった。後に書く中で頻繁に言及したのは、アレクサンドロス大王がユーラシア横断を断行した事実だった。グミリョフの想定では、アレクサンドロスに合理的な計算があったとは思えなかった。あれだけのわずかな手勢で、自分が征服した広大無辺の地域をすべて統治することはおろか、無事に故国へ戻れることすらおぼつかなかったのだ。

一九三九年、伐採中に斧を自分の脚に打ち込んで、グミリョフは収容所の病院に収容された。うわごとを言う錯乱状態のさなか、彼は一つの霊感に見舞われたが、これこそ生涯、彼にとりついて離れないものとなった。

歴史の中の人間行動の動機についての思念が浮かんだのだ。アレクサンドロス大王は、どうしてはるばるインドや中央アジアまで遠征したのか？（中略）これらの国々で奪ったあれだけの略奪品を抱えて遠くマケドニアまで戻れるはずもないのに、どうして？

グミリョフによれば、彼は寝床から跳ね起き、大けがした脚も忘れ、病室を走り回った――「ユリーカ！（わかったぞ！）」と叫びながら。「浮かんだんだ、人間には特別な衝動がある――それこそ『パッシオナールノスチ』なんだ」。グミリョフが探し求めていたのは、彼によれば、「強力な衝動で、それは人間を駆り立て、利益を度外視した何かを求めさせる――特に死後与えられる名誉だ。アレクサンドロス大王は、それ以外の何を求めていたというのか」(9)。

レニングラード大学でのグミリョフの歴史研究は、中東、そしてアジア大陸部のステップ諸族――フン族、匈奴、テュルク系諸族、モンゴル族――に焦点が当てられていた。これらのステップ諸族は、数百年ごとにどこからともなく決起し、既知の世界を征服した後、忽然と消え去っていった。この主題は、グミリョフの歴史理論に掘り返すべき鉱脈を提供してくれた。彼はこう理論づけた――すなわち、これらの大炸裂を起こした諸族、彼らの社会、民族は、この上なく合理的、開明的かつ進歩した集団ではなく、むしろ「パッシオナールノスチ」の割合が極めて高かったというのである。彼らの特徴として、自己犠牲への希求、最高レベルの「相互補完性」〔グミリョフのキーワードの一つ。ダーウィン主義的生存競争とは逆の、人々が相互の欠点を補い合うために、集団へと結束しようとする衝動〕、仲間同士の魅きつけ合う力などがあった。社会の接着剤は、文明化をもたらすヒューマニズム、歴史上の進歩、蓄積された理性ではなく、自然な無意識の本能で、ここ数百年ほとんど不変の要素だったというのである。

　グミリョフの大学での研究において、パッシオナールノスチの考察、歴史における力としての「相互補完性」についての考察との関連で一つの役割を果たしたものに、彼の中東研究、そこでの中世アラブの歴史家、イブン・ハルドゥーンとの出会いがあるようだ。この人物は、十四世紀の歴史に登場した間断なき征服、それも勃興しては滅びていくサイクルに触れているのである。ハルドゥーンはその古典的作品『歴史序説』において、なぜ中世の世界が、その洗練度の高さ、優れたテクノロジーと財貨、みごとな諸都市にもかかわらず、無傷のまま長い寿命を維持できなかったのかを説いている。ハルドゥーンの時代では、数世代ごとに、文明化された諸都市がステップと砂漠から騎馬で来襲した蛮族に征服されていた。彼らの優れた文明も、その来襲を防げなかった。ところが、征服した蛮族たちは、新たに奪取した王座にあぐらをかき、数世代で怠惰に陥り、新たな蛮族に取って代わられたのである。ハルドゥーンによれば、文明はテクノロジーと富は保持していたものの、遊牧民側には「アサビーヤ」があったのだ。これは社会の連帯とか気概という意味で、この特殊で抽象的な資質は、いささか悲観的な歴史観を提供してくれる。すなわち、歴史とは文明の頂点をめざす進化とか直線的なものではなく、移住、征服、民族虐殺という自然のリズムを持つサイクルの永遠の繰り返しであるというものだ。ジャンバティスタ・ヴィーコとニッコロ・マキャヴェリもまた、部族的連帯とその精神を人々の歴史を決定する力として描いており、マキャヴェリはそれを「ヴィルトゥ」と呼んだ。

収容所の経験で傷ついたのは、囚人ばかりではなかった。収容所送りとなった何千もの者たちの配偶者や親族と同じくアフマートワも、多くの警察や刑務所を回ってさまざまな「機関」、あるいはモスクワのクレムリンまで陳情活動を広げ、身内を助けてくれるよう必死の懇願を開始した。これは何とも骨の折れる行脚だった。何千ものレニングラード市民と同じく、彼女も愛する者の運命を心配し、せめてもう一度懇願の機会を増やせれば、そしてどんぴしゃりの役人を見つけて無実の証拠を示せれば、あるいはまさにこの人物と思える相手に賄賂を渡せれば、ほぼ確実に愛する者を襲いかかる死から救えるのではないかという切迫した思いに駆られて、多くの日々を費やした。ところが、この恐怖時代の恐怖の源は、多くの者が思い込んでいたようなもの、すなわちソ連司法機構の失策で、間違いを正せば調整がつくというようなものではなかった。それは、およそ人間が引き起こした現象の中でも、あらゆる理解を絶する支離滅裂な残虐さと非人間的な官僚主義の異常形態が、怪物的な規模で結合されたものであり、これに比肩するものはと言えば、ホロコーストくらいしかなかった。グミリョフは、こう書いている。

ママは、他の心の純真な人々同様、無垢な魂の持ち主だったから、ぼくに下された判決は法廷の間違いで、偶発的な見落としだと思ったのだ。彼女には初めのうち、司法制度がどこまで堕落していたかのみ込めなかった。(10)

グミリョフは、メドヴェジェゴルスク近くの森林地帯で運河の底をさらいながら生涯を終えたはずだったが、そこへまさにデウス・エクス・マキーナ［非常に都合のよい救い手］に近い奇跡が起きて、彼を救った。彼と友人に判決を下した判事自身が絞首刑に処せられたのだ。大恐怖時代にこの種の出来事は日常茶飯事だったのだが、おかげで判事が下した判決の見直しが行われた。一月末、シュモフスキーとグミリョフは、そのためにレニングラードへ呼び戻された。グミリョフは脚をけがしていたので、どうせならその前にこうなってくれていればよかったのだが、それでも再審理の結果、二人の刑期はそれぞれ五年短縮された。この逆転劇のために、NKVDのトップ、ニコライ・エジョフは一九三九年に突如逮捕され、更迭された。エジョフは、一連の反ソ活動を自白し、一九四〇年に処刑された。彼の後継者は「親切で公正」なラヴレンチー・ベリヤで、三人の友人はそれぞれ違う収容所へ送られた。グミリョフはノリリスクへ送られたが、ここは北シベリアの巨大な鉱石採掘場だった。[11]

グミリョフは、一九三九年秋、ゼクを満載したはしけでドゥジンカ港に着いた。ここは世界で最も北に位置する鉄道の始発点で、北緯七〇度線に沿って東へ延びた線路沿いにノリリスクの町があった。当時この町は、切り出された石でできた家が四軒、金属工場一棟（地平線を背にして浮かび上がるこのシルエットは、中世の宮殿を連想させた）、そして二つのバラック群があり、ここには二万四千の囚人たちが住んでいた。北極圏の北に位置するノリリスクは、世界最大のニッケル鉱床の上に一九三五年につくられていた。囚人たちは永久凍土帯からニッケルを掘り出し、加工処理工場を建て、発電所を建て、最後にNKVD職員たちが住む町を建てた。ここは、ヴォルクタとコルィマの収容所とともに、[12]最も厳しい収容所の一つと言われ、後にグミリョフは思い返すことになるのだが、ノリリスクでは「秋にはツンドラが細氷に覆われ、冬には北極のディープブルーの空があった」。[13]

極北の囚人たちを支配していたのは、数学の方程式だった。囚人一名を一年間健康に保つには、八〇〇キロの食料を、鉄道と河川で計二〇〇〇キロの距離運ぶ必要があった。ところが、到着したばかりの囚人は体重一〇〇キロ以下だ。となると、すでにいる囚人を餓死させて新たに人員を補給したほうが効率がいいことになる。八〇〇キロ対一〇〇キロ以下の単純な比較だ。そこでゼクたちは、食料を乏しく抑えられ、大量に死んでいった。それでも、ただちに人員は補給されていた。ところが、グミリョフは学があったために重宝がられた。自分を地質学者として認めさせていたので、特別食にありついていたのである。

それなりに存在していたノリリスクの社交生活は、地質学者と冶金専門家という二つのグループを軸に動いており、グミリョフは前者の居住区に住まわせられていた。彼の知人のセルゲイ・スネゴフによれば、地質学者たちは「インテリで気取り屋」だったので、グミリョフは「より民主的な」冶金専門家たちの居住区で過ごすことが多かったという。(14) スネゴフも、やがてグミリョフの癇癪と短気さ、そして友人たちを避けたがる傾向に気づくようになった。この傾向は、おそらく収容所暮らしでのストレスに起因していた。収容所以前の友人たちはそういう傾向をめったに口にしたことはなかったが、収容所暮らし以後、多くの知人が喧嘩でそれっきりとなった。

グミリョフとスネゴフの友情も、同じ運命をたどった。ノリリスクの囚人たちは、詩のコンテストをしていて、スネゴフに次いでグミリョフが二位となった。ロシア最高の詩人二名の息子として、グミリョフの自尊心は深刻な打撃を受けた――怒りにまかせて、グミリョフはスネゴフに決闘を挑んだのだ。これが実行されなかったのは、双方とも拳銃を入手できなかったためだった（むろん、普通は受刑者が持てるものではない）。さらにスネゴフは自分は肉屋ではないと言い張ったので、刃物も使えなかった。一週間後、実際に決闘のしようがなくて、二人は「もっといい時期まで」決闘を延期したのである。

この件にグミリョフがこれほどこだわったのは、自分がますます母親から疎まれていると思い始めていたためだった。アフマートワは息子の試練について美しい詩を書き、それが有名になっていたのだが、息子には手紙を送らなかったのである。このころにエマ・ゲルシュテインに出したほとんどの手紙で、グミリョフは母親の怠慢に不平を漏らしていた。

一緒に過ごす相手は、作業をともにする二人の男です。女は一年で三人——針金の罠にかかった雌の野ウサギ、偶然にテントへまぎれ込んできた雌鹿、そして棒で叩き殺された雌のリスです。本もなければ、その他いいものは一つもありません。ママは、どうやら元気なようですが（中略）手紙をくれません。電報も来ない。悲しいです。[15]

この時期、アフマートワの最も親密な相談相手の一人だったゲルシュテインは、母親に見捨てられたというグミリョフの思いは勘違いだったと考えていた。彼女は、アフマートワの行動が、彼女の神秘的な詩人としての本質に根ざしていると説明している。「アフマートワが彼に返事を書かなかったのは、一種の護符だったのではないのか。すなわち、自分が書く言葉にはすべて何かの前兆がこめられていると信じていたからではないのか」。なるほど、彼女が息子に返事を書かなかったのは、彼の収容所暮らしで最も危険な時期、そして彼が第二次世界大戦中、最前線へ駆り出されてこれまた最も危険な時期と重なっていた。ついにベルリンが陥落して息子が危機から脱すると、彼女は息子に手紙を書き始めた。「ママからずいぶんそっけない葉書を三通受け取って、こちらはよけい腹が立った。まあ、仲直りは再会したときにとっておこう」[16]

グミリョフは歴史と哲学的瞑想とに慰めを見いだした。第二次世界大戦のおかげで彼は、民族と文明という主題に自身の人間行動についての理論を当てはめる上でインスピレーションを得る機会が増えていたのだ。

一九四三年に五年の刑期を終えると、彼はさらに一年間志願してノリリスクに有給で滞在し、一九四四年の冬まで居残った。大戦はほぼ終わり、ソ連の勝利は確定された。しかし、グミリョフは実戦をじかに体験したくて地元の徴兵事務所へ赴くと、手首に剃刀をあてがって、自分を入隊させなければ死ぬと迫った。一九四五年二月、前線へ出ると、五月のドイツ降伏前の三か月、やすやすとロシア軍が勝てる戦《いくさ》を目撃できた。「ノリリスクの後だと、前線はリゾートみたいなものだった」と、彼は語っている。食料、ウォッカ、冬用の軍服、いずれもふんだんにあった。

彼が所属していた赤軍部隊は、一九四五年四月にベルリンへ行進した。その経験は彼の脳裏に焼きついた。そして、彼のすべての経験と同じく、それらを学問的な言葉で書き残した。一九四九年に逮捕されたとき、アパートが捜索された。ノート類は没収され、その中には（どこかの新聞記事として書かれたらしい）原稿があったが、明らかに出版用にと公表を思い止まったものらしかった。これは、後に彼の伝記を書いたヴィタリー・シェンタリンスキーが、押収されたファイルから発掘した。それを一読した伝記作者自身が、公表を避けたのは正解だったと悟った。

獄中で浮かんだ「パッシオナールノスチ」の思いつきと「相互補完性」について思いをめぐらすうちに、彼は確信するに至った。比較的後進の自国が、ドイツのはるかに優れたテクノロジーに勝利を収めた光景を見たとき、重要なことを思いついたのである。彼は、自分が部隊とともに通過したドイツの町々を描写している。「豪華な書籍」、「アスファルトの道路」、「豪華なマンション群や自動車」、「これらの『文化』の只中に立って、ひげもそらない薄汚れたわれわれは、どうしてこの連中に勝てたんだ？どうしてこの完璧に身づくろいした輝かしい国を打ち倒すことができたのか？」

ロシア兵士たちは、かつてローマの城門に押し寄せた蛮族さながらにドイツへたどり着いた。原始的なロシアが世界で最も技術的に進んだ社会を打ち負かせたこと自体、犠牲という離れ業に向かう人間の天性の特質が顕現した「パッシオナールノスチ」のもう一つの実例だ、とグミリョフは信じた。彼はその思いを、かつて一九三九年に病院で横たわっていたとき、アレクサンドロス大王のユーラシア大陸東進を夢に見たのと同じ言葉で、こう書き記した。

文化は、車、住宅、暖かいトイレなどの多寡では測れない。執筆され、刊行された書籍の多寡でも測れない——どれほど装丁がりっぱでも。どれもが文化の成果ではあっても、文化そのものではないのだ。文化とは、人々がおたがいを結び合うもろもろの関係と等価である。文化の生まれる場所は、人間同士の諸関係から生まれてくる力強く高潔な感情で、つまり、友情、信頼、おたがいの苦しみ、愛国心、自分自身への愛情、他者への敬意などなのだ（中略）まさにドイツに欠けていたのは、この本物の文化であり、その量が不十分だったのだ。[17]

グミリョフが体験した戦争は、一つの民族が他の民族にしかけたもので、双方の産業規模に応じて行われた本当の民族虐殺だったが、それが啓蒙主義の華やかな装飾に彩られたヨーロッパで起きたために、彼の深く厭世的な研究姿勢を目覚めさせた。進歩と「科学的歴史」の名の下に何百万もの人々がそれぞれの死に遭遇した事実、最も合理主義的な哲学が最も非合理な人間行動を生み出せる事実——これらはグミリョフに以下のことを教えた——われわれの意図はどうあれ、人間は自然の衝動に突き動かされ続けるということである。

人間性は、学べもするが奪い去られることもある。疫病だらけの沼沢地での伐採作業、さらには北極圏北部での採掘作業は、明らかにグミリョフにはこたえ、ゲルシュテインの楽天的な記憶にある、重荷を毅然として担う「少年王」のイメージは二度と戻ってくることはなかった。戻ってきた現実の彼は、

いらだちやすい、すぐに怯える、すさまじい恨みを残した人物に豹変していたのである。ゲルシュテインによれば、

長い歳月、私たちはレフ・ニコラエヴィチ・グミリョフという名を持つ人物を眺め続けてきた。今でも私たちは彼をリョーヴァと呼ぶが、それは一九三八年に逮捕される前に私たちが知っていたリョーヴァではなかった。運命とはいえ、わが子の性格の急変にアフマートワがどれほどつらい思いをしたことか！　最期を迎えるかなり前に、彼女は深いうつに陥り、誕生以後のわが子の姿をすべての段階で振り返った。そしてついにこう断定した。「違う！　あの子は一度だってあんなふうではなかった。あいつらがあの子をあんなにしてしまったのよ」(18)

一九四四年、タシケントから戻ってきたとき、アフマートワが目撃したレニングラードは、「都市に仮装して歩く亡霊」だった。九百日に及んだドイツ軍による包囲中、市民の人口は絶滅に近い激減ぶりで、すべての動物（中には人間も）がその期間中に食われた。優雅だった運河は死体で詰まり、全市に死臭がたちこめていた。このような都市に、一九四五年、グミリョフはついに戻ってきた。ノリリスクで出会い、以後、グミリョフの残る人生の間も縁が続いた物理学者ニコライ・コズィレフの義妹のマリヤナ・コズィレワは、戻ってきたグミリョフについて、こう言っている。「グミリョフは、痩せこけて、スパゲッティみたいだった。骨がほとんどない感じだった。卓につくときも、両手と両脚をおかしな具合に曲げて、背中も曲がっていた。この姿しか知らない者には、元気なころの彼の姿は想像しにくかった」(19)

あとでわかったのだが、アフマートワは戦時中一時的に疎開していた。愛国者としては性根がすわっ

ていたので、疎開を拒んで故郷のレニングラードにがんばっていたのだが、ドイツ軍に包囲されて離れたのだ。かつては個人的な感情、愛情、家族などが描かれていた彼女の詩は、愛国主義を鼓吹して、声高に種々のマニフェストを発し続ける無味乾燥なマルクシズムへのアンチテーゼとなっていた。ところが、この詩作こそが、ロシア人たちを結び付けることになったのだ。

スターリンは、冷然たるプラグマティックな見地から、マルクシズムはソ連人を動員して母国の防衛に駆り立てることはできないこと、さらには抽象的であいまいな社会的勢力に訴えてもドイツ軍の銃剣に身を投げださせとけしかけることはできないことを、はっきりと認めることができたのだろう。そこで、ロシア人の祖国愛、民族相互の愛情の琴線をかき鳴らすため、演説では「同志および市民諸君」と言う代わりに「兄弟姉妹よ」という文句を使い始めた。これは、政権と国民との関係の激変だった。イデオロギーが大声で叫ばれ、わめき立てられる公的な文化は、家族とその自然な延長である民族という、誰もが大切にしてきた私的な領域への訴えへと置き換えられた。

ドイツ軍がモスクワへ迫ると、スターリンは急速に、ロシア愛国主義の偶像を復活させ始めた。これは、ボリシェヴィキが、国家的存在の玉座から過去二十年間営々と追放し続けてきた者たちだった。ロシア正教の主教が呼び出され、教会の拡大と、新たな地位と新たな教会の建立が、茫然自失の彼に言い渡された。スターリンが「ロシア人民」相手に乾杯を行い、国歌を「インターナショナル」から「祖国はわれらのために」に替えたことはよく知られているが、それは世界中の労働運動で歌われている歌より、母国に捧げる讃歌のほうが兵士たちの共感を呼ぶとの考えからだった。もう一つ（これは出典が怪しいが）、スターリンの命令でモスクワ上空を「カザンの生神女《しょうしんじょ》」のイコン〔ロシア正教の有名なマリア図像〕を載せた飛行機が飛んだが、これは、開戦前に幸運と神の祝福を祈ってイコンを掲げてパレードする古代ロシアの風習に則ったのだという。

ソ連の美術、文学、詩歌はほとんど休眠状態だったが、これは一九三〇年代に、ボリシェヴィキが躍起になって押しつぶした分野だったからだ。ところが、そのせいで壊滅寸前だった祖国《ロージナ》の支援に、これらの芸術分野が助けの手を差し伸べてきた。ロシア全土にナショナリズムと愛国心が沸き上がってきた。一九四一年、アフマートワは、再び作家同盟に復帰できた（一九二五年に除名されていたのだ）。レニングラード包囲のさなか、彼女の詩が連日ラジオで朗誦され、同市防衛に当たる人々とそこで飢えかけていた人々の士気を高めた（もっとも、詩人自身は、当時タシケントに疎開していたのだが）。一九四二年、彼女の詩「勇気」が『プラウダ』に掲載された。一九四三年、彼女の詩集が刊行され、直ちに売り切れた。それまで自作をうろんな目で見られていた芸術家たちは、急に人気が出てきてとまどった。パステルナークとアフマートワは、革命以後ともに大なり小なり国内で追放の憂き目を見てきたのだが、ふいに彼らを歓迎する人々からの手紙が殺到した。アフマートワは作家同盟のレニングラード支部の理事になり、公式の祝賀会にいくつも出席した。彼女が知人の一人のアイザイア・バーリンに語ったところでは、おびただしい兵士らから手紙をもらったが、そのどれにも彼女の刊行作品はもとより、未刊行の作品まで引用されていたという。彼らは詩句の解釈を尋ねたばかりか、人生の指針まで求めていた。

バーリンは、一九四五年にイギリスの外交官としてソ連で半年暮らしたときに、アフマートワと会い、彼女やパステルナークたちが新たに得たばかりの驚くべき名声について書いている。

他の詩人たちに抜きんでた名声を得ているひとにぎりの詩人の地位は、独特なものだとわかった。画家、作曲家、小説家、最も有名な俳優、雄弁かつ愛国的なジャーナリストでも、これらわずかな詩人ほど深く、そしてあまねく敬愛されてはいなかった。特にこれらの詩人を愛したのは、私が電車や地下鉄の中で話した人々だった。(20)

ところが、早くも一九四四年五月、冷気が感じられるようになっていた。このとき、アフマートワはモスクワの最大の講堂を持つ総合技術博物館で自作の朗読を行ったが、出席していた三千人がいっせいに立ち上がって拍手を送った。そのことを聞いたスターリンは、部下にこう訊いたことになっている。

「スタンディング・オベーションを企画したのは誰かね?」

アフマートワは知らなかったのだが(オックスフォード大学から名誉博士号を授与された一九六五年、バーリン教授にこの件について打ち明けられている)、スターリンは彼女が一九四五年にイギリスの学者との会合に出ていたことに激怒していた。スターリンは罵詈《ばり》雑言を吐いた後、こう言ったとされている。「じゃあ、わが国の尼さんが、外国のスパイ連中を歓迎しているわけか」。スターリンの嫉妬は際限がなく、その焦点が彼女に合わさると、彼は動いた。ナショナリズムは、大戦においては目的を遂げた。そろそろ瓶から呼び出された魔物を瓶に戻すべきだ。愛国主義は封じ込め、昔からの階級闘争及び史的唯物論という共産主義の正統理論を回復しなければならない。家族、国家、愛と情熱は、これすべてロシア人を奮起させ、戦争と自己犠牲へと駆り立てる潜在力だった。しかし、そろそろこれは取り除かなければならない。この時代精神を巻き戻す過程で最初の犠牲者は、アフマートワと彼女の生まれた都市となった。

レニングラードは、第二次世界大戦ではソ連で最も英雄的な都市であり続けてきた。なにしろ、ドイツ軍に包囲され、物流を封鎖された結果、食料もなく飢えながら実に三年間も抵抗を続けたのである。しかし、戦争と九百日に及ぶ包囲が解けた後、レニングラードの指導者たちは、自分たちの幸運に酔って少々はめをはずした。スターリンが愛国心称揚のため認めていたロシア民族のナショナリズムを継続し、レニングラードの道路名を革命前の名に戻したのである。「十月二十五日通り」は、旧称ネフスキー大通りに戻された。あえて危険を冒した同市の党幹部たちは、スターリン相手に忠誠を示す必要に迫られ、地元雑誌『ズヴェズダー（星）』に他の作家たちと詩を書き続けていたアフマートワが、いけにえの羊に選ばれたのである。

グミリョフが同市に戻ってきて研究を始めてまもなく、母親の劇的な失墜が再び彼の心を乱した。彼はその前に試験に受かって、やっとのことでレニングラード大学から学士号を得ていた。学業についてから実にたっぷり十二年が経過していた。一九四六年八月、ソ連共産党中央委員会は、『ズヴェズダー』を厳しく攻撃する布告を出した。思想面で党の最高の存在であり、自身レニングラード生まれのアンドレイ・ジダーノフが、同市の党幹部らに対して痛烈な演説を行い、その中でアフマートワの作品を公然と「個人主義的」と攻撃、彼女を評して今となっては有名な言葉、「半尼僧、半娼婦」が使われた。彼女は作家同盟から追放され、再び作品は発禁処分を受けた。ゲルシュテインは、アフマートワの「汚名に耐える誇り高い姿勢」を思い起こしている。詩人自身、完全にその状態に甘んじる他なかった。[21] フォンタンヌィ・ドームは、完全に「北極研究所」に譲渡され、詩人はそこに住み続けることは許されたが、彼女に会いにきた者はパスポート［連邦制のソ連では、構成共和国間の移動などにパスポートが必要だった］を提示し、訪問を記録された。言うまでもなく、この扱いではグミリョフもアフマートワも、大半の時間を一人で過ごさねばならなかった。「街路で出会っても声をかけてくれなくなり、ネフスキー大通りでは反対側へわたって、こちらを避けた」と、グミリョフはコズィレフの義妹のマリヤナに告げている。

アフマートワの配給手帳は没収され、たいていは黒パンと砂糖抜きの紅茶だけで、餓死寸前だった。二人は、グミリョフの配給手帳で生き延び、彼自身はレニングラード大学の大学院、「東洋研究所」に入学、テュルク系の最初の汗国《ハン》というテーマで博士候補論文[22]［大学院修了時に提出する論文で、日本の博士論文に相当。ソ連の博士論文は大学教授資格取得のための論文］の執筆にとりかかっていた。ところが、まもなくもっともらしい理由で彼自身も大学から追放されてしまった。

グミリョフはいくつかの考古学発掘現場での仕事を見つけ、そこで働いた――「食いつなぐためだった」と、彼は書いている。この仕事であちこち出向いたが、レニングラードにいるときは、学問研究を続けた。考えが合うボヘミアンの一群が見つかった。マリヤナ・コズィレワによれば、それはさまざまな個性が集まった陽気なグループだったが、杳《よう》として行方が分からなくなる者がしょっちゅういた。それでも彼らは「死に神さんよ、ドアの外で待っててておくれ」という原則で暮らしていた。[23]

一九三〇年代の恐怖は終わりを告げていたものの、知識人たちは依然として秘密警察の目が自分たちに注がれていると感じていた。今や誰もが電話をクッションで覆った。盗聴装置が仕掛けられているという噂があったからである。「われわれ誰もが始終レントゲンでさらけ出されているようで、われわれをコントロールする主要な手段は、おたがいの監視だった」と、この戦後の時期について、ナジェージダ・マンデリシュタームは書いている。[24]

グミリョフはやっと、成人して初めての女性との関わりができた。一九四七年五月、彼は図書館勤務のナターリヤ・ヴァルバネツと出会い、恋に落ちたのだ。一度見ると忘れられない美貌で、コズィレワに言わせると「ナスターシャ・フィリッポヴナが生身で現れた」印象だった。ドストエフスキーの『白痴』に登場する「男を破滅させる女《ファム・ファタール》」である。ところが彼女は、既婚者の上司と不倫中で、結局、グミリョフに誠実ではなかった。

グミリョフは、夕べになると、パッシオナールノスチの理論を書き進めた。「他のすばらしいアイデア同様(中略)この理論もご多分にもれずトイレで浮かんだよ」と、彼は友人たちに告げていた。コズィレワによれば、「グミリョフの博識ぶりは、催眠術をかけられたように魅惑的だった」。[25] 一九四八年、レニングラード大学の学長アレクサンドル・ヴォズネセンスキーの尽力で、社会的追放状態がやや楽になった。「それでは、きみはお父さんがニコライ・グミリョフで、お母さんがアフマートワなんだね。

『ズヴェズダー』誌解体事件以後、きみは大学院から追放されていたね。容疑は全部晴れたよ！」と、学長が言ったのだ。学長はグミリョフに学内のポストまでは提供できなかったが、博士候補論文の「最初のテュルク系汗国（五四六〜六五九年）の政治史詳説」をめぐって弁論することを許した。当時、この許可は、グミリョフにとって大きな意味があった。[27] 後にわかったことだが、弁論に立ち会った歴史家の一人は、学長がこの決断を下す前に、グミリョフの一件がソ連の権力機構の上へと上げられていき、当時のソ連外相のヴャチェスラフ・モロトフまで達していたことを知った。[28]

そこまでの成功に満足せず、グミリョフは依然として論文で博士号を得て、教職に就く機会を切望していた。一九四九年、国立民族学博物館で研究員として勤務し始めた。だが、ちょうどそのとき、状況が変わり、八月にプーニンが再逮捕された。罪状は、一九三五年と一九三八年のものと同じだった。アフマートワによれば、二人のアパートから引き立てられるときに彼が残した最後の言葉は、「絶望することを絶対やめるな！」だった。

グミリョフは、次は自分の番だと観念して、衣類と書籍をスーツケースに入れて、フォンタンヌィ・ドームの部屋の玄関先に置いておいた。予測通り、一九四九年十一月のある日、彼はガールフレンドのナターリヤ・ヴァルバネツの住まいへ現れることはなかった。冬に備えて、彼女の住まいの窓のすき間にテープを貼る手伝いをする約束だったのである。その三日後、アフマートワは、マリヤナ・コズィレワのアパートのドアをノックし、グミリョフがまた逮捕されたと告げた。

「マリヤナ、あなた、私の詩を持っている？」と、アフマートワが聞いた。マリヤナが持っていると答えると、「かまどにくべなさい」と言ってから、事情を説明した。「レフは六日に逮捕されたわ。昨日は私のアパートが家宅捜索を受けた。二度目よ。何も言わないで捨ててしまいなさい」[29]

ふりだしに戻って

グミリョフの罪状は、本質的には一九三五年に科されたものと同じだった。恐れられていた刑法第五十八条のほこりをはたいて三度目の御用である。これに加えて、彼を反マルクス主義だとする研究者仲間による糾弾が上乗せされていた。彼ならではのきつい傲慢なやり方で、彼に反論する者たちをジョークの種にしたので、相手にしてみればそうした言動が容易に忘れられなかったのだ。

グミリョフは自身の博士候補論文の弁論においてベルンシュタムという学者から批判を受けたが、非難の矛先は彼がマルクシズムに無知な上に、ロシア東方の諸民族の言語にも無知だという点に絞られていた。そこで、グミリョフはペルシャ語とテュルク語で答えたのだが、相手は知らない言語だった。ベルンシュタムは屈辱を覚え、すぐさまグミリョフの弾劾を断行した。これにさかのぼる一九四七年一月には、サルタノフという学者が、「グミリョフのふるまいはがまんできない。この件を解明する上で貴部のご助力を求めます」という弾劾文を書いていた。貴部とは、ＮＫＶＤだった。

過去と現在にわたるこれらの弾劾は、グミリョフ摘発のための正式の罪状とされたものの、その直接の狙いはどうやら、息子を担保にアフマートワを一九四六年の『ズヴェズダー』弾劾以後もおとなしくさせるためだった。彼が収容所での苦役をこう語った点と符節が合うのである――一つの判決は「親父のせい、もう一つはおふくろのせい」。取り調べの書類にも同じ狙いが窺えた。一九四七年一月、尋問官ミンチフ大佐が内務大臣にグミリョフの詳細な調査書類を請求しているメモが残されているのだ。

調査の終わるまで、グミリョフはたっぷり十か月をレフォルトヴォ拘置所で過ごし、一九五〇年九月、やっと労働収容所での刑期十年の判決が出た。再びストルイピン車両に乗せられ、今回向かったのはカラガンダ、カザフスタンの果てしないステップのど真ん中にある埋蔵量豊かな炭田だった。そこでグミリョフは、背中、胸、左脚、帽子に黒く番号を刺繍された古びた白の囚人服を支給された。

カラガンダ近くのチュルバイ・ヌラで、グミリョフはレフ・ヴォズネセンスキーと出会った。グミリョフに自身の博士候補論文を弁論する機会を与えてくれたレニングラード大学学長の息子である。学長は別件で処刑されていた。このレフ・ヴォズネセンスキーは、カラガンダでのグミリョフの親友の一人になった。「ぼくの父について、誰かが何かいいことを言ってくれるのはありがたかった」と、ヴォズネセンスキーは回顧している。

一九五〇年時点でのヴォズネセンスキーのグミリョフに対する第一印象からは、いかに彼の肉体がそれまでの辛酸で痛めつけられていたかが窺える。


思ってもみたまえ。運動場全体が雪に覆われ、猛烈な霜で封じ込められ、周りを宿舎が取り巻いている。カザフスタンのステップにある宿舎の一つへ私は前の晩に連れてこられたばかりだったが、ひげを生やした背の曲がった老人が一人、ストーブの火を消さないようにかがみ込んでいた。それがレフ・ニコラエヴィチ・グミリョフだった。この「老人」は、その年、三十八歳だったのだ。(30)


ストーブの当番だったのは幸運だった。さもなければ、グミリョフは炭坑へ送り込まれていたことだろう——危険な場所での過酷な重労働だ。

受刑前の社会的地位など歯牙《しが》にもかけられなかった。そのおかげで重労働や恐ろしい飢餓、完全な無法状態を免れることなどできなかった。レフ・ニコラエヴィチにとっては、ストーブの番のおかげで、せめて寒気は免れることができた（中略）労働収容所側は、ありとあらゆる形で受刑者たちの前歴をないものにしようとした。ベリヤ［NKVDトップ］に言わせれば、彼らを「収容所の塵芥《ちりあくた》」に変えようとしたのだ。それでも、レフ・ニコラエヴィチは、建物の中で生きながらえたのである。(31)

二回目の受刑時代のグミリョフの友人、例えばこのヴォズネセンスキーは、グミリョフが背を曲げて歩く姿を覚えていた。この歩き方はどうやら収容所で身につけたらしく、この時期以前の知己はそれには触れていない。別の友人のアレクサンドル・サフチェンコは、グミリョフが中背だと記憶していた。「体格はとても運動選手とはいえなかった。指は長く、細い。鼻は高い。背を曲げて歩いていた」

収容所の運営は、暗黒の一九三〇年代よりは改善されていて、作業から戻って夕食をとると、しばらくくつろげる時間が与えられた。改善されたもう一つの点は、犯罪者と政治犯が分離され、おかげで政治犯たちは貴重品を狙われる心配がなくなったことだった。「おかげで、収容所暮らしもかなり辛抱しやすくなった」と、サフチェンコは語っている。もっとも、「このような改善された状態では、グミリョフはかつて犯罪者と政治犯が一緒くたにされていた環境でなし遂げたような学問上の進歩は実現できなかったろう。こういうささやかな点で、ルビヤンカは学問に貢献していたのだ」。(32)

実際、改善された生活条件と知識人たちが集中していたために、収容所の環境は知的な雰囲気がみなぎっていた。「あのころの収容所には興味深い人々があふれていて、夜ごと、宿舎の薄暗いあちこちで、わびしい電灯の光がほとんど届かない、厚板づくりの数段からなる寝台の最上段にいくつものグループが集まって討論を繰り広げたものだ」。サフチェンコが見たところでは、いちばん人が集まったのはグミリョフの周りだったという。

ワルシャワ、リガ、ソフィアの各大学からこの収容所へ閉じ込められた歴史学の教授たちが、別の宿舎からやってきて、激論が交わされた。そうなると、レフ・ニコラエヴィチは、理由、証拠、歴史的事実、高名な人々の著作や発言を引いて、激論にあっさり終止符を打ってみせた。たいていの場合、反論側は手も足も出なかった。(33)

博士候補論文はパスしていたので、グミリョフは腰を据えて博士論文の準備に余念がなかった——すなわち、十世紀までの古代ステップ民族の全史である。大きな障害となったのは、入所者たちは書物厳禁だったことだ。「収容所体制の下では、一行たりとも紙に書いてはならなかった。手入れはしょっちゅうで、書きつけたものは何だろうと看守たちに没収され、書いた当人は独房へ入れられた」。グミリョフはやむを得ず、他日、論文を書くときに備えて研究素材を、「金庫」と呼んだその驚くべき記憶力に残すしかなかった。サフチェンコによれば、グミリョフは広範な分野にわたって、数冊の書物の全ページをそらんじることができた。

グミリョフが自身の最初の著作『匈奴』の主要参考文献としたうち、一冊は、ロシアから中国へ布教におもむいた十九世紀の学僧イアキンフ（ビチューリン）の手になるもので、この僧侶は、中世中国語の文献その他の歴史資料をロシア語に翻訳していた。(34) もう一冊は、古代中国語文献をロシア語訳したアンソロジーだった。

＊＊＊

一九五三年三月のある雪の日、収容者たちの人生、いやソ連のすべての人々の人生を一変させる事件が起きた。グミリョフの収容所仲間の一人のゲオルギー・フォン・ジゲルン・コルンによれば、その日は始まりからして奇妙だった。収容所長が姿を消し、他の幹部らも身を隠した。居残っていた看守たちも、「意気消沈して、茫然自失、かと思うと唐突に収容者たちに丁重かつ慇懃になり、まるで柳の芽にでも一変したかのようだった」[35]。その日も遅くなって、収容者たちは、仰天するようなニュースを知ることになる。収容者から収容者へと耳打ちで伝わっていったそのニュースとは、スターリンの死だった。もっとも、スターリンの死後すぐに変化が起きたわけではなく、例えばグミリョフが赦免されるのは三年後だった。それでも、収容所内の規律は和らげられ、書物厳禁、執筆厳禁は解除されていった。

グミリョフにとって最もありがたかったのは、時間が自由になることだった。あとは、紙などの書く手段が手に入れば最高だった。「私は、いっそう頻繁にバラック建ての病棟を訪ね始めた」と、彼は書いている。「ついには私を哀れに思って医師たちが、障害者と認定してくれた。おかげで、私は楽な仕事にありつけた（中略）考えごとをする時間もできた。次はいちばんの難題――執筆許可の獲得だった」[36]

グミリョフとフォン・コルンは、収容所内のブーツ乾燥部門で働いていた。フォン・コルンによると、グミリョフは心臓が悪く、いつも健康状態が悪かったので、労働が軽減された結果、生き延びられたものと思われる。そして彼は、最も必要としていたもの、自由な時間を入手できた。自分がいよいよ傑作論文を書ける用意ができたと感じて、さらには収容所の幹部たちが態度をやわらげたのを見て取ると、グミリョフは幹部の一人に近づいて執筆の認可を求めた。

「どういう意味かね、書くって？」。犯罪調査課の役人が眉根を寄せて訊いた。「詩を翻訳して、フン族についての本を書くことです」[37]。「どんな必要があるんだ？」と、役人が訊いた。「いろんな噂話なんかに関わるのをやめて、心を落ち着けて自分の時間をつくり、私自身はもとより、あなたにもご迷惑をかけないためですよ」。役人は疑い深い目でグミリョフを見返してこう言った。「考えておこう」。数日後、グミリョフは相手の返事をもらった。「フンは許可する。しかし、詩はだめだ」(38)

収容所仲間が紙を入手する手助けをしてくれた。それは収容所へ運び込まれる食料入れの紙袋だった。グミリョフはついに第一作——中国の文献では紀元前三世紀に最初に言及されている曖昧模糊たるユーラシアの遊牧民、匈奴の歴史を物語る著作——の執筆に入れたのである。

匈奴の重要性は明々白々だった。グミリョフがユーラシアのステップ地帯の人々の歴史を記録するという、長らく遅滞させられてきた学問的使命の嚆矢に選んだのが、匈奴の研究だったのだ。匈奴とはるかに大きな世界史との接点は、わずかに秦の始皇帝がこの蛮族相手の防衛線として、今日、「万里の長城」と呼ばれるものを構築させたくらいしかない。匈奴が最初に中国側の歴史に記録されたのは紀元前三世紀で、北の遊牧民の一部族が漢族の入植地を襲撃したと出ている。秦王朝は中国本土を統一した最初の王朝で、その統治に服さない唯一の部族が、これらの匈奴だった。

グミリョフは、一連の歴史資料をもとに、中国側が匈奴を一度も征服していない理由、あるいは匈奴も中国を征服していない理由こそ、戦争と移住の結果としての歴史的激動以上の基本的な要素であると主張し、司馬遷の著作を引用した。グミリョフによれば、司馬遷の著作の肝要な点は——

彼が提示した疑問は、中国の勝ち誇った軍勢がどうしてこれらの遊牧民たちを打ち負かせなかったのか、というものだった。これに対する彼の答えは、当時としては極めて知的なもので、中国と中央アジアの地理的な状況、気候、領土はまるで違い、中国人はステップに住めず、遊牧民は中国領土では暮らせないため、まったく異質な風土と民族を征服してその生活様式を膝下に抑え込んだところで得るところはない、というものだった。(39)

匈奴と中国人の埋めがたい天然の疎隔という説を確立しようとしたグミリョフは、匈奴とフン族の関連性を苦労して突き止めようとした。フン族は、アッティラに率いられてローマ帝国に侵入した部族である。匈奴とフンという、二大ステップ部族の系統関係を年代記的に確定することによって、明らかにグミリョフはすべてのステップ部族が何らかの共通項を持つことを証明しようとした。同時に、その共通項が、ステップ部族の文明と、ユーラシアの東西二つの周辺に位置する中国とヨーロッパとを切り離していることも証明しようとしたのである。

グミリョフの主張の厄介なところは、時期の問題だった。オーストリアの歴史家オットー・メンヒェン＝ヘルフェンが当時、フンと匈奴に明白につながりはなく、後にフンになったとされる匈奴は、紀元一五五年、タルバタイにおいて歴史に最後の姿を残して消えたと主張していたのである。タルバタイは、今日のカザフスタンである。このとき、匈奴は鮮卑《せんぴ》の大人《たいじん》、檀石槐《だんせきかい》によって打ち負かされた。他方、フンの名が初めて言及されるのは、その五年後の紀元一六〇年の東ヨーロッパにおいてで、古代ギリシャの地理学者ディオニシオス・ペリエゲテスによってだった。

匈奴とフンに関するこの二つの言及はかなり信憑性の高いもので、フンと匈奴が同一民族であるためには、匈奴はわずか五年以内に二六〇〇キロの距離を移動してフンになったということになる。これはありえない話だ。ところが、グミリョフは、物語にドラマ性を与えるための好機を見逃すことはなく、往々にして学問的分別を捨ててもそうしたのである。結局、彼にとって、歴史は情熱と衝動だったのだ。

グミリョフは、匈奴がユーラシア横断を断行した、それも勝ち誇る中国軍から逃れるためで、足手まといの女子供を置き去りにしての大移動だったという説を出した。それから彼は、ユーラシア横断で遭遇したスキタイの女たちを奪い、彼女たちを加えることで民族としての新たなページを開いたとも言いだした。そして、そうした出来事の事例まで拾い出し、当時見つかった事例によれば、ゴート族の王のフィリメルに追放されたスキタイの寡婦たちが逃亡中の匈奴と交わってフン族の始まりとなったというのである。グミリョフは、逃亡中の匈奴は寡婦たち以外に「不浄な魂たち」とも遭遇したと書いている、明らかにグミリョフは、砂漠の遊牧民を指していた。

言い方を変えれば、フンと匈奴の関係は、アメリカ人とイギリス人、もっと適切な言い方をするなら、メキシコ人――クレオール――とスペイン人の関係に似ている。そういう移住の事実は疑う余地がなく、アジアの文化を残したフンと、彼らの堕落したヨーロッパ版との間に生じた深い相違点の説明がついて、メンヒェン＝ヘルフェンの言う疑念は入り込む余地がなくなる。(40)

論文が没収されることを恐れて、あるいは刊行までは生き延びられないと恐れて、グミリョフは一九五四年、収容所を管轄する当局宛に以下の書簡を提出している。

私は、自分の喜びと魂の慰めに『フン族の歴史』を執筆いたしました。反ソ的な要素は一切ありません。スターリン賞をめざして執筆するのと同じ気持ちで書きましたし、他の書き手よりも生き生きした文体で、同僚の歴史家らが書いたよりも多くの才能をこめて書かれていることを願っております。そのため、私が死ぬようなことがあれば、拙稿が破棄されることなく、レニングラード科学アカデミーの東洋研究所文書局にご送付願えることを求めます。

いかにも彼らしいおおげさな自負心から、グミリョフはこの論考に自分の名を付さないでくれと言明している。「ゴシック式の大伽藍は、無名の工匠たちによって建造されました。私もまた、無名の学匠であることで満足いたします」。しかし、収容所時代に書き始められた原稿の最初の部分が『匈奴』と題されて日の目を見るのは、それから六年後の一九六一年、第二部が『古代テュルク系諸族』と題されて出るのは一九六七年のことだった。

グミリョフを執筆へと駆り立てた動機は、一つには彼の先ほどの書簡から明らかなように、自分の正常な人生は収容所体験で破滅させられ、著作の出版と執筆を慰めとして孤独な生涯を送るしかないとの自覚から生まれていた。「ぼくの未来は、当てにならない。明らかに所帯は持てない。だが、それは苦にならない。婚期はとっくに逸しているのだから。いまさら、求婚なんて。おたがいに気苦労し合うなんて真っ平だ(41)」

ヴァルバネツは、五年間、まるで手紙をよこさなかった。あまりほめられた話ではないが、労働収容所送りにされた者の相手の女性たちは、男が逮捕された後は相手をその運命にゆだね、自分と子供たちの上に災難が降りかかるのを防ごうとしたのである。ヴァルバネツは、やっと一九五四年十二月に手紙をよこした。以後、二人は便りを交換し続け、グミリョフには再会の希望が芽生えたが、その間ずっと、相手は不実で、一方で職場の上司との不倫を続けていたことが判明する。グミリョフがこれに気づくのは、再び娑婆に戻ってきてからのことだった。彼女から受け取った手紙の一つの余白に、彼はこう殴り書きしていた。「どうしてそんなに嘘をつくんだ?」

収容所での苦難のため、グミリョフはますます怒りに苦しんだが、その怒りを日々顔が合う看守たちや独裁政権に向ける代わりに、アフマートワたち身近な者に向けた。現実に受けた侮辱によって、あるいはそう錯覚して、彼は怒りのあまり、収容所以前に知り合っていた者たちとの絆を絶ち始めた。ついには、自分の母親にも怒りが向けられ、前述のような理由で彼女が返信をよこさないことから、ないがしろにされたとか、釈放の運動を怠っているなどと恨み始めた。子供時代にかまってもらえなかったことへの怒り、加えて彼女の政治的不幸が自分の身にも及んだことへの恨み――これらが母親の怠慢として彼の中で結晶し、息子はそれを内心で養い続けた。

ゲルシュテイン宛に書いた手紙によれば、「ひと月に小包一個、これでは打ちのめされた息子に対する義務は果たせないでしょう。だからと言って、二個送ってほしいというのではありませんが」[42]。彼女に宛てた別の手紙では、彼はこう不平を書いている。「問題はこうなのです。母は詩人であるがゆえに猛烈に怠慢で自己中心的なのです。性質はおおげさですがね（中略）ぼくが死んでも、それは母にとっては墓前で読む詩の前置きでしかないのです。なんと可哀想な母、彼女はわが息子を亡くしてしまった――それ以上のなにものでもないんですよ」[43]。二人とこの時期も以後も近しかったゲルシュテインは、この件では断固アフマートワの味方だった。「彼は誰に傷つけられたと思っていたのだろう？　軍の検察？　ＫＧＢ？　党の中央委員会？　違う。彼はすべてを母親のせいにしてしまった」[44]

アフマートワの弁護のために書けば、グミリョフ救出の姿勢は何度も見せている。一九五〇年、「平和（とスターリン）を称賛して」という詩では、独裁者のご機嫌をとり結ぼうとしたらしい。「伝説によれば、われわれ一人一人を恐ろしい死から救った賢者がいた」。いかに屈辱的ではあっても、これは彼女のわが子救済のための努力ではあった。後に一九五〇年代、アフマートワは自分の本を友人に贈るとき、古い詩の上に新しい詩を貼りつけて古い詩の痕跡を消そうとした。その意図は明らかでも、結果はあまり効果がなかったかと思われる――むろん、事態の悪化は防げたとしても。ゲルシュテインによれば、スターリン称賛の詩は、「アフマートワの以後の人生に癒しがたい痕を残し、彼女を責めさいなんだ」[45]。

問題は、アフマートワは二十四時間体制で監視され、グミリョフ宛の書簡は開封して目を通されていたため、自分がやっていることをはっきりと書くことができなかったことである。例えば、スターリンの自尊心を満足させるために詩を書いた、などとは金輪際書けなかった。これもグミリョフには書けなかったことだが、一九五四年、アフマートワはソ連最高会議〔国会に相当〕幹部会議長で名目上の国家元首だったクリメント・ヴォロシーロフに私信を送り、わが子への判決の撤回を願い出ている。それが検事総長によって却下されたことも、グミリョフには書けなかった。アフマートワは観念していたのだ。『ズヴェズダー』事件に対する党中央委員会の布告が生きているかぎり、ヴォロシーロフは彼女の息子の運命に関して責任のとりようがなかった。すなわち、「特にグミリョフが、一九二一年に銃殺刑に処されたニコライ・グミリョフの姓を持っている以上は。ヴォロシーロフは、党の幹部会かフルシチョフに相談したに違いないのだが、その結果、アフマートワにはいかなる情実も与えないことに決まったのだ」[46]。

以上のようなわけで、アフマートワは、すべてを暗号で書くしかなかった。そしてグミリョフには察しがつく、つまり母親の手紙の行間を読みとれるだろうと思っていた。その結果、手紙は、息子によれば「電報文のように」そっけなかった。彼にはこの背景への察しがつかなかったようだが、あるいはわざと察すまいとしたのかもしれない。彼女のグミリョフへの手紙は、あいまいな暗示的な言い方や、隠された意味を伝えようとする言葉だらけだった。

あなたの儒学者らしくない手紙を読んでつらくなりました。どうか信じてちょうだい。私のこと、私の生き方と人生については、とことん洗いざらいあなたに書き送ります。私が六十六歳だってことを忘れたの？　おまけに命取りの病気を三つも抱えているということや、私の友人も同時代人もみんな死んでしまったことを忘れないで。私の人生は暗く、孤独です。これらが合わさって、楽しく華やかな手紙というわけにはいかないのよ。

この後に、すぐこう続いている。「やっと春が来たわ。今日は仕立て下ろしの夏服で人の家を訪ねるの。この春最初の外出よ」[47]。スターリン没後、収容所仲間たちがフルシチョフ政権下で起きた雪解けを利用して判決を撤回させようとする動きを見て、グミリョフは頭にきた。一九五四年にはさらなる雪解けの兆候が出てきて、アフマートワは、「ソ連作家会議」の代議員に任命され、党中央委員会の最高権力者の数名に接近できたので、グミリョフはそのつてを使って自分の窮地に目を向けさせてくれるかと期待したが、失望を味わわされた。

レフ・ニコラエヴィチと収容所の友人たちは、アフマートワがみんなの面前でこう叫んでくれるものと期待した。「助けてください！　息子が冤罪を受けております！」。レフ・ニコラエヴィチは、母親のそうしたちょっとしたステップの踏み違えが自分の運命のさらなる暗転へつながることなど知ろうともしなかった。[48]

ゲルシュテイン宛の手紙では、グミリョフはアフマートワがヴォロシーロフ相手に打った手だてを知らないらしかった。

あなたは、ぼくがこんな目に遭うのもママのせいではないとお手紙に書かれていましたが、ならば他に誰が元凶なのですか？　ぼくが彼女の息子でなくて、ごく普通の女性の子供だったら、ぼくの人生はどうなっていたでしょうか？　華やかなソ連の大学教授、あるいはたくさんの前例があるように、党員でない何かの専門家？　ママはぼくの人生をすべて知っている。ぼくの窮地は、これすべて彼女との縁ゆえです（中略）あなたは彼女が無力だと言われる。それはぼくからすれば、まさかとしか言いようがない。作家会議の代議員なら中央委員会のメンバーに近づいて、自分の息子が不正に罪科を問われていると説明できないはずがない。(49)

ところが、ゲルシュテインにはグミリョフが、アフマートワがどれほど息子のために尽力したかを知らないか、知っていてもそれを多とせず、実母に見捨てられたと心底思い込める話だけにしがみついているとしか思えなかった。グミリョフは母親からの手紙の大半を破棄し、母親が息子への配慮を怠り、息子を見捨てたと思われる文面の手紙だけ残し、死ぬまでそれらを保存していた。友人のアレクサンドル・パンチェンコが、後年それを刊行した。グミリョフが残しておいたアフマートワの十通の手紙は、悪しき母親の典型像を表しているが、それは苦しみに歪んだリョーヴァの魂が生み出し、抱え込んでいた母親像だったのである。(50)

アフマートワ自身、わが子にとり憑いていた激情の渦に免疫があったわけではなかった。彼女は何度も息子に、彼の恋人ヴァルバネツこそ彼のことを当局に密告した者の一人だと告げ、彼女と会わないよう警告していた。グミリョフ関連のファイルでは（ソ連崩壊以後、閲覧できるようになった）、ヴァルバネツがそういう裏切り行為をした記録は残されておらず、従って、アフマートワ自身、息子に劣らず理不尽な秘めたる嫉妬心から息子をひたすらな憎悪の念へと追い込んだらしいのである。

母親、息子、時には息子の一時の恋人の間で交わされた書簡に見られる悲惨な三角関係は、際限もなく続くかと思われたが、ここに驚嘆すべき歴史の転回が起きた。一九五六年二月、スターリンの後継者としての権力基盤を固めたニキータ・フルシチョフが、第一書記としての地位が不動のものとなったと感じて、第二十回共産党大会でスターリン時代の行き過ぎを是正するとの爆弾演説を行ったのだ。思いもかけないことだったので、党大会の出席者も世界も仰天した。その数語は、グミリョフを含めた何千万ものソ連国民の人生を心底から、そして永久に一変させた。

フルシチョフの演説から数か月後、七月三十日、検事はこう言い渡した。「L・N・グミリョフの告発には何の根拠もないことが確定した」。彼は短期間だけ社会復帰ができたが、完全な復帰は二十年後の一九七五年まで待たされた。しかし、少なくとも彼は自由の身になれたのである。

自分だけの部屋

第二十回党大会で行われたフルシチョフの「秘密演説」は、長らく秘密のままではすまなかった。なにしろ、彼によるスターリン弾劾リストは多岐にわたり、代議員たちはわが耳を疑った。その極めつきに、フルシチョフはこう言ったのである――スターリンは自身を高みへと押し上げるあまり、みずからを「神に近い超自然的な存在」と見るに至った。そしてフルシチョフは個人崇拝を否定し、「大粛清」、労働収容所、全体主義的社会を招来したと言って、スターリンの罪状を列挙した。

この演説の後では、ほとんどの労働収容所は空っぽになった。閉じ込められていた知的エネルギーは山なす量に上り、はけ口を求めた。アフマートワに言わせれば、「二つのロシアはたがいの目を見つめ合った――逮捕した側とされた側だ」。フルシチョフは依然としてスターリン主義の強硬派と小競り合いを続け、知識人たちを味方につけようと検閲をゆるめた。その結果、知識人たちの文化や芸術が開花して、ここ三十年見たこともない規模に達した。そして一九五〇年代後半と六〇年代前半は、芸術のあらゆる分野と、学会ですら（相対的な）実験の時代となった。それはその後、大いなる忘れられた時代となるのだが。

こういう流れの中で、レフ・グミリョフは一九五六年五月十一日、レニングラードに戻ってきた。ソ連最高機関の命令で、二度目の（そして最後の）収容所体験から解放されて、ちょっとした社会復帰を遂げたのである。彼は、紐でしばった合板の箱をしっかり抱えて戻ってきた。箱には、一九五三年以降に収容所で保存を許可された原稿、下書き、書籍がぎっしり詰め込まれていた。その中の乾燥穀物の空き袋に書かれた原稿は、彼の二冊の作品、『匈奴』と『古代テュルク系諸族』の最終稿だった。前者は一九六一年に刊行され、後者は彼の博士論文となって一九六七年に出版されることになる。

収容所から復帰して、大小の突破口が開けた。四十三歳にして、彼は子供時代から初めての専用の部屋を持つ資格が与えられた。出獄者だったので住宅公募に応じる資格が与えられ、応募者名簿に加えられた。釈放後の一年以上も友人宅のソファで寝たあげく、ついにコムナルカ（共同住宅）に一部屋を割り振られた。それは大モスコフスカヤ通りに面した建物で、市役所の向かいにあった。外には闇市的な市場があり、当時の闇屋は菜園で栽培した野菜や密殺した肉などを商っていた。部屋自体はわずか一二平方メートルで、細長くて狭かった。[51] 浴室、台所は子供のいる三家族に加え、パーヴェルというアルコール依存症の詩人とグミリョフ総勢の共用で、パーヴェルは、彼の書架の一部をグミリョフに使わせてくれた。

グミリョフにとっては、どれほどわずかであっても、自分のスペースを与えられたことはありがたかった。思いがけず書き物机が手に入り、両親と一緒に写した子供時代の自分の写真、軍服を着た父親の写真を壁に掲げた。だが、母親に対する恐るべき怨嗟は和らぐことはなく、二人の関係は、彼がレニングラードに戻って以後はさらに悪化していた。アフマートワは友人たちに、息子は「人間であることをやめてしまった」ともらしていた。弟のヴィクトル・ゴレンコに宛てた手紙で、この二年間、息子とは会っていないと書いていた。グミリョフの母親への失望は、その回想記に明らかだった。

グミリョフの母親への期待が常識を超えて高すぎたのか、アフマートワが自己執着と詩人的気質ゆえに世俗的な責任感に無感覚になっていたのか、それは今日でも専門の文芸誌で論争の的になっている。とはいえ、アフマートワの怠慢か、息子の思い込みかはともかく、グミリョフの母親との関係は極めて緊張したものとなり、一九六一年以降、彼女の最後の五年間は絶縁状態となってしまった。

グミリョフはこの不満を友人と家族にぶつけたが、その代わりに学者としての自己証明の努力は倍加させた。一九五七年に彼は、ネヴァ川の沿岸、レニングラードの宮殿堤防沿いに建てられた有名な美術館の一部であるエルミタージュ図書館に職を得た。日々、トロリーバスでにぎやかなネフスキー大通りを走り、宮殿広場を横切って図書館に着くと、一日八～九時間働いて帰途についた。同年、うれしい知らせがあった。労働収容所時代に書いた書籍原稿をもとに書いた何本かの原稿が権威ある学術雑誌のいくつかに掲載されるということで、そうなれば原稿への反響次第で確実に著作出版への糸口が開かれるはずだった。(52)

グミリョフは以後の四年間を『匈奴』の推敲に費やし、追加研究を行い、レニングラードでできた縁から遺跡の発掘を手伝って生活費の足しにした。最も重要なことは、収容所時代の古い知己のマトヴェイ・グコフスキーを通して、同じ主題を追い、自分の師匠ともなる人物と知り合えたことだった。グミリョフを大いに啓発してくれたこの人物は、なんとユーラシア運動の最後の生き残りのピョートル・サヴィツキーだった。

後にわかったことだが、サヴィツキーはグミリョフが一九四九年に発表した論文を読んで感銘を受けたことをグコフスキーに話していたのである。グミリョフがサヴィツキーのことを知っていたのは、N・P・トーリャが書いた『スキタイとフン』に序文を書いていたからで、この本はレニングラード大学の図書館に収蔵されていた。もっとも、この年配の哲学者がまだ生きているかどうか（あるいはどこにいるのか）は、グミリョフには知りようもなかったのである。グミリョフはただちにサヴィツキーに手紙を書いた。「私は狂喜しました。友人のマトヴェイ・アレクサンドロヴィチ・グコフスキーから彼宛のあなたのお手紙を見せられ、拙作についてあなたが書かれた箇所を読ませていただいたのです」

サヴィツキーとの間に始まった手紙の交換は、グミリョフの人生を明らかに一変させ、収容所体験の後遺症であるうつ状態から彼を救い出し、新たな使命感をめざめさせてくれた。グミリョフはサヴィツキーの中に、自分がかつてそうなりたいと思い描いた人物像を感じ取り、いつの日かそうなれる機会がまだ失われていないようにと必死で願った。そしてこの先達には自分を超える博識があると感じ取り、かつてのユーラシアニストの見解を、事実上すべて受け継ごうと張り切った。

二人とも、内陸アジアの歴史と地理に熱心な関心を抱き、ステップ遊牧民という主題について衒学的《げんがく》になる権利があると思い込んでいた。「私としては」と、グミリョフは書いている。「遊牧民の歴史と文化を、十五世紀に長らく忘れ去られていたヘラス［古代ギリシャ］文化を発掘した人文学者たちや、バビロンとシュメールを死からすくい上げた考古学者たちのように、研究対象として高々と掲げてみせたいのです」(53)

中央アジアの遊牧民に関するグミリョフの研究が明らかに反西欧的な傾向を帯びてきたのは、サヴィツキーの指導のもとにおいてだったかと思われる。これは、ユーラシアニストの運動の特徴だった。『匈奴』と『古代テュルク系諸族』が政治的には中立的だったのに対して、以後三十年間に書かれたグミリョフのロシア史は、ステップ遊牧民の積極的な役割（特にモンゴルの役割）を強調するばかりではなく、ロシアの真正の敵は西欧、特にテュートン騎士団、ジェノヴァの銀行家、十字軍であるという偏ったものに変わる。（主に夢想的な歴史観を根拠として）彼はこう主張した――彼らは、背後からロシアとモンゴルの対立面だけを煽りたてている。

グミリョフもサヴィツキーも、おたがいの労働収容所体験のために一種の「ストックホルム症候群」に陥っていた観がある。興味深いのは、スターリン治下のロシアでひどい目に遭ったのに、グミリョフは、仮借ない残酷な独裁制の最も忠実な先例となったロシアの過去を積極的に評価して、ヨーロッパの影響をすべて有害だと拒否したことだった。実際、歴史を導く非合理的かつ主観的な要素に対して学問的な関心を抱いていた点から見てまことに奇妙なのは、グミリョフの原稿にはスターリンの名前が出てこないことだ。百回も受けたインタビューでわずかに二回、しかもこの独裁者について訊かれたときだけだった。グミリョフのこの沈黙は、ペレストロイカやグラスノスチの時代、そしてソ連瓦解以後も継続されたので、検閲を恐れていたためだったとは思われない。

グミリョフとサヴィツキーは、傷つきながらも臆することなく文通を続け、それはサヴィツキーが二度目に逮捕された一九六一年まで続いた。このときは、チェコスロヴァキア政府の命令によるもので、サヴィツキーは、収容所時代に書いた詩をパリの版元から刊行していたのだ。彼は禁固三十か月の判決を受けた（海外の友人たちが組織した国際的嘆願書簡運動の結果、一年に短縮された）。ところが、自宅に戻った直後に発病して二度と完治することはなかった。一九六六年、グミリョフはプラハにサヴィツキーを訪ねたが、これは彼がソ連国外へ出た最初にして最後の機会で、その二年後の一九六八年四月、サヴィツキーは肝硬変で亡くなった。

グミリョフの以後の作品は、サヴィツキーの書簡からほとばしり出るユーラシアニストの歴史観に負うところが大きかった。サヴィツキーを通して、グミリョフは合衆国のゲオルギー・ヴェルナツキーにも手紙を書いた。当時はじかにアメリカへ手紙を出すことは大いに危険だったが、チェコスロヴァキアへならお咎《とが》めなしだった。グミリョフのヴェルナツキー宛書簡は、まずサヴィツキー宛の手紙に同封され、それをサヴィツキーがコネチカット州ニューヘイヴンに住むヴェルナツキー宛に送り、返事もまた同じ経路でグミリョフのもとに届いた。

ヴェルナツキーはモンゴルに焦点を当てて、モンゴルとロシアの関係を再解釈していたから、グミリョフは教わるところが大きく、彼から得た恩恵は貴重だった。一九六一年、ついに『匈奴』が刊行されたとき、ヴェルナツキーは権威ある学術雑誌『アメリカン・ヒストリカル・レビュー』に「優れた洞察力と構成を持った論文」と書いて、新著の評価を高めてくれた(54)。

グミリョフはありがたく思った。とはいえ、雪解けがあろうとなかろうと油断は禁物だった。ソ連で教えられていた歴史は、主流イデオロギーの風向き次第だったからである。今回は、グミリョフはいっそう非マルクス主義の立場を貫き、歴史は階級ではなく、人民、種族、民族によって動かされ、それらが自然環境と複合していって独自の文化的アイデンティティを形づくるという論旨だった。グミリョフは、歴史をつなぎ合わせていくものは、経済的な力や生産手段の進化ではなく、民衆の無意識の「相互補完性」(この言葉を彼は収容所経験から思いついた)と地理及び環境の要因だと主張したのである。

グミリョフはすでにソ連での歴史研究における政治の苦汁は飲んでいた。彼の天敵であるベルンシュタムの面前で自分の博士候補論文を弁論したとき、相手は反マルクス主義だと批判した。その結果、同年末に逮捕されたとグミリョフは感じていた。

ロシアでの学術論争は、統制がとれなくなる傾向があることで悪名高い。学者たち自身が自分の主題に熱を入れすぎて、反論されれば遺恨に思い、激論は収拾がつかなくなる。学者たちは学術雑誌や学会の発表論文の域をはみだし、決闘が非合法化される以前は、十歩歩いてピストル発射で論争のケリがつけられた。そしてソ連時代、学者間の口論は依然として生きるか死ぬかを懸けたものだった。最も名高いのは一九四〇年に起きた事件で、スターリンの愛顧を受けていた遺伝学者のトロフィム・ルイセンコは、ライバルの遺伝学者ニコライ・ヴァヴィロフの二つの遺伝学説を非難し、その結果、ヴァヴィロフは労働収容所送りとなり、一九四三年に餓死したのだった。

フン族、テュルク系の汗国やモンゴル――これほど神秘的かつあいまいで、眉をしかめさせ、思想的変則として弾劾される主題はなかった。例えば、ステップ部族（この場合はフン族）について主要な著作を刊行した最後の学者はたまたまこのベルンシュタムだったが、彼の著作、『匈奴の歴史』（一九五一）は酷評された。刊行一年後に出た書評では、不運なベルンシュタムは、フンが歴史で進歩的な役割を果たしたと主張するなど「ブルジョワ文献のひそみに倣っている」と非難された。[55]彼は、当時、学術論文を監督していた「唯物論的文化史研究所」の理事会から糾弾されたが、過ちを分析して、その理由を述べる自己批判の機会を与えられた。[56]

グミリョフは、ベルンシュタムの運命を知ると、相手の不幸を喜び、報復の気持ちのほうが、相手への同情心と不当な扱いを受けたことへの思いを上回った。「彼が天罰を受けたのはうれしい」と、グミリョフは母親に手紙で書いている。とはいえ、ベルンシュタムの運命は、ソ連の学者のありようが、その研究主題に関係なく、いかに不安定であるかの見本だった。ベルンシュタム同様、グミリョフもいつ歴史専門家の同僚たちからすさまじい批判を受けるかわからないのである。彼の論旨は過激で最も非正統的で（専門的見地から見ても間違っている可能性があり）、案の定、一九六一年、『匈奴』出版から数か月後に、学術誌の『古代史紀要』にすさまじい酷評がK・ヴァシーリエフの名で掲載された。「用いられた文献に対する無知、中国語や日本語の現代文献に対する無知。過去の東洋研究を代表する時代遅れの概念を無批判に受け入れている」。[57]やがて、グミリョフの本はモンゴル人民革命党で論議を巻き起こしたが、同党は、自国の祖先の評判を犠牲にしてもソ連の歴史観に忠実であろうと願っていた。同党中央委員会の第三回総会は、「タタール・モンゴルによるアジア及びヨーロッパの国々の征服の進歩性に関する似《え》非《せ》科学的理論を強く批判する」と決議した。[58]

しばらくは、グミリョフが政情の雪解けを甘く見積もり、のっぴきならないところまで論を進めて自説の撤回か自己批判（あるいはそれ以上の犠牲）を強いられるまで追い込まれるかと懸念された。だが、それ以上に意外だったのは、思いもかけないところから称賛が寄せられたことだった。エルミタージュ美術館長のM・I・アルタモーノフ教授が、以下のように弁論してくれたのである。「確かに、グミリョフは彼が参考にした翻訳類をもとに論考を進める権利があった。彼の仕事はこの主題に関する諸研究を集約するものであり、何らかの事実を打ち立てる特定の研究や、その事実の解釈に修正を加えるたぐいのものではないからだ[59]」。『匈奴』をめぐる論争は、グミリョフの学者としての経歴にとどめを刺すどころか、彼の学者としての評判を確立してくれた。『匈奴』刊行後、レニングラード大学の学長が同大の「経済地理学研究所」の上級研究員のポストを提供し、同年、グミリョフはレニングラード大学でフリーランスの講師として歴史学科で講義を開始、さらにはソ連地理学会で公開講座を開いた。この新著には信奉者が着実に増えていき、後に彼の伝記を書くことになる経済地理学研究所トップのセルゲイ・ラヴロフによれば、「グミリョフの講義は大変な評判で、全員は講堂に入りきれなかった（百人しか入れなかったが）。若い学者たちは彼の周りに集まり、取り巻きとなった[60]」。

アナトリー・アノーヒンはその一人で、一九六〇年代に地理学科に入学、今もそこで教えている。ある日、私は彼の研究室を訪ね、グミリョフのことを訊いた。

まずは彼を一目見ようというだけで、多くの人々が講義に押し寄せました。なにしろ、有名な詩人が両親で、父親の詩は発禁処分を受けていたのですから。次には、当時の歴史学が執着していた公式の論点を、彼が公然と批判したわけですからね。大した度胸でした。誰もがこれには参りました。

グミリョフの『匈奴』をめぐるコップの中の嵐は、当時の広範な歴史論争や、ソ連の進むべき方向などをめぐる論争――これらはしばしば、官製の「分厚い学術誌」で、論点をややぼかした隠喩的な書き方で論じられていた――で起きたエピソードの一つにすぎなかった。とはいえ、こうした流れが知識人たちの人生を支配し、講義や論争を形づくっていたのであり、グミリョフはその渦中で夢中になっていた。

文化による政治

フルシチョフがもたらした雪解けは、短命に終わった。一九六〇年代、彼が権力の座を追われる前から、再び世の中に氷結が起き始めていた。一九六四年にブレジネフが「ソフト・クーデター」でフルシチョフの後を襲うと、たちまちその寛容政策を覆し始めたのだ。一九六六年、ユーリー・ダニエリとアンドレイ・シニャーフスキーが裁判にかけられた。この二人の作家は、ソ連体制を風刺する作品が海外で刊行されていたのだが、これがスターリン時代以降、弾圧を受けた著名作家の最初の例となった。これが警鐘となって、知識人たちはすかさず右へならえの姿勢をとった。

民主主義路線や改革路線をとっていたエリートたちは、一連の見せしめの裁判や解任などの結果、安全圏へと身を潜めたが、ナショナリストたちは違っていた。ブレジネフ体制下でのナショナリズムに対する姿勢は、二つの悪（リベラリズムとナショナリズム）のうち害が少ないほうをしぶしぶ容認するというものだった。ナショナリスト知識人たちはますますリベラル知識人と対立を深めていったが、共産党は前者の肩を持ち、ソ連では正統ではない見解を刊行することをリベラルは厳しく制限されたのに、ナショナリストたちは大目に見られた。逸脱したとして取り締まるような場合でも、両者は処罰で差をつけられた。これはソ連の新しい動きで、このナショナリズムの主流化は、歴史家イッツハク・ブルドニーによって「文化による政治」と呼ばれた。

政権がナショナリストたちに最初の譲歩を見せたのは一九六五年、数人の著名なナショナリストがクレムリンに新たな団体設立の認可申請を出したときだった。その団体とは「全ロシア史跡文化財保護協会」、略称VOOPIK《ヴォーピク》というもので、これは共産党にがっちり統制されており、表向きは歴史記念物、主にロシア正教の教会の保存だけに専念するというものだった。ところが、VOOPIKはたちまち疑似政治組織へと成長し、党の中央委員会がナショナリストに与えた安っぽいお飾りへと変容したのである。中央委員会は、VOOPIKに毎月開かれる合法的な会議を認めた。会場は、モスクワ中央部に位置するヴィソコペトロフスキー修道院だった。ここまで容認したということは、古いロシアと絶縁したと宣言した共産党が今やその古いロシアとよりを戻したことを示す最初の信号となった。

ブレジネフは、素朴な人物だった。戦時中の脳震盪《のうしんとう》で吃音《きつおん》癖があったために、演説は冴えなかった。セルゲイ・セマノフに言わせると、「洗練されてはいないが、素朴な人間なりの賢明さはある」ということだった。セマノフは過激なナショナリスト知識人で、一九六〇年代と七〇年代、保守のナショナリストとリベラルな改革論者たちの間で戦われたエリート間での文化戦争の戦士だった。セマノフは言う。「ブレジネフは、断行すべきことは心得ていたし、それを慎重に行っていた」。VOOPIKは、共産党の内外で成長しつつあった運動――今日では「ロシア党」として知られる――の中心になった。党はロシア・ナショナリズムを奨励することで、ナショナリスト的精神の持ち主や党のメンバー、党の方針に異を唱える者すらも影響下にまとめあげようとしたのだ。
修道院で開かれるVOOPIKの会合に定期的に出てくる者の中に、グミリョフがいた。もっとも、セマノフに言わせると、グミリョフは正式のメンバーではなかった。セマノフは、グミリョフの癇癪と喧嘩っ早い性質を以下のように回顧している。

彼は、ほんとに「困ったやつ《アンファン・テリブル》」だった（中略）われわれも彼のことはよくわかっていて、誰もが好きだった。だけど、彼はまさにフーリガンで、しょっちゅう論争を挑んではすぐに口論になってしまう（中略）彼がロシアの愛国主義形成に影響を及ぼしたことは無条件に認める（中略）認めはするが、だからといってわれわれ全員が彼に同意するわけじゃない。大事なのは、彼が巻き起こした論争なのだ——あれでわれわれに活が入り、新しい発想が生まれ、彼の挑戦を受けて、われわれなりの新たな公式にたどり着けた（中略）知的生活で肝心なのは、生きた発想があれば知的生活自体がもっと重要になるってことだ。生きた情熱を孕《はら》んだ何かだ（中略）グミリョフはすべてを粉砕した。彼は2×2は5だと言った。そして彼の言う通りなんだ。2×2＝4じゃ、退屈だからね。(62)

グミリョフの中央アジアの遊牧民に関する論考は、ロシアのナショナリスト間で論議の的となり、彼らはロシアとステップ地帯の遊牧民が共通の遺産を持つという彼の歴史観を受け入れることができなかった。モンゴル人に至っては、三世紀もの間、ロシア人ナショナリストにとっては恐ろしい怪物で、一三八〇年、クリコヴォの戦いでやっとモンゴルの「軛」を脱したときこそ、ロシア民族の独立の始まりと見られており、その考えを確立したのがニコライ・カラムジンだった。彼が十九世紀に書いた『ロシア国家の歴史』十二巻は、彼をしてロシア近代史の父たらしめていたのだ。「ロシアの人たちはさまざまな公国から一人の民としてクリコヴォの戦場におもむいたが、帰るときには統一されたロシア民族となっていた」。これだけ重要な違いがあったにもかかわらず、グミリョフはＶＯＯＰＩＫの異端の仲間に溶け込んだ。彼らは広義のロシア正史を捉える観点において、ロシアが独自の文明を持った本来の帝国であることで同意にこぎ着けたのである。

グミリョフの歴史観は、往々にして空想的で、厳密に言えば、あまり学術的ではなかった。彼は恣意的に民族をつくりだしたばかりか文書までこしらえ、物事を魔術的手法で超時間的に移動させ、彼の物語に合致させた。「彼の姿勢はヘーゲルのようだった。ヘーゲル自身、こう言っていたではないか――事実が私の理論に合わなければ、そのときは事実を理論に合わせるまでだ」。これを書いたのは右派の文芸評論家ヴァジム・コジノフで、グミリョフの親友だった。

『匈奴』に続いて、グミリョフはステップ遊牧民について二冊の著書を刊行した。『古代テュルク系諸族』とモンゴルを描いた『想像の王国を求めて』である。『古代テュルク系諸族』は、第一千年期の後半、朝鮮からビザンツにまたがる広大なステップ地帯を統一した一連のテュルク系の王や武将たちを扱った著作だった。ここには、九世紀のウイグル可汗《かがん》国（七四四〜八四〇年）の滅亡までの、四世紀にわたる期間が描かれている。これは歴史家たちが事実上何も知らない時期で、おかげでグミリョフはほしいままに語ることができた。最初の作品『匈奴』ですでに見たように、彼はいつも大げさで派手な説明を好んだ――たとえ入手した証拠にもっと思慮ある解説が向いている場合でもそうだった。入手可能な証拠が事実上ゼロでも、それを創作するのは可能だった。「ぼくがテュルク系を好むのは六世紀から八世紀、人々や事件を存分に活写できるからです」と、一九六一年にサヴィツキーに書き送っている。

『古代テュルク系諸族』でグミリョフが開発した方法論は、彼の名声を高めた。これは「歴史的再構成」という方法で、資料に選ぶべき現実の記録がほとんどない場合に応用できた。例えば、証拠が極めて少ない場合には、ウイグル可汗国の滅亡をシェイクスピア悲劇のように描いてみせた——マニ教を採用した結果起きたウイグル貴族階級の堕落と家族的価値の崩壊という悲劇として描出したのである。「ここでは、歴史的再構成が著者の幻想に置き換えられているようだ」と、グミリョフを共感を持って描いた伝記作者のセルゲイ・ベリャコフすら書いている。(63)

グミリョフの空想力は労働収容所で生まれたものだった。『古代テュルク系諸族』は、レニングラード大学でのグミリョフの博士候補論文として書かれ始め、森林伐採と飢餓寸前のほぼ七年間、彼の脳裏を占め続けた。古代史に登場した名前のわからない汗や王たちの運命について理論的に思いめぐらすのは、主として彼が繰り返し自分自身に語りかけ、あるいは収容所仲間に語り聞かせては正気を維持した「コーピング」[環境のストレスに能動的に対処する手法]だった。友人への手紙で、グミリョフは自分の物語をやや家父長的な言葉づかいで書いてみせることが多かった。ナターリヤ・ヴァルバネツへの手紙では、「あいまいな輪郭と影の中から、匈奴たちが、ウイグルたちが、カラ・キプチャクたちが、くまどりを明瞭にして人影となり、ときには血肉に満ちた存在に変わる。私はまるでわが子のように彼らを眺める。私は忘却の彼方からこれらの者どもを呼び出したのだ」(64)。

一九七〇年、彼は「ステップ三部作」と呼ばれる論考の三冊目、モンゴルに関する本を出した。『想像の王国を求めて』は、一一四五年の中世ヨーロッパを駆けめぐった噂話について語ったもので、プレスター・ジョンという男が中央アジアに打ち立てた未知のキリスト教王国に関するものだった。グミリョフは、この噂話は一般に信じられていたようなインチキ話ではなく、ネストリウス派キリスト教に改宗したモンゴルの一部族だと主張した。グミリョフは、ネストリウス派は一二〇〇年ごろ、ステップ民族の間で真剣に信じられていたという根拠薄弱な主張を展開したが、確証をあげることはできなかった。とはいえ、この著作は幻想譚としては秀逸で、十二世紀イラクまで進出してきたモンゴル人キリスト教徒の軍勢がアクレ［パレスチナ北西岸の海港都市。一一九一年、十字軍が占領］で十字軍と合流を図ったと主張する、おもしろくて野心的でエキセントリックな読み物になっていた。ところが、この中でプレスター・ジョンの軍勢は、フランス軍（十字軍）に撃退された。やむなくモンゴル軍はイスラム教に改宗したという。これは歴史上特大級の誤謬《ごびゅう》で、グミリョフはこの原因を文明化されたヨーロッパ人の傲慢さに帰している。「ヨーロッパ人たちは、ヴィスワ川［ポーランド中央から北へ流れる川］以東はこれすべて蛮行と凡庸さ以外のなにものでもないと思い込んでいる」。この著作は、グミリョフが初めてモンゴルを中心的に扱ったもので、彼はモンゴルによる野蛮な征服を弁護したロシア人としては最も有名な存在になっていく。「モンゴルは」と、彼は書いている。「みずからの意思ではなく、世界史で起きた事件の流れに引き込まれ、また、関わらざるをえない政策に引きずられていくしかなかったのだ」

この著作は、ロシア史においてステップ民族が果たした役割をめぐる、グミリョフの複雑な（厳密には学術的とは言いかねる）理論の嚆矢となった。この著書と以後の著作において、十三世紀にロシアに侵攻した「黄金のオルド」［キプチャク汗国のこと。金帳汗国が受け継いだため、別名「黄金のオルド（金帳）」という。オルドは移動式テントを宮殿化したもの］は、外国人による侵攻という以上の複雑な背景を持っていたとする多くの物議をかもす主張がなされるのだ。モンゴルとロシア人はおたがいを「外国人」とは見ていなかった、と彼は書いた。モンゴルは首都キエフ［古代ロシア国家「キエフ・ルーシ」の首都］を破壊したが、他のロシア諸都市には手をつけなかった。実際、ロシアの大公たちとモンゴルの皇帝たちはたびたび味方となって戦争に加わっている。モンゴルが二世紀にわたってロシアの地を保持し、他方ロシア人は十五世紀に奪ったモンゴルの汗国を保持できたのも、グミリョフの目には、ロシア人とステップ民族との間に自然な親近感があったからだと映った。こういう親近感はロシア人とヨーロッパ人の間には存在せず、そのために双方ともにおたがいの領土をこれほど長期にわたっては保持できなかったというのである。

グミリョフに異論がある者たちは、これは証拠をまるで無視していると非難した。一例をあげると、グミリョフは『イーゴリ軍記』という叙事詩を取り上げたが、これはロシア人とポロヴェツ人（モンゴル以前の遊牧民）の間で一一八六年に繰り広げられた戦闘の物語と一般的に言われているところを、彼は、モンゴルについて十三世紀に書かれた作品だと解釈しなおした。グミリョフの友人コジノフによれば、グミリョフは、歴史家であると同じくらいに詩人だった。レフ・N・グミリョフの著作では、幻想と、時にはフィクションですら、至高の役割を占める。結果、彼は巧みに読者の意識をつかみとるばかりか、歴史に秘められた動きをみごとに「推測」してみせることがしばしばある。ところが同時に、これが、厳密に一次史料としての文献を重視する義務があると考える者たちの不満を募らせ（いや、怒りをすら買い）、歴史研究における「直観的」結論は何にせよ受け入れないと拒絶反応を起こさせるのだ。[65]

とはいえ、同様に判明しているのは、モンゴル侵攻に関するロマノフ朝時代の公式の歴史編纂が欠陥だらけであることだ――グミリョフ以上にとは言わないまでも。さらには、いくつかの点ではグミリョフは正しいのである。ロシア人とモンゴル人の間に「統合」があったとするのは誇張だとしても、両者の関係は、ニコライ・カラムジンの時代以来のロシアとソ連の歴史科学よりは少々込み入っていることが認められてきているのだ。例えば、例の「軛」という言葉も十七世紀、つまりモンゴルが撃退されて以後たっぷり二百年も経ってから使われ始めた。さらには、今日の史料では、一二三七～四〇年のモンゴルの侵攻を「征服」とは呼ばず、「略奪」ないしは「捕獲」と呼び、政治的主権の交代は示唆されていない。同じく明らかなのは、ルーシ［ロシアの古称。前述のキエフ・ルーシ、その後のモスクワ・ルーシ（モスクワ大公国）など］の上位貴族や大公もモンゴルと協力し、ライバル都市国家だったトヴェリ［十三世紀から十五世紀にかけて北東ロシアにあった公国。現在のトヴェリはその首都］に対する同盟を結んでいたことだった。どうやらルーシの都市国家もモンゴルもそれぞれに一枚岩の機構ではなく、歴史家たちが考えてきたよりもはるかに多くの面で相互に絡み合っていたのである。

コジノフと他のナショナリストたちは、たちまちグミリョフの著作と、高まりゆく彼の名声に注目した。コジノフは、即座にグミリョフの見解の多くを受け入れたことを認め、発行部数の多い新聞『文学新聞』でグミリョフとよく似た概念を一九六九年に発表し、大衆化した。(66)同紙でコジノフは、マルクシズム的な歴史観の信憑性を疑問視し、マルクシズムは間違った仮定を前提にしていると述べ、世界の歴史は階級闘争の歴史ではなく、民族の文明の興亡だと主張した。こうした記事が一流新聞に掲載されたという事実だけでも、ナショナリスト思想家たちにとって画期的できごとだったのである。

その一年後に刊行された『想像の王国を求めて』の中で、グミリョフはコジノフの主張をさらに深め、「単線的な歴史過程について語ることはできない」と、弁証法的唯物論を批判した。「それどころか、それぞれ独自の発展の動因を持った異なる過程が、たがいに織り合わされて歴史が形づくられるのだ。急速に上昇を遂げ、頂点で短期間安定した後、徐々に衰退していく(67)」

グミリョフの運勢は、これらのナショナリストたちとともに上昇した。彼の親友でVOOPIKの幹部会のメンバー、故サッヴァ・ヤムシチコフに言わせれば、「グミリョフは彼の流儀に徹した。政治には関わらなかった」。普段のグミリョフは、発行部数の多い雑誌ではなく、学術誌向けの記事を好んで書いた。しかし、彼が本領を発揮したのは講演においてだった。有名な両親を持つ彼の履歴は伝説的で、弁舌は堂々たるものだった。ヤムシチコフはかつてモスクワでグミリョフの講演を企画したが、実に八百名が押し寄せ、講堂は満杯で廊下にあふれ出た。その光景を見てヤムシチコフは、ソ連社会がいかにマルクシズム史観以外の歴史に飢えており、民族の失われた歴史、共産党が躍起になってもみ消そうとした何かを渇望しているかを感じ取ったのである。

パッシオナールノスチ

今日では、消え去ったソ連について多くの人がこう思っている——ソ連は、思想が統一された、硬直した冴えない灰色の場所だった。たいていの場合はその通りだ。しかし、一九六〇年代の一見穏やかで単調な表面を一皮めくれば、頭がくらくらするような躍動する文化的なシーンが潜んでいる。文学的な実験、ジャズ、正統派に代わる政治、目の向けどころさえわかれば、こういうものすべてを見ることができた。グミリョフのアパートの角を曲がれば、レニングラードのウラジーミルスカヤの地下鉄駅には野菜市場があり、そこの闇市では廃棄されたレントゲン写真からつくられたジャズレコードが売られ、これらの即製レコードには骨格の写真が残っていたので、「骸骨上のダンス」という洒落た名がつけられていた。

一九六〇年代半ばは、グミリョフにとっても、性格が激変した時期だった。一九六六年、アフマートワが亡くなった。彼女の最後の五年間、母子は口をきかなかった。このことへの罪の意識がときおり彼を悩ませた。にもかかわらず、母親の死は彼の人生から重荷を一つ取り除いてくれた。彼の結婚が母親の没後だったことは、母親に対するグミリョフの愛着がどのようなものだったかを窺わせてくれる——これをゲルシュテインは、グミリョフの実母への「強迫観念」と呼んでいたのだが。彼が妻となるナターリヤ・シモノフスカヤと出会ったのは、一九六五年に友人のアパートで行われたパーティにおいてだった。彼女の第一印象では、相手が「育ちすぎの子供」に見えた。「ズボンは短すぎ、袖口からカフスが突き出ていた」。それでも彼は「男らしく」見えたのである。二人は、一九六六年に結婚した。ナターリヤは芸術家だった。一九六七年六月十五日、彼女はレニングラードにあるグミリョフの、一部屋だけのコムナルカに到着したが、それは彼の手紙を受け取ったからだ。手紙には、いかにも彼らしくこう書かれていた。「目下、『古代テュルク系諸族』のゲラを読み終えかけています。次に書く日取りできみを待っています。床にはブラシをかけ終えました」[68]。しかしながら、二人は子供をつくらなかった。「グミリョフは、自分の著作がわが子だと思い込んでいた」と、ナターリヤは回顧している[69]。

一九三九年の白海労働収容所での体験以来、「パッシオナールノスチ」についての突然の閃きは、彼の念頭を去ることはなかった。以後、何十年も、彼は自分が切り開いた突破口、すなわち、人を非合理的な行動へと駆り立てる持って生まれた衝動、収容所仲間を緊密な集団へと結束させる衝動、つまり彼自身「相互補完性」と名づけた特徴について、人々に語り続けたのである。一九六〇年代、レニングラードで教職に就いても彼はこの概念を突き詰めたが、参考にしたのが一九〇八年に、あるロシア人生物学者が書き残した興味深いエピソードだった。それは、アビシニア(エチオピア)から押し寄せた無数のイナゴの大群が紅海を飛び越えてアラビア半島へ向かう途中、溺死、全滅したというものだ。グミリョフは、このイナゴの自滅的飛翔を、アレクサンドロス大王の東進という自殺的進軍になぞらえた。「一体、何がこれらのイナゴの大群に紅海を押し渡らせようとしたのか? ダーウィンの法則にも当てはまらない、つまり種の保存とか増殖とかとは正反対だ。死滅への飛翔だった」

彼の説はよくて非正統的、悪くてエキセントリックだった。グミリョフの考えでは「パッシオナールノスチ」とは、ある時代のある民族がほしいがままに発揮できる精神的イデオロギー的エネルギーとして計量化可能なものだった。彼は優れた等式でそれを算定し、グラフ化することができると信じた。数学的変数で定式化し、Pikという記号すら与えたのである。

一九六五年、彼は偉大なロシアの生物学者ウラジーミル・ヴェルナツキー(ゲオルギー・ヴェルナツキーの父親）の『地球生物圏の化学的構成』を読んだ。この本は、ヴェルナツキーが一九〇八年、「バイオエネルギー」理論を解説した著作だった。太陽光が植物を育て、光合成が消化系を通して人体に移行する。こうして宇宙のエネルギーが植物や動物の行動を決定し、ひいては人体にも影響が及ぶとヴェルナツキーは信じていた。グミリョフは、十九世紀のロシア哲学とマルクシズム的伝統を踏まえて、ヴェルナツキーの理論――激烈な人間活動はある意味で太陽と宇宙の放射線とつながりがあるというもの――を証明しようとし始めた。それに夢中になるあまり、彼は一九六七年から翌年にかけて土曜日ごとにオブニンスクの放射線研究所へ通い、ソ連で最も著名な遺伝学者のニコライ・チモフェーエフ＝レソフスキーと会って議論し、二人でパッシオナールノスチについての共著論文を書こうとした。

予測通り、この共同作業はすぐに終わりを告げたが、それは遺伝学者が、相手の念頭にあるのは科学的次元だけにとどまらない、野心が先行するしろものと見て取ったからだった。グミリョフの妻ナターリヤによれば、「遺伝学者の意見では、民族の定義は社会的関係からなされるべきで、彼にはパッシオナールノスチの概念にも、その概念の特徴づけが自然だということにも同意できないということだった」[70]。二人は、喧嘩別れし、遺伝学者は相手を「狂った妄想症」と決めつけた。

グミリョフは共著となるはずだった原稿を単独で一九七〇年に『プリローダ（自然）』誌に発表、そこで彼が披露したのは「エトノス」の概念で、それは民族とか民族集団と同義だった。そこで彼が説いたのは、これこそが世界史の最も基礎的な概念で、民族ないしは民族集団への自己同一化こそ、「深い基盤を指し示す極めて普遍的な要素」というものだった。彼によれば、すべてのホモ・サピエンスはエトノスのメンバーで、「われわれに近しい者たちと世界の他のエトノスを区別できる」[71]。この観点とともに、グミリョフは自身の残りの生涯を決定するような「ミーム」［後世に受け継がれ、発展していく文化的因子。序章参照］を打ち出す。すなわち「民族創成」の理論である。

ソ連の民族学に「エトノス」という用語が入ってきたのは一九六〇年代後半の一時期で、誰が言い出したかについては、論議がかまびすしい。これはギリシャ語で、二十世紀初頭に、亡命ロシア人の文化人類学者セルゲイ・シロコゴロフが拾い出したものの、彼の母国のロシアでは正統派のマルクシストの学者には浸透せず、やっと一九六六年になって、ソ連科学アカデミー民族学研究所を率いることになったユリアン・ブロムレイがこの用語を一般化させた。

グミリョフは後に、ブロムレイが自分の理論を剽窃《ひょうせつ》したと非難するようになる。たしかに彼は、ブロムレイより先にこの用語を使っており、一九六五年に刊行された彼の著書『ハザリアの発見』ではこの言葉が百十七回使われている。これはブロムレイがこの言葉を流行《はや》らせたより一年早かった。ブロムレイが最初に使ったのは、『プリローダ』に発表されたグミリョフの論考の書評においてだった。(72)

ブロムレイが前記の研究所長に任命されたときこそ、以後二十年にわたる両者の確執の始まりで、これは以後のグミリョフの学者としてのキャリアを決定した。それはエスニシティとナショナリズムの特質をめぐる論争で、時あたかもソ連に巻き起こりつつあった民族問題を跡づけるものだったが、この民族問題は四半世紀後には、ソ連邦を引き裂く原因となるのである。後世の視点で見れば、二人ともこの災厄を正確に予言したとか、いわんやその分裂回避の方法を提示したという功績を主張できる説得力のある根拠はない。とはいえ、グミリョフの理論は、ナショナリズムを原初的かつ恒久的な何かだと主張したことで、正統派のマルクシズムに沿ってナショナリズムを「社会経済的」現象であり、やがては進歩の過程で溶解していくとしたブロムレイの理論より、正鵠《せいこく》を射ていると今日では広く判断されている。なにしろ、それは「溶解していかなかった」のだから。

一九六六年、ブロムレイが前記の職務に就いた当初は、どちらかといえば研究所にとってよそ者の立場にあった。そこで彼は、どの学者もやるように、自身の昇格を確固たるものにするために、古いドグマを破棄し、新しくて彼独自の理論を先導する必要があった。それにはエトノスの理論はもってこいで、この用語は新たな厳粛さを象徴できると思われた。すなわち、階級差別が公式には撤廃されて半世紀（その結果、民族の矛盾も理論上は払拭された）、依然として民族は頑強に消滅してくれなかったという認識があり、ソ連学界は民族的アイデンティティと改めて厳粛に取り組まなければならないということ、その問題の重要性を象徴するものとして、エトノスという言葉が適切と思われたのだ。

もともとボリシェヴィキはソ連の民族的多様性を深刻に意識しており、二百以上もの異なる言語を目録にして認識していたが、民族性やナショナリズムは人類が歴史の中で進化を遂げていく過程で通過する一段階だと確信していた。それらは部族的社会から封建制社会へと進化する過程での残滓で、各々の社会の階級差別や経済的諸関係を表すものだと見なしていた。ソ連では、民族や民族集団の存在を認識すれば、それだけ歴史の車輪を速く回転できると考えられた。民族をできるだけ早くに前面に押し出せば、それだけ迅速に民族の比重が低くなり、真の社会主義を希求する避けがたい人間性が生まれてくる、と考えられていたのだ。一九三六年のスターリン憲法では、民族集団は、それぞれの歴史認識のレベル、人口、言語、居住地域などに応じて分類されていた。第一段階はプレーミヤ、第二段階がナロードノスチ、第三段階がナーツィヤだった。* ソ連の十五のナーツィヤの名称は、連邦構成共和国［ベロルシア・ソヴィエト社会主義共和

＊スターリンの民族理論では、近代的民族を「ナーツィヤ」（英語の「ネイション」に当たるが、含意は一致しない面もある）と呼び、彼が規定する四つの要素（1．言語　2．地域　3．経済生活　4．心理状態）の共通性をすべて備えたものと定義した。これに対し、前近代的で「遅れて」おり、四つの要素のいくつかを欠いた民族集団を「ナロードノスチ」（民族体、亜民族などとも訳される）、さらにその下に位置するものとして「プレーミヤ」を位置づけた。

国のように、すべて「ソヴィエト社会主義共和国」がついた十五の共和国（ロシアだけ例外で、「ソヴィエト」の次に「連邦」が入った）］の名称に使われ、例えば、ウズベク、カザフ、ウクライナという具合だった。これらはナーツィヤの地位を認められ、形式上は独立の権利も認められていた。他方、共和国内で自治共和国という地位を認められていたのが、タタール、チェチェン・イングーシ［北カフカス］などで、それらは一つ格下のナロードの地位を認められ、やがてはナーツィヤに格上げされるとの約束を得ていた。

これは非常に奇妙な政策で、ソ連が克服しようとしていたまさにそのものを人工的に際立たせたり、強化したりするという矛盾した狙いがあったが、やがてソ連が崩壊した時点で、惨憺たる形でスターリンの誤算が露呈することになった。すでに一九六〇年代に、ソ連の社会科学はナーツィヤが消滅してはいないという苛立たしい事実に直面していた。ソ連知識人の、ナショナリスト対リベラル派間で起きた文化戦争は、より大きな問題の一つの兆候にすぎなかった。

アナトリー・アノーヒンはこう回顧する。

> 公式のイデオロギーは、社会的同質性の達成をめざしていた。党の中央委員会のイデオロギー部局がつくったマルクス＝レーニン主義の理念通り、単一の社会を目標としていた。時間がたてば、これらの相違点は溶解していくと見られていた。ところが、そうはいかなかった。おまけに、この結果が、ソ連邦崩壊の主因の一つにまでなったのだ。(73)

エトノスという言葉を使うこと自体が、ブロムレイとグミリョフを民族誌（民族学）の分野で、社会主義者の正統派という位置から一歩後退させた。公式の社会科学に確立されていた「階級」「ナーツィヤ」といった用語に代わって使われ始めたエトノスは、今や新たな用語が必要となったことを意味し、目下の研究主題、つまり民族的相違点の研究に正統派のマルクシズムが適切に対応してこなかったことを認めることでもあった。エトノスは、何か古めかしくも新しいものであったのだ。

ブロムレイの民族学は、社会の民族的諸特徴の研究ではなく、「エトノイ」*としての社会の研究だった。これは、マルクシズム理論が元来民族性に認めていたよりもいっそう永続的な方向への、微妙ではあるが明らかな変化を意味していた。ところがブロムレイは、彼の理論が煎じ詰めれば導き出すはずの結論まで論を突き進めることは決してしなかった。彼は民族集団の重要性を強調はしたが、ソ連のナショナリズムの問題に触れる可能性については絶対に言及しなかったのである。それどころか、正反対のことを口にした。一九八二年、いかにも彼らしい（そして今振り返れば、不運なことに）、以下のような文章を書いている。

多民族からなるソ連とその他の国々が社会主義連邦を形成する際に経験することだが、社会主義は、一つの民族が別の民族を搾取する際の社会階級基盤を一掃することによって、民族間の敵対する基盤を回避し、民族的差異を縮小するよう促す。(74)

＊このキーワードについて、原書に説明はない。したがって、以下は推測の域を出ないことをお断わりする。「エトノス」が当時も現在も国際的に広く使われているのに対し、「エトノイ」は一九六〇年代のグミリョフ―ブロムレイ論争において、独特の意味合いで使われた用語のようである。本文にあるように論者により含意は異なるが、エトノスがどちらかというと近代民族以前の、あるいはその成立基盤をなす同族的・準民族的集団（本書でいうナロードノスチやプレーミャなど）を指すのに対し、エトノイはさらに近代的民族＝ナーツィヤなどを含めた「広義の民族的共同体」のような意味合いで使われたと思われる。

ブロムレイは、社会主義理論が予言したよりも民族は長続きすると主張はしたが、いわば中をとる形で、エトノイは「民族社会的単位」だと論じた。(75) これらは変化することができ、民族的憎悪を培養する階級対立が消えていくにつれて、時の経過とともに同化されていく。ところが、この主張は、スターリニストの教義が最初に教えたような迅速さでは起こらなかった。

一方、グミリョフは、ブロムレイのように中間的な立場をとらず、エトノイは有機体同様の、緊密につながり合った全体構造を持っていて、独自の存在感とライフサイクルを有していると主張した。完全に正統派マルクシズムと正反対の立場の彼が教壇に立つことを認められたこと自体が、ソ連の体制が多元的になってきたことを証明していた。

グミリョフは、民族が永遠であるなどと主張していたのではない。民族が生まれてきては滅んでいく例にはこと欠かない。彼によれば、民族滅亡は、マルクシズムの正統派理論が言うように、民族の絆が社会の発展と着実な啓蒙によって衰弱していくのではない。エトノイの創成と滅亡は、人民の栄枯盛衰の一部であり、自然的性向によって繁栄し、拡大し、衰弱して死んでいくのだ、と彼は信じていた。

労働収容所時代に思いついた理論に基づいて、グミリョフはこう主張した——エトノイの存在は社会現象ではなく、むしろ生物学的本能の結果であり、意思とは無縁の無意識下の存在で、人為的に消滅させることはできず、癒やされるか、やがては溶解していく以外にない。このように民族性を区別する普遍的な傾向は、生涯の初期に「ステレオタイプ的な行動」を身につける個々の人間の生物的能力と関連性があると、グミリョフは見ていた。「エトノスの外側に存在できる人間などいない」。何かというと、彼はこう口にした。「ロシア人」「フランス人」「ペルシャ人」「マサイ人」、何人にせよ、「あなたは何者ですか?」と訊かれて、「即答できない人間なんていはしない」(76)。

ところが彼は、民族性は生物学的に決まる、つまり遺伝で決まると言い切る寸前まで行った。これはナチズムを連想させるので、ロシア人を激怒させる見解だった（これに関してはどこでもそうだろうが）。だが、グミリョフをこの面で批判するのは不公平だろう。彼が主張したのは、人の民族的アイデンティティを区別するもととなる性癖は生物学的に付与されたものだが、そのアイデンティティ自体は、実際には幼少期の環境、主に両親との相互作用の中で学習されるということだった。社会科学以外の分野でも、認知革命［一九五〇年代以降、それまでの行動主義に代わり、認知構造の科学的解明をめざす心理学、脳科学などの広範な分野にわたる学問潮流］の結果、一九七〇年代にグミリョフが言い始めたのと同じ主張を唱える例が増えた。すなわち、人間の行動はそれまで考えられていたよりも生得的なもので、より無意識的で、非合理かつ自由度の低いものであるとの主張である。

　グミリョフは、高い位置づけを認められた学究ではなかったが、知識人の間ではその研究成果で名声を得ていた。ソ連の学界は、彼のような異説を無視はしなかった。民族学研究所はグミリョフの反逆に着目し、ブロムレイは『プリローダ』に反論を掲載して、グミリョフのステレオタイプの概念を批判した。ステレオタイプというのは、グミリョフが思い込んでいるほど根深いものではなく、文化自体が環境の産物で、変化していくものだとしたのだ。「固定した精神的ステレオタイプは、人間の脳から生まれて以後変化しないというものではない。ある種の外的条件下に生まれてきた以上、ステレオタイプ自体がまず社会・歴史的なものである。エトノスは原子核ではない。自然的要因であるのと同様に、社会的要因でもあるのだ[77]」

　モスクワのソヴィエト科学アカデミーでのブロムレイの元同僚である民族学者のセルゲイ・チェシコは、私がアカデミーで彼を見つけ出して、取材したとき、二人の立場を以下のように要約してくれた。「ブロムレイの意見では、エトノスは特質の集積なのです。本質ではありません。特質は変化していくのです（中略）グミリョフは、人間は多くの『種《しゅ》』から成り立っていて、これが各エトノスに独自の本質を付与していると信じていました」。まもなくグミリョフは、何人かの学者たちの攻撃にさらされ、ブロムレイとの確執のために主要な学術雑誌から掲載を拒否された。

グミリョフが学会中枢から追放された、もう一つの、より暗い理由があった。彼は、VOOPIKの反体制ナショナリストとの交流を通じて精力的な知識人社会と接触できたが、ロシアにはポグロム［主として帝政下で生じたユダヤ人への集団的暴行・略奪・虐殺］以来、反ユダヤ主義という人種差別の生霊が培養されていた。歴史編纂の細部を論じることに加えて、ナショナリストの環境はありとあらゆる陰謀論や人種的デマゴギーの反響部屋と化し、これらによって、因習破壊主義者たちのやや自暴自棄な運動が結びついたのである。

ソ連エリートの間では、「ロシア党」［当時のナショナリスト運動がこう呼ばれた］が威力をつけ、大胆さを発揮し始めていた。VOOPIKは、知識人以外に共産党幹部のシンパをも引き寄せていたが、思いつめた反体制派もまた入ってきていた。ナショナリストは、メディアとプロパガンダの分野で高い地位を与えられ、一九六九年に過激な作家のヴァレリー・ガニチェフは、モロダヤ・グヴァルジヤ出版社のトップに任命された。彼は、セルゲイ・セマノフに、最も権威ある書籍シリーズの業務を一任した。(78) ナショナリストたちは緩やかに思想面で連携し、知識人社会や政権において一派をなす西欧志向の改革派リベラルとの対立をいっそう強めていた。両者の間で戦われる文化戦争では、たがいに相手を極悪視して、対立は残忍かつ全面的になっていった。

学界での戦いで傷を負ったグミリョフは、ナショナリスト運動の徹底した反ユダヤ主義的周辺グループと奇妙な縁ができた。グミリョフの反ユダヤ主義は時間をかけて生まれてきた――まず子供時代に、奇妙な反ユダヤ主義的言動をしたが、ゲルシュテインやマンデリシュターム夫妻のような、彼が子供時代から知っていたユダヤ系の人々は、これを（たいていは）人畜無害と見ていた。どうやら、労働収容所で負った傷がもとになって（すでに彼の本性である恐るべき癇癪を募らせていた）、さらに母親の取り巻き連中との確執があり、後には多くの反ユダヤ主義者たちとの接触などを通して、反ユダヤ主義が助長されていった。ゲルシュテインは自身の回顧録で、グミリョフの父親ニコライを「反ユダヤ主義者」と呼んでいる。レフ・グミリョフが一九六五年に出したハザール人についての本は、彼の反ユダヤ主義が見え見えのしろものと見る者が多い。ハザール人は、八世紀から十世紀、カスピ海沿岸に住んでいた人々で、民族をあげてユダヤ教に改宗した［キリスト教圏とイスラム圏双方から改宗を迫られ、窮余の一策でユダヤ教に改宗、中立を保った］。ハザール人は、グミリョフの著書では、「キメラ」ないしは寄生的エトノスとして描かれている。他方、反ユダヤ主義者という評判が彼に不利となり、学者の間では色眼鏡で見られだした。

一九七一年、グミリョフはモスクワでのVOOPIKの集会でセルゲイ・メリニクと出会うが、彼はVOOPIKの常連だった。メリニクは、アングラ雑誌『ヴェーチェ（民会）』にグミリョフを紹介したが、これは反ユダヤ主義のあまり知名度の高くない雑誌だった。これを創刊したウラジーミル・オシポフは、モルドヴィアの労働収容所から七年の刑期を終えて戻ってきてすぐに、アレクサンドロフの町で借り物のタイプライターを使って謄写版の『ヴェーチェ』を発行した。この町は「托鉢僧がいない町」として知られていたが、「托鉢僧」は犯罪社会の隠語で、「犯罪世界に知己がいない者」のことを指していた。アレクサンドロフは、釈放された元囚人が身を落ち着けやすい町で、モスクワとは一〇一キロも離れていて、元政治犯が居住を許されるぎりぎりの圏内に位置していたのだ。

『ヴェーチェ』の創刊号に掲載されたある記事は、ナショナリストの憎悪の種であるモスクワの歴史的建造物の廃墟を扱っていた。記事の題名は「ロシアの首都の運命」で、アルバート通りのようなソ連の新たな怪物的建造物がもたらした破壊に焦点が当てられた。この通りは、一九六〇年代半ばに、歴史的建造物を取り壊した跡地に造られた醜悪な高層建造物が建ち並んでいた。ロシアの歴史的な父祖の建物を破壊した張本人たちを見つけ出すのは容易で、この記事に列挙された元凶の大半がユダヤ系と分かる姓を持っていた。ありていに言えば、建築業は移民の国籍割り当てがない職種だったため、ユダヤ系建築家だらけとなったのだ。しかし、建築家が恣意的に建物を取り壊せる実権など持っているはずもなく、その権限は党の地方委員会かその上部にあり、大半がロシア人だった。

グミリョフは、モスクワの妻のアパートでオシポフをしばしば歓待し、『ヴェーチェ』にパッシオナールノスチに関する原稿を一本書いている。彼らの交流は一九七四年まで続いたが、オシポフによれば、この年、突如、『ヴェーチェ』は公然たる騒動に巻き込まれた。その年の二月、オシポフが自誌にメリニクはKGBのスパイだと公表し、それが「ラジオ・フリー・ヨーロッパ」で放送された。これは、ミュンヘンに拠点を置く合衆国政府が予算を出していたラジオ局だった。ところが、メリニクはそれを真っ向から否定した。それまでは『ヴェーチェ』になど目もくれなかったかもしれないKGBも、こうなると介入せざるをえなくなった。その年の四月、KGBトップのユーリー・アンドロポフ［後の共産党書記長］は『ヴェーチェ』の刑事告発も準備せよと命じた。同誌を「反ソ的刊行物」と決めつけたのである。数か月後に同誌は発行停止となり、一年後にオシポフは収監されたが、これは生涯二度目の体験だった。グミリョフは、メリニクとオシポフ双方と関係を持っていたことが前述の学界との対立に加えて二重の原因となったと思われるが、以後、「分厚い雑誌」やより一般的な公共的言論活動の場に登場する機会を閉ざされてしまった。

単線的な上昇階段

ブロムレイとグミリョフの不仲が続いている（そしてオシポフとグミリョフの友情が続いている）間に、ソ連のエリート内でのナショナリズムをめぐる確執は激しさを増してきていた。一九七〇年までには、ブレジネフと彼のイデオロギー部門の長だったミハイル・スースロフは、イデオロギー面で対立する双方の独自な政治活動は行き着くところまで行ったと見極めたように思われた。

ナショナリスト対リベラルのイデオロギー的分裂で、相互に張り合っていた「分厚い雑誌」の二誌は、ともに編集長が解任された。『ノーヴィ・ミール（新世界）』誌の編集長アレクサンドル・トワルドフスキーは一九七〇年二月に、同誌とは思想的に対極をなすナショナリストのコムソモール［全連邦レーニン共産主義青年同盟。ソ連共産党の青少年教育組織］機関誌『モロダヤ・グヴァルジヤ（若き親衛隊）』の編集長アナトリー・ニコノフは同年十一月に、それぞれ解任された。(80) 共産党の正統派は、ナショナリズムを元の鞘におさめてしまいたかった。ブレジネフは中央委員会の席上で、こう愚痴った。「近ごろのテレビでは教会の鐘が鳴りすぎるね」。むろん、宗教が幅を利かせすぎると言っていたのだ。(81)

一九七〇年の粛清を生き延びた一人がアレクサンドル・ヤコヴレフで、この若き中央委員会官僚は、当時、中央委員会の宣伝部部長代理だった。粛清後に自身の忠誠心を誇示し、さらには「代理」を肩書からはずしてもらおうと、ヤコヴレフは「反歴史主義に抗して」という論文を書き、比較的リベラルな『文学新聞』の一九七二年十一月号に発表した。そこで彼は、歴史に対するナショナリストのアプローチを徹底的に批判した。弁証法的唯物論で定式化された、単線的な階梯を単一の人類が登っていく同質的なプロセスではなく、多くの民族からなる異質なプロセスだと？　ナンセンス、とヤコヴレフは決めつけた。「十月革命」以来の半世紀は、「人類の歴史が、偉大なる学者カール・マルクスとフリードリッヒ・エンゲルスによって発見された社会的生活の客観的な法則と完全に一致していることの輝かしい証明になっている」。(82) この論文では十六名の歴史家が名指しで、歴史に関する誤謬を喧伝したと批判されていた。ロシアの独裁的な過去を美化し、歴史に対する非階級的アプローチを唱導したというのである。

ナショナリストたちは怒り狂い、ヤコヴレフの解任を迫る書簡を出した。ブレジネフもヤコヴレフに腹を立て、こう罵った。「なるほど、この男が頼まれもしないのにこういう論文を書いて、わが国のインテリゲンツィヤに喧嘩を売ったわけか。ならば、こちらとしては彼を放逐するしかない」[83]。最高指導者のこの反応を見ても、共産主義エリート層内での「ロシア党」圧力団体の凄みが伝わってくる。マルクシストの正統派理論について熱意を持ってまくしたてたヤコヴレフにとっては大きな誤算で、標的を見失った。彼はカナダへ大使として出されたが、これは政治的には追放処分だった。それでもカナダ大使職は要職ではあったので、かろうじて彼の面子だけは立ったのである。

ヤコヴレフの追放で、「われわれが勝ったことが分かった」と、ヴァレリー・ガニチェフは回想している。彼は一九八〇年まで『モロダヤ・グヴァルジヤ』でのポストを保持できた。「ロシアの愛国的傾向は中央委員会の最高レベルにも反映され始め、ようするに政権の頂点を極めたのだ」。つまり、この時点で、共産党内の「ロシア党」が政権の頂点に立ったのである。「彼らは、党の政治局でコスモポリタン派、つまりマルクシズムの教義を支持する一派に立ち向かった。社会生活の始まりは民族からだというわれわれに異議を唱える一派に対してね」。ガニチェフの同僚のセマノフは、別な見方をしていた。二〇一〇年に私に語ったところでは、反対派よりもナショナリストについての見解のほうが多く、次のように言った。「実際には、ロシア党対ユダヤ党だった」[84]。二〇一一年、彼の没後に刊行された自伝は、『ロシア党――なぜユダヤ系は絶対勝てないか』と題されていた。

こうした見解が打ち出せた背景には、ナショナリストが庇護を当てにできる基盤が存在し、そういう思い込みが、階層的には下位に位置していた「ロシア党」の支持者たちに、以前なら歴史のタブーだった解釈も受け入れられると思い込ませた。徐々に歴史の教育や執筆でも、ナショナリストのアプローチが正当化されてきた――学術的には別としても、少なくとも政治的には受容されるという事態になってきたのだ。党の最高機関である中央委員会内で、グミリョフの受けがふいによくなり、中央委員たちはますます彼を後押しするようになっていったというような現象にも、このことは反映されていた。前述のように、グミリョフはナショナリストの会合にはこまめに顔を出し、ナショナリストの雑誌によく寄稿していた。彼の味方で要職についていた者の多くはナショナリストだったが、一部はそうでない者もいて、人生の途上で彼と出会ったか、彼の両親が醸す神話に幻惑されていた者たちだった。

その一人が故人となったレニングラード大学学長の息子レフ・ヴォズネセンスキーで、カラガンダ労働収容所で同囚だったとき以来交流が続いていた。後に彼は中央委員会入りし、その立場からグミリョフを庇護できたのだ。「友人の友人たちの助けがなければ、彼の作品の大半は日の目を見なかっただろう」[85]。しかし、グミリョフが得た最も強力な友人はアナトリー・ルキヤノフだった。彼は最高会議［ソ連の最高議会、つまり国会に相当する］幹部会の幹部で、グミリョフが競合する学者たちと数多く繰り広げた仮借ない論争で、しばしば彼の肩を持ってくれた。ルキヤノフは、最終的には共産党中央委員会書記、次いで最高会議の議長にまで登り詰めた。グミリョフは、ヴォズネセンスキーの紹介でルキヤノフに会っている[86]。ルキヤノフはアフマートワの熱烈なファンで、まずは彼女の文献の処置をめぐる醜悪な訴訟でグミリョフを救ってくれた（たまたま、この件を扱っていた判事の一人が、ルキヤノフの旧友だった）。それ以降、ルキヤノフとグミリョフは密接な関わりを持ち、グミリョフの以降の人生でも奇妙なほど何度も登場することになる。一九七〇年代半ば、グミリョフの二度目の博士論文の審査で、ルキヤノフはほとんど独力で支持を取り付けてくれ、その他のグミリョフの刊行物にも手を貸してくれた。

政治的には波乱に富んでいたグミリョフの人生行路を思えば、彼の生涯に共産党幹部たちの一派が手を貸してくれた挿話は、興味深い謎ではある。実際、彼は党内では政治的に問題ありと見る向きが多かったのだ。まず、グミリョフは共産党が定めた休日を守らず、クリスマスや復活祭は祝った。彼が一緒に仕事をした他の学者たちと違って、グミリョフは資本主義諸国への旅は認められなかったようで、行けたのはポーランド、ハンガリー、チェコスロヴァキアなど共産圏ばかりだった。それでも彼の作品は、学者仲間から邪魔ばかりされていたが、高官たちの間にファンを生み出した。
私は二〇〇九年にルキヤノフを捜し出し、モスクワ市内のレストラン「プーシキン」で紅茶とケーキで会見した。そのとき、彼はグミリョフとの友情を想起して、それが当時の状況との間にもたらした逆説について語ってくれた。ルキヤノフは一九七〇年代には、出世の階梯を駆け登るソ連の高級官僚だったが、徐々に強硬派になり、やがては一九九一年の対ゴルバチョフのクーデターで中心的な役割を演じ、政治的履歴を台無しにして投獄された。だが彼は複雑な人物で、硬派のマルクシストながらアフマートワをほとんど偶像視していた——全体主義に私的な反乱を行った者たちのシンボルだったこの詩人を、である。ルキヤノフは、彼女の詩を「現代ロシア語で書かれた最も美しい作品」と呼んだ。彼は、グミリョフに頼んで、事もあろうに「鎮魂歌」を朗誦させ、それを録音した。
アフマートワとの関連に加えて、ルキヤノフは、グミリョフの理論にも好感を抱く箇所を見いだしていたらしい。

レニングラードの役人で（グミリョフの論考に）掣肘《せいちゅう》を加えようとする者がいれば、私は必ず電話して、言うことを聞かせた（中略）私の立場ではあまりいいことではなかったかもしれないが、レフ・グミリョフの重要性は分かっていたし、彼の論考も読んでいたからだ。(87)

以後の二十年間、ルキヤノフはグミリョフの庇護者になった。グミリョフが学界の体制側と起こした論争でも、時には最高会議幹部会、あるいは党中央委員会からの電話一本で片がつく場合が何度かあった。政治が学界に干渉する事例は日常茶飯事で、党とのコネで刊行された論文や雑誌記事も多かった。しかし、グミリョフを守るルキヤノフの介入には興味深い側面が見られた——党正統派を護持するためというよりも、精密に組み立てられた体制側の合意事項に反逆することを支持する、という趣があったのである。

ルキヤノフの目には、グミリョフの理論がまったくオリジナルなものに見えていた。つまり、ナショナリズムでもなければマルクシズムでもない、むしろ第三の道とも言うべきもの、すなわちナショナリズムとインターナショナリズムが合成されたものであり、当時危険な災厄へとつながると見られていた残虐かつ全面的な文化戦争から抜け出せる第三の道と、ルキヤノフの目には映っていた。グミリョフの歴史観には、非マルクシズム的要素が濃厚な反面、ソ連の人民の持つ無意識の共感や、何百年にもわたる内陸ユーラシアの統一や、西欧に対する潜在的な不信感が強調されていた。党の保守派は、グミリョフの歴史理論が正しく利用されれば、プロパガンダの値打ちがありそうなことには気がつかなかった。それでもなにかしら、役に立ちそうには見えた。「党の言葉で言えば」と、ルキヤノフは言った。「グミリョフはインターナショナリストだった。なにしろ、ロシア人民に影響を及ぼした要素をすべて網羅していたからね。ポロヴェツ人、中国人、モンゴル人、これらがわれわれを豊かにしてくれた（中略）本物の共産主義者、つまりマルクシズムの何たるかをまず理解していた者の間には、グミリョフの敵はいなかったよ[88]」

ルキヤノフはまた、おそらくは不用意に、グミリョフがますます反西欧的かつ反動的な見解を持つようになった原因を次のように説明した。母親の死後まもなく、彼女の遺産をめぐる醜い裁判沙汰が起こり、グミリョフとアフマートワの取り巻きの一部との確執は公然たるものとなった。

（グミリョフから）聞いたところでは、アンナ・アフマートワの仲間には、（ヴィクトル・）アルドフ、（イリヤ・）ジルベルシュテインその他の連中がいて、グミリョフに言わせると「ロシア人は一人もいなかった」。彼はそう言ったんだ（中略）アフマートワの仲間は、いつも親西欧だったからね。アフマートワ自身は、全然そうじゃなかった。彼女はいつだってロシア語、ロシア国民その他、自国のものを祝福していたからね。どうして彼女の取り巻きがそういう連中になっていたのかは、私にはわからない（中略）おそらく彼女のロシアでの生活が苦しかったという事情のせいかもしれない。(89)

ルキヤノフの見方は、多少疑ってみる必要がある。アフマートワの遺産をめぐる争いは、彼女の元の夫プーニンの家族を彼女の取り巻きとの敵対関係に巻き込んだ。彼女のユダヤ系の友人たちであるナジェージダ・マンデリシュターム、ヨシフ・ブロツキー、エマ・ゲルシュテイン、ヴィクトル・アルドフたちは、グミリョフに味方した。とはいえ、ルキヤノフの見方は、グミリョフ自身が反ユダヤ主義へとのめり込んでいったことを反映しているのかもしれない。グミリョフの伝記作者、セルゲイ・ベリャコフも、ルキヤノフと同じ見方をとっている。「一九八〇年代、グミリョフは、アフマートワのユダヤ系の友人たちが彼を助けてくれたことは忘れようとしていた。そして自分と母親との確執では逆に彼らを非難した」

その後すぐ、グミリョフはルキヤノフの助けが必要になった。運を天まかせに二つ目の博士号に挑んだのだが、最初の一連の論文がパスしたものの、ロシア史をめぐる論争がますます政治性を帯びてくると、高い地位にある味方を総動員する必要に迫られた。彼は、経済地理学研究所で教鞭をとっており、当然のことながら、歴史の博士号に加えて経済地理学の博士号もほしいところだった。そこで彼は、地理学の評議会にもその分野の論文である「民族創成と地球生物圏」を提出していた。

この論文は一九七〇年に書いた論考に加筆・長大化したもので、前年の十一月にヤコヴレフが酷評した、まさにその歴史理論を採用しており、ブロムレイのエトノスに関して、より機微にわたる議論をもっと紙数を費やして攻撃していた。この論考でグミリョフは、なぜ特定の民族が「強勢になるのか」について考察している。ユーラシアは、この主題を突き詰めるのに独特な適性を持った地域で、二千年以上にわたって、広大なステップにおいてどこからともなくあっというまに躍り出てきた諸部族が内陸ユーラシアの広大無辺の地域を征服してきた。まずアッティラのフン族、チンギス・ハンに率いられたモンゴル人、ティムール下のテュルク系民族、最後に歴代皇帝下のロシア人。なぜこれらの遊牧民族の小集団があれほど短期間に強勢になりえたのかは、言うまでもなく優れた軍事的技術と闘志ゆえだったが、それだけでは説明がつかなかった。グミリョフはこう主張した――ユーラシアの人々は文化的な類縁性を分かち持っていて、そのおかげで単なる征服だけでは説明がつかない速度で言語と文化が波及していき、政治的結合を打ち固めることを可能にしたのだ。

さらに彼は、以下の理論を立てた。各民族の特性以上に、内陸ユーラシアの地理的特性、つまり河川、ステップ、森林、耕作可能な黒土といったネットワークが、旅と経済的統合を実現したのだ、と。「ユーラシア」こそ、と彼は書いた。独特の地理的地帯を形成していて、その中ではすべての住民が、彼によれば同じ「リズム」を感じ取り、相互に集い合う傾向を持ち、時の経過とともにいっそう同化し合い、この地帯の外へと分岐していったのだ。

ロシア人は、ヨーロッパ文化ではなく古代ステップ部族の仲間で、何世紀にもわたってこのステップ地域に存在してユーラシア人の一部となった、とグミリョフは主張する。彼の論文の主眼は、エトノイがなぜ生まれたかの説明だった。支配的だった正統派の欠点を探そうと彼が焦点を当てたのは、一般には生物進化と関連させて論じられるもので、種の変化のような漸進的な変化の説明には便利だが、新たな種がやや突然に登場した場合には説明に窮するたぐいのものだった。これは近代の民族誌学についても言えることで、この学問は文化の「社会的」側面に焦点を合わせるため、既存の文化の変化の説明には向いていても、まったく新しいエトノイの誕生に対して理論的な根拠を提供するには弱点があったのだ。

グミリョフは、これこそが自分の敵の最大の弱点と看破して、叩きに叩いた。つまり彼は、自分の理論の強みは「民族創成《エスノジェネシス》」、すなわち新しい文化の創出にこそあると確信していたのである。

グミリョフにとって、エトノイの生誕と死滅は人間の創造性の行使であり、「パッシオナールノスチ」、すなわち、自己放棄と自己犠牲の本能によるものだった。エトノスと言語、宗教、共通の歴史経験の集積とを区別できるのは、共通の目的か目標、それらに命を懸けられる構成メンバーたちの意欲の有無だった。彼はこう理論づけた。つまり、エトノイとは、常にパッシオナーリーたちの小集団の行動に始まり、新たなエトノイの誕生には強いパッシオナールノスチが連動しており、それは一つの民族の寿命に応じて瓦解し始めるというのである。[90] エトノスを有機体に近いものと見る点では、この理論はヘルダーやフィヒテといった十八世紀ドイツ哲学者たちのロマン主義的な理論を想起させる。

こうした理論展開の奇妙な側面は、すでに見え隠れしていた。だが、グミリョフは有機体という比喩をさらに突き詰め、パッシオナールノスチには千二百年の寿命を持つ「いくつかの局面」があると言いだした。そしてそこからは、自信を持って主張する理論がSFなみの次元へと下降していった。すなわち、この数年前にオブニンスクの「放射線研究所」のニコライ・チモフェーエフ＝レソフスキーにぶつけて試してみた理論を持ち出して、パッシオナールノスチは外宇宙から届いてくる宇宙放射線によって生まれると言いだしたのである。

「生物圏での生命現象に伴う化学元素の移動は、常に最大となる傾向がある」と、グミリョフは論文の第六章に書いている。これは、彼を貶めようとする敵に塩を送るようなもので、グミリョフ攻撃の最大の口実を提供することになった。

機能できる自由ネルギーの成長は、生命物質の作用によって生み出される。従って、われらの惑星が外宇宙から受けるエネルギーは、生物圏の均衡を維持するのに必要な量以上になる。その結果、生物群や人類に剰余のエネルギーが流入して、社会の衝動的事件や民族創成の爆発へとつながるのだ。(91)

今思い返すと、これで博士論文がもらえたことは驚愕に値する。グミリョフの信奉者たちですら、人間の行動が宇宙線によって説明がつくという、このバイオエネルギー説には目をむいた。コジノフは、グミリョフ没後ずいぶんたって公表されたインタビューでこう述べている。「興味深い説明ではあるが、客観的な意味合いは何もないと思う。宇宙線がどうのこうのと、これはもうコミックの世界だ」(92)

この論文審査に参加した二十三名の審査員中、棄権一、不合格一でこの論文が合格したのは、審査員たちがグミリョフの舌鋒に恐れをなしたためと、有力な政界の知己の存在のためとはいえ、そもそもこういう論文が審査にかけられたこと自体がおかしな話ではあった。多くは、ルキヤノフがグミリョフのために助力したおかげだった。ヴォズネセンスキーは、自身の回顧録にこう書いている。「(ルキヤノフが）レニングラードやモスクワの高官たちに、グミリョフの科学や教育面での活動、博士論文の提出の妨げとならないよう頼んで回ってくれた」(93)

グミリョフの博士論文の審査は公的な行事となり、それを聞くためにスモーリヌィ研究所には数百名が押し寄せた。西欧側のジャーナリストたちもいた。ところが、主たる障害はモスクワにあった。すべての論文は、高位な学位の適性審査を扱う「高等資格審査委員会（ＶＡＫ）」の審議を経なければならず、そこから差し戻された論文には「黒い反論者」たちの膨大な批判が付されていた。ソ連の学位システムでは、審査対象の論文に匿名で異議申し立てを行う権利、それどころか審査論文に対して拒否権を発動する権利すらも認められていた。グミリョフはまたしても論文審査の弁論を断行せざるをえなくなったが、今回は彼に対して友好的とはいえないモスクワだった。彼は上司のラヴロフから癇癪は起こさない、礼節を守って応対する、研究所として下さざるをえない決定に対して争わない、と約束させられた上で現場に臨んだ。「われわれの恐れが現実になった。彼は癇癪を爆発させてしまった」と、ラヴロフは言う。「わが同志はいらぬ反論をやりすぎて、論文は通らなかった。彼は狼狽しきってレニングラードに戻ってきた。論文が通らなかったことよりも、『癇癪は起こさない』という約束を違えたことのほうに忸怩《じくじ》たるものがあったのだ[94]」

以後の数か月に交渉は重ねられたものの、ついにグミリョフは二つ目の博士号という夢を否定され、永久に棚上げとなった。それでも、一九七九年、この論文はやっとモスクワの「全連邦科学技術情報研究所」のファイルに収録された。同研究所は、ソ連科学アカデミーに加盟していたので、審査の壁に突き当たった多くの論文でも、最終的には日の目を見る機会を与えられたのだ。要請があり次第、印刷されなければならないからだ。噂は広がり、「民族創成と地球生物圏」は、ソ連ではいつの時代も最も引く手あまたの研究論文となった。「注文が多すぎて、何度か品切れになった」と、ヤムシチコフは言っている。

一九七四年十二月、次の打撃が来た。優れた民族学者ヴィクトル・コズロフがソ連の一流雑誌『ヴォプロースィ・イストーリイ（歴史問題）』に痛烈なグミリョフ批判を掲載したのだ。その「民族史における生物学・地理学的概念[95]」において、コズロフは、グミリョフを人種差別主義者と非難し、十三ページにわたって相手の文章を引用しては「生物学主義」［人間社会をもっぱら生物学の面から論じること］、「地理学的決定論」その他の誤謬を論難し、最後に論旨が証明不能な駄文だと決めつけた。そして、これまで誰も非難しなかった主な理由は、「彼の概念が多くの歴史家たちや哲学者たちの目を素通りしてくれていたおかげだ」と断じた。物理学者ニコライ・コズィレフの姪のマリーナ・コズィレワは、当時の記憶から、コズロフの記事の悪意を思い出して、こう言っている。「どこから見ても、弾劾の意図がありありと出ていたわ」(96)。その時点から一九八〇年代の半ばまで、グミリョフは事実上何一つ論考を公表できなかったが、ルキヤノフの助力のおかげで教職にだけはとどまることができた。「経済地理学研究所」でのグミリョフの上司ラヴロフは、グミリョフの講義を停止せよという指示を頻繁に受け取ったと言っている。

これらの指示がナンセンスなものだとは誰もがわかっていた（中略）とはいえ、たびたびLN（レフ・ニコラエヴィチ・グミリョフ）にこう言うしかなかった。「二、三週間休んではどうかね。その間、コスチャに代講させて」。LNは万事わかってくれて、以後会っても、こちらに対して機嫌を損ねることはなかった。三、四週間もたつと、「上の方」は事の起こりを忘れて、LNは学生らの前に戻ることになった。(97)

一度だけ、党の科学査察官が姿を現し、アノーヒンの記憶では、ラヴロフが彼にこう答えていたという。「あなたは、グミリョフからさらに反体制の側面を引き出したいのですか？　当研究所が彼に講義を禁じても、翌日には彼がＢＢＣで話しているのを耳にするだけですよ」

グミリョフの人気や党との彼の関係は、過小評価されることはなかったし、彼の敵は彼を恐れてもいた。ブロムレイは、グミリョフの理論は直ちにこきおろしておかねばならない重要なものと認識しており、一九八二年に自身が出した民族学の教科書『理論的素描』でそれを行っている。(98)「近年、わが国の文献に、エトノイとは、何らかの突然変異の結果起こった生物学的単位――人口かある種のシステム――であるとする意見が登場した」とブロムレイは書き、脚注でグミリョフに触れた（このこと自体、刊行を拒否されてはいても、グミリョフの意見が知識人の主流内では大きな部分を占める見解だったことをうかがわせる）。チェシコは、二十年にわたるグミリョフとブロムレイの論争をこう要約した。

> 要するに、グミリョフの概念の総体は、基本的に詩なのだ。あるいはこの才能を父親から受け継いだのかもしれないが、それが実に有効に活かされている。ブロムレイに比べてより端的でよりエレガント、この場合は芸術愛好家《ディレッタント》的という意味だが、読者に分かりやすい。技術部門の知識人、クリエイターの知識人には、グミリョフは大人気だった。他方、ブロムレイは読んでも退屈で、それはもう退屈、学者の書いたものではおなじみだが。グミリョフは面白かった。証明のしようがないナンセンスだけど、読むには楽しかった。小説を読むようだった。(99)

ハンの鋼鉄のサーベル

一九八〇年、クリコヴォ平原の戦いの六百周年は、一年ぶっ続けのロシア武勇の大祝賀年となった。同時にこの年は、レフ・グミリョフの学問キャリアにとって画期的な年ともなるはずだった。ロシアのナショナリスト知識人たちに対する検閲が、その年だけ見送られたのだ。一九八〇年だけで、ソ連の出版社はこの戦闘と直接、間接に関わる新刊書をほぼ百五十点刊行した。(100)

クリコヴォ記念祝賀会は共産党中央委員会が企画したが、その狙いはナショナリスト精神をあおり立て、民心の動員を図る点にあったようだ。その発端は、国外で起きていた二つの深刻化する難題にあったと見られている。一つはポーランドの自主管理労組「連帯」の運動、一つは深刻化するアフガニスタン戦争だった。[101] 一九六〇年代後半に、ロシアのナショナリズム熱の高揚が偶然、中ソ国境での紛争と「プラハの春」と重なったのと同じく、クリコヴォ祝賀もまた、政治的意図に裏打ちされていたと見られる。ナショナリズムは、あらかじめ設けられていた周到な制限事項の範囲内でなら活動を認められていた。ところが、この祝賀気分は、それがロシア民族の起源を祝うものだったために、いったん魔法の瓶から解き放たれたナショナリズムの魔神は二度と元の瓶に戻せなかった。以後の十年、ナショナリズムはソ連政治の重心と化して――ロシアはもとより非ロシア的部分までも――やがて運命的な結末へと行き着くことになる。

グミリョフの著作は「全連邦科学技術情報研究所」の枠内に安全にとどまっていた一方、彼自身は思わぬ機会を与えられて脚光を浴びることになった。何本かの論文を（全国的に有名な雑誌『アガニョーク（ともしび）』を含めた雑誌に）発表する機会を与えられたのだ。その一つに、彼はこう書いている。「ロシアのエトノスは、クリコヴォ平原で生まれた」[102]。むろん、これが事実であれば（事実であるはずがないのだが）、平均的なエトノスの寿命は千二百年という彼の仮定には都合がいいわけだった。なにしろ、ロシアのエトノスが生まれて六百年なら歴史的な存在としてのまさに頂点に位置することになるのだから。

この戦闘に対する彼の解釈は問題だが、この解釈の都合のよさは他にもあった。すなわち、ロシアとステップ諸民族が無意識のうちに超エトノスという自然の帝国もしくは文明を構築していたとする彼の説にも当てはまったのである。グミリョフの主張によれば、このクリコヴォの戦いはロシア人対モンゴル人ではなく、モンゴル帝国の二つの勢力間での内戦であり、ロシア人はその片方に味方して戦ったというのだ。クリコヴォで対決したのは、モンゴル軍の指揮官ママイ・ハンと彼のライバルのトクタミシュだった。クリコヴォに参戦したロシア部隊の指揮官ドミトリー・ドンスコイはトクタミシュにつき、一方ママイについたのは、カトリック・ヨーロッパが軍資金を出していた得体の知れないジェノヴァの大公たちだった。グミリョフによれば、クリコヴォ平原での戦闘は、「黄金のオルド［キプチャク汗国］との戦闘などではさらさらなく、ママイの軍団との戦いだった」。そしてグミリョフは、勝利の朗報を、ドンスコイがトクタミシュに送り届けた記録があると主張した[103]。グミリョフの頭では、戦闘はモンゴル侵入軍相手のものではなく、西欧側に雇われた国際的な悪の代表相手の戦いだったのだ。この主張はロシアの歴史を逆転させるものだった。伝統的には、「忘恩のヨーロッパ」説がロマノフ朝以来ロシア史の主流で、その論旨は、ヨーロッパはロシアのおかげで黄金のオルドの西進を食い止めてもらったというものだった。それに対してグミリョフは論旨を逆転させ、モンゴルのおかげでロシアはヨーロッパ人の膝《しっ》下《か》に組み敷かれずにすんだ、すなわち「ロシアをジェノヴァの交易植民地にしたかったヨーロッパ」をはね返せたというのである。

厳密な歴史家たちに限定すれば、これは証拠も何もない、ほぼすべてグミリョフの奔放な空想の産物ということになる[104]。歴史家たちの間で同意されているのは、以下のことである。すなわち、ママイ（チンギス・ハンの子孫ではない）は、トクタミシュ（チンギス・ハンの子孫）と敵対関係にあった。ドミトリー・ドンスコイは、トクタミシュ側につき、クリコヴォの戦いではママイを撃破、以後もトクタミシュに臣従した。他方、グミリョフの主張だと、ジェノヴァの大公たちに支援されたママイということになるが、これはいかなる研究によっても証明されていない。ところが、グミリョフの歴史のほうが人気があって、適切な史料で裏打ちされた歴史を超えて、いわば基本的には小説のように愛読された。現代作家のドミトリー・ブィコフによれば、大半の歴史書と違って、グミリョフの著作は最後まで読めるというのである。

上層部に属していたグミリョフの味方たちは、相変わらず彼に味方してくれた。そして彼のもっと問題点のある著作（前述の「民族創成と地球生物圏」など）は刊行まで持っていけなくとも、グミリョフが先鞭をつけたユーラシアニストの歴史観が、範囲は狭くとも、着実にエリート層の間で支持を拡大していることについては、一般的認識が成立しているように思われた。

一九八二年のブレジネフとスースロフの死はナショナリストには打撃で、共産党政治局からの「ロシア党」への公的な支援は終わった。スースロフが隠れナショナリストだったかどうか、あるいはリベラル派への抑えとしてナショナリストを利用していただけだったのかについては、いまだに結論が出ていない。しかし、ブレジネフとスースロフ治下においてナショナリストが享受してきた優遇は、アンドロポフ［一九八二～八四年、共産党書記長］とチェルネンコ［一九八四～八五年、共産党書記長］治下では正され始めた。二人はともに党の正統派すなわち国際派だったので、両者ともわざわざ西欧を敵に回す気はなかった。ロシア国粋主義が少数派のナショナリストを台頭させ、その運動がソ連を脅かすことを快く思うはずがなかったのである。

クレムリンは、一見波風立たないように見えるソ連の水面下でナショナリストがもたらす緊張をますます懸念するようになってきた。チェシコによれば、一九八二年、ブロムレイがソ連科学アカデミーの幹部会で初めて、ソ連には危険な民族的分離主義の問題が存在すると発言した。「今だとばかげて聞こえるが、当時は仰天させられた」と、チェシコは言う。「議論は起こらず、全員がショックを受けていた。なにしろ、そんなことを聞いたのは初めてだったから」。そしてアカデミー内には特別民族学委員会が設けられた。

明らかになってきたのは、教条的なスターリニズムも、ブロムレイの地殻変動的な「民族社会学」理論も、ソ連内に起きていたナショナリストたちの民族自決運動の持つリアリティには対処できかねたということだった。ブロムレイは研究分野としてのエトノスの重要性は認めていたが、ソ連の学界の通例で、すべてを窒息させてしまう正統派の空気のために、彼が存分に洞察力を働かせるのは、およそ不可能だった。基本的に問題なのは、この分野でも、他のソ連学界と同じく、閉鎖的で無気力な保守派エリートたちだった。ブロムレイの後任として民族学研究所理事長となるヴァレリー・チシコフによれば、これらのエリートが支配されていたのは「誰もが単一普遍のイデオロギーを受け入れざるをえず」、「その中心的な唱導者が死なないかぎり変化を許されない」状況だった。とはいえ、グミリョフの理論が打開策の役目を果たせるかというと、それは怪しいものだった。実際には、ステップ諸民族、カスピ海沿岸やカフカスの少数民族、コサック首長、キエフの大公たちを高く評価する彼の持論は、ナショナリストの書き手たちとソ連全土の民族自決運動に彼らの見解への確証と霊感を提供していた。彼は他の誰よりも、中央アジアやカフカスにおいて、非ロシア民族のナショナリズムをかき立て、宿命的な結末に至らせたように見える。

オルジャス・スレイメノフとチンギス・アイトマートフはカザフ人とキルギス人の作家だが、忘れ去られ、往々にして悪意で見られてきた民族を頑強に弁護してくれるグミリョフの著作を愛読した。「テュルク系諸族の研究に開眼できたのは、グミリョフを読んだからだ」と、スレイメノフは認めている。カザフスタンの独立に貢献したグミリョフの功績については、この国の独立後に大統領になったヌルスルタン・ナザルバエフが、彼の名を大学につけて［L・N・グミリョフ名称ユーラシア国立大学］顕彰している。彼の著作の刊行は、初めてその名を全国的に知らしめ、ソ連全土からファンレターが届けられた。とはいえ、この結果、彼は批判にもさらされることになり、ロシア中心の歴史観を持つ愛国的な歴史家たちは、彼のモンゴル擁護論、ロシアを事もあろうにステップの遊牧民たちと同列に扱うことを異端視し、ナショナリズムの厳正な砦だった『モロダヤ・グヴァルジヤ』誌上で「ロシア嫌い」のレッテルを貼った。これらの攻撃が、すでに深刻化していたグミリョフの妄想癖を助長し、やや悲劇的ではあるが、彼の反ユダヤ主義を深刻化させた。彼の伝記作者のベリャコフによれば、こうした攻撃の背後にはユダヤ系の人々がいる、と思い込んだのである。彼を攻撃していたのがほぼすべて民族的にはロシア人だったことを思えば、これはおかしな誤解だった（唯一の例外はブロムレイで、民族的にはイギリス系だった）。

やがてグミリョフは別の醜聞に関わることになったが、これまた反ユダヤ主義が関係していた。ユーリー・ボロダイという哲学者が『プリローダ』に西欧文明はユダヤ教的二元論の流れを引いていると書いたときに、グミリョフの言説を使ったのである。[105] それはグミリョフがすでに書いていたゆがんだ人種差別的言説を使ってはいたものの、引用された内容は厳密にはグミリョフの著作には存在していなかった。ところがグミリョフは、ボロダイの論文を公的には論駁《ろんばく》しなかった。『プリローダ』に問題の論文が掲載されると、ソ連科学アカデミーは特別会議を開いて同誌を非難し、さらにはグミリョフの論考も非難した。『プリローダ』の編集陣は追放処分となり、グミリョフの論文数本がいくつかの科学雑誌から掲載を拒否され、理由の説明もなかった。結果的に、グミリョフはいっそう問題視されるようになったが、ナショナリストの間ですら彼は国際主義的でありすぎると批判が出て、リベラル派からは反ユダヤ主義とナショナリストとして批判された。両派ともに、彼が二股をかけていると考えたのだ。

グミリョフの歴史学は、概して愛国主義的なものではなかった——実際、彼は持てる才能の大半をふりしぼってソ連の少数派の歴史と概略を描きだそうとしたのである。とはいえ、その手法には帝国主義的な臭気がつきまとい、慈愛あるロシア人の手の下でのソ連の諸民族の「統一」を強調するというものだった。彼の歴史観につきものの反西欧的傾向が、政治的には利用価値ありと見なされてきたことは否定しがたい。[106] その好例が、クリコヴォの戦い記念の年、アフガニスタン戦争とポーランド騒擾《そうじょう》でソ連が西欧と対決中に、グミリョフの論考の発表に対して当局側が寛容だったことである。

グミリョフと彼の言説への党上層部の関心は、共産主義の訴求力が弱まるにつれて増大していった。一九八〇年代半ばまでに、党幹部は明らかに、自党の基本原理が目に見えて衰えてきて、党の上層部内ですらレーニンの教義をジョークの種にしている事態に気づいていた。政治局は「高齢者支配」で、彼らはどんどん亡くなっていった。ブレジネフの死後、後継者のアンドロポフとチェルネンコも次々と亡くなった。ロシアの経済瓦解が進行し、改革が不可欠だった。教義自体の若返りが喫緊の課題だった。政治の差配役に新鮮な人物が求められていた。

ニュー・フェイス

チェルネンコの後継者には、比較的若い五十四歳のミハイル・ゴルバチョフが就任した。就任まもなく、グラスノスチと呼ばれる情報公開、ペレストロイカとして知られる経済・政治改革を断行する。後者は私有財産の自由化により、共産主義の終焉への道筋を切り開いた。

グラスノスチ、すなわち情報公開は一九八七年に初めて導入され、おかげでグミリョフの学者生命が救われた。一九八七年までには、主要雑誌やテレビからインタビューで引っ張りだこになっていた。アレクサンドル・ゾトフから聞いた話では、一九八八年には外務省から招かれてナショナリズムについて一連の講演を委嘱されるまでになった。ゾトフはこの講演のセッティングを担当した男で、後にロシア大使としてシリアへ派遣された。とはいえ、そのころもまだ、グミリョフの研究は検閲の対象にされていた。一九八七年にグミリョフは中央委員会に手紙を書いた。

不明な状況下に、拙作の刊行は過去十年にわたって阻まれてきました。自分でこの事態を納得するには、私の前半生にまつわりついていた災厄のぶり返しと考えるしかありません。私に対する告発は、すべてが一九五六年に始まりました。一九五九年から一九七五年には拙作が刊行されていましたが、一九七六年以降、少数の例外を除いてすべて停止されました。[107]

一九六〇年代と違って、彼の著作の刊行が停止されたのは労働収容所体験のせいではなく、主に学界の同僚たちが彼の著作をＳＦ呼ばわりしていたせいだった（ある程度、それは無理からぬ告発だったが）。科学アカデミーは、彼の『民族創成と地球生物圏』を刊行停止としたが、グミリョフの有力な味方であるルキヤノフの助力で刊行されるに至った。ルキヤノフは、その後（一九九〇年）最高会議の議長にまで登りつめた。その刊行が一九八九年で、ソルジェニーツィンの『収容所群島』がやっと連載を認められたのと同年だった。これには強硬派の反撃があったのだが、それを押しての刊行だった。ルキヤノフは私のインタビューに対して次のように語った。

科学アカデミーが刊行を邪魔していることは分かっていた。この作品はグミリョフの主著となるべきもので、最も論議かまびすしい作品だった。彼らはレニングラードの党諸機関に働きかけて、刊行を邪魔した。私自身、党の機関に強い言葉で迫らざるをえなかった――「この本の刊行を手助けしよう」と。[108]

その年、グミリョフは党のモスクワ州委員会に召喚され、この作品への票決を聞くようにと命じられた。パニックに陥った彼は、レニングラード大学の地理学研究所長のアナトリー・チストバエフに電話した。チストバエフは、そのときのグミリョフの言葉を回想している。「何かが起きた。党のオブコム（州委員会）に出ろと言われた。どうふるまえばいいものかわからない」。[109] グミリョフは自分がまたしても逮捕されるのではないかと怯えていた。獄中で必要な道具をどうそろえればいいものやら――チストバエフの記憶では、「グミリョフの声は震えていた」。ところが通達されたのは、肝心の原稿が刊行されるという知らせだった。この刊行はセンセーションを引き起こし、初版五万部がほぼ即売された。

証拠物件A

グミリョフの生涯の最後の二、三年は、主要全国紙の百回以上のインタビューに応じ、講演はレニングラードの地元テレビで放送された。

自著の刊行も自身の目で見届けたものの、すでに健康状態は悪化、一九九〇年、脳卒中の最初の発作に襲われ、以後片方の手が麻痺した。経済破綻が悪化する中で、ソ連当局の無能さ、ソ連の解体を止められない無力さに対して、彼はますます苦い思いを抱くに至った。一九九〇年五月に、『モスコフスカヤ・プラウダ』に掲載されたインタビューでグミリョフは、ソ連の民族政策の明らかな挫折はブロムレイに責任があるとまで言いつのった。

エトノスは社会現象で、結局は階級の領域に入るとする理論を突き詰めたのはブロムレイだった。ソ連には階級がないことになっているので、その結果、ソ連にはエスニック・グループ、つまり民族集団は存在しないことになった。まったくばかげている。にもかかわらず、彼はわれわれの民族学の理論分野では依然として有害な影響力をふるっている（中略）ポンペイの市民たちがヴェスヴィオス火山の噴火を前もって知っていれば、座して死を待つことなどせずに、さっさと逃げ出したはずだ。(110)

ブロムレイの伝記作者のS・I・ヴァインシュテインによれば、この攻撃は「すでに深刻なまでに健康を害して」入院していたブロムレイの「健康状態を悪化させた」。そして一週間後ブロムレイは息を引き取った。二十年にわたるグミリョフのブロムレイとの確執はすこぶる不運な結末を迎えたのだ。[111]

実際、迫りくるソ連の解体は、ナショナリズムの二派、すなわち「原初主義者」と「構成主義者」双方に理論的根拠を提供する結果となった。前者はグミリョフのような、ナショナリズムを内在的にして自然かつ本質的かつ根源的、不変、事実上遺伝的な資質ととらえる一派、後者はナショナリズムを社会的理由もしくは政治的効率性から生まれてきた構成概念と見なしていた。これら両者が、ソ連崩壊こそ自分たちの理論の正しさの証明だと主張したのである。彼らの主張がある程度正当化されるのは、ソ連が現実の民族的境界線に沿って崩壊したのではなく、一九二〇年代にソ連の民族学者や地図作製者たちによって作成された、ほとんど人工的な民族群による境界線に沿って崩壊したためだった。[112]

換言すれば、ロジャーズ・ブルーベイカーのような政治学者の意見によれば、カザフスタン、ウクライナその他の共和国がソ連からの独立を求めたのは、原初的な民族的統一性といったものによるのではなく、自分たちが人工的な国家に取り込まれていたという単純明快な理由からだった。正しい状況であれば（つまり、広範な経済危機があり、これとロシア・ナショナリズムの勃興に対する恐怖心が連動していれば）、これはあっさりと正真正銘の国家へと切り変わるはずだった。ところが、ソ連の民族学者たちに本来の民族的地位を認めてもらえなかった民族集団のどれ一つとして、一九九一年には当局に対して反乱を企てなかったのだ（もっとも、後にチェチェンが反乱を起こしたが）。

民族はソ連によって生き埋めにされてきたというグミリョフの理論よりも、ソ連の瓦解は、ナショナリズムは操作可能な社会的力だとする観点を証明したと言える。言い換えれば、ソ連の民族政策は、既存の民族の存在を容認するのではなく、民族を人為的につくりだしてきたということである。とはいえ、読者の頭の中では、ソ連瓦解により、学者としてのグミリョフの評価は確立したと考えられ、ナショナリズムこそ、消すことのできない内在的かつ原初的な力だとする彼の理論の強力な証明と受け取められた。

グミリョフが持つ強烈なカリスマ性、両親の不可思議な威光、ソ連政体による受難、これらが相まってペレストロイカのヒーローの一人へと彼を押し上げた。その後光ゆえに、ユーラシアニズムに関する彼の著作は大評判となった。時代が追い風となって反体制の文献が渇望され、当局から睨まれた前歴のある著作は、それだけで真価があるのだとされ、評判になった。グミリョフはリベラル改革派の強敵となり、ナショナリスト集団と共産党強硬派の味方とされた。

ソ連社会での道義的威力としての共産党の力がしぼむと、ロシア人たちはそれに取って代わる何かを探し求めた。自分たちが生きている世界で公認の形而上学が剝ぎとられ、空洞と化した空間に何か新たな基盤を提供してくれそうなものはないか？　この焦りは特にエリート層に強く、彼らはグミリョフの理論こそ、ナショナリズムと国際主義を総合したものと受け止めた。これこそが、単一の政体に統一されてきた多民族国家ソ連が、まさに原初的なナショナリズムによって八つ裂きにされかけている現下の危機においても存続させられる理論的言説を提供してくれるのではないか。

ルキヤノフ自身、グミリョフのために数多くの便宜を図ってきた動機はソ連存続にあったことを認めた。グミリョフのユーラシアニズムにこそソ連存続の鍵があると、彼は見た。二〇〇九年の私との会見で、彼はこう言った。

いいかね、彼の言うことは私の信念と合致する。実際に、ユーラシアニズム、ユーラシア、ソ連は他とはまったく違う世界だ。どう見ても、西欧側にはこれがわからない（中略）ユーラシアは途方もなく広大で、人々は大河の沿岸に定着し、そこで生きていくしかなかったので、各地に民族の集合体をつくった。気候は過酷で、個人、つまり西欧の個人主義者たちはとうていここでは生きていけない。そこで集合主義になった――これは特殊な関係だよ。[113]

グミリョフの政治信条は、一九八〇年代後半、一九九〇年代前半、共産主義瓦解の渦中から（ありとあらゆる形態と組み合わせで）炸裂せんばかりの勢いで躍り出てきたナショナリズムを理論的な用語で正当化し、数多くのナショナリストの書き手たちに科学的（あるいは科学的偽装を施した）根拠を提供した。グミリョフの語彙群、すなわち「パッシオナールノスチ」「相互補完性」「超エトノス」その他は政治的主流に受け入れられ、彼の理論は今日、学問と権力の連合体において存在意義を確保している。また彼の支持者は、ルキヤノフのようなロシア強硬派から、ソ連からの分離を唱えるカザフスタンのナザルバエフ大統領まで、広範にわたっている。ジョージア、キルギス、アゼルバイジャンなどのナショナリストたちは、彼の遺産を受け継いでいると主張している。

セルゲイ・チェシコが私に言ったところでは、「マルクシズムは消えた。放り出されたんだ。後にはがらんどうの空き地だけが残った。空白を埋めるのは、ナショナリズムか超ナショナリズムしかない。後者がユーラシアニズムというわけだ」。グミリョフの思想の流行は、「まずは神秘主義、次が外国忌避、三つ目がこれまでの普遍的思想に当たる部分の模索」[114]から成長してきたという。

一九九〇年、グミリョフは、レニングラードの新進テレビスター、アレクサンドル・ネヴゾロフと親しくなった。ネヴゾロフは若いカリスマ的人気者だったが、いささか神秘的な趣があり、同市では当時最も人気の高いテレビのトークショー番組、「六百秒」のホストを務めていた。そもそもは、レニングラード市当局の高級幹部内の腐敗糾弾で改革派の喝采を浴びたのだが、徐々に熱狂的なナショナリストに変貌していき、軍事力に訴えてもソ連護持をと言いだした。一九九〇年三月にリトアニアがソ連からの独立を宣言、翌年一月、首都ヴィリニュスでソ連の介入に備えてテレビ塔を防衛していたリトアニア市民を排除すべく特殊部隊が発砲、十三名が射殺される騒ぎ［「血の日曜日事件」として知られる］の中で、ネヴゾロフは特別番組でライフルを振りかざして登場した。以後の彼は「ナーシ」（文字通りには「われらがもの」）という若者旅団を結成し、レニングラードの街頭では強烈な存在感を発揮した。制服の肩章には、ソ連の地図の上にナーシの文字が型抜きされていた。

世間はネヴゾロフをただのデマゴーグと見ていたので、グミリョフがこの人物と親交を持ったことに友人たちは驚いた。「余命数か月という土壇場で『ナーシ』に転向したことで、彼はたいそう非難された」と、ラヴロフは言う。今でも信じられないという口調で彼は続ける。「LN［レフ・ニコラエヴィチ・グミリョフ］は、『ナーシ』という言葉の意味を、他の政治運動や政治団体などよりもはるかに広義に理解していたはずなんだ。国家的統一支持、これ以上の国家解体に反対という連中は、彼には『ナーシ』だったのさ」。

グミリョフの友人たちの多くが度肝を抜かれたのは、グミリョフがまさかと思われる猛烈な勢いでソ連瓦解に関する実存を懸けた議論に参画して、連邦の擁護に熱弁を振るったことで、聞き役の者たちの多くは頭を掻くしかなかった。おびただしい放送番組や雑誌インタビューなどでソ連救済論をぶちあげたものだから、グミリョフの親友の一人、エマ・ゲルシュテインは回想記に「ゾッとした」と書いている。

一九九〇年、グミリョフはネヴゾロフの別荘で受けたインタビューで、民主主義を支持するかと聞かれて憤然と答えている。

何をばかな！（中略）どこを押せば、私が民主主義者になんかなれるのか。私は老兵だ。父も兵士だった。祖父も兵士だった。十四世紀まで祖先は兵士だった。先祖は、クリコヴォの戦場で戦死した。われわれは兵士なんだ。とはいえ、教育は受けている。少なくとも祖父以後はね。われわれは、勉強はした（後略）。

彼が民主主義弾劾に躍起になったのは、ソ連の都市の街頭で親民主主義運動が広がっていたからだった。「こいつらいわゆるインテリゲンツィヤどもは、その名にもとる生き方をしている。やつらは口先だけだ（後略）」。いかにもグミリョフらしい民主主義批判の原稿で、彼はこう書いている。「不幸なことに、民主主義は最良の人物を選ぶようにはなっておらず、むしろ、自分たちと同類を選びたがる。操縦桿や操舵輪を扱う権利が、お気楽な人間たちに与えられるのだ」[116]

一九九一年、同年三月の連邦存続か否かを問う国民投票を前に、グミリョフは「統一か、それとも消滅か」[117]と題する一文を書いた。別のインタビューでは、あえて以下の予言を行っている。「ロシアが救われるとすれば、残る唯一の道はユーラシア国家だ」

＊＊＊

一九九一年八月、その生涯の最後の一年ほど前、グミリョフは過酷な独裁体制下で呻吟した者たちにはめったに与えられない幸運に浴せた。彼らを責め苛んだ者たちが屈辱と絶望の淵へと投げ落とされる光景を、その目にする機会を得たのである。モスクワで強硬派の将軍たちが起こしたクーデターが挫折して数日後、ボリス・エリツィンが頂点へと駆け登ると、ソ連の終焉はほぼ不可避となった。グミリョフの家族を打ち砕き、彼自身の人生を悲惨さに陥れた全体主義国家が、ついに地上から姿を抹消される日が来たのだ。

ところが、奇妙なことにグミリョフは極めて不機嫌だった。彼が教えた院生の一人のヴャチェスラフ・エルモラエフは、以下の記憶を語る。ソ連の終焉に際して元の恩師に慶賀の意を表すべく訪ねて、さぞや老いたる賢者はこのニュースに欣喜雀躍かと早合点して、こう祝意を述べた。

「レフ・ニコラエヴィチ、おめでとうございます。ソ連の権力は死にました！」

グミリョフは無言だった。「レフ・ニコラエヴィチ、おかげんが悪いのですか？　どうしてそんなにふさぎ込んでおられるのですか？」。グミリョフは唐突に答えた。「そうだな、見かけはきみの言う通りだ。ソ連の権力は確かに死んだ。ただ、喜ぶいわれがない。まさにわれわれの眼前で、国がバラバラになっていくのだ」

エルモラエフは冗談を言おうとした。グミリョフはそれをさえぎり、「この事態をどうすれば、冗談ですませられるのかね？　これはわれわれの祖国だ。われわれの先祖は、この国のために戦い、何世代もの同胞が戦ってやっとカザフスタンがソ連のものになった。同じ辛酸を経てフェルガナ［ウズベキスタン東部の地名］も国土になった。それもこれも、同じ一つの国で、カザフ人やウズベク人と暮らすためだった。で、今はどうなった？　あの統一国家はどうなったのか？」[118]。

グミリョフは、自分を痛めつけた国家に対して奇妙な愛着を抱いていたように思える。しかし、彼の思いは彼の同時代人、彼と同じくスターリンの恐るべき労働収容所で辛酸をなめた者たちの間ですら、異例のことではなかった。モスクワのアパートで紅茶と干しぶどうケーキを前に、レフ・ヴォズネセンスキーは私にこう語った。


グミリョフは、ソ連が瓦解した時点で、それはつらい思いをした。ソ連こそ自分の祖国だと思っていたのでね（中略）今日だと奇妙に思えるだろうが、収容所で仕事にこき使われていないときは、よくこう思ったものだ。「逃げ出せれば、そいつはすばらしい。しかし、逃げ出した後は、どこへ行く気だ?」。そこで改めて浮かぶ思いはこうだった。「おれたちはロシア人だ。死のうじゃないか。そして死ぬのは母国でだ」

興味深いことに、ヴォズネセンスキー自身、実父が処刑された上に、みずからも労働収容所で十年を過ごしたあげく、二〇〇四年に出した自伝を「ソヴィエトの人々に」捧げた。

グミリョフは、国家と民族を結びつける非合理な絆の研究に生涯をかけたあげく、自分を虐げた、愛するソヴィエト国家を救おうと躍起になる神経症的な実例の「証拠物件A」となったのである。そして、そのソヴィエトが瓦解するとき、彼もまた最期を迎えた。一九九二年六月、グミリョフは最後の発作に襲われ、その後の一週間、レニングラードの各紙は彼の病状を報じ続けた。「外科手術は二時間に及び（中略）夜はあっさり明けた。しかし、グミリョフは依然、意識を回復していない」。そして六月十一日が来た。「医師団は、依然、生死を懸けた複雑な手術を続行中」。そして六月十三日、「病状、さらに悪化」。六月十五日、グミリョフは没した。

サンクトペテルブルク［レニングラードは前年、この旧名に復した］では著名人の死は、普通なら論議を巻き起こす。市内の有名な墓地には、プーシキン、ドストエフスキーたちが葬られ、超有名人が亡くなると墓地側の誘致・争奪戦は熾烈となる。グミリョフは、コマロヴォ墓地には眠りたくなかった――母親の墓があるからである。市庁側は、化学者メンデレーエフたちが埋葬されているヴォルコヴォ墓地はどうかと打診した。ところがグミリョフは妻に、アレクサンドル・ネフスキー大修道院の墓地を強く主張した。墓地に名を残した人物は、十三世紀、ノヴゴロドの大公としてモンゴルと同盟してテュートン騎士団の侵攻を防ぎきった英雄で、グミリョフの賛仰《さんぎょう》の的だったのである。市庁側は折れた。

グミリョフの葬儀は、公的なものとしてとり行われた。知識人の友人たちに加えて、あらゆる種類のナショナリストたちが集った。ロシアの極右の高官たち、戦闘服に身を固めたコサックたち、ジル社の黒のリムジンで乗り付ける気難しい将軍たち、あごひげの作家たちが、会葬した。グミリョフの未亡人ナターリヤの判断で、葬儀の警備担当は、ネヴゾロフの若きナショナリスト旅団「ナーシ」がとり仕切った。

生前、グミリョフは、思想傾向で色分けされることに抵抗する複雑な性格の人物だった。ところが、死後の彼は、彼の想像力に富んだ不思議な著作を煽動材料に利用する者たちの側につかされてしまった。ソ連の終焉とともに彼の学者としての評判は確立され、彼の残した著作の文言は、まもなく再編集の上、復元されることになるだろう。

第3部

復興期

第8章 アレクサンドル・ドゥーギン

モスクワのパトリアルシエ池近く、ユジンスキー横丁に面した二階建ての木造アパートにはすり減ったドアベルが一つついていて、六つの部屋があった。各部屋の住人は、ドアベルを鳴らす回数で聞き分けていた。最後の部屋、すなわち階段を上がって右折、六つ目の部屋の住人を訪ねた客は、ドアベルを六回鳴らす。これは他の住人には特にありがたくない話で、なにしろ六つ目の部屋への来客は毎日引きも切らず、それも夜中にもおかまいなしだったからだ。

この六つ目に住んでいたのはユーリー・マムレーエフというアングラ作家にして詩人、彼の住まいはモスクワ知識人たちの二つのランドマークと等距離に位置していた。すなわち、モスクワの環状道路に面した「凱旋広場」〔当時はマヤコフスキー広場〕に立つウラジーミル・マヤコフスキーの像から数街区の近さで、この像は、詩人や反体制青年たちの集合地点だった。ここから、いわゆるサドーヴォエ環状道路をレーニン図書館から少し行くと、数少ないモスクワの特別地区で、外国の新聞や本がふんだんに売られている店が並び、客は何の制限もなく購入できた。こういう地形なので、マムレーエフのアパートは、哲学談義、詩論、文学論に花を咲かせられる希有な集合所になっていたのである。

ユーリー・マムレーエフは、一九六〇年代世代を導いた灯台的存在の一人だった。多くのアングラ刊行物で信奉者たちを魅きつけていたが、彼が書くものは一見ホラー小説風、ところがぼやかした形でとはいえ、じつは反体制的視点でソヴィエト的魂の深みを探るものとなっており、やがて「形而上的リアリズム」というジャンルへと育っていく。彼のアパートとそこへ定期的に集まる取り巻き連中は、「ユジンスキー・サークル」として知られるようになる（ユジンスキー横丁は、現在、革命前の地名の大パラショフスキー横丁に戻っている）。一種のサロンとして、作家、芸術家、酔っぱらい、居候たちがごちゃごちゃと集まり始め、自称「神秘的アンダーグラウンド」という集合名で呼ばれていた。

　マムレーエフはオカルトの熱狂的な信奉者で、ソヴィエトの現実を公認されたきらびやかな神話の形でとらえ、社会主義の未来を照らす明るい光のはしばしにブラックホールや暗黒物質《ダークマター》をピンポイント的にちりばめるという体のものだった。彼が描く登場人物は、ゾンビ、大量殺人者、気がふれた原始人で、いずれも市の中心からはずれた貧困とアルコール依存がはびこる郊外に暮らしており、あるいは自分たちでつくった形而上の宇宙に住んで、暗い思考を醸成する孤立した人々だった。正常なソヴィエトの日常生活は暗い幻想世界へと変容され、彼らの日常生活の破片から読者は容易に、ああ、あれかと連想できる形になっていた。マムレーエフの登場人物たちは、モスクワの地下鉄に乗り、名もない衛星都市に住んで、国家が支給する不足がちな食料は腐った牛乳や羊の脂肪の臭いがした。つくりは幻想とオカルト風だが、丹念に日常的イメージが織り込まれていたのだ。彼の登場人物は、自分たちを取り巻く物質的現実を神経質に忌避し、外界は実在しないか、せめて内面の世界に従属させなければ承知しなかった。そういう確信を持って生きていたのである。「彼らを取り巻く世界は、地獄を具現したものだった」と、彼は言っている。ある文芸評論家は、マムレーエフを「ソヴィエトという地獄を案内してくれるわれらがウェルギリウス［紀元前一世紀のローマの詩人。ダンテは『神曲』で、地獄の案内役としてウェルギリウスを登場させている］」と呼んだ。[1]

「マムレーエフは、地獄の底まで落ちたロシア世界を描く作家だった」と、アルカジー・ロヴネルは書いている。ロヴネルはモスクワを拠点とする神秘家で、一九六〇年代、マムレーエフのサークルに仲間入りし、この運動の数多い年代記作者の一人になった。[2] そのロヴネルの記録によれば、マムレーエフの信奉者たちは彼のアパートに集まり、時には墓地に集まって、マムレーエフがろうそくを灯して恐怖話やオカルト話を物語り、「その謎めいたグロテスクな雰囲気を仲間のアパートにまで持ち込み、おどおどした感じやすい女性などは気絶しないのが珍しいほどだった」[3]。ユジンスキー・サークルは、悪魔主義、降霊会、神秘主義、催眠術、ウイジャ盤［占いをするためのボード］、イスラム神秘主義《スーフィズム》、死者との交霊、五芒星《ペンタグラム》その他、あらゆる神秘的なものに打ち込む集まりと見られていた。これに加えて、彼らは大いに酒の力を借りて神秘的開眼に至ろうとした。「サークルの掟は、まず大酒、次に会話だった」とロヴネルは回想する。彼によれば、望ましい精神状態はマラズム、つまり錯乱の状態で、「一種のユニークな精神的スキージャンプみたいなもので、これ抜きでは高い次元への飛翔は不可能と考えられていた」[4]。マムレーエフのサークルは至るところで悪評ふんぷんで、公認された文化の世界からはそれが存在しないかのように見なされていた。西欧化されたリベラル指向の特権階層《ノーメンクラトゥーラ》ですら、オカルト、ファシズム、神秘主義に酔いしれた彼らをうさんくさそうに見ていたのに対して、ナショナリストや信心深い者たち（この集団も急速に増えていた）は、マムレーエフの仲間を悪魔主義者と見ていた。

非公式なアングラ文化にかぶれたユジンスキー一派は、それに魅入られた者と非難する者双方から「スキゾイド（統合失調質）」と見られていた。スキゾイドたち自身、この蔑称をみずから採用し、狂気こそが霊知で、自分たちに完全に敵対する現実の、より正気な代替物である、と見なしていた。アングラ文化の創出者たちは、「みずからを選民と思い込み、その自己陶酔を断固信じて法悦境に浮遊していた」と、この運動を記録したナターリヤ・タムルチンは書いている。アングラ文化の信奉者たちは、資産、金銭、地位といったものを見下し、タムルチンによれば、「国家検閲が及ばない領域、つまり、純粋に

精神的な経験」に照準を合わせていた。(5)

一九八〇年までには、このグループに大きな変化が起きていた。中核は残っていたものの、マムレーエフは合衆国へ去ってコーネル大学で教鞭をとり、後にパリへ移って、ついに著書を出版した（アメリカの出版社は、ソ連の出版社同様、彼の著書の刊行を拒否した）。サークルはもはやユジンスキー横丁地区のアパートに集まることもなかった。それらはすでに取り壊されていたので、メンバーのアパートか別荘《ダーチャ》に集まるしかなかった。仲間の部屋のソファや床の上で眠り、奇怪な入会儀式を行い、錬金術や不老不死薬づくり、魔術の教科書の精読、秘密の数字暗号づくり、意識の流れを書き留め、深酒に耽り、実験的セックス、麻薬の試飲、時にはファシズムに耽溺した。

神秘主義とオカルト、そしてアルコールへの耽溺は、グループの後継指導者であるエヴゲニー・ゴロヴィンが旗振り役となった。マムレーエフの一番弟子で、「提督」と呼ばれていたゴロヴィンは、「錬金術の大家」という評判だったが、どういう資格でこう言われ、本当に錬金術ができるのかも、明確な証拠があったわけではない。「彼はもともと、飲酒量が半端じゃなかった」と、サークルへ頻繁に出入りしていたイーゴリ・ドゥジンスキーは言っている。二〇一二年、私は彼のモスクワのワンルームアパートを訪ねたのだが、壁には前衛絵画、モスクワのビートニクのアングラ商品類が掲げられていた。彼の仲間の話では、ゴロヴィンは過剰飲酒とロシア風天才文学青年という二点が特徴だった。ロヴネルの派手やかな回想譚では、ゴロヴィンは「天性のロシアの神童で、審美面での俗物性、神秘的なまでの厭人癖、飲酒の果てに噴き出す霊感、暗い幻想にアメリカ製ホラー映画を寄せ集めた典型的な人物だった」(6)。

ゴロヴィンはまた、「第三帝国」にすっかりのめり込み、これこそが「陽」としての人間性に対置される怪物的かつ神秘的な「陰」だと主張していた。グループの中核メンバーの半数に当たる五、六名がウシャコフ提督並木通りにある彼のアパートに転がり込むと、ゴロヴィンは、おれは総統だと言いだした。そして弟子たちを「ＳＳ黒騎士団」と命名し、おなじみのナチの制服その他をつけさせた。壁にはヒトラーの写真を掲げた。われわれの会話がこの方向へ向かうと、「だからといって、反ユダヤ主義だったわけじゃない」と、ドゥジンスキーは言いわけがましく言った。「集まりにはユダヤ系もたくさん出ていたからね。連中もおれたちと一緒に『ジーク・ハイル（勝利万歳）』と『ハイル・ヒトラー』ってやっていたよ。本音は『ソヴィエト権力よ、くたばれ！』だったのさ」。こう言うドゥジンスキーは陽気な男で、自分の論旨を分からせようと、古代の奇妙な「ローマ風敬礼」をやってみせた。その彼によると、ついには警察がヒトラーのポスターを取りはずさせた。

一九八〇年、モスクワでのオリンピック開催に備えて、警察は街頭から「クズども」の排除に乗り出し、このグループに対してもかなり露骨に首都からの退去を命じた。そこでグループは、クリャージマ郊外にあるダーチャに新たなビートニクの巣を見つけた。持ち主はセルゲイ・ジガールキンで、精力的で筋肉質のこの男はハイデガーの翻訳者にしてゴロヴィンの詩集の版元でもあった。

本書の執筆中、私はジガールキンと会ったが、相手は当時でもまだ所有していた自分のダーチャで、グループの夜の集会の模様を再現してみせようと言いだした——もっとも、実際よりはうんと穏やかなものだが、と断った上での話だった。焚き火を挟んで座り込み、夜通しコニャックを飲みながら、私は彼の話に聞き入った。彼はゴロヴィンの磁力にあふれた暗黒のカリスマ性について語ったが、多くは弟子たちの話の受け売りで、いわゆるカルトのリーダーに酷似していた。「ゴロヴィンの面前では自然界の境界が崩れ落ち、地球は拡大された——無限大にね。まるで遠心分離機から放り出された感じだ。彼はこちらの世界認識を破壊できたんだ」。ジガールキンによれば、神秘的なアングラ世界がソヴィエト政体と奇妙な形で対置された。「この二つはおたがいを必要としていたのさ。政体がないとアングラもない。でも、政体側もおれたちを必要としていた。連中には異端者が必要だったんだ」

　ある夜、クリャージマのダーチャに一人の青年が現れた。仲間の一人が連れてきたのだが、十八歳以上には見えなかった。頭をそり上げ、物腰は貴族風で、頭の回転が速かった。カリスマ性にあふれ、それが直ちに人を魅きつけた。ギターを抱えてやってきて、焚き火を囲んでの集まりで彼はそれを爪弾き続け、こう歌った。「ろくでもないソヴデップ[7]め、くたばれ」。アングラへの耽溺の度合いはすでにして極端で限界を超えていて、ソ連指導部の皆殺しを呼号し、ロシア「軍団」による世界征服をぶちあげた。

ソヴデップどもの最期は
すぐ目の前だ
二百万は川に
二百万はかまどに
おれたちの拳銃に不発はない。

「おれたちは全員ひれ伏して彼を崇めた」と、ドゥジンスキーは言った。「何てすごい歌なんだ！　まさにメシアそこのけだったね」。若者の名はアレクサンドル・ドゥーギン、モスクワの神秘主義アングラへの新参者だった。未熟ながらも才走った彼は、リーダーのゴロヴィンを偶像視する術も直ちに覚えた。

　当時のアングラ仲間で、ドゥーギンの第一印象を覚えていない者はまずいない。この青年は、新たな場に登場するコツを身につけていたのだ。神秘主義アングラの信奉者にして記録者でもあったコンスタンチン・セレブロフは、ドゥーギンは「完璧で改まった外見から、本当に高貴な世界からやってきたように見えた。モスクワの輝く上流青年の世界からやってきた感じで、彼ならわれわれの大いなる期待を叶えてくれるような気がした」。当時の回想記において、セレブロフは、モスクワの地下鉄キエフスカヤ駅での出会いをこう書いている。

アレクサンドルの顔に恍惚の表情が浮かんだ。彼はバッグからポートワインの瓶を取り出すと、プラットフォームに放り投げ、「ジーク・ハイル！」と叫んだ。「これはディオニュソスへの供物だ」。瓶は粉々に割れ、中身がプラットフォームに飛び散った。(8)

ドゥーギンの芸術の主題とナチズムへの傾倒は、ゴロヴィンへの献身と切り離せなかった。ゴロウィンは、弟子たちを「ゾンビ化し」、彼らに対して他者を「ゾンビ化させる」方法を教え込んでいた。セレブロフによれば、ドゥーギン自身がアレックスという「腰巾着」を抱えていて、この人物に命令して走り回らせていた。

初期のナチスをめぐる道化芝居についてドゥーギンは、狙いはヒトラーへの共感ではなく、息が詰まるソ連での生い立ちへの反逆だったと言っている。とはいえ、ドゥーギンが幼いころからヒトラーを担ぎだす癖があったことは、事実上すべての知人たちが認めている。例えば、セレブロフは、ドゥーギンが「ろくでもないソヴデップめ、くたばれ」という彼の持ち唄を繰り返し歌っていたことを覚えていた。「『二百万は川に　二百万はかまどに　おれたちの拳銃に不発はない』と歌いあげた後、アレクサンドルは決まってグイと頭をそらし、法悦境に入ったように目を閉じた」(9)

二〇〇五年、ドゥーギンは初めて私とのインタビューに応じ、その後も彼の人生について聞くためにたびたび会うこととなった。モスクワ中央部の凱旋広場のカフェの一つでコーヒーをすすりながら、ドゥーギンは、彼の若い頃を特徴づけていた、彼の言い方では「自己実現のシャーマン的危機」の悩みを打ち明けた。「ぼくはあらゆる意味で完全にノーマルだった――道義的にも、理性の点でも、心理面でもね。ところが、ぼくを取り巻く支配体制は、完全にぼくに敵対していた」

一九六二年生まれのドゥーギンと彼の同世代は、ソ連で初めて普通の中流の生活様式という装いとともに成長した。ところが、ソ連での一九七〇年代の生活は、アメリカでの一九五〇年代に似ていた――イデオロギー面では硬直しており、物質主義的で、一次元的で退屈だった。それに先立つ何十年かの間に、日常生活面でのドラマは、徐々に退屈なモノクロームの世界となった。その中でわずかずつ物質水準は改善され、ソ連社会はいつの日か西欧に追いつくという進歩の神話を抱かせるくらいにはなっていた。

ソ連の中流層は、一九六〇年代前半に共同住宅《コムナルカ》を出て、フルシチョフ時代に普及した二部屋のアパートに住み始めていた。これらの新設アパートは郊外にあり、エレベーターには合板壁、キッチンには青と白のタイルが張られていた。勤務先は政府の役所か国営企業で、通勤にはエレクトリーチカという電車が使われていた。ソ連の場合も、消費者同士の見栄のはり方は世界のいずこも同じで、大半は〈オカ〉の冷蔵庫、ちょっと余裕のある家庭には〈ミンスク〉の冷蔵庫があった。一般市民は〈ゴリゾント〉のテレビ、少数の富裕層はカラーテレビの〈ルービン〉という具合である。使われているワイングラスの製造元から、その家のステータスが分かった。当時最も人気があった映画は『運命の皮肉、あるいはいい湯を』で、ソ連社会のうつろな画一性を茶化したものだった。モスクワの男が、偶然、泥酔のあまりレニングラードにたどり着き、自分はモスクワにいると思い込んでいた彼がタクシーに乗り、住所を言うと、自宅と見分けがつかないアパート団地に連れてこられ、部屋の鍵まで合っていたという話である。

ドゥーギンの両親の世代は、大戦の窮乏時代、次いでスターリンの時代を生き抜いていたから、フルシチョフ時代の生活レベルは繁栄の部類に入った。医療費は無料で、年金は一か月に食べるソーセージを十分買えた。野心も好奇心もほどほどの人間には、生活苦を逃れるだけで十分だった。無数の宣伝ポスターや映画に登場する明るい労働者たちの顔に表された「輝かしい生活」は、すぐそこまで来ていたのだ。ところが、ドゥーギンの同世代の多くは、こういうこぢんまりとまとまった生活ががまんならず退屈で、この世界を唾棄した。若きインテリには、息が詰まるほどの倦怠感を引き起こす生活だった。「ぼくらはほんとにプチブルだった」。彼と仲間たちは両親の世代を嘲り、辛うじて居心地のいい生活を与えてくれるこまごましたものと引き換えに、何の疑問もなく体制を受け入れ、嬉々として生産体制の恣意的な命令を受け入れる彼らの受け身の姿勢を小ばかにした。

　ドゥーギンの不安定な十代と因習に対する敵意は、自分を捨てた父親という権威への個人的敵意に由来する。三歳の彼を捨てて妻のもとを去ったゲリー・ドゥーギンについては、あまり分かっていない。その後、ドゥーギンとはほとんど接触がなかったが、この父親は彼の人生に大きな影を残しているように見える。さまざまなインタビューにおいて、ドゥーギンは父親の仕事については言葉を濁す。私や他の数名には、父親はロシア連邦軍参謀本部情報総局（GRU《ゲーエルウー》、英語読みでグルー）の将軍だったと告げた。ところが、問い詰められると、父親が何をやっていたかは実はよく知らないと答えた。「晩年には税関の捜査官をやっていた。しかし、それ以前は何をやっていたかは、ぼくには話してくれなかった。だから、ぼくには実のところは分からない」。ところが、ドゥーギンの仲間は、彼の父親はソ連体制では相当な地位にあったに違いないと断固として言い張る。まず一家は高い地位を示すシンボルをいくつか持っていた。豪華なダーチャ、そういうダーチャを持っている親戚、そして人生において有利な立場。ドゥーギンの親友で同志のガイダル・ジェマーリによれば、ゲリー・ドゥーギンは一度ならず、ソ連体制の高い部署を通して息子を窮地から救出した。ジェマーリは、ゲリーはドゥーギンにとって「拘束救出カード」で、だからこそあれだけ違反行為を犯しても逃げおおせたのではないかと言う。ということであれば、父親が不肖の息子のために強いられた特権濫用に対して、息子は不在の父親への複雑な感情をつのらせ、不公平な特権に対する怒りをかき立てたということになる。しかし、ドゥーギンはこれを否定する。「親父は息子の面倒はまるで見なかった」。二〇一〇年、私との面談で彼はそっけなく答えた。「少なくとも、ぼくはそんな支援を感じ取ったことはない」

ドゥーギンは、「軍事通訳研究所」への入学を望む父親の願いを無視し、社会的地位の劣る「民間航空学校」を選んだ。それ以来、父子の緊張関係は息子の政治的道化活動によって破局点まで至り、ついに父親のキャリアにまでも被害が及んだ。ドゥーギンによれば、息子が一九八三年にKGBに拘束されたために、ゲリーは税関勤務に降格された。ドゥーギンの二人目の妻ナターリヤによれば、一九九八年に父親が死亡するまで、父子は何年も口をきいていなかった。「彼が父親のことを話すのは聞いたことがない」とドゥジンスキーは言ってから、ドゥーギンが幹部用ダーチャが集まっている地域にある叔父のダーチャに住んでいたらしいことを思い出した。ロシアにおける世代間の葛藤が、どの世代にも共通して大きな重要性を持つことは、イワン・ツルゲーネフが一八六二年、『父と子』で追求して以来、証明されてきたが、政治面での葛藤と私的な葛藤を切り離すことはできないようだ。多くの点で、ドゥーギンのソ連体制への敵意は、自身の父親への怒りと不可分で、ゲリーはその職業においても息子との関係においてもソ連の権威を体現した存在だったのだろう。

その証拠に、モスクワのアングラ運動世代は圧倒的に特権階級の子弟だった。十五歳だった一九六一年にこの運動に参加したドゥジンスキー自身、『プラウダ』のジュネーヴ特派員イリヤ・ドゥジンスキーの息子だった。彼の父親は、後に「社会主義世界体制研究所」の所長になる。他方、ドゥーギンはガイダル・ジェマーリに、代理の父親像を見いだしていた。ジェマーリはドゥーギンより十二歳年上の山羊ひげを生やした頑丈な体格の男で、厚いまぶたの下から厳しい瞳が光っていた。二人はどうやらジガールキンのダーチャで出会ったらしく、以後ジェマーリはこの若者を「弟子」（ジェマーリの言葉）としてフランス語の学習をさせた。

ジェマーリの父親はアゼルバイジャン人だったが、母親はロシア人だった。ドゥーギン同様、ジェマーリは何十年もモスクワ・アングラ界の顔になっていた。言わば、ドゥーギンをジャック・ケルアックにたとえれば、ジェマーリはディーン・モリアーティ［ケルアックの自伝的小説『路上（オン・ザ・ロード）』の登場人物］に当たる。ドゥーギンをイエスにたとえれば、ジェマーリは洗礼者ヨハネに相当した。まだ仕上がっていない若者を引き受け、相手と一緒にモスクワの「スキゾイド・アングラ世界」へと飛び込んだのだ。この世界では、台所には詩とコニャックとアングラ・コンサートがあふれ返り、週末にはダーチャでの放蕩が待っていた。

ドゥーギンによれば、アングラの集会は一種の即興演劇の場と化し、全員がゴロヴィンの発案した種々の場面に参加した。「司令官はいつもゴロヴィンだった」と、ドゥジンスキーは言っている。

> いわばゴロヴィンは船長で、われわれはキャビンボーイか船員だった。あるいは、われわれ全員が十九世紀の詩人か、アドルフ・ヒトラーの地下壕のメンバーか、円卓の騎士か、皇帝バルバロッサ［神聖ローマ帝国皇帝フリードリヒ一世のあだ名］の廷臣どもか、黄金郷《エル・ドラド》を探す征服者たちだった。
> 今となっては、このゲーム、審美的で詩的なこのお遊びを説明するのはむずかしい。演劇じゃなかったんだ。観客がいなかったし、しょっちゅう場所が変わっていたからね。アパートからダーチャ、ダーチャから別な場所へとね。あれは娯楽で、本物のボヘミア的芸術村だった。

放埒な「体制への順応拒否」の時代、ドゥーギンは際立った存在だった。たちまちみなの耳目を集め、自分の時代に極端などの自信を抱く彼の輝かしいカリスマ性を、仲間たちは忘れなかった。

ドゥーギンが場面転換に使う小道具はギターで、どこへ行くにも手放さなかった。後に彼は舞台で演じる役どころを編み出すが、それはスキゾイド運動の奇矯な精神と何の苦もなく溶け合える役どころで、さっと一筆ファシスト風のタッチ、それにオカルト風の歌曲をあしらうといった具合だった。さらには手入れの行き届いた山羊ひげ、縁をまっすぐ刈り上げたプディングボウル型の髪形。後者は「スコープカ」、つまり「パーレン（丸括弧）型」ヘアカットの名で知られ、ロシア・インテリの間で流行っていたもので、もとをただせば中世の貧農の素朴で無骨な髪形に由来するが、十九世紀に貧農のムルモルカ帽をかぶってサンクトペテルブルクの邸宅に集ったスラヴ主義者の髪形にも似ていた。ドゥーギンは、背筋を伸ばし、「r」の音をやや重く震わせて貴族風を気取り、ときにはフランス語に切り替えていっそう気取ってみせた。もっと見栄えをよくしようと、「ガリフェ・ズボン」――一世紀前の騎兵が身につけていた乗馬ズボン――を頻繁にはいた。さらに「ハンス・ジーヴァース」というペンネームを考案し、すでに十分大げさな軍服風フォークロアスタイルにテュートン（ゲルマン）民族的な厳格さをつけ加えていた。彼が生み出した印象は、後に彼の右腕となるエドゥアルド・リモノフによれば、「オスカー・ワイルド風を絵に描いた感じ」だった。

ジーヴァースはただのペンネームではなく、完璧な人物像で、ドゥーギンの超自我だった。ジーヴァースは、ドゥーギンが見つけられるかぎりの幾多の反社会的人物像を総動員して営々と造形された人物像で、反乱の対象はソ連ばかりか、全体としての因習や一般的嗜好だった。ハンス・ジーヴァースという名にしてからがヴォルフラム・ジーヴァース（ジーフェルス）に由来していたが、彼は神秘的かつ超自然的現象の研究を目的にハインリヒ・ヒムラーが設立したナチの公的研究機関アーネンエルベの事務長の名だった。実物のジーヴァースは、ニュルンベルク裁判の結果、一九四七年に絞首刑に処された。

罪名は、強制収容所の被収容者たちを人体実験に使ったことだった。

ドゥーギン／ジーヴァースが作った歌詞は、気が利いていた上に最大限のショックを生み出すような工夫がなされていた。霊感の出どころは、主に十九世紀の著作家イジドール・リュシアン・デュカス、すなわちロートレアモン伯爵で、彼の『マルドロールの歌』は二十世紀のシュールレアリストたちが取り上げた。『マルドロールの歌』は、除け者にされた同名のモンスターが、拷問、人肉嗜食《ししょく》その他の悪行にふけるシュールな筋立てで、要するにあらゆる道義的権威とあらゆる因習に全面的反乱を敢行する物語である。

ドゥーギンは後に、ロートレアモンへの関心は、自分を窒息させるソ連での体制順応主義への消しがたい憎悪の産物だったと語っている。「『マルドロールの歌』ほど、ソ連文化の伝統的な金メッキされた大嘘とかみ合わず、これ以上に反ソ的で体制順応忌避の作品はなかったし、これ以上にソ連体制から忌避され、これ以上に受け入れられない言説は、ソ連には存在しなかった」と、十年後のラジオのインタビューで、彼は語っている。

ドゥーギンがシュールでスピリチュアルな要素を追求していたとき、他のロシア知識人たちも大挙して同じ潮流に乗ろうとしていたが、もっと穏やかな形でだった。一九八〇年代、ドゥーギンと親しくなるエヴゲニー・ニキフォロフは私とのインタビューで、インテリゲンツィヤの創造的生活の遍歴についてこう回顧している。「まずヨガ、次はサンスクリット研究、それから新約聖書だ。当時はこれが定番だった。精神的に成熟できたのは、その後だ。誰一人、最初の手がかりなんかつかめはしない。ＫＧＢですら、空手は宗教だと信じ込んでいた」

例のユジンスキーのサークルは、秘教的、オカルト的、神秘的なものなら何にでも——瞑想から神智学、黒魔術まで——魅入られた。そうしたスピリチュアルな取り組みの主眼点の一つが「伝統主義」と呼ばれる哲学で、二十世紀前半、スーフィズムなどを研究したフランスの神秘思想家ルネ・ゲノンが創始した。彼の教えでは、世界の宗教はこれすべて、一つの神秘的核心の外面化で、煎じ詰めれば神的な啓示によって人類にもたらされた単一の要素だというのである。「伝統主義者」たちは、現代世界は神意を冒瀆するものとしてつくり出されたとし、神的中心の再発見をめざした。そしてその中心にこそ最初に啓示されたものの内容がみなぎり、それぞれの神秘的宗教の教えを通して世界中にこだましていくと説いた。特にイスラム教のスーフィ派と仏教という東方宗教において、それが顕著だとしたのである。そして、伝統主義者たちは東方の神秘主義的宗教の研究や瞑想を通して、異教徒の神話やオカルト的な数秘術などの伝統的思想の研究によって、神的中心に迫ろうとしたのである。

　伝統主義その他の神秘主義研究は、常にファシズムだとの評判と抱き合わせで、ファシズムも神秘主義と結びつけられた。ナチス党は、一九一八年創立のオカルト秘密結社トゥーレ協会から生まれてきた。ユリウス・エヴォラ男爵は、ゲノンの最も輝かしい弟子で、片眼鏡をかけたこのイタリア貴族はついには自国のファシスト運動に加わり、しばらくはSSにも関わって、第二次世界大戦後はイタリアの右翼テロ運動を鼓吹する中心的な存在になった。明らかにレーニン図書館の検閲ミスのせいで、ユジンスキー・サークルは一般書コーナーに男爵の著書を発見したが、キューバ危機以後でもその状態は変わらなかった[10]。「もっとも奨励はされない書籍コーナーに置いてはあったけどね」と、ドゥーギンはふざけてみせた。彼は男爵の著作に猛烈に興味を持ち、それを読むためにイタリア語を習得、ついには男爵が一九六一年に出した『虎に乗れ』を翻訳してサミズダート［ソ連の地下出版物］として刊行したのである。

　伝統主義者にとって、冒瀆的な世界から身を分かつことは奨励され、ブルジョワ的なものは禁止された。男爵は、人類は「カリ・ユガ」という、物質的欲望が野放しになり、精神が忘れ去られ、道徳的逸脱が組織化された暗黒時代に生きていると信じていた。これに対抗して、原初的再生を招来しようと、男爵は自身の精神世界と神的な世界を提示した。政治的世界に厳格なヒエラルキーを求め、人類をいくつかの「カースト」に分類し、それによって社会におけるそれぞれの本質的機能が決定されるとした。男爵の「精神的人種差別主義」は、一九四一年、他でもないムッソリーニ本人によって支援され、男爵自身は戦争を一種のセラピーと信じて、その治療効果によって人類はより高い次元へと上昇を遂げると考えた。極右研究ではイタリア随一の学者であるフランコ・フェッラレーシによれば、「エヴォラの思想は、二十世紀における最も過激で一貫した反平等主義、反リベラル、反民主主義、反民衆主義的なものの一つだ(11)」。

ユジンスキー・サークル、少なくともゴロヴィンの指導下に残されたサークルの一部は、これまたファシスト的俗悪に手を染めた。彼らは、ヒトラーと「おかしなローマ風敬礼」に加えて、SSを賛美する歌を愛唱した。ドゥジンスキーは、この歌のいくつかを暗記し、あるとき、彼のモスクワのアパートでそれを私に録音させてくれた。アパートでは蜂蜜入りの紅茶がふるまわれ、壁には彼が描いた前衛的な絵画が掲げられていた。曲の一つは、こんな具合だった。

戦士らよ、前進せよ、荒々しくたくましく
われらは夜、鉤十字に奮い立ち、
ガス炉でおまえたちの死体がタンゴを踊るさまを見る
ロシアの森に咲きそめた
バラに負けずに晴れ晴れと
刑場に向かうキリストさながらに
SS部隊は進み行く

別のメンバーは、過激にファシスト的な本を書いたが、例えばジェマーリの『北を指して』が一九七九年、サミズダートで出された。彼らは、ヨーロッパの極右の書いたものを見つけ次第、丸写しするか翻訳して刊行した。どの反体制派もそうであるように趣旨を同じくする国外の運動体をお手本にしたが、西欧側の書き物には特別の敬意が払われた。ヨーロッパの極右によるテロは、一九八〇年には、エヴォラ男爵の信奉者の一部も含めて熱狂的と言える段階に達しつつあった。この年の夏と秋に、ボローニャの鉄道駅、パリのユダヤ教会、ミュンヘンの十月祭《オクトーバーフェスト》で一連の爆弾テロと殺人事件が発生、ヨーロッパ大陸で極右が重大な政治力を帯びて復活したことを印象づけたのである。

ドゥーギンは、若い時期からむきだしのファシスト政治にのめり込んでいたが、この段階では明らかにグループ全体で最も有能なインテリになっていた。エヴォラ男爵への傾倒は、彼自身がオカルトに手を染め、仲間たちのゲノンと神秘主義への関心にも影響されていたことが相乗して強められていた。政府による検閲体制下で窒息しかけていた状況では、新しい思想への渇仰はいくら強調しても足りないくらいだった。発禁になったもの、不許可になったものとなると、自動的に貴品扱いになった。エヴォラ男爵の著作のように発禁処分が当然の場合ですら、そういうレッテルが貼られるだけで、いっそう渇仰されたのである。ドゥーギン、ジェマーリその他にとっては、エヴォラこそ、オカルトへの沈潜と政治への若者反乱の教科書だった。

ドゥーギンがこういう反体制集団に加わっていた以上、少なくともその当時は、定評ある新聞社に職を得るとか、大きな発行部数を擁する「分厚い雑誌」のどれかに原稿を掲載してもらえる当てはなかった。彼はKGBに目をつけられ始め、集会には諜報員が張りついていた。それでも食べていくために、窓ふき、街路掃除、多様な雑用、モスクワ郊外の別荘の建築現場と、手当たりしだいに引き受けていた。

それらを終えた夕方には、猛烈に読書やイタリア語、ドイツ語、フランス語、英語の学習に打ち込み、ギター演奏と新曲の作成に没頭した。

このグループがKGBの目を引くことは目に見えていた。ドゥーギンが真っ先に牙にかけられた。一九八三年、ドゥジンスキーの友人が、彼にユーリー・マムレーエフの著作や原稿類を預けた。同年十二月、ドゥーギンは、ハンス・ジーヴァース名で、ゲンナジー・ドブロフのモスクワのアートスタジオで三十人ほどの客相手にギター演奏会を開いた。そこで彼は、自分のヒット曲、「ろくでもないソヴデップめ、くたばれ」を歌った。ドゥーギンの語るところでは、その後まもなく、彼のアパートに一群のKGB職員らが現れた。母親が息子を起こし、彼はそのまま連行され、同時に残る職員たちがアパートを捜索、例のマムレーエフの書類を押収した。ドゥジンスキーもジガールキンも、この経緯の背後にはドゥーギンの父親の手が動いていたのではないかと怪しんだと言っている。ジガールキンは、「父親は、はめをはずすのも行き着くところまで来たと思ったんじゃないのか」と言ったが、その彼自身も芸術家である妻がKGBに尋問されていた。官憲にあげられれば、一九三〇年代だとほぼ確実に処刑か収監かという恐ろしいことになっていたが、それでもジガールキンによれば、「まる一日かかったね。始終顔にライトを当てられて、シベリア送りになるぞと脅された。愉快とはとうてい言えなかった」。

KGBは、ドゥーギンをせかして車から降ろすと、KGBの恐れられた本部であるルビヤンカの裏口への短い石段を追い立てた。主に夜間が仕事の組織だったので、内部では照明が皓々《こうこう》と輝き、執務室はざわめき、通常の業務が進行中だった。山羊ひげを生やし、ビートニクの出で立ちをしたドゥーギンは、小さな尋問室へ連れていかれたが、そこには机が一つ、椅子が三つ、机の上には書類フォルダーがのっていた――大きな字で書かれた、マムレーエフの手書き原稿だった。

尋問官は、疲れているが手慣れた声で彼に着席を命じ、ライトがじかに彼の顔に当てられた。まるで映画で見るように、尋問官の顔は目もくらむような光の周辺にボウッとかすんで見え、焦点を定められず、それが彼から現実感を奪った。「おまえは何だ？　まぬけってやつか？」と、その相手は訊いた。「何のために『ソヴデップの最期』なんて歌うんだ？　ソ連は永遠だぞ。これは永遠の真理だ。なのにおまえは何だ？　ギター抱えて、ヒッピーの格好なんかしくさって」[12]。尋問中、ドゥーギンは、マムレーエフの原稿を自分に預けた男の身元を明かした。この人物は情報省をクビになった後、エレベーター係になったが、ドゥジンスキーによれば、その男はクビのおかげで「偽りの人生」から解放してもらった結果になり、「非常にありがたがっていた」。KGBはさらにドゥーギンの母親をも尋問し、息子によれば、それからまもなく父親はGRUから税関に配置換えとなった。この厳しい降格の犠牲となった父親は激怒し、父子はそれから口をきかなくなったのである。

この出来事以降、ドゥーギンは、生活のために雑役に近い仕事についた。経歴にこういう汚点がつくと、ソ連でまっとうな暮らしは望めず、彼は街路の清掃、窓ふきなどの合間に翻訳と外国語の学習を並行して手がけ、モスクワのボヘミアン世界という異次元へと深々と飛び込んだのである。

神秘趣味のアングラ生活から生還できなかった者は多かった。ドゥジンスキーによれば、一部は自殺、一部は「まあ正気をなくした。頭の中が混乱しちまったのさ」。一部は必然的にファシストのシンボル、歌、ナチの小道具と戯れ、単なる無害ないたずらから、十代の反乱に突進していった。ドゥーギンは、ジェマーリと一緒にますますペレストロイカ時代の政治に没頭するようになった。ドゥジンスキーはこう言う。「あいつら二人は権力がほしかったのさ。何でもいい、てっぺんまで駆け上がれるエレベーターを求めていたが、そいつがファシズムだったんだよ」

彼らの二十世紀の先行者たちは、ヨーロッパ哲学の井戸水を飲んで惨憺《さんたん》たる結果を招いた。汎スラヴ主義、いわゆる「黒百人組」［帝政ロシア末期、一九〇五～〇七年の第一次ロシア革命前後に台頭したさまざまな反動・反ユダヤ主義団体の総称］運動というロシア版のファシズム、次いでボリシェヴィズムが生まれた。今や、一世代かけての真理探究のあげく、当時と同様の悲惨な結果が待ち受けていた。グラスノスチ世代は、民主主義とリベラルな夢を生み出したばかりか、前回同様のモンスターもまた生み出そうとしていたのである。

パーミャチ

一九八六年、エヴゲニー・ニキフォロフは、ドゥーギンとジェマーリをドミトリー・ヴァシーリエフに紹介した。ニキフォロフは、ドゥーギンとゴロヴィンと親しく、神秘主義にかぶれていた。他方、ヴァシーリエフはパーミャチ［「記憶」の意。後に「民族愛国戦線」の名が加えられた］という組織を率いていた。

パーミャチは、一九七九年、前述のＶＯＯＰＩＫから派生した、建築物の再生を目的とする団体で、無害な知識人たちを賛同者としていた。ところが、一九八五年十月、モスクワのある文化センターで行われた討議を経て、ヴァシーリエフは巧みにこの運動の舵取りができる立場についた(13)。その討議はモスクワの記念碑的建造物の再生がテーマで、ヴァシーリエフは重要な建造物の破壊として非難するもののリストをまくしたて、その元凶の中に「シオニスト連中」がいると指摘、著名なユダヤ系共産党員たちの名をあげて、ロシアの歴史的遺産を破壊する陰謀の手先と非難したのである。

この演説で聴衆の間に抗議の声があがり、一人の著名な詩人はヴァシーリエフを「ファシスト」と罵った（おそらくそれほど的はずれな抗議ではなかった）。ところが、その夜からヴァシーリエフはパーミャチでは大きな存在感を発揮するようになり、この運動に対する指揮権を打ち固め、その年の終わりには事務局長になった。彼の偏向した指導力とデマゴーグぶりゆえに、パーミャチは、好奇心だけで集まる口《こう》舌《ぜっ》の徒にすぎないインテリの組織から、ストリートギャングなみの隠れファシスト集団に変貌した。

サッカーのフーリガンとドゥーギンやジェマーリのような中流審美家が、合体を遂げたのである。同時にパーミャチは、過激派ナショナリスト新世代の強化訓練所にも変貌していくことになった。

一九八七年、これに加わった時点で、ドゥーギンの博識は周囲の目をそばだてさせた。弱冠二十四歳だったが、パーミャチで彼ほど膨大なファシズムの文献を渉猟していた者はおらず、その彼とジェマーリの才幹はヴァシーリエフの目に留まり、直ちに執行部へ引き入れられた。二人は一種の制服をまとっていたが、それは黒シャツに革ベルトに肩章と、帝政時代に恐れられた「黒百人組」を連想させた。

一方、ドゥーギンは、一つ気づいたことがあった（とはいえ、彼はその発見に衝撃は受けなかった）。「しょっちゅうKGBが出入りしていたんだ」。ヴァシーリエフは頻繁にKGBに呼び出されており、それはソ連では非合法な政治運動の場合は別に驚くに当たらなかったのだが、ドゥーギンはヴァシーリエフの召喚は単なる尋問ではないのではないか、つまり、KGBにはパーミャチを監視する以上の狙いがあったのではと察知していた。

思うに、パーミャチはそもそも全体主義国家の誰かが登場させたのではないか。これは一〇〇%正しい。党の中央委員会レベルで企まれたことだ。では、誰が？　どうやって？　狙いは何か？　分からない。あるいは連中は状況を試していたのかもしれない。確言できるのは、自然発生的にこうなったはずがないということだ。つまり、パーミャチはKGBの手先だってことさ。それ以外の何かであるはずがない。それ以外の狙いでパーミャチの存続を認めるはずがないじゃないか。

ジガールキンも同じ疑念を口にしている。

誰一人、ヴァシーリエフやあいつの取り巻きのことなんか聞いたことがない。おれたちはアングラ仲間同士、誰とも通じていた。少なくともおたがい顔見知りだった。突然、降って湧いたように、この連中が登場して、おまけにやりたい放題だ。あんなに簡単に大物になりおおせた。偶然の結果とは思えない。やつらの新聞の発行部数は十万部だ。ソ連じゃどうする？　新聞を出したければ、まずアパートを売る。それでも最初の二号を出すのがやっとだ。ところが、連中はたいした努力なしで新聞発行の資金調達ができるんだ。

地下世界におけるKGBが遍在していることは、そういうジガールキン自身が証言してみせた。ジェマーリの『北を指して』の初版はKGBのコピー機で刷られたのである。「モスクワのコピー機はすべて監視されていた」と、ジガールキンは陽気に言った。「金のためにそうしていたのさ」

一九八〇年代半ばはソ連の終焉の始まりだったが、KGBは依然としてそれに気づいていなかった。ゴルバチョフのグラスノスチ下の政治的規制緩和は、まだ起きていなかった。禁じられた会合に出れば、不穏分子のリスト入りを免れなかった。職を失う恐れもあった。パーミャチのような団体、すなわち白昼堂々と、最も異端な主題が公然と討議される、人種差別とナショナリズムをもとにつくられた疑似政治団体といったものが、ある程度の公的な保護抜きで成り立つはずがなかった。ロシア人に言わせれば、この「保護」はクルィシャ、すなわち「屋根」である。一体、誰がクルィシャの機能を果たしていたのか？　ドゥーギンにもそれはわからなかった。「ヴァシーリエフに言わせれば、中央委員会にクルィシャがいるということだったが、ぼくにはわからない。だって彼は、それ以上は漏らさなかったのだから」

そのヴァシーリエフは、めったにつじつまが合わない「意識の流れ」風のしゃべり方をする人物で、ドゥーギンによれば「分裂症気味の役者」、声高のファシストで片づけてしまえる存在だった。ヴァシーリエフに言わせれば、ボリシェヴィキ革命はユダヤの陰謀というわけで、パーミャチの旗の絵柄もロマノフ朝の双頭の鷲にナチの鉤十字を想起させる稲妻をあしらったデザインだった。根っからの反ユダヤ主義者で、しばしばシオニストの陰謀を口にし、それこそが皇帝ニコライ二世殺害とロシアを酒びたりにした元凶だと口走った。かと思うと、アドルフ・アイヒマンは「ユダヤ民族の代表」だと口走り、別なときには、ロックンロールのレコードを逆回転でかければサタンの誓約を聞き取れると言った。パーミャチの会合では『シオン長老の議定書』(14)を読み上げ、この偽書の合法化を唱導した。

ところがパーミャチは同時に、一般に思われている以上に精巧な組織で、体制寄りでもあった。今から振り返れば、この団体の政治プログラムは興味深いものだった。パーミャチの幹部たちはニコライ二世の聖人認定、モスクワの救世主ハリストス大聖堂の再建、共産党イデオロギーの禁制化、無神論宣伝の終結などに賛同しており、以上の諸項目は来るべき次の十年に実現する、共産主義政権以後の新政府によって実施される、としていたのである。

パーミャチの活動は、ますますデマゴーグ風になるヴァシーリエフの演説を中心に回転していくように見えた。彼がそれをやらないときは、弟子たちが彼の会合での発言や講演のテープを配付した。ところが、ヴァシーリエフは偏執症でもあり、会合には偽のあごひげをつけて現れ、シオニストの暗殺者に狙われているから変装は不可欠だと主張し、組織内の誰ともうまくいかないことはしょっちゅうだった。

ドゥーギンは、自分は反ユダヤではなく、過去にもそうだったことはなく、いかなるときにもその手の活動や暴力行為に関わったことはないと強調する。「実際の暴力はなかった。ユダヤ系に対する暴力、ポグロムだと確定された事実は一つもない。すべて口先だけのことさ。口先だからいいと言っているわけじゃないし、今はそれも受け入れられないけど、当時は口先だけならよかったんだ」

パーミャチは、ソ連で共産党以外にある程度の自由を認められ放任された最初の独立した政治活動だった。ではなぜそうなったのかは、いまだに答えが出ていない。後にリベラル派ライバルとなる「民主同盟」とは違って、パーミャチの活動は、ある程度、官憲側のお目こぼしにあずかっていたように思われた。デモの組織化も認められていたのである。事実、一九八七年五月、クレムリン前のマネージ広場で五百名の集会が開かれたが、これはソ連の歴史始まって以来、最初の非公認のデモだった。

パーミャチがなぜ特別扱いを受けたのか、二つの推測がなされてきた。一つは、共産党とKGBの上層部の集団「ロシア党」がナショナリズムに共感を持ち、ヴァシーリエフを潜在的な味方として支援の価値ありと判断して彼の活動に目をつぶったという説。これが信憑性を持つのは、パーミャチが強硬派の敵、例えばゴルバチョフの右腕としてリベラル改革派だったアレクサンドル・ヤコヴレフに仮借ない攻撃を加えていた事実である。

一九九七年の新聞インタビュー記事で、ヤコヴレフは、パーミャチはKGBの隠れみのだと確信していたと答えているのである。

最初、あそこは基本的には善意の組織で、歴史的記念碑となる古い建造物を救おうとする修復専門家や歴史家がつくったものだった（中略）やがてKGBが手先を送り込んだ。写真家のドミトリー・ヴァシーリエフと彼の一党だ。そのために「政治」主題に転換していき、シオニズムとの戦いということになった。古い建造物修復が目的のメンバーは出ていき、KGBはヴァシーリエフに新築のマンションを本部として提供した。(15)

ヤコヴレフによれば、KGBの狙いは反体制派運動の「ガス抜き」だったが、あっというまにパーミャチへの支配力を失った。「パーミャチから極端なナチ運動の新世代が登場してきた。こうしてKGBは、ロシアのファシズムを誕生させたのだ」

一九九一年、共産党の資料庫《アーカイブ》が開かれると、パーミャチに対するKGBの関係が多少明らかになった。実際、ヴァシーリエフ自身のKGBの暗号名が「ヴァンダリ」であり、彼のKGBとの関連がかりそめのもの以上だったことがわかる。ところが、KGBの別の書類では、パーミャチのリーダーとしてのヴァシーリエフの力を削いで、その運動を分裂させようとする動きも記録されていた。「『民族愛国戦線パーミャチ』内での分裂を図り、ヴァシーリエフ（ヴァンダリ）を無力化する措置がとられてきた」という一文が出てくるのだ。

＊＊＊

パーミャチは、やや気のふれた者たちが集まった不毛な集団だったが、公然たる運動としてナショナリズムが表に出てきた最初の事例だった。それまでは、ナショナリストらは内輪の集まりにしがみつき、イデオロギー面での敵とのつばぜり合いは専門誌か新聞紙上に限定していた。パーミャチは、そういうナショナリズムが大衆運動に転換可能であることを示したのである。

パーミャチのおかげで、他のナショナリストたちも自分たちの主義主張を大衆相手に訴え、「われわれ」対「やつら」の対決政治に切り替えられることに気づき始めた。体制内の人間で街頭ナショナリズムに着目し、それを政治目的に利用することを最初に思いつき、大いに成果をあげたのが、スヴェルドロフスク出身で白髪頭の熊のような党役員ボリス・エリツィンだった。彼はゴルバチョフのめがねにかない、一九八五年、共産党モスクワ市委員会の第一書記に抜擢された。これは、事実上の首都市長機能を担っていた。ところが、彼は野心満々で、すぐさまゴルバチョフの権威にたてつき、みずからを相手の後継者に擬した。エリツィンがモスクワの党組織の頂点を掌握してゴルバチョフとの決闘にはやりたち、味方を糾合していたまさにその時期、パーミャチはマネージ広場で不許可のデモを繰り広げることができた。その後で、エリツィンは彼らに会い、その席上、モスクワでのリミートチキ（移民労働者）の人数を制限して、パーミャチを公認の団体として登録させる措置をとると約束した。一九八七年、ゴルバチョフの強硬措置でエリツィンが解任されると、パーミャチが崩壊を始め、その一年後にヴァシーリエフの右腕キム・アンドレーエフが共産党から追放されたことは偶然ではないだろう。

共産党の独裁体制の終焉が迫っていることは、ソ連の政治勢力にはわかりかけていた。残るは民衆の支持をとりつけることで、群衆を糾合し、世評と（おそらくは）票数を生み出せるパーミャチの力は注目を集めていた。エリツィンは後に、ロシアのリベラルの夢を担うチャンピオンであることを証明することになるのだが、一九八七年時点での彼は党内の実権をめぐるゴルバチョフとの全面戦争を展開中で、手当たり次第に味方を求めていた。彼は反体制派――反体制なら何でもいい――を自身の運動にとっての潜在的な戦力と見ていた（最後にそれが敵に変じてもおかまいなしだったのである）。この段階で彼の周辺では、彼が空っぽの船で、とにかく乗り手を渇望していると見ていた。彼は、国の脈拍を指先に感じ取った結果、白熱する野心に身を焼かれ、この歴史がどう流れようと、その流れに乗る覚悟だったのだ。もしエリツィンの取り巻きが西欧型のリベラルではなく極右ナショナリストだったら、事態は随分と違ったものになっていたことだろう。現実には、数年後、彼の上昇運に賭けたのはアナトリー・チュバイスやエゴール・ガイダルのような西欧型リベラルだったのである。

別のナショナリストたちはパーミャチに衝撃を受け、激しくそれを批判した。ナショナリスト知識人の多くは、パーミャチが運動全体に汚名を着せると考えたのだ。一九八七年、ヴァジム・コジノフは、雑誌『ナーシ・ソヴレメンニク（われらの同時代人）』に、パーミャチは「幼児的で」、その政治綱領は「無知」をはらんでいると書いた。だが、彼はパーミャチへの非難はせず、ナショナリズムが大衆運動に移行するためには極端な例もがまんしなければならないと書き添えた。

ヴァシーリエフを忌避するのと同じくらいに、ナショナリストの領袖たちは、自分たちの運動に関する事の要点はのみ込みかけていた——仲間内で生まれ、サミズダートで広がってきたこれまでの運動は、これからは大衆の間へ出ていかなければならない。これまでは、少数のインテリがインテリ読者層相手に、こむずかしい論評や隠喩を何十年間も書いてきた。これからは、一般的なソヴィエト市民に語りかけるような大衆的なスローガンや魅力が必要だという認識へと、大きく変化していったのだ。近い将来、選挙民にさえ言い寄れなければならない。

ヴァシーリエフは明らかに人格破綻者だったが、この要望にはかなう人物だった。まず脚光を浴びてもたじろがない、公然たる政治闘争が三度の飯より大好きで大衆運動に飽きることがない。ドゥーギンに言わせれば、彼はこの運動の細部にはあまり深入りしなかった——いずれにせよ、それは立ち入り禁止区域で、ヴァシーリエフは傘下の者が過剰な好奇心を示すことを奨励しなかったのだ。ドゥーギンは、「ぼくは権力には興味がなかった。こちらの考えていることに合う者に興味があるだけだった」と言う。ところが彼は、自分の中にリーダーシップや権力を求める野心があることにも気づいていた。

パーミャチにおけるドゥーギンの活動期間は短かった。この組織における彼とジェマーリの地位上昇を脅威と見る一団が現れたのである。硬派のエスニック・ナショナリストの集団で、それを率いていたのはアレクサンドル・バルカショフという筋肉質の元溶接工だった。格闘技の愛好家でパーミャチの中央委員会に属しており、最終的には一九九〇年代に自分の党派を独立させて、「ロシア民族統一」を結成した。ドゥーギンとジェマーリがヴァシーリエフへ接近するのに嫉妬し、この二人の「伝統主義」志向がロシア・ナショナリズムのイデオロギー上の競合者になることを見て取ったバルカショフは、罠を仕掛けた。

一九八八年、ドゥーギンとジェマーリを自分のモスクワ事務所に招いたバルカショフは、ヴァシーリエフの誤謬だらけの指導力を話題にして、二人にヴァシーリエフは「受け入れがたく」、そろって彼に敵対すべきだという趣旨に賛同させた。ところが、バルカショフはこの面談を密かに録音し、それをヴァシーリエフに聞かせたのだ。この結果、その年内にドゥーギンとジェマーリは放逐されて、その直後にパーミャチはメンバーの離党が急増し、瓦解した。

パーミャチが何であったにせよ――党派か挑発集団か、成功か失敗かを問わず――政治の舞台において、共産党の一枚岩の体制から、各勢力の競合が展開されるかもしれない未来を想像する機会を、ソ連の知識人たちに与えた。この点では、パーミャチは一つの分水嶺ではあった。ソ連の解体は、誰にも想像がつかなかった迅速さで進行していた。目をおおいたくなるような共産党体制の非能率のために解体は加速され、舗装が穴だらけの道路とみすぼらしい生活用品は、より明るい社会主義の未来を約束する標語だけではごまかしきれず、経済改革や物価の自由化もなされたが、それ以上の物資不足のために、一九四〇年以来のどの時代よりも国民の不満を増殖させた。

一方、エリツィンは、つのりくる反体制ムードにのって、驚くべき政治的上昇を遂げていた。彼は政治的にはどんな立場にも変身でき、提携の達人、すなわち敵の最良のアイデアを奪ってはまったく正反対の立場に結び付けるという才能に長けていた。一時期は、人権運動家やリベラルな反体制派たちの希望を体現していると思わせ、同時に自分を党政治局の腐敗した老化の解毒剤に見せかけてナショナリストや党の強硬派の希望をつなぐという八面六臂《はちめんろっぴ》ぶりだった。つまり彼は、改革派であると同時に強硬派、ナショナリストであると同時に民主主義者、この一人二役をこなしていったのである。いや、地方の党ボスだった前歴をふりかざして地方の「ルンペン青年」と共通の大義を共有し、同時にモスクワ・インテリの弁舌をふるって、ソ連の反体制の指導者としての立場を切り開いたのだ。

経済的混乱のただなか、一九八九年三月に行われた「人民代議員大会」〔一九八八年、ゴルバチョフにより新たな議会として設立（これにより、それまでの議会だった最高会議はその常設機関という位置づけになった）。この八九年三月の選挙が第一回〕選挙で、共産党は七十年余の歴史で最悪の後退を経験した。三十八に及ぶ州レベルの幹部たちが落選したのだ。一九一七〜一八年の反乱でこれと同じ逆境に遭遇したレーニンは、選挙をひっくり返した。ゴルバチョフは何もしなかったので、落選した者たちは下野するしかなかった。

この時点でのソ連の体制側は、共産党の公式の形而上学が袋小路にはまりこんでいるという認識では事実上一致していた。一部は、民主的改革に未来を思い描こうとした。つまり、ソ連を徐々に市場経済と民主主義的政治システムを持つ西欧風の国家につくり変えるのだ。別の一部は、変革は望ましくないが不可避で、改革の過程は可能な限り予測のきく安定したものであるべきで、最後は独裁的な国家に落ち着くという展望を抱いていた。

また別の者たちは、改革は危険なまでに分裂しやすくすべりやすい坂を下って、社会的な爆発にまで行き着くと思い込んでいた。そこで、時計をスターリン時代へと巻き戻し、ボリシェヴィズムへの回帰と連動した新たな抑圧の時代を思い描いていたのである。

ところが、強硬派自身、共産主義がこれに飽き飽きした冷笑的な国民にはまるで魅力を持たないことについては同意しており、共産主義政体が生き延びるには新たな正統性の根拠が不可欠だと考えていた。それは、イデオロギーの転換だった。

ファシズムの聖者

これとほぼ同時期、ソ連の台所ではこんなジョークが流行っていた。映画『ウディ・アレンのバナナ』に出てくる、ある中南米国家に配置されたCIAによる破壊活動がらみの場面に関わるもので、こんな具合だった。

質問。CIAは革命主義者の味方？　敵？

答え。CIAには一か八かは許されない。一部は味方、一部は敵だ。

意味は明白で、CIAをKGBに置換すれば、一九八〇年代後半の現実はおのずから再現される。KGBと党の上層部は、ナショナリスト、民主的改革派、強硬派共産党員、この三つ股の陣営にまたがろうと躍起になった。

この渦が勢いを増すにつれて、共産党ヒエラルキーの上層部では密室での一連の討論が始まった。つい二十年前なら、声高にこういう異端の論議を行えばそれ自体が犯罪で、党からの追放や、場合によっては収監、時にはもっと惨憺たる結果が待っていた。ところが、一九八〇年代後半以降は、中央委員会かKGBで、独自の政治組織、あるいは独自のイデオロギー計画を創出する試みが実行され始めたのである。それらの組織や計画の表向きの意味合いだけとっても、共産主義の代替物であることは明白だった。一方でこれは、第五列、にせの旗印、改革派を貶めるために考案された挑発などだったが、他方では一部はおまけの賭けとでもいうべきもので、政治改革の先手を打ちながら、すぐ引っ込められるようなものだった。

ところが、さらに別の面では、本気で共産主義の代替物を生み出そうとする試みだった。なにしろ、共産主義は、ソ連政体を正当化し、国民を動員できる機能を最終的に失ってしまっていたのだ。これは、共産主義をナショナリストの線で再生させるか、さもなければあっさり共産主義を放棄して、あいまいな形で帝国的な、ロシアらしい何かに転換し、ただし政治プロセスの究極的支配権は手放さないか、このいずれかをめざすものだった。

これらの計画の詳細な事後検証において、会議に参加した者や彼らが語った逸話に何度も名が飛び出してきたのがウラジーミル・クリュチコフ、すなわちKGBの議長だった。

このクリュチコフと多くの付き合いのあったアレクサンドル・ヤコヴレフによれば、クリュチコフは党幹部の「グレイ・マウス」だった。ヤコヴレフは、二〇〇五年に出した回顧録にこう書いている。

彼は誰にも丁重で、愛想がよく、秋の薄暮のようにグレイだった。そしてグレイな人間は自分のことを深刻にとらえがちだ。これは滑稽であると同時に危険でもある。クリュチコフは、自分の頭に載せられた月桂冠をおろそかには扱わなかった――彼の頭には大きすぎる冠だったのだが。(17)

クリュチコフも二〇〇三年に出した回顧録で、ヤコヴレフを西欧の諜報機関の手先と非難していた。(18)ヤコヴレフは、クリュチコフは強硬派がソ連瓦解時点で演じた退却作戦の指揮をとったが、それにはソ連体制の瓦解を回避する狙いがあったとしている。ほぼこの時期、奇妙な名称の政治計画が発足したが、それについてヤコヴレフはこう言った。『過去よ永遠に』勢力がクリュチコフを中心に結集し、さらにはこれに別の一派、つまり必死になって政体の瓦解を食い止め、救済しようとする軍部と共産原理主義の一派が加わっていた（中略）彼らは何かを必死にやり遂げようとしたが、どれ一つ実を結ばなかった」[19]

ある者に言わせると、パーミャチ自体、そういう計画の最初のもので、民主化の過程を抑え込もうとする企みだったという。明らかな精神病質者《サイコパス》に間違いだらけの運営をさせていなければ、パーミャチは最終的には、独立の政党として登録されていたことだろう。ところが、この名誉は、その後継組織に与えられた。それは、同じくナショナリズム的傾向を持つ、明らかに中央委員会がつくった「ロシア自由民主党（ＬＤＰＲ）」で、リベラル（自由）でもなければ民主的でもない新規政党だった。

このＬＤＰＲの党首ウラジーミル・ジリノフスキーは、いわばヴァシーリエフの法定相続人で、ロシアの野党政治家では成功した一人となった――もっとも、ＬＤＰＲは、主要な問題ではクレムリンに歩調を合わせて投票するという、あやしげな記録を残している。政治家としてのジリノフスキーの顔は、他ならぬヴァシーリエフのコピーだった。両者を知っているドゥーギンは、ジリノフスキーがヴァシーリエフの録音した演説に聞き入り、相手の十八番であるデマゴーグ的なスタイルを真似したと強く言い張る。ロシア政治の「困り者《アンファン・テリブル》」であるジリノフスキーは、政敵との殴り合いはしょっちゅうで、さまざまな機会にロシア兵士たちに「きみらの軍靴をインド洋の水で濡らせ」と勧め、合衆国にアラスカの返還を要求し、独立したばかりのバルト三国に巨大な扇風機を使って死の灰を送り込むぞと脅した。

ヴァシーリエフは本当に狂っていたように見えたが、ジリノフスキーの場合は狂気を政治目的に使うだけで、実は有能極まる政治的演技者だった。普通の会話では冷静で分析的、あくまでも正気である。その彼が初めて全国的な注目を浴びたのは、一九九一年に、ロシア連邦の大統領選挙で三位になったときだった。エリツィンを向こうに回して、ジリノフスキーは六百二十万票を集めた。知名度の低さを思えば、驚くべき票数である。一九九〇年代のある時点で、ＬＤＰＲは議会の四分の一を制していた。

ジリノフスキーの成功は、政治家としての彼の巧みさの証明だったが、同時にナショナリスト強硬派の幸運は見えざる味方の力によるところが大きいというのも事実だった。それを示す最初の事例がパーミャチの一件だった。ジリノフスキーの例で言えば、広く知られた噂では彼は元ＫＧＢのメンバーで、実際、一九七〇年にスパイ容疑でトルコから国外追放を受けていた。彼自身はＫＧＢから密かに助力を受けていることを粘り強く否定してきたが、出世の本当の源については噂が絶えない。

一九九一年に、あわただしく政党登録されたこと自体が、疑惑の原因になっているＬＤＰＲは、政党を合法化する法律の施行直後につくられた最初の政党で、高級官僚たちが熱心にＬＤＰＲのために介入してくれた。例えば、人気のある週刊誌『アガニョーク』の編集長をしていたヴィタリー・コローチチャは、ＬＤＰＲ創立後の一九九〇年のある日、中央委員会の宣伝部副部長のウラジーミル・セヴルクが彼にジリノフスキーへのインタビューをするよう「猛烈な電話攻勢をかけ続けた」と話してくれた。「きみはわが国に複数の政党がないことは気に入らないだろう。ならどうして、彼をきみの力で盛り上げてやれないのか、というわけだ」

共産党がジリノフスキーを後押ししたさらなる証拠は、ヤコヴレフが二〇〇五年に出した回想記でも示された。その中で彼は、ＬＤＰＲは共産党中央委員会の創造物で、特にＫＧＢ議長のウラジーミル・クリュチコフが中心だったと公然と非難した。ヤコヴレフは、最初にＬＤＰＲに資金提供した経緯が記された文書からじかに引用して、共産党の資金三百万ルーブルが無利子で、当時ジリノフスキーの右腕で一九九一年に彼の副大統領候補として出馬するアンドレイ・ザヴィージヤ経営の会社に振り込まれたと書いている。

ＬＤＰＲはおそらく、政治改革を予測して、それを統御しようと図った共産党とＫＧＢによるいくつかの合同計画での最もうまく運んだ例だったろう。計画の中にはＬＤＰＲのように選挙で勝てるように考案されたものもあったが、選挙を回避する狙いでつくられたものもあった。

ところが、クリュチコフの恩恵を受けていたと見られる共産党上層部の別の一派は、改めて党の現実のイデオロギーを磨き直すことで共産党の正統性の回復を図ろうとした。これは、最初は一九八七年にモスクワ共産党のボス（後に政治局入りする）のユーリー・プロコフィエフによって始められた。彼は、「実験的創造センター」として知られている組織の創設に関わった。センターの所長には、月のような丸顔のロケット科学者で劇場監督のセルゲイ・クルギニャンが据えられた。プロコフィエフの助力を得て、クルギニャンはコンピューターと最新のテクノロジーで身を固めた数百名の専門家たちを雇い、新たなソヴィエト的イデロギーの創出を夢想した。「われわれは政府の主要シンクタンクになった」と、クルギニャンは控えめな言い方で私に言った。プロコフィエフが政治局入りすると、センターの計画はヴァレンチン・パヴロフによって唱導された。彼は、一九九一年の挫折クーデターの首謀者の一人である。九十三ページからなるセンターの文書は『ペレストロイカ以後』と題され、リベラル改革を否定し、共産主義の正統性の復権を図る不穏な意図に貫かれていた。

「ペレストロイカ以後」とは、ゴルバチョフの改革がもたらした激変期以後のイデオロギーおよび精神面での再生のプログラムを指していた。これは、世俗的な共産主義に神学的意味合いを吹き込んだ。クルギニャンは、「赤い宗教」に根ざした「宇宙、哲学、宗教、社会全体を網羅した思想」を提示した。ソ連経済は、政府各省庁主導から国営企業に移行して、よりいっそうの発展を図ったが、ソ連の支配者たちはやがて「赤い宗教の騎士や僧侶」(20)になりゆく運命だった。これは共産主義のイデオロギーを、共産主義、ナショナリズム、ロシア正教を融合したようなものに変容させ、それに一抹の「宇宙進化論」らしきものをまぶすという党内保守派の露骨な試みだった。

それはまるで、クルギニャンが時計を十九世紀末や二十世紀初頭へと巻き戻したようなものだった。

思えばその時代はロシア哲学が過激化し、科学がキリスト教神学や神秘主義オカルトと混合した時期だった。自著の『ペレストロイカ以後』においてクルギニャンは、ウラジーミル・ソロヴィヨフの神秘主義神学に言及したが、そこでソロヴィヨフは、人類は半神的状態である「神人」をめざして奮闘しようとしている、と説いていた。彼はウラジーミル・ヴェルナツキーにも言及しているが、この生物学者、地質学者はあらゆる知識を「人智圏《ノースフィア》」に統一することを提唱し、レフ・グミリョフにも影響を与えていた。ところが、クルギニャンは、自身の霊感の大半をニコライ・フョードロフの理論から得ていた。フョードロフは、十九世紀の図書館員で、唯一の著作として知られているのは、没後、『共同事業の哲学』と題して刊行されたものだった。この本で彼は、人類はあらゆる資源を総動員して宇宙塵から死せる祖先の復活を図り、復活した祖先があふれて地球にスペースがなくなれば、他の惑星を植民地とすべく宇宙旅行の技術を開発しなくてはならないと主張していた。

『ペレストロイカ以後』では、フョードロフの名はあげられていないが、クルギニャンはフョードロフの遺作の題名にある「共同事業」という言葉を大文字で四回使っている。彼によれば、狙いは「共産主義のイデオロギーを受け入れ、それを共同事業の形而上学に溶け込ませる」ことにあった。

クルギニャンは今から十年前に、テレビのトークショーでコメンテーターとして人気を得てカムバックするが、「ペレストロイカ以後」の計画にとってフョードロフがインスピレーションの源泉になったことを認めている。彼によれば、フョードロフこそ、十九世紀に根を下ろしていたより広範な哲学の時代への回帰を象徴しており、「これを見ても、ロシアで共産主義が実現されたことは偶然でなく、私としてはそれがこの国の形而上学に深々と根を下ろしていたことを説明して、ロシアの伝統を解きあかす必要を痛感していた」。

言い換えれば、共産主義は深遠なロシア的概念であり、その哲学的な根はロシアの風土に深々と根を下ろしているというのである。クルギニャンの計画は一部の統治エリート層の想像力に訴えはしたが、その彼らが権力を掌握し損ねた結果、挫折した。『ペレストロイカ以後』は、一九九一年八月二十二日に前記のクリュチコフの机の上で発見されたが、これは彼が強硬派による三日間のクーデター挫折後に逮捕された日だった。実のところ、クルギニャンのKGBとの関わりは浅くはなく、二〇一四年、「ドネツク人民共和国」［ウクライナの都市ドネツクで二〇一四年、ロシア編入を求めてウクライナからの独立を宣言した地域］知事のパーヴェル・グバレフとのネット番組の撮影中、クルギニャンは自分を「将校」と呼んだ。「あなたは将校である私より事態の何たるかをご存じだと言われましたね」と、鋭く相手に切り返したのだ。うっかり口を滑らしたのかもしれないが、彼とKGB上層部とのつながりを思えば、彼が自身の軍隊階級に言及しても、誰も驚きはしない。

クルギニャンの書いたこの政治パンフレットが、どれほどの影響力を持っていたかには論議の余地がある。彼によれば、クリュチコフは逮捕された後に、自分は執務机の上に例のパンフレットは置いていなかった、逮捕後にわざと机上に置いて写真が撮られたのだとクルギニャンに証言したという。要するに、自分ははめられたとクルギニャンは言うのだ。「私の評判を傷つける狙いだ。私を中核から弾き出すためだ」

KGBの熱意、イデオロギーの再生と共産主義の権威ある代替物というプログラムを求める中央委員会の一派のことを思えば、パーミャチ離脱後にドゥーギンが打ち出した計画は、調べてみる価値がある。当時は、すでに本書で述べたように、グミリョフの歴史書が記念碑的人気を勝ちえており、「ユーラシア」という概念が巷にあふれ、これをソ連最高会議議長アナトリー・ルキヤノフのような党の実力者がさまざまな形で支援してくれていた。

すでに論じたように、ユーラシアニズムは、いくつかあった主流側のイデオロギー計画の一つだった。当時のエリート層を巻き込みつつあった混沌の中で、それは、疲弊した社会主義の公的基本原理、急速にロシアに広がりつつあったリベラル民主主義、そのいずれにも対抗できる代替物だと、政体の強硬派の一部から見なされていた。

一九九〇年、中央委員会は『大陸ロシア』という雑誌への資金投入に同意した。ドゥーギンは、同志のイーゴリ・ドゥジンスキーとともにこの計画を進めた。ドゥジンスキーは中央委員会内部の雑誌『ズナーミャ（旗）』の編集に加わっていたことがあり、ドゥーギンは彼を表に立てた。だが、ロシア文明とユーラシアに集中した企画は一般性に乏しく、大した成功は収めずに、ほんの数号が出たきりだった。ドゥジンスキーによれば、

中央委員会は、懊悩《おうのう》していた。代替案なら何にでも飛びついたが、自分たちがもうだめだと知っていた。誰とでも手を組み、協力する気でいた。自分たちが権力を手放さずにすむのなら、何でもよかった（中略）何はおいても権力にしがみついていようとしたが、あまりに保守的すぎた。どんな構想もすべて時代遅れでだめだった。なにせ官僚機構だからね。何もできないんだ。せっかく出した『大陸ロシア』も棚に山積みのまま、埃をかぶっていた。

前年にドゥーギンの本が二冊刊行され、ふしぎと大部数が出た。彼によれば、各十万部だったという。一冊目は、エッセイシリーズの『専制の手法』で、主題はユリウス・エヴォラの伝統主義理論だった。それによれば、権威主義国家は「精神的貴族政治」に基礎を置くべきで、指導者はエリート主義の価値観と精神の権威を旨とするのがふさわしいと説かれていた。二冊目は『福音の形而上学』で、正教信仰の脈絡にゲノンとエヴォラの伝統主義を置き直すことが基本になっていた。ドゥーギンは、中世ビザンツ帝国の社会的階層構造の復活を称揚した。そこではエリート僧侶階級と軍事階級が運営し、宗教国家

の「シンフォニー」と、「高僧階級と軍事エリートの原則の然るべき結合が総合と絶頂に到達」していたというのである。ロシアは──とドゥーギンは書いている──ビザンツ帝国の後継者だ。あの帝国は、「神の王国と地上の王国とが独特な融合を遂げ、来るべき千年王国の、神意による雛型となっていた」[21]。二冊とも、神秘主義とオカルトの数秘術に満ちた、極めて偏向した内容だった。二冊とも、クルギニャンと同様に十九世紀から二十世紀への転換期のロシア哲学に立ち返るものだが、この時期こそ、ロシアの偉大な思想家たちの著作の中で、神学、哲学、オカルト、美学、詩が混然としていたのである。

ドゥーギン自身、ソ連瓦解後のロシアをこう説明している。「ソ連の自己認識のモデルが壊れた（中略）社会は立ち位置を見失った。誰もが変化の必要性は認めていたが、その認識の度合いは甘く、変化がどういう方向から来るものやら誰にも分からなかった」[22]。オカルト運動、スピリチュアリズム、新たな形而上学、陰謀論、反ユダヤ主義、ナショナリズム、神智学──これらすべてが新たな時代精神の中に足場を得た。ロシアはすでに二十世紀早々に、イデオロギーに夢中になる独特な過敏さを示していた。今や再び、ドアが大きくはね開けられたのだ。

ドゥーギンの二作は、別な理由でも重要である。彼によれば、二作の売れ行き（この背景については、さすがの彼も首をかしげていた）のおかげで、一九九〇年から九二年にかけて何度か西欧へ旅し、ロシアに紹介されていた極右活動家や思想家と会見できたのだ。こうしてドゥーギンは、エドゥアルド・リモノフによれば、「ファシズムの聖者、聖キリルと聖メトディオスになった」。当時、西欧への旅は極めて費用がかかり、さらには彼の反体制活動家の立場を考慮に入れなくとも、旅券の取得は困難だった。

ドゥーギンが一匹狼のインテリ起業家だったのか、隠れた高位の味方がいたのかは興味深い問題だが、結局は突き止めようがない謎だ。いずれにせよ、彼が西欧から持ち帰った思想は、地政学と極右思想で、いずれも以後の二十年間にロシアの政治をがらりと変容させた。おそらく、孤立した夢想家の計画にすぎなかったのかもしれない。だが、体制の奥の院で実績を残している誰かが、まさにこの大激変のさなかにあって、極右イデオロギーの実験のスポンサーになった可能性をあながち無視もできかねるのだ。ドゥーギンの知己たちも、彼の西欧旅行に手を貸すのには慎重だった。例えばセルゲイ・ジガールキンは、エヴゲニー・ゴロヴィンの著作の大半を出版してきた上に、書籍市場（特にオカルト系統）にくわしい背景から、ドゥーギンがそれだけの売り上げを出したとは思えなかった。

ところが、二〇〇五年の私との会見では、ドゥーギンはこう答えていた。

あのころ、本は千部か二千部くらいで刊行されていたが、われわれは十万部出した。ブームだったんだ。一部の労働者が買ってくれた。どうしてあんな本に興味を持ったのか分からないけどね。何回か増刷して、ある程度の金にはなったので、パリへ行ったんだ。

第9章　一九九〇年　パリ

一九九〇年六月、アレクサンドル・ドゥーギンに引き合わされる前は、フランスの作家アラン・ド・ブノワは、わざわざロシア人著作家と会うことはなかった。またロシア人がわざわざ彼に会おうとしたこともない。長期間こちらに住んでいる亡命ロシア人は別だったが、東側から来た相手とつき合った経験はなかった。東側へ行ったのも一九九〇年の数年前に、東独ライプツィヒでのブックフェアに行ったくらいだった。別にド・ブノワがロシア人嫌いだったからではなく、彼の仕事だとめったに会う機会がなかっただけのことである。ド・ブノワの貴族的な顔だち、みすぼらしいあごひげ、金縁眼鏡は二十年間にわたり、ヨーロッパの極右運動では目立つ右翼団体の一つ、「フランス・ヌーヴェル・ドロワート（フランス新右翼）」の知的霊感の源泉であり続けてきた。その年までは、ロシア人とつき合うのは、西欧極右の人間にはめったにないことだった。

ところが、一九九〇年は、彼のような政治哲学者にとって重大な年だった。ベルリンの壁取り壊しと、ワルシャワ条約機構の瓦解が数か月前に起きたばかりで、それらの出来事をかまびすしく喧伝することで大騒ぎだったのである。「右派」と「左派」という、この大陸においては固定していた公共生活の座標軸がそれまでの意味合いを失い、それらと一緒に他の障壁も崩れ落ち始めていた。

ド・ブノワは、共通の知人から、ドゥーギンを絶賛する声を聞かされていたので、会ってみる気になった。そしてレーニン風の山羊ひげもこれ見よがしに、二十八歳のドゥーギンがド・ブノワのパリの事務所へ現れた。事務所には、いかにもフランスのインテリらしい独特な品々が、二万冊を超える図書とともに満ちあふれていた。ド・ブノワによれば、ドゥーギンは「若き日のソルジェニーツィン」を想起させたという。

生まれて初めての海外旅行で、モスクワ発の飛行機から降り立ったドゥーギンは、その博識と流暢なフランス語でド・ブノワを驚かせた。彼の高等教育は「モスクワ民間航空学校」での二年間きりだというのだが、そう言われてもまさかとしか思えない。このロシア人が西欧で刊行されているものについてすぐれて通暁していることに驚嘆したことを、後にド・ブノワは思い起こしている。自分が愛読している書き手を、このロシア青年も愛読していたのだ。それどころか、当時の政治的課題についての見解まで同じで、ド・ブノワが書いたものはほとんど読んでいた。

ドゥーギンは反体制側の人間だったので、長年の間に見解を同じくする同胞たちに反体制の外国著作や書簡をひそかに送る必要から、西欧とのネットワークを広げていた。しかし今や、共産党書記長ミハイル・ゴルバチョフの民主的改革の数年を経て、こうした制限は緩和されていた。ドゥーギンも他の多くのロシア人と同様に、以前は禁じられて本で読むだけだった外国へ、今ではザグラン・パスポート［海外旅行専用のパスポート。ザグランは「ザグラニーチヌィ（外国の）」の略］で行けるようになったのだ。しかも、ドゥーギンは並の反体制派ではなかった。KGBに追い回され、その政治見解ゆえに迫害され、何度も職を追われ、街路掃除で食いつなぐまで追い詰められていた。それにもかかわらず彼は、ベルリンの壁崩壊に喝采し、ヨーロッパの東部へ拡大する民主主義に参画するような西欧びいきのリベラルではなかった。ドゥーギンは、ド・ブノワや、この旅で出会った「新右翼」のインテリたちから新たな原理と語彙を学んだ。

ド・ブノワは、安易なカテゴリー化はしない人物だった——若いころに、極右の政治グループに入っていたことは認めたが。彼は一九六八年の政治反乱［フランス五月革命］以後知り合ったインテリ仲間たちと、「ヌーヴェル・ドロワート（新しい右翼）」という集団を結成した。これは、二十世紀半ばのヨーロッパ・ファシズムを連想させる「旧右翼」と決別した集団だった。「旧右翼は死んだ。死んで当然だ」と、彼は一九七九年の論考に書いている。[1] 伝統的なカトリック、君主制論者、ナショナリスト、ヨーロッパの保守派たちをますます追いつめていたこの新右翼は、時には異教徒や伝統主義者と手を結びながらも、政治上の保革を区別せず、ナショナリズムを袋小路と見なし、これまでとは異なるアイデンティティや政治的モデルによって、旧モデルとの置換を図らなければならないと信じていた。一九八六年、ド・ブノワはこう書いている。

> すでに国際的なレベルにおいては、主要な論点は右か左かではない。リベラリズムか社会主義かでもないし、ファシズムか共産主義かでもない。「全体主義」か「民主主義」かでもない。論点は、世界を一元的と見るか、文化の多様性を基礎とする多元的な世界を支持するかにかかっている。[2]

ところが、新右翼は過激主義という評判を捨て去る気はなかった。フランスの歴史家アンリ・ルソーによれば、新右翼は「髪を長く伸ばし、タイヤレバーを屋根裏に隠し持っている」のである。ルソーは、数十年前までは大衆に忌み嫌われていた右翼的見解に知的な輝きを認め、敬意を表している。[3]

　新右翼は、一部の学者から「本来のファシズムの空白期にファシスト的見解を保持することに専念する」[4]と書かれたが、別の学者たちは、新右翼は真にオリジナルで複雑な哲学であり、左右両翼の見解を反リベラルと反資本主義という分類しがたいイデオロギーの中で結合していると言った。ド・ブノワ自身は、自分が極右の仲間であることを強く否定し、どんな形の人種差別にも強い異議を申し立て、みずからを「反資本主義のコミュニタリアン社会主義者」〔コミュニタリアンは、コミュニティへの帰属と、倫理的価値の共有を重視する政治哲学者〕と呼んだ。

旧右翼は反ソだったが、新右翼は、反ソと同様に――上回りはしないものの――合衆国による大西洋支配に反感を抱いていた。旧右翼は、ヨーロッパ統合を伝統的なナショナリズムの本質への脅威と見ていたが、新右翼は、「急進的」ナショナリズムはこの二百年、産業革命とグローバル市場によってあおられてきた一時的流行で、やがては終焉に向かうと見ていた。「国土概念を特徴づけるものは、中央集権化と同質化へのやみがたい欲求だ」と、ド・ブノワは一九九三年、『テロス（究極目的）』という雑誌に書いた。新右翼は、千年続いた古い人間組織である帝国において、人間は自立することができると信じていた。

> そういう状況では、どうすれば帝国の概念を無視できようか？　今日、ヨーロッパが民族国家《ネイションステイト》の代わりに生み出せる唯一のモデルこそ帝国ではないか。民族国家は脅威にさらされ、疲弊している。最終的にアメリカというスーパーパワーに支配されたくないのなら、突き抜けていかねばならない。そのためには、個々の国家群として孤立するのではなく、じり貧に陥らずにすむ統一体を求めるしかない（中略）ヨーロッパは連邦モデルによってのみみずからを新しく創出できるが、そのモデルは一つの観念、一つのプロジェクト、一つの原理のための器であり、すなわち突き詰めれば帝国的モデルへと行き着くのだ。[5]

ド・ブノワの突き詰めた新右翼観は、ドゥーギンや当時のロシア右翼たちの深刻な自己省察と共鳴し合い、この二人はドゥーギンが「ラディカルの中核」と呼んだものについては容易に合意できた。ともにかつては根っからの反ソ派だったが、二人の新右翼観は反米の度合いのほうが高かった。ドゥーギンのほうが思想的には新参で、ド・ブノワの観点の多くを旺盛に取り入れたが、ド・ブノワは今もドゥーギンが最も引用し、言及する思想家であり続けている。ドゥーギンにとって、ド・ブノワは知的モデルだったのである。

二人とも、生涯にわたってナショナリズムの権化と見られ、極右集団と結びつけられてきた。だが、二人とも極めて独特な思索家で、ナショナリズムや文化帝国主義についての狭い民族的な定義には広範な論旨を展開して反論した。しかしながら、このフランス人ド・ブノワに言わせれば、ドゥーギンが自分勝手に彼の論旨を曲解した分にまで自分は責任を持てないということになる。

ドゥーギンは、ド・ブノワの言説と似た自身の観点を強調する場合、自説の多くを師匠の観点と一緒くたにしてしまう傾向があった。しかし、ド・ブノワは、これに大きな不快感を表明し、自分に読めない言語で自作を云々されても責任が持てないと指摘した。アルゼンチンのシュールレアリスト作家ホルヘ・ルイス・ボルヘスが言うように、「どの作家も自分の先駆者をつくり出す」以上、ド・ブノワの実際の構想と、それに対するドゥーギンの解釈とを区別することはむずかしい。例えば、ドゥーギンの最も影響力のある著作、一九九七年刊行の『地政学の基礎』において、彼はこの著作の中心的な論旨をド・ブノワに帰しているのだが、それはこんな具合である。「民族国家は消耗し、やがては大きな空間に帰していくだけだ（中略）その空間は戦略的に統一され、民族的には多様なものだ」。とはいえ、「この戦略的統一は、独自の文化の統一体によって支えられなければならない」。確かに、ヨーロッパの統一性は、ドゥーギン版ド・ブノワ説によれば、「共通のインド＝ヨーロッパ語族という起源」[6]に基礎を置いている。ところが、ド・ブノワは、自分は大きな空間論など唱えたことはないし、そういう説を自分に押しつけられることに同意しないという。[7]ド・ブノワは極めて独自性の強い思索家で、右翼と左翼を溶け合わせ、ヨーロッパの多様性を称揚する一方で、ヨーロッパ文明を外国の影響から護持する必要も弁護するのだ。

このフランス人は生涯の大半を、隠れファシストだという批判への自己弁明に費やしてきた。この批判は、一九六八年時点での彼の政治活動と大いに関係があったかもしれない。彼の敵は、彼の文化理論――文化間の接触は限定的でなければならない、さもなければ、一つの文化の独自性自体が蚕食されるとしていた(8)――に対して、これこそ彼の理論が、一九三〇年代に流行した新時代を求める論議の焼き直しで、人種を文化に入れ替えただけだという何よりの証拠だと論難した。フランスの学者ブリジット・ボーザミーは、「ファシストの論議の『ハイ・カルチャー』版」と評した(9)。ところが、ド・ブノワは、この解釈を、自分が広く人種差別を批判してきた背景を思えば「ばかげている」と一蹴した。

とはいえ、注目すべきは、新右翼が最もよく引用する思索家の中には、元ナチスの哲学者マルティン・ハイデガー、法理論家カール・シュミット、神秘的著述家ユリウス・エヴォラ、「地政学者」カール・ハウスホーファーといった人々がいることである。新右翼はまた、両大戦間の政治では「保守革命」理論家として知られているドイツの政治運動家の思想の火を燃やし続けてきた。その理論家たちの中には、リベラリズムや議会制民主主義全般、特にワイマール共和国に激しく異議を申し立て、リベラル以後のナショナリスティックな新たな秩序の創出に尽力する有力な知識人たちがいた。エルンスト・ユンガー、アルトゥール・メラー・ファン・デン・ブルック、エドガー・ユリウス・ユング、オスヴァルト・シュペングラー、オトマール・シュパン、エルンスト・ニーキッシュたちである。彼らの一部はナチスになっていったが、ほとんど日常的政治の周辺にとどまった(10)。

新右翼間でのこれらの著述家たちの人気は、両大戦間に勃興してきたファシズムの響きを、間遠くとも新右翼に投げかけ続けたが、それというのも新右翼とファシズムは根源を一つにしていたからである。

一方、今日の新右翼思想家の誰もがド・ブノワほど陰影に富んだ人物ではなく、ドゥーギンが会った多くはほとんど混じり気なしのファシズム、人種差別、軍国主義を振りかざしていた。これらの過激派の中には、ベルギーのヌーヴェル・ドロワートとロバート・ストーカースがいた。ストーカースは、雑誌『ヴルワール』［「意志」を意味するフランス語］の発行者でもあったが、この雑誌は一九九〇年代初頭、極右では人気があった。ドゥーギンは、偶然、パリの書店でこの人物に出会った。「当時は西欧でロシア人に会えるなんて、ほぼ絶対にありえない時期だった」と、ストーカースは後に書いている。

服装からもロシア人は見分けがついた。書店の机の前でおなじみの魅力的なロシア語なまりのフランス語で話すカップルを見かけたとき、とっさにこの男がドゥーギンに違いないと思った。何通か手紙をくれていたし（中略）彼のことはよく知っていたからだ。つかつかと歩み寄って、こう訊いた。「アレクサンドル・ドゥーギンさんではありませんか？」。一瞬、彼はビクッとした――まるでこちらが私服刑事か何かと勘違いしたように。(11)

ストーカースの雑誌『ヴルワール』は典型的な極右論争の舞台で、親アパルトヘイト派の人物へのインタビュー記事や「大セルビア」の地図などが掲載され、ある号にはドイツへの移住増加を示すグラフが掲載され、キャプションには「外国人はどこへ引き寄せられているか？」とドイツ語で記されていた。ドゥーギンの過激な交流相手には、ジャン＝フランソワ・ティリアールがいた。変わり者のベルギー人眼科医で、「国家ボリシェヴィズム」を唱え、ウラジオストクからダブリンにまでまたがるヨーロッパ帝国を構想していた。彼によれば、ソ連こそが第三帝国の「後継者」で、理由はシーパワー国家群に囲まれたランドパワー国だからというのである。(12)他にクラウディオ・ムッティがいた。彼は、エヴォラのイタリア人の弟子で、イタリアの右翼テロ集団とつながりがあり、ドゥーギンの「ロシア大陸」というマニフェストをイタリアで出版していたが、これは最初は『ズナーミャ』に発表されたものだった。さらにドゥーギンが会ったのはイヴ・ラコストで、地政学に特化した雑誌『エロドート（ヘロドトス）』の発行人や、仏政界のさまざまな政治家たちの顧問を務めていた。

両大戦間のドイツ政治哲学は、冷戦末期のロシアに明確な歴史的共鳴を引き起こしたが、それは偶然の一致以上のものとして、多くの評論家によってロシアの「ワイマール時代」と呼ばれていた点にも示されている。挫折で疲弊したランドパワーは、国際政治の舞台では野心とはつり合わない地位に落ちぶれてしまった。特に敵対諸国に囲まれてロシア・ドイツ両国が時代を隔てて「中核的な地位」から滑り落ちてしまった点を強調する地政学において、その軍国主義的理論は、ヴェルサイユ条約の屈辱から立ち直ったドイツと同じく、冷戦における敗北の灰の中から再生してくるロシアをも合理的には説明できるものと映ったのである。

実際、クレムリンに浸透していくことになるドゥーギンのユーラシアニズム論は、ロシアの旧世代のユーラシアニストたちが書いた原典よりも、多民族帝国、地政学、コミュニタリアニズムなどに関する新右翼の理論を借用している部分が多かった。ドゥーギンがロシアのユーラシアニストの言説を咀嚼《そしゃく》するのは、それよりずっと後のことになるのである。(13) 彼が後に最大の名声を得ることになる地政学の理論は、カール・シュミットやカール・ハウスホーファーから受け継いだもので、この二人の言説はドゥーギンが最初の西欧訪問から帰国後に、彼の著作に姿を見せ始める。ド・ブノワは、ドゥーギンにシュミットの思想を紹介したのは自分だと即座に認めたが、ハウスホーファーは違うと答えた。

シュミットは一九三三年から三六年にかけて、第三帝国の突出した法哲学者だった。法的主権と政治哲学の諸問題に関する彼の著作は、今日の学界でも草分け的なものと見なされている。一九四五年、ヒトラーの独裁を正当化したために彼は終身、教職から追放された。シュミットの見解では、法制度が有効であるためには、その十全性を保持するように機能する力の要素（それは制度と同時に、しかも逆説的に作用する）が制度の外部に存在しなければならない、というのであった。言い換えればシュミットは、ある制度が存続するのは、その制度の外部にあり、法が停止される状態――シュミットのいう「例外状態」――について決定できる者、すなわち主権者が存在する場合に限られると信じたのである。戦後に書かれた彼の著作に壮大な『大地のノモス』があるが、これは普遍的権利や道徳的諸価値というリベラルな概念への反証だった。この著作によれば、いかなる法的秩序の源泉も普遍的な原理ではなく、大地がどう分割されるか――「土地の占有、都市の建設、さらには植民地の形成までも」――には各地にそれぞれの通念があり、それらが次々に各国家の独自の特徴を形成していく要素になっているという。この流儀で、その国の法はまさにその国の法であり、各文明に特有のもので、各政治形態に対して特有の地域の特徴を生み出し、外国の法概念と同一の基準には従わず、普遍的な判断を受けつけない。シュミットの著書『陸と海と』もまた、ドゥーギンの著作に明らかな影響を与えたが、それは海洋社会と大陸社会の基本的な対立を論じたものだった。シュミットは、両者の対立をカトリック対プロテスタントの緊張関係に帰してさえいる。シュミットは「大陸的」ドイツについて論じているが、同じ概念を冷戦後の「大陸的」ロシアに当てはめるのも可能である。

一方、ハウスホーファーはドゥーギンに強力な引力を及ぼす存在となり、多大な影響をもたらした。ハウスホーファーのナチスへの影響力は、主としてヒトラーの総統代理だったルドルフ・ヘスとの交友を通してのものだったと思われるが、彼自身は一度もナチス党員だったことはなく、その影響力については歴史家の間で論議が絶えない。とはいえ、ドイツの戦略に対するハウスホーファーの見解は、一九三九年のモロトフ＝リッベントロップ協定（独ソ不可侵条約）によって、短期間とはいえ実現され、ハウスホーファー自身、この協定を「西欧ユダヤ金権体制」が掲げる「アナコンダ政策」に打撃を加えたと祝福した。そして、自著の『中欧＝ユーラシア＝日本の大陸ブロック』において、ヒトラーの「ユーラシア政策」を称賛した。[14]

「ハートランド（中軸地帯）」［内陸ユーラシアの中心部］「リムランド（周辺地域）」［ユーラシアの沿岸部］「グロスラウム（広大地域）」「アトランティシズム（大西洋主義）」などの地政学の用語がドゥーギンの著書に頻出しだすのは、彼のヨーロッパ旅行以後のことだった。後にベストセラーとなる『地政学の基礎』では、ドゥーギンは新右翼を称賛し、特にド・ブノワにはこの主題で大半のアイデアを負っているとまで書いている。「大戦前のドイツ地政学者や大陸派の考え方と連綿としてつながっているヨーロッパの数少ない地政学の一つは、新右翼である」。そしてド・ブノワの地政学の哲学は、「ハウスホーファーの学派と完全に一致している」と続けた。ところが、ド・ブノワ自身は、「自分はドゥーギンに、ハウスホーファーについて教えたことはないし、彼が誰から教わったかも知らない」と言い続けていた。

ドゥーギンはヨーロッパを広く旅して、ド・ブノワが組織したセミナーで講演を行い、スペインではテレビに出演、その他さまざまな会議に出席した。一九九二年、ついにヨーロッパの新たな仲間の極右集団をモスクワに招き、彼らはドゥーギンの新しい後援者たちと会ったが、その中に相当数の軍関係者がいるのに驚いた。二〇〇五年の私とのインタビューで、ドゥーギンはこう答えている。

> ユーラシアニズムと共振する新右翼モデルを、ぼくは吸収した。これは大いに栄養になった。初めて聞く名前、初めて聞く著述家、真新しい発想。これらは、それまでぼくの中で培ってきた概念を根本的に磨き上げてくれた。ぼくはこれに似たものをロシアの歴史の中に探し求め、ロシアの政治哲学の中にこれと共鳴するものを探していたのだ。

このことを彼は、「一種の逆翻訳」と呼んだ。

ただし、ドゥーギンによれば、西欧訪問が七、八回にもなると、ヨーロッパに対する幻滅が募ってきた。「嫌いになったというわけじゃない。だんだん分かってきたのは、あそこにはあまり興味深いものはなく、興味深いものはすべてこのロシアにあるということだった。ヨーロッパでは歴史は閉ざされているが、ロシアでは歴史が開かれているんだ」

アートとしての陰謀論

パリへの最初の旅の間に、ドゥーギンは、自分のキャリアを書き換えることになる重要な出会いへといざなってくれる男を訪ねた。(15) あのユジンスキー文芸サークルを創設し、ドゥーギンの文芸面でのアイドルだったユーリー・マムレーエフである。彼は合衆国のコーネル大学への在籍が上首尾とはいかず、ソ連でだめだった版元をアメリカでも見つけられずにフランスに移っていた。知識人や形而上学への嗜好が両国より強いフランス人は、マムレーエフが自負していた資質に見合う歓迎をしてくれ、そのままフランスに残って執筆活動を続けていたが、その間にソ連が崩壊した。

この海外暮らしの間、マムレーエフはドゥーギンにとって不在の師匠のような存在で、二人は一九八〇年代、しばしば文通をしていた。ドゥーギンは、最初のパリ行きで相手に会ったが、その直後にマムレーエフは十五年ぶりにモスクワへ戻った。「彼は、街灯の一本一本の前で立ち止まっては顔、胸、両肩と十字を切り、顔を輝かせてロシア人らの顔をしげしげと眺めた。まるで派手なイースターエッグでも見るようにね」と、後にドゥーギンは冗談を言った。

マムレーエフは今回、ドゥーギンに対するある提案を持っていた。マムレーエフには親友があった。著名な作家であり、彼の赤軍との親密な関係は伝説にまでなっていた。マムレーエフとこの親友とは、ともにカウンターカルチャーに浸って育ち、「六〇年代の男たち」世代だった。もっとも二人のその後の人生コースは別々に分かれ、親友のほうは体制側につく誘惑に屈し、ソ連軍部の広報担当者になった。この親友の名は、アレクサンドル・プロハーノフだった。

　海外暮らしの間、マムレーエフはプロハーノフとふつうならありえない交際を続けた。プロハーノフのあだ名は「参謀本部のナイチンゲール〔鳴き声の美しい鳥〕」だったが、むろん、赤軍の将軍たちとの親密な交友ゆえについたものである。マムレーエフが帰国すると、二人は改めて友情をよみがえらせ、プロハーノフは相互に興味深い、あるプロジェクトの詳細を相手に漏らした。すなわち、自分は「ソ連作家同盟」の会長ウラジーミル・カルポフから新聞の立ち上げを頼まれているというのだ。作家同盟の執行部は、同盟の機関紙『文学新聞』に対する統制を失い、保守強硬派から見ると、同紙は過剰なまでにリベラル化して、改革派分子びいきの論調になっていた。プロハーノフが執行部から指示されたのは、保守派の機関紙を発行して『文学新聞』に対抗することで、ナショナリスト的傾向を持つ才能ある若い書き手をそろえる必要があった。マムレーエフに、心当たりはないだろうか？

　マムレーエフは直ちに若いドゥーギンを思い浮かべ、彼に働きかけた。「いいかい、サーシャ〔アレクサンドルの愛称〕、プロハーノフは味方だ」。首をかしげる相手に、マムレーエフはそうもちかけた。「なぜです？」とドゥーギンは驚いた。彼にしてみればプロハーノフは敵としか思えなかったのだ。つまり、彼流の言い方では、「垣根の向こう側の人間」だった。ソ連体制に仕える「大幹部」ではないか。「サーシャ、それは誤解だ。彼は、裏ではこっちの味方なんだよ。内密に、こっちだけの話でね」

　ドゥーギンは興味を抱いた。好奇心をそそられたのは、プロハーノフの軍部と特務機関との関係だった。ヨーロッパで開拓したばかりの新右翼との新たな接触を通して追求し始めた過激思想を吹き込むにはもってこいの集団ではないか。そこでプロハーノフに会ってみると、髪は伸び放題、口を開くとビートニク詩人特有の脱線だらけで、国家権力の売り込み屋と思い込んでいたドゥーギンからすれば、まったく予想外の人物だったのである。

一九三八年生まれのプロハーノフは、ロケット科学者として出発した。ところが、同世代の「六〇年代の男たち」の多くと同様、夢想的な誘惑に駆られ、居心地のいい研究所を捨てて森林伐採労働者になった。そして、自然観察に明け暮れ、当人に言わせると、「異教徒的生き方」に没入した。村落作文運動への風変わりな郷愁から始まって、やがてナショナリズムにたどり着き、しだいにソ連の権力機構に夢中になっていった。彼自身の話では、啓示が訪れたのは『文学新聞』の新米記者として、一九六九年、中ソ紛争の取材に派遣されたときだった。同年三月、ソ連軍のダマンスキー島［中ソ国境のウスリー川中流中洲。両国国境紛争の原因となったが、九一年、中国領とすることで決着。中国名「珍宝島」］攻撃の後、戦死したソ連兵士の母親たちの悲嘆を目撃し、それを感動的に報じた。記事には民話の要素を織り込み、村の伝統や俗語も入れてあった。この記事がセンセーションを引き起こして、プロハーノフはトップランクの記者に格上げされたのである。

「中国と戦争突入したときの思い、戦死者の姿、うなり轟く戦闘機、これらを見るうちに、国家こそ最高の価値を持つことが分かった。こうして私は国家主義者になったのだ」と、プロハーノフは、二〇一三年にテレビインタビュアーのウラジーミル・ポズネルに語った。(16)

赤軍のほうも、天性の宣伝屋が登場したと彼に着目した。以後の二十年間、プロハーノフは赤軍参謀本部の翼下に取り込まれ、最前席から冷戦を報道しては名声を高めていった。アフガニスタンへは十数回取材で出向き、自国が泥沼にはまった十年余におよぶ凄惨な戦いを報道した。またニカラグア、モザンビーク、カンボジア、アンゴラと、ソ連と西側の代理戦争の最前線をも取材した。

一九八〇年代までには、すでにプロハーノフは、ソ連の将軍たちとのつながりや彼らの長所を褒めたたえるペン先で、「ナイチンゲール」の異名をとっていた。一九八〇年代の大半はアフガニスタンに派遣されていた第四十軍担当の従軍記者だったが、一九八二年に『カブール都心の木』を刊行し、これは今日に至るも彼の最高傑作として称賛を浴びている。同年、彼は赤軍支援の下に「コムソモール文学賞」を受賞したが、これはソ連では最も重要な文学賞の一つで、一九八五年にはロシア共和国作家同盟の書記になった。

一九八七年、プロハーノフは、ゴルバチョフ改革派に対する保守派の反撃の先頭に立つ一人となった。同年四月の第八回ソ連作家同盟大会で政治的自由の支持者たちにすさまじい批判演説を展開し、相手を西欧模倣者と糾弾した。「そういう模倣は、わが国の主権を放棄し、劣等感を植えつけるだけなのだ」(17)。

プロハーノフは、軍部と治安部隊における自分の支援者たちの要求に応えようとして、彼らが改革をめぐってペレストロイカ論議に引きずり込まれるにつれて、自分もまた同じ道筋をたどった。一九七〇年代半ばにすでに始まっていた軍部とナショナリスト知識人の同盟では、すでに中心的な存在となっていたが、一九八〇年代後半にソ連のイデオロギーの車輪ががたついてくると、彼の出番はいっそう増えた。

軍部はソ連の機構の中では最もイデオロギー化が進んでいたが、軍部とクレムリンの政治指導部との緊張は、一九八〇年代後半から一九九〇年代前半にかけて、基本的な意見の不一致や意思疎通の不備、悲劇的な誤謬、責任回避などによって高まり、ついには将校団の幻滅はとめどがなくなった。ソ連軍のアフガニスタン撤退は、赤軍の威信を地に落とし、他方、将軍たちの間ではクレムリンの崩壊とヒエラルキー瓦解の責任まで自分たちに押しつけられるのではという被害妄想が募ってきた。このフラストレーションに輪をかけたのが、ジョージアとリトアニアで勃発した二つの残虐行為で、これらはいずれも隠蔽され、現地司令官に責任が転嫁されていた。一つは一九八九年にジョージアの首都トビリシでのデモ制圧に臨んだ赤軍落下傘降下部隊がデモ隊に罵詈雑言をあびせ、一部を警棒とシャベルで打ちのめしたもので、その結果、死者は二十一名に達した。もう一つは、一九九一年一月にKGBの奇襲部隊が市民たちの防衛していたヴィリュニスのリトアニア議会（最高会議）とテレビ局へ躍り込み、十五名の死者が出たというものだった［前述の「血の日曜日事件」］。これらの残虐行為で民間人に死者が出たことへの責任が追及されたが、政治家たちはこぞってそれを否認し、すべての責めを軍司令官に押しかぶせた。司令官たちは口頭で命令を受けたと言い張ったが、文書化されたものがなかったために、これらの異議は却下された。

これによって軍部は、上司である政治家たちは信用できないという教訓を得た。一方、軍部とKGBは、国内に増大してくる民主化勢力を、懸念を募らせながら見守っていた。これで西欧との軍事対決は終わり、自分たちが御用ずみになるのではないかとの疑念にかられていたのである。軍のハードパワーである戦車と銃剣では、新たな敵である民主化勢力に対しては権威を示せないのではないか？

ソ連将校たちは、クレムリンに幻滅を覚え、自分たちだけでイデオロギー上の同盟を求めてもかまわないのだと意気込むようになっていった。共産主義のイデオロギーがぐらついてくると、軍部は時を移さずクレムリンの代替物を求め、自然な帰結としてナショナリストとの同盟をめざした。他方、ナショナリスト側も軍部を愛国的自尊心の大いなる源泉と見ていた。プロハーノフは、軍部が保守派へと移行するための中心的な橋渡し役となった。多くの軍人たちはすでにして隠れナショナリストとなっていた。将校たちは、自分たちを国際プロレタリアートの前衛ではなく、祖国防衛の功労者であるアレクサンドル・スヴォーロフやミハイル・クトゥーゾフ［いずれも十八〜十九世紀の帝政ロシアの軍人。後者はナポレオンのロシア遠征軍を撤退させた］らの後継者と見なしていたのである。

軍部がイデオロギー上の味方を模索していたように、ナショナリストのほうも似たような混乱に陥っていた。選挙で何度か惨憺たる敗北を喫するうちに、自分たちが迫り来る新たな政治の時代にまったく備えができていないと思い知らされたが、その事態から彼らが引き出した教訓は、民主的政治改革が不可避となった以上、残された手だては非民主的な手段で勝利を得ることに希望を見いだすしかないということだった。(18)

自由選挙は、民主主義者の政党「モスクワ人民戦線」や「民主同盟」のような政治組織を持たないナショナリストにとっては警鐘となった。すでに時代遅れの戯画となっていたパーミャチだけが、一九八九年と九〇年の選挙では全国レベルで他の政党と競合していた。そして徹底的に叩きのめされたのである。

ナショナリストたちへの国民の支持がいかに少なく、全国組織を欠いているかを思い知るのが、いかにも遅すぎた。サミズダート式の地下出版と「分厚い雑誌」の時期から選挙政治の時期への移行すら終えていなかったのである。一九八九年、パーミャチの支援を受けた候補ですら、この団体とは距離を置こうとし、他の民主主義的野党候補との接戦では敗退した。エリツィンは、ナショナリズムを含む敵候補の最強の論点を盗みとった結果、勝利したのである。

参謀本部の非公式のスポークスマンでイデオロギー担当者だったプロハーノフは、ナショナリスト知識人と軍のトップやKGB高官たちとの知的交流をとりもとうとした。双方が、力を増してくるリベラル派に対抗しなくてはならない共通の理由を持っているとにらんでいたからである。不機嫌で、フクロウを思わせるソ連国防相のドミトリー・ヤゾフ元帥と、ソ連KGBの小柄でもったいぶった議長で分厚い眼鏡のために肚が読めないウラジーミル・クリュチコフは、いずれも相手がどれほど取るに足らない存在だろうと、味方になってくれるのなら支持を辞さない気でいた。

一九九〇年三月二十四日、軍部は、ナショナリストに対する数多くの働きかけの中で最初のものを始動した。ヤゾフと軍の政治部門のトップであるアレクセイ・リジチェフが、プロハーノフ率いる一団のナショナリスト知識人たちと会見したのである。この結果、この時期、いくつかの他のセミナーが開かれ、右翼知識人たちはロシアの将軍たちのトップクラスと意見を交換した。(19)

ちょうどこのころ、ソ連作家同盟は、リベラル派の『文学新聞』と並ぶ新たな新聞を発行するための予算配分がなされると決定した。新たな新聞社が『文学新聞』と同じ敷地に開設され、プロハーノフが運営を任された。まだアフガニスタンでの取材体験記を執筆中だった彼は『ジェーニ』、英語では『ザ・デイ』となる新聞を発行した。同紙は、新しい実験的なナショナリズムと硬派の共産主義や帝政ロシアへの郷愁を混合することをめざしていた。すべてのページには、西欧の陰謀論らしきものや反ユダヤ主義、外国忌避、ナショナリズム、「スターリニスト国家ボリシェヴィズム」といったものが躍っていた。ツヴェトノイ並木通りに面した同社には、将軍、副官、コサック、硬派共産党員、正教の僧侶たちが出入りしたが、その中には物理学者や数学者、共産党の高級官僚たちも交じっていた。

『ジェーニ』は、リベラル派の新聞、特に天敵である『文学新聞』から、容赦ない攻撃にさらされた。この両紙は、民主主義対ナショナリズムという政治的両極を代表し、共産主義の終焉によって生じた真空状態をいちはやく埋めようと競合していたのである。ゴルバチョフの改革分子を率いていたヤコヴレフは後に、『ジェーニ』を硬派将軍たちによる一九九一年のクーデターの「孵化器」と呼んだ。実のところ、この新聞は公式的なマルクス＝レーニン主義の挫折と明らかな失敗をもとに生まれてきた、新たなイデオロギーの試験管だったのである。

この新聞のためにプロハーノフが最初に雇用した一人として、ドゥーギンは、ソ連の近衛兵的守護者としての任務を果たすべく、パンフレットづくりとプロパンガンダ係の才能を注ぎ込んだ。「ろくでもないソヴデップめ、くたばれ」というざれ歌の作者として、一九八三年にはKGBから尋問を受けた当人としては、豹変もいいところだった。プロハーノフは、ロシアの保守派運動に欠けているものがドゥーギンにはあること、それがヒップ（格好よさ）であることを見抜いていた。いまだに乗馬ズボン、スコープカの髪形、山羊ひげというトレードマークが気に入っていた彼は、プロハーノフの目には「エネルギーに満ちて、若々しく、頭にはまっさらのアイデアが詰まっていて、預言者の風格がある」ように映ったのである。

ドゥーギンが任された仕事の内容は必ずしも明らかではないが、彼が書いた記事から推察すると、陰謀論の専門家として雇われたようだ。もともと神秘主義とオカルト専門で、これに事件の裏で動く見えない手だとか悪の勢力、陰謀の混沌状態など定番のスパイスで味付けを施したしろものだったが、彼の手にかかると「定番」ではないように見えたのである。「本紙、そして現下の政治における最も緊急のテーマの一つは、陰謀という問題に絞られてきた」と、ドゥーギンは、『ジェーニ』の創刊号で書いている。「L・オホーチン」の筆名で書かれた記事は、一九九〇年十二月の同紙に「世界統一主義《モンディアリズム》の恐怖」と題して掲載されたものだが、内容は世界政府樹立を図るグローバル規模のエリートの陰謀に関するものだった。

有能なパンフレット制作者によくある手口だが、ドゥーギンも言説の大半を他のパンフレット制作者たちから剽窃《ひょうせつ》した。そこにあげられている世界政府志向の陰謀機構としては、「外交問題評議会（CFR）」〔アメリカのシンクタンク〕「三極委員会」〔日米欧三極の民間人による協議会合〕「連邦準備制度理事会（FRB）」「ビルダーバーグ会議」〔世界の政治・経済エリート、官僚、王族などによる非公開会議〕と、これまたおなじみのものである。アメリカのサバイバリスト〔災害にも生き残れるよう核シェルターをつくったり食料を備蓄する人々〕、あごひげをしごくヨーロッパの極左といった人々が、ドゥーギンのタイプライターのおかげで唐突にロシアの過激なメディアへ流れ込んできた。陰謀論を寄せ集めることにかけては、彼の力は無尽蔵だった。彼の最初の記事の書き出しは、ドイツ皇帝ヴィルヘルム二世の助言者ヴァルター・ラーテナウの一九〇九年の発言で始まっていた。「三百人の男がこの大陸の経済的な運命を握っており、各自は旧知の間柄で、後継者たちも彼らの周りから集めている」。古臭い陰謀論の定番だが、ロシアではそれほど広くは知られていなかった。これに飛びついたのが、人生に希望が持てず、シニカルになっていた大衆だった。

実際、ロシアには、世界の陰謀の都という、いささか怪しげな風評がついて回っていた。つまり、国際的な秘密の集団が何十年も、いや何百年も世界革命を企んでいて、ボリシェヴィキ革命こそその何よりの証拠だ、というのだ。既成秩序を転覆させ、背後から統治を図る――これはソ連共産党の教科書通りじゃないか、というのである。実のところ、ソ連七十年の歴史では、首脳部の交代には陰謀劇がつきもので、ロシア・エリート層によって情熱的に展開された。こうした陰謀は十九世紀までさかのぼり、皇帝の秘密警察は革命主義者たちといたちごっこを展開し、双方が相手組織へ侵入して、どちらが敵か味方かも分からなくなるほどだった。一九〇四年、帝政ロシアの内務大臣ヴャチェスラフ・フォン・プレーヴェは、サンクトペテルブルクで乗っていた馬車の下へ投げ込まれた爆弾で殺された。ところが、この陰謀の指揮をとっていたのは内相の部下の諜報員エヴノ・アゼフで、この男は内相暗殺後も四年間、革命派の同志の情報を警察に通報した賞金で食っていたのである。(20) これとほぼ同時期にロシア帝国の秘密警察オフラーナは、陰謀論史上最も悪名高い偽書である『シオン長老の議定書』をでっちあげた。これは、最も確かな説によれば、パリ在住のオフラーナ出身者ピョートル・ラチコフスキーの要請で作成されたとされている。

ドゥーギンは、このラチコフスキーと似たような政治目的で、前記の記事を書いたと思われる。すなわち、ロシアで台頭してきた革命的分子を、世界を巻き込む不吉な陰謀の脅威として評判を落とそうとしたのだ。ドゥーギンのために公平を期すれば、(後になってからではあるが) 彼はユダヤ陰謀説を強く批判、自分がその陰謀説の焼き直しをしているとする説も厳しく拒み、例の『議定書』の信憑性も否定した。つまり彼は、陰謀論を民族的、宗教的偏見と結びつける誘惑 (それは暴力の種子を生み出すものだ) は断ち切ったのである。実際、彼の陰謀論はどんな犠牲者をも生み出さなかった。過去の陰謀論はレフ・トロツキー、パリ・ロチルド男爵家、エマニュエル・ゴールドスタインなどの犠牲者を出してきたが、ドゥーギンの文章は、いかなる肉体的損傷をも生み出さずにすんだのだ。妄想をかきたてはしたが、彼は自身の陰謀論に対して慎重に距離を置き、自分の記事が現実の人々に本当の憎悪や暴力が向けられる契機とならぬよう、明確に配慮していた。煽動といえども、責任あるものであるためには、肉体的「標的」は厳密に言って必要ないし、議論の強さを減じるとさえ考えていたのである。悪が最悪の悪となるのは、それが隠蔽され、はっきりした形すら持たない場合なのだ。

「諸大陸における大戦争」という一九九一年二月の論文では、ドゥーギンのこうした観点がよく表れており、それは『ジェーニ』を貫く感情を最もよく表すものだった。この記事の内容は、明らかに彼の読んだ地政学に関する文献と、西欧の極右論者たちとのやりとりをもとに書かれたもので、冷戦の隠された意味は共産主義対資本主義ではなく、海洋国家対大陸国家という、隠された二大エリート集団の戦いにこそあったという内容だった。「この惑星をあげての二大『オカルト勢力』間の陰謀、この隠された対決といまだに目撃されたことがない暗闘こそ、歴史の方向性を決定してきたのである」

ドゥーギンの大いなる知性にかかると、乱雑な事実が溶け合って法則となり、偶然のできごとが陰謀へと集約されていく。彼は後日、こう主張した——旧ソ連で起きた政治的動乱は、実は一皮めくれば、大西洋パワーの影の手先とユーラシア・パワーの手先の対決だった、と。また、こうまでも言う——KGBは大西洋パワー側の陰謀の手先で、他方、愛国的なユーラシア派はKGBに対抗する軍情報部GR

Uに結集してきた。これこそが、GRUが頻繁にKGBとの抗争を繰り返してきた背景である。同時に、GRUが祖国に対して忠誠を維持した背景である、と。

後年、元KGB大佐のウラジーミル・プーチンがロシア連邦大統領にまで出世したが、それに熱い拍手を送ったドゥーギンは、自分はKGBを見誤っていたかもしれないと認めた。そして二〇〇五年に出した陰謀論集の序文で、「諸大陸における大戦争」のオリジナル原稿には「いくつかの不整合、不正確さ、誇張、不合理」があったかもしれないと匂わせている。彼の妻ナターリヤは、今日、当時刊行された夫の著作をひととおり読んでから、こう断定した。「まあ、大目に見てあげて、なにせ彼は二十八歳だったのだから！」

ロシアでは陰謀論はいつでも売りやすかった。なにしろ、『プラウダ』の読者は、後ろのほうから目を通す――つまり、政府が何を抑え込もうとしているかを真っ先に知ろうとするのである。そして、ソ連で陰謀論が隆盛をきわめるのは、それが事実である場合が多いからで、さらにはそれこそが政体が宣伝したいことのかなめだったからである。ハンナ・アーレントによれば、そういう理論は、「現実そのものよりも、人間の心が欲しがるものに合っているからだ」。陰謀論の主要な利点は、現実のほうが陰謀論に比べれば論理的ではなく、整合性がなく、筋立てがないということだ。以下のことは、注目に値する――ヨーロッパの二十世紀の全体主義政権は、他のことにはまるで無関心な大衆に対してイデオロギーを説明するには、陰謀論が最も手っとり早いことに気づいていた。第三帝国が主張した人種論を理解していたドイツ人はほとんどおらず、大半のロシア人も弁証法的唯物論の基本を理解していなかった。ところが大衆は、『シオン長老の議定書』、あるいはウォール街の陰謀、トロツキストの陰謀は、熱心に読みふけった。同じく、共産主義の瓦解で生じたイデオロギー面での空白を埋めたのも、陰謀論だった。

陰謀論が発生する理由を説明しようと一部の学者は、社会に陰謀論が広がるのは一種の妄想か認知障害のせいだとして、こうした精神状態では人は事件の中に現実には存在しない「パターン」や「目的」があると錯覚してしまうのだ、と主張した。別の学者たちは、陰謀論は宗教生活の残滓《ざんし》で、宇宙の善と悪の目に見えない戦いという古臭いユダヤ＝キリスト教的意識の世俗化された概念が新たな時代の意匠をまとって、社会危機を背景に増幅されたのだと主張した。

ドゥーギンは、この点では巧妙な距離をとり、自説を売り出すかと思えば、皮肉な口調で脱構築し、陰謀論に神話や宗教的悪魔学をまぶしてみせた。「諸大陸における大戦争」に続いて、「陰謀論序説」では、自作をこう分析してみせた。「陰謀があろうとなかろうと、大勢に影響はない。宗教を分析する場合に肝心なのは、神の実在ではなく、信仰の事実なのだ」[21][22]

こうして、陰謀論はそれ自体の証明の必要がないものとなった。ドゥーギンは、陰謀論が真実である（陰謀が存在する）ことを証明するのではなく、陰謀論が存在するという事実を証明しようとし始めた。「われわれにとって、『陰謀』が文字どおり実在するかどうかを決めるのは、歴史的かつ社会的に見てそれが存在するという信念があるかないかによる」[23]。この論法でいくと、UFOは実在すると信じる者、「草の繁る丘（グラシーノール）」〔ケネディ暗殺事件で複数の狙撃者がいたとの「陰謀論」で「架空の狙撃者」が銃撃した場所とされた丘〕、「テンプル騎士団」の信奉者たちは、ある意味でなんらかの学問的方法論によって庇護されているプロテスタント、仏教徒、バハーイー教徒らと同列扱いになる。イスラム教を研究する場合の課題は、コーランやハディースの内容を証明することではなく、それらがこの世に具現されているという信仰を研究することなのだ。

ドゥーギンによれば、陰謀論の普及ぶりには、宗教と同じ非合理な部分がある。すなわち、「具体的な事実と事件を神話学的パラダイムに還元する、安定した無意識の元型〔心理学者ユングの概念。祖先の経験が個体、世代を超えて人類全体の集合的無意識となったもの〕」への固執がある。「陰謀論では、ルールや法則はない。どんなことでも起こりうるのだ」[24]。これは以下のことを考えれば、皮肉な姿勢だ。ドゥーギンは、自分で荒唐無稽な陰謀論を吐き出しながら、同時に陰謀はごまかし、作り話、精神の病が生んだ妄想、近代以前の精神的化石で、別の時代ならば魔女の火刑という形をとったかもしれないと説明しているのである。こういう皮肉は、言い換えれば、彼の別な面での、いささか不吉なマニフェストにもつきまとっていた。

ドゥーギンは、陰謀論という一つのアートの批評家、理論家、実行者と一人三役を同時にこなしているが、これら三つの機能はおたがいを排斥しあっている（元来、そうあるべきだ）。この矛盾した一人三役は二十年間、彼の活動を貫いて変わらなかった。以下の二つの並行する要素がはっきりとは解決されないままに、彼のエッセイや著作を貫いている――ある時の彼はマキャヴェリ的な術策家で、プロパガンダの実践においては巧みな弁舌家だが、同時に彼は自作の脱構築を行い、疑念を呈し、分析者として距離を置いている。

実際、ドゥーギンは、あえて自分の作為を読者に気づかせ、それを知られても恥じることがない。二〇〇五年、『陰謀論』というアンソロジーに「諸大陸における大戦争」が掲載されたとき、ドゥーギンは序文にこの論考が当時の「陰謀論の最初の意識的かつ構造的な試みだった」と誇らしげに書いて、定義はぼかしているが、意図的に神秘化し操作したことを示唆している。これは一見、人に信じ込ませようとする陰謀論の目的を壊すように見えはするが、ドゥーギンは実際には巧妙なレトリックを使っており、ソ連瓦解以後、疲弊してシニカルになっていたロシア人たちには、正攻法でいくより効果があった。魔術師がカーテンをめくって手品の種をのぞかせるように、ドゥーギンは読者たちとの間に裏の関係を築き、かつて廷臣が君公の耳元にささやいたように、読者に事の裏側を暴いてみせる。饒舌で客を呼び込む代わりに、読者のシニシズムにつけ込んだ巧みな伝道者としての流儀こそ、彼の名刺代わりとなったのだ。

ＵＦＯからケネディ暗殺に至るまで、陰謀論はこれすべて現代の産物である。陰謀論が広まることについての研究が、主として不合理な要因の研究にかたよる傾向がある——例えば、そういうことを信じ込む背景となる心理的要素の研究——に対し、少数ながら、現実の陰謀の実在によってある程度が説明されると主張する陰謀論の研究もある。[25]

一九九〇年代末には、こうした背景から陰謀論がロシア社会を巻き込んだ。ソ連の瓦解、それとともに猛威をふるった経済危機は唐突で、人為的に引き起こされた観があった。例えば、世界最強の国の一つが、辛酸の末に手にした帝国的支配をみずから投げ出し、ついには消滅しようとしている事態を、どう説明できるのか？　見えない背後で悪意ある勢力が動いたに違いない。しかし、陰謀論があふれ返ると、実際に陰謀が起きてきた。一九九一年八月のクーデターに始まり、一九九〇年代と二〇〇〇年代にかけて、ロシアでは陰謀、秘密結社、何らかの政治操作としかいいようがないことが頻発した。一九九三年十月の事件［いわゆる「モスクワ騒擾事件」。後述］は絵に描いたような陰謀で、一九九六年、新興財閥《オリガルヒ》の銀行家たちによるボリス・エリツィンの再選、一九九九年のウラジーミル・プーチンの台頭と第二次チェチェン戦争の開始——これはすべて大いに論議の対象になった。これらの陰謀に至った正確な背景についてはまだ論議が続いているが、どれもが基本的には陰謀だったという事実は疑う余地はない。

それゆえ、ドゥーギンが多くの陰謀論をみずから生み出す一方で、自身もその一つに加担したということは特筆に値する。すなわち、一九九一年八月の挫折したクーデターを断行した将軍や治安機関幹部たちの思惑を、身を挺して実行に移したのだ。軍の陰謀グループの宣伝係というドゥーギン自身の立場は、彼の神秘性をいっそう際立たせ、彼自身もその線での自己演出を行った。現実の陰謀に加担していたというイメージをみずからつくり出すことによって、陰謀論専門家としての信憑性も強化される。そして、この狙いは的中したことが判明している。

一九九一年七月二十三日、『ソヴィエツカヤ・ロシア』という新聞にプロハーノフが書いた長い論説が掲載されたが、この論説には将軍や著名な知識人、政府高官たちの名が連記されていた。彼らはこの後、世界に知れわたったクーデターに関わった人物たちだった（『ジェーニ』ではなく『ソヴィエツカヤ・ロシア』が選ばれたのは、四百五十万部という発行部数の多さによっていた）。この論説の見出しは、「人民への言葉」となっていた。

途方もない不幸が起きた。歴史や自然や栄光ある祖先たちから委ねられたわれらの祖国、偉大な国家が解体されて暗黒と忘却の彼方へ投げ込まれようとしているのだ（中略）何が起きたのか、同胞たちよ？　なぜ、われわれは信念を軽んじられ、素朴さにつけ込まれ、権力を奪われ、富を盗まれ、家や工場や土地を奪われ、国土を切り裂かれ、おたがいに敵視させられているという現実を直視できなくさせられているのか？　その元凶は、悪そのものの高慢な支配者ども、狡猾な背信者ども、貪欲で富裕な強奪者どもだ。

この論説は、プロハーノフが『ジェーニ』の主筆室で考えた実験的ナショナリズムの特徴を示したもので、おそらく彼が軍部との協力の下に発表したのである。これに署名していたのは三名で、彼らはまもなく明らかになる悪名高い「国家非常事態委員会（ＧＫＣｈＰ）」のメンバーだった。この論説こそ、クーデターの陰謀策定者たちが自分たちの行動に即して公表したイデオロギーに最も近い内容で、彼らが権力機構に持ち込もうとした構想を端的にまとめていた。それはあっと言うような斬新さで、共産党への言及はほとんどなく、せいぜいが党を反逆のための「トロイの木馬」扱いしただけだった。「この木馬は党のリーダーたち自身の手で破壊され、敵の手にわたったのだ」

プロハーノフは、「十月革命」にはふれていたが、語調は極めて否定的で、母国に降りかかった重大な災厄という文脈でだった。「われわれは同じこの世紀で二度も内乱を引き起こし、その残酷な水車の中で国民の骨を砕き、ロシアの背骨をへし折る暴挙を経験した。これを本気で容認できるのか？」。プロハーノフは、革命に代えて愛国主義と国家を強調し、宗教的形象を持ち出す。そして、改革派のエリツィン一派をさえ、「新たなパリサイ人ども」と決めつけたのだ。

正教会は、今や墓地から立ち上がりかけた十字架からその姿を現しつつある。われわれはその正教会に訴える。ロシアの歴史において精神の光を放ってきた正教会こそ、この暗黒の今日に（中略）強力な主権を支えるみずからの価値に気づくのだ。民衆を救おうとする正教会の明らかな声がわれわれの耳に届かんことを（中略）われわれはイスラム教徒、仏教徒、プロテスタントやあらゆる信仰の信徒たちに訴える。なぜなら、これらの人々にとって、信仰は善や真実、美と同義だからだ。彼らはいま、被造物たる人間の汚物である残酷、醜悪、虚言の攻撃にさらされている。

この文章には、愛国主義の新たな概念が示されているが、それはさまざまな信仰告白の様相を帯びながらも、ロシア人を彼らの過去や精神的絆へと結びつけようとするものであり、人類との思想的結びつきを図ろうとするものではない。敵はもはや資本主義ではなく、破廉恥な外国人の破壊工作者や民主主義的改革を口にしながら「海の彼方の外国人パトロンどもに助言と祝福を求めてゴマをする輩にすり替わっている」。

これは、不器用な形態で歴史の流れに逆らおうとしたＧＫＣｈＰが、ついえる前に精一杯に自分たちの思いを述べたものだった。やがて、ドゥーギンのユーラシアニズムと大西洋主義の陰謀説が、その風変わりなマニフェストから躍り出て、モスクワの街頭で完全に復活を遂げていく。

八月クーデター

一九九一年八月十八日午後五時少し前、うだるような日曜の午後に、クリミアの黒海沿岸のフォロス村にあるゴルバチョフの休日用の別荘（暗号名「あけぼの荘」）へ五台の黒いヴォルガ車が到着した。

これから数か月後、ゴルバチョフは、ソ連の検察官たちに当日は来客の予定はなかったと答えている。不時の来客は、五名のKGB高官、軍と党の幹部と護衛が数名だった。ゴルバチョフは電話で、KGB議長ウラジーミル・クリュチコフにこの来訪の意向を訊こうとした。だが、電話線は切られていた。そこで彼は、自分の護衛隊長であるウラジーミル・メドヴェージェフ将軍を呼んだ。将軍はこの事態を「フルシチョフの変形版」とブラックユーモア風にとらえたが、KGBの将軍だったので前例を知っていたのである。元ソ連指導者のニキータ・フルシチョフは、一九六四年にピツンダ（アブハジア）の別荘に滞在中、クーデターによってその職務を追われていたのだ。

以後の七十三時間、ソ連中枢内で展開された死闘は、二つの陰謀勢力による歴史支配権の争奪戦だった。「あけぼの荘」に差し向けられた者たちは、KGB議長ウラジーミル・クリュチコフの命令によるもので、彼は八名の党最高幹部側について国家非常事態委員会（GKChP）の結成に同意し、ゴルバチョフを味方につけようとしていた。緊急の問題は、二日後の八月二十日にゴルバチョフが「新連邦条約」への調印を予定していたことで、多くの者が恐れたのは、この新条約調印によってソ連邦が改組され、七十年に及ぶソ連帝国がドミノ現象で総崩れして個々の独立国家群に解体してしまうことだった。GKChPの狙いは、ゴルバチョフの同意をとりつけて、条約の署名を引き延ばすことにあった。

このクーデターは言うまでもなく、もくろみとはまったく逆の結果に終わった。ソ連邦の解体を食い止めるどころか、ロシア・ソヴィエト共和国大統領ボリス・エリツィンの主導的地位を強固にし、クーデター派の合法性を剝ぎとってしまったのである。これは連邦に打撃を与え、四か月後の終焉へともろにつながった。とはいえ、ゴルバチョフが電話線の切断に気づいて以降の緊張に満ちた三日間については、いまだに専門家たちの間で正確に何が起きたかをめぐって熱い論議が繰り返されている――何千もの証言が出て、三回の別々の捜査、九回の裁判、そして少なくとも事件関連の個人的な記録が十数冊も刊行された。

多くの者の目には、ＧＫＣｈＰの敗北は、民主勢力側の大衆的政治が、反動的・全体主義的勢力や陰謀と銃器による統治しか念頭にない勢力に対して勝利したことを意味した。「一つの世紀が終わった。恐怖の世紀が終わり、新たな世紀が始まった」とエリツィンは語り、クーデター後の政権の天蓋へと駆け上がっていった。彼がなめた辛酸をよく表していたのが、防弾ベストを着て戦車の上に突っ立ち、政権側の銃身に身をさらした姿だった。しかし、事態の裏面をより深く知れば、この珍しい対決場面が民主主義対全体主義的陰謀の絵に描いたような構図であるという受け止め方はできない。大衆の選択と透明な政治過程という一見したところとは裏腹に、一九九一年八月の出来事の裏側では、世界を煙に巻き、誤解させ、情報操作して、一方の勢力が他方を打ち負かした、言い換えれば最上の陰謀が勝ったのだ。

翌八月十九日、朝日が戦車隊を照らすころ、この隊列はクトゥーゾフ大通りを轟音とともに移動し始めた。これは、モスクワ西郊から都心に通じる大通りである。ドゥーギンの思い出話では、妻のナターリヤに起こされ、ラジオでゴルバチョフが体調不良で副大統領ゲンナジー・ヤナーエフに権限を委譲するというニュースを聞いたという。「クーデターよ！」と、ナターリヤが叫んだ。「仲間だ。ついに政権を握った！」と、二人は有頂天で大声をあげた。

放送では、ロシアの民主改革は国家を破壊するもので、ソ連邦の崩壊を阻止しなければならないと

言っていた。ＧＫＣｈＰの「ソ連人民に告ぐ」では、

> 建国初期の熱情と希望は、信念の欠如、無感覚、絶望へと変わった。政府はその全部門において国民の信頼を失い（中略）この国は全面的に統治不可能と化し（中略）父祖の国の運命にとって危急存亡のこの瞬間において行動に移らなければ、悲劇的で予測不可能な結果を招き、重大な責任を負うことになる。

クーデターの宣伝家たちは事情をつかめていなかったので、次に何が起こるかまったく予想もしていなかった。プロハーノフですら、事態の急速な展開に「まったく虚を突かれた」と言い、「人民への言葉」というクーデターのマニフェストを書いた当人であるにもかかわらず、この出来事でそれが果たした役割について、まったく知らないと告白した。彼は「ぼくはプーシキンみたいなものだった。デカブリスト［専制と農奴制の廃止をめざして蜂起したロシアの青年将校たち］だって彼を一味だとは思っていなかったじゃないか」と、冗談を言った。この有名な詩人は、進歩派将校団による一八二五年のクーデター計画で発起人の一人だったが、最後には連座せずにすんだのである。

レフ・グミリョフの有力な支持者だった最高会議議長アナトリー・ルキヤノフは、ラジオで、議会は一週間招集がないと告げた。おかげでクーデター派は、権力を固める時間的余裕を得ることができた。「ルキヤノフの発言は、天使のコーラスだった」と、ドゥーギンは後に書いている。「コカ・コーラ植民地主義勢力《コカ・コロニアリスト》に国を明け渡そうとコスモポリタンたちが集結している眼前で、古い政治家たちが、新体制［クーデター体制］への敬意を表して大いなるエールを送ったのだから」[26]。

ところが、初日からクーデターはぐらついた。最初の過ちは明白で、ルキヤノフの放送直後から、国

営テレビとラジオは『白鳥の湖』を流し続けたのだ。このチャイコフスキーのバレエ作品は、まず悪が善を翻弄する物語である。しかし、クーデター側の失敗は、ラジオとテレビを使って市民に自分たちの趣旨を徹底させそこねたことだけではなかった。今になってプロハーノフはこう言っている。「彼らは宣伝と情報操作に本腰を入れるべきだったのに、まるでその初歩すら分かっていなかった。代わりに『白鳥の湖』ときたね」

クーデター側のお粗末さは、共産党ヒエラルキーのトップの間ではお得意の仮借ないパワーゲームには慣れっこだった多くの者を驚かせた。ゴルバチョフの護衛隊長メドヴェージェフ将軍は自伝にこう書いている。

わが国にクーデターや血なまぐさい反乱の経験がないわけではない。実際、あまりほめられた話ではないが、この点ではわが国は地球上でも他に抜きんでているはずだ（中略）レフ・トロツキーを地球の反対側で仕留めた［スターリンの政敵はメキシコで一九四〇年に暗殺された］。なのに、どうして彼らはエリツィンを逮捕できなかったのだ？　地球の反対側どころか、すぐ隣にいたではないか。

もう一つ答えが出ていないのは、ゴルバチョフが主張し続けたように、彼はフォロスで電話回線を切られて軟禁されていたのか、それとも、この事件に関わった者が主張するように、ゴルバチョフの「軟禁」が彼自身望んだもので、クーデターの結果が分かるまで、非難声明の発表を待とうとしたのか（ゴルバチョフは八月二十一日にそれを発表している）という問題だ。「われわれが勝っていれば」と、十一名の陰謀関係者の一人、ヴァシーリー・スタロドゥプツェフは言っている。「ゴルバチョフはあっさりクレムリンへ戻って、合法の大統領として執務を続けられたのに」

今日、ゴルバチョフは、共産主義の背骨をへし折り、一九九一年十二月、ソ連邦解体とともに自発的に歴史から平穏裡に姿を消した改革者として記憶されている。しかし、その年の八月時点では、彼の主たる政敵は党の強硬派ではなく（彼らに対しては、周囲の改革派連中とともに、政治的生き残りのために必死に働きかけていた）、七月にロシア・ソヴィエト連邦社会主義共和国の大統領に選出されたエリツィンで、彼は改革派としての大衆的なカリスマ性に加えて、広範な政治権限を帯びていた。八月二十日に署名が迫っていた新連邦条約に対するゴルバチョフの態度は読み取りがたい。ソ連が崩壊すれば、大統領としては失職する。ゴルバチョフは、その線で前進せずにすむ手だてを模索していたのであり、ＧＫＣｈＰ案は大変都合のいいものだっただろう。「われわれは、ゴルバチョフの腕でも手でもあった。彼は万事を承知していた」と、その死没直前の二〇一一年に私と会見した老いたるスタロドゥプツェフは、顔面のしわに確信をみなぎらせながら断言した。(27)

不満たらたらの元強硬派だけが、ひそひそと疑問を口にしていたわけではない。表向きはゴルバチョフの説を公然と支持してきたエリツィン自身が、二〇〇六年にテレビ・ロシアでのインタビューで、彼と他の改革派はゴルバチョフにクリュチコフの解任を要求したが、相手は拒否したと語った。「彼（ゴルバチョフ）は、クーデターが起きる前に知っていて、それは記録に残されている。そしてクーデターの間、彼は逐一すべての報告を受け、その間、どちらが勝つか結果を待っていた――われわれか、連中かをね。勝ったほうにつく気でいたんだ」。モスクワのゴルバチョフ財団は、この非難に以下のプレスリリースで応えた。「『ゴルバチョフの名に泥を塗ろうと、エリツィンは、『ベロヴェーシ合意』［一九九一年十二月、ロシア、ウクライナ、ベラルーシ三国がソ連邦からの離脱を合意］、さらには、ソ連邦瓦解につながる他の行動から、みずからを免罪しようとした」。これが公表されてまもなくエリツィンは亡くなり、この応酬については永遠に幕が閉じられた。

ゴルバチョフの首席補佐官で、クーデター時にＧＫＣｈＰからあけぼの荘に派遣された一団に加わっていたヴァレリー・ボルジンによれば、ゴルバチョフは最初から何としてもエリツィンの排除を望んでいた。「ゴルバチョフは、必然的に起こってくる争いの現場にはいたくなかった」と、ボルジンは二〇〇一年、『コメルサント』紙に語っている。「彼は自分の休暇中に起きるはずのことを知っていた（いや、指示まで出していたかもしれない）」。だが、ゴルバチョフは、軟禁されていたし、自分も家族も身の危険を感じていたと言い張った。派遣団がモスクワへ飛行機で戻ると、ゴルバチョフとライサ夫人（一九九九年没）は、フォロスでの三日間に感じた恐怖について語った。事件後、夫人にインタビューしたソ連検察局の検事のレオニード・プロシキンによれば、ライサ・ゴルバチョワは軽い心臓発作も起こしたという。「夫妻は軟禁中、本当に悩んでいた」と検事は言い、夫妻が毒を盛られることを恐れて三日間食事を控えたとまでつけ加えた。とはいえ、未解決の疑問が残っている。それは、彼の副大統領でクーデターの一員だったゲンナジー・ヤナーエフが、ゴルバチョフの職務を引き継いだ後、翌日の記者会見で次のように答えたときに、ゴルバチョフはその気になれば、自分が病気でないことを国民に伝えることができたのかどうか、という点だ。

ミハイル・セルゲーヴィチ（ゴルバチョフ）は、目下、休暇中です。この国の南部で治療を受けています。長年の職務で非常に疲れており、回復には少々時間がかかるでしょう。しかし、われわれの希望では――いや、まさにわれわれの希望ですが――ミハイル・ゴルバチョフは健康を取り戻し次第、再び職務に服するでしょう。

ゴルバチョフがフォロスを離れようとしなかったことは明らかである。さらには、彼がクーデター中の自分の不在についての疑問を解消すべく、外部の誰かと連絡をとろうと懸命に努力をした形跡は見られない。政府関連の電話網がクリュチコフの命令で切られていたことは確かでも、彼の専用車の無線電話は依然として操作可能で、彼の護衛の部署の電話も切られていなかった。「彼は、専用車からか、都市間の電話で話せた」と、派遣団の一人オレーグ・バクラーノフは、ゴルバチョフ軟禁の事実を怒りとともに否定する。

歴史家のジョン・ダンロップが二〇〇三年に書いたクーデターについての論文は、西欧側で書かれた事件に関する学術的論考では最良との評価を受けているが、その彼は、一九九六年にスタンフォード大学訪問時に、ゴルバチョフの改革派の中心だったアレクサンドル・ヤコヴレフから以下のことを聞かされたという。「合点がいかないのは、どうしてゴルバチョフがあっさり席を立って、その場から出ていかなかったのかということだ。護衛は彼を制止するはずもなかったのだから」(28)。ゴルバチョフがもっともらしく外部との接触を断っていたのは、それが彼にとって完璧な立ち位置だったからだ。クーデターが挫折すれば、意思に反して軟禁されていたと言える（実際、そうしたのだ）。クーデターが成功すれば、後になってそれを支持すればいい。「見たところ、ゴルバチョフは公然とクーデターに関与するのを拒否するのではなく、クーデターの発進にはゴーサインを出したようだった」と、ダンロップは結論づけた(29)。

とはいえ、ゴルバチョフが明確にクーデターの合法性を支持しない場合、クーデター側にとって唯一残された道は軍部を味方につけることだった。国防相のドミトリー・ヤゾフ元帥は、モスクワの中心部への戦車部隊の出動を命じはしたが、以後、彼は事態への対処でいくつかの不手際を認めた。一九九七年のあるインタビューで、彼はこう答えている。

ＧＫＣｈＰは完全に即席の組織で何の計画もなく、エリツィン逮捕の計画もホワイトハウス（ロシア共和国最高会議のビル、すなわち議事堂）への出動もなかった。われわれは、国民はこちらを理解し、支持してくれると思っていたのに、彼ら全員が、われわれが都心へ戦車を出動させたことを罵ったのだ。(30)

まず、過去二年間、軍は市民の抗議活動鎮圧をやり過ぎてしくじることが重なり、国家への忠誠心がひどく損なわれていた。その結果、兵士たちは政治、特にモスクワ中枢部での政治にはほとんど意欲をなくしていたのである。そこでエリツィンには、不満を抱えた指揮官たちと交誼《こうぎ》を結ぶ道が開かれた。クーデター側が唯一当てにできた部隊はＫＧＢの対テロ班「アルファ部隊」だけだったのに、この相手に対してもクーデター側はやりそこなった。アルファ部隊はホワイトハウス制圧に書面での命令書を要求したが、それが届かないので、部隊は危機の間、動こうとしなかったのである。

八月十九日の午後、エリツィンは別荘からモスクワに車を乗り入れたが、彼の逮捕命令を受けて別荘地帯の森に展開されていたＫＧＢ部隊は彼が通過したのにまったく気づかなかった。モスクワでホワイトハウスから出てきたエリツィンは一転して、彼の側に寝返った戦車の上によじ登り、有名なテレビ演説を行った。「私はすべてのロシア人がクーデター側に対して、この国が憲法で守られた正常な状態に復帰するよう堂々と要求することを求める」。当日展開された抗議デモは、解散させられなかった。外国のテレビ班も、何ら制止されることなく、モスクワ中を動き回っていた。何万もの抗議者たちが結集してホワイトハウスを守ろうとし、戦車が砲塔から「民主ロシア」の三色旗をひるがえしている光景がテレビ画像で伝えられた。

クーデターの不首尾は、初日から明らかだった。街頭へ出てアルバート通りをエリツィン支持の群衆がホワイトハウスへと向かう光景を見届けたとたん、ドゥーギンはクーデターの挫折に気づいた。「この群衆を見ながら、聖書に出てくる、崖から落下していく豚を連想した〔マルコ伝第五章十三節〕。生まれて初めて、自分がソ連邦支持者なのだと分かった。ソ連邦が崩壊する間際に、ぼくはそれを愛していることが分かったんだ」

クーデター側は、まさか腰のすわった勇敢な抵抗があろうとは予測していなかったし、群衆に銃弾を撃ち込む度胸も持ち合わせていなかった。八月二十日から二十一日にかけて抗議者三名が殺されたが、見たところは事故に近かった。装甲車両の覗き口に防水シートをかぶせて「目隠し」しようとした者が轢殺《れきさつ》されたのである。

ドゥーギンのような陰謀論者に対しても公平を期すならば、GKChP側の伝達網が相互に交換していた情報が一部始終リアルタイムでエリツィン側に伝えられていた形跡はあるのだが、今日になってもまだ合衆国が彼にどの程度手を貸したかは分かっていない。二〇〇五年に出されたヤコヴレフの回顧録によれば、合衆国の諜報機関はゴルバチョフにクーデターの切迫を伝えたのだが、この警告をゴルバチョフは無視した（実際には、すでに述べたように、彼はクーデターにすでに気づいていたかと思われる）。合衆国のジャーナリスト、シーモア・ハーシュは、一九九四年、『アトランティック・マンスリー』誌に次のように書いている。（合衆国国家安全保障局の希望に大いに反して）大統領ジョージ・H・W・ブッシュ（父）は、クリュチコフとヤゾフが現地指揮官たちに与えた指令をめぐる機密情報をエリツィンに漏らせと命じていた。「米側はエリツィンにリアルタイムでクーデター中枢のやりとりを漏らしていたのだ」とハーシュは書いているが、これは米側の高官の発言をもとに書かれていた。(31) 他方、エリツィン自身が自伝の中で合衆国大使館との接触を認め、軍によるホワイトハウス包囲の間に米側の大使館員たちが訪ねてきたと書いている。ホワイトハウスと同大使館は至近距離にあったため、彼は身柄を米大使館に預けることも検討したが、「わが国の人間は外国人が国事に介入しすぎることを好まないので」と断念したという。

八月二十日の夜は、いくつかの疑問を残している。エリツィンによれば、「あらゆる消息筋が、GKChPはホワイトハウス突入を決めたと伝えていた」。ところが、彼の報道担当官のパーヴェル・ヴォシチャーノフによれば、エリツィンはその夜、ホワイトハウスの地下室で宴会を繰り広げたというのである。可能性があるのは、クーデター側の意気消沈した様子が合衆国の通信傍受によってもたらされ、おかげでエリツィン側が勢いづいたということだ。メドヴェージェフ元帥は自伝にこう書いている。「エリツィンは、（ホワイトハウス）突入はないと承知していた」。もっとも、その情報源については明らかにされていない。

数週間後に『イズヴェスチヤ』紙に出た空挺部隊司令官パーヴェル・グラチョフのインタビューによると、ほぼ同時刻にKGBのアルファ部隊の指揮官は、午前三時、ホワイトハウス突入命令を出そうとして部下に拒否されていたらしい。理由は、「突入時刻は特に命令されていない」というものだった。明らかなのは、初動時に決定的な動きを見合わせることによって、クーデター側は優位な立場を放棄し、部隊が分裂するに任せたことだった。ホワイトハウス突入が挫折した時点で、国防相のドミトリー・ヤゾフは部隊の市外への撤収を命令し、翌日の大団円へと舞台を切り替えた。すなわち、ゴルバチョフが任務に復帰して、怪しげな理由でフォロスにやってきたクーデター側を公然と非難したので、彼らはモスクワ帰還と同時に逮捕されたのだ。

クリュチコフが何度も指摘したのは、国民の支援をとりつけるのに放送網を使わなかったことがクーデター側の最大の誤算だったということだった。二〇〇一年、彼はこう言っている。「われわれは国民に事態を訴え、この国が直面していた危険に目を開かせるべきだった」[32]。さらに二〇〇六年にはこうも述懐している。「国民がわれわれを支持していたかどうかは何とも言えないが、国民への呼びかけを行っていれば、街頭へは出てきてくれたはずだ」(33)。しかし、ヤゾフが、なぜクーデターが必要なのかとの質問に答えられなかったと認めたとき、クーデターの挫折理由では彼が最も説得力のある分析を行ったことになる。彼は、そのときの様子をこう語っているのだ。「民衆は始終こう訊いてきた。どうして銃撃命令を出さなかったのか、と。そこで私はこう自問した。撃つって誰を？　何の名において？　撃てばゴルバチョフの地位は安泰だったのか、と」(34)

強硬派は、戦車と部隊の威力を信頼していたが、「なぜ？」という問いに答えられないかぎり、戦車も部隊も使えないことに気づくのが遅すぎた。彼らは民主主義は受け付けなかったが、たとえ銃口によって権力を掌握する場合でも、そのためのメッセージや思想、クーデターの理由づけが必要だったのだ。つまり、自分たちの意図を説明しなければならなかったが、それが果たせなかったのである。「彼らは歴史の操作には電話一本あれば足りると、本気で信じ込んでいた」とは、ドゥーギンの今日の述懐である。

愛するソ連邦の完全にシュールな死に、ソ連の強硬派は仰天して呆然となった。クーデターとその余波は、重大な歴史の転回点とはならなかった。この種の規模の事件にならば普通はつきまとう重大な結果を伴わず、なんらの重みもなかった。クーデターの当事者たちは、世界史に残る地殻変動、例えば一七八九年のフランス革命や一九一七年のロシア革命のようなものだと信じ込もうとした。しかし、それはナンセンスである。歴史は流血の犠牲を求める。歴史が突き進むのは白骨の散乱する原野で、それらは歴史が命を奪い、やがて忘却の彼方へと封じ込めた者たちの骨なのだ。新たなパラダイムが描出され、一つの全体性が倒れて新たな全体性が取って代わるには、常にドラマと膨大な数の死者が伴う必要がある。

ところが、ソヴィエト連邦が弔鐘を響かせた三日間は、死者三名（それも上記のように事故死）、刑務所送りは数か月で十一名、最高のドラマと言えば、ホワイトハウス前でエリツィンが戦車によじ登って断行したテレビ用の演説だけだった。モスクワ市民向けの演説もCNNで画像が流されただけで、ソ連国内では誰一人見た者はいなかった。プロハーノフは、自分が目撃したのは「巨大な模擬実験、一連のお芝居」だと感じていた。この三日間、銃弾は一発も発射されず、世界最大の国家は崩壊したのである。

八月二十一日、クーデターは終わりを告げ、八月二十二日、ゴルバチョフはモスクワに戻り、ソ連は死んだ。クーデターを生み出した元の『ジェーニ』は休刊となり、ソ連作家同盟の建物内で廊下を隔てただけのライバル紙『文学新聞』は、『ジェーニ』がヤゾフ率いる国防省の資金を得ていたという暴露記事を書いた。

ドゥーギンは仕事に戻ったが、彼の周りでこの国は崩壊を続けた。ゴルバチョフの政治生命は終わり、ソ連が生き延びられないことは誰の目にも明らかだった。この終焉をなるべく平穏裡に運ぼうとする段取りが、徐々に進行した。

ロシア・ソヴィエト共和国大統領エリツィンは、クーデター前からすでにソ連邦からのロシアの離脱を画策していたが、今やその努力に拍車をかけた。同年十二月、彼はウクライナ共産党書記長レオニード・クラフチュク、ベラルーシ（当時はベロルシア）最高会議議長スタニスラフ・シュシケーヴィチとミンスク近くのベロヴェーシの森の保養地で会って、ソ連邦の解体を既成事実としてゴルバチョフに突きつけた［ベロヴェーシ合意］。

ライバルを排除する道筋としてエリツィンはソ連邦を崩壊させ、その長である相手を失職に追い込んだのだ。続く数か月、ソ連邦の領土の四分の一が連邦を離脱し、十二月二十五日にはクレムリンの国旗掲揚台からソ連国旗が永久に下ろされ、「民主ロシア」の三色旗が掲げられた。あの日こそ、とドゥーギンは言う。自分は永遠に「ソヴィエト人」になった。[35] そして後にこう書いている。

これで自分はソヴィエト人になったことが分かった――完全に、そして後戻りすることなく。運命的に、そして勝利とともにあるソヴィエト。長らく自分の周りや、「ソヴデップ」に対して消しがたい敵意を抱き続け、また急進的で妥協を知らない、民族的順応主義への敵意がそれに続いた。言うまでもなく西欧にも敵意を抱き続けてきた（中略）しかし、あの八月、（意識的には大いに努力はしたのだが）ぼくの魂の内なる論理では、国家非常事態委員会（ＧＫＣｈＰ）の側に立つしかなかった。[36]

幕僚学校での講義

ＧＫＣｈＰは、エリツィンに勝利をもたらしてくれたが、それは決定的な勝利ではなかった。依然として彼は、深刻なまでに分裂した社会と、官僚機構と、それまで党・国家官僚たちの権威の後ろ盾となっていた、旧秩序に徹底して忠実な治安勢力との戦いを強いられた。

ソヴィエトの強硬派と愛国主義者たちは新時代と折り合いはつけたが、「帝国最後の兵士たち」である多くの者はエリツィンへの反感を隠さず、自分たちは（歴史の間違った側にいたせいというより）新たなポストモダン的な敵にしてやられたと思い込んでいた。その裏舞台で守旧派は、官僚機構の改革をめぐり、リベラルな新世代との対決に追い込まれていた。これが特に目立ったのは軍部と諜報機関で、エリツィンへの忠誠心は最低だった。彼のボディガードのアレクサンドル・コルジャコフに言わせれば、クレムリンに忠誠を誓うＫＧＢの中に「ミニＫＧＢ」を創出せざるをえないというありさまだった。[37]

新秩序に忠実な者たちと守旧派との暗闘は国民の目からは隠されていたが、ドゥーギンとプロハーノフが語る、こうしたロシア国家権力中枢での暗闘話は、現実ばなれして聞こえるがそれほど的はずれなものではなかった。すでに述べたソ連瓦解直前に起きたロシア国防・治安機関の主要な陰謀の一つが、まさにそのことを示している。これは一九九一年の事件で、首魁《しゅかい》はクリュチコフとヤゾフだった（そしてかなりの確率でゴルバチョフもからんでいた）――もっとも、これは明らかに挫折したから、主犯たちが背後で操作する実例とは言いがたいわけだが。そして、この陰謀が存在したこと自体が、ロシア・エリート層が陰謀好きだという否定しがたい証拠になる。この最近のGKChP陰謀が挫折したからといって、もっと上首尾に運んだ陰謀が存在しなかったということにはならない――特に、それがわれわれの知りようもない事件であった場合は。

軍や治安機関が裏から支配する陰謀を「ディープ・ステイト」と呼ぶが、これはできたての不安定な民主国家によくある特徴だ。軍部や治安機関に代表される少数のエリートは、ほぼ例外なく、文民立憲政府に国家運営を任せるのはリスクが多すぎると感じる。理由は、自分たちの特権を奪われたくないことと、政治的に未熟な社会は容易にポピュリズムと煽動政治の誘惑に負けてしまうと恐れるためである。大戦後の時代、いくつかの現代国家においてこの「ディープ・ステイト」的陰謀が起きたことは事実だ。最も有名な例は「デリン・デヴレト」（トルコ語で「ディープ・ステイト」の意）で、トルコの軍部と治安機関が混乱の数十年に、背後から何代もの文民政府を操作した（これが明らかになったのは、二〇〇八年に始まった一連の裁判沙汰のおかげだった）。

別のよく知られた例は、冷戦時代に南欧諸国で起きたいくつかの反共陰謀で、イタリアのフリーメイソン「P2ロッジ」の事件のように、あまりにも伝説的なものとなって、つくり話と現実の区別がつけられないものもある。とはいえ、いくつかの信頼できる調査の結果、これはつくり話ではなかったことが明らかになった。調査によれば、P2は右翼のテロに資金を提供し、CIAとの関係もあって、現役の将軍、銀行家、提督などがメンバーだった。一方、スペイン、ポルトガル、ブラジル、アルゼンチン、チリなどは戦後の一九七〇年代と八〇年代に相次いで軍事独裁国家となり、いずれも軍部・治安機関主導の「ディープ・ステイト」になったが、そうなったのは政治家たちが文民支配の間に道を踏みはずし、権力の闇に手を染めたときだった。とはいえ、「ディープ・ステイト」の守護者を自任する者たちが、同じ権力の誘惑を断ち切れるという保証もないのである。

ロシアで一九九一年八月頃に「ディープ・ステイト」が存在したことは極めて明白だが、クーデター挫折後にどうなったのかは、それほど明白ではない。ドゥーギンの以後の経歴を見れば、このような陰謀がらみの地下組織が存続していたことの証拠にはなる。とはいえ、一九九二年頃のロシアの「ディープ・ステイト」の存在、特にそれが何を目的にしていたかについては、意見の一致を見るのはむずかしいだろう。共産主義の威信は地に落ち、他方、ロシア・ナショナリズムはそれと対極をなす思想ながら、ともにソ連を瓦解に導いた。ソ連帝国再生のどんな試みも、最初のハードル――ヤゾフが言うところの「なぜ、そして何の名において？」――でつまずいた。

このイデオロギー的空白は、ドゥーギンやプロハーノフのような名の通った知識人に仕事を提供してくれた。なにしろ、両者は国の国防・治安機関に多くのつてがあったからだ。プロハーノフはドゥーギンに興味深い教職を回してやった。もとはソ連の、そして今はロシアの「参謀幕僚学校」の講師職である。これに関わったのは、プロハーノフの親友であるイーゴリ・ロジオノフ将軍で、一九八五年から翌年にかけて、アフガニスタンでソ連の第四十軍を率いていた当時に二人は知り合っていた。

ロジオノフの承認を得て、ドゥーギンはまず補助教員として幕僚学校に入り、戦略科の招聘《しょうへい》講師としてニコライ・クロコトフ将軍の下についた。「これは万事、新しい人事だった」と、ロジオノフは私に言った。このとき私は彼をモスクワの『フィナンシャル・タイムズ』支局に招き、幕僚学校での日々について聞いていた。一時間半ほどの会見で以下のことが分かってきた。

ソ連では地政学を研究する者は珍しかった。こういう分析は、党の中央委員会の管轄で、党の体制下では万事が隠され、禁じられていた。友人と台所でウォッカをチビチビやりながら、小声で話題にする程度だ。それを特務機関にかぎつけられようものなら、しかるべき措置をとられてしまう。ところが、突然、話したいことは何でも話せるようになった。

幕僚学校はソ連の（そして今はロシアの）軍の将校養成施設としてはトップの組織だったが、ロジオノフに言わせると、ここの校長職は屈辱的な格落ちだった。アフガニスタン派遣の第四十軍の司令官の後はザカフカス軍管区全体の司令官を務め、一九八九年四月、彼の出世の階段は上昇を止めた。彼の命令でソ連の落下傘降下部隊が、ジョージアのトビリシで繰り広げられていた親民主主義デモに襲いかかった。デモは混乱で暴走して二十一名が死亡、大半が窒息死で、一部は兵士たちがふるったシャベルや警棒で殺された。この事件はロジオノフのかせになった。「命令を出したのが誰かも明らかにされず、いけにえが必要になって、それが私だった」(38)

ロジオノフは長らく軍歴にあったために政治家たちに敬意を抱くことがなく、出世コースをはずれた軍人のごみ捨て場である幕僚学校に左遷され、そこの運営を任された今となってはいっそう政治家軽視の念に凝り固まっていた。かつては戦域全体の総指揮をとった将軍だった自分が、今や教授と呼ばれはしてもただの教師にすぎなかった。屈辱だった。政治家どもめ、裏切ったな。この思いに、ソ連瓦解が自分や同僚軍人たちに引き起こした現実面での危機が重なったのである。

こうして幕僚学校は、ボリス・エリツィンとリベラル派の新政府に反抗する者たちの巣窟と化し、強硬反動派の拠点になった。彼らは熱狂的にドゥーギンの活動を支持して、彼を育て上げるために本来の戦略的洞察力を駆使し、他方ドゥーギンは、ヨーロッパ極右の新たな思想を将軍たちに提供したのだ。とはいえ、ロジオノフは体制とつながる橋をすべて落として背水の陣を固めていたわけではなかったので、一九九六年から九七年は、エリツィンによって国防相に任命された。強硬右派とロシアの体制派とが最初のイデオロギー実験を開始したのは、幕僚学校においてだった。ドゥーギンとプロハーノフは、敗色濃厚な二つのイデオロギーであるナショナリズムと共産主義という、相互に矛盾する要素をかけあわせた合成思想を打ち立てる計画に手を染めていた。二人はまず古色蒼然たる君主制思想と正教の決まり文句を新たな言葉に置き換えることから手をつけたが、その基準はドゥーギンの地政学入門書からとってきたものだった――「ユーラシア」が形をとり始めたのである。すなわち、グミリョフの理論とアルコールで弾みをつけたゴロヴィンのビートニク思想に、ロシア・ファシズムの苦みを少しばかり混ぜ込んだ代物だった。

「道を開いてくれたのはプロハーノフだった」と、二〇〇五年の私とのインタビューでドゥーギンは言った。めまぐるしく展開された三年間のうちに、孤立した過激な急進派で、活動を禁じられた政治組織のメンバーという立場から、旧ソ連の国防関係機関の中枢で講義する身分へと駆け登ったのだ――（おそらく）公安チェックは受けた上でのことだったはずだが。この地位は、数か月前なら彼のような反体制派には思いもよらないもので、ほとんど天地が逆転したようなものだった。「社会的地位などなかったから、ぼくを同僚として見たり、ぼくから何かを学べるなんて信じられなかったんだろう」。しかし、その彼が将軍たちと言葉を交わすうちに、展望が開けてきたのだ。共産主義と公的なイデオロギーが崩壊して、「彼らは完全にお手上げだった。誰が敵かまで分からなくなってしまい、敵を教えてくれというありさまだった」。

＊＊＊

そのとき、ド・ブノワは、自分が知るような形での政治の終焉を示す確証を、これほど明らかに示すものはないだろうと思った。ヨーロッパで最右翼の政治組織の一つのイデオローグである自分が今ここにいて、これから旧赤軍の司令官たちと会見するのだ。

時は一九九二年の終わりだった。その数週間前に、彼は知己のドゥーギンから招待を受けていた――モスクワまで来て何人かの人物に会っていただけませんか、話していただくべきことがあるかもしれません。数週間後、ド・ブノワが受け取った郵便には航空券とビザが入っていた。

モスクワの国際空港に着くと、公用車の黒いヴォルガ・セダンが待機していて、車窓にはカーテンがかかっていた。公用車は都心へ入り、ウクライナ・ホテルに乗り付けた。これは川を見下ろす尖塔つきの高層ビルで、当時は新生ロシア議会のビルだったホワイトハウスが対岸に建っている［ロシア議会議事堂は一九九四年に移転、現在ホワイトハウスはロシア政府庁舎として使われている］。

翌朝、黒のヴォルガがホテルで再びド・ブノワを乗せると、モスクワの下町を走り抜け、クレムリンの陰鬱な尖塔群を過ぎて、幅広いヴェルナツキー大通りの中央車線を疾走、モスクワ西郊の豪壮な白塗りの建物群に到着した。フルンゼ参謀幕僚学校である。下車するド・ブノワを出迎えたのは、ドゥーギンだった。彼は自分が幕僚学校の講師で、大佐以上の旧ソヴィエト将校たちに戦略を指導し、一個師団の指揮官たるべく、あるいは参謀本部（ゲンシュタブ）の参謀たるべく備えを施すのが任務であると説明した。構内の照明は暗かった。ドゥーギンは一人一人の将軍の執務室に立ち寄って、そのたびに将軍たちが二人の背後にぞろぞろ連なり、行列は会議室に向かった。将軍の数は七名、筆頭は戦略科長ニコライ・クロコトフ中将だった。

そのときにド・ブノワの念頭に浮かんだのは、幕僚学校での講義にはセキュリティ・クリアランス、つまり背景チェックが不可欠な上に、高いレベルのつてが前提になることだった。このドゥーギンがただの好事家にすぎなければ、幕僚学校の駐車場にも出入りできまい。これらの将軍との交流も、見かけより深いにちがいない。

一同が会議室へ入ると紅茶とケーキが用意されていて、歓談に入った。ド・ブノワの目には、将軍たちが「孤児のように」見えた。彼らが生涯を懸けて防衛に当たってきた国家が一夜にして、銃弾一発も発射されることなく、誰一人喪に服することもなく、消滅したのである。これらの高官の先人であるロシア帝国の将軍たちが血を流して領土に加えた（ロシアを含め）十五の共和国は、独立を宣言していた。物価は天井を突き抜ける高騰ぶりで、飢餓が迫り、経済は全面崩壊していた。

わずか一年前、クーデター計画が進行しているさなか、軍の戦車がモスクワ都心を轟々と通過した。もしかすると彼らは、一年後の一九九三年の十月に、別の憲政危機の渦中に引きずり込まれる予感がしていたのかもしれない。内乱の予兆が手招きしていたのだ。

この国の強力な将校団は、かつてヒトラーとナポレオンを打ち負かした。ところが、今やその彼らは新たな敵に遭遇し、この難敵は戦場での勇気や強力な兵器では打ち負かせない相手だった。目の前の敵とは、言い換えれば、敵がいない事態だった。これは、ド・ブノワの的確な状況判断だった。「戦略概念の基礎は、主要な敵を理解することにある。今日、諸将の敵は何者か？」――『エレメンツ』誌創刊号に掲載された、ドゥーギンがまとめた講義の要旨によれば、ド・ブノワはこう問いかけている。「直接に名前を指摘するのではなく、間接的に答えるしかない」と、クロコトフは答えた。「国家が世界の出来事において何らかの役割を果たす場合には、軍事政策の観点から、立場を明確にしなければならない。そして、この政策は、戦場での相手によって決まる。主導権をとろうと思ったら、最強の敵を想定しなければならない」

ドゥーギンは静かに座って、双方のやりとりの通訳に専念した。共産主義は消滅した。他の帝国も瓦解した――大英帝国、オスマン帝国、オーストリア＝ハンガリー帝国。だがロシアはこの範疇には当てはまらないと将軍たちは確信していた。ロシアは歴史によって敗れたのではなく、一時的機能不全に陥っているだけだ。単に時と場さえあれば、回復を遂げられる。クロコトフ将軍は続けた。

歴史的経験が、われわれに希望を与えてくれる。ロシアの全歴史は、深刻な危機から成り立っている。危機とは、伝統的に連邦の支配下においてきた民族と領土の散逸だ。しかし、中央集権化を進めてきた勢力はいつも最強の集団であることを証明してきた（中略）帝国という「普遍概念」は、常に再現されてきたのだ。

この会合は、新右翼思想がロシアの主流へと入り込む水路の始まりとなった。ちょうど一九三〇年代におけるドイツと同様に、ロシア版「ワイマール時代」の動乱と経済的混沌が、グローバルエリートによる文化的屈辱と虐待という物語の土壌をつくり、その一方でアイデンティティ、国民としての純粋性、反リベラリズム、地政学という物語の土壌をつくったのだ。これらは、いずれもヨーロッパ極右には周知の定番項目である。(39)

ド・ブノワ以外にも、ロベルト・ストーカース、ジャン＝フランソワ・ティリアールたち新右翼数名がドゥーギンとプロハーノフの手配で将軍や政治家らに会ったが、いずれも政変で敗れたナショナリストの極右や共産主義者の極左を代表する者たちだった。新右翼から借用したドゥーギンの地政学は、すでに軍部内に強固に成長していたナショナリストとしての意識を補強し、成形していった。

一九九二年から九五年にドゥーギンは、ロジオノフ校長の庇護の下に「幕僚学校」で二週間に一度、講義を行った。「幕僚学校では、そういう会合をたくさんやった」とロジオノフは言ったが、他方では、エヴゲニー・シャポシニコフ国防相に呼ばれ、なぜウラジーミル・ジリノフスキーやドゥーギンのような硬派のウルトラ・ナショナリストたちを招待するのか説明を求められた。とはいえ、それを取り締まることは誰にもできなかった。国家は混沌状態で、政治哲学講義にいちいち神経を尖らせる余裕はなく、官吏に給与を支払い、核兵器を確保し、国全体を再整備するのに追われていたのだ。

ロジオノフによれば、政治理論を教えるという考えに上層部は眉をしかめた。しかし、政治中枢との衝突の体験から、ロジオノフは、軍人たちにはこの学科の基礎を教え込んでおくことが肝要と分かっていた。「軍管区を仕切った経験から言えば、将校は戦略を知っているだけではだめで、国家で何が起きているか、将来は何があるかにも頭が回らねばならないと感じていた」

ドゥーギンによれば、彼は無給で、それどころか、記憶によるとＩＤカードすらもらっていなかった。その代わり講義のたびに迎えの車が来て、終わると家へ送り届けられた。講義が終わると一同で食事か飲酒に出かけ、夜遅くまで議論を続けた。これらの会合で、地位と権限を奪われたロシアの軍事ノーメンクラトゥーラにヨーロッパの極右理論の種をまき、それが発芽し始めたのである。

徐々に、ドゥーギンの教材と注釈、受講生側の提案などが教科書の体裁をとり始め、一九九三年・九四年度の学期に公式教材として使われた。その後、一九九七年には大作『地政学の基礎』として刊行された。「地政学、これが彼らの戦略的思考の真空状態を埋めたんだ」と、ドゥーギンは私に語った。

地政学は、彼らには一種の心理療法だった（中略）彼らが感じていたショックを想像してみたまえ。

彼らは、しょっちゅう敵は合衆国だと刷り込まれてきた。そこへ突然、民主主義者が政権を奪い、こう言いだした。いや違う、合衆国は友邦だ。この豹変はイデオロギー抜きだったために、彼らは面くらった。なにせ、彼らの仕事はミサイルの狙いを定め、迷いのない状態でいることだったからだ（中略）彼らはかつてはエリートで、大きな組織で責任のある地位につき、無数の核弾頭に責任を持っていた。そこへ突然、民主主義者どもが現れ、この巨大な、敬意を表されてきた階級から一切を取り上げた。誰も何も与えてくれなかった。そこへぼくが登場して、「アメリカはわれわれの敵だ。われわれのミサイルは連中に照準を戻せ」と告げた。そこで彼らは「そうだ、そのとおりだ」と言った。ぼくはさらに理由を説明した。

今日になっても、ヨーロッパの新右翼に金を出したのは誰か、またどういう狙いがあったのかは必ずしも完全に明らかではない。二〇〇五年にこの点を訊かれたドゥーギンは、プロハーノフのある仲間一味が金をつくったという（ドゥーギンは当事者たちを「山賊ども」と呼んだきりで、名をあげることを拒否した）。この発案は、彼によれば、「彼らが前もって持っていた戦略思考のパラダイムをアップグレードする狙いがあった（中略）これは彼らにとって緊急の必要事項だったから、社会的地位がまるでない私に任せたのだ」

初めて「ユーラシアニズム」という言葉が使われたのがこれらの会合で、これとともに地政学用語もロシアでは主流となっていった。クレムリンでプーチンによって、多少とも公式のイデオロギー言語として使われ、以降、一連のヨーロッパの右翼との討議で使われだすようになるよりも二十年前の話である。

『ジェーニ』『エレメンツ』、ストーカースの『ヴルワール』（『ジェーニ』の翻訳に基づく）に掲載された会議録によれば、ロシア議員たちとの後期の会合で、ド・ブノワは繰り返し「文化・経済、可能なら軍事レベルの戦略を必要かつ望ましいものとし(40)」ユーラシア協力組織を結成する必要性を説いた。ストーカースは、モスクワでの何度かの会合に呼ばれた際に、これらの会議録によれば、「われわれは、地政学的意味合いから合衆国を共通の敵と見るように運命づけられているのと同様に、大陸での同盟で結ばれる運命にある」と告げている。新右翼に流行している語彙や概念がロシアの政治的野党勢力間に浸透し始めた光景にはめざましいものがある。

ド・ブノワは、一度、ゲンナジー・ジュガーノフにも会っている。当時のジュガーノフは、新生「ロシア連邦共産党（KPRF）」、つまり禁止された「ソ連共産党（CPSU）」の主な残党であり、以後は国政の場において長年にわたり第二党となる運命にあったKPRFでみるみる頭角を顕わしていた。彼はKPRFの委員長職につくと、自党に新たなナショナリズムのメッセージを付け加えて、模様替えを図った。そのメッセージは、正統派社会主義思想とほとんど共通点はなく、ドゥーギンがヨーロッパの新右翼から吸収したと称する「根本的な中心」理論と著しく似ていた（とはいえ、ド・ブノワは、ドゥーギンに手を貸した覚えはないと断固否定しているのだが）。

すでに見たように、このフランス人は、自分の理論が、ドゥーギンとプロハーノフを経てロシア政治に影響を及ぼしたことについては否定的である。「ドゥーギンが自分勝手に私の論旨を曲解した分にまで私は責任を持てない」と、彼は発言している。彼はどうやら自分の文言の一部が不正確に翻訳されて、自分の説とは違うドゥーギン版に変質させられているのではないか、と疑っているらしい。

一九九三年のドゥーギンとの討議で、ド・ブノワは二人のイデオロギー面での食い違いをいくつかあげた。それ以後、両者は数年にわたって連絡を絶った。「『ユーラシア的』なるものの構成には多くの留保事項がある。私にはこの概念は、ほとんど幻想的なものに感じられる」と、ド・ブノワは哲学者ピエール＝アンドレ・タギエフに告げている。[41] それでもド・ブノワは、ドゥーギンにとって主要なインスピレーションの源泉であり続けた。そして二人を知っている者たちに言わせれば、ドゥーギンが濾過したヨーロッパ側の理論は、ソ連共産党崩壊後のイデオロギーにおいて、この二十年間ロシアで最も大きく、最も影響力を持つ反体制勢力のイデオロギーになりおおせたのである。

例えば、ジュガーノフとドゥーギン双方に近い者たちによれば、前者の思想の多くはもともとドゥーギンに発しており、後者は自説が共産党のユーラシアニスト派のイデオロギーになることを自分の手柄として上機嫌で受け入れたとのことで、ドゥーギンはこう書いている。「イデオロギーの選択という重大な瞬間、ジュガーノフは新ユーラシアニストのポピュリズムに懸けた。その明確な輪郭は私と『ジェーニ』紙の仲間たちが描いたものだ」。[42] ジュガーノフの著述の大半を刊行し、さらには彼の政党にも献金してきたシンクタンク「精神的遺産」の会長のアレクセイ・ポドベリョースキンも、この見解を支持している。[43] ゲンナジー・セレズニョフも同様だ。セレズニョフはドゥーマ［国家会議。ロシア連邦議会下院。一九九三年に人民代議員大会と最高会議に代わって設立］の前議長で、権力を求める点では二〇〇二年に党から放逐されるまでジュガーノフの長年のライバルだった。

こうして、ドゥーギンが「国家ボリシェヴィズム」と言うところのものの、最初の実験が始まった（後にこれは、ロシアのマスコミで「赤茶色イデオロギー」として知られるようになる）。すなわちこれは、共産主義イデオロギーと硬派ナショナリズム・地政学との結婚だった。

第10章 サタンのボール

モスクワの「中央作家会館（ツェントラーリヌィ・ドーム・リテラートロフ――ＴｓＤＬ）」は、良くも悪くも、二十世紀のロシア文学では最も頻繁に語られてきた建物だった。街路樹の多いゲルツェン通り（今日では大ニキーツカヤ通り）に一九三四年、スターリンによって建てられ「ソ連作家同盟」が入居したが、その会員であることは、公認の文化を提供できる者たちのエリートクラブの会員であることを意味した。

中央作家会館は、窮乏時代のモスクワでは数少ない、まともに経営されていたレストランの一つでもあったので、文学界での名声にあこがれる作家たちが、そこの堅苦しく形式ばった雰囲気こそが文学的天才を生み出すのだと祀り上げていた。ところが、中央作家会館は反体制派の作家や風刺家にとっても大きな標的であり、その一人、ミハイル・ブルガーコフなどは自作『巨匠とマルガリータ』の中で「グリボエードフの家」として描いたため、会館の評判はがた落ちとなった。この小説の中では、ＴｓＤＬはわずかに手を入れただけの「クリーム色の古びた二階建て」として描かれ、ベランダの床はアスファルト、そこへ登場人物の詩人、イワン・ベズドームヌィが半狂乱で飛び込んでくる。サタンを見たと叫び、さらには拳銃を持った巨大な飼い猫が「作家同盟」の会長の首をはねたと叫ぶイワンはパンツ一枚で、手には結婚式のろうそく一本を握りしめていた（むろん、周りは大騒動となる）。

これと似た、いささか悪魔的で現実離れした雰囲気が、一九九二年十二月、ロシア作家同盟の会長だったプロハーノフが、野党勢力であるナショナリストたちを招いた盛大なディナーを開催したときも漂っていた。そういう雰囲気を醸し出していた参加者の一人がエドゥアルド・リモノフだった。山羊ひげをたくわえたこの痩軀《そうく》の反体制主義者は亡命先のフランスから帰国したばかりで、その言葉によれば、「ロシアの現状から見て、そろそろ歴史に首を突っ込む頃合い」だと見定めていたのである。ここにはドゥーギンも顔を連ねていて、髪形はおなじみのプディングボウル型のスコープカ（リモノフの記憶では、若きアレクセイ・トルストイ［大作家の遠縁の作家］風）だった。ドゥーギンは、明らかにこのパーティに来る前に酒を飲んでいた。

ごちそうと無数の酒瓶がきらびやかに並ぶ食卓の周りには、ロシアの硬派ナショナリストの面々がきら星のように居並んでいた。プロハーノフも、その中にいた。『ジェーニ』は、愛国的野党の中核となる新聞で、「破廉恥な超順応主義の大洋のただなかに威風堂々と浮かぶ船」であり、プロハーノフについては、失われた大義に対して理想主義的な忠誠心を捧げる「ロシアのドン・キホーテ」とドゥーギンは持ち上げていた。会場の別の端にはジュガーノフが座っていた。彼は再び勢いを取り戻した共産党の委員長だったが、このもっさりした顔の相手とドゥーギンは不仲で、自分の理念を横取りしたとドゥーギンは非難していたのだが、それも無理からぬことだった。

一九九二年までには、「赤茶」野党はさまざまに対立する政党の寄せ集めで、正教僧侶はスターリンの肖像を掲げ、ソ連軍の退役政治将校［ソ連時代、共産党が軍に派遣した将校］は再建されたコサック部隊の頭領と組み、プロレタリア国際主義に訴える勢力は、その同じ演説の中で暗黒も極まれりという反ユダヤ主義を同じ熱烈さで主張する始末だった。新たな野党勢力が続々と生まれて、大半がパーミャチ風の古めかしい超ナショナリズムを振りかざしていた。これらのリーダーは、過激ながら確固とした主義主張もなく、あっちこっちの主義主張をつまんではどこからか金をせしめていた。

パーティのその他の顔ぶれは、政治と文化両面のナショナリストで下院副議長のセルゲイ・バブーリン、ナショナリストの「分厚い雑誌」だった『ナーシ・ソヴレメンニク』の編集長スタニスラフ・クニャーエフ、ナショナリストの売れっ子作家ヴァレンチン・ラスプーチン、サミズダート論文で知られた数学者イーゴリ・シャファレーヴィチなどだった。

リモノフ自身は、最近ナショナリストに鞍替えしたばかりで、反体制作家ソルジェニーツィン同様、一九七〇年代初頭に国外追放されていた（あるいはリモノフによると、「一九七三年にKGBに拘束され、彼らが私に海外移住はどうかと切り出したのだ」）。彼は数年をアメリカとフランスで暮らした後、共産主義が瓦解したロシアに戻った。他の追放作家たちはスリッパと紅茶の暮らしに戻り、ほとんど自分を覚えていない読者に向けて、ときどき国情を嘆く文章を新聞に書いていたが、リモノフは本気で過去の名声を取り戻そうとした。

リモノフは、合衆国によくある反体制の人生を送ったわけではなかった。彼はヨシフ・ブロツキーやアレクサンドル・ソルジェニーツィンではなかったし、ヴァーモント州の田舎に溶け込んでいたわけでもない。といって、ブライトンビーチ［ブルックリンのコニー・アイランド東の海岸］のロシア人亡命者が集まる地域で、望郷のとりこになっていたわけでもない。それどころか、リモノフは一九七〇年代のアメリカでは水を得た魚で、セックス、ドラッグ、ロックンロールにうつつを抜かしていた。リモノフの世界は、マンハッタンのローワーイーストサイドを中心に展開し、ドラッグ、CBGB音楽クラブでのパンクシーン、ラモーンズの演奏、ヘロインはふんだんという具合だった。彼の処女作で最も知られている『おれはエディ』は、一九七六年ニューヨークで完成され、ロシア人の亡命作家「エディ」［作者の名前エドゥアルドの愛称エージチカを英語風に言い換えたもの］の物語は、疲弊していた合衆国文壇を震撼させたが、物語のすべてがリモノフ自身の体験に基づいていたわけではない（われわれとしては、そう願うのみだが）。ソルジェニーツィンがこれを「ポルノ」と断じたことは有名だが、リモノフ自身は作中でこう書いている。「おれは福祉暮らしだ。あんたらの金で暮らしている。あんたらが税金を払う。その金でろくでもない真似はしないよ」。この箇所は最もよく引用されてきた。「おれは自分を人間のくずだと思っている。世間のくずだ。恥とか良心とかは持ち合わせがない」。この作品は、ニューヨーク移住後に妻との離婚で引き起こされた自己崩壊の物語だった。息を呑むような美貌の妻のエレーナ・シチャーポワがイタリア貴族のもとへ走ったのである。これは彼の感情では、母国ソ連と、彼が直面した醜悪な資本主義のアメリカ双方から裏切られたことを意味した。離婚の懊悩でエディはホモとなり、他方、エレーナはセックスとドラッグに耽溺し、そのようすがあられもない描写で描かれている。去った妻は、「典型的なロシア女で、何ら反省することなく人生の暗黒へと身を投じてしまう」(1)。

リモノフは、タイミングよくアメリカの時代精神をつかむことができた。作家というよりは、最先端のビートニクとしての個性の方が上回っていたリモノフは、当時のニューヨーク文壇で希少価値があったロシア性で勝負に出たのだ。大衆受けしようとしてロシア人特有の癇癪や過剰飲酒にのめり込み、さらにはシチャーポワに逃げられて以降は、次から次へとモデルを相手にした。そして目も覚めるようなモデルのナターリヤ・メドヴェージェワと結婚した。この女性は、『プレイボーイ』にもモデルとして登場し、ザ・カーズの最初のアルバムのジャケットを飾った。

リモノフは、合衆国で暮らすことに対するロシア移民の感情面での反応にも反発した。この移民たちの一部はとほうもない富を蓄え、同胞も含めて一般社会に対しては距離を置き、感情をむき出しにすることにも眉をひそめる。「おれはおまえさんたちを軽蔑する。退屈な生活を送り、奴隷労働に身を売っている」と、リモノフがアメリカの読者たちにあてた一節は特徴的だ。アメリカでの生活への違和感、遠く離れた母国への郷愁、自国の国民に対する消しがたいプライドが、彼の著作から匂い立っている。退屈で狭量な母国への愛憎、一世紀も前になし遂げられた実績を踏まえて生きている、複雑に入り組んでぎりぎりと音を立てているロシア文化への思い入れを、彼はこう語るのだ。

憎むべきロシア文学、このすべてに対しておれは悪意を抱いている。おれの人生をこんなにしてしまったのは、こいつのせいだ。退屈な青二才どもめ、チェーホフもその一人だ、こいつが退屈さの中に忘れられていく。それでもどうしていいやら分からない連中はいまだにあいつを信じている始末だ。この世を菜食で生き延び、半透明なもみ殻のようにページの間にはさまって（中略）おれは過去を憎む――いつも現在のような面をして居すわる過去を憎む。(2)

合衆国でリモノフが直面する劣等感は往々にして過激主義の源泉となり、現代アメリカの広場恐怖症に駆られて、どんどん内向していく。その結果、彼はナショナリストになるのだが、国の役に立たないナショナリストでしかない。大義を探し求めるやっかい者でしかない。国は彼にとって現存する価値ではなく、あくまで目標だった。『エディ』の中で彼はこう書いている。

おれが誰に会うのか、何が行く手に横たわっているのか、誰にも想像はつかない。出会う相手は、武装した過激派か、おれみたいな背徳者か。飛行機のハイジャックを起こして殺されるか、銀行強盗を起こして殺されるか。殺されなければ、別のどこか、例えばパレスチナへ行って、それでも生き延びたらリビアのカダフィ大佐のところへでも行くか？　それとも別のどこかへ？　このエディちゃんの命を民衆に、民族に預けるために。

こういう心情でエディが自身の知的エネルギーの完璧なはけ口を見いだすのはセルビアの大義だった。彼は一九九二年のセルビアで、サラエヴォ包囲戦の砲撃を目撃した（ある者によれば、彼はそれに参加したという）[3]。

ユーゴスラヴィアでの戦闘は、多くのロシア・ナショナリストを引きつけた。同じロシア正教を奉じるスラヴ文明が包囲されている。そしてユーゴスラヴィアの分割こそ、ソ連瓦解後のロシアがなめた屈辱の縮図だった。ロシアの国営テレビは、セルビア人たちに同情的な画像を流し、彼らが一九四五年以降最悪の大量殺人を開始しても親セルビアの方針を貫いた。ロシアの義勇兵は、二つの大隊を編成した。一つはコサック大隊で、もう一つの大隊はロシア人の元将軍が率いていた。

リモノフの親セルビア心情は、ニューヨークから移った礼儀正しいパリの文芸界で打ち出してきた悪ガキのイメージに即していた。彼はボスニアのセルビア人指導者ラドヴァン・カラジッチの中隊で、包囲されたサラエヴォに向けて機銃を発射する場面を記録映画に撮影されて以後、西欧の文芸界ではペルソナ・ノン・グラータ〔好ましくない人物〕になっていた。彼自身は、あれは射撃練習場だったと言いわけしたが、映像はパヴェウ・パヴリコフスキ監督が撮った『セルビアの叙事詩』に残されていて、この作品はバフタ賞（英国アカデミー賞）を受賞していた。そしてこの作品は、ハーグの国際戦犯法廷で行われたカラジッチの裁判でも上映され、リモノフの作品はヨーロッパとアメリカ双方で発禁処分の憂き目を見た。

ベオグラードで「セルビア急進党」の党首ヴォイスラヴ・シェシェリに会ったリモノフは、硬派ナショナリズムにも未来はあると告げられ、ロシア帰国後はナショナリストのサロンに出入りし始めた。そして今、このパーティでは、リモノフはゲンナジー・ジュガーノフの横に座って、ロシアの愛国主義について論じていた。まずはロシアに、次いで未来と大いなる企てにと、何度も乾杯が重ねられたが、そこでドゥーギンが二人に歩み寄り、大いに酩酊のようすで、こう声をかけた。「おい、リモノフ、この茶番はいったい何なんだ?」。体がぐらつき、ろれつも怪しくなっている。

ジュガーノフは仰天したものの、相手がドゥーギンと分かると、すぐに表情は父親が息子を見るような同情に変わった。そして割って入って、この新手の客を紹介した。「これはわれわれの仲間、アレクサンドル・ドゥーギンだ。大変有能な若手哲学者でね」。ところが、ドゥーギンはジュガーノフにも食ってかかった。「あんたもろくでなしだぜ、ゲンナジー・アンドレーヴィチ、わけ知りぶりやがって」。ぐらつく体でリモノフのほうに向き直ると、「なんであんたはこんな連中と同席してるんだ、こんな凡才連中とさ?」。

ドゥーギンとジュガーノフの関係は、控えめに言っても面倒なものだった。この二人は、野党に落ちた共産党の新たなイデオロギーを合作していたのだが、そのうち喧嘩別れして、共同作業は中止になっていた。ドゥーギンは、自分の構想が正当な扱いを受けなかったと分かるとすぐ怒りだす癖があったのだ(ゴーストライターにはあるまじき欠点だ)。ジュガーノフとの絶縁も、これが原因だった。「議会に入ったときのあいつは、態度がでかかった。それで喧嘩別れさ」と、ドゥーギンは言う。

リモノフは、なんとか騒ぎを収めようとした。ところが、ドゥーギンは、からみ続ける。「なんで?なんでこんな凡才連中と同席してるんだ?」。リモノフもいらだってこう切り返した。「そっちこそなぜだ、と訊きたいね」。これでドゥーギンはよけいいきり立ち、ついにはプロハーノフが割って入り、『ジェーニ』発行人にして当夜の責任者の貫禄で二人を引き離し、スキャンダルとなる寸前で事なきを得た。

リモノフは、それまでドゥーギンとは一度も会ったことがなかった。ところが、この邂逅は二人の友情の始まりで、以後の一九九〇年代の大半を、肩を組んで「国家ボリシェヴィキ党」として知られることになる珍しい政治プロジェクトに邁進するのである。リモノフが感銘を受けたのは、堂々とした体軀に一種の優雅さをたたえた相手のようすだった。ドゥーギンは、がっしりした脚の大男だが、歩くとバレエを踊るステップに変わり、「この青年の巨大な体軀には不釣り合いな」身ごなしを醸し出していたのである。

二人は相当に酔ってパーティから引きあげたが、そのときはプロハーノフが一緒だった。高級車が一台、クレムリン近くのトヴェルスコイ並木通りを横切って、タイヤをきしらせて停車した。車が歩いていた三人の至近距離でUターンしたのに腹を立てて、ドゥーギンはテールランプに蹴りを食らわせた。運転手が下車し、拳銃を出してドゥーギンの頭に狙いをつけた。一瞬で事態は切迫した。ところが、ドゥーギンはそれを面白がっているようだった。相手は銃器の扱いに習熟している自信を面上に漂わせている。

リモノフはお手上げだというふうにドゥーギンを見つめた。ふいにドゥーギンはこうわめいた。「おい、おれはエドゥアルド・リモノフだ！」。そして酔顔に笑みをたたえてみせた。拳銃を持った運転手はとまどいはしたが、リモノフの名を初めて聞いたことは明らかだった。そこでリモノフが割って入り、「実はリモノフはこの私だ。この友達には悪気はない……許してやってくれないか？」。運転手はやっと拳銃を下ろし、唾をはきがてら「くそったれめ！」と怒鳴って車に乗り込み、走り去った。

ドゥーギンの酒癖の悪さに気づいたのはリモノフが最初ではなかった。なにしろすごく短気な男で、リモノフに言わせると、「感情があふれ出てしまう」のである。「哲学者としての評判にとっては、ただの点みたいなものさ。それだけのことだよ。ロシアの伝統からすればドゥーギンの場合、疵《きず》どころか、染みでさえない」。深酒はロシアの哲学者にとって、職業的必須条件だ。ドゥーギンとリモノフは意気投合し、以後の五年間、切っても切れない仲となったのである。

この二人が出会って一年後の一九九三年五月、リモノフは、彼の話によれば、サラエヴォ近くのクニン・クライナでの戦闘から引きあげて、そろそろモスクワ郊外出身の十代グループを基盤にした自前の急進派のナショナリズム政党「国家ボリシェヴィキ戦線」結成の時機だと決意した。だが、この実験は一つの喜劇で幕を閉じた。リモノフ側の一員が、ジュガーノフ率いる連携相手の「共産主義青年同盟」のメンバーを殴ったのである。「明らかに出直しだ、ということになった」と、リモノフは自伝で書いている。このとき彼はドゥーギンを思い出し、連絡をとると、パーミャチで痛い目に遭って政治には懲りていたにもかかわらず、ドゥーギンはリモノフへの好意が先に立ち、もう一度やってみるか、という気を起こした。二人は六月に「国家ボリシェヴィキ戦線」を設立したが、その三か月後、エリツィン対議会［この時点では最高会議と人民代議員大会］の新憲法制定をめぐる確執があわや内戦に、という事件が起きた。

この二人は、相互に欠けているものを補い合える関係だった。リモノフは西欧で二十年暮らす間に失っていたロシアをドゥーギンに見いだせたし、ドゥーギンのほうはリモノフの西欧体験とそこでの著作という確固たる信用、またその多作ぶりも羨望の的だった。リモノフは自伝にトゥヴェルスコイ並木通りでの対決場面を書いたが、酔ったドゥーギンが拳銃を持ったメルセデス・ベンツの運転手に向かって自分をリモノフだと名のったときの当人を以下のように書いたのは、あながち的はずれでもないだろう。「あの街頭シーンは象徴的だった。ドゥーギンはときどき自分を私と取り違えた。彼は本当にリモノフになりたかったのだと思う」。他方、リモノフはドゥーギンの中に目的を見いだした——少なくとも、当座の目的は。ドゥーギンが私に語ったところでは、「リモノフは発明の才は乏しいほうで、自分の身に起きたことしか書けなかった。書くべき事件が必要だったのさ」。他方、ドゥーギンは、リモノフの中に自分の宣伝役を見いだしていた。リモノフはこう言っている。「ドゥーギンは、いつも監督が必要だった。自分一人では動けなかったのだ」

ドゥーギンのことが分かってくるにつれてリモノフは、相手が見せかけ以上に物質的に恵まれていることを知った。モスクワ都心にスターリン時代にできた円天井つきのアパートを持ち、稀覯《きこう》本もため込み、コンピューターも一台使っていた。リモノフが書いているところでは、「思うにドゥーギンが自分は貧乏だと言いふらしていたのは、恵まれた暮らしに当惑していたからだろう。そう思ったのは、私が辞去するとき、彼ら夫婦がソーセージをごみ箱に捨て、肉しか食べなかったときだ」。ドゥーギンが比較的豊かだったのは、彼が著作の売り上げ以上の資金を受けていたことを示しているのかもしれない。

リモノフによれば、ドゥーギンは途方もない夢想家で、それ以外に固い信念などは持ち合わせていなかった。「ドゥーギンはカメレオンかタコみたいなやつで、周りの色に合わせて変色できた。ファシスト的な環境で暮らしていれば、その色合いに変わる」。ドゥーギンは、リモノフと結成した政党に「誇大妄想の鮮烈な精神」を持ち込み、他方、伝統的な思想については左右のどちらにも冷淡だった。「当時のロシアでは事実上すべての人物の上を行き、無条件に最高のインテリだった」――一九九八年、険悪な対決で袂を分かった後でも、リモノフはこう語っている。

モスクワ騒擾事件

一九九三年、ロシアを危機に追い込んだ経済的「ショック療法」のさなか、民主派と愛国的野党との力関係が入れ替わった。上昇カーブ一辺倒だったエリツィンの一派は急速に支持を失い、体制内の硬派が焚きつけるナショナリズムのムードが高まってきた。

激変の要因の大半は経済だった。エリツィンは、民主化によって西欧なみの繁栄が手に入るというふれ込みで政権を握ったが、一九九二年に経済は瓦解した。その年の一月に最初の市場改革が断行され、その月だけで物価が二四五％上昇して広範なパニックが起きた。ほんの数か月前、リベラル改革の最強の砦だった大学教授、官僚、知識人たちの蓄えは、超インフレで蒸発してしまった。最高会議の意見の均衡は崩れ、かつてエリツィンを支持した何百人もの議員たちは野党側に寝返った。

選挙ではお笑いぐさの票数しかとれなかったナショナリストたちが民衆の支援を得て、エリツィンには政治的脅威となってきた。わずか二年前にみずから戦車の上に突っ立って他の戦車部隊を引き下がらせたあの同じ政治家が、自身の政権維持に今度は軍部を背景にするしかなくなった。

政治的にも、改革派は窮地に追いやられていた。民主勢力から膨大な離反者が愛国主義の野党へと流れていたのだ。最高会議の議長を務める経済学者ルスラン・ハズブラートフ、さらにはエリツィンの副大統領で元戦闘機パイロットのアレクサンドル・ルツコイまで、ボスに背を向けて野党に寝返った。

この大瓦解に際して、エリツィンはどうにか巧みに事態の責任を経済改革のせいにしてのけ、責任を三十五歳の神童エゴール・ガイダル首相（エリツィンの気分次第で政権を行きつ戻りつしていた）と民営化の遂行責任者で得体の知れないところのあるアナトリー・チュバイスに転嫁してしまった。エリツィンはまだ人気があり、議会が彼の弾劾を迫ろうとしたときには国民投票に訴えて五九％の支持を得た。とはいえ、彼の実勢は衰えており、ロシアの政治体制は再び葛藤の時期を迎えた。一九九三年の夏中、エリツィンは議会の解散と改選を企み、他方、彼の政敵はまたしても彼を弾劾しようとした。しかし、どちらも相手を葬り去れるだけの味方を糾合できなかった。

一九九三年九月から十月のモスクワ中心部では、一九一七年にそこで最悪の戦闘が起きて以来初めての武力衝突に至る恐れがあり、ついには全面的な内戦になるかと危ぶまれた。両陣営の動機と行動は、今日でもよく分かっていないのだが、闘争の後で合衆国大統領ビル・クリントンは、エリツィンは流血回避のために「大幅に譲歩した」と発言した。ところが、後に出てきた多くの証拠から見て、流血こそエリツィンが狙っていたことで、政治的に貫徹できないことを軍を動かすことでなし遂げようとしたのである。すなわち、野党を押しつぶして憲法を停止し、行政と議会のバランスを一方的に正して、超大統領制を生み出せる権限を握ろうとしたのだ。これぞまさに彼が手にしたものだった。

九月二十一日、エリツィンは打って出た。「大統領令一四〇〇」に署名して、議会を解散させたのだ。彼は回顧録の中で臆面もなくこれは憲法違反だと認めたが、皮肉なことに、ロシアの民主主義を守るにはこれ以外に手がなかったのだと書いている。「形の上では、非民主主義的な措置を使い、議会を解散させることで、大統領は憲法を侵していた。だが、これはすべて民主主義とこの国の法の支配を確立するためだった」

またしても、対決の舞台はあの有名なホワイトハウスだった。西欧のテレビ視聴者にはおなじみの自由のシンボルで、エリツィンが一九九一年八月、将軍たちのクーデターに断固立ちはだかり、抵抗を訴えた舞台だった。今回は、攻守が逆になった。ルツコイとハズブラートフのほうが覚悟の上で、ホワイトハウスにバリケードを築いて立てこもったのだ。日を追って政治的対決は醜悪なものとなっていき、その最中にモスクワ市はホワイトハウスへの送電と給水を停止した。ところが、議会側は屈せずにエリツィンの弾劾を票決し、このためエリツィンは議会解散の措置で薄氷を踏む立場になった。何日も対決は決着がつかなかった。軍は政治に巻き込まれることを回避したが、これは一九九一年の時や、瓦解以前のソ連で起きたさまざまな独立騒ぎでも同じだった。ところが、決着をつけることができるのは軍だけだということが明らかになってくる。

奇妙なことに、議会への送電は直ちに停止されたのに、内務省がホワイトハウスの周りに有刺鉄線を張りめぐらせ、警官隊を出動させて戒厳令を敷いたのは一週間後だった。この遅れで政治活動家や元将軍、スリルを求める十代、不満だらけの年金受給者、その他いろいろな人々がホワイトハウス内へどっと入り込み、内部をうろつき、ろうそくをつけて会合をやるありさまで、これを取り締まる者は誰もいなかった。

ウラジスラフ・アチャーロフは一九九一年八月のクーデターでは戦車部隊の指揮官だったが、結果、クーデターを支持したという理由で軍を叩き出されていた。彼は、今回はルツコイによって国防大臣代理に任命された。そこでルツコイは運命の決断を下した。つまり、今からふり返れば誤算だったのだが、議会の愛国主義的な野党グループに訴えて、議会擁護派側に引き入れようとしたのだ。こうして、ドゥーギン、プロハーノフ、リモノフその他のナショナリストたちが、ろうそくの明かりだけの陰気な集会に加わった。ドゥーギンは、心底興ざめしていた。「あたりは混沌ばかり。誰もが建物内部をうろつき、新たな政府のポストにありつけると期待し、そうなれば国を動かせると当て込んでいた。自分が撃たれないだろうかなどと考える者は一人もいなかった」

ハズブラートフとルツコイは、議会派にも戦力があると誇示できるので、戦闘員や過激派の到来を歓迎した。しかし、その手合いをナショナリスト野党と抱き合わせるのは、究極的には大誤算だった。彼らは、ふだん身を潜めている深みから不器用に飛び出した魚のように、干上がりかけていた。彼らの頭には近隣の建物の制圧しかなかったが、本当の戦場はテレビの画面と世界の世論だったのである。

エリツィンを金しばりにしていたのは、そのことだけだった。彼にとって武力に不足はなかった。この危機で彼が使ったのは、六千名いる機動隊のうちのほんの一握りだった。彼は、軍の特殊部隊も傘下に擁していたが、これらは連邦保安庁（FSB。KGBの後継組織）と内務省に属する鋭い目つきの特殊部隊員だった。そして、建前は中立であった陸軍をも彼は支配していた。二年前に轟音を響かせてモスクワに出動したタマン自動車化歩兵師団は、カンテミロフ戦車師団同様、現場から一時間で到着できる場所に駐屯していた。エリツィンに唯一欠けていたのが、自分の命令一下でそれらを動かせる合法性だった。彼が非常事態を宣言して初日から議会に向け発砲させていれば、世界中で非難が巻き起こり、おそらく軍にも反乱する部隊が出てきただろう。しかし、共産主義者、傭兵、隠れファシスト、ネオナチなどの集団が人目を集めれば、エリツィンにとっては武力行使が正当化されることになり、議会側を「ファシスト＝共産主義者の反乱」と決めつけることができただろう——十月四日、彼は戦車が砲火を噴く一時間前にそうした。

野党側の「救国戦線」を率いていた元ボイラー室作業員のイリヤ・コンスタンチノフは、こう回顧している。

（治安部隊が）議会を機能させなくしていたのは明らかだった。彼らにも自分たちがその原因だとは分かっていなかったのだろう。しかし、彼らが議会内へ入り込んだときには、私たちも追い出せなかった。そうしようとすれば争いになる。誰もそんなことになるのはごめんだった。

最初は動揺して、エリツィン政権による議会制圧を容認したくなかった国際世論も、ハズブラートフとルツコイ側の逡巡や不手際が続くうちに、徐々に大統領支持に傾いていった。

二週間、議会包囲は膠着《こうちゃく》して、議員や抗議者たちは照明のないホワイトハウス内をうろつき、ろうそくの周りに集まり、毎日自宅へシャワーとひげそりに戻った。反乱側の指導者たちは街頭に出て支持を呼びかけ、議員以外の抗議者たちはたびたび警官隊と衝突した。一方、エリツィンは、電波を使って民衆を自分の側につけようとしていた。

十月三日まで流血沙汰はほとんどなかったが、この日に事態はふいに反乱側に有利に展開し始めた。膨大な群衆がモスクワの十月広場のレーニン像の下に集まり、環状道路を議会めざして北進し、議会を封鎖していた警官隊に挑もうとした。クルィムスキー橋では機動隊を人数で圧倒し、相手から武器や十台のトラックを奪取した。すると、反乱側も驚いたことに、議会を封鎖していた警官隊がわずかな小競り合いの後、あっさり降伏したのである。群衆は警官の封鎖線を突破した。

やった！という恍惚感をみなぎらせて、彼らは議会正面へ突き進み、事態の急転に混乱した指導者たちの指示を待った。ホワイトハウスのバルコニーから、ハズブラートフは、クレムリンをめざせと叫んだ。ルツコイは、オスタンキノへ行けと叫んだ。ここはモスクワ市のラジオとテレビの電波が発信される高さ五四〇メートルの尖塔で、主要放送網の局が集中している。群衆がオスタンキノを選ぶまで、闘いは一時ストップした。治安部隊はその隙を突く気配もなく、七百余名のデモ隊は制止もされずに奪った軍用トラックと通学バスに分乗し、環状道路をテレビ塔に向けて進み始めた。ドゥーギン、リモノフ、プロハーノフもその中にいて、トラックの後ろにぶら下がったり、通学バスに押し込められたりしていた。「モスクワは私たちの側についているように見えた」と、リモノフは言った。「ところが、そう見えただけだった」

テレビ塔占拠をめざす抗議者集団を率いていたのはアリベルト・マカショフ将軍で、重武装の護衛数名とジープに乗り、雑然とした車列を率いて、環状道路をオスタンキノめざして進んだ。将軍が見ると、内務省軍の装甲トラック（APC）十台が並んで走っていた。「味方だ」と、彼は護衛たちに告げた。彼は、APCに乗り込んでいるのは軍にそむいてデモ側に寝返った兵士たちと思い込んでいたが、それは誤解だった。APCに乗り込んでいたのは内務省のジェルジンスキー師団所属の精鋭部隊ヴィーチャジ大隊の兵員八十名だった。内務省はまだエリツィンが押さえており、テレビ塔防衛のために派遣されたのだ。塔までの道程の大半を、兵員のAPCはデモ隊の車列と並走していた。(5) 当日の状況把握については、「アナテマ-2」という呼称のデモ側ウェブサイトが特筆に値する。このサイト（と多くの目撃者たち）

は、かなり正確にこう伝えていた――マヤコフスキー広場近くのモスクワ環状道路をヴィーチャジのAPCが封鎖したが、信じられないことには、車に乗り込んだ武装したデモ隊がその前に停車したのに、そのデモ隊の車列はそのまま黙認され続けたというのである。(6)

デモ隊の車列とヴィーチャジのAPCは、ほぼ同時にオスタンキノに着いた。ヴィーチャジの隊長セルゲイ・ルィシュクは、無線で相手から撃たれれば撃ち返せという命令を受けていた。「本官は、部下たちにその命令を二度繰り返させたから、並走していたデモ隊の車でも聞き取れたはずだ」(7)。防弾チョッキをつけた兵士たちは、武器をがちゃつかせながらデモ隊を追って地下道を抜け、塔の入口に迫った。一方、デモ隊の一部はメガホンで叫びながら、重量のあるトラックで壁を造った。夜の闇が迫っていた。デモ隊員たちはお祭り気分で、警官隊から奪った警棒と盾を携えていた。うち十八名が攻撃用ライフルを持ち、一人はロケット擲弾砲《てきだん》のRPG-7を抱えていた。元将軍のマカショフは、武装したデモ隊員たちに車列を引き返して仲間をもっと連れてくるよう命じ、千名はいると告げた。そこへ記者たちがバンやジープで駆けつけてきて、三脚を引き出してあわただしくケーブルを延ばした。塔の中では、灰色の迷彩服に黒のヘルメット姿のヴィーチャジ隊員たちがバリケードづくりに走り回り、射撃配置につくのが見えた。

夜になった。十九時二十分、黒の革外套に黒の落下傘部隊のベレー姿のマカショフ将軍が、オスタンキノ内で配置についたヴィーチャジに向かって叫んだ。「十分間やる。それ以内に武器を置いて降伏せよ。従わなければ、われわれは押し入るぞ!」。兵士たちはまったく動きを見せなかったが、マカショフとルィシュクの間では無線のやりとりがあったという多くの証言がある。

十九時三十分、一群のデモ隊員たちが、その日、機動隊から奪っていた重量のある軍用トラックを移動させてきて、テレビ塔内へと進入を図った。トラックは鋼鉄で枠を固めたガラス扉に何度も衝突を繰り返し、粉砕して突入しようとした。しかし、コンクリート部分でつかえ、それ以上は突っ込めなかった。トラックのわきにＲＰＧを抱えた男が横になっていた。この男の詳細は姓も含めて情報が乏しいが、ロシア民族統一のアレクサンドル・バルカショフが私に告げたところでは、男の名は「コースチャ」で、一九九〇年沿ドニエストル［モルドヴァ東部地域］で反乱側についた人物だという。別の証言では、この男は普通の市民で、ＲＰＧの扱いが分からず、議会反乱に加担した警官の一人が扱いを教えてやったという。この後の出来事については、諸説紛々としている。

今日までもテレビ塔での流血に至った経緯は詳細がよく分かっていないが、想像がつくのは以下のようなことだ。トラックが玄関を破砕しようとした時点で、塔の上層階に配置されていたヴィーチャジの狙撃兵たちが発砲を開始した。同時にテレビセンターの下層階で爆発が起こり、ニコライ・シトニコフというヴィーチャジの二等兵が死んだ。ルィシュク大佐によれば、兵士は群衆の間から発射されたロケット擲弾でやられたという。大佐は、部下が発砲を開始したのはこれ以後で、自衛のためだったと主張した。

どの証言も記憶にずれがあった。ドゥーギンは、ヴィーチャジ兵士の一人が発射し、その銃弾がＲＰＧを抱えた男の脚に命中して、うっかり引き金を引いてしまったと記憶を語った。「ヴィーチャジは、デモ隊員たちを撃ち始めた。武装していない相手を、だ。最初は、撃ち返す者もいた。三、四回、機銃での応射があった。でもそれくらいで、以後はもっぱらヴィーチャジ側が撃っていた」。プロハーノフは、ＲＰＧの男が倒れるのを見届けた。男は、「ふいにへたり込んで、壁にもたれる形でずり落ちるように倒れ込んだ。近くに薄明かりがあって、銃弾でコンクリートのかけらが飛び散るのが見えた」。以上は、事件翌年に刊行された彼の自伝的小説（自伝と断定してもかまわない内容だ）、『赤茶色』に書かれている。

テレビ塔からは曳光弾《えいこう》が発射され、銃弾が頭上をかすめたり、体内にずぶりと食い込む音がした。「深紅の爆発の波が、われわれを襲った」と、リモノフは書いている。彼は匍匐で離れようとした。その途中で振り返ると、自分が立っていたトラックの脇に人が二十人ほど倒れ、「一部はうめいていたが、大半が声もたてなかった」。一時間、曳光弾が降り注ぎ、この騒ぎで少なくとも六十二名が死んだが、その多くが見物人だった。記者も数名交じっていた。

この悲劇にドゥーギンは深遠な意味合いを見て、感動的な文章を残している。その一つでは、虐殺のさなかに彼は「精神の息吹を感じた」と書いている。身を守ろうと彼が一台の車の陰に飛び込んだとき、偶然、すでにそこに隠れていた誰かを押しのける形になった。怒って彼を押し退ける代わりに、この男は彼を抱きとめ、みずからを銃撃にさらして、ドゥーギンを守ったのである。彼は自分が初めて銃火にさらされて、「肉体と生命を超えた」超越的でスピリチュアルな感覚を感じたと書いている。

「あれは過酷な敗北の日だった」と、事件の七年後に彼は書いている。「この日は、われわれの兄弟、姉妹、子供たちばかりか、ロシアの歴史が丸ごと壊滅した日だった」(8)。彼はその夜の大半をその車の下で過ごし、銃撃がやんでからやっとそこを這いだして手近な木立に逃れると、マカショフの護衛のオレーグ・バフチヤロフと出会った。彼は脚を撃たれていた。ドゥーギンは合図して車を停めるとオレーグを病院へ連れていき、午前三時に議会へ戻ってきた。オスタンキノでの惨事が現場に伝わってくるにつれて、気分は暗澹たるものに変わった。「あのとき、われわれの指導者たちはろくでなしだと思い知らされた。あいつらがこの戦争を始め、この争いを始めた。そこへ丸腰の民衆を引っ張り込み、何の指示も与えず、果ては死なせてしまった。やつらは犯罪を犯したんだ」。戦闘の終焉が近いとさとって、ドゥーギンは朝の白々明けに議会を後にした。

今日でも、ルィシュク大佐は部下の行動を弁護している。「銃撃は武装している相手か、武器を手に入れようとしている相手だけに対して行った」と、彼は二〇〇三年のインタビューで言っている。ところが、こう言い足したのだ。

暗がりの中で、相手が銃を発射しているのか、それとも記者なのか、見分けられなどしない（中略）私には罪はない――命令に従っただけだ。むろん、亡くなった人たちには気の毒だと思う。特に無実の人々にはね。あの政治危機では、われわれ全員が犠牲者だった。それでも、これだけは言いたい。軍が命令を無視していれば、犠牲はもっと増えていたはずだ。(9)

とはいえ、ルィシュク大佐の証言は問題で、正確には虐殺を引き起こした原因は何か、責任は誰に帰せられるのかに加えて、多くの不明事項に答えていない。ロシア検察総局の特捜班を率いるレオニード・プロシキン検事は、議会蜂起の捜査に数か月を費やした。RPGがテレビ塔に撃ち込まれた証拠は見つからなかった。爆発の証拠となる痕跡が発見されなかったからである。

あの種の擲弾は、RPG-7で発射されれば、厚さ五十センチのコンクリートを貫通できる。現場に残されていたのは、APCの大口径機銃から発射された弾痕だけだった。結局、結論としては、シトニコフがRPGで殺されていれば事態はまったく別のように見られたということだ。(10)

プロシキン検事は、シトニコフ二等兵の創傷と彼の防弾チョッキが受けた損傷から、戦車の装甲を貫通できるRPG-7のそれとの不一致を断定し、むしろ普通の手榴弾で受けた損傷の可能性が大きいと指摘した。

シトニコフの死は、議会派のデモ隊員でテレビ塔玄関近くにいた者から発射されたRPGによるものではなく、塔内に置かれていた何かの装置の爆発の結果と思われる。すなわち、防衛側が所持していた何かの爆発である。(11)

プロシキン検事による軍側の手榴弾の爆発事故説よりもっと不気味な理由として推測できるのは、群衆側からの挑発によって、ただでさえ緊張の極限状態にあった兵士側が群衆の虐殺へと突っ走ったというものだ。

エリツィンにとってオスタンキノは悲劇だったが、議会相手の勝負としては作戦勝ちだった。この争いはテレビ画像と新聞で世界に報道されたが、テレビ塔の銃撃戦はデモ隊員たちによる武力攻撃と見なされ、市長の執務室占拠に次いで起きた騒擾と見られた。ほとんど無防備なデモ隊員数十名の虐殺ではなく、武力攻撃に対応しただけだというクレムリン（大統領府）側の説明は筋が通っていた（部分的にはその通りだった）。

オスタンキノ以後、騒擾の終焉はもはや明らかだった。十月四日午前七時、T-80戦車数台がモスクワ川越しにホワイトハウスに向かって配置され、これには将校だけが乗り組んでいた。他方、アルファ部隊の隊員が議会周辺にしぶしぶながら配置され、突入の命令を待った。

この作戦の準備段階で、不可解な悲劇が起きていた。アルファ部隊［かつてKGBの傘下にあったが、当時はGUO（ロシア連邦警備総局）に所属していた］の一隊がAPCから下車する途中、兵士の一人が狙撃者に撃たれ、致命傷となる深手を負ったのである。エリツィンの護衛だった元KGB職員でこのときの議会危機への対処に当たったコルジャコフは、この件について自伝にこう書いている。仲間の一人が殺されたのを見て、コルジャコフはアルファ部隊としての闘志を取り戻した。「ふいに部隊に兵士としての闘志がよみがえり、こちらの疑念は吹っ飛んだ」[12]。とはいえ、今日までも狙撃の謎はそのままである。当時のアルファの指揮官ゲンナジー・ザイツェフは、引退後のインタビューで、銃撃はホワイトハウス方向から来たのではなく、ミール・ホテルに布陣していたエリツィン大統領に忠誠を誓う部隊の方角からなされたと証言した[13]。彼はきわどい批判を行った。つまり、この発砲はザイツェフの部隊を挑発する意図で故意になされたというのである。「銃弾はホワイトハウス側からは来なかった。来たというのは嘘だ。あれの狙いはただ一つ、アルファを怒らせて、われわれに議会へ乱入させ、誰彼なしに八つ裂きにさせようという魂胆だった」[14]。それが事実なら、前日のシトニコフ二等兵の殺害も新たな光が当てられ、それが原因でヴィーチャジ部隊員によるオスタンキノでの虐殺が起こったということになるのである。

コルジャコフは、この主張を問題ありとし、インタビューでは、ザイツェフが作戦中に「心理状態がおかしくなったんだ」と言った。「とにかく（その兵士が）どこから撃たれたなんて、どうして断言できるのだ？　きちんと現場検証をやったのか？　遺体をきちんとした状態にして、計測をやったのか？　できっこない。彼らはその兵士を息がある段階で戦闘の場から連れ出し、死んでだいぶたってから、それをやったんだ」。しかし、ザイツェフは、こう言う。自分には即座に状況が分かった。自分の部下の兵士の命を奪ったのが挑発行動だとは即座に見て取ったが、ホワイトハウスへの突入作戦は自分が命令した。「もし命令を完全に無視すれば、アルファは解隊されていただろう。一巻の終わりになりかねなかった」[15]。ところが、ふり返って確信できることはと、ザイツェフは言う。アルファが事件後、ＦＳＢ（連邦保安庁）傘下に移されたのは、「別のやり方で」任務――力による建物の奪取と、ルツコイとハズブラートフの殺害――を遂行しなかったためである。

アルファの兵士を射殺した狙撃者の正体は、あの十月の出来事において、オスタンキノ・タワー内での爆発同様に未解決のものの一つである。ロシア諜報部門のエリート部隊であるアルファがより大きな陰謀の端役にすぎなかったとすれば、いったい陰謀の主役はどこに隠れていたのか？　考えると慄然とする。

午前九時の少し前、Ｔ‐80戦車の一台がホワイトハウスめがけて一五〇ミリ砲弾を発射した。議会の上階に着弾し、以後の砲弾も上階に集中、明らかに建物内にいる者たちに犠牲者が出ないよう配慮してのことだった。砲撃は形ばかりのもので、議員たちやデモ隊員の士気をくじく意図からなされた。それでも、傍観者数名を含めて約七十名の死者が出たと信じられている。砲撃後、議会を包囲していたアルファ部隊員は内部へ押し入り、反乱者たちを穏やかに外へ出させた。

結局、ホワイトハウス包囲作戦の間中、クレムリン側が派遣した部隊に銃撃を加えていた狙撃者たちは、見つけ出されて裁判にかけられることはなかった。コルジャコフは、彼らは「将校同盟」のメンバーで、モスクワ川の下を潜るトンネルを抜けてホワイトハウスから逃げ出し、川向こうのウクライナ・ホテルへ抜け出したのではとの推測を口にした。保安省［KGBの防諜・犯罪部門を引き継いで一九九二年一月設立。九三年十二月に連邦防諜庁（FSK）となる］大臣のニコライ・ゴルシコが命じてこのトンネルは閉じられていたと考えられているが、実はそうではなかったと、コルジャコフは言うのである。

一九九三年後半のこの事件は、陰謀論者たちにとってはもってこいだった。議会側に言わせればこれは自分たちを罠に誘い込むよう仕組まれた大陰謀で、彼らはその犠牲者だったということを証明していた。今では「赤茶デモ」の参加者たちは、自分たちが機動隊から奪ったトラックも（イグニッションキーが差し込まれたまま！）オスタンキノのまわりで繰り広げられた戦闘に巻き込むための大陰謀の重要な一部だった――つまり、あのトラックは、彼らが虐殺されても仕方がないような口実を彼ら自身が提供したのだと思わせるための罠だったと信じていた。軍の一部が民衆の側についたと思わせ、にせ情報を流して彼らを煽動したというのだ。ウェブサイトの「アナテマ」に書かれた記事によれば、民衆は環状道路に敷かれた道路封鎖さえやすやすと突破させてもらえたが、これらはすべてがエリツィンに戦車を議会へ差し向ける口実を与えるための挑発だったというのである。

　プロハーノフの場合、この事件の経緯は彼のシュールな幻想小説、『赤茶色』に「火葬場作戦」という虚構の形で描かれている。陰謀の首魁はエリツィンと彼を操るアメリカの諜報部で、愛国的な野党をオスタンキノの死闘地と煙を上げて墓場と化すホワイトハウスへと誘い込む陰謀だった。しかし、政権側がおとりを使ったとする説は、プロハーノフの生き生きした空想力が生んだ絵空事とも言いきれないだろう。これが明らかになったのは、私が元溶接工の武闘派ナショナリスト、アレクサンドル・バルカショフにインタビューし、一九九三年の対決で彼が果たした役割について聞いたときだった。

　モスクワ郊外にあるバルカショフの別荘《ダーチャ》までは、車で三時間かかった。彼はここで闘犬を飼い、狩猟用の弓を収集している。宵闇が深まるにつれて、彼の話はますます陰謀話へと向かっていったので、ついに私は、なぜ彼がホワイトハウス防衛側についたのかを聞いてみた。彼の返事には、驚かされた。それによると、バルカショフは当時「現役予備役」だった司令官の指揮下に動いていたという。つまり退役してはいたものの、元KGBの組織的な指揮系統が機能していたというのである。バルカショフは、その人物はアチャーロフ国防相代理だったと言った。つまり、武装ナショナリスト集団にホワイトハウス防衛側の救援を呼びかけた当人ではないか。「アチャーロフが私にハズブラートフかルツコイを撃てと命じていれば、撃っていただろう」。バルカショフの話が事実なら、さまざまな点での説明がつく。議会攻防戦でバルカショフがおとりだったとすれば、議会防衛側を、世界の目には公然とネオナチと映るよう仕組んで、彼らの評判を落とすことが可能だった。奇妙なことに、バルカショフの手勢の「ロシア民族統一（RNU）」［ネオナチとも言われる極右団体］は、オスタンキノ包囲のデモ隊には加わっていなかった。この騒擾でRNUが出した犠牲者は、わずか二名しかいなかった。

私はアチャーロフにも会見してバルカショフの言葉を伝えたが、相手はそっけなくそれを否定して、こう答えた。「私はただの戦車軍人だ。それ以上の何者でもない。バルカショフの意図が分からない」。バルカショフがイデオローグの信念に従うのではなく、国家機構の命令に従って行動したというのなら、その機構の狙い自体を疑ってかかるしかなくなる。共産主義以後のロシアにおけるナショナリズムの台頭は、最初にわれわれの目に映ったよりは、はるかにこみ入った展開だったのかもしれない。

国家ボリシェヴィキ党

ドゥーギンは夜も白々明けたころにホワイトハウスを後にしたが、それはその後に起きる展開を予測できたからだ。彼は自分のアパートに戻ると、手荷物をまとめ、逮捕されるのを待った。「私は思想的煽動者の一人だ。逮捕は免れまいと覚悟していた。ところが、逮捕はなかった。全員、弾圧が来ると覚悟していたのに、まるでその気配はなかった」。代わりに来たのが、人気トークショー「赤の広場」への出演依頼で、一九九一年のクーデター未遂事件での彼の役割について語ってほしいというものだった。

明らかにクレムリンは、奇をてらった手を打とうとしていた。反乱側が予測していたような弾圧はなく、ほとんど放置されたままだった。多くは政治活動に戻るよう勧められた。プロハーノフは何か月も森林地帯に身を潜めたが、誰一人彼を捜索している者がいないことが分かってきた。『ジェーニ』は当局によって閉鎖されたが、プロハーノフはほとんどすぐに後継新聞の『ザーフトラ（明日）』発刊を認められた。

この注目すべき展開は、エリツィンの戦術の急旋回ぶりをうかがわせる。野党支持勢力に多くの死者を出した後、彼は一転して彼らの取り込みに動いたのだ。反乱側の恩赦を認めた後、すかさず選挙を行い、共産党の参加を認め、さらには新たな憲法を強行通過させることで、議会を骨抜きにし、一九九三年以後の現状に法的形態を与える超大統領制を確立した。一九九三年のモスクワ騒擾以後、野党側は、実質的な事項に関して二度とエリツィンに挑戦できなくなったのである。

　クレムリン側によって、恐るべき国家権力が、またしても生み出された。一九九一年には、ソ連邦はみずからを救うために指一本上げることができなかった。ヤゾフ元帥は、デモ隊に向かって銃撃を命じることができなかったが、それは「誰の名において」発令すればいいのか分からなかったからである。今や、オスタンキノとホワイトハウスをめぐって、国家が極めて鮮明な存在を示した。旧ソ連邦はどこから見ても逆らえないプロセスで葬られていったが、一九九三年の騒擾は、ロシアにおける統治のあり方を変えた。戦車による議会砲撃は、エリツィン政権を強化し、同時に彼を傷つけもした。五九%あった彼の支持率は三%に急落し、共産党と自由民主党は次の選挙で、エリツィンに対する野党勢力として大勢を占めたのである。

　ジリノフスキーの自由民主党（LDPR）は、蜂起で中立を決め込んで漁夫の利を収め、クレムリンからの尽力を受け、テレビでも好意的な評価をされた。彼と副党首のアレクセイ・ミトロファノフは、騒擾後のホワイトハウスへ免税ワインの瓶を持ち込んだ。そして議員たちに、外国ワインを飲むことと愛国主義の大義との関係を問われて、彼は「モロトフ・カクテル［ソ連で考案された火炎瓶。旧ソ連外相モロトフにちなんで名づけられた］だぞ！」と答えた。投票総数の四分の一を得て、LDPRの議席は少ない党員数のわりには急増し、ボディガードまでが議員に格上げされた。それどころか、ジュガーノフの選挙リストから共産党の候補者を数名借りてくるほどだった。新しいドゥーマ［モスクワ騒擾事件後、エリツィンは旧議会（最高会議と人民代議員大会）を解体、ドゥーマ（下院）と連邦会議（上院）という新議会をつくった］選挙は、こうして相当な棚ぼたぶりだったが、リモノフに言わせると、「野党になりさがった穏健派共産党のノーメンクラトゥーラにとっては、天からの贈り物」ということだった。「普通なら、議員の立場を失った彼らを待ちかまえているのは、スリッパ履きでお茶を飲みながらの政治談議くらいなのだから」

この結果は、大半の者の目には、エリツィン側の大盤振る舞いのひとつに映った。一部のナショナリストにも立候補を認め、その代わりとして新憲法を通過させたのである。一九九四年二月の恩赦では、ルツコイとハズブラートフ、さらには一九九三年危機の首謀者たちも恩恵を受けたので、これは政治的取引と見られた。この後まもなく、公式には百七十三名に及んだ犠牲者の真相調査は議会で打ち切り宣言がなされた。これらの犠牲者は、主にオスタンキノとホワイトハウス砲撃で出たものだった。

しかし、ナショナリストの理念の威力はすでに、エリツィンがそれを熱心に取り入れたことからも明らかだった。エリツィンは、政権を維持したければ、敵の理念を受け入れるしかなかったのだ。その理念が持つシニシズム、仮借ない手法、この国の現実に即したイデオロギーが、統治に適していることを、彼の側近たちが証明していたのだ。エリツィンは、またしても敵の提案を盗用してのけた。ゴルバチョフの改革アジェンダを盗用し、今や政敵ナショナリストの思想までも取り込もうとしていた。また、新たな構想を一斉に打ち出して、右翼的見地からナショナリストを取り込んでいこうとした。さらには「独立国家共同体（ＣＩＳ）」［旧ソ連構成共和国のうち、バルト三国を除く十二か国（当初）で結んだ国家連合］の再活性化を図り、ベラルーシと「連合条約」の交渉を開始した。一九九四年に選出されたベラルーシの新大統領アレクサンドル・ルカシェンコが、そういう施策を公然と唱えていたのである。エリツィンのナショナリストへのすり寄りぶりは、クレムリンがモスクワ都心に「救世主ハリストス大聖堂」の再建を唱えることにも表れていた。この大聖堂は、一九三一年、スターリンによって爆破されて、プールに変えられていたのだ。彼はまた、ドゥーマに大きな自由裁量権を与えてナショナリズムの問題や宗教問題に関する立法を推進させ、一九九六年には、委員会をつくってロシアの「民族の理念」について提案させようとした。

ドゥーギンや多くの極右派は、十月の騒擾以降、クレムリンがナショナリズム支持へと急旋回し、西欧支持から離れていったと言う。「エリツィンは一九九三年以降に修正を、それも根本的な修正を行った」と、今ではドゥーギンは言っている。「政治家としては、彼は政敵を骨抜きにしたが、彼もまた軌道修正して自身の政治コースを改良し、変更した」

エリツィンのアメとムチ作戦は、ナショナリストを分断し、共産党とLDPRは議席を増やしたが、二度とクレムリンの権威に挑戦しなくなった。一方、ドゥーギンとリモノフは、これに加担することを拒んだ。「われわれは、過激路線に固執し、孤高を保とうとした」と、ドゥーギンは書いている——もっとも、エリツィンの六年の統治中に、以下の点があったことは認めてもいた。

（前略）われわれは負けた。屈辱をなめ、党派をつぶされ、何一つ誇れるものはなくなった（中略）しかし、いちばん肝心なものは守り抜いた。どれだけ分断され、散り散りになろうとも、あのとき（オスタンキノの虐殺）吸い込んだ精神だけはきっちりと守り抜いた。たとえ炎は燃え上がらなくとも、いまだに孤高の魂としてくすぶり続け、われわれに痛みや責め苦を与えていることは明らかだ。

自分が受けたショックは深刻だった、とドゥーギンは言う。「赤の広場」に出演したとき、起こった殺戮に責任を覚えるかと訊かれ、その質問に衝撃を受けた。しかし、彼はその場は巧みに切り抜け、「責任は感じるが、血にまみれた人殺しはあなたたちが支持するエリツィンだ」と、怒りをそのまま口に出した。これは一気に激しく発せられたために、編集で削除することもできず、彼のインタビュー全体がカットされた。とはいえ、「それはトラウマだった」と、ドゥーギンは一時期、政治活動から身を引いた。

リモノフも、ドゥーギンに劣らず士気を削がれ、一九九三年騒擾以後のナショナリスト運動に嫌気を起こし、本格的な野党の創出をめざした。「不平たらたらの前近代的な民族的《エスニック》感情や古びた正統派イデオロギーなどに依拠するのではなく、民族の利害という概念に依拠する」イデオロギーを持つ野党である。

二人は、一九九四年春のある日、リモノフのアパートで、座り込んで知恵を絞った。リモノフは、二人が前年七月に創設していた「国家ボリシェヴィキ戦線」の政党化案を出したが、ドゥーギンはあまり乗り気ではなかった。一九八八年、パーミャチを抜けて以来、政治組織との関わりは二度とごめんだと思い知らされ、「十月騒擾」で政治そのものへの意欲すら揺らいでいたのである。彼は新しい「国家ボリシェヴィキ党（ＮＢＰ）」の組織化は手伝うが、正式のポストにつくのはごめんだと答えた。やがて、ドゥーギンも態度を和らげた。モスクワの旧アルバート通りのテントがけのビアホールに河岸を替えて検討し直したとき、身を乗り出してこう言ったのである。「エドゥアルド、きみの任務は戦士だ。クシャトリヤ［古代インドの第二位の階級である貴族・戦士］は人を指導する役目だ。この私は僧侶で、魔術師マーリン［アーサー王のブレイン］に当たる。女の役目で説明役、慰め役なんだよ」[16]

実を言うと、ＮＢＰはドゥーギンの構想で、名称も彼の発案なら、旗までそうだった。白い円の中に黒のハンマーに鎌、旗の地色は赤で、この色の組み合わせはどことなくナチの鉤十字を連想させた。ヒトラーのファシズムによって二千万人を殺された国では、選挙で獲得した議席は一つもなかったけれども、それはＮＢＰの狙いではなかった。ＮＢＰの敬礼は、腕をシャキッと伸ばし、拳を固めて「ダー、スメルチ！」と叫ぶのだが、その意味は「そうだ！　死だ！」というものだ。[17] 最高幹部がいるときのＮＢＰの本部は、「ブンカーフューラー」［ドイツ語で「総統地下壕」。ヒトラーが大戦中に潜んだ場所］と呼ばれていた。ファシズムのうわべだけは大いに計算ずくのもので、ドゥーギンの言葉によればボヘミアン的「政治アート計画」ということだった。リモノフによれば、「ドゥーギンは、ソ連の若者が『SS』という言葉を発音するときに経験するはっとするようなショックを解明し、翻訳してみせるかのようだった」。

もっとも、NBPがファシズムに対してとる皮肉っぽいスタンス自体が、丹念に計算された「手」だった。敬礼、スローガン（「スターリン、ベリヤ、グラーグ」もその一つ）は非常に奇妙で大げさすぎるものだったので、ほとんどパロディと変わらなかった。ところが、このようにファシストのシンボルと自分たちを同一視するのは、ドゥーギンが先鞭をつけたのだが、その後の十年で、プーチン支配下でのロシアの独裁的イメージを規定する一つのパターンとなった。NBPは、一種の「所作ギャグ」で、どんなにわずかでもポイントをはずすことによって、批判されることを免れていた。鉤十字をうちふったり、NBPのメンバーたちにグースステップ［足を曲げずに高く上げてする行進］をやらせたりするのだが、それをあからさまに「ファシスト」呼ばわりすると、ひどく滑稽に見えてみっともないので誰もやりたがらない。ドゥーギンもリモノフも、本能的に、因習的な知恵を嫌っていた。そして彼らが創設した運動は、二人の生い立ちを混ぜ合わせたようなものだった。ドゥーギンは、一九八〇年代の過度に知的だったモスクワのボヘミア風潮の申し子であり、リモノフはエイズ猖獗以前の、一九七〇年代のニューヨーク、ローワーイーストサイドからモスクワ都心に移ってきた人間だった。

党の名称はリモノフにはどうでもよかったと、ドゥーギンは二〇〇八年にアメリカの外交官に話している（これは、二〇一〇年、ウィキリークスで公開された）。「彼は『国家社会主義』『国家ファシズム』『国家共産主義』、どれでもよかったんだ。イデオロギーは彼の関心事じゃない。荒野の叫び声——そいつが彼の目的だったのだ」

ドゥーギンによれば、リモノフは（この時点で二人は喧嘩別れしていた）、「ちっぽけな旅回りのサーカスの道化で、演技をうまくやれればやれるほど、人目を奪えれば奪えるほど、ご機嫌なんだ」[18]。これとほぼ同時期の二〇〇九年の私との面談で、リモノフはドゥーギンを「政権の堕落した小間使い、恥ずべき体制順応主義者」と決めつけていた。

ＮＢＰを明確な目標を持った真剣な政党と見るのは間違いだ――その行動規範と言えば、「ガールフレンドがこちらに話しかけているとき、耳を貸さない権利」とか、メンバーならロシアの映画館で西欧映画を上映した場合、騒動を起こすことを勧められる、といった程度のものだった（もっとも、党員の誰もそれが実際に行われた記憶はない）。そのかわりにＮＢＰは、新たなカウンターカルチャーの萌芽たることを期待されており、ロシアのナショナリスト集団に関する専門家、ドイツのアンドレアス・ウムラントによれば、「非市民社会」をめざすもので、その目的は必ずしも行政府や議会の権力を掌握することではなく、文化的上部構造に対する優越性の獲得をめざすイデオロギー的反乱にあったのだ[19]。ＮＢＰは急速に偶像となっていき、同党の古参アンドレイ・カラゴジンに言わせれば、「一九九〇年代にこの国で十代だったら、三つの選択肢があった。乱痴気騒ぎＯＫ、ギャングになるのもＯＫ、ＮＢＰに入るのもＯＫ、つまりそういうことさ」。

リモノフは、友人で有名なバンド「グラジダンスカヤ・オボローナ」のリードヴォーカル、エゴール・レートフをＮＢＰに入らせた。ＮＢＰ党員証番号４である。彼はコンサートを始終中断して、延々とエリツィン批判を繰り広げ、ＮＢＰ支援の論陣を張った。レートフ以外にも、ロシアで最も創造的な専門職についたＮＢＰ党員がいた。遅れて入党してきたザハール・プリレーピンで、彼はロシアの特別任務民警支隊ＯＭＯＮ《オモン》の隊員から、その後ロシアで最も興味深い若手作家となった。同じく党員のアレクセイ・ベリャーエフ＝ギントフトは、渇仰していたカンディンスキー芸術賞を受賞した。そして、カラゴジン自身、今やロシア版『ヴォーグ』の編集長である。

NBPは自由を極限まで突き詰めた活動だった。この点でリモノフとドゥーギンは、対極に立っていた。一方はロシア精神のアナーキーな部分を代表し、他方はここ五世紀にわたる歴史においてロシア人の心をつかんで放さなかった全体主義への、絶えず存在していた衝動を代表していた。NBPは、ファシスト思想を選ぶ一方で、一九九〇年代のモスクワにみなぎる自由奔放さに酔いしれてもいたのである。それは、自由と新しい独裁主義の同時存在という逆説の生ける見本だったのだ。このテーゼ対アンチテーゼの矛盾の弁証法は、エリツィンのロシアをその活動の場として展開され、以後の十年を支配するジンテーゼ（総合）へと高められた。この運動はプーチンの時代、市民運動を支配するためにクレムリンが企てた方策として、あちこちで「青年同盟」を輩出させる先駆けとなった。「彼らは、おれたちの考えをごっそり盗み取ったのだ」と、二〇一一年にリモノフが私にぼやいた。リモノフは、プーチン時代に良心の声を上げ続ける存在になっていた——新時代で最も目立つ反体制主義者になったのである。一方のドゥーギンは、新たな独裁制を思想化するイデオローグへと転身した。

二人が出した最初の新聞はリモノフが発刊の中心となり、『リモンカ』と命名された（これは第二次世界大戦中のレモン型手榴弾のニックネームだった）。一面記事は「旧野党」を非難し、「新野党」を持ち上げていた。ドゥーギンは、発刊の辞として新旧野党の相違点をあげ、それは政治イデオロギーではなく、心理と思考スタイルにあると論じていた。「古い愛国者」は、古い世界の回復に照準を合わせていたが、新しい愛国者は反動的ではなく、「共産主義から君主主義、ロシア式ファシズムまでその見解が何であれ、新たな社会、革命的プロセスの観点で考える（中略）彼らの狙いは、何か原理的に新しいものを創出することに絞られる」

問題は資金集めだった。「基本的に文なしでね」と、ドゥーギンは当時をふり返った。事務所を借りる金すらなかったので、ほとんどゆすり同様の手を使い、結果は驚くべきものとなった。十二月半ば、彼らはモスクワ市長のユーリー・ルシコフに金銭供与要請の手紙を出し、断られれば不測の災厄がモスクワに起こると脅迫を匂わせた。ルシコフは、丸々と太った元化学産業技師のプロレタリアで、エリツィンの尻馬に乗ってモスクワのトップの座を射止めた苦労人だけに、面倒なことは嫌いで、頭のおかしい周辺的な過激派グループを家賃無料のアパート一軒で行儀よくさせられるなら安いものと考えた。数週間後、ドゥーギンとリモノフのところにルシコフの部下がやってきて、モスクワ州資産委員会に約束をとりつけてくれた。さっそく出向いたところ、満面に笑みを浮かべた市の職員が出迎え、「芸術と国家は手をたずさえないとね」と、二人に請け合ってくれた。一平方メートル当たり年間十七ルーブルの家賃でどうかと切り出し、しぶるリモノフにドゥーギンは、「これなら、ただみたいなものだ」と請け合った。

二人が選んだアパートはフルンゼンスカヤ通りの地下室だったが、そこが警察署の地下にあったのは偶然ではなかったかもしれない。「ここの特徴は、壁に埋め込まれた下水管が壊れて汚物まみれになることだった」と、ドゥーギンは言った。「地下壕」として知られるようになるここは、NBPの拠点となった。プリレーピンが、半ば自伝的な小説の『サンキャ』で、こう書いている。

反社会行為をする子供を押し込めた全寮制学校と同じで、マッドアーティストのアトリエと、どこの戦場へ向かうやら知れたものではない野蛮人どもの軍司令部を一緒くたにしたようなしろものだった（中略）あらゆる奇抜な刈り上げ方をした髪形の若者たちがひしめき、髪は伸びほうだい、前髪だけまっすぐ切りそろえるか、モヒカン刈りにするか、耳の上に不気味なひげのようなものを生やした者まで、種々雑多だった。ところが、思いもかけず、真っ当な髪形にスーツという出で立ちの若者もいて、さらには純朴な顔だちの普通の労働者もいたのである。

新しい拠点を得て、彼らは共同生活を開始したが、実はうまくいかなかった。リモノフは筋金入りの革命家で、あらゆる形の因習に宣戦布告したがり、支配体制には本能的な憎悪を抱いていた。まだ幕僚学校での講師を務めていたドゥーギンは、支配体制との橋を燃やして背水の陣を敷くのは好まず、より自制的だった。ドゥーギンが煮え切らないことで両者は一度ならず衝突し、ドゥーギンはNBPの過激路線に穏やかにブレーキをかけ続けたことを後に認めている。二〇一〇年、彼は私にこう語った。「NBPの時代、私が目を光らせていた間は、法律にふれる行動や犯罪行為はなかった。リモノフが考え出した案を、私が制止したのだ。理由もないのに法を犯すのは反対だったからね」

一方、『リモンカ』は論争と挑発だらけだった。しかし、社説の主張は再びドゥーギンの監督下にあったので、エリツィンの護衛役アレクサンドル・コルジャコフ率いるクレムリン一派内の保守派の考えに極めて近かった。コルジャコフは、エリツィンの側近に交じるリベラル派の反体制派と常に戦っていたのである。

『リモンカ』を精読したNBPの古参メンバーで、もとはドゥーギンの弟子だったアルカジー・マーレルによれば、以下の顕著な特徴が見て取れる。ドゥーギンの社説は、ストレートな反体制ではなく微妙なニュアンスだらけで、コルジャコフのようなクレムリン強硬派をほめるかと思えば、政権内のリベラル・ロビー（民営化の主導者アナトリー・チュバイス）を批判してもいた。[20]マーレルは、ドゥーギンが常にクレムリンの強硬派（一九九六年までコルジャコフが率いていた）のために奉仕していたのに対し、リモノフはそうではなかったと信じている——もっとも、ドゥーギンはこの見方をきっぱりと否定する。

強硬派ロビーへのエリツィンの最も致命的な譲歩は、一九九四年十二月のチェチェン侵攻だった。チェチェンはすでにロシア連邦からきちんと分離を果たしており、一九九三年に完全な独立を宣言、リーダーはソ連空軍を率いていたジョハール・ドゥダエフ将軍だった。ロシアは反ドゥダエフ派を支持していたが、分離独立派から支配権を奪取する試みが挫折していた。一九九四年十二月、エリツィンはロシア軍に、「チェチェンの憲法秩序を復活させよ」という命令を出した。結果、多数の陸軍将軍が辞任した。チェチェンの体制変更をめざす迅速で精密な攻撃どころか、作戦は挫折し、流血沙汰は尾を引いてロシア軍側はたちまち動きがとれなくなり、一九九六年の停戦合意［第一次チェチェン戦争終結］までに五千五百名と見られる死者が出た。その多くは、チェチェンの非戦闘員だった。

チェチェンは、エリツィンの政治的無能の同義語となった。しかし、それは、ドゥーギンによれば、リベラリズムを見限り、一九九三年十月のモスクワ騒擾を契機にナショナリズムへと舵を切り替える「修正」をも象徴していた。チェチェン騒ぎで、『リモンカ』の見出しには独特の凄惨な言葉が躍った。ロシア軍が侵攻すると、同紙は叫んだ――「戦争大歓迎！」。チェチェンの首都陥落（その翌年、ロシア軍が追い出される前のことだ）での見出しは、「ばんざい！　グローズヌィ占領！」だった。

ドゥーギンとリモノフの訣別以後、すぐさま同紙でのチェチェン報道が一変したことは意味深い。ドゥーギンを追い出したリモノフはみずから社説欄を担当し、同紙はチェチェン独立支持に豹変した。革命への姿勢も急変して、二〇〇一年、北カザフスタンでのテロ攻撃の陰謀でリモノフは逮捕された。『リモンカ』の見出しだけを走り読みしたかぎりでは、ドゥーギンがいたときのNBPは厳格な政治的許容範囲内で活動を続けていた、とするマーレル説（ドゥーギンもリモノフも認めないだろうが）が証明されているように思われる。表面ではアナーキーを標榜しながらも、NBPはある種の限界から大きく逸脱することなく活動してきたが、その制御をしたのはドゥーギンのようだ。

だが、NBPが、妥協の余地ないニヒリズムと、過激な革命以外の政策を持っていたとしても、党内の下部メンバーにとってそのことは明らかではなかった。NBPは政党へと衣替えしていたが、ロシア・カウンターカルチャーの音楽家や芸術家たちの間で支持を集めるようになり、ナショナリズムを敬遠しがちな特有の社会階層の間に、ナショナリズム人気を高めさせていた。『リモンカ』は、モスクワはもとより、退屈なロシアの地方の町々でも一種の社会現象を引き起こし、後者では特に沈滞した空気を活気づかせた。『リモンカ』は、バラバラだった若者のカウンターカルチャーを読者層の間で統合した。「彼らはNBPに入らなくても、『リモンカ』は読んでいた」と、リモノフは言う。この新聞の強みは文化記事で、前衛映画やロックグループ、アングラ詩人たちに関する批評記事は人気だった。

息も詰まる鉱山町、押しつぶされそうな貧困、地方住まいといった状況にある多くのロシア青年たちにとっては、NBPはアドレナリンをどっと注入してくれたようなものだった。ヴァレリー・コローヴィンもそうした一人で、一九九五年、運動に加わった。私は十年後にコローヴィンを見つけ出したが、その時点でも彼はドゥーギンの弟子で、プーチン時代のユーラシアニズム運動の指導者の一人になっていた。彼はそこまで行き着いた背景を私に語ってくれた。

一九八〇年代、はるか東端のウラジオストクで生まれたコローヴィンは、まさにおあつらえ向きのNBPの標的だった。つまり、有能で、若く、退屈していたのである。すべてを拒否し、「いつも頭を振っていた」という彼は、ある日、テレビで「エリツィン政権」への反逆を呼びかけるレートフを見ていた。ふいに画面がコマーシャルに切り替わり、これを見て、コローヴィンはこうふり返る。「自分がすっかり蚊帳《かや》の外に置かれている気がした。こちらはウラジオストクであらゆる現実から切り離されて、ただ座っているだけだ。一方、モスクワでは、レートフや、初めて名を聞くリモノフたちが世界革命を企んでいる。おれもあそこへ行って、仲間入りしようと思ったんだ」。彼はモスクワへの汽車に飛び乗り、モスクワ国立建築大学に入学して、リモノフを探し、フルンゼンスカヤ通りの地下室で十人ばかりの弟子に囲まれている彼を見つけ出した。「こっちはすっかり過激派気分で、すぐにも爆弾か手榴弾をあてがわれ、そいつをどっかへ投げ込む気でいた。真剣だった。連中はこっちを落ち着かせようと、『そう力むなって。まず準備が先だ』と言った」。ドゥーギンは部屋の隅で、半裸で真剣にタイプを打っていた。周りに本が積み上げられ、ビール瓶もいっぱいあった。土曜日で、週に一度の清掃の日だった。コローヴィンの記憶では、リモノフがドゥーギンにこう呼びかけた。「サーシャ、この空き瓶はなんで置いてあるんだ?」。「仕事でいるんだ」と、ドゥーギンは無愛想に答えた。コローヴィンは回想する。「二人の呼吸はぴったりだった。ドゥーギンは哲学者で形而上学の担当で、頭で仕事をする。リモノフは大衆の間へ入り込んでいた。彼は広報担当だ。過激な革命のね」

ところが、両者は徐々に離れていく。リモノフは、ドゥーギンが最初に喧嘩別れした相手というわけではなかった。自伝でリモノフは、かつての相棒の「魔術師マーリン」を「すぐに悪意を持ち、破壊的で、嫉妬深い」とけなすようになる。

一九九五年の議会選挙でNBPは完敗し、二人の最初の深刻な亀裂が生まれた。ドゥーギンは明らかにリモノフが体制とのつながりに冷淡だと見て取り、ジリノフスキーと組んだので、リモノフは激怒した。「マーリンは森をのぞき込んで、別のアーサー王を探し始めた」と、リモノフは自伝に書いている。コローヴィンにも、二人の緊張状態が見て取れた。NBPの誰の目にも明らかになってきたのは、「リモノフとの関係を続ければ、ドゥーギンは、体制に近づけず、ドゥーマとも、大臣たちとも絶縁となる。リモノフはNBPを周辺的な存在にした」という事態だった。リモノフはカウンターカルチャーやボヘミアン的計画が好きで、しかし永遠の不満分子としての彼は、頑強に抵抗する野党以外の役割にはなじめなかった。ドゥーギンには、もっと野心があった。「私は彼を引き戻そうとしていたんだ」と、今日ではリモノフは敗北を認めている。(21)

NBPでの緊張は続いた。インテリは元々ドゥーギン派だったから彼につき、「チェス派」はリモノフについた。「チェス派」というのはコローヴィンの言葉で、「浮浪青年」を指す。彼らは、フルンゼンスカヤ通りの地下室で始終チェスをやり、ダンベルで体を鍛えていた。

一九九七年、ドゥーギンは、亀裂をさらに悪化させる行動に出た。正教から十六世紀に分かれた「古儀式派（いわゆる分離派）」に入ったのである。これはモンゴル族の国「黄金のオルド」時代のロシアでの中心的な宗派で、元来のユーラシアニストが好んだ宗派でもあった。ドゥーギンが同派に入ったのは、当時ケンブリッジ大学のロシア人歴史学教授だったアレクサンドル・エトキンドが『フルィスト（鞭身派）』を出した直後で、この本はボリシェヴィキ革命家たちの終末論的世界観を形づくる上で正教が果たした役割を考察した著作だった。実際、リモノフが自伝でこぼしているのは、ドゥーギンがＮＢＰの全員にこの本の購入を強制したということだった。

ドゥーギンの改宗の原因が何だったかはさておき、彼はＮＢＰのメンバー九名を説得して改宗させ、さらにはモスクワのプレオブラジェンスキー古儀式派修道院から僧侶たちを招いて、伝統的な黒のコソヴォロートカ、つまり貧農のシャツを縫わせ、ＮＢＰメンバー全員に着用させた。コローヴィンはドゥーギンに従って古儀式派に入り、それを証明するために今も長くあごひげを生やしていた。コローヴィンによれば、「ドゥーギンが古儀式派に改宗して、リモノフは苛立った。特にＮＢＰのいちばん活動的なメンバーが彼に共鳴して断食をやり、あごひげを生やし、コソヴォロートカを縫って礼拝に出始めた」ときは、よけいリモノフは苛立って、ある会合でこう批判した。「ドゥーギンは頭がおかしくなってしまった」。そして、こう言った。「彼はきみたちをゾンビに変え、きみらは目の見えないモグラのように彼の後についていく。きみたちはＮＢＰのことや革命のことなど頭から吹っ飛んでしまう。こういうばかげたことはやめないといかん」

ドゥーギン一派は、あごひげを生やし、黒のコソヴォロートカを着ていた。リモノフはこう書いている。「あれも一時の流行だ、趣味だ、そのうち廃れるだろうと思った。しかし、NBPは、われらのマーリンの知的戯れにお付き合いするためにつくられているのではない」。ドゥーギンは飲酒もやめた。それは、NBPの「チェス派」から見れば党へのはなはだしい不忠誠ということになった。ドゥーギンはついには一九九七年の講演で、革命を遅らせる必要性を説いた。革命による流血の前に、新しいタイプの人間を創出しなければならない、それは「哲学的ロシア人」だと主張したのである。[22]「この新タイプの人間が創造されて初めて――それは遠い未来のいつかだが――われわれは革命を断行できる」。これはリモノフが回顧録に書いたドゥーギンの講演の内容である。ドゥーギンが「地下壕」を出てラジオ番組のホスト役を引き受けると、リモノフは即座に、相手に撤回命令を出した。「NBPは、芸術や文化の研究サークルではない」と、彼はメンバーたちに告げた。「NBPは政治的目標を持っており、各自の自己向上は目標には入らない。自己向上には大賛成だが、それは自分の時間でやってもらいたい」[23]

こうして、運動は理論面で分裂した。とどめの一撃となったのは、党の金庫から消えた二百四十八ルーブル余りについてで、両派はたがいに相手を非難しあった。ドゥーギンは、『リモンカ』に長い記事を書いて、「NBPで行われている何の役にも立たないビールのがぶ飲み、チェスゲーム、これらのおかげでNBPは半分腑抜けになりさがっている」と罵った。罵られたリモノフ派は謝罪を要求したが、ドゥーギンは憤慨して九名の同志を連れて出ていった。その中にコローヴィンも入っていた。ドゥーギンは、モスクワのノヴォデヴィチ女子修道院の向かいにある図書館の一部屋を借りて、ポストモダンの新ポスターを壁に貼った。この分裂から数週間前、ドゥーギンはすでに支配体制への旅を開始していた――彼の運命を一変させることになる、いやロシア自体の運命をも一変させる新著を引っ提げて。リモノフに言わせれば、「ドゥーギンは、この本でロシアの地政学の教祖としての資格を取り直したんだ」ということになるのである。

第11章　ハートランド

エドワード朝時代の眼鏡をかけた少々とっつきの悪い学者、サー・ハルフォード・マッキンダーにとって、生涯かけた自分の研究成果が共産主義以後のロシアで改めて利用される光景を目撃することは、極めて不愉快だっただろう。

マッキンダーの最も有名な講義は、一九〇四年に「王立地理協会」でなされた「歴史に見られる地理学的基軸」だが、そこで彼は、大英帝国の戦略面での主要な敵はドイツではなくロシアであると主張した。そしてこれを例証してみせたのが、後に「地政学」として知られることになる興味深い理論だった。この予言的な理論が発表されたのが、ドイツを敵に回しての二度の世界大戦より前だったため、彼の理論にとってはタイミング的には不利だった。とはいえ、その晩年に冷戦が始まったので、マッキンダーの説はその核心においては証明されたのである。彼が目の当たりにした世界情勢は、まさに一九〇四年に予見したものと酷似していた。すなわち、世界の海洋を支配する英米海軍、それと対立する世界に冠たる大陸国家ソ連――広大なステップや酷寒の冬のおかげでナポレオンとヒトラーを打ち負かした、ユーラシアの中軸地帯《ハートランド》である大陸の砦を後背地とする、ほとんど難攻不落の国――という図式である。

マッキンダーは、何世紀にもわたる技術の進歩と人知の開発にもかかわらず、世界秩序の根本的要素は地理であることに変わりはないと信じていた。太古のペロポネソス戦争では海洋国家アテナイが、古代ギリシャ最大の内陸国家スパルタに勝利を収めた。地政学者たちの主張によれば、それ以来、ほとんどの武力闘争は強力な海軍力と、強力な陸軍力との間で戦われてきた。つまり、シーパワーとランドパワーは衝突する宿命にあったというのである。そのため、現在のランドパワーであるユーラシア内陸部、つまりロシア帝国の領土は絶えずシーパワーとの競合にさらされる運命にあるが、シーパワーの盟主は大英帝国から合衆国に切り替わろうとしていた。地理的に内陸国家の宿命を抱えたロシアは、大陸内に封じ込められる孤立を恐れて絶えず不凍港を求め、世界を打ち負かせる海軍を建設しようとする。他方、大英帝国（とその後継者である合衆国）は、陸地の囲い込みを策して東欧やアジア内陸部を狙う。

　一九一九年、マッキンダーは依然として、ロシアこそ自国の主要な敵だとする見解に固執していて、「ロシアとドイツの間に完璧な緩衝地帯を」と唱え続けた。この説に対して、フランス大統領ジョルジュ・クレマンソーは後に「防疫線《コルドン・サニテール》」という呼称を用いて、共産主義を封じ込めようとした（もっとも最終的には、戦争自体を食い止めることはできなかったのだが）。マッキンダーはこの動きを、「東欧を支配するものは中軸地帯《ハートランド》を制する。ハートランドを支配するものは世界島《ワールド・アイランド》［ユーラシアとアフリカの中枢部］を制する。世界島を支配するものは世界を制する」というもっとも有名な言葉で正当化した。

　彼の言葉がハートランドという概念で注目されるのは、この発言から半世紀も経ってからだった。その結果、マッキンダーは突如、無名の境涯から一転して有名人となり、予言者の地位に祀り上げられた――ただし、そうなった理由は、彼の発言の趣旨とは異なっていたのだが。彼は、ロシアによる征服と支配の危険に対して警鐘を鳴らし、両大戦間時代のヨーロッパのエリートたちの合意を形成して、これが実際に起こるのを防ごうとしていたのだ。ところが、彼の警告は意図とはまったく逆に、「自明の運命説」［十九世紀、合衆国は北米全土を支配する運命を与えられたと主張する説］のロシア版に利用されることになったのである。

マッキンダーの主張は、ドゥーギンその他の硬派には好都合だった。なにしろ彼らは、西欧との確執こそロシアにとって永遠に続くものと思い込んでいたからだ――もっとも、なぜそうなるのかについては、彼らにも説明がつかなかったのだが。冷戦の理由は、普遍的寛容さ、民主主義、「歴史の終わり」［自由経済の最終勝利により、歴史的大事件は起こらなくなるとするフランシス・フクヤマの説。ヘーゲルの歴史観に基づく］といった新時代にあっては、東西イデオロギー対決の終結とともに消滅した。しかし、地政学者らは、こう主張した――西欧との葛藤が、ヘーゲルが言った以上に根本的なものであればどうなるのか？　東西のイデオロギー対立が、ソ連崩壊でも消滅せずにやがては表面化してくる、より大きな戦略的矛盾の一部であるとすれば、どうなるのか？　こうした問いかけは、ランドパワー対シーパワーという歴史的な勢力争いから生まれたもので、共産主義の終焉に沸き立つ西側の勝利感に疑問を投げかけた。

マッキンダーが大西洋パワーに関する最高権威者としての地位に格上げされたのは、ドゥーギンに後押しされたことが大きい。一九九七年に出した『地政学の基礎』によって、マッキンダーはオックスフォードの終身教授職にもありつけなかったエドワード朝の無名の風変わりな人物から、二十世紀のリシュリュー枢機卿へと評価が格上げされた。『地政学の基礎』は、ソ連瓦解後のロシアで刊行された本の中では最も興味深く印象的、そして最も怖い著作の一冊で、広くロシアの強硬派にとって導きの星であり続けてきた。この本は、著者の新右翼思想家たちとの交遊と、ロジオノフ校長の後援により二週間ごとに行われていた参謀幕僚学校での講義をもとにして書かれていた。ドゥーギンによれば、一九九三／九四年の学期では彼が講義で行ったコメントが教材として編纂され、幕僚学校の新入生は全員使用するものとされ、将軍たちから出された新たな提言によってたびたび校訂と注釈が加えられ、パリかミラノからやってきた右翼思想家の奇妙な講義の後にも修正が追加されていった。

ドゥーギンの手腕のおかげで、前述のように、マッキンダーはリシュリュー卿の地位まで格上げされた。すなわち、彼が国家の要人に耳打ちしただけで、半世紀にわたって大英帝国の戦略的思考の指揮官たちにとって心強い助言となったばかりか、その思想が新世代の政府高官たちにとっての戦略的規範となり続けた、というのである。

ドゥーギンは、マッキンダーに加えて彼と対極的な立場にある地政学者たちをも紹介した。その大半がドイツ人で、論旨はマッキンダーと変わらないが、世界的シーパワーではなく大陸的ランドパワーの側に立っていた。その一人が、十九世紀後半のドイツ人地理学者フリードリヒ・ラッツェルで、有名なレーベンスラウム（生存圏）という言葉を使いだした人物だった。この言葉は後に「第三帝国」の原理として取り入れられた。おかげで地政学第二世代の著作には、その理論にナチズムへの連想がいつまでもまとわり続けた。マッキンダーと同世代のカール・ハウスホーファーはドイツの将軍で、戦略論の専門家でもあり、ベルリン＝モスクワ＝東京の三国同盟の推進者だった。

本流の政治学者たちは、地政学をやや疑わしげな目で見ていた。それは、主流の経済学者たちが「金本位制至上主義者（「コガネムシ」と呼ばれる）」――黄金の価値の永続性こそ通貨交換の基盤であると信じ、必然的に再生されると確信している者たち――を見る目つきと似ていた。同様に地政学者は、各種分野の専門家たちの間では奇妙なサブカルチャー集団と見られていた。彼らは難解な歴史法則や複雑な事態の進展にもかかわらず、大地をめぐる戦略的葛藤という理論の方法は常に正しいと信じている。時には、彼らの言う通りなのであるが。

『地政学の基礎』は四版すべてを完売し、以後も幕僚学校やロシアの軍事大学で教材として使われた。ロシア右翼の専門家で米フーヴァー研究所の歴史家ジョン・ダンロップによれば、「共産主義以後のロシアで刊行された本で、軍、警察、外交分野のエリートらにこれほどの影響を及ぼしたものは他に見当たらない」ということである。(1)

この本は、売れるべき土壌に蒔かれた。一九九四年から九七年に、ロシアのエリートは激変を経験していた。すなわち、経済崩壊、チェチェンでの軍事的敗北、合衆国に追い込まれた一連の外交的後退、特に一九九六年、ポーランド、チェコ、ハンガリーを取り込んだNATOが拡大したことなどの結果、民主改革派の信頼は地に落ち、かわりに長らく西欧との提携には落とし穴があると警告し続けてきた強硬派が勢いを増していた。

一九九六年、エリツィン政権の西欧化政策のシンボルだった外相のアンドレイ・コズィレフが解任された。同年、強硬派中の強硬派であるイーゴリ・ロジオノフ将軍が国防相に返り咲いたが、この将軍は幕僚学校におけるドゥーギンの後ろ盾だった。追われた前任のパーヴェル・グラチョフは、空軍を率いていたのだが、一九九一年八月のクーデターではエリツィン側についていた。また同じ一九九六年、ロシア連邦議会下院（ドゥーマ）は、一九九一年のベロヴェーシ合意の決定を無効化することを票決し、同時に同年行われた国民投票の結果にも法的拘束力があると認定した。この国民投票では七〇％ものロシア人がソ連邦の存続を支持していた。(2) この国民投票に法的拘束力ありとしたことは、ほとんど象徴的な意味合いしか持たなかったが、ソ連崩壊からわずか五年後に、ほとんどのロシア・エリートが帝国の復活を支持していたのである。それをドゥーマが圧倒的多数で容認したことは、風向きの変化を示すものだった。

『地政学の基礎』は、ロシア・エリートが大地殻変動にさらされている時期に登場した。もっとも、その大変動にとどめを刺したのは一九九八年八月のルーブル暴落で、ロシアのリベラリズムに死の一撃を与えた。この本は、モスクワのあちこちの大きな書店で、常にレジの横に積まれて売れ行きを伸ばしていた。

著者の主要テーマは、ハウスホーファーの論旨そのもので、合衆国とNATOが率いる「大西洋主義」の陰謀を阻止せよというものだった。この陰謀は、新たに独立した旧ソ連の共和国群を地理的連鎖でつなぎ合わせ、その輪の中にロシアを封じ込めようとしている。これへの対抗策は単純明快で、ドゥーギンによれば、まずソヴィエト連邦を復活させ、日本、イラン、ドイツとの同盟に焦点を当てた巧みな同盟外交によって、合衆国とそれに追随する従属諸国を大陸から追い出せ、というものだった。「ユーラシア」創出の鍵は、この政治的連合の支障となる狭隘《きょうあい》なナショナリズム的政策を拒否することで、狭隘さゆえに潜在的な味方を疎外してはいけない、というものだった。ドゥーギンは、新右翼ジャン＝フランソワ・ティリアールを引用した。「ヒトラーの主たる誤りはヨーロッパをドイツ化しようとしたことで、彼はドイツをヨーロッパ化すべきだった」。以降は、ロシアはロシア帝国をつくるのではなくユーラシア帝国をつくれ、と続く[3]。「ユーラシア帝国は、共通の敵という基本的原則の上に打ち立てられなければならない。すなわち、大西洋主義や合衆国の戦略的統制を拒否し、リベラルな価値観がわれわれを支配するような事態を拒絶することである」とドゥーギンは書いている。

一九九七年時点では、この考えがばかげていたことなど問題ではなかったようだ。ロシアのＧＤＰはオランダより低く、かつては恐れられていた赤軍が、ゲリラに毛が生えた程度のチェチェンの反乱部隊に敗れて、屈辱的な講和へと追い込まれていた。ロシアがワイマール・ドイツに似た状況を多々抱えていた時期で、ドゥーギンの本は、両大戦間時代のドイツの崩壊によってこの国が過激化したのと同じ暗黒の力が、ロシアでも優勢になってきたことを表していた。彼の著書が説いているのは、ロシアの屈辱は外国の陰謀の結果だということだ。表紙には鉤十字を連想させるルーンの結合文字がくっきりと印刷されていたが、これはオカルトの世界では「混沌の星」[4]として知られており、本自体はナチス信奉者や極右たちからも好意的に見られていた。第三帝国との相似をよりいっそう強調するかのように、この本が唱導する地政学的「枢軸」には、ドイツと日本が含まれていた。

『地政学の基礎』が前提としているのは、以下の概念である。(陰謀論に夢中になっている人々に抵抗なく受け入れられるように)現実の政治は、陰謀のベールの陰で行われる。その原則は、エリートと世界の政権は何世紀もの間、特権の砦の背後に潜み、公然と姿を現すことを避けてきたというものだ。陰謀論の設定には、秘密の知恵にあずかる神秘的なお飾りがつきもので、ルーン文字の碑文、ありとあらゆる形の矢や斜交模様のついた秘密の地図、世界外交を操る聞いたこともない「灰色の枢機卿」たちといった具合である。他方、荒唐無稽な結末への興味をかきためるために実際にあったこともふんだんに用意されている(私もそれにひっかかった一人だ)。例えて言えば、ウイジャ盤で指を載せるプランシェットが自分の知っている事実のところを指したとき、思わずどきりとするのによく似ている。

地政学が世に知られていない理由は、その担い手が気がふれているからとか、どうしようもないほど難解だからとか、ニュルンベルク裁判で断罪されたからとかいうのではなく、国家上層部が巧みに隠蔽工作を行っているからだ。あるいは、とドゥーギンは言う。「その理由は、地政学が、種々の政権があいまいなレトリックや抽象的なイデオロギーでごまかして隠している国際政治の基本的なメカニズムを、あまりにも露骨に論証しているからだ(5)」

そこでドゥーギンは、ニッコロ・マキャヴェリの流儀で、征服と政治支配の手引きを、あるもくろみを持って書き始めた(『君主論』執筆の本来の意図は、基本的にフィレンツェの支配者ロレンツォ・デ・メディチから仕事をもらうことだった。マキャヴェリは、追放処分で職を失って十年を経ていた)。ドゥーギンもまた、一九九三年にフルンゼンスカヤ通りの汚い地下室で、チェスかビールのがぶ飲みに明け暮れる自堕落な連中と一緒のすさんだ生活から抜け出して、ロシア国家保安機関のノーメンクラトゥーラに取り入ろうと、彼らへの讃歌を書いたのだ。

『地政学の基礎』は、ドゥーギンがそれまでに書いた著作よりも真面目な内容で、論旨も通り、オカルト、数秘術、伝統主義哲学、その他の奇矯な形而上学は取り除かれていた。事実、彼が幕僚学校の高官たちから大きな援助を得たことは大いにありうる話で、彼は今でもそこの講師を続けている。歴史家のジョン・ダンロップは「ドゥーギンが『地政学の基礎』を書いたのが、ロジオノフが国防相だった時期であることは重要だ」と書いている。確かにロジオノフは軍に対するシビリアン・コントロールに猛烈に抵抗し、またNATO拡大に異議を唱えていたものの、この本が出た時点ではすでに国防相ではなかった。(6)

ドゥーギンは、軍とのコネを隠そうとはしなかった。幕僚学校での主たる協力者としてクロコトフ将軍の名を巻頭ページにあげて献辞とし、さらには自分がインスピレーションを得た相手と書いている（もっとも、クロコトフ自身はそれを強く否定している）。巧妙に軍との関係を強調したおかげで、彼の著書になにがしかの権威がつき、公的装飾が施されたことも事実である。さらにそれによってドゥーギンこそがロシアの強硬派による「ディープ・ステイト」的陰謀と噂されるものの立役者であり、彼自身の著作から飛び出てきたような人物であるとの見方が広まった。実際、そうでないとは言いきれないだろう。

ドゥーギンは、明らかに権力の回廊に入り込むことを切望しており、そこを歩く者たちに自分の意図を伝えようとした。地理と権力の法則を理解している者だけが国家の舵取りをできる、と彼は書いている。「人間は地理に依存しており、そのことは権力の頂点に近づけば近づくほどはっきりと見えてくる。地政学は権力の世界観だ。権力のための、権力の科学なのだ」

ドゥーギンのロシア民族再生計画とは、西欧においては、ドイツを説得してロシアと同盟させることだった。

今日のドイツは経済的には巨人だが、政治的にはこびとだ。ロシアはその正反対だ。政治的には巨人でも、経済的にはこびとだ。「モスクワ＝ベルリン枢軸」はパートナー同士の欠点を相互補完するものだから、未来の大ロシア、大ドイツの繁栄の礎石づくりに貢献できる。[7]

何世代もの政治家たちは、ロシア＝ドイツ同盟が往々にして惨憺たる結果に終わった事実を目にしてきた。だからこそドゥーギンは、両国は相互の間に「防疫線」あるいは「緩衝地帯」として介在する不安定な東欧の小国家群を崩壊させて、跡地を両国の勢力圏に分割するべきだ、と提言した。その歴史的前例として、一八一五年の「神聖同盟」や一九三九年の「モロトフ＝リッベントロップ協定」（独ソ不可侵条約）などがあげられる。ここで必要なのは、「緩衝国家群」が、地政学的に強力な隣国からいずれは独立を認めてもらえるだろうとの幻想をぬぐい去ることだ。われわれは直ちに、ロシアと友邦である中央ヨーロッパ（ドイツ）との国境線を画定しなければならない。[8] ロシアは、軍港都市カリーニングラード［ドイツ領時代の名称はケーニヒスベルク］をドイツに返しても、他の諸地域での戦略的補償を得なければならない。

ひとたび独ロ同盟が成れば、ヨーロッパを大西洋主義の勢力圏から切り離し、ユーラシア側へ引き寄せられるだろう。フランスはドイツにすり寄ることを余儀なくされ、その結果、「モスクワ＝ベルリン＝パリ」枢軸を中心に「ヨーロッパのユーラシア・ベクトル」を打ち固められる。

ドイツを軸とするヨーロッパ統一の趨勢《すうせい》は（ドゥーギンは「ヨーロッパ連合（ＥＵ）」という言葉を絶対に使わない）、唯一の基本的条件、すなわち確固たる地政学的かつ戦略的モスクワ＝ベルリン枢軸の創出によってのみ実現可能となる。中欧は、それ独自では、大西洋連邦からの独立を勝ち取るに足るだけの政治・軍事面での潜在能力を持っていないのだ。[9]

一方、東部ではドゥーギンは、勃興しつつある日本のナショナリズムに期待した。モスクワ＝東京枢軸の創出には、ロシアが千島《クリル》列島［南千島として北方四島を含む］を日本に返還し、その代わりに日本が日米安保を破棄することが前提となる。他方、中国は「リベラルな」革命を経て［鄧小平による改革開放政策］、「アジアにおける大西洋主義の舞台」と化したので、中立化するか東南アジアをその勢力圏に取り込ませるかの二者択一となる。どのみち、東南アジアはロシアにとって戦略的価値はない。

むろん、その前になすべきことはソ連邦の復活である。ジョージアは解体し、ウクライナは併合しなければならない。「独立国家としてのウクライナはそれなりの領土的野心を抱いているので、ユーラシア全体にとっては大いに危険である」。ただし、アゼルバイジャンはイランにくれてやってもいい。とはいえ、それには「モスクワ＝テヘラン枢軸」の成立が前提となる。フィンランドはロシアのムルマンスク州に併合し、一方、セルビア、ルーマニア、ブルガリア、ギリシャは、正教の「第三のローマ」もしくは「ロシア南部」としてロシアに加わる。

博覧強記ぶりを発揮して無尽蔵な学識で読者を煙に巻きつつも、この本があっさりとしか言及していないのは、なぜロシアが帝国を必要としているかについてである。アレクサンドル・ゲルツェンからアンドレイ・サハロフに至るロシアの思索家たちは、帝国こそがロシアの連綿とした後進性の元凶であると見なす点では同様だった。今日のロシアが、世界の舞台に立ちたいとの野望を持ちながらも、機能不全に陥ったり、地位や影響力が不足したりしているのは、その大きさの不足によると考える者はほとんどいない。結局、ロシアは地理的に見ても依然として世界最大の国家である――ソ連瓦解以後十四の構成共和国を失っても、だ。さらに言えば、ロシアの大陸国家としての文明は、海洋国家群の戦略的な対抗圏であるばかりか、文化と文明の面でも特異なもので、通商と民主主義が基本の大西洋世界よりもともとが階級的で独裁的なのである。ドゥーギンは、帝国こそがリベラリズムの前進を停止させる唯一の方法で、リベラリズムはロシアの価値体系と対極にあると主張した。
「テリューロクラシー」(大地優先主義。ロシアのような土地を基礎とした社会)とは、空間の不変性を、その質的な特徴と指向の安定性に関連づける。これを文明レベルで言えば、定住、保守主義という形で具体化するのであり、そして、部族、民族、国家、帝国という人間の大集団を統治する厳格な法的規制という形で具体化するのである。国土の堅固さは、文化的には社会伝統の堅固さと安定性という形で具体化される。

一方、ドゥーギンの用語法で「サラソクラシー」(またはタラソクラシー、シーパワー)は、次のようなものだ。

ダイナミック、移動、技術発展が特徴で、その特性は遊動性《ノマディズム》(特に航海)、通商、個々人の企業家精神。チーム内で最も機動性のある個人に、最高の価値が与えられる。(10)

文化、文明、地理が相互に関連し合うというこの見解は、トルベツコイやサヴィツキーたちのユーラシアニストの教義に発しているのだが、ドゥーギンは、彼らにではなく元ナチのカール・シュミットに依拠した。シュミットは第三帝国の輝ける法哲学者で、その著書『大地のノモス』(前出)で示されたノモスという概念［法的、政治的、社会的な「具体的秩序」］は、国家、文化、大地、環境間の全体論的統一を予見していた。社会の法律上の秩序と国家制度は地理学的特性の表現であると、ドゥーギンは説く。「(シュミットのノモス理論の)最も重要な結論は、彼が大陸文明と海洋文明間の、世界史的な対立や抗争に肉迫したということだ」

それ以上の論旨となると、ドゥーギンは帝国と世界征服を唱道する特別な理由については明確に述べていない。別な箇所ではしばしば反乱と暴力に言及しているが、手段としての側面よりも、それらの精神的価値について、より多くを述べている。彼が参考にするのは、ヒトラーからシュペングラー、ニコライ・ダニレフスキーたちに至る全体主義思想家の歩みだが、彼らは革命のための革命を約束した者たちである。では、なぜロシアは帝国を取り戻さなければならないのか？　ロシアは帝国を必要としているからだ、とドゥーギンは言う。帝国こそ、特異的に救世主を必要としている民族の本質なのだ、と彼は書いている。

実際、ロシア式ナショナリズム独特の特徴は、そのグローバルな領域だ。血縁だけではなく、空間、土壌、土地でもつながる。帝国の外へ出れば、ロシア人はアイデンティティを失い、民族としての実質を失う。(11)

ユートピア哲学者がすべてそうであるように、ドゥーギンも、世界の騒乱は地上の至福の先ぶれなのだと約束しているかにみえる。終末論的な歴史の黙示録的事態が、同時に新しく完璧な世界を生み出すというものである。彼は、わずか五年前に起きた共産主義の終焉こそがまさにそれで、ロシア人にとっては新たな運命と使命が生まれたのだ、と主張した。

売れ行きだけを見ても『地政学の基礎』の影響の大きさは量られるが、それがいろいろな形で剽窃された規模を見ても、さらにその大きさが分かる。ドゥーギンに言わせると、その影響は「ウイルス並み」で、海賊版が十数種も刷られ、教材に使われ、どれもがマッキンダー、ハウスホーファーその他の理論に読者を夢中にさせた。書店は地政学コーナーを設け始め、連邦下院《ドゥーマ》は「地政学委員会」を設立し、LDPR（ロシア自由民主党）のナンバー2などがそれに関わった。陰の実力者で「新興財閥《オリガルヒ》」のボリス・ベレゾフスキーは一九九八年、テレビのトーク番組「今日のヒーロー」出演の終了時に、次の言葉を残した。「もうひとこと言わせてもらうなら、地政学は今後のロシアの運命だということだ」

地政学は「コンピューターのオープンソース・ソフトウェアのようなものだ」と、ドゥーギンは言っている。彼がプログラムを書けば、誰もがそれをコピーしたのだ。

主流派へ

『地政学の基礎』はNBP（国家ボリシェヴィキ党）脱党後、ドゥーギンに多くの扉を開いてくれた。一九九八年、ラジオのトークショーに、ロシア下院議長ゲンナジー・セレズニョフと出演したが、その後、議長は彼に顧問として働いてくれるよう要請した。

丸々と太ったセレズニョフは元『プラウダ』の主筆で、現ロシア共産党の主導権をめぐってたびたびジュガーノフに裏から反乱を仕掛け、ついに二〇〇二年には党から追い出されていた。自分の構想を横取りしたジュガーノフにいまだに腹を立てていたドゥーギンは、相手と敵対関係にあるセレズニョフと共闘することで溜飲を下げた。「セレズニョフに肩入れすれば、ジュガーノフの泣きどころを突けた」。セレズニョフにとって、他の点でもドゥーギンが役に立った。それは「主として世論対策のコンサルタント役」だったが、ジュガーノフを右翼側に引き寄せればと、ドゥーギン自身の愛国者、ナショナリストとしての評判に磨きがかかった。エリツィン以後の政局が急速に迫りつつあったのだ。

セレズニョフとの縁は、さらに多くの扉を開いてくれた。モスクワの野外市場のほとんどを仕切る

「ルースコエ・ゾロト（ロシアの黄金）」のトップ、アレクサンドル・タランツェフが『地政学の基礎』の新版に資金を出したいと言ってきたが、ドゥーギンが断るはずもなかった。タランツェフは不動産王で、妻はスーパーモデル、彼自身の衣装室は派手なスーツだらけで、装甲つきのメルセデス・ベンツを乗り回していた。(12) 事務所の扉は強化されていたが、それでも一九九七年の暗殺未遂事件の名残として、銃弾痕が残されていた。恐るべき強烈な性格で、二〇〇八年に有罪判決が下りた三名の殺人犯が証言したところでは、悪名高いオレホフ・マフィアの頭目ということだった（当人は常に否定していたが）。(13)

ドゥーギンのスポンサーとして彼のならず者取り巻きグループに加わったもう一人は、過激なユダヤ系ナショナリストのアヴィグドル・エスキンで、一九八八年にロシアからイスラエルへ移住した彼は、そこで極右過激派カハ運動の初期の支援者になった。ドゥーギンとエスキンはともに、古代から続くユダヤ教の深遠な神秘主義であるカバラに興味を持った。ドゥーギンは、伝統主義哲学の研究過程でこれに出会っていたのだ。二人はともに極右でもあった。エスキンが極右であることをいかんなく証明したのが、オスロ合意にこぎつけたイスラエルのイツハク・ラビン首相に向かって、古代カバラでは死の呪いである「炎の打撃」（アラム語で「プルサ・デヌーラ」）という言葉を投げつけた事件だった。一般には、この呪いは三十日以内に作動すると信じられていたが、三十二日後にラビンはイガール・アミルによって暗殺された。一九九七年、エスキンは教唆罪で四か月収監された。

刑期を終えてモスクワに戻ったエスキンはドゥーギンと親しくなったが、普通ならこれはありえない取り合わせだ。一方は過激シオニストで、もう一方はドイツと日本相手の「枢軸」形成を唱える本を出した人物である。ドゥーギンはたちまちエスキンを数多くの討論会や公開の催しに招き、ついにはユーラシア党の中央委員会に招き入れた。この党は二〇〇一年に設立されたものの、短命に終わった。エスキンは、相手が自分を必要とするのは、「反ユダヤ主義者呼ばわりされたときの盾」としてだと十分承知していた。政権の知恵袋としての役回りに近づくには、過激派のイメージを和らげ、みずからを体制側の策士につくり替える必要があり、ドゥーギンにはエスキンが重宝な存在になっていたのである。

しかし、ドゥーギンに大きな利益をもたらしてくれたのは、裕福な南オセチアの銀行家のミハイル・ガグロエフで、エスキンの友人でもある彼は、以後の十年間の大半で、ドゥーギンのさまざまな政治活動のスポンサーになった。ガグロエフのビジネス活動のほとんどは、モスクワの軍のサッカーチームCSKAに関わるものだった。彼は、モスクワ財界ではルジニキ・グループと呼ばれる、モスクワの非公式な「ビジネス・グループ」の中心的な人物だった。ルジニキは、CSKAがプレイしているモスクワの大きな競技場の呼称だった。このルジニキ・グループの頭領たちの中には、ウクライナの元ギャング・ボスのエヴゲニー・ギーネルがいて、さらにもう一人、ロシア下院の副議長アレクサンドル・ババコフがいた。そしてこのグループの表の顔に当たる組織が、イギリスのスポーツメーカー、チャネル・アイランズが登録した会社、ブルーキャッスル・エンタープライズだったのである。ブルーキャッスルの取引きの資金は、ガグロエフのテンプバンクがすべて出していた。

というわけで、ドゥーギンが主流に向かって前進を開始したまさにそのとき、主流のほうが——大したものではなかったが——彼に向かって近づいてきた。実のところ、激動の数十年を経て、最後のころになると、「主流派」の文化自体も変わらざるをえなかったのである。

政治体制の威信は最低にまで落ち込んでいた。出生率は急落し、逆に死亡率は急上昇、経済改革のために人口の大半が窮迫していた。第一次チェチェン戦争は一九九六年の停戦で終わったものの、反乱部隊側は勢力を温存したままだった。こうした事情のためにロシア政府の弱体ぶりが誰の目にも明らかで、他方、一九九八年のルーブル急落は、自由市場モデルの信頼を失墜させた。一九七〇年代と八〇年代に物資窮迫で行列ができたことが、共産主義の凋落を引き起こしたときとそっくりだった。進歩主義の災厄によって動揺した社会では、人々の間に合意を模索する動きはどこにも見られず、八〇年代同様、中央集権的な権力がこの国の運命を支配する兆しが徐々に明白になってきていた。

正常な時期には、クレムリンは文化生活や公的生活を結びつける力になっていたが、エリツィン時代の後半、政府はいっそう影響力が薄れて国民からそっぽを向かれ、エリート諸集団を寄せ集めてなんとか国政を回していく中で、政府も弱小勢力の一つに落ちぶれていたのである。個々の法執行機関と治安機関は自分たちの縄張りをつくって組織犯罪が蔓延し、総計十一に及ぶロシアの標準時間帯の知事や工場経営者たちはモスクワに公然と盾突き、勝手に事を処理しようとした。そして、一九九六年の選挙でエリツィンが再選されると、クレムリンは事実上、彼を再選させた七名の超富裕な個人に乗っ取られた。彼らが富をなしたのは、国家から買い叩いて手に入れた払い下げ資産によってであり、その過程で政治権力と経済的富を結びつけていき、いわゆる「オリガルヒ」となったのだ。

この時期、出版物とメディアでよく流されていた呼びかけは、都市の支配体制が内向きとなって腐敗してしまったので、これからは農村部の、質朴な、昔ながらのロシア的特性をもって対抗しようというものだった。ロシア気質がこれほど公的な文化でもてはやされたのは、一八六〇年代、あのドストエフスキーの時代以来だった。一九九六年にクレムリンは「ロシア思想」なるものを検討する委員会まで立ち上げようとしたが、これは立ち消えになった。ロシア人は、神秘的な自分の国に誇りを持ち、それに自分たちの救済を求めよと奨励された。その母国の中核こそ、広大な永遠の地域、後背地《ヒンターランド》だったのである。他方、都会的なコスモポリタニズムは、怯懦《きょうだ》や裏切りの同義語にされてしまった。

一九九〇年代のモスクワは、壮大なチェーホフの戯曲を巻き戻して見ている趣があった。チェーホフの世界では、うすら笑いをした都会のブルジョワジーがロシア貴族の牧歌的な田園生活へと押し入ってきたのに対して、現代のロシアでは、地方の鉄鋼王や西シベリアの石油王、クラスノダールやチュメニの缶詰王たちが首都をうろついては、俗物根性丸出しのインテリたちを札束でひっぱたいて、彼らが居すわっていた都心地域から追い出す光景がおなじみになっていた。食べ物にありつける順番では恵まれていた者たちが、徐々に、野暮でも金だけは唸っている田舎者たちに地位を簒奪されつつあった。

インテリゲンツィヤたちは、十九世紀以来、既成秩序をこき下ろすことに懸命で、おかげで近年の共産主義は崩壊してしまったのだが、そのしっぺ返しを受けることになった。新たな世界ではあらゆる価値の決め手は金で、思想の入り込む余地などなかったのだ。学者たちはみじめな境遇で仕事をするか、あるいは海外へ逃れるしかなくなった。かつては文句なしの道徳的権威として崇められていた著作家たちが、自分にいちばん高値をつけてくれる者に奉仕し、しかもその金額すら大した額ではなかったのである。

ドゥーギンにとっても他のインテリ仲間同様に、裕福なパトロンを持つことは尊敬に値する仕事だった。エスキンに言わせると、「ロシアのインテリは全員が値札をつけていた」のである。にわか成金となったロシア人にとっては、インテリの一人や二人に給料をくれてやれば、自身のステータスも上がり、並の田舎の工場主よりは幅が利くというわけだった。ドゥーギンは、もともとがモスクワのアングラ界では比類なき貴種で、彼のパトロンが持っていた田舎者としての劣等感や気後れとはまるで無縁だった。持って生まれた彼の放胆さは、モスクワっ子の謙虚さとも無縁だった。彼は新しいパトロンに対しては丁重かつ礼法をわきまえていたものの、人前でガグロエフが口を開くたびに話題を切り替えるのが常だった。

インテリゲンツィヤと彼らのパトロンとなった「新ロシア人」たちの腐敗と商業化を、ロシアで最も笑わせてくれる風刺作家の一人、ヴィクトル・ペレーヴィンが標的にした。彼をブレイクさせた一九九九年の小説、『ジェネレーション〈P〉』は、ヴァヴィレン・タタールスキーという広告コピーライターが主人公で、ある広告会社に雇われた彼は西欧の広告流儀を借用して「ロシア的メンタリティ」の宣伝を手がけるが、ここでは、この国が消費者天国へと変容したとまどいが活写されている――実際は、普通のモスクワ市民にとっては、資本のもたらす光景は、共産主義の終焉以降の数年、ほとんど変わっていないのだが。変わったのは、ライトアップされたばかでかい看板とともに、ソ連パワーの至高の象徴群（レーニンとマルクスの像、チェカ議長ジェルジンスキーの像）が撤去されたことくらいだった。今では、メルセデスの三等分の円形ロゴがモスクワ川を見下ろし、その南岸からクレムリンの屋根を青白く照らしだしている。プーシキン広場では、『エヴゲニー・オネーギン』の偉大な十九世紀の著者の像が、今やノキアの青い巨大な看板の下で影薄く、マクドナルドの黄金アーチの上に浮かんでいる。

『ジェネレーション〈P〉』は、旧式なロシア形而上学に取って代わった新たな公式形而上学を現実化させようとする狙いがあるようで、西欧の消費文化と、それがソ連以後のロシアの生活に及ぼす奇妙で常軌を逸した効果が描かれている。時代背景は一九九〇年代、作者ペレーヴィンの世代は、次のような光景を見せつけられる。彼らの親たちの「悪しき帝国」が「悪しきバナナ共和国［果物の輸出に頼る政情不安定な弱小国のこと］」（もっとも、ロシアはフィンランドからバナナを輸入しているのだが）に堕落し、そこでは、新たに成立した消費社会が全体主義的なマインドコントロールのハイテク版として描かれる。機能不全に陥ったソ連の権威主義が、それより邪悪で不吉なものに置き換えられている光景が描かれるのだ。一九三〇年代、ミハイル・ブルガーコフが傑作小説『巨匠とマルガリータ』でソ連文壇を震撼させたが、その中では、スターリン時代のモスクワが、悪魔とピストルを持った大猫によって恐怖のどん底へ突き落とされる。これに劣らずペレーヴィンはモスクワを、消費者目当ての広告、気休めのドラッグ、バビロニアの神話が氾濫するまがいもの都市として描き、市場の小道具群がシャーマン的な意味合いを醸し出している。

『ジェネレーション〈P〉』のシュールな風景の中には、現実の歴史に登場する人物たちの分身たちも現れる。その一人が魔術師ファルスク・セイフリ＝ファルセイキンである。彼が最初に小説に登場するのは平凡なコメンテーターとしてだが、後に彼は、デジタル化したメディアの新世界秩序とスピン（都合のいいひねりを加えた事柄の新解釈）とマインド・コントロールを差配する高僧であることが判明する。セイフリ＝ファルセイキンの「本当の」正体への手がかりは、彼が登場するときは常に「有名な鼻眼鏡」をかけていることだ。ペレーヴィンのモスクワをよく知る者には、これがまさしくフクロウのようなクレムリンのスピンドクター［情報操作アドバイザー。スピン（新解釈）を交えた意見を提供することから］、グレブ・パヴロフスキーその人だと気づくだろう。おそらく、政治のポストモダン的まがいものを一人の人物に体現させるということになれば、特にペレーヴィンが笑いにする相手は、まさにこの人物をおいて他にない。

パヴロフスキーは、一九九六年以降の事実上すべての選挙に手を染めた、独特の才能にあふれた政治工作員である。その時点で企まれていた大きな陰謀の背後には彼がいる、という印象を与えるのが巧みだった――それが事実であるかないかはどうでもよいことだったが、事実であることのほうが多かった。常に鼻先に引っかかっている鼻眼鏡とともに（もっとも私は彼がその眼鏡をかける場面は一度も見ていないのだが）、彼がクレムリンのピアール（ロシア語でPRの意味）を担当する黒衣のプリンスだという評判は、一九九六年に確固としたものになった。すなわち、彼と「政治理論家」の小集団がボリス・エリツィンを再選させるという不可能事をなし遂げたときで、まもなくパヴロフスキーは、ウラジーミル・プーチンを押し上げる黒幕となるのである。

パヴロフスキーは、もとは反体制活動家で、それも暗く陰鬱な傾向を持つ部類に属していた。昔の知己たちによれば、彼のシニシズムは反体制運動時代のつらい葛藤に満ちた記憶から生まれてきたのかもしれないということである。彼は一九七四年、反ソ文書を持っていたためにオデッサで数名の反体制派仲間とともにKGBに逮捕された。尋問中、パヴロフスキーは、仲間のヴャチェスラフ・イグルノフに不利な証言をした――法廷ではそれを撤回したが。パヴロフスキーが大手を振って世間を歩いていたころ、イグルノフは、ソ連の精神病棟に入れられていた。今日、イグルノフは、一度もパヴロフスキーに怒りを覚えたことはないと言っている。「彼は過ちを犯したが、後でそれを告白し、修正しようとした。確かに彼は私を陥れたが、私のほうは何があろうと彼と縁を切る気でいた」。だが、彼の知人の話では、パヴロフスキーの中途半端な裏切りは深く彼自身を傷つけ、その理想主義は冷静で見事な操作能力へと変質を遂げた。『コムソモーリスカヤ・プラウダ』によれば、「クレムリンは、知的な劣等感を自在に操作できる人間を必要としている」。そして二〇〇一年のプロフィール紹介によれば、パヴロフスキーは「シニシズムと情報空間での希有な嗅覚を併せ持っている」(14)。

パヴロフスキーは、コンサルタント会社「効果的政治財団」において西欧的な政治コミュニケーション、つまり世論調査や計量的手法、テレビ広告、ダイレクトメールなどをロシアで最初に使った一人だった。そして一九九六年の選挙で、世論調査では極めて不評だったエリツィンのテレビ宣伝を引き受け、彼に言わせると「核融合的」な選挙運動を展開する。ありとあらゆるテレビ局が視聴者に向けて、共産党リーダーのジュガーノフは、ロシアを暗黒時代へと引き戻そうとする憎むべきファシストだと決めつける広告を繰り出した。テレビ局は広告以外に、記録映像も放映した――スターリン時代の労働収容所、ブレジネフ時代のパンを求める行列など。市場開放の十年が過ぎて、ソ連時代はそれを覚えている世代の多くにとっては、明るい時代ではなかったと想起させる画像をふんだんに流したのだ。全国テレビにはネオナチ・グループがしばしば謎めいた形で登場してヒトラー流の敬礼を繰り返し、「ハイル、ジュガーノフ！」と叫んだ。他方、より自信に満ちたエリツィンの映像がリビングルームへ満面の笑みで登場した――時には、舞台で踊ってみせさえしたが、これは彼の公的立場からすれば、前代未聞の演出だった。「あれは集団催眠の手だよ」と、クレムリンの世論調査員専門家であるアレクサンドル・オスロンは言う。そして七月、エリツィンは決選投票で五三％の票を得て再選された。

この選挙で「政治的テクノロジー」の到来が告げられたが、要するに西欧流の政治コミュニケーションと政治手法が一部ロシアの独裁主義的土壌に用いられたのである。ソ連邦はそれまで非情な強権イデオロギーで統治されてきたが、一九九六年幕開けの新時代はポストモダン的な人心操作とテレビによって統治された。

一九九七年までにグレブ・パヴロフスキーは、クレムリン体制の見張り役の一人になっていた――『コムソモーリスカヤ・プラウダ』によれば「枢密院顧問、黒衣の魔術師」だった。また、世論を導き、エリツィンに対しては非公式の「戦争顧問」である学者、ビジネスマン、ジャーナリストたちの小グループの一員でもあった。一九九七年、パヴロフスキーの実力は増大した。一九一七年以来のロシア史で最大の政治的操作の一つと言っても過言ではない政変の中で果たした役割のおかげで、いっそうの名声を得ることになったのである。

新大統領プーチン

私がジャーナリストとしてモスクワに詰めていたころ、しばしばパヴロフスキーにクレムリン政治についての意見を訊いた。一度、彼にエリツィンの後継者問題とプーチンの浮上について訊いたことがある。むろん、彼が果たした役割を知っていればこそだ。「われわれには、エリツィンに辞めてもらうしかないことは分かっていたが、問題はその手順だった」と、相手は答えた。「エリツィンがあの調子で続けていれば、国自体が焼失してしまう」

しかし、事態はどんどん悪化していった。あと数か月で選挙というときに、エリツィン政権は脱線寸前だった。彼は一九九六年に五か所のバイパス手術を受け、以後、その所作はますます不安定になった。歩くときも体がぐらつき、見た目には酔態を思わせる悪ふざけで新聞の見出しを賑わした。キルギスの大統領の頭のてっぺんをぺたぺた叩いてのけた。教皇ヨハネ・パウロ二世との宴で「イタリア女性への嗜好」を口にした。さらに一九九七年のスウェーデン訪問では、ロシアの核兵器を三分の一削減すると発言し、彼の顧問たちは後に撤回を余儀なくされた。

しかし、エリツィン政権の柩に最後の釘を打ち込んだのは、チェチェン問題だった。これは彼の政権下でのクレムリンの無能ぶりをありありとさらけ出し、さらには国としての弱さゆえに国家体制自体が危機に瀕したのである。連邦支配の再建をめざす二年間の戦闘では約五千のロシア兵が戦死し、ロシアは小さな敵に負けてしまった。チェチェン・イチケリア共和国が分離独立を主張し、ロシアはこれとハサヴュルトという国境の町で、一九九六年の冬、講和したのである［第一次チェチェン戦争の終結］。

一般のロシア人でチェチェンを失うことを気にする者はほとんどいなかった。それどころか、チェチェンの独立を認めれば、恐ろしい戦争が終わる。それを見るのがうれしいと思う国民のほうが多かった。しかし、愛国的なエリート層、特に将校たちにとっては、チェチェンの独立は国家の核心への脅威だった。パヴロフスキーによれば、「それは大きな、われわれと国家との関係が一変してしまうほどの打撃だった」。彼がこう発言したのは、ハサヴュルト合意のほぼ直後に起きた、エリツィンの後継者を誰にするかという論議の席でだった。チェチェンでの惨敗は、エリツィンと多くの政治階級の間の決定的な分裂を引き起こした。この階層は、パヴロフスキーによれば、特に軍と治安機関のエリート層で、シロヴィキ（武力を持った連中）として知られていた。

非常に深刻な問題は、シロヴィキ――軍とFSB（連邦保安庁）と警察――が、国から疎外されている、つまり国政から外されたと感じていたことだ。それどころか、罪科まで問われた。これは極めて危険な状況だった。われわれとしては、どうにかして権力構造を建て直し、きちんとした国家へと復元しなければならなかった。(15)

他方、地方の大物たちは、ますます連邦政府の言うことを聞かなくなっていった。一九九八年、クラスノヤルスクの知事は同地域に配置されている戦略核兵器を奪うと脅し、最東端の沿海地方の知事はロシアと中国両政府が取り決めた国境線を否定する始末だった。ロシア最大のイスラム教徒の自治領域であるタタールスタン共和国の大統領は、イラクとイラン相手に独自の外交的取り決めを勝手に結び、ロシアがバルカンに軍を入れてセルビア人側の肩を持てば、ロシアのイスラム教徒地区から「義勇兵」が立ち上がり、セルビア側についたロシア軍に立ち向かうと威喝した。

なんら打つ手もなく、瓦解は進行した。一九九八年八月、原油価格の低下とアジア通貨危機のためにルーブルが暴落し、ほとんどの国民の銀行預金も価値が暴落した。ロシアにおけるリベラリズムの運命は、全ロシア人に対してこの思想が繁栄をもたらせるかどうかにかかっていた。ちょうど一九八〇年代の窮乏が共産主義の幕引きとなったように、一九九八年のルーブル暴落は、一九九〇年代にエリツィンが唱導した市場民主主義モデルもまた挫折したことを証明する、最も鮮烈な出来事となった。ロシアのリベラリズムは、ずたずたになった。

エリツィンの不安定でおおげさな性格自体が、ロシアのわがままぶりを体現していると見られ始めた。彼が政権を去るべきなのは明らかだったが、その退陣には慎重な処理が必要だった、とパヴロフスキーは言った。

われわれがしなければならなかったことは、まずはエリツィンの後継者の選定だった。その大前提となったのは、その人物が選ばれるべき正当性を持っていて、同時に国家との関係で「われわれ」の側に立っていること、つまり国家の清算など考えていないことだった。(16)

言い換えれば、エリツィンは次の選挙でサイコロを投げて、後は運を天にまかせるというわけにはいかなかった。誰が彼の後釜に座るにせよ、まずはこの人物ならいいだろうという合意が必要だったのである。エリツィンが辞任し、後継者を指名し、そして後継者が大統領職について最初の仕事として、前大統領に生涯不逮捕・不起訴特権を与える、というシナリオだった。クレムリン内に「後継者作戦」なるものが存在していたことすら明らかになっている。エリツィン周辺の高官たちは、徐々に彼に早期辞任の必要性を納得させていった。エリツィン第二期政権の末期には、首相たちが回転ドアを出入りするようにせわしなく交代した――セルゲイ・キリエンコ、エヴゲニー・プリマコフ、セルゲイ・ステパーシン、最後にウラジーミル・プーチンである。「われわれの後継者探しは、監督が俳優を探すようなものだった」と、パヴロフスキーは回想する。

彼らはいくつかの基準を求めていた。まずは、エリツィンの優先事項は彼に対する忠誠、つまり彼と彼の家族の諸権利を保護し、彼の不逮捕特権撤回を求める世論に屈しないことだった。次に不可欠なのは、ますます反逆の兆候を示すシロヴィキの忠誠心を勝ち取るための軍か治安機関での実績だった。が、最も肝心なのは、勝てる候補であることだった。完璧な候補を探すために、クレムリンは民衆のムードを探る上で国内政治部門が使ってきた社会学的データの山を精査した。

一九九八年の終わり、クレムリンの要請で、「イミジ・コンタクト（イメージ・コンタクト）」社が二百四十の連邦地区、三十五万人に対して世論調査を行った。当時、この調査はほとんど注目されなかったが、クレムリン側が新大統領の「キャスティング」（パヴロフスキーの言葉）においおわらわだったことがよく分かる。これは当時ロシアで行われた最大の世論調査で、その結果、圧倒的多数が来るべき新大統領には「寡言断行型の軍人畑出」の候補を望んでいることが判明した。

パヴロフスキーによれば、上層部が最も関心を持った調査は、一九九九年五月に世論調査会社ロミールとＶＴｓＩＯＭ（ロシア世論調査センター）が多項選択型質問でロシア人に行ったものだった。「次期大統領選挙で投票するとしたら、テレビや映画の中のどの登場人物がいいか？」と訊いたところ、いちばん多かった回答が第二次世界大戦でソ連軍を率いたジューコフ元帥で、しばしば映画にも描かれてきた人物だった。二番目が一九七九年の犯罪スリラー『落ち合う場所を変えてはならない』の主人公で非情の刑事、グレブ・ジェグロフ。三番目が、一九七三年から放映されて大ヒットしたテレビシリーズ『春の十七の瞬間』の主役、マックス・シュティルリッツだった。

シュティルリッツは、ストイックながら人間味豊かで、ソヴィエト風の男らしさのお手本だった。ワンクール十二本のこのシリーズは、第二次世界大戦中、ＮＫＶＤ（内務人民委員部）の潜入工作員がゲシュタポに潜り込むというフィクションである。彼は、アメリカがスターリンとのヤルタ協定に違反してヒトラーとの単独講和を結び、ソ連を東欧から締め出そうとしている計画を暴き出す。決断力があり、内省的で、愛国的ながら優しい、ＮＫＶＤ／ＫＧＢの広告塔のような存在で（ＫＧＢがスポンサーだった）、ある世代のロシア人にとっては道義面での羅針盤となる番組だった。今や、そのＫＧＢモデルが理想の大統領のモデルとなったのだ。

パヴロフスキーによれば、この世論調査で特に興味深かったのは、クレムリンが進めていた例の「後継者作戦」で最短距離の候補二名が、いずれも元治安機関の関係者だったことである。その一人のセルゲイ・ステパーシン首相は元ロシア連邦内相、もう一人がウラジーミル・プーチンという元ドレスデン勤務だったKGB予備役大佐で、彼はこの時期にFSBの長官だった。このこと自体が問題だった――治安機関はロシアでは最も評判の悪い組織であり、有権者たちに彼らをどう売り込めばいいのか？　ところが、案ずるより産むが易しだった。有権者は元ドイツ勤務のKGB捜査員を求めている。おかげで、リストは一名に絞られた。

これは時代の兆候だった。クレムリンは現実政治を回避するあまり、政治技術によってではなく、ヴィクトル・ペレーヴィンの小説から躍り出てきたようなテレビの主人公に統治をさせようとしたのである。カナダの思想家マーシャル・マクルーハンの言葉、「メディアはメッセージだ」は、気軽なカクテルパーティのおしゃべりから、極めて重要な政治技術へと変えられた。

二〇〇〇年三月二十六日、ウラジーミル・プーチンはロシア連邦大統領に選出され、『コメルサント・ヴラースチ』誌は、トップの大見出しで、ゲシュタポの制服を着たシュティルリッツの写真を付けて「シュティルリッツ――われらが大統領」と謳い上げた。

第12章 プーチンとユーラシアニズム

ウラジーミル・プーチンは、一九七五年、レニングラード大法学部を出てすぐＫＧＢに入局、冷戦の数年間はドイツの都市ドレスデンに駐在した。政治へ関与したのは（ＫＧＢを辞めてからかどうか定かではない）、レニングラード市ソヴィエト議長（その後サンクトペテルブルク市長）のアナトリー・ソプチャクのために奔走したのが始まりで、一九九六年の選挙でソプチャクが敗れるとプーチンはモスクワへ呼ばれ、クレムリンで中級のさまざまな職務につき、ついに一九九八年、国内の秘密警察ＦＳＢの長官に任命された。

若きプーチンは、たちどころに頭が切れて非情な印象を与えたが、元の上司ソプチャクへの忠誠心は変わらなかった。この忠誠心こそエリツィンが躍起になって求めていたもので、彼は自分の辞任後も自分と家族の身の安全を保証してくれる者を必要としていたのである。そしてプーチンは、実際に以後もエリツィンに変わらぬ忠誠を示し続けた。検事総長のユーリー・スクラートフがエリツィンの家族と知己のスイスの建設会社との不正な関係に目をつけ、捜査を開始したときの対抗措置は迅速だった。一九九九年四月、スクラートフがあるホテルの部屋で全裸の女性二人と戯れているビデオが、国営テレビで放映されたのである。このエピソードはプーチンがまだＦＳＢ長官だった時期、彼自身によって仕組まれたと言われている。記者会見でプーチンはビデオの人物がスクラートフだと認め、名高い犯罪者たちとの関係で相手を告発したと答えている。

プーチンは、ＫＧＢでは最高の地位まで行かず、中佐止まりだった［退役後、大佐に昇進］。ところがこれが幸いして、後に大統領職への有利な追い風となった。彼はチェキスト［チェカをはじめ、秘密警察の人間全般をさす］、つまりスパイの言語を話したが、自身の仕事は明らかにエリツィンの恩恵をこうむっていて、彼はその恩義を忘れはしなかった。エリツィンは回顧録で、プーチンこそ終始一貫して後継者としてはトップ候補で、一九九八年に彼をＦＳＢ長官に任命する前から、早くも後継者に決めていたと書いている。その中で、首相職に任命されたときにプーチンは、「閣下に任命されれば、どの部署でもやらせていただきます」と、エリツィンに告げたという。

「では、最高のポストではどうかね？」と、エリツィンが訊くと、プーチンはたじろいだ。「私は初めて、彼がこの会談の意味をやっと理解したことに気づいた」と、エリツィンは書いている。「そういうことは思ってもみませんでした。自分に心がまえができているかどうか分かりません」と、プーチンは言った。「考えてみてくれたまえ。私はきみを信じているんだよ」と、エリツィンは告げた。

元ＫＧＢのメンバーを当選させるのは、容易ではないはずだった。昔の陰惨な記憶はおいそれとは消えてくれず、ＫＧＢの評判は、犯罪組織よりは少々ましなくらいで、大衆受けという点ではロシアでは悪名高い腐敗した交通警官に劣るありさまだった。マイクの前では固くなるプーチンを売りだすのは、容易ではなかった。

とはいえ、あらゆる世論調査によると、民主主義者に失望した後でロシア人は秩序を望んでおり、自由を犠牲にしても、独裁的な人物でも辛抱する気でいた。厳格で無表情、酒は飲まないプーチンは、酒盛りが大好きで無鉄砲なエリツィンとは極めて対照的で、ロシア人は強力な指導者を望んでいた。プーチンはその意味で例外的なリーダーであり、ロシアが置かれていた特殊な時期に登場したのである。この時期、いまだに解明されないまま続いた一連の事件のために、ロシア人たちは身の安全について絶え間ない不安に陥っていた。

一九九九年八月、首相としての手綱を握って早々に、プーチンは、最初の大きな軍事危機に直面した。チェチェンの武装勢力が野戦司令官シャミーリ・バサーエフの指揮のもと、隣のダゲスタン共和国に侵入を開始したのである。どうやらハサヴュルト合意以後初めての攻撃で、チェチェンのゲリラ部隊は野心を募らせ、周囲の北カフカスへと戦域を拡大しようとしているようだった。侵攻阻止のために、ロシアの戦闘員がダゲスタンへ投入され、プーチンは再びチェチェンに宣戦布告した［第二次チェチェン戦争］。

しかし、奥深い山岳部でのこれ以上の戦闘は、ロシア人はごめんだった。その厭戦気分を吹き払ったのが、いまだに不可解な一連の恐ろしい爆破事件で、それまでは小規模な警察行動だったロシアの介入が国民的十字軍活動へと一気に拡大し、全国でテレビニュースの中心となったのである。

＊＊＊

九月四日、二十二時、チェチェンとの国境に近いダゲスタンの町ブイナクスクの五階建てビルの前で、爆弾を満載した車が爆発した。ビルにはロシアの国境警備兵とその家族が住んでおり、六十四名の死者が出た。五日後にモスクワ郊外のグリヤーノワ通りの九階建てビルで、前回よりも大規模な爆発で九十四名が殺された。建物は、ウェディングケーキが崩れ落ちるように真ん中から倒壊した。次の週、さらに二回爆発事故が発生したが、一つはモスクワ、もう一つはヴォルゴドンスクだった。しかも、それとほとんど間を置かずにいくつかの爆発未遂事件があったという報告がなされたのである。

内部を破壊された爆破現場の写真を見れば、真っ二つに割れた部屋には壊れた便器がぶら下がり、その光景はテレビを見るロシア人の脳裏に焼きついた。爆破には膨大なヘキソーゲン［高性能爆薬］が使われたが、これは第二次世界大戦後のロシアの諸都市で使われたことはなかった。近隣監視委員会がつくられ、市民パトロール隊が結成された。ロシア人たちは怯え、秩序を取り戻すために新たな戦争を受け入れる気になっていた。

プーチンは、第二次チェチェン戦争で真価を発揮した。炎の下にあっても冷静沈着、いかにもテレビのタフガイ然とした姿は戦争指揮官としてはぴったりで、支持率は急上昇して五〇％超えという、いかなる政府高官でも前代未聞の高率に達した。こうした背景のために、翌春の大統領後継者としての可能性は一気に確実なものとなった。

だが、第二次チェチェン戦争の開始をめぐる不可思議な出来事は多くの陰謀論を生み出し、同じ一九九〇年代に起きた事件では、九一年八月や九三年十月のものと謎や不可解さにおいては勝るとも劣らぬものだった。これらの爆破事件には、さらにいくつか頭を悩ませる事実がある。炸裂したのは四発だったが、他にも数発が発見され、信管を除去された。そのうちの一発は、九月二十二日、爆発前に注意深いリャザン市の住民たちによって発見され、数時間後に怪しげな電話を傍受した地元警察と治安機関が容疑者の隠れ家に迫った。[1]すると、実に奇妙なことが起きたのだ。九月二十四日、ＦＳＢ長官のニコライ・パトルシェフが国営テレビで、リャザンでの「爆破未遂事件」はすべてＦＳＢの訓練であり、「爆破犯」は実はＦＳＢメンバーで、本物の爆弾が入っているように見せかけた砂糖袋三つを用意していたのだと説明した。「リャザンの事件は爆破事件ではなく、演習だった」

これは、疑わしいという次元を超えていた。逮捕されかけた爆破犯人たちがＦＳＢの人間だと分かると、ＦＳＢが介入して彼らのアリバイを言い立てた。ただし、それは事件から一日半後だった。つじつまが合わないではないか。そういう演習があることを誰も聞かされていなかったことは明らかだ。FSB広報のアレクサンドル・ズダノーヴィチ将軍は、九月二十三日にテレビの対談番組に出演して、地元住民たちの用心深さをほめた――そして、演習のことは何一つ話さなかった。FSBは爆弾が偽物だと言い続けたが、信管をはずしたリャザン警察の爆弾処理係は、あれは本物だったと譲らなかった。他方、パトルシェフの怪しいタイミングによる発表の後に続いた一連の発表にも矛盾が見られた。何よりも、どうしてそんな演習が行われたのかについて説明がなかったのである。戦争の真っ最中に、なぜ戦争の演習が行われるのか？

調査を求める動議が二つ出されたにもかかわらず、ロシア下院はこの爆破事件を一度として調査しなかった。動議を出した議員で調査ジャーナリストのユーリー・シチェコチーヒンは、二〇〇三年、放射能汚染の症状を見せて死亡した。

一九九九年八月と九月の事件の真相が、完全に明らかにされたと信じているロシア人はほとんどいない。(2) ダゲスタン侵攻同様、爆破事件もまた、プーチンの出世とタイミング的にあまりにぴったりと重なり合う。偶然にしては出来すぎで何かひっかかる。プーチンと彼の仲間は何年にもわたって、彼やクレムリンがこの爆破事件に何らかの形で関与していたこと、その狙いはチェチェンの再度の征服を正当化するためだったのではないかという指摘を否定してきた。確かに彼らには、戦いを挑発するだけの手段と動機があった。連邦国家としてのロシアの未来はチェチェンの再度の制圧にかかっており、かといってそれが大統領候補としての人気を高める邪魔になってはならなかったのだ。

ところが、この陰謀論がやや微妙になる二、三の観点もあるのだ。確かに、結果を見れば、チェチェンとの戦争をあおったほうがクレムリンの利益にかなったように見える。しかしながら、あ・の・時・点・ではチェチェンとの戦争はプーチンの人気を高めるという予測はつかなかったという意見がある。実際、チェチェンとの戦争に関与したどの政治家もが人気を失っていた。まずはエリツィン、次いでアレクサンドル・レベジ。後者は元将軍で、ハサヴュルト合意を取り決めた人物である。パヴロフスキーはこう言う。「バサーエフがダゲスタンへ侵攻したとき、われわれは誰もがプーチンに、『チェチェンには手を出すな。これと関わりがあると見られたくはないだろう。票数が減ってしまうぞ』と言った」。チェチェンと関わりを持って敗れでもしようものなら、裏目に出ることは火を見るより明らかだったのである。ところが、ロシア軍はやすやすと勝利を収めた。これはチェチェン側の大物たち数名が離反した結果だった。中でも、反乱軍のイスラム法学者《ムフティー》で強力なリーダーのアフマド・カディロフの離反が大きかった。

一九九九年の事件の真相は、明らかにされることはまずないだろう。それどころか、チェチェン戦争での上首尾を追い風に、プーチンの人気は急上昇した。そしてエリツィンは予定通り、一九九九年の大晦日に大統領職を降りて後継者に道を譲り、その後継者は翌春の選挙にやすやすと勝利を収めたのである。

ユーラシア党

ブレジネフがウクライナの郷里ドネプロペトロフスク［現在はウクライナ語に基づきドニプロペトロウシク］出身者のドネプロペトロフツィで周りを固め、エリツィンがやはり「スヴェルドロフスク・マフィア」を擁していたように、プーチンも、サンクトペテルブルクの「チェキスト」で周りを固めた。彼らもまた、彼と同じくこの古都の出身で、いずれも国防・治安機関の出身だった。

その顔ぶれは、次のようなものだった。ポルトガル語に堪能で、アンゴラとモザンビークでは通訳を務めたイーゴリ・セーチン——しかし通訳以上の能力を買われたに違いなく、大統領府の副長官としてボスへの面会を差配し、二〇〇四年には国営石油会社ロスネフチの取締役会議長になった。セルゲイ・イワノフは一九七五年からKGBの将校で、プーチンとはレニングラード時代からの知己であり、国防相から副首相になった。ヴィクトル・イワノフもまた、一九七七年以来KGBでプーチンとは仲間同士だったが、人事担当の副首席補佐官に任命され、ついにはロシアの上級公務員の身辺調査を仕切るまでになった。そして、二〇〇八年には連邦麻薬取締庁の長官に任じられた。ニコライ・パトルシェフは、一九七五年以来KGBの防諜担当の将校で、プーチン政権ではFSB長官、次いで安全保障会議の書記へと転身する。ウラジーミル・ヤクーニンは、公式にはニューヨークでソ連国連代表部の外交官だったが、おそらくはKGBだった。後に彼は国営鉄道会社ロシア鉄道の社長になる。ほぼ全員が、それぞれのキャリアにおいてレニングラードで働いたことがあり、プーチンとの知己を得ていた。レニングラード近くのコムソモーリスコエ湖に別荘《ダーチャ》を持っていて、彼と隣人だったという者もいた。

シロヴィキの官職への流入は一九九〇年代を通じて弾みがつき、最高潮に至った。ソ連時代の軍と治安機関、つまり警察とKGBは、政権の支柱であるわりには政治面では非常に低い役割しか与えられていなかった。しかるべき理由から、ソ連邦は、これらの「実力機構」を党のシビリアン・コントロールで抑え込むことを優先してきたのである。ソ連時代のKGBの上級ポストの四一％までもを党の人間が押さえるシビリアン・コントロールで、一方、軍とKGBの要員たちが押さえていた政治支配層のポストは五％にすぎなかった。(3) ところが、今やシビリアンと軍のバランスは逆転した。シビリアン・コントロールが貫徹されてきた政府へ、軍と治安機関が流れ込んできたからである。ソ連の終焉以来、軍出身者が政府で占める比率は激増し、一九八八年の五・四％から、プーチン第一期政権の半ばまでには三二％に達していたのだ。(4)

これらの治安要員は、人気作『地政学の基礎』を通じてドゥーギンの名を知っていた。一九九九年にプーチンが首相に任命されてエリツィンの後継者であることが明らかになると、ドゥーギンは目が回るほどの急旋回で、硬派の野党イデオローグから体制派の知恵袋へと政治的変身を遂げた。まさにその年、プロハーノフの新聞『ザーフトラ』にドゥーギンの「ブーツの夜明け」が掲載され、ロシア政治における来るべき革命が語られたのだ。

「ユーラシア・ルネサンス」の防護壁となりうる基本的な前提条件は、特務機関の人々が握っている。彼らは官吏だが、規律とヒエラルキーを備えている。職業訓練を受けたときに愛国精神が刷り込まれたので、彼らは愛国者だ。極めて肝要なのは、彼らが常に「敵」と関わっていることで、彼らはすべての人間を「味方」と「敵」に分割する術を身につけている。この分割こそ、適正な政治意識の主要条件なのである。

ドゥーギンは積極的にパヴロフスキーに取り入ろうとし、シロヴィキの間での自分の人気を切り札に使った。「実際、彼は大統領府に猛攻を加えてきた」と、パヴロフスキーは言う。「ドゥーギンはいつも周縁にいて、突如、主流へ入り込んでいる。それも実績によってではなく、そこに張りついていること自体が彼の仕事なのだ」

ドゥーギンがパヴロフスキーの知己を得たのは一九九〇年代で、パヴロフスキーが立ち上げたインターネット新聞『ルースキー・ジュルナール（ロシアン・ジャーナル）』に記事を書いたのがきっかけだった。パヴロフスキーは驚異的な記憶力で、いつか使えそうな人物としてドゥーギンを覚えていた。「もちろん、こちらは彼の政治力は買っていなかった」と、パヴロフスキーは言う。「しかし、彼が体制側に乗り換えるのは大歓迎だった。少なくとも、危険なところなど少しもなかった」

クレムリンの政治的執政官としてのパヴロフスキーの運は、プーチンが首尾よく大統領に選ばれて頂点に達し、彼自身は政権内のいかなる地位にもついていなかったが、かつての副官だった二名が大統領府で局長職についていたし、彼の推薦は大きな価値を持っていた。その彼が、目下の政治動向を見れば、ドゥーギンをいずれは使えると考えていたのである。

彼はいくつか政治的プログラムを持ってきて、私はその一部を政権側へ送った。政治的戦線を広げることは大事だと思ったからだ。それに政権自体は幅広い領域を代表して、異質な集団をできるだけ取り込まねばならない。

その春のある段階で、ドゥーギンはクレムリンでの「クラートル」を獲得したようだ。クラートルは実質的にはハンドラー、あるいはポイント・パーソンのことで、政権内のすべての伝達事項が通過する十字路に当たる人物だ。多少とも知られた政治組織なら、事実上すべてがクレムリン内にクラートルを擁していた。それこそが、ひとかどの存在として扱われる基本だったのだ。

プーチン政権の大統領府長官を務めたアレクサンドル・ヴォローシンは、ドゥーギンがクレムリンと関わり始めたときのことを、ほとんど覚えていなかった（これはもっともな話で、当時のクレムリンでは、ユーラシアニストなど小さな染みのような存在でしかなかったのだ）。ドゥーギンと大統領府との最初の接点は、パーヴェル・ザリフリンを通してなされたと思われる。この人物は、もとは野心的な法学部学生で、高校時代に読んだレフ・グミリョフの理論に夢中になってＮＢＰ（国家ボリシェヴィキ党）に加盟したが、内紛でドゥーギンに従ってＮＢＰを離脱した九名の弟子の一人だった。五月、カザン大学を出たザリフリンはすぐさまクレムリンに電話して、「下院議長セレズニョフへの助言者の代理の者だが」と言って、ヴォローシンと話をさせるよう迫った。あちこちたらい回しされたあげく、やっとヴォローシンの副官レオニード・イヴレフと会えることになった。

イヴレフはあまり特徴のない官僚で、クレムリンでは最も重宝がられる人物だった。ソ連時代は空挺部隊の政治将校で、レーニン軍事政治アカデミーで哲学の博士論文を書こうと勉強した。そういうイデオロギーに染まった背景から、彼が婉曲に「幹部《カードル》」と呼ばれる集団の中で働いてきたことは想像に難くない。イヴレフがクレムリン入りしたのは一九九六年だった。彼の軍における経歴により、ドゥーギンはやりやすかったに違いない——『地政学の基礎』のおかげで、ドゥーギンの軍人の間での評判は高かったのだ。

さらに有利だったのは、クレムリンが、後のプーチン政権下でのようなロシア政治の一枚岩へとはまだ進化を遂げていなかったことである。「まったく混沌状態だった」と、ザリフリンは語る。プーチンの部下たちは執務机につき始めたばかりで、業務をどう進めればいいのか、ほとんどの者がはっきりした指示は受けていなかった。こういう状況では、ロシアの官僚はトップからほのめかされる合図を読み取って、自分の仕事のやり方の見当をつける。クレムリンから放たれる勇ましいレトリックやソ連を象徴するものの復活は、ドゥーギンが主流となり始めたころには都合のいい隠れみのになるかのように思われた。他方、こうした状況は、ドゥーギンのグループにとっては彼らの重要性を高めてくれた。「大統領府は組織も何もなくて、タコみたいだった」と、元NBPのコローヴィンは言っている。「足は八本あっても、それぞれ別の足が何をやっているかは知らない。だれかがIDカードを入手すれば、それを手がかりにして、人がどっとなだれ込んでくる」

確かに、ユーラシアニズムは、主流派だった人々の会話の中に忍び込み始めていた。二〇〇〇年に出された新たな外交政策のガイドラインでは「合衆国が金融と軍事を支配する、世界の一極構造が強まっている」と非難し、「多極的な世界秩序」を求めていた。そして、ロシアの最も重要な強さは、「ユーラシア最大の国家としての地政学的な立場」にこそ依拠していると呼びかけた。(5)

その秋、ドゥーギンはプーチンに会うことができた。彼は、大統領との会見のようすを語ることを拒んだが、この件で彼の履歴は一変した。たちまち、次々とスポンサーや問い合わせが舞い込み、行く手で次々と扉が開かれた。

実際、プーチン自身がユーラシアニズムに興味を抱いたらしく、二〇〇〇年十一月十三日、ロシア国家元首としては初めてこの運動への支持を表明した。「ロシアは常に自国をユーラシア国家と見なしてきた」と、カザフスタン訪問時点で発言している。あたりに鳴り響くようなユーラシアニズム支持表明ではなかったが、思いつきで口走ったものでもない。このスピーチ時点でドゥーギンはこれを、「画期的かつ壮大で革命的なユーラシアニズム容認の発言であり、総じてすべてを一変させる」と絶賛した。(6)

二〇〇〇年後半、ドゥーギンはもう一つの運命的出会いを経験した。今回の相手は、あごが角張り、厚い胸板と胴間声《どうまごえ》、アルコールにかけてはうわばみ、という人物だった。彼の名はピョートル・スースロフ。KGB歴二十年でポルトガル語を流暢に話し、アフガニスタン、モザンビーク、アンゴラで兵役に服し、そこではヴィンペル（ペナントの意）として知られるKGB特殊部隊の一員だった。ヴィンペルは、政治的暗殺を含む非合法作戦を手がけていた。

一九九五年に退役後もスースロフは以前の業務との縁を絶たず、「現役予備役」にとどまった。ドゥーギンの興味深い人間関係の大半がそうであるように、この場合も、二人の出会いは定説がない。スースロフによれば、下院議長だったセレズニョフの下に設置された下院専門委員会でドゥーギンと仕事をしたのが最初とのことだが、セレズニョフ（二〇一五年に物故）はスースロフなど聞いたこともないと言う。

ドゥーギン側は、スースロフとの知己の始まりが「完全な偶然で、たがいの友人だった音楽家を通じてだった」と言う。例によって、スースロフが彼の『地政学の基礎』の愛読者だったことがきっかけになった。スースロフはドゥーギンに、自分は熱心な愛読者だと告げ、再版本の製作に出費したいと言いだした。当然、ドゥーギンは大乗り気になった。数か月後の二〇〇一年三月、二人は新党の設立で合意した。

それからひと月後、モスクワの新聞、『ノーヴァヤ・ガゼータ』に、スースロフに関する興味深い記事が掲載された。この新聞の調査部主筆のユーリー・シチェコチーヒンは、FSB内に分派下部組織が存在し、裏でソ連邦の復活を画策していると書いた。そして、スースロフとウラジーミル・レフスキーをそのメンバーとしてあげた（レフスキーは、FSBの退職者でつくる協会「名誉と威厳クラブ」の会長だった）。シチェコチーヒン主筆は、どうやら最近、フランスのアルプス地方のどこかで会った人物から情報を得たらしい。主筆はその相手を「アレクセイ」としか書いていない。情報は膨大なコンピューターファイルとインタビュー記録で、それによれば、「アレクセイ」は一九九一年以来この下部組織の仕事をしており、組織の名は「国家安全保障の愛国者たち」だという。(8) 三回にわたって連載された記事で「アレクセイ」は主筆に、この陰謀はロシア政府高官たちや財界の庇護を受け、財界のメンバーたちは石油、ガス、運輸、不動産、銀行、兵器取引、賭博と多彩な領域にわたっていると語った。「アレクセイ」は、最初にウラジーミル・プーチンの名を聞いたのはこの集団にいた彼のハンドラー（クラートル）からで、同時にプーチンの取り巻きにいる数名の名前も耳にしたという。それはいわゆる「サンクトペテルブルク閥」のメンバーで、スースロフの他にも「愛国者たち」のメンバーでスースロフの友人のウラジーミル・レフスキーの名もあげていたのである。

主筆の記事には、「アレクセイ」が言ったことが本当だという証拠はほとんどなかった。しかしシチェコチーヒンは、非常に尊敬されていた調査ジャーナリストで、国会議員でもあった自身の評判を「証拠」に代えた。「わが国では、われわれに『アレクセイ』の証言を信じさせる何かが起きている。帰国してみて私は、彼の証言の直接の証拠となるものを発見した」と主筆は、「アレクセイ・シリーズ」の三回目のシリーズ最終回で書いている。二〇〇二年に彼が「証拠」となる物件は、ついに公表されることはなかった。そのことは、四回連載となる予定が三回で終わり、四回目は世に問われることはなかったことを示唆している。その翌年に彼は、放射能汚染の症状を示して亡くなる（もっとも、『ノーヴァヤ・ガゼータ』は後に、主筆が毒殺された証拠はなかったという記事を掲載した）。

この記事が出てすぐ、「アレクセイ」はロシアのメディアから消えた。彼の本名はエヴゲニー・リマリョフで、ジュネーヴに近いフランス・アルプスのオート・サヴォワに住むロシア人実業家であることが判明した。彼の話のうち、公然と証明できるものも数が増えていった。「アレクセイ」同様にリマリョフの父親もまた、ＫＧＢの将軍だった。エヴゲニー自身も、一九八九年に語学教師としてＫＧＢに入局していたが、上層部へはまったく昇れず、一九九一年にはよく分からない形でＫＧＢを辞めている。これらはすべて、組織外の存在だった「隠れ細胞」で働いていたという「アレクセイ」の話とつじつまが合う。その他の詳細も元の話と一致する。「アレクセイ」はシチェコチーヒンに「左翼的傾向を持つ大物政治家」のために働いたと告げたが、リマリョフは事実、下院議長セレズニョフに仕えている（これは一九九〇年代後半のドゥーギンや、おそらくはスースロフとも似ている）。リマリョフは、明らかに治安機関と深い関係があり、高官とのコネを語る彼の話は、政治的な庇護の大きさを大いに享受しているさまを感じさせる。

しかし、このことについては、別の事実を見れば納得がいく。リマリョフの正体が暴かれてからすぐに、彼が立ち上げたウェブサイトに金を出していたのがボリス・ベレゾフスキーだということが明らかになったのだ。彼はエリツィン家と親しく、プーチンを権力へと押し上げるのに重要な役割を担ったが、まさにその年に、他ならぬプーチン自身によって追放されていた。シチェコチーヒンの記事が出た当時、ベレゾフスキー――『ノーヴァヤ・ガゼータ』に絶大な影響力を持っていた――は明らかに、新参者のプーチンを、実権を掌握しようとする治安機関側のファシスト的陰謀の産物として描いて、クレムリンの評判を落とそうとしていた。

「アレクセイ」による暴露の真相は、たとえ外国政府の高官たちがその証拠を示しても、説得力ある形で認められることはないだろう。私はモスクワ中央部にあるショッピングモール内の店でスースロフと会って記事の信憑性を聞いた。彼はコーヒーをすすりながら、記事の中で彼の協力者と書かれたレフスキーに賛意を示して、記事はすべて「まったくのでたらめ」だと断言した。しかし、スースロフは、まさに世界中に見られる「ディープ・ステイト」的な陰謀の生きた見本のような人物だ。彼は、頭が切れて有能で忠誠心のある工作員であり、いまだにソ連時代の反体制派を「イズメンニク」、つまり裏切り者などと無造作に言っていた。同時にスースロフは、体制護持者がしばしば強いられるように、矛盾と妥協を体現してもいる。そして、彼の行く先にはどこにでも陰謀がついて回るように見える。

事実、二〇〇二年にロンドンで、アレクサンドル・リトヴィネンコという元ＦＳＢのメンバーが放射性物質のポロニウムで殺された。彼は、一九九九年に起きた例のアパート爆破事件の首謀者はロシア政府だったとする暴露本を書き、その四年後に暗殺されたのである。リトヴィネンコは証拠として信憑性には欠けるかもしれないが、五年前からの似たような一連の事件を列挙していた。リトヴィネンコの主張は次のようなものだ。スースロフはマクシム・ラゾフスキーというスパイと出会ったが、この人物は一九九〇年代初頭に十名以上を契約殺人であやめたギャングとして悪名を馳せていた。そして実は、治安機関が企てたモスクワでの不可解な爆破事件にも彼が裏におり、この爆破事件の狙いは、チェチェン戦争開始時に世論を侵攻支持に集結させる点にあったというのである。

ラゾフスキーが五年前からいくつか爆破事件を起こしていたという事実は存在する。一九九四年十一月、ラゾフスキーの石油輸出会社が雇っていた人物が、モスクワのヤウザ川を渡る鉄橋に爆弾を仕掛けようとして吹き飛ばされた。そのひと月後、モスクワの通勤バスが爆破された（幸いなことに乗客はおらず、負傷したのは運転手だけだった）。この事件で一九九六年に最終的に告発された人物も、ラゾフスキーの関係者だった。

ラゾフスキーが連邦政府の指名手配犯リストに掲載されたのは一九九六年で、この年にモスクワ警察は捜査班を編成し、二月に彼を逮捕したが、十件余の契約殺人その他の犯人のうち六名がＦＳＢの工作員だった。これらの事実は、同年十一月に、内務省第一副大臣のウラジーミル・コレスニコフがロシア下院から公式に回答を求められたときのものによる。(10)

この暴露へのＦＳＢの回答は、いっそう事態を混乱させた。議員たちの懸念に対してなされたＦＳＢ長官ニコライ・コヴァリョフの回答は、以下のようなものだった。ラゾフスキー一味内でのＦＳＢ工作員の行動は「ＦＳＢ規則からの逸脱が認められ（中略）これらの残念な誤解はあったが、ラゾフスキー一味は一掃されたので主たる目的は達成された」。ＦＳＢの書類では、ラゾフスキーと彼の部下は結局ギャングを解体するために潜入したとされている。だが大半のジャーナリストや議員たちが信じる、これとまったく逆の結論は、ＦＳＢこそがギャングで、彼らの行動は自分たちの信義を守ろうとして行ったための逸脱行為ではなく、ただ下された命令に従ったにすぎない。そして狙いは――推測するしかないが――挑発行動によってチェチェン武装勢力側に罪を押しつけ、それによって一九九四年のロシアによるチェチェン侵攻［第一次チェチェン戦争］を正当化することにあった、というものだ。

一九九六年、ラゾフスキーと彼の一味は、軽いお仕置きを食らった。「あの男には守護天使がついていたとしか思えない」と、『モスコフスカヤ・プラウダ』は書いている。ラゾフスキーは、最終的には麻薬と武器の取締法違反行為で有罪となった（文書偽造の罪は問われなかった。理由は一味の二人の男が本物の治安機関発行の身分証明書を所持していたからである）。判決は二年の服役と罰金だった。殺人、爆破事件、組織的犯罪集団と特務機関の協力も法廷で審理はされたものの結局は不問に付され、一九九八年、ラゾフスキーは釈放された。

スースロフは、リトヴィネンコによる自分への告発や、自分がラゾフスキーを諜報員として使っていたことを否定したが、明らかにラゾフスキー側の世界の住人である。釈放後のラゾフスキーは、カフカスを活動の舞台とする、スースロフの「統一財団」の副理事長になった。ラゾフスキーは、二〇〇〇年に自宅の前で狙撃されて死亡した。(11)

このスースロフの話全体は、ウンベルト・エーコの小説『フーコーの振り子』を連想させる。主人公たちは偽の陰謀論の本を、だまされやすい手合いに売りつけては稼いできたのだが、突如、現実の秘密結社を敵に回して戦うはめになる。その結社は、彼らが書いて稼ぎの種にしてきたものだったが、おれたちにも儲けを回せと言いだしたのだ。

これと同じくドゥーギンも、前の十年にユーラシア陰謀論を売り続けてきたあげく、自分の作中人物の一人からの申し入れに不意を突かれるはめになった。今日、ドゥーギンは、スースロフがみずからを「組織犯罪世界への国家側の使者のようなもの」だと認め、ストレスに疲れたから「足を洗いたい」と言っていたと話している。二〇〇三年にスースロフと喧嘩別れした後、ドゥーギンは私にこう告げた。「結局、わが国の政治的リーダーとは何者なのだ？　われわれを支配しているのは、山賊そのものだ。連中は誰もがマクシム〔ラゾフスキー〕を抱えている。プーチンやメドヴェージェフだって違うかい？　どこへ行こうと、山賊が待ちかまえている。そういった国なのだ、ここは」。そういうドゥーギン自身が山賊合弁党の党首で、スースロフは執行委員会議長というわけだ。二〇〇五年のインタビューで、コローヴィンはこうした合弁党について次のように回顧している。

あれは、ロシアの諜報機関の代表との集まりで、ドゥーギンが考えたものだった（中略）プーチンのもとでは、政策や業務で諜報が自由裁量を認められていることは公然の秘密だった。エリツィンの時代は諜報機関への締めつけははるかに厳しかったが、プーチン政権では諜報はやりたい放題で、政治にも足を踏み込んできた。(12)

プーチンのクレムリンで、新政党を登録するのは容易ではなかった。ところが、ユーラシア党は、クレムリンへの臆面もない媚びへつらいのおかげで、司法省段階を難なくパスした。ある宣言文にドゥーギンはこう書いている。「ユーラシアニズム構想の真の勝利は、プーチンの支配という形で結実した（中略）われわれは大統領を、全面的かつ急進的に支持する」

二〇〇一年四月に、ユーラシア党の結党大会が新アルバート通りにある諜報機関の退職者組織「名誉と威厳クラブ」のホールで開催された。ウラジーミル・レフスキーはこのクラブの会長で、新党の役員会に加わることに同意した。レフスキーはスースロフ同様に、ＫＧＢの特殊部隊ヴィンペルの元将校だった。ユーラシア党の資金は南オセチアの銀行家ミハイル・ガグロエフのテンプバンクから出ていた。ドゥーギンは、新党は表舞台を避けて活動すると聴衆に告げた。「われわれの目的は、権力を掌握したり、それを求めて闘うことではありません――われわれの目的は、体制への影響力を求めて闘うことです」

創立集会は、大騒動を引き起こした。「国家安全保障の愛国者たち」に関するシチェコチーヒンの記事が同じ四月に出ていたためで、それがソ連復活を画策する「ディープ・ステイト」陰謀の立役者としてのユーラシア党という印象をさらにかきたてたのである。おかげで党員集めには役に立った。ザリフリンによれば、「プーチンの頭の中身は誰にも見当がつかないので、この運動を基礎にして新しい支配政党の立ち上げがあるのではないか、という噂が出回り始めた。われわれは、むろん、これを打ち消しはしなかった」。二〇〇一年五月、週刊新聞『オプシチャヤ・ガゼータ』は、「ドゥーギンはすでにイデオロギー・セクトの伝道師ではなく、公的に認められた地政学的問題の専門家と見なされつつある」(13)と書いた。週刊誌『ヴェルシヤ』も同月に、同じ趣旨でこう書いた。「パヴロフスキーと『ユーラシア』の接触は確かにあるが、せいぜい個人レベルでの相談程度だった。アレクサンドル・ドゥーギンとこのクレムリン政治技術集団トップとは、良好かつ友情ある関係を満喫している」

当時のパヴロフスキーは、クレムリンのスピンドクターの頭領と見られていた。これは「後継者作戦」への関与の深さゆえだったが、実際には彼とドゥーギンとのつながりは比較的つつましいものだった。それでもパヴロフスキーは、『ヴェルシヤ』の見方をおおむね認めはしたものの、ドゥーギンがかつては彼の「プロジェクト」だったとか、かつてドゥーギンを手助けしたことがあるなどということは否定した。

われわれが非常に緊密に仕事をした時期はあって、それはシロヴィキが重視されていた頃だった。実際に彼の計画のいくつかをいろいろな人々に回して様子を見たが、大きな反響を呼んだという記憶はない。とはいえ、彼は何人かのスポンサーをつかんだことだろう。

ところがドゥーギンは、ポスト・エリツィン時代の政治の裏世界にはかなりの支持者がおり、スースロフが彼へ提案を持ち込んだ。新たな「顧客」がいて、これは価値の高い人物だった。相手の名はホジ=アフメド・ヌハーエフ。謎に包まれたチェチェン人の野戦司令官で、銀髪をたてがみのようになびかせ、貴族的な目鼻だち、手入れの行き届いたあごひげを持ち、陰謀に没頭するタイプで、フレデリック・フォーサイスが一九九六年に書いたスパイスリラー『イコン』の主人公、(14)チェチェンの暴力団の頭目ウマル・グナーエフのモデルとなった男だった。この小説では、グナーエフは「神秘的なハンサムで、都会的で洗練されている」。グナーエフは、元はKGB将校で、「ゲリラに転じて以来、ウラル西方ではチェチェンの地下世界で並ぶ者なき存在となっていた」。

　穏やかな物腰ではあったが、ヌハーエフはチェチェン犯罪界の首魁だった（もっとも、彼の縄張りがウラル西方全域にわたるというのは誇張がすぎる）。一九八七年以来、モスクワでみかじめ料の取り立てをしていた。本拠は、ピャトニツカヤ通りのレストランに置かれていて、彼が「守ってやった」店の中には、後に巨大な資本を擁するオリガルヒとなったボリス・ベレゾフスキー所有のカーディーラーショップ「ロゴヴァス」も入っていた。一九九四年、第一次チェチェン戦争が始まる前だった当時、モスクワの暗黒街はチェチェンギャングの天下で、ソルンツェヴォやリュベルツィなどのスラヴ系ギャングと競い合い、ついには相手を都心部から追い出していた。ところが一九九四年にロシアの地上部隊が母国に侵攻すると、配下から「首領《ハン》」として知られていたヌハーエフは同胞の戦いに加わった。だが一九九五年、グローズヌィの戦いで負傷し、杖をついて足を引きずる身となった。一九九六年、分離してチェチェン・イチケリア共和国となった母国の第一副首相になり、上司は大統領代行ゼリムハン・ヤンダルビエフだった。もっとも翌年、野戦司令官アスラン・マスハドフが選挙で正規の大統領に選ばれると、ヌハーエフはトルコへ脱出した。

　ヌハーエフには知的探究心があり、そのおかげでドゥーギンとの縁ができた。二〇〇〇年、彼は自分の伝記作者のポール・フレーブニコフに、自分は確信的なユーラシアニストだと告げている。「ユーラシアニズムは、西欧との対決という点においては、ロシア正教とイスラム教を結びつけるものだ」。[15] チェチェン戦争を広範に取材して二〇〇六年に殺害されたアンナ・ポリトコフスカヤ［『チェチェン やめられない戦争』などの著者］は、ヌハーエフは「哲学者」を自称する元野戦司令官だが、むろん哲学者などではなかったと書いている。[16] 彼は一九九九年の記事でSVR（対外情報庁）の諜報員だとも書かれているが、SVRは当時スースロフが差配していた。[17]

ザリフリンによれば、スースロフとヌハーエフは以前から何らかの関係はあったが、ヌハーエフがスースロフのエージェントだったのか、逆にスースロフがヌハーエフのために働いていたのかは明らかでない。「どちらが舞台を切り回していたのかは、はっきり言えない」。スースロフは、ヌハーエフとの関係が古いことは認めているが、この件についてはあいまいだ。「ヌハーエフをエージェントとして採用することはできない。彼は非常に強い人間で、こういう相手と仕事をするには別のやり方で臨むしかない」。[18] 二〇〇四年以来、ヌハーエフは姿を消した——死んだか、隠れ潜んだか、どこかへの亡命を認められたのか（スースロフは三番目と見ている）。彼はいまだに、同年モスクワで殺された自分の伝記作者だったフレーブニコフ殺害の正式な容疑者のままなのだ。

ヌハーエフが本当にKGBまたはその後継機関の諜報員だったとすれば、彼が組織犯罪の世界と反乱軍の中で急速にのしあがり、やがて、ロシアがチェチェン暫定大統領として認めたアフマド・カディロフ［独立派への対抗のため、二〇〇〇年七月、プーチンが暫定大統領に任命］とクレムリンとの折衝に際して、主要な橋渡し役となったことの説明がつく。この時期、ロシアとチェチェン双方は、戦いをやめるための共通の理由を模索していた。停戦となれば、二〇〇一年初頭の数か月間、首都グローズヌィを追い出された後も山岳地帯へ逃げ込んで抵抗を続けた徹底抗戦派を分裂させることができたのだ。

理由はどうあれ、折衝における双方にとって、交渉のテーブルに哲学者をつかせるのは名案かと思われた。ドゥーギンを引っ張り出す案をスースロフが言いだしたのか、ヌハーエフの要求だったのかははっきりしない。ドゥーギンはヌハーエフに引き合わされ、たちまちこのチェチェン人に夢中になった。「別の時代から来た男だ」と、ドゥーギンは言っている。「みずからの原則に従って行動する覚悟が据わっている人間は、めったにいない」

ヌハーエフは、ユーラシアニズムへの宗旨替えを行った人物の中では最も熱心で、ドゥーギンの本は全部読んでいた。ザリフリンにしてみれば、ドゥーギンとの接触を本気で推進したのはこのチェチェン人で、スースロフではなかった。なにしろ、スースロフのユーラシアニズムへの関心など、ザリフリンによれば「事実上ゼロ」だったのだから。

この新計画がおかれた状況は、第二次チェチェン戦争を解決し、チェチェンをロシア連邦へ再統合するという困難な課題を解決しなくてはならないというものだった。ヌハーエフは、ユーラシアニズムならチェチェンに何らかの文化的自立と政治的主権を約束してくれるし、またロシア「文明」が主役である以上は、双方のエリート層の多くも受け入れることができる、と信じているようだった。ロシアはすでにアフマド・カディロフをチェチェンの暫定大統領と認めていたが、紛争の最終的解決は双方の交渉担当者たちをすり抜け、ロシア軍は依然としてマスハドフの反乱勢力の抵抗に遭っていた。ヌハーエフらチェチェン側とロシア側との交渉は、分離主義の放棄と、ロシア連邦内におけるチェチェンの存在を連邦憲法の基礎の上に据える、という点に集約された。

この計画は極めて込み入ったもので、私はスースロフに説明を求めた。モスクワの環状道路に面したチェコビールの店でスースロフがしてくれた説明は、いっそう分かりにくいものだった。彼が最上層から受けていた指令は、ユーラシアニズムを利用して綿密な策を立て、チェチェン相手の政治的行き詰まりを打開せよというものだったというのだ。

私は諜報機関を代表していましたが、交渉相手は実際的な見地からユーラシアニズムに関心がありました。彼らはチェチェンで効力がある何か、ロシアから分離せずにすむ正当な理由、それを中核として政権を樹立できる何かを求めていました（中略）われわれは、ご立派な理想主義者などではなかった。実際的な展望からアプローチしました。われわれはチェチェン側に、民族的な少数派は生まれつきナショナリストになれる要素があるが、同時に母国が何であるかの概念も持てるのだということを提示したかったのです。それがユーラシアニズムでした。(19)

基本的に見て、「ユーラシア」に忠誠を誓うほうが、ロシアの軍門に下るよりも面子は保てるということだ。少なくとも、それこそが、ヌハーエフが差したチェスの最初の絶妙な一手だったのである。

チェチェン抵抗運動

当時のチェチェン抵抗運動は、ヌハーエフのような伝統主義者と過激なイスラム原理主義者に分かれていた。後者は、外来集団ないしは外国のイスラム教学校《マドラサ》で教育を受けたチェチェン人で、チェチェン抵抗勢力側から歓迎された。一九九六年の休戦を受けて、それまでロシア軍を膠着状態に追いつめてきた両勢力は、内輪で戦闘を始めた。ヌハーエフやカディロフのようなチェチェン・ナショナリストたちは、昔ながらの北カフカスの生活習慣――テイプ（氏族）への忠誠、名誉と復讐の厳格な規律、スーフィ・タリーカ、つまりスーフィ派（イスラム神秘主義）の伝統的な信仰等々――を大事にしてきた。ところが、歌舞音曲となるとつきもののアコーディオン、「レズギンカ踊り」などは厳禁になった。それを禁じたのが野戦司令官のシャミーリ・バサーエフで、一九九七年の選挙で選ばれたマスハドフ大統領が、閣僚として呼び入れた人物だった。こうした過激派の多くが、歌舞音曲を禁じ、チェチェン人がなじんできたスーフィズムを、聖者の陵墓を拝む慣習ゆえに反イスラムの多神教と決めつけたのである。

電光石火の軍事行動でチェチェンの中心部に攻め込んだロシア側は、同時にこの分裂にも手をつけ始めた。カディロフはついにクレムリンの要求に屈し、正式な声明によって分離主義と過激なイスラム教であるワッハビズム（ワッハーブ派の教え）を放棄した。カディロフの声明の場はモスクワの会議場で、この計画の演出役はスースロフが担い、ザリフリンによれば、ドゥーギンが「知的彩りとして追加」されていた。

一方、セレズニョフとユーラシア党主催のイスラム過激主義の問題をテーマとした会議が、二〇〇一年七月にモスクワの贅沢なマリオット・プレジデント・ホテルで開かれた。会議の組織者たちが政府の上層部の援助を受けていたことは明らかで、その証拠はまず来賓があのヌハーエフだったことだ。この人物は、警察に追われ、ロシア連邦への武装反乱の首謀者の一人だったのである。にもかかわらず、ヌハーエフはどうわたりをつけたのか、トルコからやってきてロシア下院議長ゲンナジー・セレズニョフによる歓迎の言葉に聞き入り、やおらモスクワ都心のきらびやかなホテルで基調演説を打って会議の最後まで居残り、威勢よくシェレメチエヴォ空港から亡命先のトルコへと戻っていった。

肝心なことは、このホテルが会場に選ばれたのが偶然ではなかったことだ。このホテルはボリショイ劇場と同じ通りにあって、警備はＦＳＯ（連邦警護庁）が取り仕切っていた。ＦＳＯは、プーチンに直属する政府高官の身辺護衛と政府施設の警備の機関である。従って、このホテルへは、警察もＦＳＢも入れなかった。お尋ね者のヌハーエフは、逮捕を免れられる厳密な保証を要求していたが、プーチン政権初期には事態はまだ混沌としていて国家組織は大いに分裂しているうえ、各部局は方針がまちまちで、ヌハーエフを安心させるにはこの手を使うしかなかったのだ。
チェチェン側は、ヌハーエフの安全にもう一つの手を打っていた。人質である。この役は、ドゥーギンの部下のコローヴィンに振られた。「チェチェンの連中は、ヌハーエフがモスクワ滞在中、われわれの一人を『代表』としてよこせと要求してきた」と、ザリフリンは言っている。「事がうまくいかなければ、コローヴィンの首が郵便小包でわれわれのもとへ送られてくることになっていた」。コローヴィンは自分が人質にされたことは否定したが、ヌハーエフの代理人一行のもとへ「訪問」したことは認めた。

用意がすべて整って――ヌハーエフの安全をロシア大統領担当の警護庁が請け負い、コローヴィンがモスクワ以外のどこかへ移動した――高官たちの会議が開催され、イスラム過激主義について論じられた。主催者はセレズニョフで、彼の名で声明書が読み上げられ、もう一人の主催者はロシアの公認のイスラム法学者《ムフティー》のタルガート・タジュディンだった。この会議は歴史的なものだった。まず、ヌハーエフはロシア官僚との対話の機会をつくったチェチェン高官で、しかも話題は、ロシアの国家体制とチェチェンの民族的野望を融和させるという前代未聞のものだった。ヌハーエフの演説は、チェチェン指導者が公式に過激な「ワッハビズム」を非難した最初のものであり、さらにはロシア連邦との分離を拒否して、「ユーラシア人」同士、友邦同士の共通文明を絆とする文化的自治を容認するという点でも最初のものだったのである。

ユーラシア人民の自由が保障されるのは、とヌハーエフは演説した。「ユーラシア権威主義」を通してであり、この権威主義は「ユーラシア人民の精神的遺産、宗教及び民族的自意識の復活をめざしています」。

このイデオロギーの価値と効力が適用されることによっていかなることが実現するかは、みなさんがご覧の事実によって示されています。すなわち、チェチェン独立を確信的に支持するこの私が、わが民族と戦闘中の国の首都においてこの会議に出席しているという事実です。ユーラシアニズムこそ、チェチェンとロシアの間に、これだけのレベルの対話を生み出してくれました。これは両国の歴史において初めてのことです。ここにわれわれは、相互理解の本当の基盤、そして平和の本当の基盤、共通の敵に立ち向かう本当の基盤を手に入れたのです。

この会議が終わった翌日、チェチェンでは翌年の議会選挙の実施が公表された。この展開は、チェチェン抵抗運動の弔鐘となり、反乱の総指揮官アスラン・マスハドフの支持基盤のさらなる分断につながった。ヌハーエフ演説の数週間後、カディロフはチェチェンでのイスラム過激派に対する禁令を発し、二〇〇二年までには、反乱は事実上終結した――もっともプレジデント・ホテルでの取り決めはやがて無視されるのだが。それ以降の折衝は、チェチェンにおけるカディロフ一派が同地域の安全を保障し、さらにはカディロフ側の忠誠をとりつけられるだけの莫大な予算を国庫から助成する手続きに集約された。ザリフリンは、こう言っている。「結局クレムリンはカディロフ一派に全権を付与し、以後それがチェチェン運営の模範となり、鳴り物入りで喧伝された多方面に広がるはずのナショナリズムはどこかへ消えてしまった」

次の十年、チェチェンは、ロシア連邦では例外的な存在となった――自治に近い統治が行われる島というわけで、一夫多妻制が隆盛を極め、イスラム法廷が判決を下し、女性は公の場ではベールの着用を強制され、という具合に、ロシア憲法は公然と無視されたのだ。カディロフツィ（カディロフ一派）と呼ばれたチェチェン・エリートは首都最強の集団となり、モスクワの中心街ですら殺人を犯しても逃げおおせる始末だった（おもにチェチェン人同士の場合だが）。チェチェン人にとっては、ロシア連邦の下位につくということはほとんどが封建的関係として理解され、国家対市民間の社会契約という概念はなかった。資本に対する民族の、帝国的な関係だったのである。

ユーラシアニズムの哲学は、やっとクレムリンで実際的な事柄に適用される域までたどり着いた。この理論は、一九二〇年代に、多民族からなる帝政ロシアにおける民族自決という長期に及ぶ問題へのイデオロギー的な解毒剤として夢想された。そして初めて今回、歴史におけるテストを受けて、チェチェンの分離主義という手に負えない問題の解決策にイデオロギー的な光沢を与えるという役目を果たすことができた――たとえそれが、軍事力と膨大な連邦予算で解決された問題を糊塗するだけの言葉でしかなかったにせよ、である。

さらに言えば、この話は、プーチンによるクレムリン政治の機能の仕方を見せつけるようなものでもあった。プーチンのクレムリンは、中央集権的な厳格な交響楽団であるよりも、ジャズの即興演奏のように、統一的なリズムとある特定のコードに従う以外には、自由にやらせるのだ。政策の実行は後で否認すればすむ「歩兵《ポーン》」に実行させ、「歩兵」のほうも政治的利益にあずかれる。大統領府は、めったにじかに命令は下さない。むしろ、あいまいな合図をもとに作業を進めるので、エリートはそれを読み取り、翻訳して実際的な政治「計画」を割り出すのだ。計画のあるものは人気を勝ち取り、あるものは（全体的な時流に合わなければ）見捨てられる。

この最後の悲運な例が「ユーラシア党」で、その最初の成功の頂点においてさえそうだった。「ユーラシア党」は、最初は主流に受け入れられ、体制の信任状を得られたかにみえた。だがそのとたんに、世界が一変したのである。チェチェン会議の二か月後、「9・11」が起きた。就任一年目は西欧によそよそしかったプーチンは、一転してアメリカ支援に切り替えた。世界の指導者では真っ先にブッシュ大統領に電話し、国連安保理ではアメリカ支援を約束して、米軍がアフガニスタンに向け出撃する拠点として利用しようとしているキルギス（ソ連崩壊後も、ロシアの影響下にあった）の空軍基地の確保に協力すると申し出たのである。さらに親西欧政策との関連で、プーチンはキューバとヴェトナムから基地を撤収した。

ドゥーギンは九月十二日付のブログで、攻撃の犠牲者に弔意を表した。ところが続けて、彼は大変動を予言した——世界貿易センターのツイン・タワーを破壊した二機は「黙示録のツバメ」であり、一九一四年にサラエヴォでフランツ・フェルディナント大公を殺害して第一次世界大戦の引き金を引いたガヴリロ・プリンツィプの銃弾と同じ役割を果たした。また、9・11は、世界の政治を永久に変容させ、アメリカはやむなく、世界が引き起こす黙示録的な戦争に対応せざるをえなくなる。その戦争は、「一極グローバリズム（中略）と世界の他の勢力との戦い」である。「われわれは歴史の終わりに立っているという事態から免れることはできない。アメリカが世界を敵に回す戦争は、今日の大量破壊兵器の技術を考慮すれば、建前だけでも希望が持てるような終結の仕方は期待できそうにない」。事実、この攻撃は合衆国の単独行動主義的な決意を強化させ、やがては世界中との関係や国際的な威信を厳しい試練にかける戦いへと導いていくのである。

ドゥーギンは、9・11の衝撃が生々しいうちになされたプーチンの親米政策を、「大統領として最初の失策」と見なした。この見解には、プーチンがクレムリンの頂点を極めたとき、われらが大統領と喝采を送った他の強硬派も同意した。だが、彼らはまた、プーチンが第一期政権で早くも見せた改革派的妥協政策にがっかりしてもいたのである。

9・11の後、強硬派は、テレビやラジオへの露出や主要新聞への出番が急激に減った。さらには、露骨にユーラシアニズムを唱えることが敬遠され始めた。伝統的にクレムリンの外交政策の変化は、ロシア政治全体に系統的な影響を及ぼすもので、政治階層の上から下へと伝わっていく——誰がどういう演説をしたか、どの新聞が誰の社説を載せたか等々。大統領として初年度に打ち出した愛国的政治姿勢を全否定するように、プーチンは二〇〇二年一月のポーランド訪問時点で「ロシアはヨーロッパの国で、ユーラシアの国ではない」と言明した。

プレジデント・ホテルでの会議は、ユーラシア党が開催した会議としては誰もが知る最後のもので、ユーラシア党自体が、二〇〇三年の下院選挙に打って出たものの惨敗し、それから間もなく幕を下ろした。

ザリフリンは言う。「9・11以後、アメリカからの圧力ですべてが停滞し、そのころまでには政権がユーラシアニストではなくなり、ソ連再生は夢物語と化し、われわれも思い描いたレベルでの活動を封じられた」。以後の四年間を、彼は「いくつかの小さな計画が出されたきり」と言い、ドゥーギンは、やはりザリフリンによれば、野党に戻って「国家ボリシェヴィキ党」と似た新党の結党を本気で考えたという。しかし、彼は親クレムリン路線に固執した。クレムリンはドゥーギンにとって、依然として頼りになる、不安定ではあるものの援助を得られる源泉であり続けていたのだ。

第13章　政治的テクノロジー

プーチンと側近たちは、エリツィンとゴルバチョフの経験から一つ学んでいたことがあった。二人とも、統治の初期には途方もない人気を享受していたのに、たちまちそれを失い、結末は惨憺たるものに終わっていた。ゴルバチョフは、委任された国家の統治をしくじり、エリツィンもまた似たような結果に終わった。この二人が残した教訓は、権力を維持するには、まず勝つこと、次は圧倒的な人気を維持すること、この二点だった。さらに二人の挫折がクレムリンに残した教訓は、人気とは何よりも、国内の動向に焦点を当て続けることにかかっているということだった。

世論調査、フォーカスグループ、スピンドクターの操作――クレムリンはこれらに取りつかれた。西欧側で開発された「政治的テクノロジー」を採用し、これらの政治的メッセージの技術が権力の新たな信仰箇条になった――ただし、ロシアらしく権威主義のひねりを加えて。先任者たちの経験からプーチンが学んだことは、権力維持の要諦は、他のいかなる選択肢にも気を移さないことだった。例えば、「選挙」では、多くの詐欺行為を働いてもよく、政権党派を脅かす候補者たちは失格へと追い込むこと。しかし、一方では膨大な調査によって選挙民たちの好みや最大の関心事項を突き止め、それに訴える方法を編み出す。

ロシア国民は政治の消費者となり、化粧品や電気製品を売りつける場合と同様に、彼らの政治嗜好はたゆみない市場調査によってデータ化され、それらが世論調査やフォーカスグループによって濾過《ろか》され、クレムリンの国内政治部門やプーチンの参謀機構へ上げられていく。それをもとに、彼らはスピーチ原稿、公開の場でプーチンが発するメッセージその他、政権が発信するさまざまなメニューを用意するのである。とはいえ、クレムリン機構の外面的なお飾り——例えば、国歌は変更すべきか否か？　変更するとすれば、候補はどれにするのか？　第二次大戦の戦勝記念日にはどの旗を掲げるべきか？　ロシアを代表するサッカーチームに外国人コーチを入れていいかどうか？——以外に、一般のロシア国民が関われる案件はほとんどなかった。国民の声を政治に反映させる公的な過程は、世論調査に奪われてしまったのだ。

他方、徐々にではあるが確実に、政権への対抗勢力は排除されていった。二〇〇〇年、ボリス・ベレゾフスキーとウラジーミル・グシンスキーの強制追放以後、新興財閥《オリガルヒ》たちはすくみ上がってしまった。二人は全国ネットの主要な民間テレビ局のオーナーだったが、これらの局は彼らの追放後に早々と国営化された。さらにとどめを刺したのが、二〇〇三年、脱税を根拠にミハイル・ホドルコフスキーが逮捕、起訴されたことだった。共産党のような独立政党はおとなしくさせられ、さらには「右派連合」やヤブロコのようなリベラル派の小政党は二〇〇三年の選挙を最後に議会から追放された。パヴロフスキーによれば、ロシア下院は「必要な法律を通過させる機械」にされてしまったのである。

ロシア国民たちは、生活水準が上がり、秩序が維持されれば、自由を犠牲にしてもかまわない様子だった。エリツィン時代の公然たる民主主義への関与とメディアの自由は、愛国主義的な言辞と巨大な権力を示すナショナリストたちのシンボルにとって代わられた。プーチンのクレムリンは、民意には深く配慮しながらも、すべての一般国民の目から隠れた秘密主義的性格を持つ奇妙なハイブリッド政権だったのである。

プーチンは、政権の発足に際しては何でもありの態勢で臨み、利益をもたらしそうなすべての集団に対して「ナーシ」すなわち「われわれの仲間」として対した。彼の強硬派イメージにもかかわらずリベラル派は、土地改革や租税改革に見られた自由市場主義的な経済政策を好み、彼のナショナリズムはただのこけおどしだとたかをくくった。一方、保守派は、彼が最初に見せたリベラル寄りの政策を単なる戦術となめてかかり、実は自分たちの味方と思い込んだ。この両面政策ゆえに、ロシア観察者たちは混乱した。プーチンはロールシャッハ・テストに似てきた――見る者に都合のいい、どんな存在にもなりえたのである。ナショナリストと強硬派、そしてリベラル派もまた、恐る恐るこの謎の大統領を支持した。リベラルに至っては、プーチンこそ、定着してしまった政治利権を切り裂いて改革を断行してくれる強力な近代化推進者であってほしいと願ってやまなかった。

膨大な石油埋蔵量と一九九八年のルーブル切り下げのおかげで、ロシア経済は急成長し始めた。西欧型改革派は、新興中流層が民主主義と市民社会のための砦となることを期待したが、その反対にロシアは、独裁と権威主義体制になってしまった。収入の増加はリベラルな価値観をどんどん受け入れていくはずだったが、まったく逆の方向へと進んだ。新中流層は、自分たちの幸運はプーチンのおかげであり、彼らがプーチンとの間に結んだと信じた社会契約のおかげであると思い込んでいた。中流層は、収入増と引き換えに自分たちの自由を投げ出したのである。民主主義については、ともに一九九〇年代の産物だった無秩序と貧困に結びつけ、打ち捨ててしまった。

こうして、物質的な豊かさと楽天主義が、ナショナリズムの深化と同時に進行した。経済成長初期段階である二〇〇一年に「政治テクノロジー・センター」によって行われ、自由に閲覧できる研究によれば、ロシア人の半数近く（四六％）が来年は今年より暮らしが楽になるだろうと感じて、（この十年で初めて）楽天的な気分に浸ったことが示されている。ところが同時に別の研究によれば、「以前はソ連共産主義体制の下層に集中し、低教育、低所得、非都会に限定されていたムードが、最近まで近代化の動因となり続けていた社会階層にまで浸透してきた」というのである。[1] 例えば、ロシア人の七九％が、ソ連の終焉は間違いだったと答えている。この数値は、一九九二年は六九％だった。さらには、NATOは防衛機構ではなく「対ロシア攻撃同盟」であると見る者が五六％と、一九九七年以降に一八％上昇した。この見方をとる最多層の一つは高等教育を受けた者で、六八％という数値である。こうしてナショナリズムはますますロシアの国内政治で重要課題となっていき、クレムリンは国民のこの動向に歩調を合わせるのに躍起になっていた。

中央集権化を画策するクレムリンの努力は、イメージとシンボルがつくり出される過程の中央集権性に映し出されている。クレムリンの政治的テクノロジーの公的な顔はパヴロフスキーだったが、プーチン政権の第一期に、彼とその一派は、政治とメディアをリベラルな諸党派やエリツィン時代の主張から転換させる作業に取りかかった。もっと保守寄り、ナショナリスト寄りをめざし、まさにここでドゥーギンとユーラシアニストに声がかかったのである。

ドゥーギンは、ロシアの「第一チャンネル」でちょっとした役割を与えられたが、ここはロシアが国策宣伝に使う大きな標識塔で、しかも局側の担当者は副社長のマラート・ゲリマンだった。彼は、「効果的政治財団」ではパヴロフスキーの相棒で、派手でしゃれた眼鏡をとりそろえた店のオーナーでもあり、その眼鏡をかけた彼の顔は天使を思わせる童顔で、いつもまばらなあごひげを生やしていた。美術評論家にして美術品収集家という肩書も、ロシアの政治劇場というポストモダン的な舞台について謎めいたコメントを行う際には威信を添えてくれた。

ゲリマンが私に話してくれたところでは、彼がドゥーギンと出会ったのは、モスクワで美術商をしていたころに毎週開いていた徹夜のパーティだった。この二人は、モスクワ・インテリのアングラ世界では大いに知られた存在だった。ドゥーギンは、市内で最もクールなファシスト・グループを率いていた一人で、ゲリマンは斧で彫りあげた彫刻といった前衛作品を展示するリベラルなヒップスターだった。二人とも、相手が政治的には敵方だなどということはおくびにも出さず、ゲリマンに言わせれば「おれたちは同じトゥソフカ（グループ）の出だ」ということだった。

「第一チャンネル」の副社長としてのゲリマンの役目は、クレムリンの要請に沿って放映するニュースに目を光らせ、変化に対応することにあった。「表立った検閲は絶対禁止で、あとは編集方針しだいだ」と、ゲリマンは二〇〇五年に、ある記者に快活に告げている。このインタビューでの彼は、心残りながらも捨てざるをえない素材への、マエストロとしての後ろめたさと自尊心を見せていた。二〇〇四年にテレビ局と政治コンサルティングから去る際に、若干の疑念とともに、自分がつくりだしたシステムを回顧した。「一九九六年、われわれは共産主義者を打ち負かした［大統領選でエリツィンがロシア共産党議長ジュガーノフに勝利］が、その結果、政権にいつまでもその地位にとどまれる手段を与えてしまった」

「第一チャンネル」でゲリマンは二十五名の専門家からなる委員会をつくり、毎週一度集まって社長コンスタンチン・エルンストの諮問に答えた。ゲリマンはこの委員会にドゥーギンを迎え入れた。委員会に多くの保守強硬派の声を反映させるのが時流になっていたのだ。ドゥーギンに加えてセルゲイ・クルギニャンもいたが、彼は一九九一年に出た『ペレストロイカ以後』と題するパンフレットの著者だった（第8章参照）。当時彼は政界本流への復帰を求めて悪戦苦闘中だったが、まもなく政治討論番組でスター的存在への復帰を遂げる。また、マクシム・シェフチェンコもいて、烈火のごとく西欧を偽善者と決めつけ、後にテレビ番組の司会者として輝かしい経歴を得た。クルギニャンは、二〇一一年の私とのインタビューで、政府の保守派ナショナリズムへの旋回は冷徹な計算の結果だったと答えている。「彼らがわれわれを受け入れたのは、われわれの考え方が気に入ったからではなく、世論調査と社会学的調査の結果を読んでいたからだ(2)」

保守派の台頭は、エリツィン時代以来、リベラルで探究心に満ちた声に支配されていたロシア・テレビの時代の終焉を告げていた。エヴゲニー・キセリョフ、レオニード・パルフョーノフ、アレクセイ・ピヴォヴァロフたちが追い出され、シェフチェンコ、クルギニャン、ドゥーギンたちの親クレムリン派が取って代わっていった。第一チャンネルの愛国派で最初の、そして最も抜きんでたアンカーはミハイル・レオンチエフで、トークショー「オドナコ（話は変わりますが）」の司会者だった。彼はドゥーギンのユーラシアニスト運動のメンバーで、大変な影響力を持っていた。クレムリンの実力者たちにも知己があり、ロシア国営テレビでは最も説得力を持ち、ニュース報道でイデオロギー基調となるものをつくった。居丈高で迅速、かつ仮借ない判断力で、テレビアンカーでは最も有力な一人だった。彼の番組は毎夕ニュース番組「ヴェスチ」の後で流され、いつも西欧側の偽善をこき下ろしたり、外国勢力がロシア国家を破壊しようとしていると匂わせたりしていた。

レオンチエフは、ポストモダンで皮肉っぽい宣伝システム内では少々変わった存在で、ゲリマンのように軽いところのある男ではなかった。心底、保守派だったのだ。元リベラルだった彼は、チェチェン戦争での同僚たちの批判的な報道姿勢に幻滅して、「味方兵士を背中から撃っている」と叱った。自分の方向性にめざめるころにドゥーギンと出会ったが、この出会いについての彼の発言には、やや不正確なところがある。「われわれが出会ったのは、プーチンが芽を出したころだ」。ところが、出会って間もないはずの二〇〇一年、彼は相手のユーラシア党の役員会にすでに加わっていた。「あれからずいぶんになるが、結局ユーラシアニズムに代わるものにはまるでお目にかかっていない」と、レオンチエフは二〇一二年、私に語った。

レオンチエフの助けを得て、ドゥーギンのメディアでの人気は高まった。主要新聞のコラムへの寄稿依頼や人気トークショーへの出演依頼が舞い込んだ。反体制派ラジオ局「モスクワのこだま」では常連になった。リベラル的見解が過剰になるのを防ぐため、ドゥーギンのような保守派も声をかけられていたのだ。他にもプロハーノフやシェフチェンコたちがこれに出演した。「第一チャンネル」では、イワン・デミドフとの出会いもまた、ドゥーギンにとっては運命的だった。デミドフは、ペレストロイカ時代はリベラルだったが、時流の変化とともに立場を変えてきた。二〇〇五年、ロシア最初の正教ケーブルテレビ・チャンネル「救済」の局長となり、次いで二〇〇八年二月には、プーチンの政党「統一ロシア」の中央執行委員会のイデオロギー担当局長に就任した。「アレクサンドル・ドゥーギンとの出会いは、間違いなく私の人生における重大な事件、分岐点だった。彼の登場は極めて不思議なものだった。彼が登場して初めて、私と仲間たちは、自分たちにはイデオローグがいなかったことに気づかされたのだ」。二〇〇七年の私との会見で、彼はこう語った。「そろそろ、アレクサンドル・ドゥーギンが定式化した、国策を貫く根本的な中心としての思想を理解し始めてもいいころだ」。私との会見で、デミドフは、ドゥーギンとの関係では自分は「確信的なユーラシアニスト(3)」だと断言したのである。

ジャーナリズムの変化は政治領域にも反映されたが、一部はクレムリンの操作やロシア全土の保守的ムードの蔓延によるものだった。二〇〇三年の下院《ドゥーマ》選挙では、リベラル系の政党は一人も候補者を議会に送り込めなかった。これは統一ロシア――同年、プーチンの「統一」(主にパヴロフスキーが結成)と野党の「祖国・全ロシア」(プーチンの政敵だったユーリー・ルシコフとエヴゲニー・プリマコフが党首)が合併して結成――の創成過程において打ち鍛えられた政治的テクノロジーに多くを負っていた。さらには、リベラル政党諸派に資金を出していた石油王のミハイル・ホドルコフスキーが同年下獄し、実業家たちに政治には手を出すなという明確なサインが出ていたのである。

二〇〇三年、ゲリマンとドゥーギンは協力して新党の結成に動いた。狙いは共産党の存在意義を弱めていくためで、党名はロージナ、「母国」を意味していた。双方の同意で、ドゥーギンが計画の「骨組み」を作成することになっていた。「骨組み」とは、政党の見解や綱領、全体的なイデオロギーの特徴などを表す政界のスラングだった。ロージナを最初に思いついた人物は、左派経済学者のセルゲイ・グラジエフだった。「共産党から票を奪うことなど、最初からの目的ではなかった」と、彼ともどもロージナ結党を発案したゲリマンは回想している。

途中からそれが目的に加えられた背景はこうだ。政党をうまく立ち上げるには、メディアに近づかねばならない。メディアに近づくには、彼らのオフィスへ呼んでもらう必要がある。オフィスへ招じ入れられるには、それなりの理由がいる。そこで、われわれは共産党の票を奪うつもりだと言った。それならというわけで、彼らはテレビへの接近を認めてくれたのだ。

ところがロージナが発足しようとした間際に、プーチンの一派が新たに指導者としてドミトリー・ロゴジンという人物を送り込んできて、この男がロージナの原案をつぶしてしまった。熱烈なナショナリストのロゴジンは「統一ロシア」党内で上級幹部の地位を約束されていたのだが、モスクワ市長のルシコフがそれに反対した。プーチンは、ロゴジンに新たな役を与える必要に迫られ、ロージナ結成計画に軟着陸させた。ところが、ロゴジンは以前にドゥーギンと衝突していたため、ロゴジンが仕切りだすと、コローヴィンいわく、「われわれは抜ける」ということになった。

去り際にドゥーギンは、こう捨てぜりふを残した――ロージナ計画は「人種差別主義者、反ユダヤ主義者、『ロシア民族統一』のメンバーたちに」乗っ取られた。「ロシア民族統一」とはドゥーギンの宿敵アレクサンドル・バルカショフの党派で（第8章参照）、この党員たちをロゴジンがかき集めたのである。ゲリマンに言わせると、ドゥーギンは「われわれナショナリストから見てもあまりに異質だった」。しかし、ゲリマン自身はナショナリストとはほど遠く、美術商風の外見と軽々しいほど陽気なふるまいは、黒シャツを制服としたロージナの硬派な流儀とかみ合わず、ゲリマンから見ればその出で立ちも「政治アート・プロジェクト」としか見えなかったのである。

ロージナの人気は、クレムリンの予測をはるかに超えていた――ロシア社会では、ナショナリスト・デマゴーグの威力が証明されたわけである。事実、二〇〇三年の下院選挙一週間前、ロゴジンは主要国営テレビ局のトップから緊急電話を受けた――クレムリンからの命令で、主要テレビ局はロージナ関連の選挙広告やニュースをはずせというのである。ロージナはそれほど評判となっていた。「統一ロシア」の票を奪わせないためにとられたこの措置にもかかわらず、この新党ロージナは九％の票を得た。期待よりははるかに少なかったものの、共産党には打撃となった。同党はわずか一三％で、見積もっていた票数の半分を切っていた。結果的に最多票を得たのは「統一ロシア」で、政府官僚ばかりのこの党は、顔が見えない点ではかつての共産党に似ていた。ヤブロコや右派連合などのリベラルな西欧型政党は、まるで議席がとれなかった。選挙後、プーチンの副首席補佐官ウラジスラフ・スルコフはインターファクス通信にこう語った。「政治の新しい季節が始まった。下院に代表を送れなかった政党は、これを冷静に受け止め、歴史における彼らの使命は終わったと悟るべきだ」

二〇〇三年の下院選挙で分かったことは、ロシアの政治がほぼ完全にバーチャル化したこと、すなわち、プーチン時代の「管理民主主義」を特徴づける政治操作とポピュリズムの組み合わせになったことだった。この新時代のスターたちは政治家ではなく（もっともプーチンは別格だった）、何も考えない操り人形で、本当のスターは舞台裏での操り師、パヴロフスキーや（引退前の）ゲリマンだったのである。

彼らはすでに一九九六年に、エリツィンを再選させてその手腕を証明していた。さらに彼らは、無名の、どちらかと言えば中級のＫＧＢ職員――おそらくこの国では最も不評な――を大統領に仕立てあげたのだ。ゲリマンは、こう言っている。

われわれは、一九九九年九月の時点では統計誤差なみのわずかな支持率しかない人間〔プーチン〕を拾い上げ、翌一月までにはフロントランナーにまで引き上げ、その三か月後には大統領職を勝ち取らせた。すごい話じゃないか。しかし、次はどうやって彼を大統領職にとどまれるようにするかだ。それ以来ずっと、この難問がロシア政治の中心となっている。

これらの政治的テクノロジストたちの尽力のおかげで、この十年間の大半、プーチンの支持率は上昇を続け、六、七〇％に達した――どんな政治家と比べても前代未聞の高率である。「まるでサッカーのスター選手か歌手なみじゃないか」と、パヴロフスキーは言う。「もはや、単なる政治家じゃない」。彼によれば、プーチンは、かつてのロシア皇帝のように見なされていることになる。国民の想像力の中では皇帝は不正を行うはずのない存在で、何世紀にも及んだ模範的な皇帝統治では、ロシア人は国政の失策や不正は皇帝を取り巻く悪しき大貴族や一般貴族のせいにし、全能の皇帝陛下はご存じないことなのだと、思い込んでいたのである。

プーチンの異様に高い支持率を維持する任務は、クレムリンのスヴェンガリ〔悪意を持って人を意のままに操る人間の代名詞〕的首席補佐官だったアレクサンドル・ヴォローシンと、彼の相棒でクレムリンの内政部門トップのウラジスラフ・スルコフの手に、ほぼ委ねられていた。この二名は、エリツィン時代の高級官僚たちが締め出されていたプーチンの新体制の「一般ルール」に当てはまらない、貴重な例外的存在だった。ゲリマンによれば、二人が昔の実力を維持できたのは、プーチン周辺の元ＫＧＢ職員たちが「政治的テクノロジー」の作用に無知だったせいだった。「彼ら〔プーチン側近の元ＫＧＢ〕には、どうして支持率がこれだけ高止まりしているのか事情が分からず、この仕組みを大きく変えたくなかったのだ」。二〇〇四年、ホドルコフスキーの収監をめぐる論争でヴォローシンが辞任すると、クレムリンの「灰色の枢機卿」［政治の黒幕］という非公式の肩書はヴォローシンの副官スルコフに回ってきた。彼はクレムリン界隈では、ちょっとしたカルト的人気を勝ちえていた。

「スルコフは、二〇〇〇年代のロシアの政治体制をつくり出し、ほとんど独りでそれを切り回していた」と、ドゥーギンは書いている。スルコフが辞任して数か月後の二〇一二年に書いた論文では、次のように述べている。

> プーチンは、政治思想も含めて、思想というものは副次的で重要なものではなく、万事が順調に運べばそれでいいと思い込んでいるらしい。スルコフは少なくとも、万事が順調だという見かけは創出した（中略）だがそのおかげで、政治・社会・イデオロギー体系は、この国ではたった一人の人物にしか分からないものになってしまった。その人物とはウラジスラフ・スルコフだ。他の誰もが、ほんの一部しか分からない。思うに、プーチンにすら分からなかったのではないか。(4)

一九九九年から二〇一一年にかけて、三名の大統領［エリツィン－プーチン－メドヴェージェフ］下でのスルコフの手法は、政権への抵抗を押しつぶすよりも、それらを管理していくというものだった。おかげで、広報活動では上首尾だった。ポストモダン的な疑似民主主義を創出し、すべての政治的説得にはクレムリンに後押しされた政党か政治運動の主張が含まれていた。リベラル、ナショナリスト、国家主義者、環境保護論者、右派、左派――これらすべての代表が、一連の分身《ドッペルゲンガー》や密告者、模倣者などで、これらの疑似政治団体にはクレムリンから資金が出るといった状態が、十年以上も続いたのである。「二〇〇四年までには、政治はまがいものや分身、調停者がぞろぞろ登場して、多元論や広範な選択肢という錯覚をつくり出していた」と、ドゥーギンは言ったが、これは自身がなめたロージナでの辛酸を背景にしていた。「この経緯は、壮大な歴史的背景を持つ社会的詐欺としては、最大規模での成功例の一つとして教科書に掲載されるだろう。あれはナンセンス、悪趣味、俗悪さの勝利だったよ」

少年っぽく初々しい顔だちのスルコフは、クレムリンでは突出した創造性の持ち主で、しかもその才能を隠す技術に長け、本質的に黒子役だった。「クレムリンのカムフラージュを背景に、生身の人間ではスルコフほど目立たない人間はいなかった」と、『コメルサント』紙に政治腐敗の暴露記事を書くエレーナ・トレグーボワは言った。「オフィスの家具、廊下、灰色のスーツ姿の部下たちの中に、スルコフはすっかり溶け込んでいたわ」。彼が仕立てた二千ドルのスーツの色は、四十五種もあるグレーの中から選び抜いたものだった。これだけ目立たないのに、スルコフはクレムリン上層部が生んだ陰気な官僚の鋳型には当てはまらなかった。血筋の半分はロシア人だが、残り半分はチェチェン人で、執務室の壁にはチェ・ゲバラのポスターを貼り、トゥパック・シャクール［米の黒人ラッパー］のファンで、暇なときはロックの歌詞を書いていた。トレグーボワによれば、彼女が面会したクレムリンの官僚のうち、スルコフだけが唯一人の読書家だったという。(5) 特にドストエフスキーの稀覯本には目がなく、中でも十九世紀の革命家一党を描いた長編小説で、自分たちの哲学に取り憑かれた狂った群像ドラマである『悪霊』を珍重していた。

数ある任務の中で、スルコフは、クレムリンお抱えの政治コンサルタント、世論調査分析家、煽動工作員、私腹を肥やす政治家たちとの仕事もこなしていた。トレグーボワによれば、この他にも政党や若者運動の創始から、ある法案を通すために「議員たちの要請に応える」ことまで、何でも手がけたそうだ。

スルコフの出発点は一九八〇年代後半で、幸運にもメナテップ銀行のオーナー、ミハイル・ホドルコフスキーと同じ武道の師匠についていた。この銀行は、国家とのつながりで巨富を得ていた銀行の一つで、ホドルコフスキーは間もなくロシアの大富豪の一人になる。スルコフはやがてメナテップの広告部門を切り回すことになるが、ここでの実績の一つは、テレビで見たイタリアのオリヴェッティ社のロゴをまねてメナテップのロゴをつくったことだ、と彼の経歴を記した『統一ロシア作戦』に書かれている。(6)こうして、スルコフはまさに絶好のタイミングで適材適所の場を得た。「プーチンは、友人でもなければサンクトペテルブルク以来の〔KGB〕同志でもない人物に主要ポストは任せないものだが」と、『統一ロシア作戦』の執筆者たちは書いている。「スルコフは、プーチン政権でロシアの国内政治をすべて任された点ではほぼ唯一の人物で、しかも彼はエリツィン・グループの一員だった」(7)

元広告マンのスルコフはクレムリンで、めくるめくポストモダン運動場を大いに楽しんだ。「テレビに出てくるものはこれすべて、一つの宣伝会社で決められた」と、ドゥーギンは指摘する。彼に言わせるとスルコフの政治は、理路整然としているというより、一種のブリコラージュだという。これはフランスの構造主義者クロード・レヴィ＝ストロースが提唱したもので、手元にあるありあわせの素材を手当たりしだいに使い、それらの素材の元の目的など無視して組み立てていく手法だ。スルコフの用語法は巧妙な語呂合わせと、本質的に矛盾する概念を組み合わせたオーウェル的な言葉遊びだ。例えば「君主的民主主義」「非リベラルな資本主義」「管理されたナショナリズム」といった具合である。ドゥーギンによれば、スルコフが操ったのはポストモダン的な「イデオロギーの遠心分離機」で、これによって「イデオロギー的言説を周辺へ吹き飛ばしてしまった」(8)のである。

ドゥーギンによれば、彼がスルコフと出会ったのは二〇〇二年だが、誰の紹介だったかは思い出せないという。パヴロフスキーは、よく思い出せないものの「自分の紹介だったかもしれない」とのことだ。別の数名によれば、レオンチエフの紹介だということだが、当のレオンチエフは記憶がないそうだ。ドゥーギンが私に語ったところでは、「スルコフは徹頭徹尾の知識人だ。『きみの意見には賛成できない』と言いながら、話はしたがる。つまり、彼は知識人のコレクターなのだ」。ドゥーギンの政治プロジェクトのいくつかが実施できたのは、スルコフのおかげだった。ところが、それらの規模が大きくなることは阻止された。「基本的に彼は、私をスケールの大きい政治からは遠ざけ続けた」と、ドゥーギンは言う。

ロージナが挫折して議会への進出ができなくなって、ドゥーギンとスースロフは絶縁し、ユーラシア党は幕を下ろした。これは二〇〇四年に「国際ユーラシア運動」として復活したが、運営委員会は「古くからの運動家」ばかりだった——コローヴィン、ザリフリン（ドゥーギンが運動に引き入れた）、ドゥーギンの妻ナターリヤ（大変な知識人でモスクワ国立大学の哲学教授）、ドミトリー・フルツェフ（一九九八年にドゥーギンをこの運動に引き入れた）たちである。テンプバンク会長でオセチア人のガグロエフは、ドゥーギンに引き入れられて、運営委員会の六番目のメンバーになった。ザリフリンによれば、重要なのは、ガグロエフは費用の全額を支払うことに同意したが、この銀行家は独自の行動が目立ち、クレムリンの好意を当てにして、愛国主義者ということで経歴に箔をつけようとしていたということだった。「彼はユーラシアニズムへの関心から自発的に金を出してくれた」とザリフリンは言う。しかし、この銀行家のイデオロギーへの関心には、さらに先があったらしい。「われわれが野党だったら彼は無関心だっただろう。彼はクレムリンにしっかり照準を合わせていたんだ(9)」

＊＊＊

ドゥーギンの知名度が上がるにつれ、外的要因がいくつか加わって、ロシアは西欧に対して再び対決姿勢をとるようになった。石油価格が高騰したおかげで、ロシアは国家債務の大半を返済できた。この経済的自立が、西欧金融市場への依存からクレムリンを解放してくれたのである。

この間にプーチンは、彼を認めていた合衆国のホワイトハウスから裏切られたと感じるようになってきた。二〇〇一年、ジョージ・W・ブッシュ大統領は、「弾道弾迎撃ミサイル制限条約（ABMT）」を破棄し、ミサイル防衛（MD）システム開発へと突入した。これではロシア側の戦略核抑止力が無力化されると、クレムリン側は恐れた。合衆国がもとはソ連の連邦構成共和国だった国々に手を伸ばしてきたため、クレムリンはさらに不安を募らせた。これらの諸国は、長らくロシアの「影響圏」だったのである。9・11直後にはクレムリンは迅速に合衆国を支援し、キルギスに枢要な出撃基地を獲得できるよう手助けしたのだが、合衆国はさらにキルギスやウズベキスタンなどの中央アジア諸国に軍を駐屯させて米空軍基地とし、感謝の意を示さなかった。おまけにロシアの戦略的な裏庭への駐屯は一時的なものだという意向すら見せなかったのである。

やがて、二〇〇三年から翌年にかけてジョージアとウクライナで起きた「バラ革命」と「オレンジ革命」は、ロシアの世論をいっそう過熱させた。これらの革命は、ミヘイル・サアカシヴィリ、ヴィクトル・ユシチェンコたちの親西欧勢力に政権を掌握させた。合衆国はウクライナのオレンジ革命派に支援の声明を発し、さらには合衆国政府が支援する非政府組織（NGO）の「全米民主主義基金（NED）」などから物資支援も行った。この結果、革命派が米側諜報機関からも密かに支援を受けているとの見方がクレムリンに広がった。二〇〇四年三月には、冷戦後二度目となるが、再びＮＡＴＯが東欧へ手を伸ばし、バルト三国もその対象となった。まるでホワイトハウスの外交担当者がプーチンの親米提案を完全に見下したようなやり方で、これには合衆国側の外交専門家たちも不安を抱いた。元駐ソ大使ジャック・マトロックに言わせれば、「股間をすばやく蹴りあげるような外交手法だった」[10]。

これはいつものやり方だった。ゴルバチョフ、エリツィン、プーチン、いずれもまずは対米外交から手をつける。米側はまずは彼らの頭をなでておくのだが、後はあくびをして何も返礼をしないのだ。こうした外交的非礼に気分を害したプーチンは、過剰と見える反応を示した――ウクライナで起きたオレンジ革命の次なる標的はロシアだと思い込んだのである。クレムリンでの「反オレンジ」宣伝活動の総指揮を担っていたパヴロフスキーは、今日、「ロシアでオレンジ革命が起こる可能性を甘く見ていた」と認めている。突如、電波に愛国主義と興奮状態が満ちあふれ、クレムリンは西欧に支援されたオレンジ革命家たちとの強硬な街頭対決に市民たちをけしかけた。「われわれは誰もが、敵が戸口に押し寄せてきたと思わざるをえなかった」と、スルコフは、『コムソモーリスカヤ・プラウダ』の二〇〇四年のインタビューで語っている。

どの都市、どの街路、どの家も、最前線になる。自警団、連帯、相互扶助、市民と国家の共同努力が必要だ。偽物のリベラルと本物のナチ的行動を結び付ける紐帯がますます現実のものになりつつある。資金援助は外国から受けている。彼らは同じ憎悪を抱いている――プーチンとロシアに対して。[11]

他方、クレムリンは、ロシアの潜在的な野党勢力が街頭へ送り出してくる抗議デモに対抗させるため、自前の街頭デモ隊を組織し始めた。「この国では蜂起というものは存在しないから」と、スルコフは当時、ドイツの雑誌、『デア・シュピーゲル』に語っている。

ガリバルディ部隊

二〇〇五年二月二十五日は寒い日だったが、モスクワから百キロの郊外、アレクサンドロフ市にある十六世紀の宮殿前にバスが数台止まり、活動家たちがどっと出てきた。彼らの中にはドゥーギン、コローヴィン、ザリフリンらの顔があった。「イワン雷帝」の歴史的宮殿において、ロシア国家の将来を語り合う会議を開催するために招集されたのである。

アレクサンドロフの市民たちは、異様な風体のモスクワヒッピーやコーヒーハウスにたむろするようなあごひげ姿のボヘミアンたちがバスから降りてくるのを見て、最初は外国人と勘違いした。しかし間もなく、それが見当はずれだったことに気づく。彼らはロシア人で、中にはクレムリンのIDバッジをつけている者までいる。彼らにふさわしい行動を起こす生っ粋のロシア人で、リベラルな西欧の無謀から、この国を取り戻そうと企図していた。

とはいえ、それは容易な仕事ではない。だからこそ、ロシアで最も恐れられた中世の暴君――悪意に満ちた外国の影響を浄化して、愛国主義と独裁と帝国に献身する運動をつくりだした本物のロシア愛国者――の故地を選んだのだった。それは「ユーラシア青年同盟」の結成集会で、ウクライナのオレンジ革命に対抗する一連の親クレムリン市民デモの原型となるものだった。この集会が宣言した最も野心的な目的は、リベラルの汚泥をまき散らすロシア発のオレンジ革命派のデモから、ロシアの主要都市を守り抜くというものだった。

参加者は礼拝堂に参集したが、それに加わっていたジャーナリストのドミトリー・ポポフの目には、「礼拝堂は小さすぎて、とても皇帝のスケールに合わなかった」。最初の演説者は、「イワン雷帝博物館」の館長だった。この女性館長は、ポポフによれば、「自分の博物館を占領した雑然たる群衆に面くらっていた」。演説の内容も、いつもの「ありがとうございます、同志スターリン、幸せな子供時代を過ごさせていただいて」といった調子で、違っていたのはスターリンがプーチンになっていたことくらいだった。ポポフはさらにこうつけ加えた。「演説者が多すぎるコムソモールの集会みたいだった。みんなはアレクサンドル・ドゥーギンの演説を聴きにきていたのに」

やっと聴衆が待ちかねたドゥーギンの番になった。聖職者が着る黒のリヤサをまとった彼が立ち上がると、聴衆は陶然として聞き耳を立てた。

政権の驚くべき無能さゆえに、われわれはこの礼拝堂に結集しました。かつて足音を響かせてここを歩いた人物は、国家にはそれを守護する構造が必要だと痛感していました（中略）今やわれわれに求められているのは、新たな力、第三の勢力の創出です。そうです、親国家の力、オレンジ革命に狙いを定めた、しかしながら、われわれ独自の政策を備えた第三の勢力です。(12)

彼が公言していたのはユーラシア運動を担う青年組織の結成で、現実であろうと虚構であろうと、西欧が支援する革命からロシアを守る狙いを持ってクレムリンが始動させた街頭運動としては、最上とは言わずとも、最初のものであった。ドゥーギンの演説が終わると、聴衆たちは席について映画を観た。一九四四年に公開されたセルゲイ・エイゼンシュテインのモノクロ映画『イワン雷帝』で、スターリンお気に入りの映画の一つだった。

この運動は、イワンの私設秘密警察オプリーチニキが十六世紀に政権の敵を殺害し、投獄した事実から着想を得ていた。これらの先例に比べればユーラシア青年同盟はかなり派手で気どったものではあったが、幸いなことに残忍性はずっと少なかった。オプリーチニキ同様に黒衣で、「古儀式派」風の長いあごひげを生やしていたが、彼らと違って暴力は形だけのものにとどまっていたのだ。例外は、二〇〇六年七月、ユーラシア青年同盟の活動家が野党リーダーのミハイル・カシヤノフの顔を殴ったことだけで、組織的に暴力をふるったという記録はない（わずかな押し合いへし合いだけだった）。

明らかにその前身となったお手本の国家ボリシェヴィキ党（NBP）に触発されたユーラシア青年同盟は、文化闘争の戦士たちの集団だった。彼らの戦場は、現実の戦場ではなく、知的な戦場だった――西欧のシンボルの破壊、西欧の大使館その他での座り込み、ウクライナとエストニアの独立シンボルの損壊、ロシアを「おとしめた」国々の外交官への嫌がらせなどである。最後の例では、英の大使トニー・ブレントンがロシアの野党政治家たちと同じ演壇に立ったというだけで、しつこくつけ回され、演説を妨害された。

ユーラシア青年同盟は創作的エネルギーに満ちあふれていて、敵への襲撃を一連のアートシアター企画か街頭演劇、「即興演劇」といった公然たる「ハプニング」へと変質させた。それらの基本となったのは、NBPの党員だった芸術家のアレクセイ・ベリャーエフ＝ギントフトが企画したもので、彼は二〇〇八年に権威あるカンディンスキー芸術賞を受けた。受賞作は第二次世界大戦時代の宣伝ポスターを焼き直したもので、ロシアのステップ地帯に亡霊のような初老の女性が浮かび、子供たちに侵入者と戦えと奨励しており、「母国」と題されていた。

ユーラシア青年同盟はクレムリンの寵愛《ちょうあい》を受けたが、ザリフリンによれば、その寵愛は運動が始まってから数か月までのことだった。「われわれは起業家としてあの運動を創始したのさ」と、ザリフリンはいたずらっぽく言う。クレムリンの意向に忠実だった銀行家のガグロエフは、アフトザヴォーツカヤ地下鉄駅に近い古い工場を事務所にする費用を負担してくれた。後の二〇〇九年、コローヴィンが私に秘密めかしてこう教えてくれた。「誰もクレムリンへ出向いて、札束が詰まった紙袋を持って帰ったなんてことはなかった。いつもスポンサー頼りだったよ」[13]

「スラーヴァ〔スルコフ〕が考えることは、いつだってバランスがとれていた」と、ゲリマンは私に言った。二〇〇四年から翌年にかけてユーラシア青年同盟立ち上げの背景を説明したときのことだ。

インターネットで政権と闘う連中がいれば、政権のために闘う連中もいなければならない。野党支持のデモ隊がいれば、与党支持のデモ隊も必要だ。野党側に何かしでかして法を破るおかしな連中がいれば、政権側にもその手の人間がいる。冷然としていて、いつでも相手の肖像の顔に墨を塗れるような存在だ。

ザリフリンは、この運動は自発的なもので、奇をてらって「ガリバルディ部隊」という名で呼ばれていたと言う。これは十九世紀にイタリア統一運動の中核となった寄せ集めの理想主義者の集団で、この呼称にこめられた意味は、二十一世紀における「ユーラシア」の統一だった。

ユーラシア青年同盟は、ロシアの「オレンジ革命家」と対決してモスクワの街頭を仕切る任務をまかされた、クレムリン支援の非公式な街頭勢力としては最初の団体で、クレムリンとロシア青年とのパイプ役として機能した——とはいえ、他の団体のほうが上首尾ではあったが。

ユーラシア青年同盟結成の三日後、親クレムリンの若者リーダーのヴァシーリー・ヤケメンコが「ナーシ」の結成を宣言した（一九九〇年代にサンクトペテルブルクで結成された「ナーシ」とは別物）。新しいナーシは、ソヴィエトの少年ピオネール〔コムソモールの少年組織〕とスキンヘッドのファシスト集団を合体させたものだった。ナショナリストのイデオロギーが、夏のキャンプ場で十代の若者たちに提示された。「若きロシア」「統一ロシア・若き親衛隊」といった、それ以外の集団も躍り出てきた。主に地方住まいの若者たちが手弁当でこれらの団体の演説会場に駆けつけ、旗を振り、外国公館に対するピケに加わり、野党側のデモ行進に対抗デモを組んだ。ナーシは非常に大きな集団で、資金力と攻撃性に優れ、必要とあればどこでも対抗デモを組織できた。その中核は、サッカーチーム「スパルタク・モスクワ」のファンで結成されたフーリガンの「剣闘士」を名のるスキンヘッド数十名で、体に槍を持った剣闘士の入れ墨を施していた。「剣闘士」のリーダーはロマン・ヴェルビツキーで、ナーシの「青年義勇兵旅団」の頭領でもあった。[14] 公式にはこれらの中核スキンヘッドは、護衛と警備要員というふれこみだったが、実際には煽動要員で実質的な兵力となっていた。二〇〇五年、バットを振りかざした「剣闘士」たちがリモノフの国家ボリシェヴィキ党の集会を襲撃し、十名が重傷を負った。この流血の事件後、ヴェルビツキーは、報道陣のカメラの前でポーズをとり、記者たちの質問に答えた。ついには警察が介入して「剣闘士」たちを一網打尽にしたが、クレムリンの役人からの電話ですぐさま釈放した。この役人のニキータ・イワノフはスルコフの副官で、ナーシの「クラートル」（クレムリン内担当者）だったのである。

ユーラシア青年同盟ですら、秘密の守護天使を持っていたらしい。これが明らかになったのは、この集団が関わったことが記録されている唯一の暴力事件においてで、それも偶発的な事件だったようだ。ザリフリンによれば、二〇〇六年七月、彼は野党の演説つぶしにウラジーミル・ニキーチンを送り込んだ。標的は前首相で野党指導者のミハイル・カシヤノフだった。ザリフリンは、ニキーチンにはっきりした指示は与えていなかった。「行って何かをやれとは言ったが、誰に何をとは命じていなかった」。ザリフリンは、後でこの指示のあいまいさを後悔する。

電話がかかってきて、聴衆と何十台ものテレビカメラが居並ぶ真ん前で、ニキーチンがカシヤノフに迫り、その口にジャブを数発食らわせたと知らされた（中略）当然、ニキーチンが収監されると思い、何人かの弁護士に電話した。そこへニキーチン本人がひょっこり帰ってきたので、彼に訊いた。「どうして豚箱にぶちこまれなかったんだ？」

後で分かったところでは、警察はニキーチンがカシヤノフを殴ったとは信じられないと言ったという（殴打の光景はオンラインで流されていた）。理由は「そんなことありえない」ということで、ニキーチンは釈放された。

ユーラシア青年同盟、ナーシ、「若き親衛隊」「若きロシア」などが、クレムリンの意向でトップダウン式につくられたものだと思い込むのは誤りだろう。これらの諸団体は、もっと複雑な様相を帯びていた。外部の指示を拒否しようと思えば拒否できる環境があった。資金の使途、実行力やイデオロギーにおいて一定の自立性があった。組織中央の命令や明確なリーダーシップなしに、イデオロギー的な「サイン」に応答する形で動いたほうが、しばしば効果的に働けるメンバーによってその目的が遂行された。とはいえ、明らかなのは、これらの集団がクレムリンの庇護を受けていることで、その条件はやりすぎないこと、あまり多くの法律を破らないことである（この条件を逸脱したのが、ニキーチンの場合だ）。当局側の意図は彼らにとって明白で、許される限界についても（望むらくは）理解されている。ガグロエフによるユーラシア青年同盟支援は、間接的だが、誰もが得をする仕掛けになっていた。ガグロエフは、ドゥーギンとの縁を通してクレムリンにつながることができたし、ドゥーギンは運動資金を獲得でき、クレムリンは彼らの意向を実行してくれる「愛国的な」若者プロジェクトを得て、政治の流れに別の竿をさすことができたのだ。

二〇〇八年六月にクリミアのフォロスで開かれたフォーラムで、コローヴィンは、こういう疑似公的組織を学術的に取り上げた（興味深いのは、二〇一四年のクリミア占領で、まさにこの種の「ネットワーク」構造もしくは「非対称的な」構造［ゲリラやテロ集団対国家の非対称戦争をより拡張して、非国家的組織を政府の政治的・軍事的目的に動因する手法］をロシアが大規模に駆使したことである）。「ネットワーク構造」という呼称を使ったのはコローヴィンで、その特徴は明確なヒエラルキー抜き、公然たる命令抜きで機能し、一般に認められたイデオロギーに従って行動するが、それらのイデオロギーは個々の国内および対外政策では、いつでも都合の悪いときに否認が可能だというものだ。コローヴィンは、これを「領土奪取の最新の政治的テクノロジー」と呼び、何ら証拠をあげることなく、それらが「ペンタゴンによって開発された」と言っている。さらに、これまた大した証拠もなく、合衆国の「ネットワーク構造」が旧ユーゴ、ジョージア、ウクライナなどで起きた最新の蜂起の多くにも関連していたと断定した。自身の講演でコローヴィンは、「ネットワークは、統一された中央からコントロールされてはいない」とも言っている（彼の講演は後にアンソロジーの一部として刊行された）[15]。「ネットワークに参加する者は、事件の意味合いを理解していなければならない。『あっちへ行け』『これをやれ』などの命令は受けない。軍隊ではないからだ」。命令は間接的に示され、合図はメディア掲載の記事やフォーラムや会議の席で出され、出席した実行者はその合図を見て取る。「ネットワーク戦争でのエージェントの任務は暗号で示されることはなく、メディアからじかに出される。誰もがそれを耳にするが、一般的な情報の流れから肝心な部分だけを引き抜いて解読するのは誰にでもやれることではない」。肝心な点は、いざとなるとシラを切れる点である。「作戦が不首尾に終わったり、実際には挫折しても、ネットワークの中枢部は責任をとらない」

ドゥーギンとコローヴィンの「ネットワーク」論は、ウクライナ東部での作戦がクライマックスに達する前夜、ロシア軍参謀本部が出した「非対称的戦闘」に関する一連の作戦文書を先取りしていた。例えば、ロシア軍参謀総長のヴァレリー・ゲラシモフは『軍事産業新報』の二〇一三年号にこう書いている。「政治および戦略目標の達成に非軍事的手段が果たす役割は大きくなり、多くの場合、その効果の点では武力行使を凌駕している」。後に公式の軍事戦略に使われることになる考え方が最初にドゥーギンと彼のグループによって示されたのは、これが初めてではなかっただろう。コローヴィンの二〇〇八年の講演によれば、「ポストモダン時代、国家を征服し、それを統治する上で最も重要な武器は、その国家の社会そのものになったのだ」(16)。

オレンジ革命フィーバー

ますますヒステリックに反西欧色を打ち出す国営メディア、国家が金を出すフーリガン集団、そして官製の愛国主義、ナショナリズム、これらが二〇〇〇年代半ばのロシアの「オレンジ革命フィーバー」時代を特徴づけている。

ドゥーギンの青年運動は、ヒトラーユーゲントをもじって「ドゥーギンユーゲント」と揶揄され、ロシアの現代作家の最も著名な一人であるウラジーミル・ソローキンが悪意を持ってパロディ化した。著書をナーシによって焚書儀式の標的にされた後の二〇〇六年、ソローキンは『オプリーチニクの日』を出したが、これはディストピアと化したモスクワの物語である。時代設定は二〇〇八年で、行きすぎたリベラル化のためにヨーロッパは衰退し、ロシアとの国境には「西の長城《グレート・ウェスタン・ウォール》」が築かれる。ロシア市民たちはあらゆる外国旅行を否定して「赤の広場」でパスポートを燃やす儀式を繰り広げる。イワン雷帝時代の神聖ロシアが復活するが、それを推進したのがオプリーチニキで、ルビヤンカ広場にあるN

KVD（内務人民委員部）のもとをつくったフェリックス・ジェルジンスキーの後を継いだ。オプリーチニキはイワン雷帝時代の秘密警察で、そのリーダーだったマリュータ・スクラートフの銅像から現代のオプリーチニク（オプリーチニキのメンバー）は啓示を受けている。ソローキンの小説は主人公の一日を描いたもので、主人公はアンドレイ・ダニーロヴィチ・コミャガというオプリーチニクで、彼の携帯の着信音は拷問を受ける者たちの悲鳴である。同僚たちとモスクワをパトロールしているが、パトカーはバンパーにほうきといくつかの犬の生首を取り付けた赤い「メルセドフ」で、反体制派を物色しながら、殺人、強姦、略奪をおおっぴらに行う。こうした情景を描くソローキンの筆致は感情抜きで、アンソニー・バージェスの『時計じかけのオレンジ』を連想させる。

この本は、プーチン時代を斜めから見る皮肉な一瞥であり、そこではFSBは正教会のマントの陰に身を隠そうと全力を尽くす（むろん事実だ）。例えば、プーチンの友人ニコライ・パトルシェフの采配で二〇〇二年にメンバー制の礼拝堂を建立したが、このメンバーは小説では、前世で投獄、殺害された三十万の男女の信徒というわけだ。ソローキンの小説が刊行された年、FSBは制服を黒衣に戻したが、これこそイワン雷帝時代のオプリーチニキの制服を連想させる。(17) ソローキンは、プーチン治下で中世ロシアのまがいものを打ち立てた政治的テクノロジーの「高僧たち」をパロディ風にからかいながら、パヴロフスキーとドゥーギンをもいくつかの点で揶揄する。小説全編にわたって前者は「パヴルーシュカ＝ヨーシ」、後者は「ドゥガ＝レーシー」の名で登場するが、これらは古教会時代のスラヴ風の名前のもじりで、二人は「聖なる道化」として描かれる。そして、「ヴァースチ！」「エヴ＝ガジア」と、意味不明の間投詞を発し続けるのだが、前者はロシア語の「権力」を暗示し、後者は「ユーラシア＋ガス」をつなぎ合わせた造語である［ガスはロシアの主要産物の天然ガスのこと］。

ドゥーギンとソローキンによるロシアの現実と近未来の現実を並べて見ると、プロパガンダとパロディが抜きつ抜かれつの競り合いを演じてくれる。両者とも、公式の親クレムリン愛国主義と雷帝時代のオプリーチニキ主義を等置しているのだが、ソローキンはパロディ風で、ドゥーギンは見かけは大真面目にそうしているのである。とはいえ、ドゥーギンのほうも、見物人に対しては、いいかい、こいつはポストモダンなんだぜ、とウインクしてみせる遊戯性が過激すぎて、ほとんど反乱の域に近づいている。国家ボリシェヴィキ党同様、ほとんどそれ自体が自意識過剰のパロディなのだ。

自身の仕事に対するこういう皮肉な態度は、スルコフ時代の一貫した特徴だった。スルコフについて書かれたピョートル・ポメランツェフのエッセイでは、「仮面とポーズで成り立つ世界においては」、政治的表現は異常なまでに多面的になり、「上司へのおべっかは心の底では本気なのだが、われわれはコーエン兄弟の映画を楽しめる解放された二十一世紀の人間なので、おべっかを使うにも皮肉なニヤニヤ笑いを浮かべながらやるのだ」[18]とされていた。この方式は、スルコフ自身も使っている。二〇〇九年、彼はある出版業者の小説を書いた（偽名で）。この主人公は、副業で政治的PRも手がけ、腐敗官吏たちのためにゴーストライターを使って小説を書かせ、その官吏の名前で出版している。これはスルコフ自身を描いたような内容なのだが、彼が自作であることを否定したため、ロシアの公式な文化産業の収賄と腐敗を描いたこの小説は同時に風刺、弁解、自己批判と虚偽の書なのだ、ということが自己言及的な迷宮に入り込んだようになっている。

ドゥーギンが自分の基盤を築いたのは、こういう皮肉で脱中心的なポストモダンな知的環境においてだった。彼の政治プロジェクトは、シュールレアリスム芸術と同じ素材から生まれ、著作にはジャン＝フランソワ・リオタールやジル・ドゥルーズへの言及がちりばめられていた。リベラルな普遍主義を自在に槍玉にあげるため、フランスのポスト構造主義者たちの論旨がふんだんに引用され、ドゥーギンはそれらを総動員した。「リゾーム」「断片化された意識」「スキゾ＝マス（スキゾ化した大衆）」などの流行語が、彼の後期の著作には頻出する。
プーチン時代のクレムリンは、新たな形而上学を創出する気などなく、その代わりにあらゆる政治を提示する——特にリベラルな普遍主義のまがいもの——ことによって、それまでの形而上学を攻撃した。イデオローグとしてのドゥーギンは、単一の真理を提示するのではなく、新たな全体主義の覇権からローカルで特殊なものを防衛する役割を担うものと自己規定した。彼は、リベラリズムは「ローマ帝国、中世キリスト教、近代啓蒙主義、さらには植民地支配へと引き継がれた西欧型普遍主義の現代版である」と、二〇〇九年に刊行されて『地政学の基礎』以来の傑作とされた『第四の政治理論』に書いている。[19] ヨーロッパの「新右翼」の言説を頼りに、ドゥーギンは元ナチの哲学を手当たり次第にあさり、反リベラル形而上学への接近を試みた。カール・シュミットの政治論、マルティン・ハイデガーの哲学、カール・ハウスホーファーの地政学理論、ユリウス・エヴォラの伝統主義などが総動員された。

リベラリズムは、歴史的犯罪においてファシズム（アウシュヴィッツ）や共産主義（労働収容所）に劣らぬ数を占めている（中略）奴隷制、合衆国におけるネイティブ・アメリカン社会の破壊、ヒロシマとナガサキ、セルビア、イラク、アフガニスタンでの戦争、その他、世界の何百万もの人々の惨状と経済的搾取に責任を負っている。

ドゥーギンの激しい議論の中核となる言葉は、ハイデガーが造語した「現存在」[20]、つまり存在と有機的に調和している人間を指す。ドゥーギンの語る現存在は、ニーチェの「超人」のようなものになった。「個人の域を超えた結果、人間は生の諸要素、危険な混沌によって押しつぶされかねない。人間は秩序を打ち立てたいのかもしれない。それは、完全に彼の権利の範囲内にある——偉大なる人間の権利——

『存在と時間』に描かれた真の人間の権利である」。つまり、「現存在」は、かなり露骨にプーチンのことを指しているのだ。[21]

『第四の政治理論』は、ドゥーギンの主要な著書のうちでは最初に英訳された。そしてヨーロッパのウルトラ右翼の間で広く読まれ、書評も出た。リベラリズムは、その個々の表明——政治的公正《ポリティカル・コレクトネス》、寛容さ、ゲイの権利、多元文化主義など——において、かつてのソ連時代に資本主義が占めていた地位に取って代わった。新たな（とはいえ、明言されない）極右政治のイデオロギーにとって、公に唾棄すべき言葉となったのだ。

＊＊＊

プーチンが政権を握って以来、重点はナショナリズムと愛国的なシンボルへと移ったが、その理由は、強硬で権威主義的なクレムリンではそのほうが支持を固めやすかったからだ。失われたソ連の偉大さへの深い郷愁と手を携え、ナショナリズムは年々隆盛していった。これは一九九〇年代の経済的混乱も一因だが、クレムリンの政治的ご都合主義の結果でもある。ナショナリズムこそが政治的動員を効果的に実現する既成のプログラムであり、同時にあいまいで情緒的なやり方で、プーチンが実施しようとする強い国家と独裁的統治を正当化できると考えたのだ。

適切に用いられれば、ナショナリズムは政治体制強化の道具に使える。とはいえ、ナショナリズムに内在する矛盾は、クレムリンの悩みの種であった。エリツィンはナショナリストとして政権を把握したが、一九八〇年代の政治シーンでの彼の台頭は、ソ連からの猛烈な分離運動と連動（場合によっては分離運動を加速）して、ソ連解体とチェチェンでの戦争につながった。

ロシアでは、街頭ナショナリズムは一九八〇年代のパーミャチ以来存在し、ロシアの一般大衆に対して強力な掌握力を持っていた。ロシア・ナショナリズムの動員力のほどは、最近の歴史を見ても明らかだった。適切に導かれれば、若者集団にロケット燃料のような勢いをつけて、西欧側に支援された対抗勢力を街頭から追い出した。しかし、一歩扱い方を誤れば、致命的なウイルスに豹変する。ソ連という一つの国家を破壊したのもそのウイルスで、同じウイルスがロシア連邦をも破壊しかねない。ナショナリストの反体制勢力は、政権の致命的な脅威と見なされてきた。だが、逆に正しく扱われれば極めて役に立つ新たな政治勢力となる。

プーチンによる統治の最初の十年に、ナショナリストの新世代が街頭を牛耳り始めた。主に反クレムリンだったドゥーギン、バルカショフ、リモノフたちは舞台裏に引っ込み、最も重要なナショナリストはアレクサンドル・ベロフで（本名はポトキンなので、明らかにユダヤ系である）、二〇〇二年に結成された「不法移民反対運動（DPNI）」の指導者だった。カリスマ性に満ちてスエードのローファーが好きなベロフ／ポトキンは、十代でパーミャチに参加したのをふりだしに、一九九〇年代にバルカショフの黒シャツ隊に入り、今や自前の運動を組織して表舞台に躍り出る態勢に入った。フランス知識人の雰囲気を持つ天性の運動組織者で、権力への本能も備え、数名の国会議員たちのために働いたこともある。しかし、明らかに彼は、反体制側から政治に関わるほうがはるかに実入りが多いことを知っていた。別のアングラリーダーとしてはドミトリー・ジョームシキンがおり、このがっちりした筋肉質の人物は「スラヴ同盟」を率いていたが、スラヴ同盟は彼の「モスクワ総合格闘技ジム」からスキンヘッド集団の全国組織へと拡大を遂げた。以上の二人とともに名前をあげられる新リーダーはドミトリー・ルミャンツェフで、鷹を思わせる顔だちのこの若者は、二〇〇四年に結成された「国家社会主義者機構（NSO）」を率いていた。ベロフとポトキン同様、彼もまたバルカショフの黒シャツ団体「ロシア民族統一」

入団を皮切りに、二名の国会議員の下でも働き、政治的野望に燃えていた。

三団体とも表向きは暴力を忌避していたが、中核には「統制に服さないグループ」がいて、彼らは主にサッカー・フーリガンで、めったにリーダーたちの言うことを聞かず、実態においては、三集団の区別はつけがたかった。いずれも素地は同じで、彼らの文化は暴力的かつファシスト的で、腕をさっと突き出す敬礼と鉤十字は共通である。出で立ちも、西欧のスキンヘッドやサッカーファンの間で流行のトール・シュタイナーやロンズデール〔ともにネオナチ、白人至上主義者に好まれるブランド〕などを模倣していた。いくつかの都市ではスキンヘッドの暴力は疫病なみの問題で、前者は移民相手か同類同士で喧嘩するが、双方の比率は同じくらいだった。土曜の夜にスキンヘッドたちは、移民の収容施設襲撃か、通勤電車で帰宅中のタジキスタン労働者を殴打してビデオに撮るかを常としていた。

ナショナリストの環境は、中央アジアやカフカスからの移民が増えてくるにつれて、いっそう反体制的になってきた。カフカスの若者とロシア人の若者の喧嘩が激増してロシア全土の都市で緊張が高まってきたが、警察も介入することを避けた。二〇〇六年八月、北方の町コンドポガで起きた喧嘩は、ナショナリストの試金石になった。最初はアゼルバイジャン人のウェイターと二人のロシア人の喧嘩だったが、収拾がつかなくなって、見物していた二名が死んだ。チェチェン人ギャングから金をもらっていた（と言われる）警察は介入を拒否し、ついにはカフカス人への全面的追放運動にまで拡大して、多くが町から追い出された。モスクワに本拠を置くナショナリストが飛行機でコンドポガに乗り込み、集会を組織した。

ヤブロコのリベラルな党員アレクセイ・ナヴァリヌィは、反体制ナショナリストの中の新たなリベラル親和的な存在としては最も突出した一人となった。コンドポガ事件以後、彼は「ナロード（人民）」として知られる運動を創始して、ナショナリストの集会に出始めた。「ぼくのリベラルな友人たちはショックを受けた。彼らはシャツを引き裂いて叫んだ、『あいつらはファシストじゃないか』と」。ところが、モスクワのインテリの間では一点非の打ちどころのないリベラル仲間の一人だったナヴァリヌィは、街頭の下層若者部隊との実験的交渉にこだわった。「『ロシアの行進』（後述）で『勝利万歳《ジーク・ハイル》！』と叫んでいる人たちは、現実の政治課題や多くの人々の懸念を表明しているのだ、ということが明らかに見て取れた」と、ナヴァリヌィは自身の伝記を書いているコンスタンチン・ヴォロンコフに語っている。[22]

ナヴァリヌィは、ロシアのナショナリズムの魅力的な顔になっていきそうだった。すでに彼は、それをリベラル側にも受け入れられやすいものへと変質させていた。彼はヨーロッパ風右翼の態をとり、移民や多文化主義には異を唱え、それと分かる「犬笛」（例えば「エスニック犯罪」のような婉曲話法）で語りはしても、禁句を声高にしゃべることはしなかった。ナショナリズムは、リベラル民主主義を訴える場合と違って、多くの人々を引き寄せることができた。ところが、ナヴァリヌィは、政権の腐敗への異議申し立てをわざと行い、ガスプロムやロスネフチのような一流国営企業の少数派株主としての権利を行使しようと図り、経営陣の腐敗調査を公言するという具合で、向こう見ずな野党的抗議行動をいろいろと起こすので、ますます無視できない存在となっていた。

野党的ナショナリズムの別の勢力として、エドゥアルド・リモノフが率いる「国家ボリシェヴィキ党（ＮＢＰ）」がある。リモノフは一九九〇年代は政治的若輩だったが、ドゥーギンがＮＢＰを出ていって以後は硬派の革命家となり、二〇〇一年にカザフスタンでテロ攻撃を企んだ罪で入獄していた。カザフスタン北部に住むロシア人たちの間で、「第二のロシア」創出を企んだのである。彼が釈放された時点で、ＮＢＰは完全に反クレムリンに変貌していた――とは言ってもあまり強い勢力ではなかったのだが。一時、リモノフは西欧メディアの寵児となり、二〇〇〇年代半ばにはチェスの元世界チャンピオンのガルリ・カスパロフと組んで野党運動を起こした。この運動は変質して、リベラルなヒップホップ青年た

ち と硬派スキンヘッドを混ぜ合わせた不気味なしろものになっていった。数年後、この奇妙な合体は中流層の野党運動のよくある形のものとなり、二〇一一年冬にはモスクワの街頭へと繰り出していく。

議会レベルでは、ロージナの指導者ドミトリー・ロゴジンがこうした新たなムードにつけこんで登場し、ますます反クレムリン的になっていった。そして、反移民を標榜して、移民たちの田舎風の習慣やたどたどしいロシア語を揶揄する広告を流し、街頭から彼らを追放すると約束してみせた。まもなくロゴジンはロージナから追放され、ロージナ自体も解党して「公正ロシア」となった。後に彼はロシアのNATO大使になったが、プーチンの統治に異議をとなえる大規模な抗議運動が起こった後、二〇一一年に召還されると今度は副首相となった。

ロシアのナショナリズムが野党勢力の手に落ちると見たクレムリンは、スルコフの命令一下、統制しながらそれを取り込もうとした。私が二〇一〇年、ベロフにインタビューを申し込み、台頭するナショナリズムについて論じてもらったとき、彼はこう答えた――どんな独立の政治組織を扱う場合でも、次のような原則がある。「その組織を壊せないのなら、それを指導しろということだ。そして彼らは、ナショナリズムを壊せなかった」。こうして、ナショナリズムを指導するための多大な努力が始まった。これは「管理ナショナリズム」と呼ばれ、二〇〇五年から二〇一〇年、ナショナリストのリーダーたちを完全に取り込むか、親クレムリンの周辺へと近づけるために誘いの水を向け始めたのである。これは結局、惨憺たる矛盾を生んだ。自分たちが妨げようとする、まさにその運動につながりを持とうとするクレムリンのスピンドクターたちの尊大さと傲岸さが、みずから墓穴を掘った――主流派を人質にとる形で、猛毒を含んだナショナリスト野党勢力が台頭したのである。

地下ナショナリストとスキンヘッド運動家たちの親クレムリン勢力を鍛え上げるというこの努力は、ドゥーギンのユーラシア青年同盟に、短期間とはいえ重要な政治操作の主体たる役割を与えて浮上させたが、これまた惨憺たる結果を招いてしまった。

「ロシアの行進」

一九二〇年代以降、ユーラシアニズムは、超ナショナリズム、帝国主義、大陸主義の形をとったナショナリズムを極端化させないようにする試みを代表してきた。サミュエル・ハンティントンの唱える「文明の衝突」説が合衆国を襲った9・11以来人気となり、不満を抱える若者たちの間に広がる人種差別や超ナショナリズムは、はけ口を与えてやれば愛国的熱情や「文明」というアイデンティティ、操作しやすい市民レベルの反西欧主義に転換できるという考えへと、ロシアのエリートたちも誘導されていった。

となると、クレムリンがこう考えてもおかしくはない。すなわちドゥーギンのような運動――ナショナリストの街頭集団としての要素をすべて備えながら民族差別は抜きという――は、その高邁な理論的目標を、モスクワの街頭のスキンヘッド集団を駆り集め、親クレムリン勢力へとつくり変えるという実践的目標に転換できるのではないか。言い換えれば、ユーラシアニズムは、民族的敵対感情や連邦からの分離主義をかきたてることなく、ナショナリズムの利点のみの動員を約束してくれるものと考えられるのだ。これが実体化されたのが、「ロシアの行進」として知られる二〇〇五年の運動だった。成長著しい政治勢力であるロシアの街頭ナショナリストたちに、マッチョ化したユーラシアニズムと、民族差別の代替概念としての超民族的なロシア文明を示したのである。

その年の十一月四日――一六一二年にモスクワからポーランド軍を追い出した記念日――にユーラシア青年同盟は、クレムリンからすぐのスラヴャンスキー広場で大規模な行進を行う許可をとりつけた。

ザリフリンによれば、そのロケーションはこの上もないもので、行進の狙いは、ユーラシア青年同盟より規模の大きな他のいくつかのナショナリスト集団との共同行動を実施することにあった。彼らは山羊ひげを生やしたスキンヘッド運動の領袖アレクサンドル・ベロフ／ポトキンを探し出し、「不法移民反対運動（ＤＰＮＩ）」が行進に参加するよう要請した。ベロフへの参加要請は論議を呼んでいたが、行進の狙いは、スキンヘッドの取り込みにあった。それはまた、ユーラシア青年同盟にとって、ＤＰＮＩの動員力を借りて、自分たちより大規模で資金力もある他の運動と競合する方法だった。ザリフリンは言う。「ベロフ抜きに本格的でまともな行進をやろうとすれば、五百人は集められても千人は無理だっただろう」

ところが、行進当日、予測のつかない行動に出る若者たちとの共闘の結果が明らかになった。ベロフのヒトラーかぶれの弟子たちは、ドゥーギン側が用意した台本通りには動いてくれなかったのだ。彼らはテレビカメラに群がり、「ジーク・ハイル！」と叫びながら嬉々として例の腕を突き出す敬礼をしてみせた。ザリフリンがエスニック・ナショナリズムの害悪を説き、ユーラシアに住む多くの民族の共通の運命について説いている演壇のすぐ下で、一群のスキンヘッドが横長の旗をさっと広げてみせたが、そこには「ロシア人が行くぞ」と書かれていた。ドミトリー・ジョームシキンは、コロヴラトとして知られるスラヴの鉤十字を記した旗を掲げたが、それはザリフリンがベロフからマイクを奪われ、ベロフが五分間の割り込みスピーチを行っているすきに行われた。集会の趣旨は親クレムリンであることが公表されていたにもかかわらず、ベロフはオレンジ色のシャツを着ていた。世界中の通信社宛に配信された集会の写真では、ありとあらゆる禁句が刷られた赤旗が押し立てられた間で、黒衣の若者たちがジーク・ハイルと突き上げた片腕が青空を背に林立していた。数日後、ザリフリンとコローヴィンは合同記者会見で、公式に彼らとの絶縁を表明せざるをえなくなった。コローヴィンは、事態の責任が、彼らの運動の前進を望まないクレムリン内の競合的分子による挑発行為にあったと説明した。しかし、今日ではザリフリンは、それを否定する。二〇一三年のインタビューでは、デモ行進はわざと失敗させたのであり、狙いはナショナリストの街頭行動をユーラシニズム側に取り込むことにあったと語った。「あれは純粋にドゥーギンが自発的にやったのだ」。ベロフのDPNIを取り込むための努力だったというのである。「[ベロフを]参加させないのは簡単だったが、それは狙いではなかった」

大失策をしたのはスルコフで、彼はナショナリズムを見くびり、これは張り子の虎みたいなものでいくつかのスローガンでひっくり返り、他の場合と同様にクレムリンの分身に変形できるとたかをくくっていた。ところが、「管理ナショナリズム」は、まさにその呼称通りに矛盾していたのだ。「ロシアの行進」を行った結果、魔神をランプから解き放ってしまい、二度と元へは戻せなくなってしまった。今日、反体制のナショナリストたちは、クレムリンの動きこそ自分たちの決定的な突破口になったと見ている。「あれ以降、ナショナリズムは、ロシア政治の現実の出来事になった。もはや元に戻すことはできない。現にわれわれは、彼らのために排水口を開いてやったようなものだ」と、ザリフリンは認めた。さらに彼はスルコフにも言及したが、あの集会後、スルコフは「茫然自失状態」だった。「彼は街頭を操作できる何かを求めていて、ユーラシアニズムに期待していたのに、その見込みには失望した。街頭を操作するどころか、街頭自体がナショナリストになってしまったのだ」

ドゥーギンと過激派ナショナリストの亀裂は決定的で、それ以後のユーラシアニズムは、「ナショナリスト」のプロジェクトから公認のイデオロギーへと変容した。ドゥーギン、ザリフリン、コローヴィンといったユーラシアニズム唱道者たちは、かつてのようにポピュリズムのふりをして自分たちをごまかすことはできなくなった。代わって彼らは、体制側の手先から慎重な称賛の言葉を呈されるようになった。ザリフリンによれば、「ドゥーギンは選ぶしかなくなった——ナショナリスト側につくか、政権側につくか？　ナショナリストは街頭側だった。そのためにわれわれと体制側は、街頭側を諦めるしかなかった」。

戦略が台無しにされたのを見て、クレムリンは過激ナショナリスト集団に攻撃の手を加え始めた。その結果、ナショナリトたちはいっそう過激化し、二〇〇九年までには多くの著名なナショナリストたちが殺人罪で収監され、ＤＰＮＩと「スラヴ同盟」は非合法化され、スルコフの「管理ナショナリズム」はバラバラになった。ナショナリストたちを囲い込み、取り込む戦略は裏目に出て、彼らを暴れ馬に変えただけに終わり、その惨憺たる結果はいまだに収束していない。

＊＊＊

モスクワのプレチステンカの付近は、おしゃれなボヘミア風の、軒蛇腹《コーニス》と柱廊やペンキ塗りの家が十九世紀のパリ左岸地域を連想させる。二〇〇九年一月十九日、人権派弁護士のスタニスラフ・マルケロフと、彼の妻でモスクワの反体制派新聞『ノーヴァヤ・ガゼータ』記者のアナスタシヤ・バブーロワは、プレチステンカ通りでの記者会見を終え、雪を踏みしめながら地下鉄のクロポトキンスカヤ駅をめざして歩いていた。ゆっくりした歩調で、夫妻の後をつける一人の男にとっては楽な尾行だった。

狭い道路がにぎやかな広場へ入る手前で、尾行者は速度を上げた。広場には、救世主ハリストス大聖堂の黄金色のドーム群がそびえ立っていた。尾行者は消音装置つきの拳銃を取り出すと、わずか数メートルの距離からマルケロフの後頭部を撃った。捜査官によると、バブーロワは暗殺者に躍りかかって相手の腕をつかんだ。相手はさらに一発を撃ち、足早に交差点を横断して地下鉄へと消えていった。後に残された二つの死体から流れ出た血が、早くも凍結し始めていた。

一年近く、暗殺者の正体は不明のままだった。マルケロフの暗殺は、彼がモスクワでは著名な人権派弁護士の小グループのメンバーだっただけに、その年では大きな事件だった。マルケロフは十五年間にわたって反体制派ジャーナリストやチェチェン難民の弁護をし、戦犯やスキンヘッドの追及をしてきたため、いつ暴力的な報復をするともかぎらない多くの強力で無法な敵を抱えていた。彼の友人や同僚たちは、これにも治安機関が関わっているのではないかと見ていた。犯人は明らかに殺しのプロとしての訓練を受けており、その証拠に、殺人現場で警察は百四十本もの煙草の吸殻を拾いながら、銃器を特定できる薬莢は一つとして発見できなかった。これは、銃器が空気銃を改造したものである可能性を示していた。

その ため、二〇〇九年十一月四日に警察が犯人として二十九歳の貧弱なインテリ青年のニキータ・チーホノフを逮捕したとき、世間は驚いた。彼の友人たちは、彼が読書好きで聡明な男で、確かに熱狂的なナショナリストだが人殺しであるはずがない、と請け合った。最初チーホノフは自白したが、その後に自白を撤回した。だが二〇一一年に有罪とされ、終身刑を受けた。

その後判明したことだが、被害者と加害者の人生はある時期に重なっていた。二〇〇六年、マルケロフは人権派の青年弁護士アレクサンドル・リューヒンが反ファシストデモで暴漢にナイフで刺殺された件で、チーホノフ断罪に関わっていた。チーホノフは行方をくらまし、欠席裁判で殺人罪の判決を受けていた。マルケロフ殺害の動機はそれほど複雑なものではなく、チーホノフの弁護士は「私的な恨み」だと言った。チーホノフ自身は精神的に異常ではなく、むしろ真面目でのめり込むタイプだった。ドストエフスキーの『罪と罰』の登場人物のラスコーリニコフのように、理想主義が異常に走ったケースだったのである。リューヒンとマルケロフの暗殺者は、歪んだイデオロギーがついには彼自身をのみ込んでしまう実例だった。

本書で見てきたように、理想への過剰な思い入れはロシア史の中に何度も登場するテーマであり、インテリたちは、みずからの原理原則に全身全霊で打ち込む度合いによって人物の程を計られる長い慣習がある。今日のロシアの青年世代も、目的に関しては一〇〇％猛々しく真剣である。彼らは、一九九〇年代の政治的な公共空間で成長し、冷戦後の国民としてロシアの屈辱を鋭く意識し、その後のロシア経済の瓦解でも経済的困窮を味わっていた。

しかし、チーホノフの場合には、もう一つ別の象徴的な要素があった。ナショナリズムに対する、クレムリンの政策の強硬さと絶望感である。まもなく、彼が時代に適応できない青年であるだけでなく、クレムリン支援によるナショナリスト集団「ルースキー・オーブラズ」の創設者だったことが明らかになった。ルースキー・オーブラズは、ナショナリスト街頭集団を政府の大きな傘の下へと取り込むために企てられた政治的実験で、結果的には大きな見込み違いに終わった。

管理ナショナリズム政策は、ユーラシア青年同盟やナーシのようなクレムリンの支援を受けた半官製の無害な組織ばかりではなく、チーホノフのような暴力的強硬派グループにも手を広げていた。彼が起こした事件は、クレムリンがスポンサーだったスキンヘッド暴力集団の創設者が、イデオロギー上の敵をモスクワ都心で殺害するという厄介な事例となった。その結果、クレムリンのナショナリズム政策の本当の狙いは何なのかという疑問が出てきた。

チーホノフは、いつ炸裂するか分からない時限爆弾のような人間だった。彼の姉エヴゲニヤへの新聞インタビューによれば、彼はラップやヘヴィメタルに聴き入る典型的な十代だったが、知的な面もあって、モスクワ国立大学の由緒ある歴史学部に入学して成績優秀者に与えられる「赤の修了証書」を取得し、そして明らかに硬派のナショナリスト思想の洗礼を受けていた。大学卒業後、彼の家族は息子と連絡がとれなくなった。「この数年間、弟がどこに住んでいたのか、見当もつかないわ」と、エヴゲニヤは言う。彼は父親と喧嘩したが、彼女は詳細について語っていない。「何を言えばいいのか分からないわ。長いこと、連絡がなかったもの」

明らかなのは、チーホノフが学内の過激なナショナリスト政治組織に関与してチェチェン分離運動について論文を書き、徐々に自身の人生に意味と大義を与えてくれるイデオロギーを受け入れていったということである。大学での同志は、ルースキー・オーブラズを一緒に立ち上げたイリヤ・ゴリャーチェフだった。この若者は、チーホノフと学部が同じで、一九四一年から四五年にかけて起きたセルビア人集団虐殺について書いていた。二〇〇四年、二人は、ナショナリスト雑誌の『ルースキー・オーブラズ』を刊行したが、これはセルビアで発行されていた同種の雑誌を手本にしていた。雑誌の刊行宣言には「われわれは、暴力集団でも、プロパガンダ組織でも、政党でもない。これらの三つを一体化したものだ」と書かれており、ロシア在住の外国人は刑務所のような施設に収容して運動を制限せよと要求していた。同様のグループは女性の参政権を否定したり、ロシアは「民族的にはロシア人が主権を持つ」国家になるべきだ、などと求めたりしていた。しかし、過激な政治的レトリックにもかかわらず、雑誌から生まれてきたこの政治活動は、スキンヘッドの仲間うちでは優秀な指導者のように信じられていた。ルースキー・オーブラズはロシア政府や法執行機関から寛大な扱いを受け、二〇〇九年十一月には恒例となってきた「ロシアの行進」を、クレムリンからわずか八百メートルのボロトナヤ広場を会場にして実施することを許可された――クレムリンのお墨付きの証拠だった。「われわれスラヴ同盟の行進はどことも知れぬへんぴな場所なのに、ルースキー・オーブラズの行進はクレムリンのお隣という一等地だった。この意味が分かるかい」と、ドミトリー・ジョームシキンはぼやく。「ルースキー・オーブラズは二重組織だよ、クレムリンとの合作なのだ」

他方、ルースキー・オーブラズは、政治的支援の源についてはかなり率直だった。ルースキー・オーブラズのスポークスマン、エヴゲニー・ヴァリャーエフは、二〇一〇年九月の私とのインタビューでこう語った。

> 間違いなく、大統領府、内務省はルースキー・オーブラズをナショナリズムの方向性を示す指針、つまり合法的なナショナリズムの指針と見ています。クレムリンからじかに協力を得ることはありませんが、青信号は出されています――一定の政治的領域を支配しても大丈夫だという青信号を。

後にチーホノフの殺人裁判において、犯人の女友達で共犯者として告発されようとしていたエヴゲニヤ・ハシスはこう証言した。ルースキー・オーブラズの成長は「当時、若者に政治的影響力を行使しようとしていた大統領府の目を引きました。その関連部局は、ウラジスラフ・スルコフの指揮下に置かれていたのです」。

体制に追随する決定は、明らかに、ルースキー・オーブラズがさまざまなロシア諸都市に一気に二十もの支部を結成できた二〇〇七年になされたと見られる。オンライン・ニュースサイトの「Gazeta.ru」では、ルースキー・オーブラズのプロフィールについて以下のように推測している。

> 政権側がルースキー・オーブラズに助成金を出す気になったのは、ロシア最初のヨーロッパ風合法的ナショナリスト組織だと思ったからだ。すなわち、穏健で知的な、成功を収めている組織と見たのだ。こういう組織は、かつては存在しなかった。スラヴ同盟、DPNI、NSO［国家社会主義機構］は、メンバーが周辺的なサブカルチャーの連中だったため、これほどの信頼感は得られなかった。[23]

しかしながら、チーホノフの凶暴な過去を見れば、政府側のそうした政策がどこでおかしくなってしまったのか、また国家の助成が正確にはどんな方法でどのように流れるのかについての疑問がわいてくる。

チーホノフ逮捕のひと月前、FSBは、彼のアパートに盗聴器を設置して女友達との会話を録音した。彼はしばしば「同志大尉」と呼ぶ人物のことを口にしたが、口調に揶揄する響きがあったり、実際に軍か警察の階級を表すかもしれない印象を与えたりしていた。一度など、チーホノフが同志大尉から武器を入手したいと希望する内容が録音されていた。「同志大尉から拳銃の弾倉と弾丸を調達したい、パラベラムとAK〔カラシニコフ〕のやつだ。大尉はそいつを『学生』に渡し、学生は直ちにきみに渡してくれる」(24)。「学生」が誰を指すのかは分かっていない。

ルースキー・オーブラズは、ヴァリャーエフによれば、二〇〇六年にチーホノフがアレクサンドル・リューヒン殺害で手配されて以来、彼とのつながりを断っていた。しかし、組織のメンバーと彼の接触は、これ以後も長く続いていたらしい。二〇〇九年の裁判でゴリャーチェフが行った証言では、彼はチーホノフをニキータ・イワノフ——大統領府ではスルコフの下で働き、「ナーシ」の面倒を見ていた、あの人物——の副官レオニード・シムニンに紹介している。チーホノフは後に法廷での証言で、ゴリャーチェフがロマン・ヴェルビツキー事件(前出)に言及していたと発言している。ヴェルビツキーは剣闘士サッカー集団のリーダーで、クレムリンに雇われて対立するグループを襲撃したと言われている。チーホノフは法廷でこう証言した。「〔ゴリャーチェフが〕私に話したことによれば、ロマンがこういう行動に出たのは、刑事訴追を受けそうなことをしでかしていて、特殊任務を引き受ければそれを帳消しにしてやると言われたからだそうです。そういう状況に置かれれば、誰だってやるでしょう」

チーホノフの女友達のハシスは、シムニンが大統領府から派遣されたクラートルとしてゴリャーチェフの面倒を見ていたと語った。

> ゴリャーチェフは、他の多くの連中と同じく大統領府から小銭をもらっていたくせに、もっとよこせと言いだしました。シムニンにこの要求を上層部へ上げろと迫ったけれども、彼ははねつけた（中略）そこでゴリャーチェフは過激組織［ルースキー・オーブラズ］の立ち上げに踏み切ったのです。(25)

このときゴリャーチェフはチーホノフを呼び戻して、二〇〇八年に「ロシア・ナショナリスト軍事組織（BORN）」を結成したが、この組織には六名を殺害した容疑がかけられている。チーホノフの証言では、二〇〇九年にシムニンに三回会い、シムニンが数件の殺人や襲撃に金を出すと提示したのだが、チーホノフは拒絶したという。

チーホノフの判決前にゴリャーチェフはセルビアへ逃亡したが、二年後に逮捕され、二〇一三年十一月八日、ロシアへ引き渡された。彼はチーホノフに不利な証言を書面で撤回したが、二〇一五年、マルケロフ殺害指令を出した張本人として終身刑に処せられた（実行犯はチーホノフ）。二〇一五年六月、チーホノフは、ゴリャーチェフの事件への検察側証人として法廷でこう言っている。「イリヤ（ゴリャーチェフ）は、今、マルケロフを殺せば政権のためになると言いました。そうすれば、すべてを大目に見てくれると」

二〇一〇年に活動を停止したルースキー・オーブラズは、世界観をめぐっての来るべき戦闘に備えて多くの戦闘員を育成できると考えていた。しかし、チーホノフの殺人をめぐる裁判の過程で浮かび上がってきたクレムリン側の暗い手が問題となった。正確にどの程度関与していたかは議論の余地があるが、関与の証拠があまりにも重大すぎて無視できなかったのだ。最小限度に見ても、ルースキー・オーブラズはナショナリスト政治の海へ差したもう一本の竿で、むろん狙いはストリート・フーリガンたちを親クレムリン的思想へと導くことにあった。ところが事件が展開するうち、その親クレムリン的思想自体がそもそもどういうものだったのかという困った問題が湧いてきたのである。暴力的なスキンヘッド差別主義者を味方にできるとクレムリン側が考えたという事実が、ウクライナとジョージアでのカラー革命［オレンジ革命とバラ革命］以後、プーチンのロシアにおいて政治的評価基準がどれほど大きく変化したかを示していた。

すでに見たように、ルースキー・オーブラズは街頭ナショナリズムを取り込み、政治勢力へと改造する最初の試みではなかった。クレムリンはナショナリスト政党のロージナの創出に手を貸して何らかの政治目的を果たさせようとし、また、剣闘士のようなスキンヘッドの人種差別集団には異なる目標を設定した。ドゥーギンのユーラシア青年同盟は明らかにクレムリンの寵愛を受けたが、他方、ありとあらゆる急進的イデオロギーが、末端の存在から中心部へと躍り出てきた。忘れてならないことは、クレムリンがこれらを支援したのは彼らのイデオロギーを受け入れていたからではなく、むしろ諸集団の多層的で込み入った政治方針を見て、ナショナリズムがいくつかの選択肢の中では最も害悪が少ないものと考えたからだった。

とはいえ、こういうクレムリンの努力が、すべてのタイプのナショナリズム——民族差別、ソ連型の帝国主義、ユーラシアニスト的拡張主義、正教の信条主義［信仰告白重視の立場］——に表舞台へと躍り出てくるきっかけを与え、あらゆるレベルの官僚機構への道を開いたのである。一つだけ論議の余地がない点は、クレムリンの政策によってさまざまなタイプのナショナリズムが大いに開花し、ロシア政治における重心を形成したということだった。

「ロシア国家体制への脅威」

ロシア安全保障会議書記ニコライ・パトルシェフは、二〇〇九年五月の最初の週に、『イズヴェスチヤ』紙主筆エレーナ・オフチャレンコを相手にロシア国家体制への脅威というテーマで語り、録音をとらせる用意を整えたが、このテーマ以外のことでも頭が一杯だった。オフチャレンコは、そういう仕事についてはベテランで、パトルシェフ相手のインタビューもこれで五回目だった。

合衆国国務省の情報によれば、パトルシェフは「写真やテレビ画像から想像できるよりも小柄で華奢」だとあり、本人としては大いに自制の利いた「プーチン風の」人柄に見てほしいらしく、時に「皮肉っぽいユーモア」をひらめかせた。彫りの深い顔立ちでフランス人のようなかぎ鼻、物腰は静かだが毅然としている。彼の経歴は少々あいまいだが、これは二〇〇〇年にプーチンに従ってクレムリン入りした元KGB捜査官の大半と同様だった。プーチンのもとではまず連邦保安庁（FSB）の長官を務めた。FSBは、恐れられていたKGBの後継組織である。だが、パトルシェフは二〇〇八年末に、重苦しい要塞ルビヤンカから八百メートル坂を下った「スターラヤ広場」にある連邦安全保障会議の書記に任じられる。なにしろレニングラード／サンクトペテルブルク時代からのプーチンの盟友なので、彼はクレムリンでは上流階級だった。現在の地位がどうあろうと政権の政策決定の中心にとどまり、プーチンが常時、国際問題で相談する三、四名のうちの一人である。

パトルシェフは、どの国であろうと外国のエージェントと会えるという不可思議な能力の持ち主で、言うまでもなくこれは防諜担当者としては重要な能力だった。時期的に言っても、高級官僚にとってこの能力が重要であることが証明されていた。パトルシェフは当時、北カフカスで外国の救援団体がテロを企んでいると非難していた。この情報は、デンマーク難民評議会（ＤＲＣ）の雇用者の自白に多くを負っていたが、その自白が行われた状況は明らかではなかった。パトルシェフ指揮下のＦＳＢの明白な手柄は、二〇〇六年、モスクワのある公園で電子「諜報機器《スパイ・ロック》」を使って情報を流していた英国外交官四名を逮捕したことだった。

安全保障会議へ転属後まもなく、パトルシェフはロシアの安全保障会議ガイドラインの見直し計画に着手したが、その理由はロシア当局が西欧諜報機関による破壊活動の可能性を過小評価しすぎているからというものだった。彼が策定したガイドラインには「ロシア国家体制に対する脅威」のトップリストが含まれており、その冒頭には当然ながら、「外国諜報機関および外国国家機関による情報収集ならびにその他の活動のうち、ロシア連邦の安全損壊を企むもの」があげられていた。それに比べて下位に配置されていたのが、テロ、組織犯罪、「核兵器および化学兵器、危険な放射性、化学的および生物学的物質」だった。

クレムリン高級幹部がみなそうであったように、パトルシェフも『イズヴェスチヤ』のすべてのバックナンバーを保存していた。オフチャレンコ主筆は予定質問書を持参してインタビューに臨んだが、取材の途中で話の流れがおかしくなってきた。彼女が天然資源をめぐる争いについて質問すると、相手はこう答えた。「ヨーロッパとアジアの国々の形成、発展、統一、瓦解の歴史から推察できることは、この国の政治的風土が、世界を指導する国々とそこに住む人々の利害によって決定されるということだ」。こう言いだすまでは、こういう論争的な中身ではなかったのに、ここから話が一変したのである。

以下の見方は、二十世紀の主要な政治学者ハルフォード・マッキンダーが中心になって唱えたものだが、彼はこう書いている。

「東欧を支配するものは中軸地帯《ハートランド》を制する。ハートランドを支配するものは世界島《ワールド・アイランド》を制する。世界島を支配するものは世界を制する」(26)

安全保障会議書記の言葉としては奇妙な内容だった。パトルシェフは世界支配に関するマッキンダーという無名の学者の説を引用したが、誰にとっても幸運だったことに、新たな安全保障会議のガイドラインにはその説はどこにも見当たらなかった。

オフチャレンコ主筆は、おそらくこの点をいくら掘り下げても得るところはないと見て取ったのだろう、あるいはロシアの若手政治家世代のあからさまな陰謀史観には飽き飽きしていたのかもしれないが、返答する必要すら認めず、さっさと話題を経済的安定問題へと切り替えたので、ここに引いたパトルシェフの言葉は、翌日の記事にさりげなく挿入されただけだった。

ところが、ある読者たちには、この引用が騒ぎを引き起こした――ロシア最強の人物の一人が世界支配に言及したことよりも、無名の英国人地理学者サー・ハルフォード・マッキンダー（明らかにドゥーギンに関係している）の名が唐突に出されたためだった。このメッセージは典型的な犬笛で、それがピンとくる支持者たちだけを対象にしたメッセージだった。「マッキンダー」と「ハートランド」、この二つの暗号は、事情が分からない者には何を意味しているか分からない。だが、パトルシェフの言葉は、新ロシア帝国を表す暗号と考え方が、これだけの高官レベルにも流布していたことを最初に示すものだった。

＊＊＊

ドゥーギン自身は二〇〇七年のテレビ出演で、「私の理論は体制内へ広がりつつありますが、私流の言い方では、石板に刻み込まれて伝えられる一枚岩的な浸透の仕方ではなく、間接的で、往々にしてじれったい努力によってなされています」と語った。彼の思想は、彼とは何のつながりもない当局筋の「サークル」内を流れてきた使い古された表現で体制内へたどり着く。

私の思想は主流となり、私の話は行き渡っています。確かに、政府はその出所は伏せています（中略）確かに、政府と私の間にはいくつもの中間項が介在しています（中略）この伝播形態こそ、ユーラシア地政学、保守的な伝統主義、その他私が発展させつつあるイデオロギー（中略）それぞれを希薄にした思想を生み出します。けれども、結局はこの希釈された思想こそ政府へ伝播し、政府はそれをまるで自明のことでもあるかのように既存の思考に組み入れるのです。

何とも倣岸な物言いである。とはいえ、ドゥーギンの言う通りなのだ。彼の思想、あるいは彼の思想らしきものは、事実、体制へと浸透を完了し、支配階級の語彙の中で「希釈版」として再現されるのだ。しかし、それはドゥーギンの手柄ではない。プーチンの手柄ですらないのだ。実際、ドゥーギンの書いたものが政権上層部へ届く過程自体が、みごとに組織化された命令系統というより、中心がなく、混乱したクレムリン周辺の実態を証明しているのである。ドゥーギンの『地政学の基礎』がパトルシェフの執務机の上に載るまでの過程を見てみれば、クレムリンの権力政治の作動過程をこれほど多く物語ってくれるものはないだろう。

＊＊＊

プーチンがロシアで最高権力者であることは疑問の余地がないが、支持者たちがイメージする絶対主義的皇帝とか、彼の誹謗者たちが口にする独裁的専制君主といった意味での権力者でないことは明らかだ。オリンポス山の王座に座っているのではなく、現代版大貴族の集合体の上に座しているようなもので、彼らは資産、政策、甘い汁をめぐって絶え間ない争いを繰り広げている。かつてのソ連共産党政治局の現代版のようなもので、決定は各メンバーの合意か、有力利益団体の力のバランスによってなされている。

クレムリンで競合する利益団体の過熱気味の抗争は、中世の宮廷に似ている場合が多い。たがいに争い（文字通り）背中から刺す確執のあげく、侵入者によって共通の利害が脅かされるとたちまち手を組み、侵入者を追い出せばまた暗闘に逆戻りする。エリートの戦いではイデオロギーは二の次で、リベラルと保守が手を組むことも多く、団結して強硬派を相手に回す。

ロシアの専制政治におけるこうした多元主義は何世紀にもわたってこの国に共通する特徴で、ハーヴァードの歴史学者エドワード・L・キーナンによれば、中世の宮廷政治との類似は現代に至るまで当てはまり、彼のよく知られた論文である「モスクワの政治習俗」には、ロシア五百年の歴史を通じて、全能の独裁的皇帝という概念は神話にすぎなかったことが示されている。そうではなくて、キーナンによれば、クレムリンでの宮廷政治の指導原理は合意が基本だった。そこでの貴族たちの政治は「独裁的な皇帝への服従という自分たちに課した一種の虚構によって表現されたが、その虚構こそ、氏族同士が争えば発生する政治的混沌を避けるための陰謀にとって、中心的要素だった」[27]。キーナンの結論は、三十年前と変わらず、今日でもすべての点で当てはまるように思われる。

プーチンがほとんどの上級幹部たちに対して直接的な権威を及ぼしているという点については、何人かの分析者は疑問視している。彼らの主張によれば、大統領はむしろ、みずからの中立的立場を維持するために、競合する利害の間を政治的に調整し、それによって生じる厳密なバランスに従って行動せざるをえないというのだ。[28] エリート高官たちの論争では、大統領はもっぱら問題解決者や調停者の機能に徹して自身の政治的権威を保持し、その場合、イデオロギーは二の次で、エリートたちのパワー・ダイナミクスが最優先となる。

プーチンは、絶対主義的独裁者というより、レフ・トルストイの『戦争と平和』の英雄的将軍、ピョートル・バグラチオン公に似ているだろう。アウステルリッツの戦闘では公は何ら命令を出さず、「自分の努力を以下のことに集中する。すなわち、実際には必然か偶然か、あるいは個々の将校の意思によって運んだすべての物事を、彼の命令によってではなくとも、せめて彼の意図通りに運んだかのように見せかけようとする」。

これこそまさしくプーチン時代の「政治的テクノロジー」の本質で、社会の進路を見抜き、迅速に目的地に行き着く能力なのだ。彼の権威は、信じがたいことを進んで受け入れるという上級エリートの意図的な自己欺瞞、つまり、完璧な専制的権力というスペクタクルにおける全般的馴れ合いにますます依拠しているように見える。現実はもっと込み入っているはずだ——党派や血族・同郷集団が相互にぶつかり合う場合には自由自在にとはいかないだろうし、ルールはほとんどなく、共同作業で書かれた台本で演じられる複雑で待ったなしの政治劇場でおたがいに挑戦し合い、境界線を押し合いへし合いしながらひしめき合う。「クレムリンは塔だらけ」とは言い古された言葉ながら、まさにその通りなのだ。

クレムリンは、厳格なトップダウンの命令系統を持つ軍隊的機構と見るよりも、ネットワーク組織として見るほうがたとえとしては優れていると思われる。ネットワークは水平にゆるく連結された組織で、古典的な指揮系統ではなく、キューサインや合図に応じて作動する。ネットワークでは、イデオロギーのキューサインを出す者は、いかなる執行権力も振るわず、キューに応じる実行部隊にとっては、合図の痕跡だけ残す現実感を伴わない存在として映る。そして、有能なインテリ小集団がプーチンの側近グループとの希薄な絆を際限もなく宣伝する努力を続けながら、あまり冴えない宣伝活動をハイジャックして、自分たちの目的にかなうように利用し続けていく光景を容易に見ることになるだろう。

だが、モスクワの高官たちもパトルシェフと同様、調子を合わせてやっていた。多くはそれほど知的ではなく、世俗的利益を優先していた。彼らは、政権の象徴的な外見はほとんど気にしなかった。二〇〇〇年代半ばの精神的に追い詰められていた時期、クレムリンお抱えのジャーナリストたちは敵がすぐそこまで来ていると書き立て、放送し、それらのヒステリックなメッセージが政治支配層によって受け入れられていくにつれ、プロパガンダだったものが徐々に事実となっていった。そういう環境では、非主流のナショナリズムやユーラシアニズムのような帝国建設の壮大な構想が、ロシア支配階級の未来への展望の中にやすやすと入っていった。スルコフの時代、イデオロギーは、政治的忠誠心のあかしとして、より大げさに外国嫌いを言明する仮面とポーズのゲームだった。自分たちの誠意を証明するのに、行きすぎということはなかった。

ドゥーギンは、二〇〇七年のインタビューでこう言っている。

　ということで、私の意見では、プーチンはますますドゥーギンのようになってくる。少なくとも私が生涯かけて練り上げてきた計画を実施するという点では（中略）幻影だったものが、どんどん現実のものになっていくにつれて、彼［プーチン］は、よりわれわれに近づき、その中に自分自身を見いだす。一〇〇%ドゥーギンになれば、一〇〇%プーチンになるだろう。(29)

クレムリンの強硬派とドゥーギンのつながりは、この時までには誇張と伝説の域にまで達していて、その大半は虚偽だったが、核となる真実はあった。確かに彼はイデオロギー面では保守派の高官とのコネを享受しており、彼らは主に元KGB捜査官で、中でも正教会とのつながりが深い高級官僚たちだった。「正教会チェキスト」の非公式のリーダーは、元外交官でプーチンの側近中の側近のウラジーミル・ヤクーニンで、ロシアの鉄道システムを統括する立場にあった——雇用者百三十万人、武装鉄道警察三万人、独立メディア帝国を擁し、予算一兆三千億ルーブルを動かし、国家の中のミニ国家を形成していた。

ヤクーニンは、二〇〇六年に出した『ロシア地政学派』の中で、ドゥーギンについては八回も注で触れている。ヤクーニンの名は、「ヤクーニン問題分析・公共統治センター」が出したドゥーギンのアンソロジーにも編者としてあげられている。このシンクタンクのために書かれたドゥーギンの論文「ロシアと西欧」への言及で、ヤクーニンはこう書いている。「この論文の価値は、著者がまず初めに（中略）現代の矛盾の最たるものが、エネルギー資源の開発をめぐる争いではなく、さらには経済的優位の争奪戦でもなく、分裂、すなわち文明の分裂であることを指摘していることだ[30]」。文明の分裂こそがヤクーニンの念頭を占めてやまず、そのために少なくとも三つのNPOを運営していた。その一つ、「ロシアの民族的栄光のためのセンター」は、ロシア正教の発展を支援し、スラヴ世界との強い紐帯を求めるための団体だった。二〇〇四年以来毎年、ヤクーニンはギリシャのロードス島にある正教の修道院で「文明の対話」として知られるロシアの保守派、教会関係者、政治指導者たちの年次集会を開催してきた。たいてい毎年、ドゥーギンはこれに出ていた。私が二人の共同活動について訊くと、ヤクーニンは「われわれは同じ製造ラインで働いている」と答えた。二〇一三年まで「問題分析・公共統治センター」の運営を任されていたステパン・スラクシンは、ドゥーギンは頻繁に寄稿し、ヤクーニンの仲間うちでは高い評判を得ていると語った。「プーチンは、彼にはとても真剣に対応しているよ」

別の保守派は、ロスネフチ会長のイーゴリ・セーチンの周囲に集まっていた。たまたまセーチンは、ドゥーギンの以前の陰謀仲間で元ＫＧＢのピョートル・スースロフと知り合いだった。セーチンとスースロフはともにポルトガル語が話せ、いずれもモザンビークとアンゴラで任務についていた――もっとも、スースロフは、セーチンとの関係については口をにごすのだが。二〇一三年、セーチンはメディア関係者のミハイル・レオンチエフをロスネフチ副会長に雇い入れた。この措置の政治的意図は明らかで、イデオロギー的一貫性へのご褒美として、ロシアの石油産業の利益のおこぼれにあずからせたというわけだ。

レオンチエフ自身、長期にわたる後援者がいた――保守派の実業家ミハイル・ユリエフである。レオンチエフ同様にユリエフもヤブロコ出身のリベラルだったが、プーチンの台頭によって右傾化した。合衆国にシェールガスの権利を持っていて、資産四十億ドルと見積もられている。自分でもいくつかの論説を書いており、『要塞ロシア』のような経済自立の必要性を説いた著書がある。最新作の『第三の帝政』はフィクションで、賢明な孤立主義政策のおかげで西欧文明の瓦解から逃れ、傷つくことなく生き延びた未来のロシアを描いている。

さらに別の保守派集団が、株式未公開会社マーシャル・キャピタル・パートナーズを経営する実業家コンスタンチン・マロフェーエフを中心に集まっていた。彼の会社は、国営の固定電話回線独占企業ロステレコムの株式一〇％を保有している。[31] マロフェーエフは聖ヴァシーリー財団を運営しているが、これは年間予算四千万ドルの慈善事業である。敬虔な正教徒で、彼の聴罪司祭は特に興味深い――修道院長チホン・シェフクノフ神父である。

KGBと正教会

チホン神父は、私も『フィナンシャル・タイムズ』にプロフィールを掲載する仕事で何度か面談したが、おそらくクレムリンでイデオロギー的影響力を発揮できる、新世代では最も重要な存在である。モスクワ都心のルビヤンカの並びに建つ白壁のスレテンスキー修道院を運営し、まるで映画俳優のように自信たっぷりのチホン神父は、ドストエフスキーが描いた正教僧侶のイメージが染みついた西欧人の目には、少々洗練されすぎているように見える。彼のあごの先は少々きざみが深すぎ、肩までかかる長髪はふさふさとして、量も少々多すぎるようだ。さらにはテレビでの彼はそつがなさすぎて、『カラマーゾフの兄弟』に出てくるような狂おしくみずからを鞭打つ行者のイメージとはかけ離れて見える。

正教会において神父は、修道院長というつつましい地位のわりにははるかに大きな影響力を持っているが、それは主にクレムリンとの関係のためだ。噂によれば彼はプーチンの聴罪司祭ということだが、それを否定も肯定もしない。彼の話によれば、プーチンは一九九九年末に大統領になる前(可能性が高いのは彼がFSBを率いていた一九九八年か九九年)、修道院の玄関を訪れた。それ以来、二人の関係は公然たるものとなり、大統領の国内外の旅行には神父が同行し、信仰上の問題を担当してきた。しかし、最も根強い噂によれば、神父が元KGB中佐を正教の信仰へと導き、彼のドゥホヴニク、つまりゴッドファーザーになったということだ。

チホン神父は、確かにプーチンの信仰生活を熟知しているように見える。彼は二〇〇一年のギリシャの新聞のインタビューで、以下の興味深い事実を告げている。プーチンは、「実際に正教徒で、それも名目上のものではなく、告解を行い、聖体拝領も受け、自分に委ねられた高度な義務、そして自身の永遠の魂に関する神の御前での責務を理解しています」。私は、チホン神父との会見の間中、彼とプーチンの本当の関係について執拗に問い質した。しかし、相手はプーチンと自分は非常に親しいことは認めても、自分が彼のゴッドファーザーかどうかという件については回答を避けた。「ああいう噂を信じるか信じないかはご自由に。しかし、噂を広めたのは私ではないことだけは確かです」。真実かどうかはともかく、クレムリンはそれを否定しないほうが得策と見ている。「それは非常にプライベートなことで」と、プーチンの報道官ドミトリー・ペスコフは言う。「だから私も知りません」。しかし、チホン神父が「たいへん評判がよく」、二人は極めて親しいと答えた。「彼がゴッドファーザーかどうか、はっきりと知っている者は一人もいません。誰かにゴッドファーザーだと知られてしまえば、もはやゴッドファーザーではなくなりますからね」

もとは映画学校の学生で、一九八二年に二十四歳で洗礼を受けたチホンは、国権の長のごく近くにいた他の歴史的な宗教人に劣らず影響力が身についてしまい、「私はリシュリュー枢機卿ではありませんよ！」と言うほどまでになっていた。まさに彼の言う通りだというのはエヴゲニー・ニキフォロフで、パーミャチ時代以来のドゥーギンの友人である。

プーチンとチホン神父との関係は、いくつかの理由から見て奇妙なものと言える——最初の理由は、懺悔《ざんげ》では、細かいことを話す必要はない。「私は盗みを働きました」とか「私は姦淫の罪を犯しました」と言うくらいで、つけ加えるのは、いくら盗んだとか、何回姦淫したかくらいだ。これ以上の詳細にわたって懺悔する必要はない。チホン神父がどこかの外国の諜報機関に捕らえられ、拷問にかけられても、自白の内容は微々たるものだろう。

歴史がらみのものだ。スレテンスキー修道院を訪れた者は、特に気をつけて探そうとしないかぎり、どうということのない石の十字架を見落としがちだ。それは、庭の中で白漆喰《しっくい》の壁に寄りかかるようにして立っており、修道服姿の僧侶と、スカーフをかぶり救済を受けたような表情を浮かべた女性たちによって手入れされている。かたわらの青銅の文字盤にはこう刻まれている。「動乱のとき、ここで拷問を受けて殺された信仰心篤き正教徒のために」

一九九五年、現在の位置に移されたこの十字架は、修道院からわずか一街区離れた別の建物と奇妙に悲劇的な対照を見せている。そこは大ルビヤンカ通りのもう一方のはずれで、この通りの名がつけられた元KGB本部は、一九一七年以降、公式に表明された無神論の名の下に三十万人以上の教会関係者を殺害もしくは収監した。ソ連時代に、六百年の歴史を持つ修道院は閉鎖され、KGBの前身であるNKVDの宿舎に使われていた。噂では、修道院は処刑場にも使われたという。

今日では、事情は大きく変わった。現在はKGBの後継機関「連邦保安庁（FSB）」が入っているルビヤンカは、専用の正教礼拝堂を持っている。再開され、改装されたスレテンスキー修道院は、正教会とかつての迫害組織のぎごちない同盟関係を象徴するようになった。修道院はロシアの支配階級の精神的復活の中心となったが、その支配階級は元KGBからやってきた者たちで、十二年前にプーチンのおかげでクレムリンへどっと流れ込んできたのだ。

チホン神父にとって、今日のロシアを支配している機構がかつて正教会に与えた惨害は、どう見てもあまり詳しくふれたくない話題のようだった――公然と向き合うものではないが、かといって、特に秘匿《ひとく》すべきものでもない。それらは、修道院の庭に置かれた先ほどの石の十字架のように、見たい者だけが見ればよいものなのだ。

神父によれば、ロシア史におけるソ連時代とは絶対に折り合えないが、今日の後継機関の個々人に、

NKVDやKGBの犯罪の責任を負わせる気もない。「今日のFSBの人間たちには関係のないことです。今日のアメリカ兵士にヴェトナム時代に起きたことの責任を押しつけるようなものです」。神父は、彼らの罪を問うよりも、七十余年のソ連時代をロシア国家の歴史の一時代と見るよう力説しているようだ。あの元KGB捜査員たちは、ソ連国家のために働きはしたけれども、彼らの多くは実はロシアのために働いていた。「私の知っている諜報員たちはロシア国家のために奉仕していました。だから、彼らを弾圧の元凶扱いするのは完全に間違いです」

言うまでもなく、神父の姿勢は教会内では少数派で、ましてや元から反共だった一般の僧侶にしてみれば許しがたいことだった。ところが、クレムリンの上層部では教会主流の考えは歓迎され、まるで無神論の過去を過剰に埋め合わせて、教会のイメージを利用しようとしているかのようだ。二〇一〇年の世論調査では、教会はロシアで民衆から信頼されている公共組織としては二番目に当たる――定期的に礼拝に出席する信徒はほんのわずかなのだが。プーチンは支持率の低下や街頭抗議運動の勃興を見て、いっそう教会を引き入れる努力をするようになってきたようだ。スレテンスキー修道院には特に力を入れており、モスクワの代表的なPR会社の一つを率いる人物は、この修道院を「クレムリンのイデオロギー課」と揶揄した。しかし、これはジョークではないのだ。正教会の著名な左派で、一九九三年に教会の役職から引退したインノケンチー・パヴロフ神父は、ロシアの支配層が掌を返したように信心深くなった理由は政治的ご都合主義としか思えない、と言う。「われわれの指導者たちは、科学的無神論のクラス［ソ連時代、キリスト教神学を（批判的に）教えた唯一の学科］で役に立つことを一つだけ教わったようです」と、神父は笑う。「ヴォルテールは『神がいなければ、神を発明するしかない』と言いました。彼らはこう思ったのです――何という名案だ、これを実行しよう」

チホン神父の自伝『日々の聖者たちとその他の物語』には、どこにもプーチンの名は出てこない。この自伝は二〇一二年のベストセラーになり、ロシア語版の『フィフティ・シェイズ・オブ・グレイ』さえ凌駕した。この自伝の成功は、教会とロシア史の共産主義時代との亀裂に橋をかけ渡した点にあった。つまり、およそ正常とは言えない時代を正常化し、ロシア人が宗教的伝統を受け入れることを可能にしたのである。同時にこの自伝は、自分たちの親や祖父母がうしろめたく思っていた事柄に対して、ロシア人たちが感じていた内なる不快感を和らげてもくれたのである。

チホン神父は、ソ連時代を暗黒の時代とは見なさず、信心深い人々が試練に遭った時期だったと書いた――救世主ではなく「日々の聖者たち」が普通のヒロイズムを発揮し、それが人目を引くこともなく消えていったのだ、と。『日々の聖者たち』は、穏やかな赦しの魂で書かれている。古い世代の教会関係者たちの奇行と愛すべき奇癖の思い出を描き、著者にとってのこれらの師たち、著者よりもはるかに多くの迫害をソ連政権からこうむった彼らを「日々の聖者」と呼んだ。チホン神父のドゥホーヴニク（師）で、後にプスコフ洞窟修道院の院長となった故イオアン・クレスチヤンキン神父は、NKVDによって指を折られ、一九五〇年に労働収容所へ送られて五年を過ごした。「主の御心により、私は先達が経験したような深刻な葛藤には遭わずにすみました」と。チホン神父は今日になって言う。「一九八〇年代には、そんな迫害はありませんでしたからね。当局は、専門職の生活を没落させ、勉学を禁止し、権威ある仕事につけなくした。でも、それだけだったのです」。この本を批判する者は、書かれていないことが多々あり、当局との衝突だけでなく、僧侶たちは結構当局と妥協もしたと主張する。多くの者が、高位の僧侶たちがKGBに協力し、そのおかげで教会内での出世にありついて、それが一九八〇年代末まで続いたと非難した。

高僧クラスとKGBの協力という教会史におけるこのつらい過去を最もよく知っている人物は、グレブ・ヤクーニン神父をおいて他にない。彼は元僧侶のリベラルな改革派で、一九九七年に破門された。

その理由の一部は、彼の教会批判にあった。私は、まだ著名な反体制派だったヤクーニンに、KGBに協力した教会のつらい過去について訊いた。一九九二年、当時KGBの力を削ごうと闘っていたボリス・エリツィンから迫られて、ヤクーニンは、宗教組織担当だったKGB第五局第四課の文書倉庫へ入る許可を得た。ヤクーニンは一か月にわたって文書を調べた。書類に出てくる諜報員のカードファイルはまったく渡されなかったが、報告書のパターンから担当の諜報員を割り出し、彼らの暗号名と、トップレベルの聖職者の活動についての情報とを比べ合わせた。例えば、「ミハイロフ」という諜報員の興味深い旅程記録を見つけたが、彼の報告書によると、この諜報員は一九七二年二月、ニュージーランドとオーストラリアに旅行した後、七三年一月、タイで開かれた「世界教会協議会（WCC）」に出席している。これを『モスクワ総主教日誌』にある記録と照合したヤクーニンは、ロシア正教会の渉外局に勤務していたキリルという人物が、同じ日付で旅に出ていることを知った。四十年間にわたって教会の階梯を上り続けてきた後、白いあごひげを蓄えて恰幅もよくなったキリルは、二〇〇九年に正教会の総主教に任命された。教会側は、キリルがKGBに雇われていたことは認めていない。総主教の代理たちは、それ以上の回答を拒否した。ヤクーニン神父によれば、正教会には、すさまじいまでにKGBが入り込み、「事実上、すべての主教が情報提供者にされていた」。チホン神父自身はKGBとの関わりで評判を落としたという証拠はないが、当時の彼は若すぎて、KGB側にとって標的にするだけの価値がなかったのかもしれない。しかし、彼が自著で書いた者たちは標的にするだけの価値があった。例えば、一九八〇年代半ば、チホン神父は教会出版局長ピチリム神父の助手を二年間務めたが、ヤクーニン神父はピチリムのKGB名が「大修道院長《アボット》」だったと言っている。

二十年後でも、ソ連体制下で強いられたスパイ行為は、正教会内では依然としてつらい論議の的であり続けている。元のKGB協力者が粛清される代わりに、この問題の提起者のほうが粛清されているのである。ヤクーニン神父はその典型だ。ヤクーニンは、ソ連時代の帰結として正教会は「新たな宗教改革」が必要で、すべての主教を入れ替えるべきだと確信している。それをおざなりな弥縫策《びほうさく》ですませれば、正教会とその壮大な道義的重みを、KGBとその後継機関の手にゆだね続けることになるだろう。かつて正教会に浸透したKGB／FSBは、今では新しい形の帝国ナショナリズム――ヤクーニンに言わせれば「ウイルス」であり、ロシアを内側から食い破ろうとしている――の砦として、正教会を操ろうとしているのである。共産主義によって苦しめられた組織だったからこそ、ロシアのキリスト教会は、この国民の良心たりうるチャンスに恵まれていた。そして、この国が過去と向き合い、過去を受け入れ、みずからを癒やす手助けをすることによって、その道義的重みでロシアをソヴィエトの悪夢から救出できたはずなのだ。ところが正教会は、教会を何かにつけて想起するためのよすがとしてではなく、忘れ去るためのよすがとしてしか見ない、元KGB協力者の巣窟と化してしまった。

＊＊＊

ひとたび、あらゆるレベルがイデオロギーで満たされると、ロシアの政治は、何世紀にもわたって「すべてを包含する」「大きな」教義やプログラムに対して無防備となり、多くの人々は、チホン神父、ウラジーミル・ヤクーニン（ヤクーニン神父ではない）、マロフェーエフ、ドゥーギンのような人たちの支持する正教会のような強靭で政治色の強い組織が、共産主義の消滅によって生じたぶざまな真空状態を満たし始めた、と考えている。プーチンの世界を占めるこれらの多様なグループ、ヤクーニンの正教チェキスト、マロフェーエフの正教ビジネスマン、教会内保守派のチホン神父グループ――これらすべてがロシアのエリートの間でドゥーギンの連携網を形成していた。

ドゥーギンの「ロシアの行進」は崇《たた》られた催しとなり、ユーラシア青年同盟は、面倒になれば、あれはお遊びだよとシラを切れる類のものだった。これらは、彼が大統領府の高官の間に明らかに聞いてくれる耳を持ち、大統領府も政治問題を処理するために過激イデオロギーと戯れてみる意思があることを示していた。ドゥーギンのいくつかの外国旅行がクレムリンの関与で行われた証拠がある。例えば二〇〇四年に彼はトルコへ興味深い旅をしたが、それはプーチンの訪問の露払い役だった。アンカラの米大使館によれば（二〇一一年にウィキリークスによって漏らされた通信文で明らかになった）、トルコ国家安全保障会議の事務局長トゥンジェル・クルンチに近い筋が合衆国外交官たちに告げたところでは、「プーチンは自身のトルコ訪問に先立って、『ユーラシア』構想の設計者アレクサンドル・ドゥーギンをクルンチのもとへ送ったが、狙いはテュルク系の『ユーラシア・ブロック』と合同することにあった」。これで見ると、ロシアはテュルク系の強硬派の間にある推進力の取り込みを図ったらしいが、まったく効果はなかったようだ。(32)

クレムリンの発案で行われたと思われる、外国相手に打った手のもう一つの例としては、二〇〇七年、ドゥーギンとザリフリンがクリミアへ旅して、ウクライナにおける「オレンジ革命派」の支配に抗議する運動に参加したことがあげられる。その年の六月に二人は好ましからざる人物《ペルソナ・ノン・グラータ》と宣告され、キエフのボルィスピリ空港から強制送還された。興味深いことに、ロシア政府は直ちに報復措置をとり、私用でサンクトペテルブルクを訪れたウクライナの大統領顧問ムィコラ・ジュルィンスキーと彼の家族を国外に追放した。(33)この経緯について、駐ウクライナのロシア大使はこう説明している。「どう言えばいいでしょうか？　最近、わが国の代表がクリミアへの入国を拒否されました。今回は、貴国の代表に対して同じ措置がとられたのです」。十月、ドゥーギンとザリフリンは、ホヴェールラ山頂にある国章の彫刻を損傷した罪でウクライナから追い出された。翌年二月にクレムリンは、ウクライナの政治学者セルゲ

イ・タランを国外追放した。ロシア外務省は、これは二名のロシア人に対してとられた措置への報復であると説明した。(34)

肝心なことは、ドゥーギンが独自に行動していたのではないということだ。かといって、そうすることで誰を益していたかを突き止めるのも難しい。確かなことは、クレムリンの支援があったとしても、それは一枚岩ではなかったことだ。例えば、モデスト・コレロフは、二人のウクライナ旅行にクレムリンはまったく関係ないとそっけなく否定し、ドゥーギンの行為を「愚かだ」と断言した。(35) この人物は、当時、ＣＩＳ諸国との文化・国際面での連携に携わる大統領直轄の部局の長を務めていた。しかし、この一連の対外活動でドゥーギンが采配をふるっていたのか、別にそういう人物がいたのかも定かではないのだ。そして、モスクワのパワーポリティクスの万華鏡の中では、そんなことはどうでもよいのである。ドゥーギン自身、二〇〇七年のインタビューで言っているように、彼の理論は「幻影だったものが、どんどん現実のものになっていく」のである。はたしてどのくらい現実のものとなるかは、まもなく明らかになるだろう。

第14章 尻尾が犬を振り回す

カフカス山脈の高い嶺々が連なる中に、ジョージアのソフス山はある。そこに座って、パーヴェル・ザリフリンは、自分は今、ロシア史の新たな黎明を目撃しているのだという思いを味わっていた。二〇〇八年八月八日の朝で、ソフス山はロキトンネルへの南側の入口に位置しており、このトンネルはカフカス山脈をえぐり抜き、ジョージアとロシアの連結口、まさにロシア第五十八軍の侵入口となっていた。戦車、要員を乗せた装甲車、ミサイル発射装置などが、このトンネルを抜けていく光景は、まるで「かまどの火入れ口を連想させた」と、ザリフリンは言った。車列は南下を続けた。彼は回顧録にこう書いている。

車列は、オセチアの聖なる山々の奥底から生まれ出てきたみたいで、まるで太古のカフカス山脈が火噴き口から、これらの堂々たる戦争の車列を吐き出しているかのようだった。漆黒の虚無の只中から、今われわれの眼前で新生ロシアが生まれ出ようとしていたのだ。(1)

南オセチアでは、ここ数か月、戦雲がただよっていた。本格的な事態の始まりは一九九三年で、ジョージア内の自治州だった南オセチアがジョージアからの独立をあわや実現しかけ、ロシアは分離独立派を支援して短い内戦になっていたが、ジョージア軍とオセチア（オセット人）民兵間の休戦ラインは国連軍が監視し、以後何度か紛争が勃発しかけたものの、ロシアとジョージア双方はどうにか寸前で踏みとどまっていた。

散発的な砲撃と狙撃兵同士の応酬が一週間続いた後の二〇〇八年八月八日の夜、ジョージア正規軍は、南オセチアの首都ツヒンヴァリにロケット弾攻撃を加えておいてから、大挙して侵攻した。明らかに本格的戦闘を予見していたロシア軍は用意万端で、直ちにジョージアへ装甲部隊を送り込んだ。これは前代未聞の思いきった措置で、ロシア（ソ連）が外国に対して本格的な全面的侵攻を断行したのは、当時は勢力圏内に置かれていたハンガリーとアフガニスタン以来のことだった。ジョージアは合衆国の重要な同盟国で、NATOの「平和のためのパートナーシップ」計画のメンバーであり、親米派のミヘイル・サアカシヴィリが大統領だった。いざ決戦となると、ロシアの侵攻軍は善戦とはいきかねた。なにしろ、ジョージア軍はNATOの訓練を受け、合衆国製の軍事車両を使っていたからである。それでも戦闘はわずか三日で終結して、ジョージア軍は撤退し、モスクワ側は戦術的な優秀さを見せつけた。悪いのはジョージア側ということになり、他のロシア近隣諸国はおとなしくなった。戦闘が終わると、ロシア大統領ドミトリー・メドヴェージェフは、元ソ連邦に属していた諸国に対して、ロシアの「特別影響圏」となることを要求した。モスクワ側がこれほど明確な要求を突きつけたのは、これが初めてだった。

さてここまでで疑問点は多々あるが、その一つは、ザリフリンやドゥーギンのユーラシア青年同盟はどう行動していたのか、というものである。

＊＊＊

ジョージアとの戦争は、結果的に、ソ連崩壊後のロシア史において歴史的エポックだったばかりでなく、ドゥーギンやザリフリンが同胞としてのオセット人とロシア人の永遠の友情を願って組織した、極めてシュールなサマーキャンプのクライマックスだったことが明らかになった。

まず、南オセチアの首都ツヒンヴァリの北で、同国の与党フェデバスタ（社会主義者）党との協力下にサマーキャンプが行われたが、これは、分離地域［ジョージア内で独立を宣言した「南オセチア共和国」のこと］の暴力的な大統領エドゥアルド・ココイティの親ロシア政権のために行った、やや勇み足の半官的な支援だった。ザリフリンに言わせると、このキャンプは、オセット人の「イラン的潜在意識への全面的没入法」［オセット語はイラン語群に属するが、民族的にもオセット人はイラン系とする説がある］だった。これは、「ゲシュタルト心理学に従って、ロシア人の意識下に存在するイラン的原型を探ること」を指していた。キャンプの参加者たちは不十分ではあるが武器操作訓練を受け、「ゲシュタルト実験」にも参加したが、後者の狙いは、オセット人とロシア人が共通の心理的傾向を持つことを分からせてロシア人とサルマタイ＝イラン人［サルマタイは古代にウラルから黒海地方にいたイラン系遊牧民］が運命共同体であることを認識させ、この地域に対してロシア側が持っていたあるレベルの覇権の主張を強化することにあったと思われる。「われわれは、軍の民族学者としてキャンプに参加したのだ」と、ザリフリンは回顧録で冗談めかしながらも言い、誇らしげに書いている。「生来のイラン的特質は、ロシア人の集合的無意識の中で生き延びている（中略）サルマタイ人の血は、われわれのこめかみで脈打っている。栄光あるロシア人という称号が、輝ける光でわれわれを包み込んでいるのだ」。この演習自体は「ツァラトゥストラはかく語りき」と名付けられていたが、これにはややファシスト的な暗喩がある――ニーチェが紀元前六世紀のゾロアスター教の創始者を登場させて書いた著作を、第二次世界大戦でヒトラーがドイツ軍の全将兵に配っていたのだ。

ドゥーギンは、このキャンプにはクレムリンからの援助はいっさいなかったと断言し、「ココイティに親クレムリン派の支援を示す」ことが狙いだったと語った。(2) キャンプへの主な資金提供者であるガグロエフが南オセチアから喝采を送られたことは、そのあたりの事情を物語っている。また、南オセチアの独裁的指導者エドゥアルド・ココイティは、二〇〇五年に「ユーラシアニスト運動」の役員会に参加し、ドゥーギンは、いくつかのラジオ番組に彼を迎えた。キャンプへの参加者たちは、自前で費用をまかなった(というより、ガグロエフが出してくれた)。しかし、このキャンプの真の目的は、開戦前夜という非常に微妙なタイミングからいって驚くべきものだった。「ココイティは戦闘が切迫していることをあらかじめ知っており、どこからのものであろうと援助なら大歓迎だった」と、ユーラシア青年同盟のメンバー、レオニード・サヴィンは言っている。「たぶんココイティは、ドゥーギンがクレムリンにコネを持ち、結局はロシア側からの支援を取り付けてくれることを知っていたのだろう」

ロシアは、ココイティとの関係をこじらせていた。歴史的にはモスクワは南オセチア寄りで、後者はジョージアとは一世代続く不仲で、ソ連瓦解後、独立したジョージアへの編入に抵抗していた。一九九一～九二年の短い内戦ではロシアは南オセチアの独立を支援したが、国連による休戦ラインが敷かれ、ロシアの平和維持軍が監視に当たった。九〇年代初頭に何度かあった不穏な動きに対して、ロシア政府は南オセット人にロシア行きのパスポートを発行し、ジョージア側が停戦ラインを越えることを牽制した。とはいえ、ロシア側のテコ入れもそこまでで、ココイティに対しては一定の距離を崩さずに紛争再発の火種を消そうとし、同時に双方への不干渉の姿勢を維持しようとした。ココイティの側近の一人によれば、ココイティが歓迎したキャンプは、ここ十七年ぶりにロシア側から示された最初の好意的行動だった。翌日、ココイティは参加者たちに対して行った演説ではっきりと、彼の目標は「ジョージアからの独立で、最終的にはロシア連邦に加盟することだ」と告げたのである。

　ココイティは、クレムリンの中立姿勢は最終的には自分の味方になってくれないが、ユーラシアニストたちのキャンプは、同年夏に南オセチアとジョージアの間で戦機が熟したときにモスクワが自分の声に耳を貸すという多少の希望を与えてくれたと見ていたかもしれない。ところが、前述のドゥーギンたちのウクライナ旅行と同様、ある段階まではクレムリンから多少の支持は得られても、元クレムリン高官のコレロフからは、キャンプは「まったくドゥーギンが勝手にやったことだ」と冷笑された。「連中はしたたか飲んで、何日か野営を張って、後はさっさと引きあげた。政治的色合いなんてあるものか。連中は、尻尾が犬を振り回せる［自分たちが本体のクレムリンを振り回せる］と思ったのだ」。しかし、明らかに、ある程度は、尻尾が犬を振り回したのである。

ジョージア侵攻

　ジョージア相手の戦闘気運はしばらくの間続き、ロシアにおける反オレンジ革命フィーバーの中で頂点に達した。この時点までに鬱積していたロシアの西欧への憤満は膨大なものとなっていた。イラクでの合衆国の戦争はＮＡＴＯを分裂させ、ＮＡＴＯ側にもその単独行動主義と挑発的行動から合衆国を国際的な弱いものいじめとみなし、反合衆国の姿勢をとる加盟国も出てきた。ブッシュ政権は東欧への弾道弾迎撃ミサイルシステム設置構想を喧伝し、ロシアの以前の属国キルギスの米軍基地は「戦略基地」であり、撤収の意志はないと言明した。

　これに対するロシア側の反発が頂点に達したのが、二〇〇七年二月に開かれた「ミュンヘン安全保障政策会議」年次総会でのプーチンの演説だった。彼は西欧が世界支配をたくらんでいると攻撃し、その世界には「単独の主人、単独の君主がいる」と罵った。「そして結局、このシステムに属する諸国すべてはもとより、その単独の主人にとっても害毒だ。なぜなら、そういうシステムは内側から崩れるからだ」(3)。出席者たちはこのプーチン演説を「ロシアと西欧との新たな冷戦の開始」と名づけた。

東西の亀裂の焦点はしばしの間ジョージアになったが、その焦点の一つが南オセチアというジョージア内の山岳地帯の分離地域の問題であり、もう一つの焦点が、ジョージアの黒海沿岸地方にあるアブハジアで起きた民族紛争である。南オセチア問題は過去十五年間に何度か炎上していたが、そのたびに理性的な判断に基づいてなんとか戦闘を回避し、現状を悪化させずにきていた。ロシアの支援を受けたオセチア軍閥の支配下でなされていた密輸と無法状態で悪名高かったこの分離地域は、実情はロシアにとってはありがたい顧客で、ジョージアのナショナリズムから見ればトゲ、カフカス全体の紛争の地政学的な要地だった。もっと肝心なのは、ロキトンネルの南の入口にあるため、モスクワ側がどうしても手に入れたい戦略目標でもあったことだった。ところが、二〇〇四年に、熱狂的な親米派大統領のミヘイル・サアカシヴィリが登場したことで状況は一変する。

二〇〇八年春に合衆国は、ジョージアとウクライナをNATOに加盟させる行動計画が検討されていることを明かし、ロシアの友邦セルビアから分離独立したコソヴォを国家として承認した。ロシアにとっては、元のソ連邦所属の共和国のうち、バルト三国以外の地域がNATOの加盟国になることは許容範囲を超えていた。この地域、特にジョージアとウクライナにおいては、一九四五〜四七年の東欧の状態に逆戻りしようとしているように見えたのだ。モスクワ・カーネギーセンター所長のドミトリー・トレーニンによれば、両国は「新たな冷戦の獲物であり標的だった」。

すでに同年夏にジョージア民兵とオセチア部隊が境界線をはさんで戦闘を開始しており、ジョージア側が時折、オセチア側へ砲弾を撃ち込んでいた。やがて同年八月の第一週に砲撃と狙撃が再開された。紛争はエスカレートして八月七～八日にかけての夜、ゴリ市外にジョージア部隊が集結して戦車と122ミリ・グラートロケット砲まで動員された。

次に起きたことは、多くの推測や陰謀論を生み出し、さらには書籍数冊、少なくとも映画一本の題材となり、EUによる膨大な調査の主題となってきた。ジョージア大統領サアカシヴィリは、ツヒンヴァリに電撃的攻撃を加え、グラートロケット弾の雨を降らせたのはロシア軍のジョージア侵攻を防ぐためだと主張し続けた。敵の戦車を攻撃するためとのことだったが、実際には数十名の非戦闘員を殺害し、ロシア軍の平和維持軍部隊にも犠牲者が出た。しかしロシア側は、自分たちの南オセチア侵攻は、このサアカシヴィリの先制攻撃に反撃するためだったと主張する。一年後、紛争調査に動員され、スイスの外交官ハイディ・タッリャヴィーニに率いられたEUの委員会は、主としてロシア側の主張を支持した。二〇〇九年に出されたEU報告書には、明確に次の記述がある。「二〇〇八年八月七日～八日にかけての夜間、戦闘の引き金を引き、ツヒンヴァリに激しい砲火を見舞ったのはジョージア側である」[4]。ところが、同報告書には、以下の事実も記載されている――ロシア軍部隊がジョージアの侵攻前から南オセチアに展開し、「戦闘の引き金を最初に引いた責任はジョージア側にあるとしても、ロシア側も相当数の国際法違反を行った」。

砲撃の数時間後、ロシア軍はロキトンネルを通ってジョージアになだれ込み、同時に西のアブハジアへも侵攻した。ここはロシアが支援するアブハズ人民兵の管理下に置かれた、もう一つの分離地域である。ここでサアカシヴィリは大きな誤算を犯した。ドミトリー・メドヴェージェフ大統領とウラジーミル・プーチン首相が、戦闘をめぐる熱狂で主導権をとろうと競い合ったのだ。

ドゥーギンは、いささか割に合わない宣伝役を務めた。リベラル系のラジオ局「モスクワのこだま」

で事件に言及した際、ツヒンヴァリに砲撃を加えたジョージアを「ジェノサイド」呼ばわりしたロシア初のコメンテーターになったのである。「ジェノサイドとは、民族原理に基づいた殺戮である。これはまさにジェノサイドなのだ」。数時間後の八月九日に、プーチンもこの言葉を使った。北京オリンピックから帰国して北オセチア［ロシアの連邦構成共和国の一つ、北オセチア・アラニア共和国］のウラジカフカスに到着すると、ツヒンヴァリ砲撃を報道するテレビニュースに接して彼はこう言った。「まさしくジェノサイドの要素がある」(5)

三日間の戦闘でロシアの第五十八軍は、乏しい兵力と火砲しか持たないジョージア軍をあっけなく粉砕した。西側はロシアの侵攻にショックを受けた。この戦闘が、旧ソ連領土に対するロシアの新たな帝国主義の前ぶれではないかと恐れたのである。八月三十一日、ドミトリー・メドヴェージェフ大統領はこれらの地域を「特権的利害地域」と呼んだ。

ユーラシア問題をテーマとするサマーキャンプ参加者たちは、この戦争では実際的な役割は何も果たしていなかった。とはいえ、クレムリンの支援を得ている半官的な組織の存在はココイティを奮い立たせ、ちょっとした戦闘を次々とジョージアに仕掛けた。我慢しきれなくなったジョージアのミヘイル・サアカシヴィリ政権は、杜撰《ずさん》で流血をともなった作戦で応じようとした――ロシアが軍事介入しないだろうと誤算したのである。

驚くほど上首尾に戦果をあげたモスクワ側を、合衆国政府は何とかしてこらしめようとした。しかしヨーロッパの指導者たちはより冷静で、厳密に言えば仕掛けたのはジョージア側と見て取ると、ワシントンを説得して諦めさせた。そして、少なくともサアカシヴィリがこの戦闘を仕掛けた一人であることが明らかになると、この戦闘の制裁を行おうとする道義的な流れは消滅してしまった。

ロシアは、NATOが後ろについていたジョージアに対して軍事的に大きな勝利を勝ち取り、それでおとがめなしとなった。ロシア政権の強硬派は、西欧との新たな対決が迫ったと感じはしたが、同時に、今回の勝利は長期的目標、すなわち、以前のソ連邦領土に対する地政学的管理を帝国的規模で強化する、新たな時代の到来へと切り替えられるとも考えた。合衆国とロシアは、かつて包囲されたジョージアにブッシュ（父）大統領が救援物資を空輸し、ロシア空軍の爆撃の最中に合衆国の輸送機がジョージアの空港に離着陸するという事態のあった時期から二十年近くを経て、またしてもあわや戦火を交える寸前までいったのだ。

ところが、対決寸前までいったこの時代精神は、沸き上がったときに劣らぬ唐突さで、ふいにかき消された。

＊＊＊

ジョージア侵攻の三週間後、ロシア中央銀行は急激なルーブル売りに見舞われた。投資家が、クレムリンの強硬な発言に怯えて投資のリスクに備えようとし、リーマン・ブラザーズ倒産が追い打ちとなって、一挙にルーブルを売却したのである。クレムリンは二千億ドルの外貨をはたいて、すさまじい打撃を受けた企業や銀行を救出しなければならなかった。その冬、ルーブルは対ドルで三分の一に下落し、二〇〇九年を終えたときはGDPが七・九％も落ちていた。

この危機がもたらしたものの一つとして、ロシアにおける反西欧キャンペーンは下火になった。西欧相手のローン返済の繰り延べや、貿易と技術移転の導入に追われたためだ。原料輸出が基本のロシア経済は、現代的な技術中心の経済への転換が必要となった。

他方、合衆国もロシアとの関係修復を焦っていたので、メドヴェージェフに助けの手を差し出した。ジョージア侵攻があったにせよ、メドヴェージェフはプーチンほど反米ではないし、彼よりはリベラルだと見ていたからである。二〇〇九年二月、ミュンヘンでジョー・バイデン副大統領はロシアに対する合衆国の政策を「リセット」すると表明した。この結果、両国関係は建設的かつ生産的なものに一変し、その象徴が二〇一一年の「新START条約（新戦略兵器削減条約）」に結実した。

この時点までのドゥーギンのキャリアを見ると、ロシアの対西欧関係の変化がよく分かる――ドゥーギンが表舞台に登場すればするほど、事態が悪化していたのだ。ところが、ジョージア戦争直後に、ロシア金融危機が襲来し、さらにはロシアが西側に友好を求める手を差し出すと、ドゥーギンの評価は急落した。ジョージア侵攻から数週間後、彼は人気の国営放送局やロシア・ラジオのトーク番組から降ろされた。二〇〇九年、ユーラシア青年同盟は一時的とはいえ活動中止に追い込まれ、ザリフリンはユーラシア青年同盟の他の幹部たちとの確執で去った。その彼によれば、「ユーラシア青年同盟は大統領府の政策と密接に関わっていたので、大統領府が関心をなくすと、ドゥーギンもユーラシア青年同盟に関心を失ってしまった。彼は反体制に回りたくはなかったのだ」。そのザリフリン自身も、反体制に回りはしなかった。今日のザリフリンは、モスクワでユーラシアニズム思想のシンクタンクを運営している。「ドゥーギンは常に体制側にいたがった。自分を体制の一部だとみなしていたのだ[6]」。ドゥーギンは軟着陸を敢行して、モスクワ国立大学社会学科の教授職に就いた。書棚に取り囲まれた暮らしに入ったのだが、長くは続かなかった。

「ユーラシア連合」設立計画

今日、地球全土を束ねるアメリカ帝国は、世界中の国々の支配をもくろみ、ほしいがままに侵略を行い、他国から大目に見てくれと頼まれても聞く耳を持たない！（中略）アメリカはすでにイラク、アフガニスタン、リビアに侵攻し、次はシリア、イランへの侵攻を企てている。そして今や、ロシアに的を絞っているのだ！

二〇一二年二月四日、酷寒のさなか、モスクワの戦勝記念公園に集まった十二万人の親クレムリンの大集会で、ドゥーギンはマイクに向かって叫んでいた。観衆の吐く息が湯気のように見えた。大型テントの下には、ドゥーギンと同じ硬派のイデオローグであるクルギニャン、プロハーノフ、シェフチェンコたちが、マイクを握らない間は酷寒に耐えようと足踏みを続け、順番が来ると、ロシアの破壊をめざす西欧側の陰謀をいっせいに糾弾した。後でＩＫＥＡまで運んであげるから買い物ができるよという甘言につられて駆り集められたデモ参加者たちは、バスで会場に送り込まれて、凍てついた園内から同じく凍てついた歩道へとはみ出していた。移民労働者から高校生まで、集会の規模を大きくできれば誰でもいいという方針で集められていた。聴衆の大半は無関心で、最前列のナーシのメンバーだけが懸命に旗を振っていた。

二か月前に、クレムリンを震撼させる事態が起きていた。数万ものモスクワ市民――大多数は裕福で飢えとは無縁の人々――が、プーチン政権は選挙で不正を働いたと抗議し、街頭に繰り出したのである。三月にはプーチンが大統領三期目に返り咲き、他方、メドヴェージェフは大統領から首相に交代することが、丹念に練り上げられた政治的取引で想定されていた。人数で言えば、野党側が動員した反対デモは、前代未聞の規模に膨れ上がった。それまでは、野党側の抗議デモの規模は、抗議者よりも灰色の制服に身を包んだ内務省のＯＭＯＮ《オモン》機動隊のほうが多いことが普通で、数で劣るデモ隊は機動隊の大型護送車に押し込まれるか、機動隊がつくる方陣の中へと追い込まれるのが常だった。ところが、新たなデモの波は機動隊の棍棒だけでは手に負えなかった。抗議行動の規模が大きすぎるうえに、デモ参加者たちの中には銀行家、編集者、アイフォーンを振りかざす社交界の大物、中には著名なオリガルヒの令夫人まで交じっていたのだ。

これは、スルコフ時代の超現実的《シュール》なやり方、すなわち、分身やクローンを次々と繰り出して、壮大な民主政治の模造品で人々をごまかそうとする策略が尽きたきざしだった。明らかに、新たな政治の形が登場していた。野党はもはや、クレムリンが金を出してつくった疑似政党で代替できるような、取るに足らない存在ではなくなっていた。プーチンは自身の政治生命を懸けて戦っていた、いや、少なくとも当人はそう思い込んでいたのであり、クレムリンは新たな言葉と新たな政治手法――リアルポリティクス――を使い出した。

この変化は、二〇一一年十二月に、スルコフが明らかに辞任に追いやられた事実にも象徴されていた。この国内政治のマエストロは、「安定政権がその子供たちを食ってしまった」とつぶやいて退陣したが、これはフランス革命家のジョルジュ・ダントンが、ギロチンにかけられる直前に残した言葉のもじりだった。スルコフが移された新たなポストは、はるかに実権の少ないものだった［それまでの大統領府副長官から副首相になった］。戦勝記念公園での演説においてドゥーギンが使った言葉は、またしてもすぐ後にプーチンが使うことになった。それは、この窮地を招いたのは「第五列」と「内なる敵」のせいで、彼らは「内側からロシアの扉を開けて外部勢力を招き入れ、ロシアの弱体化を図った」というものだ[7]。戦勝記念公園での抗議集会は、野党側の一連の成功に対する親クレムリン派の大規模反撃としては最初のものだった。そしてクレムリン側は、抗議デモ側についていないナショナリストはすべて動員した――ドゥーギン、クルギニャン、シェフチェンコ、プロハーノフは声を張り上げてプーチンを弁護し、怪しい外国勢力にたぶらかされて起こされた反乱を攻撃した。私がパヴロフスキーに訊くと、これらの演説者はプーチン自身が選んだが、理由は「彼らは全員が元左翼だったから」というものだった。従ってこの集会が発した警告は、リベラル派を排除したプーチンの第三期政権は、従来とはまったく異質なものになるということだった。リベラルと保守の間を行きつ戻りつするのでなく、今やプーチンは後者に完全依存する決意を固めたのだ。

抗議集会開催の直接の理由は、前年の二〇一一年九月に表明されていたプーチンの政権復帰の決意と関連していた。同月の「統一ロシア」年次総会で演壇に立った彼とメドヴェージェフは、その決意を唐突に党の代議員たちに通告したため、代議員たちは完全に虚を突かれた。メドヴェージェフの比較的リベラル寄りの派閥は、明らかにこの措置について知らされていなかった。メドヴェージェフの経済顧問のアルカジー・ドヴォルコーヴィチは、二人の公表後に「祝うべき理由は一つもない」とツイッターを飛ばした。他方、財務大臣のアレクセイ・クドリンは首相職を望んでいたが、そういう朗報は届かず、政権について節度を欠いた発言を繰り返したため、数日後、メドヴェージェフによって解任された。

下院選挙を前に、プーチンはますます重圧を覚えたが、二〇一一年十一月、格闘技の勝者に祝意を述べるために会場に入ると、観客の間から思いもかけずブーイングが上がった。彼は祝意を述べる口調もつかえがちで、明らかにとり乱していた。ニュース報道では、彼のスタッフは、数日後、サンクトペテルブルクで開かれる予定だった催しへのプーチンの参加をキャンセルした。パヴロフスキーによれば、「プーチンは、カムバック宣言をやれば評判は天まで届くと激励されていた。だが、それとはまったく逆の展開になったのだ」。パヴロフスキーはこの時点で、メドヴェージェフを支持しすぎたためにクレムリンから追われていた。

二〇一一年十二月四日の下院選挙で、危機はいっそう火に油がそそがれた。怒った者たちの街頭抗議行動は、非暴力ながらクレムリン近くのボロートナヤ広場に五万人という前代未聞の人数が集まり、さらに十二月二十四日の反クレムリン・デモでは十万人にふくれ上がった。デモの人数を増やすためとデモのマッチョな演出とを兼ねてジョームシキンとベロフ率いるナショナリストたちが動員され、規律は保たれた。二人の組織はこの時点では活動を禁止されていたのだが、依然として何万もの参加者たちを動かすことができたのだ。

これらの抗議行動が従来と違っていたのは、何万人もの大集会に法的認可が与えられたことで、プーチン政権下では初めてのことだった。政権の最上層にいる者にとってさえ明らかでなかったのは、スルコフを含めたメドヴェージェフ陣営がデモの合法化によってガス抜きを図ったのか、あるいは何かまったく別の狙い、例えばプーチンの再選阻止の意図があったのかどうか、ということである。この不明確さが、プーチン陣営を疑心暗鬼に陥れた。パヴロフスキーによれば、「プーチン派のおおかたの見方からすれば、いやプーチンもそう見ていると思うが、十二月のデモはメドヴェージェフ派が引き起こしたのではないかということだった——メドヴェージェフが個人的に引き起こしたというわけではないかもしれないが。それでも、プーチンもそう考えていたと思う」

プーチン自身は、抗議デモが見えざる外国の手によるものかもしれないという疑いを少しは抱いていたらしい。「(野党の指導者たちは) そういう合図に気づいて、合衆国国務省の支援を得て実行に移った」。これは、ヒラリー・クリントン国務長官がロシアの下院選挙の動きに懸念を表明した後、プーチンが口にしたことである。プーチンの論法はより疑い深く、民族主義的で、対決姿勢が露骨になっていったが、おそらくこれは彼の追い詰められた心理状態を物語っていたのだろう。二月、彼はスタジアムの観衆にこう告げた。

> われわれは、誰にもわれわれの内政に介入することを許さない! 彼らの意志をわれわれに押しつけることは許さない。なぜならば、われわれには自分自身の意志があるからだ。この意志のお

かげで、われわれは常に勝ってきたのだ！（中略）われわれは勝ち続けてきた民族だ！　勝つことは、われわれの遺伝子、われわれの遺伝子コードに入っている。それは世代から世代へと伝えられてきた。だからこそ、われわれは勝てるのだ！

プーチンが選挙で負ける危険は一度もなかった。二〇一二年三月、彼はあっさりと勝利を手にして、すぐさま保守化路線を選んだ。スルコフの後任のヴャチェスラフ・ヴォロージンの政治は、前任者と違って対決色が鮮明で、よりナショナリスト的なカラーが強く、より荒々しいものだった。

プーチンは再選以後、メドヴェージェフがとってきた限定的なリベラルの改革（州知事選挙など）を逆戻りさせ、同時にロシアの精神的伝統に訴え、西欧的価値観を攻撃した。政治的エリートの忠誠心を新たに強調し、外国資産保有を禁じる一連の法案を議会に提出した（ただし、下院の慎重な第三読会《どっかい》で骨抜きにされたが）。一連の弾圧法で野党を弱体化すると同時に、ロシアの偉大さを強調し、急速に国防費を増額した。一九九〇年代には取るに足らない位置に置かれていたナショナリストの奇矯と考えられた論法が、わずか十五年で国家政策の標準的論法になりおおせたのである。

二〇一三年九月のヴァルダイ会議［ロシア政府が主催する有識者会議］で、プーチンはこう述べた。

今もありありと見えてくるのは、ユーロ＝大西洋諸国で、自分たちのルーツを拒否している国々がいかに多いかということだ。そのルーツには、西欧文明の根本をなしているキリスト教的価値観も含まれる。彼らは道義的原理とあらゆる伝統的アイデンティティ、すなわち民族、文化、宗教、いや性的なアイデンティティすら否定する。大家族と同性カップルを同列に置き、神への信仰とサタンへの信仰をも同列に置きつつあるのだ。(8)

プーチンの新たな形而上学とは、ロシアのアイデンティティや、人文学的な諸価値へのロマン主義的な愛着を西欧の合理主義と対比させ、後者をサイボーグ的に単純化し、それらを人間の内的本性が持つ精神性、兄弟愛、家族の絆との接点を失った存在と決めつけるものだ。

ロシア議会は競って、外国関連のものを手当たりしだいに非合法化するか、厳しく制限を設けた。議会は、ロシアの子供をアメリカ人の里子に出すことを禁じ、外国映画の配給数や外国の運転免許、外国での学習研究（公務員の子弟の場合）、海外資産（公務員の場合）、それどころか外国旅行ですら制限した。これらの多くは後に撤回されたが、問題はそれ以外にもある。政治学者アレクセイ・マカルキンは、『ニューヨーク・タイムズ』のエレン・バリー編集局長にこう語った。

（前略）愛国主義あるいは国益護持の問題には原則があって、当局側には、弱気よりもやりすぎるほうがましだという考えがある（中略）やりすぎて非常識に見える法案が出てきても、それがロシア流儀というわけだ。感情的すぎるほうが愛国的ということになる。(9)

正教会が新たに注目される事態が起こった。瀆神《とくしん》を禁止する法律の文言は、「宗教的信条に背く」と注意深いものだが、クレムリンは二〇一二年、女性パンクバンドの「プッシー・ライオット」に対して奇妙な訴追を行って、この法律の怪しげな適用を行った。(10) 二〇一二年二月、三人の女性が、モスクワの救世主ハリストス大聖堂で「聖なる処女よ、プーチンを放り出せ！」という歌を演奏し、同年十月、「宗教的憎悪を動機とするフーリガン行為」の罰で禁固二年の判決を受けた（二〇一三年に正式に恩赦）。訴状によれば、三人の被告が破ったとされた法律は「トゥルーリ公会議第六十二および第七十五条に関連した条項」で、この公会議は七世紀のビザンツ帝国で開かれ、それによれば、聖障前の壇［「聖障」は正教会の最奥部、最も神聖とされる「至聖所（しせいじょ）」と、信徒が祈祷を行う「聖所」を隔てる障壁］と説教台（正教教会の祭壇領域）には僧侶以外近づけないとされている。彼女たちの最終判決を下した裁判官は、「トゥルーリ公会議」にはまったく言及していないが、専門家の意見として四世紀のラオディキア教会会議に言及し、それによれば、「聖障前の壇と説教台は信徒にとっては、特別な宗教的意味合いがある」とされている。

国営テレビの夜のニュース報道は、ますます非現実的なものになっていった。いわく、西欧は炎上中だ、ヨーロッパをファシズムが席巻している、他方わがロシアは安定し、統治は優れている。激烈なアンカーマンのドミトリー・キセリョフは、反ゲイ、反西欧の論陣を張って、ロシア・テレビ界の異端児《アンファン・テリブル》というふれこみで人気を得た。「思うに、十代の若者の間にホモセクシャルを宣伝吹聴するゲイどもに罰金を科すだけでは十分とは言えない」と、「ゲイ宣伝」を非合法化する新法をいかにも彼らしくこき下ろした。「ゲイには献血や精子提供も禁じるべきだ。彼らが交通事故に遭ったら、これ以上生かしておかないよう、心臓を地中に埋めるか、焼却すべきだ」[11]。以前のソ連通信社のイタル＝タスは、ソ連時代のシンプルな社名のタスに戻した。

リベラルに対する容赦ない攻撃が続き、冷戦終結から二十年を経て新たな公認イデオロギーが登場し、人民の敵は資本主義からリベラリズムに置き換えられたかに見えた。

クレムリンが新たな保守的ナショナリズムを掌握するとともに、拡張主義が以前のロシア帝国主義の領分内で試行され始めるのは時間の問題だった。二〇一一年十月の『イズヴェスチヤ』の記事にあった二〇一五年までに「ユーラシア連合」を建設するというプーチンの提案は、選挙用の行為と片づける者が多かった。しかし、プーチン自身に言わせると、「以前にあったような連合構想とは違う」連合構想を開陳し、彼の優先事項を大いに示したものだという。そしてひとたび彼が大統領職に復帰すると、この構想がまったく本気であることが分かってきた。未来の競争相手としては、中国、合衆国、EUが想定されていた。二〇一三年のヴァルダイ会議において、プーチンはこう予見した。

(前略) 主要な金融、経済、文化、軍事、政治的な地域と同様に、主要な地政学的地域が形成される。であればこそ、近隣諸国との統合こそが、われわれの最優先事項になる (中略) ユーラシア統合こそ、旧ソ連のすべての領域が、いつまでもヨーロッパとアジアの周辺地域にとどまるのではなく、独立した地球規模の発展の中心となる好機なのだ。(12)

二〇一〇年、ロシア連邦はまず、カザフスタンおよびベラルーシと関税同盟を結んだ。ところが、『イズヴェスチヤ』の記事に続いて、プーチンは、ユーラシア連合にEUなみの制度をつくり始め、この超国家的執行機関としてまずは二〇一二年に、ベラルーシのミンスクに「ユーラシア法廷」を立ち上げた。ついにはユーラシア連合の「通貨同盟」や「政治体制」構想すら検討されかねない段階までエスカレートしてきたのである。

ロシアの政治階層は、「土地をかき集め」、ロシアが失った歴史的遺産、先祖が血を流して勝ち取った元の国土、第二次世界大戦ではそれを死守すべく二千万人が命を落としたその国土の回復をみずからの職務としているのだ、というプーチンの声高なメッセージを読み取った。ユーラシアは「犬笛」、つまり暗号で、いつでもごまかせるが意図は明瞭で、ロシア帝国の再生と同義語なのだ。ヒラリー・クリントン国務長官は厳しい警告を発し、クレムリンが「ユーラシアをふたたびソ連化する手を打とうとしている」と非難した。

ソ連とは呼ばれないでしょう。関税同盟とかユーラシア連合というふうに呼ばれるでしょう。しかし、勘違いしないでほしいのですが、彼らのねらいは百も承知です。われわれとしては、それを遅らせるか防ぐための効果的な手だてを案出しようとしているところです。(13)

彼女の言葉通り、西欧側はプーチンの計画に対して迅速に手を打った。二〇一三年、EUは元のソ連邦内の構成共和国群と通商上の「連合協定」を結んだのである。クレムリンは直ちにこれを「ユーラシア連合」設立計画への同意取り付けを困難にする脅威であると同時に、過去二十年間にわたってNATOに加盟するための橋渡し役となっていたEUとそれらの共和国の統合を円滑化するためのもので、自身にとっての脅威と受け取った。クレムリン側には、この構想を断念する気はなかった。

プーチンはさっそく、さまざまな地政学的方策を講じて、元ソ連の共和国群が連合協定へ参画するのを邪魔し始めた。ウクライナには、EUとの協定に加わらなければ天然ガスの価格切り下げとゆるやかな条件の貸し付けをすると匂わせ、加われば通商制裁を科すと脅した。元ソ連内の共和国群をEUから遠ざけておこうとするプーチンの覚悟のほどが明らかになったのは、アルメニア大統領セルジ・サルキシャンが九月にロシア大統領との会談後に、突然、関税同盟に加盟したときだった。ロシアの外交官たちの話では、プーチンはアルメニアからロシア軍を引きあげると脅したというのである。アルメニアは領土問題でアゼルバイジャンともめていて、ロシア軍の存在は不可欠だった。ベラルーシは、「ユーラシア経済連合」への加盟直前に、二十億ドルの貸し付けを受けることができた。

元ソ連内の共和国であるウクライナは、最も国論が分裂していた――東部にはロシア語を話す人々が、そして西部には、一九三九年の「モロトフ＝リッベントロップ協定」で統合されたウクライナ語を話す人々がいた。一九九一年の独立以来、ウクライナの統治者たちはロシアと西欧を行きつ戻りつしながら、双方にいい顔をしようと躍起になっていた。しかし、イェール大のティモシー・スナイダーによれば、「二〇一三年までには、もはや西側とロシアの両方にいい顔をすることはできなくなった。当時までにモスクワは、多少とも頼りになる権益を擁した単なるロシア国家ではなくなって、ユーラシア統合というはるかに壮大なビジョンを抱くまでになっていたからだ[14]」。

ウクライナ政府がＥＵとの協定への署名を拒否すると、首都キエフで抗議の声が上がった。知識人と西部のウクライナ人が相当な規模の親ＥＵロビーを形成していて、無視できない存在となっていた。抗議デモは十一月に始まり、規模が拡大してキエフ都心の「独立広場」を革命派が長期占拠にもちこみ、さらに三か月後には政府と対決して広場にタイヤや土嚢《どのう》で防壁を築いて立てこもった。ウクライナをロシアのユーラシア影響圏内にむりやり取り込もうという狙いは真逆の結果を生み、抗議側は人数が増大してますます荒れていき、機動隊と衝突を繰り返していた。

第15章　パッシオナーリーの輸出

ラジオから野太い大声が聞こえてきた。「こちらの合図でやれ。カウントダウンは三秒」数秒後、沈黙が破られ、二人目の声が電波に乗った。「ようし、いいぞ」「こちらもよし」と、三人目の声。

「三、二、一」

速射ライフルの発射音。

「三、二、一」

さらに発射音。

「四十五番目。撃て！」。発射音が続く。

このラジオ放送は、おそらくは一九四五年以後のキエフの歴史では最も血塗られた日を記録していた。声は狙撃者たちのもので、「独立広場」を見下ろすビルの高層階が狙撃拠点だった。この広場は、膨れ上がった反政府街頭デモの中心で、彼らの眼下の街路には、多数の死体があった。木の盾にヘルメットという最小限の防備に身を固めただけのデモ参加者のうち十数名が、雨に濡れたインスティトゥツカヤ通りを血に染めて倒れている。その間にも、デモの行列は抗議集会の会場から警察の隊列に向かって押し寄せていた。二〇一四年二月の三日間に及んだキエフのデモの最高潮にあって、デモ参加者五十三名と警官十八名が狙撃者たちによって殺害されたのである。

後に「狙撃虐殺」と呼ばれるようになるこの事件は、ウクライナの運命をめぐってロシア派と西欧派の古色蒼然たる権力闘争が一か月続いた後に起きたクライマックスだった。それは二つの世界観――プーチンのユーラシア構想と西欧の援助によるヨーロッパ統合の道――の血なまぐさい激突だった。

暴力が頂点に達したのは街頭での一方的な攻撃による血なまぐさい戦闘のときだったが、その詳細についてはいまだに定説がない。警察無線の傍受記録によれば、少なくとも三つの狙撃班が当日の該当地域に配置されていたことが判明している。数時間に及ぶビデオや傍受記録がインターネットに流されて、事件のより完全な詳細が分かってきた。

警察側の特殊部隊による殺害関与は疑いの余地がなく、数十名の目撃者と少なくとも十台のカメラが、警官隊が待機するそれぞれの位置から、特殊部隊の制服姿の隊員たちが高性能ライフルでデモ隊に発砲するシーンをとらえていた。カメラは、非武装の「ベルクト機動隊」〔ウクライナ内務省の特務警察部隊〕が狙撃者の銃弾を避けて後退するシーンもとらえていた（二月十八日から二十日にかけて、ベルクト機動隊員十八名が銃撃で殺された）。

多くの者が、この事件の責任はヴィクトル・ヤヌコーヴィチ大統領にあると考えた。彼はロシアの圧力でデモの制圧を迫られ、おそらく圧倒的な威力を見せつければデモ隊は家路につくと踏んだのだろう。ところが、キエフでのこの狙撃虐殺事件は、ソ連瓦解以後のいつもの特徴を見せながら、途方もなく入り組んだ陰謀論の中にまぎれて消えていく。

例えばロシアのテレビでは、まったく違った話にすり替えられた。二〇一四年三月の記者会見でプーチンは、記者の質問に答えて、狙撃者たちは「野党側の挑発者だったかもしれない」と言い出した。ロシアでは、狙撃者は正体不明の第五列で、彼らはユーロマイダン［「欧州広場」を意味するウクライナ語。独立広場につけられた新しい名前であるとともに、親EU勢力をも指す］の外国の資金提供者から大規模な挑発のために送り込まれ、敵味方双方に銃撃を加えて状況を悪化させ、モスクワに友好的なヤヌコーヴィチ政権を瓦解に陥れ、そのすきに親NATOのファシスト軍事政権を招き入れようとしたのだ、という陰謀論が有力となった。キエフ街頭での現実的な戦場は一変して、世界の耳目を集めようと、現実に見せかけた二つの幻影が競り合う戦場と化した。ウクライナの奪取にしくじっても、ロシアにとってより肝心なのは後者の戦場だったのである。

世界史の中でこの事件は、歴史の分岐点となった。狙撃事件以後、まるで違う二つの現実が登場し、これがウクライナの危機の解決を妨げてきた。西欧側にとっては、事件はヤヌコーヴィチ政権の残忍さの象徴であり、彼の政権転覆を正当化するものだと見られている。ところが、彼らの敵、特にロシアのテレビを見せられた者には、親西欧側には偽りの大義しかなく、ヤヌコーヴィチの親ロ政権をおとしめる奇怪な陰謀にしか見えないのだ。

ロシア版の見解にも公平を期せば、この虐殺事件には、最初にそう見えていたよりも複雑な背景があることを示すいくつかの証拠が出てきている。キエフ訪問中のエストニア外相ウルマス・パエトがEUの外交政策上級代表（外相に相当）キャサリン・アシュトンと交わした電話のやりとりが漏洩され、その中でパエトは、ベルクト隊員とデモ参加者は同一の銃から発射された同一の弾丸で殺された、と語っている。パエトはアシュトンにこう伝えていた。「だから狙撃者の背後にいたのは、ヤヌコーヴィチではなく、新たな提携先から派遣された何者かだ」という「理解がますます強まってきている」[1]。パエトのこの証拠に対しては、彼が主たる証人としてあげたデモ側の医療責任者オリガ・ボゴモレツ自身から疑念が出された。彼女はパエトに対して、警官側とデモ側に対して同じ銃器が使われたなどとは絶対に言っていないと主張した。ところが、暫定保健相のオレーグ・ムシーも、パエト同様、デモ参加者と警官は同じ銃器で殺害されたと証言した。「思うに、〔挑発を企んだのは〕旧政権の一部だけでなく、〔旧〕政権のイデオロギーを支えようとしたロシアの特殊部隊の関与でもあったのではないか」[2]

もし暫定保健相の言うような勢力が存在するとしても、彼らの動機に関しては想像してみるしかない。かりに野党側の狙撃手がいたとすれば、彼の狙いはウクライナ政権の首に残虐行為の看板をぶら下げ、ヤヌコーヴィチの顔に泥を塗ることにあった（この説は、当然、残虐との非難を浴びた治安機関トップからの反論として出された）。第二の説は、政権側の狙撃主たちがデモ参加者とベルクト隊員の区別なく銃撃を加えたことの狙いは、大規模な武力行使と戦車出動の口実をつくるために瞬時に事態をエスカレートさせることにあった、というものだ（この説を唱えたのは、元内務副大臣ゲンナジー・モスカリである）[3]。一方、前記のムシーは「第三の勢力」説で、ロシア側がヤヌコーヴィチを政権の座から追うことによって、自分たちの侵攻を正当化しようとしたというのである。

これらの主張は、少々眉に唾しなければならない。なぜならさまざまな陰謀論と同様に、これらも現実に起きたことが実は陰謀側の狙いだったとする「後付けの論理《エクス・ポスト・ファクト》」に依拠しているかもしれないからだ。しかし、その論法だと、極めて複雑で読みきれない状況で陰謀側にほとんどアインシュタインなみの予見力があるということになる。実際には、キエフで膨大なデモ参加者たちを殺害した結果がどうなるか、合理的に見通すことなどできるわけがない。

現実は、おそらくもっと単純だったようだ。「第三の勢力」がデモ参加者と警察の双方に銃撃を加えたというより、最初にデモ参加者側が警官に銃撃を加え、それに警官側が反撃したのだ、ということが明らかになってきた。虐殺時点で現場に配置されていた警察と特殊警察の狙撃部隊は三隊だった。第一の部隊は、狙撃ライフルとカラシニコフ突撃銃を抱え、これ見よがしに黄色の腕章をつけた「オメガ」という内務省部隊で、後退するベルクト警官たちを守ろうとしている。二月二十日には黄色い腕章と肩章姿の三名が、インスティトゥツカヤ通りの警察側のバリケードから独立広場に向けてカラシニコフを発射する姿が画像に残されている。[4] この部隊こそ、アイフォーンを持っていた無線好きの見物の一人が傍受し、インターネットにアップロードした（本章の冒頭に記した）警察無線に出てきた部隊ではないかと思われる。これによってわれわれは、狙撃手たちが命令を下されて銃撃を開始する様子を明瞭に聞き取ることができる。この録音の終わりごろには、狙撃結果が明らかにされている──「屋上の動きが停止」。

第二の、別な内務省部隊の「アルファ」は、ＳＢＵ（ウクライナ版ＫＧＢ）の指令で大臣官房ビルに狙撃位置を定め、インスティトゥツカヤ通りを照準内にとらえた。この部隊の無線連絡もまた録音されてインターネットに流されたが、この部隊が現実に銃器を使ったかどうかの証拠は残されていない──発射命令、狙撃手側からの事後報告、銃声、いずれも録音に入っていないのである。[5] 六日後、ウクライナのテレビ局ＴＶｉが、マスクで顔を隠したブィチコフスキー大佐と名乗る人物に三十分のインタビューを行った。その中で彼は、自分はアルファ隊を率いていたが、部隊が現場に到着したのは惨劇の起きた後の午前十時だったと主張した。さらに彼は現場には別の狙撃班がいたと話したが、それは「国家護衛庁」の指揮下に置かれている「ブラート（剣）」という名の部隊だったという。元国防相で現議員のアナトリー・フルィツェンコによれば、これこそ殺戮に加わった部隊だということだが、はっきりした証拠はあげられていない。

野党側の狙撃手が野党のデモ参加者たちを撃っていたとする確たる証拠は唯一、当時は野党が押さえていたウクライナ・ホテルからまっすぐ見通せる位置にあったテラスのデモ参加者狙撃場面をとらえたビデオだった。さらにユーチューブに流された未編集のビデオには、ＢＢＣ特派員ゲイブリエル・ゲイトハウスが、ウクライナ・ホテルの窓から銃撃される場面があった。ゲイトハウスとともに、ＢＢＣの撮影班も写っていた（後に削除されている）。しかしながら、この録画も最終的には決め手とならなかった。なにしろ、撮影班の一人が、「くそ、撃ってくるのは何者だ?」と叫んでいるからだ。

キエフを中心に活動するジャーナリストのイワン・シャークは、この事件をめぐるさまざまな主張と反論(6)をウェブサイトのColta.ruに寄稿しており、「第三の勢力」という非難は疑ってかかるべきだと言っている。「こうした説については、誰もが一家言持っている」。事件以後、勢いをつけてきたウクライナの野党にとっては、見かけは穏やかな抗議デモだったのに「どうしてデモ参加者十数名、警官数名が銃撃によって死んだのかを説明するのに都合がいいからだ」。他方、ロシア側がこの説を気に入るのは、「流血を右派〔ウクライナのウルトラ・ナショナリスト〕、現在のウクライナ政府、あるいは西欧の特務機関のせいにできるからだ」。そしてウクライナの治安機関がこの説を気に入るのは、「少なくとも責任の一部を自分たち以外の人間のせいにできるからだ」。しかしながら、シャークは、「第三勢力」はほぼ虚偽である可能性が高いと言う。

> 「第三勢力」の狙撃手たちが両方の側から銃撃するには、何千ものデモ隊と警官の陰に隠れ、同時に何十台ものテレビカメラから隠れなければならない。欧州広場《ユーロマイダン》があるキエフの都心は狭すぎて、隠れ場所を確保するのは大変むずかしい。

それでも、二〇一四年四月初旬の事件では内務省所属の兵士十数名が殺人罪で拘束されたが、多くが望んだように、それで幕引きとはならなかった。

正体不明の狙撃者が歴史を変えたのは、これが最初ではない。しかし、エリツィンの場合にはオスタンキノ虐殺事件〔一九九三年モスクワ騒擾事件〕が野党を押しつぶして政府側の統治を確かなものとしたのと違って、ウクライナの政界は衝撃を受け、ヤヌコーヴィチはたちまち政治生命を断たれた。彼の護衛部隊は消滅し、忠実だったオリガルヒたちは国外への脱出をめざして空港へと急ぎ、ヤヌコーヴィチ自身はロシアへの逃亡を余儀なくされた。二月二十八日、彼はロストフ・ナ・ドヌーで記者会見して、プーチン大統領に「秩序の回復」を訴えた。

ウクライナ危機後

ヤヌコーヴィチが国外へ逃亡して憲政の空白が生じたさなか、プーチンは迅速に動いた。キエフ事件でウクライナのナショナリストが政権を握ると、同国の特定の地域――民族的にロシア系が多いクリミア半島――が明らかにその懸念の対象となった。

二月二十八日金曜日、所属マークのない数十台の軍用車両が突然クリミア半島の道路に現れ、やはり肩章のない軍服姿の兵員たちがフェリーで送り込まれて交通の要衝や飛行場を掌握し、道路を封鎖した。同半島に配置されていたウクライナ兵士たちは、これらの正体不明の軍隊によって兵営に押し込められ、周りをとり囲まれた。三月十八日に一名が殺された以外には、この占拠は無血に終わった。ロシア軍による占領は、憲政の空白に揺らぐキエフ側の虚を突いて、完璧なまでの巧妙さで遂行された。ＢＢＣによればこれは侵攻というより浸透であり、ロシア軍はロシア系住民の大半から歓迎された。ウクライナからの分離とロシア連邦への編入を問う住民投票が電光石火で行われ、圧倒的な住民側の支持を得た。

この作戦は総じて戦術的には見事なもので、西欧側の批判者たちは激昂したものの、ロシア側が案出した新たな「非対称戦争」にどう対応すればいいのか分からなかった――戦死者は事実上ゼロで、侵攻先の住民たちの大半が侵攻を歓迎していたのである。この事件から一年後に放送されたドキュメンタリー番組でプーチンは、最初に社会学者たちに隠密に世論調査を実施させ、その後の住民投票において自分たちが望む結果を得られるかどうかをあらかじめ把握していた、と語った。これこそ、クレムリンの政治的テクノロジーのポストモダン的シナリオの最たるものだった。(7)

ところが、キエフとクリミアでの事件以後、プーチンのレトリックは徐々に暗転していく。クリミアのロシア併合の演説から彼は「第五列」や「民族の裏切り者」といった言葉を使いだすのだが、これらはまさしくドゥーギンが二〇一二年二月に戦勝記念公園で行った演説から引用した言葉だった。四月、プーチンは「プリャマヤ・リーニヤ（ダイレクト・ライン）」として知られる毎年恒例の電話インタビュー番組に出演し、ロシア民族の意味について長々と語った。その中で彼は、ロシア人の「遺伝子暗号《コード》」に加えて「ロシア人の文化的暗号」［伝統的に受け継がれた文化的パターン］についても言及した。

（前略）この暗号こそ、今日の世界においてわれわれが競合できる主要な利点です。柔軟で、耐久力がある。われわれはこの暗号の存在を感じとることはできませんが、確実にそこに存在しているのです（中略）私は、ロシア人、あるいは広い意味でのロシア的世界の住民は、男女ともに自分たちの最高の道義的方向性を持っていると思います。何か最高の道義的真理——これこそ、ロシア人が、あるいはロシア世界に住む者が自分本位にならない理由です（中略）西欧の価値観は違っていて、自分の内なる自我が中心となります。個人の成功が人生の成功の尺度で、社会もそれを認めている。成功すればするほどいいわけです。わが国では、それだけでは十分ではありません（中略）「周りに仲間がいれば、死ぬのは怖くない」という有名な格言がありますね。われわれには、この格言がしっくりきます。なぜか？　死ぬのは怖いですよね。ところが、違うのです。死ぬことが人のためになるのなら、死ぬことはみごとな行為になるのです。友達、自分の民族《ナロード》、近代的な言葉を使うなら母国《ロージナ》のために死ぬことは、りっぱな行為になる。これこそが、われわれの心の奥底にある愛国主義なのです。戦闘や戦争中に発揮される集団的なヒロイズム、いや平和時にさえ発揮される自己犠牲などの背景にあるのは、まさにこの愛国主義なのです。言うまでもなく、われわれは、他の諸民族に比べて実用主義とか計算高さでは劣ります。しかし、われわれは彼らより大きな心を持っている。おそらくこれは、わが国の偉大さ、無限の広大さに基づくものなのでしょう。わが民族は他に比べて、無限の寛大な精神を持っているのです。(8)

マスメディアの助けを借りて、このメッセージは繰り返し視聴者の脳裏に刷り込まれた――ロシアは特有だ、ロシアは西欧とは違う、そのロシアが攻撃されている、ロシアはその民族的特性を守らなければならない。

また、小説家のウラジーミル・ソローキンは『ニューヨーク書評』に、プーチンのクリミア演説についてこう書いた。「ロシアは巨大な氷山で、プーチン政権のおかげで固く凍りついていた。ところが、クリミア事件以後、その氷山にひびが入り、ヨーロッパ世界から切り離されて、未知の海へと漂い出したのだ(9)」

＊＊＊

親ロシアの治安部隊によるウクライナ東部ロシア語地域への散開が四月に開始され、ウクライナ政府の建物や治安施設が占拠された。四月十七日、恒例の電話インタビュー番組でプーチンはウクライナ東部を「ノヴォロシア」、つまり「新ロシア」と呼んだが、これは十八世紀のウクライナ征服にまでさかのぼる呼称である。

帝政時代にノヴォロシアと呼ばれたのは、ハリコフ、ルガンスク、ドネツク、ヘルソン、ニコラエフ、オデッサで、当時はウクライナ領ではありませんでした。これらの地域がウクライナ領土になったのは一九二〇年代、ソ連政府によってです。[10]

ということで、プーチンは、クリミア以外の領土も最終的にはロシアの手に落ちると予言していたことになる。

ウクライナ東部へ進軍した親ロシア民兵は、二つのグループに分かれていった。比較的穏やかだったのはドネツクを基盤としたオリガルヒのリナート・アフメトフに従う軍団で、彼はこの地域の鉄鋼産業に携わっていた（その後、ウクライナからの分離主義に反対する側に転向している）。より本格的な別の軍団は正式な軍事訓練を受けているらしく、兵器も高性能で、ドネツク州にある戦略的要衝となるいくつかの町スラヴャンスク、クラマトルスクなどを押さえていた。西欧側の外交官や軍事分析家たちは、その「総合的な軍事訓練を受けた」様子と携行する武器から、彼らの中核はロシア軍の特殊部隊だと見ていた。彼らを率いているのはイーゴリ・ストレルコフとアレクサンドル・ボロダイという怪しげな二名で、彼らはウクライナ東部を支配下に置こうとするモスクワ側の中心人物だった。

ストレルコフの本名はイーゴリ・ギルキンといった。元は専門の傭兵で、戦陣の合間にプロハーノフの新聞『ザーフトラ』に執筆するという、筋金入りの思想的ナショナリストである。ストレルコフは、ストレロク（射手）という別名も持っていて、ソ連崩壊以後、ロシア周辺で戦われてきた多くの汚れた戦争に関与していた——一九九二年までは沿ドニエストルでの戦闘に従事、一九九三年はボスニア、一九九五年はチェチェンでの戦闘に従軍し、一九九九年から二〇〇五年はコントラクトニク、すなわち契約志願兵という名の傭兵としてロシア軍に従事していた。そして二〇〇五年、興味深いことに連邦保安庁（ＦＳＢ）の現役捜査官のＩＤバッジを提示して航空機に乗り込んだ。これを報道したのは、モスクワの記者のセルゲイ・カーネフで、同記者は民間航空データベースの流出情報からこの情報を拾いだした。ストレルコフはヴィンテージものの軍服を好み、現代の戦闘服以外にもロシア革命後の内戦時代の赤衛隊のシネリ外套やアストラハン製のパパーハ帽［ロシア軍の分厚い裾長の軍用外套と毛皮帽子］、一九四〇年代のチュニックや乗馬ズボンなどに目がなかった――甲冑《かっちゅう》を身につけた写真まである！　彼の部下たちも、帝政時代のロシア兵の勲章紐や袖章を身につけた。これらの民兵たちを『ノーヴァヤ・ガゼータ』のカーネフ記者は、「歴史復元マニアの出陣」として描いた。「彼らがパルチザン戦闘を任された、クレムリンを代表する兵士だとは思えない」と、同記者は書いている。

小説家のドミトリー・ブィコフは、これらの頭のおかしい「赤茶革命」のイデオローグたちが国境を越えて戦闘に加わる光景を、グミリョフの有名な言葉を使い、「パッシオナーリーの輸出」として描いた。さらに分かってきたのは、この作戦の一部の戦費が、謎めいた正教徒のオリガルヒで、プーチンのゴッドファーザーと噂されるチホン修道院長とも近い、コンスタンチン・マロフェーエフから出されていたらしいことだ。保守派や正教の大義への多額の寄付で知られるマロフェーエフは、ウクライナから奪取したクリミアの現首相セルゲイ・アクショーノフとも近い。マロフェーエフは、アクショーノフが首相になる一か月前に彼に会っていた。

さらに興味深いのは、ロシアが国家をあげてこうした暴挙に出なくとも、今回のようにクレムリンが直接的な関与はせずに、いざとなればシラを切れるような作戦をとるのが透けて見えることだ。ロシアの為替銀行ＶＴＢは、マロフェーエフが二億二千五百万ドルもの融資を悪用したことに怒り、ロンドンの裁判所に訴えると圧力をかけていた。偶然の一致か双方はクリミア侵攻当日の二月二十七日合意に至り、VTBは訴訟をとりやめた。おかげで、マロフェーエフの前途にたれ込めていた暗雲は確実にとり払われたが、それはまさに、クレムリンがクリミア奪取のためにマロフェーエフの金を必要としていた矢先だった。言い換えれば、誰が何と言おうと、マロフェーエフは一般市民の立場で自分の資金を戦費に提供したのであり、おかげでクレムリンは一、二個の荷物を肩から降ろすことができた。そして、このパイ［クリミア］には自分からは手をつけなかったと申し立て、ウクライナからの離反とロシアへの帰属を言いだしたのはクリミアで、これは自発的な出来事だと強弁できたのである。

二〇〇五年以降、ストレルコフ／ギルキンはマロフェーエフの身辺警護に当たっていたが、彼をこのポジションにつけたのは友人で仲間のアレクサンドル・ボロダイ（第7章に出てきた哲学者ユーリー・ボロダイの息子）だった。彼もまたマロフェーエフのもとで働いていたが、ドネツク人民共和国［二〇一四年、ロシア系住民がウクライナからの分離独立を宣言した地域］の首相に任命され、ストレルコフは国防相に任命された。事実、ドネツクにできた反ウクライナ政府首脳は、ほぼ全員がロシア人だった。

ウクライナ東部と南部占領の軍費を用立てたのはマロフェーエフで、彼はその資金をVTBから借りた。この経緯をモスクワのジャーナリストのオレーグ・カーシンは、「官民共同事業」の実例と称している。

> クリミアは、クレムリンとオリガルヒのマロフェーエフに奪われた。その状況は、映画『尻尾が犬を振り回す』［一九九七年の米映画。邦題は『ウワサの真相』］の引き写しそのもののように見える。スピンドクターが、現実の兵士たちを束ねることになったのだ。(11)

ところが、モスクワが舞台裏の人形遣いとして名人芸を発揮したというより、本来はウクライナからの分離運動の中核と見られていたドネツクの多くのロシア人が、今回の作戦では少々素人っぽさを露呈してしまった。「はっきり言おう」と、カーシンは書いている。

ドネツク共和国の首相職への任命は、スピンドクターでも質の劣る者〔ボロダイ〕になされた。優れたスピンドクターなら、ボロダイのように目立つ真似はしないものだ。こういうことに習熟していなかったソヴィエト人ですらもっとましで、こういう場合の定式を持っていた――一九四〇年のバルト三国から一九七九年のアフガニスタンにかけては、彼らはバブラク・カルマル〔ソ連が後ろ盾になったアフガニスタン首相〕を常にその地域で見つけた。ソ連の出先役人に公務を与えることなど、絶対に思いもよらないことだった。(12)

最後には、ドネツク共和国のロシア人指導者は、慎重にウクライナ人に入れ替えられた。まずストレルコフがクレムリンの意向を無視しすぎて辞任し、ロシアのどこかへ姿を消した。次いでボロダイがウクライナ人のアレクサンドル・ザハルチェンコに交代したが、これはドネツク共和国の首相が操り人形だという非難をなだめるためだった。それでもザハルチェンコは、迷彩服と帝政ロシア軍の第四級の聖ゲオルギー十字勲章をつけて閣議に出席することに固執した。八月二十八日、彼はニュースサイト「Vesti.ru」に、「休暇中」の現役ロシア兵三千から四千人がウクライナで戦っていると語った――休暇に、海水浴に行くのではなく「われわれと共にいることのほうを選んだ。同胞たちと、自由のために戦ってくれているのだ」。

＊＊＊

今日のロシアでは、ウクライナの「分離主義者たち」は、ビックリハウスの歪んだ鏡像のようなものだ。パレード衣装に身を固めたあごひげ姿のコサック、入れ墨姿のスキンヘッドのボディビルダー、あごひげをたくわえた哲学者、ビール腹をせり出させた迷彩服姿の傭兵、裾長の修道服姿の僧侶、チェチェン人……。こうした人々がドネツク空港を通りすぎ——やがてはどこへともなく消えていった。

アレクサンドル・プロショルコフは、ドネツク人民共和国の内閣にドゥーギンが送り込んだ閣僚だったが、二〇一四年七月三十一日に不可解な殺され方をした——どうやら彼自身の部隊の手によるものらしかった。二〇一二年に、彼は模擬銃殺刑を行っていた。ロストフの町で「裏切り者」の処刑と称して、帝政ロシア将校の制服をまとい、アレクセイ・ナヴァリヌィ、ボリス・ネムツォフなどの反クレムリン政治家たちの名を書き込んだ風船の列を銃撃させたのである。

ドゥーギンは革命家たちへの義援金を集め、戦略面での助言を与え、プーチンに叛徒を支援するためのロシア部隊派遣を働きかけた。ところが、モスクワ国立大学の国際関係学部社会学科長職を即座に解任されたため、ドゥーギンのプーチンへの見解は一変した。解任理由は、ウクライナをめぐるロシアの通信社のインタビューで、彼がこう答えたためだったらしい。「殺せ！　殺せ！　殺せ！　それ以外に論議の余地はない。これが当大学の教授としての私の意見だ」

ドゥーギンは、サンクトペテルブルクのソーシャルネットワークサイトのフコンタクチェへの長々しい投稿の中で、自分の解任には「気がふれたプーチン」を含めた「あるサークル」が関与していると訴えた。これは、ソーシャルメディアに投稿しているうちに興奮してでっちあげたもののようだ。

プーチンには二つの正体がある。陽の部分が愛国的、英雄的なもので、陰の部分が西欧のリベラリズム、西欧への妥協だ。私の解任は彼の陰の部分が動いたとしか考えられない（中略）陽のプーチンは彼をして、第二次チェチェン戦争でのロシアの救世主、オセチアとアブハジアの解放者、クリミアの英雄たらしめた。陰の部分……陰の部分がどこにあるかは全員胸に手を当てて考えてみるがいい（中略）とはいえ私の解任については、もしプーチンが関与しているなら、陰の部分であれ、それをプーチン自身が承認したということが肝心だ。そうでないなら、この決定は彼のイデオロギー的定義とは無縁なものということになるだろう。このようにプーチンが関与しているなら、私は無条件に解任決議に従う。しかし、私のもとにはすでにこういう情報が届いている——プーチンは、たとえ「陰」のプーチンですら、今回の決定には関与していない。つまり、彼はこの決定を承認していなかったということだ。(13)

ドゥーギンの立場は傷つかなかったようだ——その同じ月に彼はマロフェーエフとともにウィーンを訪れ、マリオン・マレシャル＝ルペン（フランスのジャン＝マリ・ルペンの孫娘）、「オーストリア自由党」のメンバー、スペイン、スイス、クロアチア、ブルガリアなどの代表たちと会っているのだ。この集まりの趣旨は、「ヨーロッパ協調」を生んだ一八一五年のウィーン会議二百周年を祝うものだった。このヨーロッパ協調は、四国同盟［オーストリア、プロイセン、ロシア、英国により一八一五年に結成］や神聖同盟——プロイセンとオーストリアという形のドイツ語圏とロシアによる同盟——により保証された勢力均衡と安定の主権国民国家体制だった。

この会合は、クレムリンとヨーロッパ極右政党の協調という不吉な幻影をも生み出した。後者は、ゲイ反対やキリスト教的価値観を標榜するプーチンになびく動きを見せていたのだ。ソ連はコミンテルンとヨーロッパの左翼を利用することでヨーロッパを政治的に巧みに操ってきたが、今日のプーチンのクレムリンは極右との連携が軸になっている。スイスの新聞『ターゲス＝アンツァイガー』は、この会議を「プーチンの第五列サミット」と書き立てた。

　話をウクライナに戻すと、二〇一四年五月二十五日に合法的に大統領［ペトロ・オレクショヴィチ・ポロシェンコ］が選出され、ウクライナ国家体制の当面の危機は去ったかに見えた。ところが、軍閥跳梁と国家不全の構造は、共産主義瓦解後のロシアが垂涎の的としてきた南オセチア、アブハジア、沿ドニエストルその他の国境地域の場合と同じく、ウクライナにまでも根を下ろしていた。ドネツクとルガンスクの住民は、以前は分離派ではなかったが、分離派からの奪還をめざすウクライナ軍の激烈な砲撃に遭遇して忠誠心を一変させていた。クレムリンの長期的目標は、ウクライナを揺さぶり、すぐにではないとしてもいずれはここをロシア連邦内に取り込もうとするものだと、論者の多くが見ている。

　こうしてクレムリンによる認識上の不協和をつくり出そうとする操作が過熱していった。七月、ドゥーギンは例のソーシャルネットワークサイトのフコンタクチェに、勝ち誇ったウクライナ兵たちがスラヴャンスクの町で三歳の子供を磔《はりつけ》にしたと書き込んだ。完全なでっちあげと思われるこの情報を、ロシアの第一チャンネルが律儀にもゴールデンタイムのニュースに取り上げ、アンカーは「こういうことが今日のヨーロッパのど真ん中で起きるなんて考えられない。そんなことができるなんて信じられません」とコメントして破壊分子の存在を匂わせた。

　しかし、こうしたプロパガンダ機構独特の恐ろしさとしては、ドネツク上空で撃ち落とされたマレーシア航空MH17便の悲劇後に起きた事例ほどすさまじいものはなかった。これは分離派がモスクワ支給のBUK《ブーク》ミサイル装置を使ったものと見られているが、乗員・乗客二百九十八名の遺体がトレーズ町一帯の畑、果樹園、家の敷地に落下したのである。西欧側のメディアはこれで流れが一変すると見たが、クレムリンは鉄面皮で、これをウクライナ側の仕業と言いつのった。ロシアのすべてのテレビ、新聞、ウェブサイトは、いっせいに陰謀説を流した。ウクライナ側が航空機を撃ち落としてロシア側に責任を押しつけようとしたと強弁する、典型的な「贋旗作戦《にせはた》」を展開したのだ。ストレルコフは奇妙な記者会見を開き、この飛行機は死体を満載してアムステルダム空港を離陸したが、それはこの戦争への忌まわしい挑発だった、と言ってのけた。

どう見ても、以下の例を見れば事実は明らかだった。そのときに航空機に発砲したのは、一方だけだった。航空機が撃ち落とされた数分後にウクライナ空軍の輸送機AN-17を撃墜したと反乱側は主張して、ストレルコフ系のウェブサイトが煙を上げる墜落現場をアップロードし、画像からそれがマレーシア航空の機体であることが判明した。撃ち落とされたのは民間航空機だったという事実が判明すると、ストレルコフ系のウェブサイトはもとより、タス通信のニュース画像からも墜落現場の画像は削除された。

『デイリー・テレグラフ』記者のローランド・オリファントは、オランダに拠点を置く親ウクライナ派のブロガーであるダーイェイ・ペトロスの協力を得て、オンライン画像とグーグル地図から、飛行機に発射されたミサイルの発射地点を推定した。そこは現在もそのままの、分離派の支配地域だった。ところが、ロシアのメディアはそれとはまったく逆の報道を続けた――ミサイルはウクライナの戦闘機から発射された、ないしはウクライナ側のミサイル発射装置から発射されたと言いはり、ロシアではいまだにそれがまかり通っている。世論調査会社のレヴァダ・センターによれば、悲劇の一か月後に行われた調査によると、実に八二%ものロシア人が航空機撃墜はウクライナの仕業だと思い込んでいたのだ。

西欧のロシア転覆策動に関するプーチンの悪意ある考え方は、最初は幻想だったものが、二〇一四年末までにはそう的はずれなものでもなくなってきた。ロシアに対する西欧側の制裁で、ルーブルの価格が三分の一も下がったのである。

チェチェン武装勢力によって野党指導者ボリス・ネムツォフが殺害されたと言われた事件も、武装勢力が犯行声明を撤回すると、陰謀説のほうがはるかに優勢になった。この殺害事件は、最も監視の厳しい地域だったクレムリンの近くで起き、殺害された人物が政権奪取に大いに興味を示した人間だった。しかしながらレヴァダ・センターの世論調査では五八％が、クレムリンが関与したとは信じないと回答していた。(14)

ついに国家的構想へ

プーチンの「ユーラシア」が、いくつかの真実をちりばめながら、ある意味では具体的な地理上の境界線を持つものとなってきた、という考えから脱するのは難しい。百年前には最初のユーラシアニストたちが新たな大陸を生み出したが、それは虚構のものだった。その虚構の新大陸がますます現実になってきたのだが、同時に現実の国家であるロシア自体はますます虚構化してきた。頭痛の種は、これがコインの表と裏の関係であることだ。

ユーラシアを提唱し、その概念を構築し演出した本元であるドゥーギンは、ロシアがウクライナ問題に介入する最初の段階からこうした展開になることを予見してきたようだ。彼は二〇一四年三月三日にウクライナ東部を「ノヴォロシア」と呼んだ最初の人間だが、それはロシアがドネツクとルガンスクを占領するはるか前で、(15)プーチンが放送で同じ言葉を使う一か月半前のことだった。ドゥーギンは、ドネツクとルガンスクの民兵たちが独立を宣言する数週間前にそれを予言し、ドネツク民兵たちが掲げる新国旗のデザインまで正確に言及していた――それは、赤地に青の聖アンデレ十字架だった。序章でふれたように、ドゥーギンは、ロシアの地上部隊を大挙投入することも予言していた。この投入は二〇一四年八月下旬には始まっていたらしく、この時期以来、最前線からロシアへ送り返されてくる戦死者の遺体数が増えた。遺族には、兵士たちは、ウクライナ国境近くでの訓練中に死亡したと説明されていた。

一方、ロシアのアイデンティティはユーラシアにあると主張してきたドゥーギンの長年の構想は、気がふれているとか風変わりだと見られていた段階を過ぎて、ついに国家的構想にまで成長を遂げた。二〇一五年五月、プーチンはカザフスタンの首都アスタナで、カザフスタンとベラルーシとロシアの三国による「ユーラシア連合」結成の条約に署名したのである。

二〇一五年三月までにドゥーギンは、ウクライナとの紛争において非常に目立つ存在になっていたので、合衆国は、他の分離主義指導者たちとともに彼に経済的制裁を科した。ドゥーギン自身はこの二年間の出来事への関与を認めることには慎重で、自分はこの問題を正確に見通す直観が鋭かっただけだと言い、俗に言う高官たちに「耳打ち」するとか黒幕として行動したことはないと言い張った。

二〇一五年十月、ドゥーギンは、ロシア・ナショナリズムの新たな拡張主義的段階を、ペースもサイクルも順調な「心拡張期」（心臓が全身に血液を送り出した後、血液が戻ってきて心臓が拡張するときのこと）にあると説明した。ただ、拡張主義的段階という言葉を避けながら、自分はそれが起こるのを待っていただけだと言った――「トロリーバスを待つようにね」。

私は地政学者として、ロシア史の脈を見てきた。国の脈拍は私の脈拍だ。私の心臓は、母国や同胞の心臓と同じリズムを打つ。私はずっと母国の心臓の拡張と収縮、衰弱と昂進、縮小と拡大を待ち望んできたのだ。(16)

ドゥーギンの直観力は、クレムリンの強硬派とのつながりにも多少は関連があったようだが、それ以上に、正しい上昇の世界から混乱の世界へと移りゆくロシアの次元転換を象徴しているように見える。新たに発見された想像的宇宙の決定論的法則によれば、この世界はわれわれの手の中からすべり落ちつつあるのだ。

ユーラシアの創成は、アルゼンチンのシュールレアリスム作家ホルヘ・ルイス・ボルヘスの描く短編『トレーン、ウクバール、オルビス・テルティウス』を連想させる。この中でボルヘスは、十七世紀の知識人たちの秘密結社「オルビス・テルティウス」によって創出された惑星トレーンの発見について書いている。この秘密は何世代にもわたって弟子から弟子へと伝えられ、その間に膨大な製造物や記録が追加されていく。結社の究極の目標は——トレーンを現実の世界に侵入させることだった。

> ほぼ一瞬にして、現実が複数の箇所で「陥没」を起こした。本当は、現実のほうが陥没を求めていたのだ（中略）どんな調和美《シンメトリー》、秩序の見かけを持った体系——弁証法的唯物論、反ユダヤ主義、ナチズム——でも、人心を魅了し洗脳することができた。どうすれば、世界はトレーンの呪縛に陥らずにすむのか？　どうすれば、秩序ある惑星が提示する、あまりに精細で膨大な証拠の前に屈せずにすむのか？[17]

一世紀前、オルビス・テルティウスのような一群の学者たちがユーラシアという概念にはまり込み、膨大な言語学、文化人類学、歴史学、地政学的シンメトリーを駆使してその概念を実在化しようとした。それは八十年以上も書物の中だけに存在していたが、いささか偏向した学問の段階から、まずは通俗的な歴史へ、次いで政治的な綱領を経て、さらに近年ではロシアでは公認の国民的概念へと脱皮を遂げ、国家元首みずから明言するものにまで成長してきた。

まさに現実が「陥没」を起こした。だが、現実のほうが「陥没」を欲してきたのだ。

ユーラシアニストの革命は、政治よりむしろ文化の征服だった。だが、文化の征服を経て、それは現実そのものの征服となった。そして、この革命の勝利の規模と創始者たちの評価は、革命そのものの恣意性やもろさ、いかがわしさゆえに高められる一方だった。現在のユーラシアニズムは、その元祖にとって代わった偽造物だが、よくできていたからというよりあまりにも臆面もなく模造性を押し出したがゆえに、本物を蚕食してしまったのだ。

ユーラシアニズムは、「三文文士たち」の大胆剛毅さと、さらには完全に言葉とシンボルだけで秩序を構築してみせた彼らの能力と奥深さを証明するものである。ユーラシアは、ボルヘスの言葉を借りれば、「人間がつくり上げた迷宮、人間が解読することを運命づけられた迷宮」なのだ。

謝辞

実際に本書の執筆に際しては、何千もの人々の助けを得た。ミシガン大学は、膨大な資料を渉猟させてくださったばかりか、ナイト・ウォレス・フェローシップを与えてくれ、おかげで本書の主題を一年間深められる機会を提供してくれた。特にチャールズ・アイゼンドラスとビルギット・リークには、感謝する。私に特別研究員としての給費を支給し、一年間、アナーバーで過ごすことを可能にしてくれた信じられないほど気前のよい女性、ラヴァーン・プラーガーには、大いなる感謝を捧げたい。

ミシガン大学スラヴ語学科の学科長にしてプラハ言語学サークルの専門家、インドリフ・トーマンは私に音韻論、ヤーコブソン、トルベツコイを説明するのに大いに時間をかけてくれた。私がアナーバーにいたとき、ロシアのオリエンタリズムのコースを担当していたオリガ・マヨーロワは、限りない助けの手を差し伸べてくれた。ランカシャー大学のパトリック・セリオットは、プラハ言語学サークルについて、またこの学派の理論とユーラシアニズムの連環について、大いに助言してくれた。またミネソタ大学のアナトリー・リバーマンも同じ主題について長時間の電話で教示してくれたことに、大いに感謝する。

ユーラシアニズムの現代期とロシア政治全般について私を大いに啓発してくれたロバート・C・オットーにお礼を言いたい。しかも彼は私の原稿に目を通して数多くの助言を与えてくれたうえに、数多くの間違いを正してくれた。フーヴァー研究所のジョン・ダンロップは、一九九一年のクーデター、ドゥーギン、近年ロシア社会へナショナリズムが浸透してきた歴史について大いに助けてくれた。

エルサレムのヘブライ大学のイツハク・ブルドニーもまた、現代ナショナリズム、レフ・グミリョフ、そして一九六〇年代から一九八〇年代までのソ連の「文化による政治」時代の関連では信じられない寛容さで私に助言をくれたうえに、親切にも拙稿に目を通してくれた。

アレクサンドル・ドゥーギンについて博士論文を書いたアンドレアス・アムランドも、彼が集めた出典を他の人々に劣らぬ気前のよさで参照させてくれた。

モスクワ・カーネギー・センターのアンドルー・ワイスとドミトリー・トレーニンは、私がモスクワ支局長時代、極めて親切に助言をくれて、特に保守主義がロシアの主流として割り込んできた過程を跡づける上で助けになってくれた。

『ノーヴァヤ・ガゼータ』紙の記者セルゲイ・カーネフとナジェージダ・プルセンコワ、そしてアゲントゥラ・ル（Agentura.ru）の記者アンドレイ・ソルダトフは、各情報源、文書の情報、そして中でも最終的判断をくだすうえで、途方もなく私の助けになってくれた。

元はKGBヴィンペル部隊所属のピョートル・スースロフは、KGB、チェチェン紛争の歴史、彼自身のユーラシアニズムへの関与、ソ連瓦解以後の、より奇妙な偶発的事件への自身の関与について、場合によってはいささか曖昧なぼかしを入れながらにもせよ、何時間も私と論じ合ってくれた。もう一人、元ヴィンペル隊員でスースロフの元の同僚、ウラジーミル・レフスキーも、大いに助けになってくれた。

イーゴリ・ロジオノフはアフガニスタン派遣の第四十軍司令官にして元ロシア国防大臣［一九九六～九七年］だったが、自身の経歴及びソ連邦瓦解以後のロシア軍内での思想的傾向、すなわち地政学理論を形づくらせた背景について、私を啓発してくれた。

一九八〇年代、モスクワのボヘミアン運動（第3部で描出）に参加した者の多くが名乗り出てくれ、最上のパーティと思われた出来事の説明を提供してくれた。セルゲイ・ジガールキンは、モスクワの彼の別荘《ダーチャ》で一九八〇年ごろ開かれた「不可思議な地下運動」の典型的な夕べについて、実際よりうんと穏やかな規模で再現する話をしてくれたし、イーゴリ・ドゥジンスキーは、コニャック片手に、自身のアルバムで写真の一枚一枚を見せては、強烈なパーティの模様を何時間も話してくれた。

ガイダル・ジェマーリは私と二時間座り込んで話してくれたが、それだけで自分が知っていると思い込んでいたことが何一つ本当ではなく、おとぎの国で暮らしていたようなものだと思い知らされた。

スレテンスキー修道院長、チホン・シェフクノフは、私の二度にわたる長いインタビューに応じてくれたが、その一部はまことに楽しいもので、それらの内容は『フィナンシャル・タイムズ』の記事となり、本書の一章ともなっている。関連主題の構成に際しては、院長に加えてパヴェル神父とオレーグ・レオノフにも感謝したい。

ロシア鉄道のトップだったウラジーミル・ヤクーニンは、クレムリンが権勢の絶頂期にあった当時の、「オドナコ」というテレビ番組のアンカー、ミハイル・レオンチエフは、ロシア政治についての私の質問に極めて鷹揚に答えてくれ、数多くの機会に役に立ってくれたが、その点では彼以外にもマクシム・シェフチェンコとウラジーミル・ポズネルにもお礼を言いたい。

ロシア鉄道のトップだったウラジーミル・ヤクーニンは、クレムリンが権勢の絶頂期にあった当時の、保守派の思想傾向に関するインタビューに何度か応じてくれ、（内容が曖昧だったものの）感謝している。「フランス・ヌーヴェル・ドロワート」のリーダー、アラン・ド・ブノワは、彼の運動の理論を理解しようとする私の試みに辛抱強く付き合ってくれ、助言を惜しまなかった。

マリーナ・コズィレワはレフ・グミリョフの収容所仲間で、現在、サンクトペテルブルクのレフ・グミリョフの家博物館を運営している人物の姪だが、私に何時間も付き合って、グミリョフの残した遺品にいちいち接する世話を焼いてくれたうえに、それらの遺品について説明してくれた。彼女には感謝あるのみである。

グミリョフの理論で博士論文を完成させたアレクセイ・ボンダレフは、一日を割いてグミリョフの哲学を論じ、サンクトペテルブルクの宮殿をあちこち案内してくれた。彼の洞察の内容は、その多くが本書で言及されている。

ピョートル・サヴィツキーの息子イワンは、プラハで私のために一日を割いてくれ、彼の父親について話してくれたうえに、スラヴ図書館に残された父親の書簡集の参照を可能にしてくれた。

「ロシア科学アカデミー民族学人類学研究所」［かつての民族学研究所］には、多々感謝したい。特にワレリー・ティシュコフ、アナトリー・アノーヒン、セルゲイ・チェシュコは、「民族創成《エスノジェネシス》」論批判、民族学研究所の元所長ユリアン・ブロムレイとレフ・グミリョフの間で二十年続いた論争について手早く私に教示してくれた。

グミリョフが三十年間教鞭をとったレニングラード大学［現サンクトペテルブルク大学］経済学地理学研究所のアナトリー・チストバエフは、一日を割いて所内を案内してくれ、ここに勤務していた当時のグミリョフの逸話をたっぷり披露してくれた。

ロシア国立人文科学大学のクセーニヤ・エルミーシナには、資料参照への便宜と一九二〇年代に関する彼女の広範な知識を開陳してくれたことについて、特に感謝する。一九二〇年代については、イリーナ・トルベツカヤ室とヴァルヴァラ・キューネルト＝レージナにもお礼を言いたい。後者は、ニコライ・トルベツコイの孫娘である。この著名なロシア一族の家系史の典拠を突き止める手助けを賜った。

匿名希望の元クレムリンの高官には、私が『フィナンシャル・タイムズ』のモスクワ支局長時代、多大なお世話になった。彼は何時間も費やして物事の裏での展開を説明してくれたうえに、アレクサンドル・ドゥーギンについて私が抱いていた荒唐無稽な理論を正してくれた。

ここでやっとドゥーギンに行き着くわけだが、そもそも彼抜きでは本書は成り立たないとはいえ、本稿を彼に見せたところ、どうやら本稿の前半が彼のお気に召さないらしく、本書の企画とそれへの関与に不安を覚えたようだった。もっとも、双方でこの点を突っ込んで話し合ったことはない。感謝したいのは、彼が私と過ごしてくれた時間である。そして残念なのは、彼が本書の最終稿に目を通して不可避の間違いをチェックしてくれる機会がなかったことである。不可避というのは、私が主として彼の中傷者の言説に依拠せざるをえなかったからであり、中傷者たるや枚挙にいとまがなかったからだ。

ドゥーギンの妻、ナターリヤが救いの手を差し伸べてくれ、彼女の夫が率いた運動の歴史を何時間もかけて論じてくれた。これには感謝あるのみである。

パーヴェル・ザリフリンは、モスクワのジョン・ブル・パブでともに何杯ものビールを流し込んだ相手だが、論じた中身は彼が二〇〇九年まで率いていたユーラシア青年同盟の政治理論や行動や歴史についてだった。ドゥーギンの弟子、ヴァレリー・コローヴィンは、「オールド・ビリーヴァー」と呼ばれ、ネットワーク戦争の理論家だが、レオニード・サヴィンとともに、私のインタビューに何度か付き合ってくれた。

同じく、卓抜なスピンドクターであるグレブ・パヴロフスキーとマラート・ゲリマンも、私の記者時代、そして政治主流へのナショナリズム思想の浸透の跡づけ、双方で大いに助けてくれた。

エドゥアルド・リモノフは、警察の護送車に放り込まれていないときは、国家ボリシェヴィキ党についての私の質問に辛抱強く付き合ってくれた。

私のロンドン・エージェント、キャロライン・ドーニーは、私が本書の執筆の可否を思い悩む過程で辛抱強く待機し、内容に手応えを感じてくれ、現にイェール大学出版局に企画を持ち込んでくれた。また私は、アメリカ側のエージェント、ゾーイ・パグナメンタにも感謝する。彼女は私がイラクのファルージャについて書いた雑誌原稿を一読し、私と契約を交わすうえで的確無比の判断をくだした。

イェール大学出版局のロバート・ボルドックは、立場上の適切な措置において忍耐と押しの強さを使い分け、本書を形にしてくれた。出版局のレイチェル・ロンズデール、ローレン・アサートン、ビル・フラクト、クライヴ・リディアードらはいずれも原稿の編集を手掛け、つじつまの合わないおかたい言葉遣いのしろものを、どうにか書物らしきものに一変させてくれた。このことに感謝したい。

クレムリンの批判者にしてロシア・ナショナリズムの専門家、ウラジーミル・プリブィロフスキーはこの主題での助言に数時間を費やしてくれたが、残念ながら感謝が彼の没後になってしまった。本書執筆中にモスクワのアパートで死亡しているのが発見されたのである。彼の死亡の経緯が当局の捜査対象とならんことを。

『フィナンシャル・タイムズ』モスクワ支局のカテリーナ・シャヴェルドワとエレーナ・ココリナは、本書の中身となっている調査を実現するうえで不可欠だった、とうてい発見できっこないと思われた電話番号の突き止め、さらには私の会見相手との予定設定、興味深い記事の探知等々で助けてくれた。これらの重大な貢献に感謝する。

さらに、『フィナンシャル・タイムズ』の同僚、キャサリン・ベルトン、コートニー・ウィーヴァー、ニール・バクリーに心底お礼を言いたい。彼らは日々の勤務を喜びと笑いに変えて、私により優れたジャーナリストたるべき手ほどきをしてくれた。

そして誰にもましてわが伴侶レイチェルに感謝する。彼女抜きでは、すばらしき事業の遂行は不可能だったろう。彼女は、本書の変化過程に目を通し、大いに建設的な批評を加え、私に二度と「早書き」はやるまいと決心させてくれた。そして私たちの愛する娘ジャイア、私が得た最良の教師である父フランク、ひと目本書を見届けてもらいたかった今は亡き母ドロシー、これらの人々にお礼を言いたい。

ロシアに産業革命が届くのは十八世紀の英での開始から百年後で、時期的には日本と大差なかった。おまけにロシア帝国はその日本に日露戦争で敗退する。一方、ロシア特有の甚大な西欧コンプレックスの克服手段がボリシェヴィキ革命だったのだが（日露戦争敗退も原因）、ソ連の瓦解で、西欧超克の次の手段がユーラシアニズムになった（少なくとも、プーチン政権では）。ユーラシアは、ロシア＝シベリア＝モンゴルに及ぶ内陸ステップ地帯を連結する巨大な大陸弧だ。ユーラシア＝ヨーロッパ＋アジアであり、この結合がロシアの西欧コンプレックスを和らげてくれる。日本までこの構想に組み込まれており、日米安保破棄なら千島を返してやるという含みなのだ。

著者クローヴァーは、この構想の最初の策定者トルベツコイとヤーコブソン、そしてそれをさらに進化拡大させたレフ・グミリョフの人生を感動的に描き、彼らの遺産を政治目的に利用したアレクサンドル・ドゥーギンとプーチンの狡知を掘り下げる。

特にドゥーギンはバーチュアル・リアリティ概念の導入によって一切を「紛い物」に一変させるポストモダニズムの申し子だ。また、ユーラシアニズムをロシア帝国再生の梃子に利用するプーチンは、この側面を最大限に利用する。彼のジョージア攻撃、クリミア占領とウクライナ侵攻はその「成果」で、情報攪乱とハッキングを実戦と組み合わせて活用する「ハイブリッド戦争」（ゲリラ戦闘。今日日《きょうび》は低強度戦闘と呼ぶ）の典型だった。

四半世紀後のゴルバチョフから窺えるロシア

ところで、ゴルバチョフは、日本だけでなく、世界で人気があったが、ソ連、ロシアでは「国賊」視された。このギャップに、さらにはゴルバチョフ当人の「ギャップ」が加われば、本書が提示する今日のロシアの内情を一層理解しやすくなるかもしれない。

今日のゴルバチョフは、八十五歳の、腹が突き出た老人になった（「聖別」のシンボル、頭部の痣は薄れてきた）。あれから四半世紀を経たのである。それでも八十五歳の誕生祝いには、三百名が詰めかけた（米・独・仏・イスラエルの駐ロ大使らも出て祝辞を贈った）。彼が唱えたペレストロイカ（再構築）やグラスノスチ（情報公開）は、世界中はおろか、自国民の一部にも感銘を残しているし、彼自身、以後も「ロシアにもっと民主主義を」と訴える著書も何冊か出している（『ニュー・ロシア（*The New Russia*）』は今年五月、米で刊行）。ウォッカの消費量も衰えていない。

ところが、彼は目下のロシアでは最も唾棄されており、彼自身、「第五列」として糾弾されることを恐れている（正確には「外国のスパイ」扱い）。これはスターリンの大粛清で使われた常套手段で、プーチンもこれを伝家の宝刀に駆使してきた。本書で見るように、ソ連瓦解がロシア人を大いに傷つけた、失った矜持《きょうじ》の代用品として「ユーラシアニズム」という「紛い物」（本書の著者の見解）が幅を利かせる昨今では、ゴルバチョフの恐れは十分に理解できる。まさに、「自由をもたらした彼を愛する者と、それゆえに彼を憎む者がいる」中で、ロシアに関するかぎり後者のほうが多いのである。理由は、「一流国家のソ連を二流国家のロシアに還元した。これらのロシア人の脳裏では、『プーチンこそ建設者、ゴルバチョフこそ壊し屋』なのである」。国営テレビは彼を忌避、彼の贋の訃報または誤報が何度か流された（実際、八十歳を過ぎれば、同世代は激減する）。同世代は、すでに物故したエリツィンだが、この政敵を罵るとき、ゴルバチョフはドン！　と卓を叩いた。これまたソ連瓦解以後の最大の皮肉の一つで、この二人はともに共産主義の代替物としては欧米の民主主義しか念頭になかった（欧米はもとより、世界中が民主主義への単純な移行を期待したのはロシアの内情に無知だったからだ。と同時に、ゴルバチョフやエリツィンというロシア政治家すら自国の内情に無知だったことになる）。

いずれにせよ、戦車の上に立ち、「ソ連守旧派」が差し向けた軍の暴発を食い止めた政敵の英姿に限定するかぎりでは、ゴルバチョフはこの「政敵」を評価するのである。政敵を括弧でくくったのは、思想的には同類なのに、二人が投げ込まれた状況内では政敵とならざるをえなかった運命の皮肉を強調するためだ。

ところが、動乱期にトップの地位を奪取した者は勢威が衰えた時点で「粛清」される比率が高く、老残のエリツィンはイデオロギー抜き、もっぱら自分と家族を守ってくれそうな「律儀なプーチン」を後継者に選定した経緯は、本書に詳しい。ところが、共産主義から欧米型の民主主義への単純な移行では、ロシアの維持は困難とのプーチンの判断で、本書に詳細に語られている経緯を経て、「ユーラシアニズム」という紛い物が、共産主義に代わるメタ思想として採用された。

ゴルバチョフのエリツィンへの敵意は、相手が（1）政治的アニマルとしては洗練度が低く、権力奪取に露骨なまでに血道を上げ、自分を押し退けたエリツィンへのわだかまり、（2）折角の民主化の機会を保身ゆえに棒に振り、プーチンの独裁を招いたこと、この二点に要約される。

ゴルバチョフの近況については、『ニューヨークタイムズ』（二〇一六年六月一日付）に出たニール・マクファーカー記者の会見記を踏まえているのだが、会見場所のモスクワの事務所の壁には、一九九九年、白血病で没したライイサ夫人の油絵が掲げられている。彼女は訪米時点で事々にレーガン夫人のナンシーと張り合ったことが、当時の副大統領ブッシュの夫人バーバラの自伝に書かれている（バーバラは練達の文章家で、複雑な政局をも客観的に見抜ける眼力の持ち主）。政治家にとってはライサのように強気の妻は何かと頼りになる――そういう彼女を失った老残のゴルバチョフには落剝が一層身にこたえる風情なのだ。

次に意外な側面に移るが、ゴルバチョフはクリミア併合に賛同で、これは彼の持論だったらしく、この五年間、彼はウクライナから入国を拒まれていた。ゴルバチョフは、クリミアをウクライナに割譲したフルシチョフの独断に怒った一人だったのである。この一点で、ゴルバチョフはついに「ロシア人」に戻ったことになる。

本書では、グルジアの国名表記を「ジョージア」としている。これはロシア語に基づく国名の「グルジア」を捨てたいというグルジア側の選択である。つまり、「グルジア人」は、それほど今日のロシア、プーチンのロシアを唾棄しているのだ。元来、スターリンの生地が同国のゴリだったことを思えば、まさに有為転変である。まさか、「ジョージア・オン・マイ・マインド」を口ずさむほど、アメリカのジョージアに入れ込んでいるわけではあるまいが、スターリンは墓の下で寝返りを打ったことだろう。ここまで深刻な反ロ感情は一驚に値する。

プーチンの「ハイブリッド戦争」対NATO

英国のEU離脱を意味する「ブレクシト（ブレグジット＝Brexit：「Britain」と「exit」の合成語）」が話題になった。ブレクシトで真っ先に訳者の頭に浮かんだのは、本書の著者のこの事件に対するコメントだった。ところが、「ブレクシトと海洋」という彼の短い記事しか見つからず、それによれば、EUが海洋の汚染度低下に貢献していることを指摘し、EU離脱以後の英国がせめて大西洋の汚染の食い止めに貢献することへの期待が語られているだけで、拍子抜けした。

そう言えば、本書でもEUはプーチンやドゥーギンの敵としてしか出てこない。むしろ、ブレクシトは、ロシアとの絡みで言えば、ロシアの影に怯え続けてきた東欧やフィンランドやスウェーデンにとってこそ大問題であり、これらの国々にとっては、EUはかつてのソ連と対置されるらしいのだ——ともに「連邦」という超国家機構として。そのソ連はあっけなく瓦解、東欧諸国から見れば、ソ連に対置されるEUの瓦解もまた、想定ずみらしいのである。

本書では、ドゥーギンがロシアの仮想敵を英&米の「大西洋連邦」と規定した。昨今の皮肉は、英がEUを離脱、米はドナルド・トランプという異例の人物が共和党大統領候補に指名され、NATO加盟諸国が応分の費用負担を拒めば、米は救援に駆けつけないと言い出した結果、ドゥーギンの持論自体が危うくなってきたことだろう。

この主題は重要なので後述するとして、本書の中心主題はドゥーウギンのポストモダニズムに発する「紛い物（シミュレイクラム）」概念が、共産主義崩壊の空隙を「ユーラシアニズム」として補填する経緯である。

とはいえ、「紛い物」でない思想など存在するのだろうか？　思想は人間がそれを生きて死ぬことによってしか思想とはならないという印象が強い。本書ではトルベツコイ一派とレフ・グミリョフによって「ユーラシアニズム」という「思想」形成の経緯が人間的共感をもって語られるが、ドゥーギンやプーチンの段階では「紛い物」へと大きく傾く。

チャーチルの言葉、「民主主義は最悪の政治形態だ。すでに試されてきた他の全ての政治形態を除けばの話だがね」には、その機微が窺える。首相退任後の一九四七年十一月、英下院での演説で飛び出した発言だった。ドゥーギンのポストモダニズムが「紛い物」の増殖に一役買った経緯に触れる余地はないが、一つだけあげる。この影響は戦争の形態にも露呈し、プーチンがウクライナにしかけた戦争は、欧米側からは「ハイブリッド戦争」と呼ばれる。分かりやすい例では、クリミア侵攻とドネツク他のウクライナ東部侵攻に際して、プーチンはロシア軍の関与を否定、「軍服などアーミー・グッズの店ならどこでも買える」と言い放った。基本的には、ゲリラ戦闘（低強度戦闘）やサイバー戦争その他を混ぜ合わせ、侵略の意図を曖昧にするやり方を、「ハイブリッド戦争」と呼ぶ。この巧妙な欺瞞から見れば、大げさな宣戦布告で口火を切った「真珠湾奇襲」などは愚の骨頂だったことになる。

ところが、ロシア側に言わせると、「情報攪乱」と「欺瞞」を基本戦略とするこの手法は、アメリカ始発だという（ロシア軍参謀総長ヴァレリー・V・ゲラシモフ将軍）。この「ゲラシモフ・ドクトリン」は、二〇〇〇年代に頻発したジョージアの「バラ色革命」やウクライナの「オレンジ革命」などの「カラー革命」、さらには「アラブの春」などが米側使嗾《しそう》によるもので、その戦略の究極の狙いがロシアの友邦を突き崩し、ひいてはロシアを転覆させることだとしている。

本書でも言及される二〇一一年十二月の選挙詐欺を糾弾する、モスクワでの大規模な抗議デモも、プーチン側からすれば当然、米側の使嗾ということにされた。二〇一四年の記者会見でプーチンは、「ロシアの熊は牙を抜かれた。牙がなければ、熊はもはやロシアの守護神ではない」と発言、これこそが「ハイブリッド戦争」という情報攪乱主体の対応策への転換の契機とされた。この策もアメリカ始発なので、せめてロシア側は「新世代戦争（ＮＧＷ）」と命名した。こうなる前からプーチンはすでに本書でも言及されている「非対称戦争」なるものを実行してきていた。例えば、二〇〇七年、バルト三国の一つ、エストニア攪乱では、同国のロシア系が迫害を受けているとの贋情報を流し、親クレムリン集団が同国政府機関へサイバー攻撃をしかけていたのだ。

プーチンの焦りは、経済面ではロシアが中国はおろか、韓国やカナダより小規模なくせに、冷戦時代の倨傲《きょごう》を捨てきれず、覇権国家アメリカと競り合おうとする点に由来する（ニューヨーク大教授マーク・ギャリオティ）。この「新世代戦争」の最も鮮烈な表れが、クリミア侵攻、次いで起きたウクライナ東部への侵攻だったのである。

この戦術が米始発との見方は、本書でたびたび言及される「犬笛作戦」に限定すれば正しい。では、これはどんな「作戦」なのか？

例えば、一九七〇年代、訳者が経験した米豪での差別的白人との応酬では、「貴様はレイシストだ！」と言えば、相手は黙った。ところが、一九八〇年代に入ると、この「伝家の宝刀」はなまくらに一変した。訳者がこれを抜き放つと、相手はヘラヘラ笑い返したのである。この変化の基盤は、「犬笛」にあったのだ。この笛は犬にしか聞こえない特定周波の音を出すのだが、レーガンはこの吹き手の名手で、例えば「福祉受給者（黒人のメタファー）」という暗号を駆使し始め、犬笛政治は白人側の反撃ラッパとなった。リベラル側の言葉では「政治的に妥当（ポリティカリー・コレクト：ＰＣ）」となる。

ところが昨今、ドナルド・トランプは、反ＰＣ、つまり保守側からすれば犬笛（暗号）さえ振り捨ててもろに差別語使用に戻して、あわや合衆国大統領になろうかという勢いである。

そこへいくと、ロシアではまだ犬笛が生きているわけだが、プーチンとトランプは「肝胆相照らす仲」と言われている。今度の大統領選挙でトランプの雇った政治参謀（八月に解任）は、元は親ロシアの前ウクライナ大統領ヤヌコーヴィチに雇われていたし、民主党全国委員会の最高幹部がバーニー・サンダーズを差別扱いしていたとする情報（委員会Ｅメール）を提供したのも、ロシアのハッカー集団だったＧＲＵのエージェントの暗号名〈グシファー２・０〉まで探知しているという（米側の諜報機関は、この断定には「高度な確信」を持っているとホワイトハウス側に伝えており、ロシアの軍事諜報機関

米国内でこれを公表したのは、連邦下院の民主党議員らを率いるナンシー・ペロシと、クリントン選対トップのロビー・ムックである。クリントン自身は、「トランプ当選なら、クレムリンはクリスマス気分でしょうよ」と揶揄した。

このヒラリー・クリントンつぶしは、「管理された混沌」戦略と呼ばれ、本書に登場するスルコフやパヴロフスキーが得意としてきた技だった。トランプは、当然、ロシアの介在を否定した。

さて、フルシチョフが一九五四年、クリミアをロシア領からウクライナ領に移したのは、ウクライナを基盤とする彼の恣意だった。クリミアは十八世紀以来のロシア領だったのである。

プーチンがクリミア奪還を強行したのなら、ポーランドのバルト海沿岸にあるロシアの飛び領土カリーニングラードこそ、長年のドイツの飛び領土ケーニヒスベルクとしてドイツに返還すべきだ──何とロシアで発行されている英語新聞『モスクワ・タイムズ』がこう言うのである。ここは十六〜十七世紀はプロイセン領土で、カント（一七二四〜一八〇四年）の生地でもある（都合五百年はドイツ領）。現状では、NATOに加盟するリトアニアより西に位置するのだ。二〇一三年、ロシアはここに弾道弾イスカンダル（SS-26）を配置した。九十四万を擁するこの都市のドイツ系の人口はわずか〇・八％、大半がロシア人である（千島列島も含めて、奪った領土経営でのロシア人の抜け目なさに注目）。

ソ連がここを確保しのは、一九四五年、ポツダム会談でバルト海に「不凍港」を渇仰するスターリンのごり押しによるものだった（ソ連瓦解後、四百五十隻を擁していたバルティック艦隊は百九十隻に減ったが）。ウクライナはEUでもNATOでもないが、カリーニングラードはEUとNATOのメンバーであるリトアニア以西にある飛び領土だけに、戦略的にはロシアにとっては極めて重要である。

トランプは、プーチンの侵攻に怯えるバルト三国を、例のNATO脅し発言で一層怯えさせた。こういう滑稽な政治家が事もあろうにアメリカの大統領選で指名候補となった経緯は、「ブレクシト」も含めて西側世界の「精神的金属疲労」としか言いようがないし、特に憂慮されるのは「ハイブリッド戦争」のような欺瞞的戦略が常套手段となり、トランプやブレクシトを支えた票田である白人ブルーカラーという善良なはずの人々が、トランプその他の詐欺師的政治家にいいように騙される背景である。プーチンを支えるロシアの票田と、トランプ&ブレクシトの票田とを対比、分析した研究が待たれる。

さて、一方、ヒトラーの罪科を痛烈に意識してきたドイツは、軍備増強に消極的だったが、オバマやトランプがEU側の「NATOただ乗り論」を口にするに及んで、二〇二三年までにNATOに七千の兵力提供、二〇三〇年までに百三十億ユーロ（百四十八億ドル）相当の装備予算を提示、プーチンの「ハイブリッド戦争」に怯えるNATO加盟諸国はこれを歓迎した。ドイツ首脳が恒例の「ミュンヘン安全会議（MSC）」で、二〇一四年、自国の役割を口にした数週間後、プーチンはウクライナからクリミアを奪還した。これに対してドイツ側は、東欧に即応部隊の設営、さらにはISへの対抗兵力にクルドの民兵をあてる提案などの措置をとった。

ただ、ヒトラーに懲りたドイツは、国防予算もGDPの二%以下（NATO加盟諸国の最小限国防予算はGDPの2%）、軍の統御・予算・展開は議会の承認が不可欠と、猛烈な自縄自縛をかけている。「自国こそ次のウクライナ」と怯えるのはバルト三国だが、過去の辛酸からポーランドも人後に落ちない（カリーニングラード自体、もとはと言えばドイツに奪われた旧領土なのだ）。そこでポーランド政府は、NATOに呼びかけて二十か国二万五千の兵力での大演習（アナコンダ）をこの六月決めさせたが、ドイツはわずか四百名の参加を決め、しかも彼らは戦闘部隊ではないという足並みの乱れ方である。日米安保同様、加盟国の一角が侵攻を受ければ他の加盟国は援軍を送る条項は「第五条」なのだが、ギリシャ、イタリア、スペインは、クリミア併合への懲らしめにEU側が断行した対ロ経済制裁での「被害」を言い立て、援軍どころではない。

　これらのＮＡＴＯ側の及び腰を「ハイブリッド戦争」で突き崩すのは、プーチンには難題ではないだろう。「愛されるよりは憎まれるほうが安全」（マキャヴェリ）、「敵の数だけ奴隷がいる」は、プーチンのためにある言葉だが、「ハイブリッド戦争」を彼は例えば天然ガス・パイプラインの敷設で中欧＆西欧と東欧の分断を図るというように使う。

　ハイブリッド戦争の重要な一環、ハッカー戦争は、例えばフィンランドに対してはこういう具合である。ネットを使う戦術に「あおりメール（トロール・メール）」というのがあって、ロシアはこのハッカー戦争の前衛部隊を編成、フィンランドに「トロール戦争」をしかけ続けている。反ロ世論のジャーナリストや文筆家相手に猛烈な中傷メールを撃ち込むトロール戦争の戦士らは親ロ派のフィンランド人らしいのが、深刻である。レーニンは、こういう愚か者を「使い道がある白痴」と呼んだが、フィンランドにも隣国のロシア語を習得していれば飯が食える者が多いのだ（彼らは相手次第で同胞に対してもロシア語トロールを使う——ロシアへの忠誠度の証となるのだ）。

　ロシアとの国境線が八百三十マイルに及ぶフィンランドは、ＥＵ加盟、ＮＡＴＯ非加盟で辛うじて均衡を保ってきたが、この国で「トーゴー」という東郷元帥の肖像画入りビールが出ていることは伊達ではない。日露戦争でロシアのバルティック艦隊を撃滅した東洋の小国に躍り上がって喜んだのは、日本人以上にフィンランド人だったのだ。今回のウクライナ侵攻、バルト海での威嚇に怯えたフィンランドは、ＮＡＴＯ傾斜が進行中である。ところが、ハッカー戦争に関するかぎりＮＡＴＯはロシアの足元にも及ばない（拮抗できるだけの技術水準に達しているのはアメリカくらい）。

　さらに笑止なのは、ドーピングで自国選手団のリオ・オリンピック参加を制限された腹いせに、プーチンはドーピングは棚に上げて、クリミアとウクライナ東部侵攻への報復だと騒ぎ立てた。これもまた、彼一流の「ハイブリッド戦争」の一環だろう。

この今日的事象の背景から説き起こす本書のスリルは絶妙である。この今日的事態を、帝政崩壊期に始まるトルベツコイの言語学的発見の側面から掘り起こす作業は遠大で、一大長編小説を読む興奮を味わわせてくれる（いや、これは虚構ではなく史実なのだ）。特派員としてのロシア駐在中、これだけのロシア的サイキ（精神）の深部に手を差し込めた作者の強靱な叡知には脱帽あるのみである。これほど興奮できた本は、近ごろ稀だ。翻訳の機会を与えていただいたNHK出版編集部の松島倫明編集長、塩田知子氏、オフィス・カガの加賀雅子氏、訳稿を丁寧にチェックしていただいた校閲者の酒井清一氏、そして誰よりもロシア語固有名詞（世界でも難解で有名）についてご助力をいただいたロシア語翻訳家・編集者の小林丈洋氏に感謝申し上げる。

越智　道雄

二〇一六年八月

ユーラシアニズム

ロシア新ナショナリズムの台頭

2016年 9 月25日　　第 1 刷発行
2022年 4 月25日　　第 2 刷発行

著　者　チャールズ・クローヴァー

訳　者　越智道雄

発行者　土井成紀

発行所　NHK 出版
〒150-8081
東京都渋谷区宇田川町41−1
電話　0570-009-321（問い合わせ）
　　　0570-000-321（注文）

ホームページ　https://www.nhk-book.co.jp

振替　00110-1-49701

印　刷　三秀舎／大熊整美堂

製　本　ブックアート

Printed in Japan
ISBN978-4-14-081706-3 C0098

■著者
チャールズ・クローヴァー（Charles Clover）
アメリカ人ジャーナリスト。『フィナンシャル・タイムズ』紙の前モスクワ支局長。現在は中国特派員として北京在住。同紙特派員としてウクライナに在住していた1998年からユーラシアニズムの動向を追い続け、アレクサンドル・ドゥーギンらとも長期にわたり直接取材をおこなってきた、西側では数少ない記者。2011年に、英国報道賞の海外特派員賞、およびマーサ・ゲルホーン賞を、2014年に、ロシア・ノーボスチ通信賞を受賞。

■訳者
越智道雄（おち　みちお）
英語圏政治・文化研究者。明治大学名誉教授。翻訳家。現在、日本翻訳家協会評議員。主な著書に『ヒラリー・クリントン　運命の大統領』（朝日新書、2015年）、主な訳書にジョシュア・ウルフ・シェンク『リンカーン——うつ病を糧に偉大さを鍛えあげた大統領』（明石書店、2013年）などがある。

翻訳協力　加賀雅子（オフィス・カガ）
校正　酒井清一
本文組版　天龍社
編集協力　小林丈洋（ロシア語翻訳家、編集者）　奥村育美

図版クレジット

1. Monoskop.
2. An-Poluhin.
3. Akhmatova.org.

4, 9, 16, 18. Sputnik.

5. Boehhoe.
6. *Ogonyok.*
7. Johnny Cirucci.
8. CODOH.
11. Diane-Lu Hovasse.
12. photo-chronograph.ru.
13. N. Makheeva.
14. Gumilev-Center. ru.
15. Anna Artemyeva/*Novaya Gazeta*.
17. Reuters/ltar-Tass/Presidential Press Service (Russia).
19. Apostrophe.
20. Reuters/Sergei Karpukhin.
21. Political Hotwire.
22. Russia Insider.
23. Sean Gallup.

原注

まえがき

1. http://globalthinkers.foreignpolicy.com/

序章

1. https://www.washingtonpost.com/news/monkey-cage/wp/2014/03/19/vladimir-putin-ethnic- russian- nationalist/
2. J.M. Keynes, *The General Theory of Employment, lnterest, and Money*, https://ebooks.adelaide.edu.au/k/keynes/john_maynard/k44g/chapter24.html
3. Isaiah Berlin, 'The Birth of the Russian Intelligentsia', in Isaiah Berlin, *Russian Thinkers*, Penguin Books, 1979.
4. Sperry, quoted in James Gleick, *The lnformation: A history, a theory, a flood*, Vintage, 2012.
5. Richard Dawkins, *The Selfish Gene* (30th anniversary edition), Oxford University Press, 2006.
6. Ernest Gellner, *Nations and Nationalism*, Cornell University Press, 1983.
7. Yitzhak Brudny, *Reinventing Russia: Russian nationalism and the Soviet State* 1953-1991, Harvard University Press, 1998, p.192.
8. P.N. Savitskii, I. Vinkovetsky and C. Schlacks, *Exodus to the East: Forebodings and events: An affirmation of the Eurasians*, Charles Schlacks, Jr., 1996.
9. 'Pan-Eurasian Nationalism', in Anatoly Liberman (ed.), *The Legacy of Genghis Khan and Other Essays on Russia's ldentity*, Michigan Slavic Publications, 1991 (以下LGKと略す).
10. S. Lavrov, *Lev Gumilev: Sudba i idei*, Svarog i K, 2000, p.144.
11. www.youtube.com/watch?v=xqBxiqxHuTw
12. 'V strane idet voyna terminov', *Express Gazeta*, 3 March 2014.

13. 'Gosudarstvo predalo narod', www.youtube.com/watch?v=aL8rChMtUiQ
14. www.ft.com/intl/cms/s/0/a5b15b14-3fcf-1e2-9f71-00144feabdc0.html
15. www.ng.ru/politics/2012-01-23/1_national.html
16. http://en.kremlin.ru/events/president/news/19243
17. http://bd.fom.ru/pdf/d12ind15.pdf. しかしながら、Robert C. Ottoによれば、世論調査で2%の差は誤差の範囲内とのことではある。
18. Edmund Griffiths, *Towards a Science of Belief Systems*, Palgrave Macmillan, 2014.

第1章

1. N.S. Trubetskoi and R. Jakobson, *N.S. Trubetzkoy's Letters and Notes* (Janua linguarum), Walter De Gruyter Inc., 1975, p.2 (以下NSTLNと略す).
2. 同書同ページ。
3. Alexey Shakhmatov, *Ocherk Drevneyshego Perioda Istorii Russkogo Yazyka*, Indryk, 2002.
4. 同書p.24。
5. Roman Jakobson, 'Responses', Tsvetan Todorovによるインタビュー。*Poetique* 57 (1984), pp.3-25.
6. F. Dosse, *History of Structuralism*, vol. 1: *The rising sign 1945-1966*, trans. Deborah Glassman, University of Minnesota Press, 1998, p.54 に引用されたフランスのテレビ・インタビュー。
7. S. Glebov, 'The challenge of the modern: The Eurasianist ideology and movement, 1920-29', PhD thesis, Rutgers University, 2004, p.8.
8. LGK.
9. Alexander Herzen, *My Past and Thoughts*, University of California Press, 1983, p.255.
10. M. Bokhachevsky-Chomiak, *Sergei N. Trubetskoi: An intellectual among the intelligentsia in prerevolutionary Russia*, Nordland, 1976, p.25に引用されたエヴゲニー・トルベツコイ 'Vospominaniya'.
11. Henryk Baran (ed.), *Jakobsonian Poetics and Slavic Narrative*, Duke University Press, 1992, p.259.に引用。

12. Berlin, *Russian Thinkers*, p.126.

13. N. Trubetskoi, *Principles of Phonology*, University of California Press, 1969, p.309.

14. 1957年、Lydia Pasternak Slaterによる翻訳。www.friends-partners.org/friends/culture/literature/ 20century/ pasternak10.htmlに掲載。

15. 聖母像のイコン。

16. LGK, p.302.に引用。

17. LGK, p.298.

18. Nicholas Riasanovsky, 'The emergence of Eurasianism', *California Slavic Studies* 4 (1967), pp.39-72, fn. 38.

19. Olga Mairova, lecture on Russian Orientalism, University of Michigan, 2006.

20. 一方、1909〜10年、彼はプット運動にも近づいた。これはエヴゲニー叔父が援助して立ち上げたリベラルなキリスト教運動で、資本主義と社会主義双方を避け、東方正教会の原理に則してロシア社会を改革する必要性を信条としていた。

21. LGK, p.304.

22. Krystyna Pomorska, 'Autobiography of a scholar', in Krystyna Pomorska, Elzbieta Chodakowska, Hugh Mclean and Brent Vine (eds), *Language, Poetry, and Poetics: The generation of the 1890s・Jakobson, Trubetskoy, Mayakovskij. Proceedings of the first Roman Jakobson colloquium, at the Massachusetts Institute of Technology, October 5-6, 1984*, Walter De Gruyter, 1987, p.11.

23. Stephen Rudy, 'Jakobson - Aljagrov and Futurism', in Pomorska et al., *Language, Poetry, and Poetics*, p.277.

24. Pomorska et al., *Language, Poetry, and Poetics*, p.8に引用。

25. Richard Bradford, *Roman Jakobson: Life, language and art*, Routledge, 1994, p.6.

26. Dr Omry RonenからのEメール連絡。

27. Roman Jakobson, *Six Lectures on Sound and Meaning*, Harvester Press, 1978, p.19.

28. Jindrich Toman, *Letters and Other Materials from the Moscow and Prague Linguistic Circles* 1912-1945, Michigan Slavic Publications, 1994に引用。

29. Patrick Sériotとのインタビュー。

第2章

1. NSTLN, p.310.
2. Roman Jakobson, *My Futurist Years*, Marsilio Publishers, 1992, p.77.
3. 同書p.81。
4. Vladimir Nabokov, *Speak, Memory*, Vintage, 1989, p.282.
5. Toman, *Letters and Other Materials*, p.16.
6. 同書p.17。
7. 同書同ページ。

第3章

1. NSTLN, p.5.
2. LGK, p.295.
3. Dr Omry Ronenからのメール連絡。
4. André Martinet, *Économie des changements phonétiques*, Francke, 1955.
5. 触れておかなくてはならないのは、これらの理論だと、オランダ語には「g」音がないといけないのだが、実はないのだ。これはリバーマンの指摘による。
6. 目的論的な傾向を持つ他のロシア思想家らからヤーコブソンとトルベツコイが受けた影響についてはToman, *Letters and Other Materials*を参照。
7. NSTLN, letter 30.
8. N. Trubetskoi, 'The phonetic evolution of Russian and the disintegration of the common Russian linguistic unity', in Anatoly Liberman (ed.), *N.S. Trubetskoy: Studies in General Linguistics and Language Structure*, Duke University Press, 2001, p.120.
9. Hannah Arendt, *The Origins of Totalitarianism, Harcourt*, 1979, p.270.
10. ハンナ・アーレントは同書同ページでこの主張を行っている。
11. Glebov, 'Challenge of the modern', p.307.
12. Savitsky et al., *Exodus to the East*, p.122.
13. http://max.mmlc.northwestern.edu/mdenner/Demo/texts/scythians_blok.html

14. N.S. Trubetskoy *Pisma k P.P. Suvchinskomu 1921-1928*, Russkiy Put, 2008の1925年3月15日付、トルベツコイからスフチンスキー宛書簡。
15. 同書1925年3月28日付、トルベツコイからスフチンスキー宛書簡。

第4章

1. A. Liberman, 'N.S. Trubetskoy and his works on history and politics', in LGK, pp. 293-375. サモワールは、熱湯を注ぐ注ぎ口がある大きな金属のヤカン。ロシアの家庭ではおなじみで、客に紅茶を出すときに用いる。一方、トゥーラは、サモワールの製造で知られたロシアの田舎町。
2. NSTLN, letter 16.
3. Jindrich Toman, *The Magic of a Common Language*, MIT Press, 2003を参照。
4. この節は同書及びPatrick Sériot, *Structure et totalité: Les origines intellectuelles du structuralisme en Europe centrale et orientale*, PUF, 1999に大きく依拠している。
5. Sériot, *Structure et totalité*, p.104.
6. LGK, p.93.
7. Roman Jakobson, 'K kharakteristike evraziyskogo yazykovogo soyuza', in *Selected Writings*, vol. I, Mouton, 1962.
8. この指摘はリバーマンに負っている。
9. Savitsky et al., *Exodus to the East*, p.36.
10. LGK, p.93.
11. Jakobson, 'K kharakteristike', p.144.
12. Trubetskoi, *Principles of Phonology*; Claude Lévi-Strauss, *Structural Anthropology*, Basic Books, 1974, p.32.
13. Sériot, *Structure et totalité*, p.60.
14. Trubetskoy, *Pisma*, p. 120.
15. Glebov, 'Challenge ofthe modern', p.311-14.
16. Trubetskoy, *Pisma*, p.33-6.
17. Glebov, 'Challenge of the modern', p.314.
18. 同誌同ページ。

19. A.F. Kiselev (ed.), P*oliticheskaya Istoriya Russkoy Emigratsii, 1920-1940: Dokumenty imaterialy*, vol. VII, Russkoe Nebo, 1999, p.248
20. L. Nikulin, *Mertvaya Zib*, 1965.
21. S. Glebov, *Evraziystvo Mezhdu Imperiey i Modernom: Istoriya v dokumentakh*, Novoe izdatelstvo, 2010
22. Nikulin, *Mertvaya Zib*.
23. N. Dolgopolov, *Genii Vneshney Razvedki*, Molodaya Gvardiya, 2004.
24. Kiselev, *Politicheskaya lstoriya Russkoy Emigratsii*, p.251.
25. S.S. Khoruzhy, 'Karsavin, evraziystvo i VKP, ' *Voprosy Filosofii* 2 (1992), pp.84-7.
26. 近くK.Ermishinaによって刊行。この原稿を見せてくれた彼女に感謝する。
27. イワン・サヴィツキーとのインタビュー。
28. Glebov, *Evraziystvo*.
29. V. Kozovoy, 'O Petre Suvchinskom i ego vremeni ', in V. Kozovoy, *Taynaya Os*, NLO, 2003, p.39.
30. D. Brandenberger, *National Bolshevism: Stalinist mass culture and the formation of modern Russian national identity*, 1931-1956, Harvard University Press, 2002.
31. Glebov, 'Challenge of the modern', p.344.
32. A.B. Sobolev, 'Svoya svoikh ne poznasha: Evraziystvo, L.P. Karsavin i drugie', *Nachala* 4 (1992), p.56.
33. 同論文p.57。
34. 第2次世界大戦中、ヤーコブソンはニューヨークの高等研究自由学院で共に教えていたレヴィ=ストロースに会っており、後者は後にこの出会いが自説の発展の鍵になったと言っている。
35. Lévi-Strauss, *Structural Anthropology*, p.33.
36. http://sm-sergeev.livejournal.com/120006.html
37. Roman Jakobson and Krystyna Pomorska, *Dialogues*, Cambridge University Press, 1983, p.34.
38. Catherine Andreyev and Ivan Savicky, *Russia Abroad*, Yale University Press, 2004, p.197.
39. 長男イワン・サヴィツキーの回顧談。
40. P.N. Savitsky, *Neozhidannye Stikhi*, *Ruská* Tradice, 2005, p.106.

第5章

1. A.A. Akhmatova, *The Complete Poems of Anna Akhatova*, trans. Judith Hemschemeyer, Zephyr Press, 1997, p.388.
2. Emma Gerstein, *Moscow Memoirs*, trans. John Crowfoot, Harvill Press, 2004, p.56.
3. Amanda Haight, *Anna Akhmatova: A poetic pilgrimage*, Oxford University Press, 1976, p.28.
4. ボリシェヴィキ革命中に、農民らはニコライの家族を屋敷から追い出し、一家はやむなく近隣の町ベジェツクで3部屋のアパートを借りたが、レフはここを唾棄していた。
5. Lavrov, quoted in Elaine Feinstein, *Anna of All the Russias: A life of Anna Akhamtova*, Weidenfeld and Nicolson, 2005, p.94.
6. Vitaly Shentalinsky, *Prestuplenie bez Nakazaniya*, Progress Pleyada, 2007, p.306.に引用されたアフマートワの詩 'I Drink to Loneliness' による。
7. Nadezhda Mandelstam, *Hope Against Hope: A memoir*, Atheneum, 1983, p.135.
8. Haight, *Anna Akhmatova*.
9. Gerstein, *Moscow Memoirs*, p.169.
10. *Vspominaya L.N. Gumileva*, Memorialny Muzey Kvartira L.N. Gumileva, St Petersburg, 2003, p.104.
11. Gerstein, *Moscow Memoirs*, p.173.

第6章

1. Shentalinsky, *Prestuplenie*, p.294.
2. 同書p.295。
3. 同書p.302。
4. 同書同ページ。
5. Mandelstam, *Hope Against Hope*, p.72.
6. Trans. A.S. Kline.
7. Gerstein, *Moscow Memoirs*, p.64.
8. 同書p.341。

9. Shentalinsky, *Prestuplenie*, p.297.
10. Mandelstam, *Hope Against Hope*, p.33.
11. Gerstein, *Moscow Memoirs*, p.342.
12. Shentalinsky, *Prestuplenie*, p.298.
13. 同書p.317。
14. Alexander Titov, 'Lev Gumilev, ethnogenesis, and Eurasianism', PhD thesis, University of London, 2005, p.25.
15. Lavrov, *Lev Gumilev*, p.63.
16. Shentalinsky, *Prestuplenie*, p.309.
17. 同書p.310。
18. *Vspominaya L.N. Gumileva*, p.320.
19. Gerstein, *Moscow Memoirs*, p.341.
20. 同書p.209。
21. 同書p.230。
22. *Vspominaya L.N. Gumileva*, p.92.
23. Shentalinsky, *Prestupleniye*, p.329.
24. TA. Shumovsky, 'Besedi s pamyatyu', in *Vspominaya L.N. Gumileva*, p.93.
25. 同書同ページ。
26. 同書p.95。
27. Lavrov, *Lev Gumilev*, p.67.
28. Arsenalnaya Naberezhnaya No. 7.
29. *Vspominaya L.N. Gumileva*, p.96.
30. 同書p.99。

第7章

1. *Vspominaya L.N. Gumileva*, p.102.
2. 同書p.105。
3. 同書p.106。
4. Lev Gumilev, 'Povodov dlya aresta ne daval', *Avrora* 11 (1991), p.19.

5. Savchenko in *Vspominaya L.N. Gumileva*, p.167.
6. Anne Applebaum, *Gulag: A history of the Soviet labour camps*, Penguin Books, 2003, p.318.
7. Lev Gumilev, 'Zakony vremeni', *Literaturnoe Obozrenie* 3 (1990), pp.5-6.
8. 同論文同ページ。
9. 同論文同ページ。
10. Gumilev, 'Povodov', p.19.
11. 同論文同ページに描写あり。
12. ノリリスク及び他の収容所での生活の描写は、Applebaum, *Gulag*, pp.212-14.
13. Lev Gumilev, 'Dovoennyy Norilsk', *Literaturnoe Obozrenie* 3 (1990).
14. *Vspominaya L.N. Gumileva*, p.116.
15. Lavrov, *Lev Gumilev*, p.73.
16. Gerstein, *Moscow Memoirs*, p.165.
17. Shentalinsky, *Prestuplenie*, p.372.
18. Gerstein, *Moscow Memoirs*, p.233.
19. M.L. Kozyreva, 'Lev i ptitsaa', in *Vspominaya L.N. Gumileva*, p.154.
20. Isaiah Berlin, *The Soviet Mind*, ed. Henry Hardy, Brookings Institution Press, 2004, p.56.
21. Gerstein, *Moscow Memoirs*, p.98.
22. The *Kandidatskaya* ――大学院修了後の最初の学位論文。
23. Kozyreva, 'Lev i ptitsa', p.153.
24. Mandelstam, *Hope Against Hope*, p.34.
25. Kozyreva, 'Lev i ptitsa', p.154.
26. Lavrov, *Lev Gumilev*, fn. 20.
27. Gumilev, 'Povodov, ' p.27.
28. Y.N. Voronovich and M.G. Kozyreva, *Zhivya v Chuzhikh Slovakh: Vospominaniya o L.N. Gumileve*, Rostok, 2006, p.143.
29. Kozyreva, 'Lev i ptitsa', p.161.
30. Lev Vosnesensky. 'Mozhno otvechat stikhaml?' in *Vspominaya L.N. Gumileva*. p.42.
31. 同書pp.42-3。
32. *Vspominaya L.N. Gumileva*, p.182.

33. 同書pp.171-2。
34. 同書p.173。
35. G. Von Zigern Korn, *Rasskazy o Svetlom Proshlom*, Peterburgskiy Pisatel, 2005, p.168.
36. Lavrov, *Lev Gumilev*, p.98に引用されたGumilev, 'Povod'.
37. 彼はこれらの民族を匈奴ではなくフンと呼んだようだ。
38. Lavrov, *Lev Gumilev*, p.98に引用されたGumilev, 'Povod'.
39. L.N. Gumilev, *Khunnu: Sredinnaya Aziya v drevnie vremena*, Izdatelstvo Vostochnoi Literatury, 1960, p.10.
40. Lavrov, *Lev Gumilev*.
41. 同書p.97に引用。
42. Gerstein, *Moscow Memoirs*, p.455.
43. 同書p.457。
44. 同書p.328。
45. 同書p.334。
46. 同書pp.326-7。
47. Lavrov, *Lev Gumilev*, p.93.
48. 同書p.95。
49. Gerstein, *Moscow Memoirs*, p.456.
50. 同書p.326。
51. N.V. Gumileva, in *Vspominaya L.N. Gumileva*, p.15.
52. グミリョフは1957年7月7日付の書簡でこのニュースをサヴィツキーに以下のように題名を挙げて伝えている。'Istoriya Khunnu s drevneyshikh vremen do V veka n.e'. と'Istoriya pervogo tyurkskogo kaga nata VI-VII vv.' しかし、私(筆者)はこれらの記事を発見できなかった。
53. Lavrov, *Lev Gumilev*, p.152.
54. 'Hunnu: Sredinnaia Aziia v drevnie vremena[Hiung-nu: The innermost Asia in ancient times]. By L.N. Gumilev (Moscow: Academy of Sciences, USSR, Institute of Oriental Studies. 1960. Pp. 292. 11.50 rubles.)', *American Historical Review* 66:3 (1961), pp.711-12.
55. Lavrov, *Lev Gumilev*, pp.160-1.
56. 同書同ページ。

57. 同書pp.180-1。

58. 同書同ページ。

59. 同書同ページ。

60. *Vspominaya L.N. Gumileva*, p.212.

61. アナトリー・アノーヒンとのインタビュー。

62. セルゲイ・セマノフとの2010年のインタビュー。

63. Sergey Belyakov, *Gumilev Syn Gumileva*, Astrel, 2012.

64. 同書p.346。

65. Vadim Kozhinov, '"Mongolskaya Epokha" v istorii Rusi i istinny smysl i znachenie kulikovskoy bitvy', *Nash Sovremennik* 3 (1997), p.176.

66. 日付は7月23日。

67. Lev Gumilev, *Searches for the Imaginary Kingdom*, Cambridge University Press, 2009, pp.14-15.

68. Lavrov, *Lev Gumilev*, p.225に引用。

69. *Vspominaya L.N. Gumileva*, p.18.

70. 彼らの書簡の入手先は http://gumilevica.kulichki.ru/articles/ Article32. htm.

71. Lev Gumilev, 'Etnogenez i etnosfera', *Priroda* 1-2 (1970), pp.46-55; 43-50.

72. Y.V. Bromley, 'K kharaketeristike ponyatiya "Etnos"', in *Rasy i Narody*, Nauka, 1971, pp.9-33.

73. アノーヒンとのインタビュー。

74. Y.V. Bromley, *Ocherki Teorii Etnosa*, LKI, 2008, p.17.

75. 同書。

76. Lev Gumilev, 'Olyudyakh na nas ne pokhozhikh', *Sovetskaya Kultura*, 15 September 1988, available at: http://gumilevica.kulichki.net/articles/ Article77.htm

77. Y.V. Bromley, 'K voprosu o sushchnosti etnosa', *Priroda* 2 (1970), pp. 51-5, available at: http://scepsis.ru/library/id_836.html#_ftnref16

78. Brudny, *Reinventing Russia*, p.89.

79. N.A. Mitrokhin, *Russkaya Partiya: Dvizhenie Russkikh Natsionalistov v SSSR 1953-1985*, Izdatelstvo NLO, 2003.

80. Brudny, *Reinventing Russia*, p.93.

81. A. Cohen, *Russian Imperialism: Development and crisis*, Praeger, 1996, p.l04.

82. Alexander Yakovlev, 'Protiv antiistorizma, *Literaturnaya Gazeta*, 15 November 1972. この入手先は http://users.livejournal.com/amk_/2391.html.
83. www.pseudology.org/information/Ganichev_int.htmを参照。
84. セルゲイ・セマノフとの2010年のインタビュー。
85. Lev Voznesensky, in *Vspominaya L.N. Gumileva.*
86. *Vspominaya L.N. Gumileva*, p.48.
87. アナトリー・ルキヤノフとの2009年のインタビュー。
88. 同上。
89. 同上。
90. Alexey Bondarev, *Istoriya i Osnovnye Napravleniya Razvitiya Otechestvennykh Teoreticheskikh Issledovanii Kulturgeneza*, Avtoreferat, 2009, p.19.
91. Lev Gumilev, *Ethnogenesis and the* [*Human*] *Biosphere*の第6章のオンライン版は http://gumilevica.kulichki.net/English/ebe6a.htmで閲覧可能。
92. コズィレワとのインタビューはhttp://kozhinov.voskres.ru/articles/pereplet.htmで閲覧可能。
93. Voznesenski, in *Vspominaya L.N. Gumileva*, p.54.
94. Lavrov, *Lev Gumilev*, pp.302-303.
95. *Voprosy Istorii* 12 (1974), p.72.
96. マリーナ・コズィレワとのインタビュー。
97. Lavrov, in *Vspominaya L.N. Gumileva*, pp.209-15.
98. Bromley, *Ocherki*, pp.20-1.
99. セルゲイ・チェシコとのインタビュー。
100. Brudny, *Reinventing Russia*, pp.181-91.
101. 同書p.182。
102. Lavrov, *Lev Gumilev*, pp.297-300に引用。
103. 同書同ページ。
104. Belyakov, *Gumilev Syn Gumileva*, pp.586-610.
105. Brudny, *Reinventing Russia*, p.189.
106. 同書p.187。
107. 書簡は http://rutenica.narod.ru/lng.htmlで閲覧可能。
108. アナトリー・ルキヤノフとの2009年のインタビュー。

109. アナトリー・チストバエフとの2009年のインタビュー。
110. *Moskovskaya Pravda*, 24 May 1990.
111. V. A.Tishkov and D.D. Tumarkin (eds), *Vydayushchiesya Otechestvennye Etnologi i Antropologi XX veka*, Nauka, 2004, p.624.
112. Rogers Brubaker, 'Nationhood and the national question in the Soviet Union and post-Soviet Eurasia: An institutionalist account', *Theory and Society* 23:1 (1994), pp.47-78.
113. アナトリー・ルキヤノフとの2009年のインタビュー。
114. セルゲイ・チェシコとのインタビュー。
115. Gerstein, *Moscow Memoirs*, p.xvii.
116. Lavrov, *Lev Gumilev*, p.311.
117. *ChasPik* 3 (1991).
118. Titov, 'Lev Gumilev', p.216.

第8章

1. A. Rovner, *Vsompinaya Sebya: Kniga o druzyakh i sputnikakh zhizni*, Izdatelstvo Zolotoe Sechenie, 2010, p.84.
2. Yury Mamleev, at: http://zavtra.ru/content/view/2008-04-0271/
3. Rovner, *Vsompinaya Sebya*, p.86.
4. 同書pp.109, 115。
5. Natalya Tamruchi, 'Bezumie kak oblast svobody', NLO 100 (2009).これはhttp://magazines.russ.ru/nlo/2009/100/ta33-pr.htmlで閲覧可能。
6. Rovner, *Vsompinaya Sebya*, p.106.
7. ソヴデップは、1920年代に使われ始めたボリシェヴィキ指導層に対する白系ロシア人側の蔑称。
8. Konstantin Serebrov, *The Mystical Underground of Moscow*, ed. Robin Winckel-Mellish, Serebrov Boeken, 2006, p.162.
9. 同書p.103。
10. Mark Sedgwick, *Against the Modern World: Traditionalism and the secret intellectual*

history of the twentieth century, Oxford University Press, 2009, p.226.

11. Franco Ferraresi, 'The radical right in postwar Italy', *Politics and Society* 16 (1988), p.84.
12. Alexander Dugin, *Pop Kultura i Znaki Vremeni*, Amfora, 2005, pp.82-3.
13. V1adimir Pribylovsky, 'Natsional-patrioticheskoe dvizhenie: istoriya i litsa', in A. Verkhovsky et al., *Nationalizm i Ksenofobiya v Rossiyskom Obshchestve*, Panorama, 1998, p.45.
14. 世界規模のユダヤ陰謀論を意図する19世紀の偽書。
15. Alexander Yakovlev, 'Rossiyskikh fashistov porodil KGB', *lzvestiya*, 17 June 1998, p.5.
16. Georgy Urushadze, *Vybrannye Mesta iz Perepiski s Vragami*, Izdatelstvo Evropeyskogo Doma, 1995, p.290.
17. Alexander Yakovlev, *Sumerki*, Materik, 2005.
18. Vladimir Kryuchkov, *Lichnoe Delo*, Moscow Eksmo Algorithm Kniga, 2003.
19. Yakovlev, *Sumerki.*
20. John Dunlop, *The Rise of Russia and the Fall of the Soviet Empire*, Princeton University Press, 1993.
21. Edith Clowes, *Russia on the Edge: lmagined geographies and post-Soviet identity*, Cornell University Press, 2011.
22. Alexander Dugin, *Osnovy Evraziystva*, Arktogeya Tsentr, 2002, p.85.

第9章

1. Thomas Sheehan, 'Myth and violence: The fascism of Julius Evola and Alain de Benoist', *Social Research* 48:1 (1981), p.62.
2. Alain de Benoist, *Europe: Tiers monde, méme combat*, R. Laffont, 1986, quoted in Pierre André Taguieff, 'From race to culture: The New Right's view of European identity', *Telos* 98-99 (Winter 1993-Spring 1994).
3. Henry Rousso, *The Vichy Syndrome*, Harvard University Press, 1994, p.196.
4. Roger Griffin, 'Between metapolitics and apoliteia: The Nouvelle Droite's strategy

for conserving the fascist vision in the "Interregnum"', *Modern and Contemporary France* 8:1 (2000).

5. Alain de Benoist, 'The idea of empire'. これは www.gornahoor.net/library/IdeaOfEmpire.pdf で閲覧可能。
6. Alexander Dugin, *Osnovy geopolitiki: Geopoliticheskoe budushchee Rossii*, Arktogeya, 1997.
7. ド・ブノワの著者宛のEメール。
8. Alain de Benoist, 'What is racism?', *Telos* 114 (1999), pp.46-7.
9. Tamir Bar-On, 'A response to Alain de Benoist', *Journal for the Study of Radicalism* 8:2 (2014), pp.123-68に引用。
10. Andreas Umland, 'Alexander Dugin and post-Soviet uncivil society', PhD thesis, Cambridge University, 2009, pp.72-5参照。
11. Robert Steuckers blog. これはhttp://robertsteuckers.blogspot.com/2014/02/answers-to-questions-of-pavel-tulaev.htmlで閲覧可能。
12. これはドゥーギンのウェブサイトarctogaia.com による。
13. Marlene Laruelleは、ドゥーギンのユーラシアニズムは元来のユーラシアニストよりも新右翼に負うところが大きいとするが、この主張は説得力を持つ。Marlene Laruelle, 'leksandr A Russian version of the European radical right?: Occasional Paper No. 294, Woodrow Wilson International Center for Scholars参照。
14. Holger Herwig, 'Geopolitik: Haushofer, Hitler and Lebensraum', in Colin S. Gray and Geoffrey Sloan, *Geopolitics, Geography and Strategy*, Frank Cass, 1999, p.218.
15. ドゥーギンはこれらの旅は1989年と言っているが、ド・ブノワは1990年だと言っている。
16. ウラジーミル・ポズネルの2013年3月3日のプロハーノフとの会見。www.ltv.ru/sproj ects_edition/si5756/fi21881で閲覧可能。
17. Dunlop, *Rise of Russia*, p.170.
18. Brudny, *Reinventing Russia*, chapter 8.
19. *Literaturnaya Rossiya*, 30 March 1990.
20. Charles A. Ruud and Sergei Stepanov, *Fontanka 16: The tsar's secret police*, Sutton Publishing, 1999, p.125-51.
21. Alexander Dugin, *Konspirologiya: Teoriya zagovora, sekretnye obshchestva, velikaya voyna kontinentov*, ROF Evraziya, 2005, p.19.

22. ハンナ・アーレントは、ヨーロッパ・ファシズムを徹底的に弾劾した*The Origins of Totalitarianism*の中で 'if a patent forgery like the Protocols of the Elders of Zion is believed by so many people that it can become the text of a whole political movement, the task of the historian is no longer to discover a forgery', と書いている。彼女の解釈はこの主題では白眉といえる。
23. Dugin, *Konspirologiya*, p.19.
24. 同書p.6。
25. Kathryn S. Olmsted, *Real Enemies: Conspiracy theories and American democracy, World War I to 9/11*, Oxford University Press, 2011, p.8.
26. Alexander Dugin, 'Posledniy prygun imperii', internet essay available at: www. arctogaia. com/public/txt-prohan.htm
27. Charles Clover, 'Last days of the USSR', *Financial Times*, 19 August 2011.
28. ジョン・ダンロップの著者宛のEメール。
29. John Dunlop, 'The August 1991 coup and its impact on Soviet politics', *Journal of Cold War Studies* 5:1 (2003), p.94.
30. Clover, 'Last days of the USSR'.
31. Dunlop, 'The August 1991 coup'.
32. 'Byvshy shef KGB Kryuchkov ubezhden v pravote del GKChP', newsru.com, 16 August 2001.これは http://newsru.com/arch/russia/ 16aug2001/putch.htmlで閲覧可能。
33. 'KGB borolsya s videomagnitofonami i prosmotrel raspad SSSR', *Izvestiya*, 13 December 2006.これはhttp://izvestia.ru/news/319885で閲覧可能。
34. 'Marshal Sovetskogo Soyuza Dmitriy Yazov: Vozmozhno, GKChP byl klubom samou- biyts', *Komsomolskaya Pravda*, 16 August 2001, available at:www.kp.ru/ daily/22613/11455/
35. ドゥーギンとの2005年のインタビュー。
36. Dugin, 'Posledniy prygun'.
37. 2010年のインタビューで彼が私に語った。
38. ソプチャク委員会（The Sobchak commission）が後に結論したところでは、デモ鎮圧命令はヤゾフ国防相から出されていたが、ヤゾフ自身は政府筋から出ていた命令を実行に移した可能性があった。

39. 筆者がここで言及しているのは、ド・ブノワではなく、前述した思想家らの意見である。ド・ブノワは、自分が極右と見られることに異議を唱えているのだ。
40. 'Perspectives géopolitiques eurasiennes', *Vouloir* 87/88 (1992), p.14.
41. Laruelle, 'Aleksandr Dugin'に引用。
42. Alexander Dugin, 'KPRF i Evraziystvo', in Dugin, *Osnovy Evraziystva*, p.579.
43. Marlene Laruelle, *Russian Eurasianism: An ideology of empire*, Woodrow Wilson Centre Press, 2008, p.11.

第10章

1. シチャーポワは、20年後、*It's Me, Elena*（『私はエレーナ』）で反撃に出た。同書の2ページ目で彼女はリモノフの名をあげずにこう書く。「私はこれから、どれほどあなたが大嫌いかを書こうとしている」。「あなたに子供がいれば、その子たちのためにね。子供がいなければ、なお結構だけど」
2. Edward Limonov, *It's Me, Eddie: A fictional memoir*, Pan Books, 1983.
3. Eduard Limonov, *Anatomiya Geroya*, Rusich, 1997.
4. Bruce Clark, *The Empire's New Clothes: The end of Russia's liberal dream*, Vintage, 1995.
5. 同書。
6. Ivan Ivanov (pseudonym), Anafema-2 website at: www.duel.ru/publish/ivanov_i/anafema2.html
7. Nikolay Anisin, 'Rasstrel napokaz', *Zavtra* 40:514 (1 October 2003), available at: http://panteon-istorii.narod.ru/sob/93a.htm
8. Alexander Dugin, 'Dykhanie dukha pod pulyami v Ostankino', Arctogaia website.これは http://arctogaia.com/public/v4/v4-1.shtmlで閲覧可能。
9. Anisin, 'RasstreI'.
10. レオニード・プロシキンとの2011年のインタビュー。
11. 同上。
12. Alexander Korzhakov, *Boris Yeltsin: Ot rassveta do zakata*, Interbook, 1997.
13. 'Tayny rasstrela "Belogo Doma"', *Komsomolskaya Pravda*, 3 October 2008.これは

http://m.kp.ru/daily/24174/385092/で閲覧可能。

14. ゲンナジー・ザイツェフとの2010年のインタビュー。さらにザイツェフの自伝G.N. Zaytsev, *Alfa: Moya Sudba*, Slavia, 2006を参照。
15. 'Tayny rasstrela "Belogo Doma"'.
16. Eduard Limonov, *Moya Politicheskaya Biografiya*, St Petersburg, 2002.
17. とはいえ、筆者はNBPにはかなり出向いたが、そこでこういう敬礼をやる者はひとりも見ていない。
18. https://wikileaks.org/plusd/cables/08MOSCOW916_a.html
19. Umland, 'Post-Soviet uncivil society', p.74.
20. www.apn.ru/publications/print1286.htm
21. エドゥアルド・リモノフとの2010年のインタビュー。
22. Limonov, *Moya Politicheskaya Biografiya.*
23. 同書。

第11章

1. John B. Dunlop, 'Aleksandr Dugin's "Neo-Eurasian" textbook and Dmitrii Trenin's ambivalent response', *Harvard Ukrainian Studies* XXV:1/2 (2001).
2. Brudny, *Reinventing Russia*, p.259.
3. Dugin, *Osnovy geopolitiki.*
4. Anton Shekhovtsov, 'The palingenetic thrust of Russian neo- Eurasianism: Ideas of rebirth in Aleksandr Dugin's worldview', *Totalitarian Movements and Political Religions* 9/4 (2008), pp. 491-506, available at: www.mod-langs.ox.ac.uk/russian/nationalism/shekhovtsov 1.html
5. Dugin, *Osnovy geopolitiki*, p.6.
6. Dunlop, 'Aleksandr Dugin's "Neo-Eurasian" textbook'.
7. Dugin, *Osnovy geopolitiki.*
8. 同書。
9. 同書。
10. 同書。

11.同書。

12. 筆者の知るかぎり、いまだにそうだ。

13. Irek Murtazin, '"Orekhovskie" soberutsya snova', *Novaya Gazeta*, 19 August 2013は www.novayagazeta.ru/inquests/59562.htmlで閲覧可能。この証言は後に嘘発見器で無効とされ、2013年調査開始。

14. 'Povest o veshchem Olegoviche', *Moskovskaya Komsomolka*, 26 March 2001, available at: www.newlookmedia.ru/?p=7529

15. グレブ・パヴロフスキーとの2009年のインタビュー。

16. 同上。

第12章

1. Statement by the Ryazan Regional Federal Security Service (FSB) of 24 September. これはAlexander Litvinenko and Yuri Felshtinsky, Blowing Up Russia, Encounter Books, 2007, p.72に引用。この本は74～75ページにおいて、この作戦に関わったFSBの職員は最初は拘束されたが、FSBの身分証明書を見せると、それが本物と確認され次第拘束を解かれたと書いている。ところが、FSBの報告にはこのことは言及されておらず、「FSBリャザン支部はこれらの爆発物を仕掛けた職員らの居住先を突き止め、彼らを拘束する準備に入っていたと言う」。筆者と交わしたEメールでは、Felshtinskyは、こう言っているのだ。すなわち、FSBは職員らを拘束するとは言わないはずだ、拘束すれば彼らの氏名も公表しないといけないからだ、と。

2. 2002年、*Sovershenno Sekretno*紙には、訓練の一環と称するものを実行したFSB職員らにインタビューして書いた匿名記事が掲載されている。'A gorod ne znal, chto ucheniya idut', *Sovershenno Sekretno* 6 (2002).

3. Olga Kryshtanovskaya and Stephen White, 'Putin's militocracy', *Post-Soviet Affairs* 19:4 (2003), pp.289-306.

4. 同論文同ページ。

5. Charles Clover, 'Will the Russian bear roar again?', *Financial Times*, 2 December 2000.

6. Dunlop, 'Aleksandr Dugin's "Neo-Eurasian" textbook'.

7. ピョートル・スースロフとの2011年のインタビュー。
8. この指摘はロバート・C・オットーに負っている。
9. リマリョフは、この件を2012年の電話のやりとりで確認した。
10. Litvinenko and Felshtinsky, *Blowing Up Russia*, p.41.
11. 'Zagadki Maksa Lazovskogo', *Moskovskaya Pravda*, 14 March 2001.
12. ヴァレリー・コローヴィンとの2005年のインタビュー。
13. Alexander Maksimov, quoted in Dunlop, 'Aleksandr Dugin's "Neo- Eurasian" textbook'.
14. 指摘に関しては、筆者はヌハーエフの伝記作者Edward Ten Houtenに負っているが、忘れてならないのは、モスクワのホテルRadisson Slavyanskayaのオーナー、Umar Dzhabrailovがグナーエフのモデルだったとされていることだ。
15. Pavel Khlebnikov, *Razgovor 5 Varvarom*, Detektiv Press, 2003, p.76.
16. Anna Politkovskaya, *A Dirty War: A Russian reporter in Chechnya*, Harvill Press, 1999, p.148.
17. 'Konstitutsionalist po klichke Khozh', *Russkaya Mysl*, 15 April1999.
18. ピョートル・スースロフとの2010年のインタビュー。
19. ピョートル・スースロフとの2009年10月のインタビュー。

第13章

1. Charles Clover, 'Russians "adopting illiberal ideas"', *Financial Times*, 16 May 2001.
2. セルゲイ・クルギニャンとの2011年のインタビュー。
3. http://evrazia.org/article/164
4. http://evrazia.org/article/1876
5. Elena Tregubova, *Bayki Kremlevskogo Diggera*, Ad Marginem, 2003.
6. Ilya Zhegulev and Lyudmila Romanova, *Operatsiya Edinaya Rossiya: Neizvestnaya istoriya partii vlasti*, Eksmo, 2011.
7. 同書。
8. Alexander Dugin, 'Good bye, golden boy (ob ukhode Surkova)', Livejournal post.これは http://dugin.livejournal.com/4237.htmlで閲覧可能。

9. パーヴェル・ザリフリンとの2005年のインタビュー。
10. www.washingtonpost.com/opinions/who-is- the- bully- the- united-states-has-treated-russia-like-a-loser-since- the-cold- war /2014/03/ 14/b0868882-aa06-11e3-8599-ce 7295b6851c_story.html
11. 'Zamestitel glavy administratsii prezidenta RF Vladislav Surkov: Putin ukreplyaet gosudarstvo, a ne sebya', *Komsomolskaya Pravda*, 28 September 2004.
12. これは、もともとはジャーナリスト、ドミトリー・ポポフがウェブサイトNork.ruに公表したが、このリンクがなくなって別のバージョンがEvraziaというウェブサイト、www.evrazia.org/modules.php?name-ews&file=article&sid=2255に掲載された。
13. ヴァレリー・コローヴィンとの2009年のインタビュー。
14. ナーシのウェブサイトによる。
15. Valery Korovin, *Nakanune Imperii*, Izdatelstvo Evraziyskoe Dvizhenie, 2008.
16. 同書。
17. Andrei Soldatov and Irina Borogan, *Russia's New Nobility*, Public Affairs, 2011.
18. Peter Pomerantsev, 'Putin's Rasputin', *London Review of Books*, 20 October 2011, avail able at: www.lrb.co.uk/v33/n20/peter-pomerantsev/putins-rasputin
19. Alexander Dugin, *The Fourth Political Theory*, Arktos, 2012.
20. 筆者はここで自分がハイデガーの論旨を理解していると強弁する気はないし、いわんやドゥーギンがそれを理解しているかどうかまで主張する気はない。
21. Dugin, *Fourth Political Theory*.
22. Konstantin Voronkov, Alexey Navalny: Groza zhulikov i vorov, Eksmo, 2012, p.65.
23. www.gazeta.ru/social/2011/05/16/3619317.shtml
24. 同上。
25. http://zona.media/online/born-dopros-hasis/
26. この記事を教えてくれたRobert C. Ottoに感謝する。
27. Edward L. Keenan, 'Muscovite political folkways', *Russian Review* 45:2 (1986), pp.115-81.
28. 例えば、http://imrussia.org/en/analysis/world/2041-are-the-kremlin-hardliners-winningで閲覧可能なDonald N. Jensen, 'Are the Kremlin hardliners winning?', 1 October 2014を参照。さらに、http://minchenko.ru/netcat_files/File/Big%20Government%20and%20the%20Politburo%202_0.pdfで閲覧可能なa 2014 report

by Minchenko Consulting, 'Vladimir Putin's Big Government and the "Politburo 2.0"', を参照。

29. 'Putin eto Dugin': 2007 interview on Russia.ru, published on Evrazia.org website at: www.evrazia.tv/content/putin-eto-dugin-2007; also available at: https://www.youtube. com/watch?v=ZcVwGBsrS_g
30. Tsentr problemnogo analiza i gosudarstvenno-upravlencheskogo proektirovaniya pri Otdelenii obshchestvennykh nauk RAN, tema 'Rossiya i Zapad: chto razdelyaet?', 7:16 (2009).
31. マーシャル・キャピタルは、2013年、ロステレコムの株を売却。
32. 2008年、クルンチはErgenkon groupの他のメンバー数名とともに逮捕された。このグループは、テロ攻撃を企んだとして起訴された右翼の細胞である。このときの旅について聞かれたドゥーギンは慎重で、クレムリンの「役人数名」に代わって旅したことは認めたものの、彼らの氏名はあげなかった。
33. Yigal Liverant, 'The prophet of the new Russian empire', *Azure* 35:5769 (2009).これは http://azure.org.il/include/print.php?id=483で閲覧可能。
34. www.mid.ru/brp_4.nsf/sps/17568BA16D3AB9CCC32573E600594626
35. モデスト・コレロフとの2013年のインタビュー。

第14章

1. Pavel Zarifullin, *Russkaya Sakralnaya Geografiya*, Limbus Press, 2010.
2. アレクサンドル・ドゥーギンとの2010年のインタビュー。
3. https://www.youtube.com/watch?v=ZlY5aZfOgPA
4. Stefan Wagstyl, Charles Clover and Isabel Gorst, 'Georgia fired first shots in war - report', *Financial Times*, 30 September 2009.
5. これについての指摘はアンドレアス・ウムラントに負っている。
6. www.apn.ru/publications/article22117.htm. この記事の存在を指摘してくれたRobert C. Ottoに感謝する。
7. https://www.youtube.com/watch?v=AVzithktyJY
8. 'Meeting of the Valdai International Discussion Club', kremlin.ru website, 19

September 2013. これは http://en.kremlin.ru/events/president/news/ 19243で閲覧可能。

9. www.nytimes.com/2013/01/ 13/world/europe/russian -lawmakers- move- to- purge-foreign-influences.html
10. www.themoscowtimes.com/news/article/activists-fear-repercussions-of- blasphemy-bill/481657.html
11. キセリョフはこの発言の論拠として、正確には合衆国はゲイの男性からの献血を禁じていると言っている。
12. 'Meeting of the Valdai International Discussion Club'.
13. Charles Clover, 'Clinton vows to thwart new Soviet Union', *Financial Times*, 6 December 2012.
14. www.newrepublic.com/article/117692/fascism -returns- ukraine

第15章

1. www.rt.com/news/ashton-maidan-snipers-estonia-946/ Paet has confirmed that the recording is authentic.
2. Mike Ecke, 'Russia, Ukraine feud over sniper carnage', Associated Press, 8 March 2014.
3. 同上。
4. www.youtube.com/watch?v=B4OgynH -7Is
5. www.youtube.com/watch?v=2IcMmpXhRIw&app=desktop
6. www.colta.ru/articles/society/2393
7. 'Krym: put na rodinu', Rossiya 1 Channel, 15 March 2015. これは http://russia.tv/brand/show/brand_id/59195で閲覧可能。
8. http://en.kremlin.ru/events/president/news/20796
9. Vladimir Sorokin, 'Let the past collapse on time', *New York Review of Books*, 8 May 2014. これはwww.nybooks.com/articles/2014/05/08/1et-the- past-collapse-on-time/で閲覧可能。
10. http://kremlin.ru/news/2079

11. Oleg Kashin, 'Iz Kryma v Donbass: Priklyucheniya Igora Strelkova i Alexandra Borodaya', *Slon*, 19 May 2014.これはhttp://slon.ru/russia/iz_kryma_v_donbass_priklyucheniya_igorya_strelkova_i_aleksandra_borodaya-1099696.xhtmlで閲覧可能。

12. 同上。

13. http://vk.com/duginag?w=wall18631635_3186

14. www.newsru.com/russia/19mar2015/nemtsov.html

15. 'V strane idet voyna terminov', *Express Gazeta*, 3 March 2014.

16. 'Voyna na Donbasse budet navyazana nam Vashingtonom i Kievom', Novorosinform.org website, 29 October 2015.これはwww.novorosinform.org/comments/id/828で閲覧可能。これを指摘してくれたRobert C. Ottoに感謝する。

17. Edwin Williamson, *The Cambridge Companion to Jorge Luis Borges*, Cambridge University Press, 2013, p.12.

参考文献

Andreyev, Catherine and Ivan Savicky, *Russia Abroad*, Yale University Press, 2004

Applebaum, Anne, *Gulag: A history of the Soviet labour camps*, Penguin Books, 2003

Arendt, Hannah, *The Origins of Totalitarianism*, Harcourt, 1979[『全体主義の起原』(1〜3)ハナ・アーレント、大久保和郎ほか訳、みすず書房]

Belyakov, Sergey, *Gumilev Syn Gumileva*, Astrel, 2012

Berlin, Isaiah, *Russian Thinkers*, Penguin Books, 1979

Bradford, Richard, *Roman Jakobson: Life, language and art*, Routledge, 1994

Bromley, Y.V., *Ocherki Teorii Etnosa*, LKI, 2008

Brudny, Yitzhak, *Reinventing Russia: Russian nationalism and the Soviet State 1953-1991*, Harvard University Press, 1998

Clark, Bruce, *The Empire's New Clothes: The end of Russia's liberal dream*, Vintage, 1995

Clowes, Edith, *Russia on the Edge: Imagined geographies and post-Soviet identity*, Cornell University Press, 2011

Dosse, F., *History of Structuralism*, vol. 1: *The rising sign 1945-1966*, trans. Deborah Glassman, University of Minnesota Press, 1998

Dugin, Alexander, *Osnovy geopolitiki: Geopoliticheskoe budushchee Rossii*, Arktogeya, 1997

Dugin, Alexander, *Pop Kultura i Znaki Vremeni*, Amfora, 2005

Dugin, Alexander, *Konspirologiya: Teoriya zagovora, sekretnye obshchestva, velikaya voyna kontinentov*, ROF Evraziya, 2005

Dunlop, John, *The Rise of Russia and the Fall of the Soviet Empire*, Princeton University Press, 1993

Gellner, Ernest, *Nations and Nationalism*, Cornell University Press, 1983[『民族とナショナリズム』アーネスト・ゲルナー、加藤節監訳、岩波書店]

Gerstein, Emma, *Moscow Memoirs*, trans. John Crowfoot, Harvill Press, 2004

Glebov, S., 'The challenge of the modern: The Eurasianist ideology and movement, 1920-29', PhD thesis, Rutgers University, 2004

Glebov, S., *Evraziystvo Mezhdu Imperiey i Modernom: Istoriya v dokumentakh*, Novoe izdatelstvo, 2010

Gray, Colin S. and Geoffrey Sloan, *Geopolitics, Geography and Strategy*, Frank Cass, 1999

Gumilev, Lev, *Searches for the Imaginary Kingdom*, Cambridge University Press, 2009

Haight, Amanda, *Anna Akhmatova: A poetic pilgrimage*, Oxford University Press, 1976

Jakobson, Roman, 'K kharakteristike evraziyskogo yazykovogo soyuza', in *Selected Writings*, vol. I, Mouton, 1962

Jakobson, Roman, *Six Lectures on Sound and Meaning*, Harvester Press, 1978［『音と意味についての六章』ロマーン・ヤーコブソン、花輪光訳、みすず書房］

Jakobson, Roman, *My Futurist Years*, Marsilio Publishers, 1992

Kiselev, A.F. (ed.), *Politicheskaya Istoriya Russkoy Emigratsii, 1920-1940: Dokumenty i mate-rialy*, vol. VII, Russkoe Nebo, 1999

Korovin, Valery, *Nakanune Imperii*, Izdatelstvo Evraziyskoe Dvizhenie, 2008

Kryuchkov, Vladimir, *Lichnoe Delo*, Moscow Eksmo Algorithm Kniga, 2003

Lavrov, S., *Lev Gumilev: Sudba i idei*, Svarog i K, 2000

Lévi-Strauss, Claude, *Structural Anthropology*, Basic Books, 1974［『構造人類学』クロード・レヴィ=ストロース、荒川幾男ほか訳、みすず書房］

Liberman, A. (ed.), *The Legacy of Genghis Khan and Other Essays on Russia's Identity*, Michigan Slavic Publications, 1991

Liberman, A. (ed.), *N.S. Trubetskoy: Studies in General Linguistics and Language Structure*, Duke University Press, 2001

Limonov, Eduard, *Anatomiya Geroya*, Rusich, 1997

Limonov, Eduard, *Moya Politicheskaya Biografiya*, St Petersburg, 2002

Mandelstam, Nadezhda, *Hope Against Hope: A memoir*, Atheneum, 1983

Mitrokhin, N.A. *Russkaya Partiya: Dvizhenie Russkikh Natsionalistov v SSSR 1953-1985*, Izdatelstvo NLO, 2003

Nikulin, Lev, *Mertvaya Zib*, 1965

Politkovskaya, Anna, *A Dirty War: A Russian reporter in Chechnya*, Harvill Press, 1999

Pomorska, Krystyna, Elzbieta Chodakowska, Hugh Mclean and Brent Vine (eds), *Language, Poetry, and Poetics: The generation of the 1890s: Jakobson, Trubetskoy Mayakovskij. Proceedings of the first Roman Jakobson colloquium at the Massachusetts Institute of Technology, October 5-6, 1984*, Walter De Gruyter, 1987

Pribylovsky, Vladimir, 'Natsional-patrioticheskoe dvizhenie: istoriya i litsa', in A.

Verkhovsky et al., *Nationalizm i Ksenofobiya v Rossiyskom Obshchestve*, Panorama, 1998
Riasanovsky Nicholas, 'The emergence of Eurasianism', *California Slavic Studies* 4 (1967), pp.39-72
Rovner, Arkady, *Vsompinaya Sebya: Kniga o druzyakh i sputnikakh zhizni*, Izdatelstvo Zolotoe Sechenie, 2010
Ruud, Charles A. and Sergei Stepanov, *Fontanka 16: The tsar's secret police*, Sutton Publishing, 1999
Savitskii, P.N., I. Vinkovetsky and C. Schlacks, *Exodus to the East: Forebodings and events:An affirmation of the Eurasians*, Charles Schlacks, Jr., 1996
Sedgwick, Mark, *Against the Modern World: Traditionalism and the secret intellectual history of the twentieth century*, Oxford University Press, 2009
Serebrov, Konstantin, *The Mystical Underground of Moscow*, ed. Robin Winckel-Mellish, Serebrov Boeken, 2006
Sériot, Patrick, *Structure et totalité: Les origines intellectuelles du structuralisme en Europe centrale et orientale*, PUF, 1999
Shentalinsky, Vitaly, *Prestuplenie bez Nakazaniya*, Progress Pleyada, 2007
Soldatov, Andrei and Irina Borogan, *Russia's New Nobility*, Public Affairs, 2011
Titov, Alexander, 'Lev Gumilev, ethnogenesis, and eurasianism', PhD thesis, University of London, 2005
Toman, Jindrich (ed.), *Letters and Other Materials from the Moscow and Prague Linguistic Circles 1912-1945*, Michigan Slavic Publications, 1994
Tregubova, Elena, *Bayki Kremlevskogo Diggera*, Ad Marginem, 2003
Trubetskoi, N., *Principles of Phonology*, University of California Press, 1969［『音韻論の原理』N.S.トゥルベツコイ、長嶋善郎訳、岩波書店］
Trubetskoi, N.S. and R. Jakobson, *N.S. Trubetzkoy's Letters and Notes* (Janua linguarum), Walter De Gruyter Inc., 1975
Trubetskoy, N.S., *Pisma k P.P. Suvchinskomu 1921-1928*, Russkiy Put, 2008
Urushadze, Georgy, *Vybrannye Mesta iz Perepiski s Vragami*, Izdatelstvo Evropeyskogo Doma, 1995
Von Zigern Korn, G., *Rasskazy o Svetlom Proshlom*, Peterburgskiy Pisatel, 2005

Voronkov, Konstantin, *Alexei Navalny: Groza zhulikov i vorov*, Eksmo, 2012

Vspominaya L.N. Gumileva, Memorialny Muzey Kvartira L.N. Gumileva, St Petersburg, 2003

Yakovlev, Alexander, *Sumerki*, Materik, 2005

Zhegulev, Ilya and Lyudmila Romanova, *Operatsiya Edinaya Rossiya: Neizvestnaya istoriya partii vlasti*, Eksmo, 2011